Tim Menzner
Wie Funken in der Nacht

Tim Menzner

Wie Funken in der Nacht

Bibliografische Information der Deutschen Nationalbibliothek: Die Deutsche Nationalbibliothek verzeichnet diese Publikation in der Deutschen Nationalbibliografie; detaillierte bibliografische Daten sind im Internet über http://dnb.dnb.de abrufbar.

Korrektorat: Doris Eichhorn-Zeller

Verlag: BoD · Books on Demand GmbH, In de Tarpen 42, 22848 Norderstedt, bod@bod.de

Druck: Libri Plureos GmbH, Friedensallee 273, 22763 Hamburg

ISBN: 978-3-7693-1741-1

Inhaltsverzeichnis

Liebe Leserin, lieber Leser

zunächst einmal möchte ich mich bedanken dafür, dass du dir Zeit für dieses Buch genommen hast. Zeit ist kostbar und es gibt so viele gute Geschichten da draußen. Dass du dich entschieden hast, etwas deiner Zeit mit einer meiner Geschichten zu verbringen, ehrt mich.

Bevor es losgeht, würde ich noch gerne ein oder zwei Dinge zu dieser Geschichte sagen. Begonnen zu schreiben hatte ich sie vor etwa 10 Jahren. Ich war 16, hatte gerade eine Romanreihe (Die Drachenflüsterer-Saga von Boris Koch) beendet und war etwas niedergeschlagen darüber, dass diese Geschichte, welche mich die Jahre davor begleitet hatte, jetzt einfach so vorbei sein sollte.

Vielleicht kennst du dieses Gefühl, wenn eine Geschichte, die dir etwas bedeutet, zu Ende geht, es ist ein bisschen so, wie sich von lieb gewonnenen Freunden zu verabschieden. Es ist schon seltsam: Eine Geschichte kann völlig fiktiv sein, nichts an ihr, weder ihre Charaktere noch ihre Welt müssen wirklich existieren und dennoch können sie uns etwas bedeuten, können wir Anteil nehmen an ihrem Schicksal und völlig reale Gefühle darüber empfinden.

Das ist es am Ende des Tages wohl auch, was eine gute Geschichte ausmacht, völlig unabhängig davon, was oder wie es erzählt wird, wie gut die Idee oder der Stil ist, wenn die Geschichte das nur irgendwie schafft, dann ist sie etwas Besonderes für alle diejenigen, bei denen das so war.

Aber ich schweife ab; in meiner Niedergeschlagenheit darüber, dass diese Geschichte zu Ende war, beschloss ich jedenfalls, eine eigene zu Papier zu bringen, eine, die ich immer weiterschreiben kann und die folglich nie enden muss. Das war nicht mein erster Versuch in dieser Richtung, ein paar Jahre zuvor hatte ich schon etwas geschrieben. Eine Fantasy-

Erzählung, handschriftlich über mehrere Dutzend Seiten in einem DIN-A4-Heft. Das war natürlich keine Hochliteratur (womit ich übrigens auch nicht behaupten will, dass dieses Buch das jetzt im Gegensatz dazu ist), aber in gewisser Weise war es doch der Vorläufer für dieses Buch.

Diese Geschichte spielt in einer anderen Welt, dreht sich um andere Charaktere und auch die Haupthandlung ist eine andere, aber wenn man ganz genau hinschaut, gibt es einige Elemente, die es gewissermaßen hinübergeschafft haben. Was für mich bei beiden Geschichten auf jeden Fall wichtig war, ist, dass ich keine klassische Fantasy wollte. Keine einfachen Bauernsöhne, die feststellen, doch von königlichem Blut zu sein, auserwählt zur Rettung des Königreichs, die ausziehen, um als edle Helden ohne Makel einen finsteren Feind und dessen willenlose Horden zu bekämpfen, dabei jede Schlacht gewinnend. So eine Simplizität fand ich in ihrer Vorhersehbarkeit immer ein bisschen langweilig.

Aber um diese Geschichte für dich nicht komplett vorhersehbar zu machen, will ich an dieser Stelle zur Handlung nichts weiter verraten. Bei diesem Buch fielen dann letztendlich auch die klassischen Fantasy-Elemente komplett raus, also wundere dich nicht, wenn du in dieser Geschichte nicht auf Drachen, Elfen, Zwerge oder Magier treffen wirst.

Auch wenn die Geschichte in ihren groben Zügen bereits sehr lange in meiner Fantasie feststand, so hat der Prozess, sie tatsächlich niederzuschreiben, jetzt knapp 10 Jahre gedauert. Zugegeben, ich habe auch wirklich sehr unregelmäßig geschrieben, immer mal wieder monatelang gar nichts, dann wieder ein bisschen und dann wieder lange nichts. In diesen 10 Jahren hat sich die Art, wie ich schreibe, natürlich auch verändert, einiges würde ich heute so nicht mehr zu Papier bringen, gerade was einige der früheren Kapitel angeht.

Ich habe mich allerdings dagegen entschieden, diese Stellen nachträglich zu sehr zu überarbeiten, nicht nur, weil ich dann wohl noch ein paar Jahre mehr beschäftigt wäre, sondern auch, weil es sich falsch anfühlen würde. Auch die frühen, vielleicht nicht perfekt geratenen Kapitel dieses Buches sind der Teil der Reise, die das Schreiben war. Jetzt nachträglich etwas an dem Teil der Geschichte zu ändern, etwas, das eine jüngere Version von mir mal mit Freude und nach besten Möglichkeiten genauso niedergeschrieben hat, würde sich nach einer Art Verrat anfühlen. Es wäre unehrlich. Und irgendwie würde dabei etwas verloren gehen, etwas, das für dieses Buch wichtig ist. Und vielleicht ist es am Ende auch gar nicht so unpassend, wenn der Protagonist dieser Geschichte (Juril, du wirst ihn bald kennenlernen) in ihrem Lauf wächst und sich verändert, wieso dann nicht auch der Schreibstil der einzelnen Kapitel?

Solltest du also vor diesem Hintergrund über die ein oder andere hölzerne Formulierung, den ein oder anderen merkwürdigen Dialog oder das ein oder andere unlogische Handlungselement stolpern, so bitte ich dich, großzügig das ein oder andere Auge zuzudrücken. Jetzt aber genug davon, du kamst schließlich für die Geschichte, nicht für das Vorwort. Ich hoffe, sie wird dir gefallen (und wenn du am Ende vielleicht so ein kleines bisschen traurig darüber bist, dass sie jetzt vorbei ist, dann wäre das das größte Kompliment).

Beim Schreiben dieses Vorworts habe ich übrigens festgestellt, dass Boris Koch seine Drachenflüsterer-Saga mittlerweile doch mit zwei weiteren Büchern fortgeführt hat, es scheint also, als wäre mein existenzieller Trennungsschmerz, aus welchem heraus ich mit dem Schreiben dieses Buches überhaupt erst angefangen hatte, klar verfrüht gewesen. Mach mit dieser Information, was du willst. (Jetzt aber wirklich viel Spaß.)

Es war noch dunkel, als der Mann das vor ihm liegende Buch zuschlug. Die ganze Nacht hatte er in dem weltberühmten Archiv der Stadt Syrka verbracht und im schwachen Kerzenschein Berge von Büchern und Schriftrollen durchforstet, ohne das zu finden, wonach er suchte. Er wollte schon frustriert aufgeben und sich die Sinnlosigkeit seines Unterfangens eingestehen, als er eine Entdeckung machte. Es war ein sehr alter Text, verfasst in einer heute fast in Vergessenheit geratenen Sprache, mit schnörkeligen, kunstvollen Buchstaben. Wenn man nicht wusste, wonach man suchte, übersah man ihn nur allzu leicht, doch der Mann wusste genau, was er suchte, was er wie sonst nichts aus tiefster Seele und ganzem Herzen mit all seiner Kraft begehrte.

Er hielt das Papier näher an seine Augen, die Lichtverhältnisse machten es ihm schwer, die Buchstaben zu erkennen. Er konnte Kerzenlicht nicht leiden, es war lächerlich. Ein lächerlicher Versuch, irgendwie das Licht der Sonne zu ersetzen, die in der Nacht nicht schien. Es war ungerecht. Die Nacht nahm den Menschen einfach die Hälfte ihrer Stunden weg, verurteilte sie dazu, sich in ihre Häuser zurückzuziehen und abzuwarten, bis der Tag wieder anbrach. Und alles, was man dem entgegensetzen konnte, waren diese Kerzen, in deren müdem Licht man nicht einmal richtig lesen konnte.

Doch so müde das Licht auch war, in den dunkelblauen Augen des Mannes war keinerlei Müdigkeit zu erkennen, im Gegenteil, die Reflexion der Kerzenflamme in seinen Augen hob ihr Funkeln besonders stark hervor. Ein Funkeln, noch heller strahlend als gewöhnlich, so wie der Vollmond bei wolkenlosem Himmel. All die Jahre hatte er nur diesen einen Gedanken gehabt, der all sein Handeln und alles, was er war, bestimmte. All die Jahre hatte er sich gedulden müssen. All die Jahre, in denen das Feuer in seiner Brust nicht eine Sekunde lang aufgehört hatte zu brennen. Und nun war er endlich am Ziel.

Bald schon würde er alles, was er brauchte, haben und dann stünde seiner Vision nichts mehr im Weg. Der Mund des Mannes verzog sich zu einem Lächeln, während er tief einatmete. Als er die Luft wieder ausstieß, ließ das die schwache Flamme der Kerze verschwinden. Nichts zeugte nunmehr davon, dass sie jemals den Raum erhellt hatte, wäre da nicht der unverkennbare Geruch von Wachs in der Luft. Während auch dieser allmählich verschwand, ging draußen langsam die Sonne auf, eine Sonne, deren Strahlen eine Welt erhellte, in der nichts mehr so sein sollte, wie es war.

Juril saß auf einer kleinen Kaimauer im Hafen von Syrka und ließ sich den Wind um die Nase wehen. Er genoss es, die salzige Luft zu atmen und den Geräuschen des Hafens zu lauschen. Er liebte das Rauschen des Meeres, das Schreien der Möwen und vor allem die Gespräche der Matrosen und fremden Händler untereinander, welche in den verschiedensten Sprachen stattfanden. Der Hafen seiner Heimatstadt war der größte des ganzen Demerkianischen Reiches, manche sagten sogar, der Welt. Das lag nicht zuletzt an seiner strategisch günstigen Lage. Syrka lag am östlichen Rand der Goldenen Straße, einer Meerenge, die das Nordmeer von der großen See trennte. Wegen dieser Lage und seiner Größe wurde die Stadt auch das Tor zu den zwei Ozeanen genannt. Das behauptete zumindest die Literatur, Juril selbst hatte noch nie jemanden diesen Ausdruck verwenden hören. Von hier wurden die Waren, die weiter im Landesinneren produziert wurden, in alle Welt verkauft und hier kamen die meisten der für die Städte jenseits der Küsten bestimmten Güter an. Diesen günstigen Umständen hatte Syrka einen immensen Reichtum zu verdanken, überall sah man prächtige Gebäude, die vom Wohlstand der Stadt und ihrer Besitzer zeugten. Als eines der prachtvollsten galt das große Archiv. Die Fassade des kreisrunden Baus war aufwendig mit glanzvollen Darstellungen vergangener Ereignisse verziert, wie etwa der Schlacht am Fluss Ren. Ab und zu, wenn er seinen verträumten Blick auf das Archiv statt auf das Meer richtete, dachte Juril darüber nach, wie bizarr es eigentlich war, dass König Tyrlios VI. auch diese Schlacht hatte darstellen lassen. Klar, die Schlacht am Ren war quasi der Gründungsmythos von Demerkia und von daher ergab das Ganze schon Sinn, aber nichtsdestotrotz hatte Tyrlios I. damals eine Niederlage erlitten. Deshalb fand Juril es doch etwas zum Schmunzeln, dass ausgerechnet diese Schlacht auf einem Gebäude zu sehen war, welches nur errichtet wurde, um Demerkias Größe zu unterstreichen. Unter der goldenen Kuppel verbargen sich unzählige Regale voller Bücher, Schriften und Dokumenten aus der ganzen Welt und allen Epochen der Menschheit. Auch ließ der König auf allen vier Kontinenten nach solchen Stücken für die Sammlung suchen und gab, wie man sich erzählte, riesige Summen für diesen Zweck aus. Allerdings ging es ihm hierbei nicht etwa wirklich darum, Wissen zu erwerben, er selbst soll sich noch kein einziges Mal hinter die dicken Mauern des Archivs begeben haben.

Dass es ihm auch nicht im Geringsten darum ging, das Wissen wenigstens für Interessierte zusammenzutragen, zeigte der Umstand, dass das Archiv nicht für jedermann zugänglich war, sondern nur für Personen von gewissem Rang.

Juril hatte als Sohn eines Kerzenziehers also keine Chance, jemals das Archiv von innen zu sehen, obwohl er es sehnlich wünschte. Er würde so gerne Erzählungen lesen von fremden Kulturen und aufregenden Abenteuern. Oder noch besser natürlich, selbst um die Welt reisen und all dies selbst erleben. Allerdings lagen solche Träume für ihn in weiter Ferne, er war mit seinen 17 Jahren ja nicht mal großartig aus seiner Geburtsstadt herausgekommen, nie mehr als ein paar Kilometer bis zum nächsten Dorf. Und das war nichts weiter als eine beschauliche Ansammlung von bunten Häusern, nichts, worüber irgendjemand Legenden schreiben würde.

Er würde als einziger Sohn seiner Eltern eines Tages seinem Vater in seinem Beruf nachfolgen und bis zum Ende seines Lebens Kerzen herstellen. Diese Aussicht stimmte ihn nicht besonders fröhlich. Klar, seine Existenz wäre gesichert, aber für Juril waren existieren und leben nicht das Gleiche. Was war das schon für ein Leben, in dem man sich über Jahrzehnte hinweg Tag für Tag aus dem Bett quälen musste, um einer Tätigkeit nachzugehen, die einen langweilte, nur um danach übermüdet ins Bett zu fallen, auf dass am nächsten Morgen das Ganze von vorne beginnen möge? Leben bedeutete für ihn viel mehr. Es bedeutete, jeden Morgen einen Grund zu haben, aufzustehen. Es bedeutete, jeden Tag bewusst zu spüren. Es bedeutete, am Abend mit einem Lachen statt mit einem Seufzer an morgen zu denken.

Oft saß er stundenlang am Hafen und beobachtete die ein- und ausfahrenden Schiffe. Es waren größtenteils Handelsschiffe aller Art. Drachenschiffe, Dschunken, Galeeren, Galeonen. Aus allen Ecken der Welt kamen sie hierher, aus Skire, aus Kantao, aus Onien, aus Neversa, ja sogar aus Corasson. Wann immer er eines der Schiffe beim Auslaufen beobachtete, stellte er sich all die fremden Orte vor, an die sie gelangten, und all die Abenteuer, die dort auf sie warteten.

In der geschäftigen Atmosphäre des Hafens hatte er das Gefühl, der weiten Welt und seinen Träumen ganz nah zu sein. War er jedoch zu Hause in der Werkstatt seines Vaters, so fühlten sich diese Träume so weit weg an wie die fremden Länder, von denen sie handelten.

Draußen am Horizont ging die Sonne auf und tauchte den Hafen in ein majestätisches goldenes Licht. Wie schön musste es sein, auf einem Schiff in den Sonnenaufgang zu fahren, den Blick auf den Horizont gerichtet, auf der Suche nach Abenteuern.

Doch besonders lange konnte er heute nicht in seinen Gedanken versinken, er hatte noch eine Verabredung. Er stand auf und bahnte sich seinen Weg durch die Menschenmengen. Schon zu dieser frühen Stunde herrschte dichtes Gedränge, Händler boten lautstark ihre Waren an und die Luft war erfüllt von den Gerüchen exotischer Gewürze. Juril verließ das Hafenviertel und ging in Richtung des Viertels, in dem vor allem wohlhabende Bürger lebten. Hier war es deutlich ruhiger als noch auf dem Markt am Hafen. Fast alle der prachtvollen Häuser um ihn herum waren mit hohen Mauern und starken Toren gegen unerwünschte Besucher gesichert. Trotzdem war von außen deutlich zu erkennen, wie wohlhabend die Besitzer sein mussten. Es handelte sich stets um riesige Villen mit prunkvollen, repräsentativen Eingangspforten sowie Fenstern, die bei ihrer Breite genauso gut als Eingänge benutzt werden könnten. Manchmal kamen auch kleinere Türme vor, jedoch immer, wie nahezu alle Teile des Hauses, symmetrisch angeordnet. Auch Säulen waren offenbar schwer in Mode. Die für die jeweiligen Grundstücke zuständigen Wachen beachteten ihn nicht weiter, er sah zwar nicht besonders wohlhabend aus mit seinem einfachen Gewand aus Leinen, aber auch nicht besonders armselig. Im Allgemeinen war seine Erscheinung sowieso recht durchschnittlich. Er hatte den etwas dunkleren Teint, der für die Gegend üblich war, und auch seine Größe sowie Statur waren nicht weiter bemerkenswert. Und ein Gewand wie seines trug der Großteil der Bevölkerung von Syrka. Auch 300 Jahre nach der Eroberung durch das Haus Demerkia hatten sich Hosen, anders als ihre Sprache, noch nicht wirklich durchgesetzt.

Wahrscheinlich hielten sie ihn für einen Diener, der unterwegs auf irgendwelchen Botengängen war. Deshalb kam er, ohne aufgehalten zu werden, schon nach kurzer Zeit an seinem Ziel an; es war ein sehr großes Anwesen, man könnte es schon fast als Palast bezeichnen. Die enorme

Anzahl an Zimmern ließ sich nur durch die vielen Fenster erahnen. Auch diese Villa war von einer ca. 3 Meter hohen, glatten Mauer aus Stein umgeben, zu hoch, um hinaufzuklettern. Er musste es jedoch gar nicht erst versuchen, es gab einen anderen Weg, wenngleich auch dieser nicht durch die Tür führte. Noch bevor die Torwachen ihn entdecken konnten, presste er sich seitwärts von der Straße weg an die Mauer und schlich tief in ihrem Schatten geduckt an ihr entlang, bis er einen bestimmten, völlig unscheinbaren Abschnitt erreichte. Dort klopfte er dreimal schwach gegen die Steine und trat einen Schritt zurück. Einen Moment später schwang ein Teil der Mauer wie eine Tür zurück und ein Mädchen warf sich ihm an den Hals. Sie hatte glänzendes kupfernes Haar, das mit silbernen, in der Sonne schimmernden Haarnadeln kunstvoll hochgesteckt war. In ihren kastanienbraunen Augen war die Freude über ihr Treffen deutlich zu sehen. Ihre schmalen, vielleicht etwas blassen Lippen lächelten das Lächeln, das er so liebte. Als sie sich küssten, tat es ihm fast leid, dass er es währenddessen nicht mehr sehen konnte. Trotzdem hätten sie sich beide am liebsten noch ewig in den Armen gelegen, doch hier an der Geheimtür konnten sie nicht bleiben. Sie stammte ursprünglich aus einer Zeit, in der Syrka noch ein unabhängiger Stadtstaat war, für den Piratenüberfälle noch eine ständige Bedrohung darstellten, musste aber glücklicherweise noch nie wirklich zur Flucht vor plündernden Seeräubern genutzt werden. Überhaupt war es in der Geschichte Syrkas selten passiert, dass Piraten tatsächlich Häuser geplündert hatten. Aber Elyanas Familie war schon zu dieser Zeit sehr reich gewesen und damals war es unter den Reichen wohl so eine Art Mode gewesen, sich so eine Geheimtür in das Anwesen zu bauen.

Nachdem sie die Tür wieder geschlossen hatten, standen sie beide in der Innenseite des Anwesens inmitten einer gigantischen Parkanlage. Überall um sie herum wuchsen Pflanzen aus den verschiedensten Teilen der Welt. Egal wohin man von den Kieswegen aus sah, es war alles grün. Die Palmen, die Bäume, die Büsche, die Kakteen, sie alle hatten ihr ganz eigenes Grün. Juril fand es faszinierend, wie viele verschiedene Grüntöne es gab. Fast würde er schon meinen, bei der Vielfalt, die alleine in dieser Farbe stecken kann, bräuchte es keine anderen in diesem Garten. Aber eben nur fast, denn wann immer ihm eine Blüte ins Auge fiel, wurde er daran erinnert, was dem Garten sonst fehlen würde. Gewiss, er wäre immer noch wunderschön, aber Juril wollte auf keinen Fall das Farbenspiel der Blüten missen. Wenn er von allen Seiten in Gelb, Rot, Rosa oder Lila angestrahlt wurde, wenn dieser wunderbare Geruch in der Luft lag, der mit Worten einfach nicht zu beschreiben war, wenn er mit dem Mädchen, das er liebte, zusammen war, dann fühlte es sich für den Moment einfach so an, als hätte er alles, was er je im Leben gesucht hatte, gefunden. Er und Elyana nahmen sich an den Händen, schlenderten zu einem kleinen Teich und setzten sich auf das Gras. Hier, im Anwesen von Elyanas Familie war seltsamerweise der einzige Ort, an dem sie sich treffen konnten. Elyana entstammte einer äußerst reichen und angesehenen Familie von Händlern, weshalb ihr Vater natürlich plante, sie an den Sohn einer ebenso äußerst reichen und angesehenen Familie zu verheiraten. Juril würde als zukünftiger Kerzenzieher zwar einem durchaus angesehenen Gewerbe nachgehen, war allerdings trotzdem bei Weitem keine ausreichend gute Partie für Elyana. Da er sich deshalb nicht offiziell mit ihr treffen und sie gleichzeitig nie alleine das Anwesen verlassen durfte, war hier der einzige Ort für etwas gemeinsame Zeit. Die nächste halbe Stunde saßen sie Hand in Hand schweigend am Teich und genossen die Zweisamkeit. Er redete gerne mit Elyana, sie war klug und eine gute Zuhörerin, aber manchmal war es genauso schön, einfach nur neben ihr zu sitzen. Juril betrachtete ihre Spiegelbilder auf der glatten Wasseroberfläche. Einmal sein eigenes mit schwarzem Haar, das ihm über die Stirn fiel, und wachen Augen, die trotzdem oft verträumt in die Ferne blickten. Und einmal ihres. Er liebte es wirklich, einfach dazusitzen und sie anzusehen, sei es nun direkt oder als Spiegelbild. Er liebte ihre wunderschönen Augen, in denen er sich so gern verlor. Er liebte ihr seidiges Haar, ihren Geruch, ja sogar, wie sie nieste, wenn die Sonne sie blendete. Er liebte einfach alles an ihr. Allerdings schien der freudige Ausdruck über ihr Wiedersehen, den sie eben noch in den Augen getragen hatte, nun verschwunden zu sein. Juril glaubte eine langsam aufsteigende Traurigkeit in ihnen zu erkennen, während Elyana seine Hand immer fester drückte. Tatsächlich lief ihr nach einer Weile eine einzelne Träne über die Wange, der sogleich weitere folgten: „Mein Vater hat jemanden gefunden", schluchzte sie. „Was, wen gefunden?",

fragte Juril leise, während er sie an sich drückte, obwohl er sich ganz genau vorstellen konnte, was sie meinte, aber er wollte es einfach nicht glauben, er brauchte Gewissheit. Vielleicht war es ja etwas völlig anderes, doch ihr nächster Satz ließ ihn sogleich seine Hoffnung verlieren. „Eine geeignete Partie", brachte sie stammelnd unter Tränen hervor und für Juril fühlte es sich so an, als würde sein Herz sich schlagartig zusammenziehen. So unwahrscheinlich es war, tief drinnen hatte er immer gehofft, dieser Tag würde niemals kommen. Sie hatten beide versucht dieses Thema zu verdrängen, nur einmal waren sie darauf zu sprechen gekommen, was in beidseitiger Trauer und Frustration geendet hatte. Fortan hatten sie stillschweigend beschlossen, bei ihren Treffen nicht darüber zu sprechen, ebenso wie die meisten Menschen sich den Umstand ihrer eigenen Vergänglichkeit nicht ständig ins Bewusstsein rufen. Statt das ganze Leben mit der Trauer darüber zu vergeuden, dass es irgendwann vorbei ist, wollten sie möglichst jeden Augenblick, der ihnen blieb, mit schönen Dingen füllen. Elyana und er folgten dieser Maxime auch im kleineren Maßstab; wenn sie beide zusammen waren, gab es keine arrangierten Ehen und keine guten Partien, sondern nur sie beide. Was die Zukunft für sie bereithielt, war nicht wichtig, sondern nur, dass sie den Moment zusammen verbringen konnten. Aber niemand kann sich ewig der Illusion hingeben, unsterblich zu sein, und so war auch für sie nun der Tag da. Juril würde zwar sein Leben behalten, aber er würde das, was es für ihn lebenswert machte, verlieren. Er fühlte sich so hilflos, während sie in seinen Armen schluchzte. Nicht mal tröstende Worte wollten ihm einfallen, nur „Mach dir keine Sorgen, alles wird gut, wir werden eine Lösung finden", obwohl Juril selbst nicht glaubte, dass sie hierfür einen Ausweg fänden, er war ebenfalls den Tränen nah, wollte es aber nicht zeigen, um seine Freundin nicht noch mehr zu belasten. Wenn er das Mädchen, das er so liebte wie sonst nichts auf der Welt, verlieren würde, was blieb ihm da noch?

Für ihn selbst war die Antwort klar: Nichts, nichts blieb ihm. Er hatte die restliche Zeit, die ihm bei Elyana geblieben war, dafür genutzt, sie, so gut es ging, zu trösten, hatte ihr Zuversicht vorgespielt. Nun irrte er durch die Straßen von Syrka und hing seinen Gedanken nach, die in Wahrheit nicht sehr optimistisch waren. Sie war alles für ihn gewesen. Sie war die Einzige, die ihn verstand und sogar dieselbe Sehnsucht nach der weiten Welt, denselben Frust über die gesellschaftliche Enge empfand. Wenn er es genau betrachtete, war sie sogar noch schlimmer dran, er würde zwar den Rest seines Lebens mit einer Tätigkeit verbringen, die ihn nicht ausfüllte, und konnte nicht mit dem Mädchen, das er liebte, zusammen sein. Im Gegensatz zu Elyana allerdings würde er wenigstens überhaupt eine Tätigkeit ausüben und zumindest in einem gewissen Rahmen selbst entscheiden können, mit wem er sein Leben verbringen würde, auch wenn er sich sicher war, dass er außer mit ihr niemals mit jemand anderem zusammen sein wollte. Sie würde jedoch nach der Hochzeit den Rest ihres Lebens damit verbringen, für ihren Ehegatten, die Kinder und das Haus zu sorgen, und diesen Mann, den zukünftigen Vater ihrer Kinder, durfte sie sich ja nicht einmal selbst aussuchen. Nein, ihr Vater und der ihres Zukünftigen hatten das schon längst unter sich ausgemacht und Elyana blieb nichts anderes, als sich dem zu fügen. Wäre ihr Vater nicht so ein machthungriger, gieriger Egoist und wäre die Gesellschaft nicht so ungerecht, könnte Elyana ihn heiraten und nicht Garnis. Garnis, er hasste ihn, ohne ihn überhaupt zu kennen. Er hasste ihn, obwohl er wahrscheinlich auch nichts zu sagen hatte in der ganzen Angelegenheit. Elyana selbst hatte ihn bisher nicht einmal getroffen, ihr Vater hatte einfach erzählt, dass er jemand gefunden hatte, ganz freudig, als müsste Elyana sich freuen, wie sie ihm unter Tränen erzählt hatte. Natürlich wusste ihr Vater nichts, wie sonst auch niemand, von ihrer Liebe, aber auch so war es doch wirklich kein Grund zur Freude, wenn seine Tochter einen ihr völlig Fremden heiraten musste. Juril hasste ihren Vater noch mehr als Garnis, von dem sie nur wussten, dass er der Sohn des Gouverneurs von Kyrelia war, der Hauptstadt einer Inselgruppe namens

Archipel des Windes, die in einiger Entfernung im Osten lag, und dass er zumindest laut Elyanas Vater sowohl „charmant" als auch „kultiviert" war. Außerdem war er „stolz" auf seine Tochter, da sie mit dieser Hochzeit „einen großen Dienst für die Familie leistete."

Juril spuckte verächtlich aus, dieser Egoist denkt wirklich immer an seinen eigenen Vorteil und was noch schlimmer war, hätte er seine Tochter doch selbst entscheiden lassen und sie hätte sich für jemanden von niedrigerem Stand wie ihn entschieden, so hätte man dies niemals gesellschaftlich akzeptiert. Seine Tochter aus reinem Eigennutz zu einer Hochzeit zu zwingen allerdings, ging wohl völlig in Ordnung. Inzwischen ging langsam die Sonne unter und er machte sich auf den Nachhauseweg.

Nach einem kurzen Fußmarsch erreichte er das Haus, in dem er gemeinsam mit seinem Vater und seiner Schwester lebte. Wie bei so vielen Handwerkern befand sich die Werkstatt seines Vaters im Untergeschoss, während die Räume im oberen Teil als Wohnbereich genutzt wurden. Juril wusste, dass sein Vater nicht erfreut sein würde, dass er so spät nach Hause kam, aber nach der Sache mit Elyana hatte er einfach etwas Zeit für sich gebraucht und konnte nicht einfach so, als wäre nichts gewesen, nach Hause gehen.

Sein Vater erwartete ihn schon an der Tür, eine große, bullige Gestalt mit schütteren schwarzen Haaren, die den gesamten Türrahmen ausfüllte: „Wo warst du?",

er klang sichtlich aufgebracht. An einem anderen Tag hätte Juril nun eine Ausrede gestammelt, versichert, dass es ihm leidtue, und eine wütende Schimpftirade über sich ergehen lassen. Denn das war ihre unausgesprochene Abmachung gewesen. Sein Vater verlangte nicht wirklich, dass Juril einen guten Sohn abgab, dass er in der Werkstatt half, dass er Interesse daran zeigte, das Geschäft eines Tages weiterzuführen. Über den Punkt waren sie schon seit Jahren hinaus, sie waren sich mittlerweile beide einig, dass das unter keinerlei Umständen jemals passieren würde. Also waren sie dabei verblieben, dass sein Vater es bei wütenden Schimpftiraden beließ und er sie sich einfach anhörte, ohne zu widersprechen. Wenn das der Preis war, den er zahlen musste, um seine Tage so zu verbringen, wie er wollte, dann war er durchaus bereit, ihn zu zahlen. Aber heute war nicht an einem anderen Tag, heute war der Tag, an dem seine Welt zusammengebrochen war. „Das geht dich überhaupt nichts an", herrschte er seinen Vater an und beobachtete, wie sich in dessen Gesicht zuerst Verblüffung und dann Zorn abzeichneten: „Was fällt dir eigentlich ein, du wertloser Taugenichts!"

Taugenichts? Er sollte ein Taugenichts sein? Wer von ihnen beiden arbeitete denn sein ganzes Leben schon in einem Beruf, den er nur ausübte, weil schon sein Vater und dessen Vater ihn schon ausübten, und nicht, weil er ihn mit irgendeiner Art von Freude erfüllte. Wer hatte denn nichts zustande gebracht, außer aufzugeben und ein Leben zu führen, das er eigentlich gar nicht wollte? Er würde nie so enden wie sein Vater, das hatte er in diesem Moment beschlossen, er würde nicht aufgeben. Morgen wollten er und Elyana sich ein letztes Mal treffen, denn bald schon würde sie zu diesem Garnis nach Kyrelia ziehen. Doch vielleicht ließ sich das verhindern, vielleicht würde es ihm gelingen, sie zur Flucht zu überreden, ja, denn was hielt sie denn noch? Elyana müsste ihre Familie ja sowieso verlassen und er, was ließ er denn schon zurück? Einen Vater, der seine Träume aufgegeben hatte und von ihm verlangte, dasselbe zu tun, seine Mutter hatte er nie kennengelernt, sie war kurz nach der Geburt verstorben, und seine ältere Schwester. Der Gedanke an sie versetzte ihm einen Stich, Ceri war vier Jahre älter als er. Sie würde ihn zwar genauso wenig verstehen wie sein Vater, aber sie würde ihn nie so anbrüllen. Sie würde einfach mit ihm darüber reden und es schweren Herzens akzeptieren, wenn er in dem Punkt anders dachte als sie. Juril hatte sie sehr lieb. Ceri war immer für ihn da gewesen, hatte immer auf ihn achtgegeben und bei allen Problemen immer nach Kräften geholfen. Trotzdem, Ceri war nicht Elyana, sie würde seinen Wunsch nach Freiheit nie richtig nachvollziehen können, sie war eher pragmatisch, versuchte das Beste aus der Situation zu machen, anstatt sich Träumereien hinzugeben. Weder sie noch sein Vater würden jemals Jurils große Angst verstehen, in dreißig Jahren morgens aufzuwachen und festzustellen, dass er in seinem ganzen Leben nie glücklich gewesen war. Doch während sein Vater sich in seiner als Erfahrung missdeuteten Resignation über seine Träume lustig machen würde, würde seine Schwester ihn ernst nehmen. Sie war vielleicht das Einzige, was ihn noch zu Hause hielt. Aber wenn auch sie ihm abraten würde, mit Elyana durchzubrennen, würde sie sich dennoch damit abfinden.

Im Moment saß sie wahrscheinlich in der Stube und webte. Wie Juril normalerweise auch, ging sie Konflikten mit ihrem Vater aus dem Weg.

Es war sinnlos, mit ihm zu diskutieren, dabei kam nichts heraus außer einer Menge Geschrei. Es wäre vielleicht der bessere Plan gewesen, auch diesmal dem Konflikt aus dem Weg zu gehen, klein beizugeben und sich einfach morgen heimlich aus dem Haus zu stehlen, auf die Weise könnte er vielleicht sogar eine Art Abschiedsbrief für sie hinterlassen, einen persönlichen Abschied wollte er weder sich noch seiner Schwester zumuten. Aber vielleicht lag es daran, dass er in all den Jahren dem Konflikt immer aus dem Weg gegangen war, er konnte nun nicht einfach so aufhören:

„Was mir einfällt? Dass du hier der wertlose Taugenichts bist!"

Zugegeben, das war nicht besonders schlagfertig, dafür aber ehrlich. Auf jeden Fall reichte es aus, um seinen Vater noch mehr in Rage zu versetzen.

„Raus! Raus! Und komm bloß nicht wieder!"

Ohne ein weiteres Wort drehte Juril sich um und ging. Nein, darum brauchte sein Vater sich keine Sorgen zu machen. Er würde nicht wiederkommen, ganz bestimmt nicht.

Er saß wieder auf derselben Kaimauer wie heute Morgen, doch heute Morgen schien ihm wie eine längst vergangene Zeit, zu viel war passiert. Jetzt, spätabends, war der Hafen nicht mehr so geschäftig. Nur ein paar Betrunkene torkelten ab und an vorbei, wahrscheinlich kamen sie aus einer der zahlreichen Tavernen, aus denen er Musik und immer wieder schallendes Lachen hörte. Hinsehen konnte er nicht, er saß mit dem Rücken zur Straße und starrte auf das Meer. Nun sah er keine Schiffe mehr, die ihn zum Träumen verleiteten, nur die Schwärze der Nacht. Er hätte sich so gern von seiner Schwester verabschiedet, es erschien ihm nicht richtig, sie einfach so ohne Erklärung zurückzulassen. Jetzt, da seine Wut größtenteils verraucht war, erschien es ihm sogar nicht ganz richtig, seinen Vater einfach so zurückzulassen. Immerhin war es sein Vater, neben all diesen Streitereien und den Konflikten hatte er auch schöne Momente mit ihm erlebt. Er besaß eine Vorliebe für Witze, die so lang waren, dass man bei der Pointe den Anfang schon wieder vergessen hatte. Ab wann er und seine Schwester wohl erkennen würden, dass er nicht nach Hause zurückkommen würde? Wie weit weg würde er dann schon sein? Würde Elyana überhaupt mitkommen? Der Zorn hatte einer tiefen Traurigkeit Platz gemacht. Juril spürte, wie Tränen, salzig genau wie das Wasser vor ihm, seine Wangen hinunterliefen. Irgendwie tat es gut, zu weinen, es änderte zwar nichts an seinen Problemen, aber auf irgendeine Art und Weise fühlten sie sich nicht mehr so erdrückend an.

Da sowieso nur Betrunkene vorbeikamen, konnte er ruhig so lange weinen, bis er keine Tränen mehr hatte. Dachte er jedenfalls, bis er hinter sich eine Stimme hörte, die nicht nach betrunkenem Gegröle klang: „Kann ich dir helfen, mein Freund?"

Juril war so überrascht, dass er fast von der Mauer gestürzt wäre. Nachdem er sich mit den Armen rudernd in eine stabile Position gebracht hatte, drehte er sich um. Vor ihm stand ein in einen dunkelblauen Umhang gekleideter, groß gewachsener, nicht unbedingt breitschultriger, aber auf jeden Fall kräftiger Mann. Er hatte kurze schwarze Haare, an die sich fast nahtlos ein akkurat gestutzter Bart anschloss. In seinem von der Sonne leicht gebräunten Gesicht stand ein freundliches Lächeln. Eine derart gepflegte Erscheinung sah man nur sehr selten zu dieser Stunde im Hafen. Juril wusste nicht recht, was er sagen sollte; wieso fragte ihn dieser Mann, ob er Hilfe bräuchte? Wollte er wirklich nur helfen oder steckte etwas anderes dahinter? Was machte der überhaupt hier draußen? Er hatte zwar kein Geld, aber das wusste der Fremde ja nicht. Juril hatte zwar keine Ahnung von den Beweggründen des Mannes, aber dafür wusste er, dass er keine Lust hatte, mit einem Wildfremden über seine Gefühle zu reden, egal welche Absichten dieser hatte. „Nein danke, ich komm zurecht", stammelte er nur kurz, bevor er aufsprang und an dem verdutzten Mann vorbeizischte. Ohne sich umzudrehen, rannte er davon, bis er sich nach Atem ringend an eine Hauswand lehnte. Ihm kam der Gedanke, ob wegrennen die richtige Entscheidung war, schließlich sah der Mantel des Fremden sehr vornehm aus, er war gründlich rasiert und auch die Haare wirkten, als ob er sie regelmäßig schneiden ließ. So jemand hatte es doch nicht nötig, ihn auszurauben. Wahrscheinlich wollte er wirklich nur helfen. Juril hätte ihn am besten freundlich abweisen sollen, statt gleich wegzurennen. Normalerweise legte er nicht so viel Wert auf Höflichkeit, aber jemanden, der ihm freundlich Hilfe anbot, wollte er nicht kränken. Juril hoffte einfach, dass der Mann es verstehen würde. Erst jetzt fiel ihm auf, dass er keine Ahnung hatte, wo er war. Er war einfach losgerannt, ohne konkretes Ziel. Apropos Ziel, wohin sollte er eigentlich mit Elyana gehen? Außer dass es sehr weit weg sein sollte, hatte er sich noch nichts überlegt. Warm sollte es auf jeden Fall sein, bei ihnen schwankte die Temperatur mit den Jahreszeiten nur schwach, sie blieb ganzjährig relativ hoch. Er hatte aber auch im Hafen von Orten gehört, an denen es so kalt war, dass das Wasser zumindest an der Oberfläche gefriert und fest wird und der Boden von kaltem, weißem Schnee bedeckt ist. Außerdem sollte es dort endlos wirkende Graslandschaften geben, auf denen jedoch kein einziger Baum stand.

Das wäre nichts für ihn. Natürlich würde er liebend gerne mal Schnee sehen, ihn anfassen und die Menschen kennenlernen, die in solch unwirtlichen Gegenden lebten. Aber dauerhaft in einer so kargen, düsteren Umgebung leben, das wollte er nicht. Würden sie überhaupt dauerhaft an einem Ort bleiben oder umherziehen? Bei Letzterem konnten sie viel mehr von der Welt sehen, das war interessanter, als an einem Ort zu bleiben und dort wieder Routine einkehren zu lassen. Ja, genau, so würden sie es machen, einfach immer weitergehen; es gab so viel zu entdecken. Jetzt musste er Elyana nur noch überreden, eigentlich müsste es ein Leichtes sein, so unglücklich, wie sie war, allerdings konnte Juril sich der Zweifel nicht vollständig erwehren.

Da er immer noch nicht wusste, wo er war, entschied er sich, nach einem Ort zu suchen, an dem er sich wieder auskannte, nur in der Dunkelheit fiel ihm das ungewöhnlich schwer, zumal er die Stadt noch nie bei Nacht erkundet hatte. Nachdem er ein paar Mal im Kreis gelaufen sein musste, führte ihn eine kleine Straße schließlich zu einem Platz, den er kannte. Es war die Statue von irgendeinem Tyrlios, entweder Tyrlios der Dritte oder Tyrlios der Vierte, so genau war das Juril eigentlich auch egal. An der Statue lehnten zwei Soldaten der Stadtwache, die ihn misstrauisch anblickten, aber nichts sagten, als er an ihnen vorbeiging. Von hier aus wusste er, wie er zu dem Anwesen von Elyanas Familie gelangen konnte. Es war noch nicht lange hell, als er zum vereinbarten Zeitpunkt an die versteckte Tür in der Mauer klopfte. Niemand öffnete. Wahrscheinlich hatte sie ihn nicht gehört. Er klopfte ein weiteres Mal, diesmal lauter. Als wieder niemand öffnete, wurde er unruhig. Er war doch pünktlich, seit Jahren schon trafen sie sich zu dieser Uhrzeit, bisher hatte sie immer auf der anderen Seite sehnsüchtig auf ihn gewartet. Irgendetwas musste sein, vielleicht waren sie mit irgendwelchen Vorbereitungen für die Reise beschäftigt, er müsste einfach noch etwas warten und dann würde sich diese Tür öffnen, er würde sie zur Flucht überreden und alles würde gut werden. Langsam kam ihm ein erschreckender Gedanke: Was, wenn sie früher als geplant abgereist wären, nicht erst morgen, sondern bereits heute früh? Ihm stockte der Atem, das durfte einfach nicht sein, er durfte sie einfach nicht verlieren. Er musste über diese Mauer und nachsehen, was los war. Nur, wie sollte er das anstellen? Die Mauer war zu glatt zum Klettern, an ihr würde er keinen Halt finden. In seiner Verzweiflung überlegte er sogar, sich an die Wachen am Tor zu wenden und um Einlass zu bitten, obwohl er genau wusste, dass sie ihn niemals reinlassen würden. Moment mal, Juril, den Sohn eines Kerzenziehers vielleicht nicht, aber was wäre, wenn er sich einfach als jemand anderes ausgäbe? Eine vornehme Rolle würden sie ihm zwar nicht abkaufen, dafür besaß er weder das nötige Benehmen noch sah er entsprechend aus, besonders jetzt nicht, nachdem er eine Nacht auf den Straßen umhergeirrt war. Aber einen

Dienstboten könnte er schon vorgaukeln. Er musste es einfach versuchen. „Guten Tag", eine der beiden Wachen, die am Tor standen, ein kleiner, rundlicher Mann gab gelangweilt, ohne ihn zu grüßen, zurück: „Was willst du?"

„Quintes Marcuielles schickt mich, ich soll eine Nachricht überbringen."

Quintes Marcuilles war ein Geschäftspartner von Elyanas Vater und ein so hohes Tier, dass sie ihn einfach reinlassen mussten. „Ah, man hat uns erzählt, dass demnächst ein Bote von ihm kommt wegen der Sache mit den Tüchern", sagte der andere Wachmann, welcher besonders im Vergleich mit seinem Kollegen nahezu riesenhaft wirkte, gedehnt. „Ja, genau."

Juril war erleichtert.

„Na, dann komm, ich nehme an, man hat dir erzählt, wo du hinmusst?"

Man merkte, dass keiner der beiden seinem Beruf mit Feuereifer nachging. „Ja, ich komm schon zurecht."

Sie ließen ihn passieren, sichtlich beruhigt, ihn nicht auch noch begleiten zu müssen. Als er durch das Tor trat, blickte er auf eine kerzengerade, von Palmen gesäumte Allee, die zum Haus hinführte. Vor dem Eingang befand sich ein großer Platz mit einem riesigen Springbrunnen, von dem aus Wege in den weitläufigen Park führten. Hinter dem Platz ragten Treppen zum Eingang auf. Der Wohlstand der Familie sollte für alle Besucher sofort sichtbar sein. Juril entschloss sich, sich zunächst im Garten umzuschauen, dort war es einfacher. Er folgte einem der Wege in Richtung der Geheimtür. Unweit des Teiches, in dem er gestern in Elyanas Spiegelbild ihre Tränen entdeckt hatte, hielt er plötzlich inne. Er hatte eine unbekannte Stimme gehört, allerdings so leise, dass er nicht verstehen konnte, was sie sagte. Da hörte er eine weitere Stimme und am liebsten hätte er freudig aufgeschrien. Er konnte zwar auch nicht verstehen, was sie sagte, aber diese wunderbare Stimme konnte nur Elyana gehören. Sie war also noch nicht fort, alles würde gut werden. Aber mit wem unterhielt sie sich da? Es klang schon mal nicht wie ihr Vater. Juril verließ den Pfad, um sich um die Ecke näher heranzuschleichen. Hinter der nächsten Ecke konnte er sie dann endlich sehen und genau hören, was sie sprachen. Elyana stand unter einem Baum, ihr Haar war noch immer hochgesteckt und sie trug ein vornehmes rotes Kleid, das mit goldenen

Bändchen verziert war. Die helle Farbe stand im Kontrast zu der ihres Gesichts. Sie wirkte blass und unglücklich. Der Mann ihr gegenüber hingegen wirkte freudig. Er hatte braune lockige Haare, die seine Stirn frei ließen, war ebenfalls sehr vornehm in einen Mantel gekleidet und vielleicht 2 Jahre älter als Elyana. Seinen Bart trug er viel kürzer als seine Haare. Aus irgendeinem Grund gefielen dieser Typ und sein selbstgefälliges Lächeln Juril überhaupt nicht. Wer war das bloß? Schleichend kam ihn ihm eine Vermutung hoch, die ihn in Panik versetzte. Er hoffte inständig, dass er sich irrte, dass er gleich etwas hören würde, das zeigte, dass er falschlag, dass doch alles gut werden würde. Der nächste Satz aus dem Munde des Mannes allerdings zerstörte diese letzte Hoffnung. „Freust du dich denn gar nicht, dass ich extra einen Tag vorher gekommen bin, um dich persönlich abzuholen?"

Nein, diese Stimme gehörte nicht Elyanas Vater, dafür aber einem Mann, den er genauso hasste. Garnis klang ziemlich arrogant mit der gedehnten Art und Weise, wie er die Wörter „extra" und „persönlich" betonte, als ob eine so unbedeutende Person wie Elyana sich unendlich glücklich schätzen müsste, da der große Garnis beschlossen hatte, einen Teil seiner kostbaren Zeit mit ihr zu verschwenden. Juril schlich sich zu einem Busch, um sich dort zu verstecken. „Doch, natürlich freue ich mich."

Elyana versuchte ein Lächeln, allerdings bewegten sich nur ihre Mundwinkel nach oben, ihre Augen jedoch behielten ihren traurigen Ausdruck. „Bisher klingst du allerdings nicht so", sagte er mit einer Spur Enttäuschung oder war nicht doch vielmehr Vorwurf in seiner Stimme? „Es ist nur so", Elyana hielt mitten im Satz inne. Im Stillen vervollständigte Juril ihren Satz: ungerecht. Wieso sollte dieser arrogante Schnösel Elyana heiraten, obwohl sie und Juril eigentlich füreinander bestimmt waren? „So was", Garnis' selbstzufriedenes Lächeln war verschwunden. „So", Elyana rang nach Worten, schien allerdings keine zu finden. Stattdessen begannen Tränen über ihr Gesicht zu laufen. Juril war überrascht, ihr Auftreten war doch sonst immer so beherrscht. Nur ihm gegenüber hatte sie ihre wahren Gefühle offenbart, wie sehr sie diesen Zwang zum steifen, heuchlerischen Benehmen hasste, den man ihr seit ihrer frühen Kindheit eintrichterte. Wie sehr sie hasste, nicht für voll genommen zu werden, ständig wurden Dinge über ihren Kopf hinweg beschlossen, fast ihr ganzer Tag, ja, ihr ganzes Leben war so geplant oder vielmehr verplant, wie ihr Vater es wollte, da er es ja angeblich am besten wüsste. Auch Garnis schien überrascht, dass ein so wohlerzogenes Mädchen solch ein Verhalten an den Tag legte. „Was ist bloß los mit dir", schrie er sie an. Statt eine Antwort zu geben, drehte Elyana sich um und ging schluchzend davon. Doch Garnis war schneller. Er packte sie am Arm, riss sie herum und tat etwas, wodurch Juril seinen Plan, letzte Nacht, einfach alles um sich herum vergaß und nur noch von einem Gedanken angetrieben wurde, seiner Faust in Garnis' Gesicht.

Fast im selben Moment, in dem Garnis Elyana schlug, sprang Juril auf und rannte. In seinen Ohren rauschte das Blut, er konnte nicht richtig denken. Musste er aber auch nicht, er wusste genau, was zu tun war. Er würde Garnis, den Mann, der ihm Elyana wegnehmen wollte, den Mann, der sie so arrogant behandelte, und den Mann, der sie, das Mädchen, das ihm so viel bedeutete wie sonst niemand, geschlagen hatte, alle Knochen brechen. Kurz bevor er ihn erreichte, drehte Garnis sich um, auf seinem Gesicht zeichneten sich deutlich Verwunderung und, was Juril etwas Genugtuung verschaffte, auch Angst ab. Im nächsten Moment spürte er, wie eine Nase unter seiner Faust brach. Es war ein echt befriedigendes Gefühl. Beide stürzten zu Boden und kugelten auf dem Gras herum, jeweils versuchend, den anderen auf den Boden zu pressen. Juril war Garnis zwar aufgrund des Altersunterschiedes körperlich unterlegen, allerdings war er so voller Wut, dass es diesen Umstand zumindest etwas auszugleichen schien. Nachdem beide einige heftige Schläge und Tritte abbekommen hatten, gelang es Garnis schließlich, die Oberhand zu gewinnen: Er setzte sich auf Jurils Brustkorb und begann ihn zu würgen. In seinem blutverschmierten Gesicht lag ein irres Grinsen. Er atmete schwer. „Habe ich dich, du wertlose Made! Du wirst für deine Anmaßung bezahlen! Was glaubst du, wer ich bin! Ich bin Garnis Poccelli, Sohn des Brusio. Ich kann dich töten, ohne dass es jemanden interessiert, du minderwertiger Wurm!"

Juril bekam keine Luft mehr. Er versuchte verzweifelt sich zu befreien, es gelang ihm aber nicht. Langsam begann die Welt um ihn herum zu verschwimmen. Wenn er doch wenigstens noch einen letzten Blick auf Elyana werfen könnte, aber sie wurde von Garnis' verzerrtem Gesicht verdeckt. Ihm blieben nur noch ihre verzweifelten Schreie. „Nein! Hör auf! Hör auf! Bitte!"

Plötzlich verstummte sie und der Griff um seinen Hals lockerte sich. Er schnappte nach Luft. Was war passiert? Juril musste zwei Mal hinschauen. Elyana stand tränenüberströmt da, eine ihrer Haarnadeln in der rechten Hand, und starrte entsetzt auf den sich am Boden windenden

Garnis. Sie hatte ihm die Haarnadel mit voller Wucht in den Rücken gerammt. In Jurils Kopf überschlugen sich die Gedanken: Würde Garnis
diese Verletzung überleben? Was nun? Das Geschrei hat sicher die Wachen auf den Plan gerufen. Wie viel Zeit blieb ihnen noch? Wohin? Wie
kam Elyana damit zurecht?

Sein Kopf fühlte sich an, als ob er gleich explodieren würde. Zu wenig
Zeit. Er hörte sie schon rufen. Gleich würden sie hier sein. Zu wenig Zeit.
Irgendetwas mussten Elyana und er tun, egal was, Hauptsache, weg von
hier. Allerdings machte sie keine Anstalten, sich zu bewegen. Wie apathisch starrte sie auf seinen sich am Boden krümmenden Körper. „Was
habe ich getan?",

flüsterte sie immer wieder leise. Juril musste sie regelrecht wegzerren.
Als er ihre Hand nahm, fing sie plötzlich an, hysterisch zu schreien: „Was
habe ich getan! Was habe ich getan!"

Nicht auch das noch. „Du musst leise sein, hörst du! Alles wird wieder
gut!"

Wie oft hatte er das in den letzten Stunden zu sich selbst gesagt. Er
zog sie hinter sich her. Durch die geheime Tür. Die Straße entlang. Wohin
bloß? Inzwischen hatte Elyana wenigstens aufgehört zu schreien. Dafür
fing sie nun leise an zu weinen. Das mit der Tür hatte ihnen hoffentlich
einen kleinen Vorsprung verschafft. Ohne ein festes Ziel rannten sie, einfach immer weiter. Die Leute starrten ihnen hinterher, nicht ganz sicher,
was sie davon halten sollten. Das Gedränge der Menschenmassen wurde
immer größer Juril hörte wütende Rufe, als sie sich unsanft ihren Weg
durch die Menge bahnten.

Plötzlich mussten sie innehalten. Vor ihnen erstreckte sich der endlos
wirkende, blaue Ozean. Sie waren geradewegs in den Hafen gelaufen. Einen Moment lang hatte er die absurde Idee, einfach mit Elyana in das
Wasser zu springen und zu tauchen, bis sie außer Sichtweite der Menschenmenge waren. Moment mal, tauchen, gar keine so schlechte Idee.
Aber nicht im Meer, nein, in der Menschenmenge. Sie mussten in ihr un-
tertauchen, unsichtbar werden. Er drehte sich um, Elyana immer noch an
der Hand. Immerhin übertönte der Lärm um sie herum ihr Weinen. Gemeinsam mit ihr ging er nun umher, tunlichst darauf bedacht, in keiner
Weise aufzufallen. Das schien Wirkung zu zeigen, er wurde nicht mehr
besonders beachtet. Gerade als er glaubte, seinen Verfolgern fürs Erste
entkommen zu sein, merkte er an aufgeregten Rufen, dass sich ein kurzes

Stück entfernt jemand seinen Weg durch die Menge bahnte. „Im Namen des Königs."

Immerhin waren seine Verfolger so dumm, ihr Kommen anzukündigen. Das half ihm aber jetzt gerade nicht besonders, durch ihr Drängeln waren sie schneller als er und es ihnen gleichzutun würde nur die Aufmerksamkeit auf sie ziehen. Wieder kehrte die Panik zurück. Es war vorbei, alles war vorbei. Er brauchte nicht viel Fantasie, um sich auszumalen, was sie wohl mit ihm anstellen würden. Hoffentlich verschonten sie wenigstens Elyanas Leben.

Als sich dann eine Hand auf seine Schulter legte, hatte Juril plötzlich den Impuls, um sein Leben zu kämpfen. Nein, so einfach würden sie ihn nicht bekommen. Vielleicht bekam Elyana so sogar die Möglichkeit, wegzurennen, auch wenn er bei ihrem Zustand bezweifelte, dass sie so eine Chance nutzen könnte. Er wollte gerade schreien: „Elyana, lauf weg", als sich eine Hand in einem ledernen Handschuh auf seinen Mund legte. Juril wollte gerade zum Angriff übergehen, als ihn etwas zurückhielt. Der Mann, zu dem der Handschuh gehörte, sagte etwas, doch noch vor dem Inhalt hielt ihn etwas anderes zurück. Er kannte diese tiefe Stimme, die gerade etwas flüsterte. „Ruhig, mein Freund. Ich für meinen Teil habe wenig Lust, den Leuten einen Anlass zum Gaffen zu geben, und du wahrscheinlich auch nicht. Also hör mir jetzt gut zu, dann kommen wir ohne großes Theater wieder raus."

Als er „mein Freund" sagte, hatte Juril endgültig Gewissheit: Es war der Mann, der ihn gestern Abend überrascht und seine Hilfe angeboten hatte. Und offenbar galt dieses Angebot noch immer. „Verhalte dich ruhig und bleib einfach mit der entzückenden jungen Dame hier stehen, um den Rest kümmere ich mich."

Juril tat, wie ihm geheißen. Als der Fremde in sein Blickfeld trat, konnte Juril erkennen, dass er zusätzlich zu seinem gestrigen Aufzug noch einen Hut mit breiter Krempe trug. Er ging an einigen Leuten vorbei, räusperte sich und fing dann an zu rufen: „Hey, ihr beide da!"

Im nächsten Moment waren die Wachen vor ihm, drei mit Hellebarden ausgerüstete Männer in Orange und mit leichter Rüstung unter dem Stoff. „Ich weiß, wen ihr sucht! Die beiden sind da lang!"

Er zeigte in irgendeine Richtung, wohin genau es dort ging, war Juril eigentlich egal. Das Einzige, was zählte, war, dass diese Richtung weg von ihnen führte, einfach nur weit weg. Die Wachen schluckten den

Köder, wieso sollte dieser Mann sie auch anlügen? Kaum waren die Wachen weg, stand er wieder neben ihnen. „Bedankt euch später, jetzt folgt mir erst mal. Wir müssen euch von der Straße runterbringen."

Was er wohl über sie beide dachte? Juril blutete an einigen Stellen und seine Kleidung war total verdreckt. Elyana hatte zwar aufgehört zu weinen, aber ihre Augen waren noch immer gerötet und sie lief Juril an seiner Hand immer noch apathisch hinterher. Dazu wurden sie auch noch von der Stadtwache verfolgt, was also sah dieser Fremde in ihnen, wieso hatte er diesen beiden heruntergekommenen und dazu allem Anschein nach auch noch kriminellen Gestalten geholfen? „Ach", ihr Retter seufzte übertrieben gespielt, „immer geht es um eine Frau. Hätte ich mir eigentlich gestern schon denken können, nur wenige Dinge sind in der Lage, einem solch einen Kummer zu bereiten wie wahrhaftige Liebe."

Das war die Antwort. Jeder, der sie genauer ansah, konnte erkennen, dass sie eigentlich nicht zusammengehören sollten, zumindest nicht den geltenden Konventionen nach. Der Fremde dachte wahrscheinlich, dass sie einfach zusammen durchbrennen wollten, was zum Großteil ja auch stimmte. Ein Vorhaben, dem er jedenfalls nicht unbedingt ablehnend gegenüberstand. „Erlaube mir die Bemerkung, aber du siehst ziemlich ramponiert aus. Gegen wen hast du um der Liebe willen gerungen? Ihren Vater? Ihren Bruder?"

„Ihren Verlobten", Juril wusste nicht, wieso er lügen sollte. Der Mann lachte, ein herzhaftes, zutiefst sympathisches Lachen. „Ihr Verlobter", wiederholte er. „Dafür sollte man dir einen Orden verleihen. Lass mich raten: arrangierte Ehe? Wer war der Glückliche? Der arrogante Sohn irgendeines Tuchhändlers? Der versoffene Sprössling irgendeines Gouverneurs? Oder gar der verzogene Abkömmling irgendeines entfernten Verwandten von unserem geliebten König Tyrlios VIII., direkter Nachfahre von Trylios Demerkia, Sohn von Tyrlios VII. und seiner Gattin Darnia Melillie, König des Demerkianischen Reiches? Schade eigentlich, dass sein Vater rechtmäßiger König von Onien hat streichen lassen, dann wäre sein Titel noch länger. Also, in welche dieser drei Kategorien fällt unser Mann? Ich hoffe, du hast ihn nicht allzu sehr hergerichtet, deine Herzensdame sieht ja ziemlich mitgenommen aus."

Vielleicht lag es an der ironischen Art und Weise, wie der Fremde über den König sprach, aber wieder sagte Juril die Wahrheit: „Der Sohn des Gouverneurs des Archipels des Windes."

„Da habe ich gar nicht so schlecht geraten. Ah, da wären wir schon."

Sie standen wieder im Hafen am Ozean. Vor ihnen lag ein großer Dreimaster mit bauchigem Rumpf und schnabelförmigem Bug. Über eine kleinere hölzerne Brücke war er mit dem Land verbunden. „Geht einfach an Bord. Vertraut mir, in diesem Gedränge achtet keiner besonders darauf, wer jetzt an Bord welches Schiffes geht. Versucht am besten gar nicht besonders unauffällig zu sein. Am Ende verhaltet ihr euch deswegen noch komisch und dann fallt ihr auf."

Als Juril dem Mann an Bord folgte, konnte er merken, wie sehr sein Herz pochte. Wenn sie in den nächsten Sekunden keiner entdeckte, dann waren sie so gut wie sicher. Außer ihnen war niemand an Deck. „Ich bring euch noch schnell in meine Kajüte, dann muss ich aber leider noch etwas erledigen. Aber pünktlich zum Abendessen sind wir auf See. Ich will ja schließlich nicht, dass ihr zwei Verliebten hier noch irgendwelchen Ärger bekommt."

Als die Tür hinter ihnen schloss, verspürte Juril Erleichterung, aus irgendwelchen Gründen vertraute er dem Fremdem mit dem Hut. Abendessen, ja das klang wirklich gut.

„Sicher wäre es hilfreich, uns erst mal einander vorzustellen. Mein Name ist Sercius Vantales. Ich bin, wie ihr sicher schon gemerkt habt, der Kapitän der Silia."

Sie saßen auf einer Seite eines hölzernen Tisches in einer luxuriös ausgestatteten Kajüte, deren Regale über und über mit Büchern gefüllt waren. Ihnen gegenüber saßen ihr Gönner und ein weiterer Mann. Dieser war recht stämmig und hatte einen Dreitagebart. Er trug über seiner offensichtlich teuren Kleidung einen orangen Umhang mit einem goldenen Schiff, dem Wappen der Demerkianischen Krone. Er schaute sie mürrisch an, von ihm war die Einladung zu einem Abendessen sicher nicht ausgegangen. „Elyana, sehr erfreut, eure Bekanntschaft zu machen."

Sie schien sich wieder ein Stück weit gefangen zu haben. Während sie auf Sercius gewartet hatten, hatte sie nicht viel gesprochen. Allerdings wunderte Juril sich jetzt, wieso sie ihren Nachnamen nicht erwähnte.

Machte man das nicht üblicherweise, wenn man sich formell vorstellte? Gerade in den Kreisen, in denen Elyana sich normalerweise bewegte, der Name Stenia war schließlich nicht irgendeiner. „Juril Wahroles."

Sie schüttelten einander die Hände. Der Mann mit dem Zeichen des Demerkianischen Reiches machte keine Anstalten, sich vorzustellen, und Juril wurde plötzlich schlagartig klar, wieso Elyana ihren Nachnamen nicht genannt hatte. Eben weil der Name Stenia nicht irgendeiner war, jeder in Syrka kannte ihn. Und in ihrer Situation sollten sie es wohl tunlichst vermeiden, dass der Mann mit dem Zeichen des Demerkianischen Reiches sich fragte, was eine Stenia auf diesem Schiff machte. Wie gut, dass dasselbe nicht für seinen Nachnamen galt, wo er doch so leichtsinnig gewesen war, ihn zu nennen. „Wir sind euch sehr dankbar für eure Hilfe", sagte Elyana und Juril nickte. „Ja, danke. Ohne euch hätten sie uns erwischt."

Vantales blickte sie freundlich an. „Ach, lassen wir diese Höflichkeitsfloskeln. Das ist doch uninteressant. Ich finde, unser Ziel und der Grund für unsere Reise sind da viel spannender."

Da hatte er recht, das interessierte Juril wirklich. Er hoffte auf einen möglichst aufregenden Ort, möglichst weit weg. „Sagt euch Corasson etwas?"

Seine Erwartungen wurden um Längen übertroffen, natürlich tat es das. Corasson, so hatten seine Entdecker vor fast 100 Jahren den Kontinent weit im Südosten genannt. Juril hatte im Hafen oft Geschichten gehört von unerträglicher Hitze und Luftfeuchtigkeit, von Eingeborenen, die mitten im Regenwald überlebten, von fremden Tieren und Pflanzen und von unvorstellbaren Mengen an Gold, die von den Kolonien in die Mutterländer flossen. Wie oft hatte er davon geträumt, dorthin aufzubrechen. „Ja, natürlich", sagte er aufgeregt und auch Elyana nickte. „Gut, das dachte ich mir. Vielleicht wisst ihr auch, dass dort bisher zwei Nationen Kolonien besitzen. Onien und das Demerkianische Reich. Allerdings ist bislang nur die Küste erforscht, über das unzugängliche Hinterland ist fast nichts bekannt. Und da kommen wir ins Spiel: Bei meinem letzten Aufenthalt dort machte ein Stamm mir ein interessantes Geschenk": Er schob seinen Ärmel nach oben und gab den Blick auf einen kunstvoll gearbeiteten goldenen Armreif frei. In ihn waren ringsherum die Umrisse von Fröschen eingearbeitet. „Schöne Arbeit, nicht wahr? Und sie haben ihn mir einfach so geschenkt. Gold bedeutet ihnen nichts, sie können die

Gier unserer Kultur nach diesem glänzenden Metall nicht nachvollziehen."

Seine Stimme hatte inzwischen den belustigten Ton von ihrer Abfahrt verloren und nun lag etwas anderes in ihr. War es Traurigkeit, Faszination oder Verachtung? Es konnte alles drei sein oder keins von ihnen. Juril wusste es nicht. „Ihr Land ist zwar reich an Vorkommen, sie selbst fördern und verarbeiten es jedoch nicht. Das gilt übrigens für alle bekannten Stämme in Corasson.

Den Reif haben sie vor ein paar Jahren im Regenwald gefunden, wie sie mir erzählt haben. Aber wie ist der dahin gekommen? Mir kam die Idee, ob es nicht vielleicht vor langer Zeit eine Kultur dort gab, die sich etwas mehr aus Gold machte. Wieso sonst sollte wertvoller Goldschmuck mitten im Regenwald liegen? Der Stamm, der ihn mir geschenkt hat jedenfalls, der Stamm der Taktitlo, siedelt schon sehr lange dort. Trotzdem konnten sie mir nicht sagen, ob ich mit meinen Vermutungen richtiglag, und auch die Stelle, an der sie den Reif gefunden haben, war ziemlich unscheinbar. Keine Spur irgendeiner Hochkultur. Ich habe zwar keine Ahnung, wie er da hingekommen ist, aber er lässt doch eindeutig darauf schließen, dass es dort mal jemanden gab, der in der Lage war, Gold zu verarbeiten. Die Idee ließ mich einfach nicht mehr los, deshalb habe ich weiter geforscht. Ich fand heraus, dass noch an weiteren Stellen in ganz Corasson ähnliche Funde gemacht worden sind, und ich hörte Geschichten über Ruinen im Regenwald, die man sich bei manchen Stämmen erzählt. Immer mehr sah alles so aus, als ob es irgendwo tief im Regenwald mal ein mächtiges Reich gegeben hat, nicht zu vergleichen mit den Dörfern der Stämme. Also kam ich nach Syrka, um im Archiv der Stadt nach Hinweisen zu suchen. Wo, wenn nicht dort, sollte es Aufzeichnungen geben, die mir weiterhelfen können? Es war doch gut möglich, dass wir nicht die Ersten waren, die Corasson entdeckt haben, schließlich gab es schon vor Hunderten von Jahren Völker, die weite Entdeckungsreisen unternahmen und Handel trieben. Oder vielleicht ist diese Kultur auch zur See gefahren? Also begann ich zu suchen; es dauerte zwar eine Weile, aber ich fand eine der wenigen erhaltenen Schriften des Volkes der Tosriter. Diese lebten auf den heute Archipel des Windes genannten Inseln, also relativ nah an Corasson."

Er stand auf und holte ein Buch aus dem Regal. Das schien dem Mann mit dem Wappen gar nicht zu passen. „Das ist Material aus dem Archiv, das ist nicht für jedermanns Augen bestimmt", brummte er mit tiefer Stimme, während er in ihre Richtung nickte. Vantales warf ihm einen finsteren Blick zu: „Hätte ich fast vergessen zu erwähnen, als Gegenleistung für die Benutzung des Archivs erhält Demerkia die Hälfte aller bei dieser Expedition gefundenen Reichtümer. Außerdem erheben sie Anspruch auf sämtliche neu entdeckte Gebiete. Deshalb ist Hauptmann Gontales dabei, er soll sicherstellen, dass die glorreiche Demerkianische Krone den ihr zustehenden Anteil erhält."

Die sarkastische Art und Weise, wie er glorreiche Demerkianische Krone aussprach, machte deutlich klar, wie viel oder besser, wie wenig er von dieser hielt. „Auf jeden Fall habt ihr recht, dieses Material ist tatsächlich nicht für jedermanns Augen bestimmt. Wenn ihr nun also bitte gehen würdet, Herr Hauptmann."

„Ich habe genaue Anweisungen bezüglich ..."

„Mir sind eure Anweisungen durchaus bekannt", unterbrach er ihn. „Ihr könnt ja später bei Eurem Vorgesetzten Beschwerde einlegen."

„Verlasst Euch drauf", grummelte er und verließ sichtlich verärgert den Raum. „Endlich sind wir den los, ich kann ihn und das ganze andere demerkianische Pack nicht ausstehen. Ich meine, seht euch nur mal das an."

Er deutete auf den Tisch vor ihnen. Dieser war voll mit den verschiedensten Speisen, nur von der teuersten Sorte. Ein riesiges Straußenei war ebenso darunter wie eine mit Blattgold verzierte Torte. „Das ist ein Geschenk des Königshauses an mich. Es ist zu viel für einen allein und zu wenig für die ganze Mannschaft. Man kann es nicht mal lagern, alles ist viel zu schnell verderblich. Und das Blattgold erst, die pure Dekadenz. Es schmeckt nach nichts, es macht nicht satt, es soll einfach nur zeigen, dass sie es sich leisten können. Die Ureinwohner von Corasson bezahlen die Förderung dieses Goldes buchstäblich mit ihrem Leben und die, die können es sich leisten, es einfach zu essen."

Er schüttelte den Kopf, bevor er mit der Gabel ein goldenes Stück Torte in seinen Mund schob. Juril bemerkte, wie Elyana betreten zu Boden blickte. Dieser luxuriöse Lebensstil war für sie immer selbstverständlich gewesen, wahrscheinlich hatte sie nie richtig darüber nachgedacht. „Aber bevor ich es wegwerfe oder verrotten lasse, dachte ich mir, ich lade ein paar interessante Gesprächspartner ein und teile das Essen mit denen. Den Hauptmann habe ich übrigens nicht eingeladen, das hat er selbst getan. Er hielt es anscheinend für seine Stellung angemessener, an einem Festmahl teilzunehmen als das zu essen, was der Rest der Mannschaft auch bekommt."

Er sprach zwar von interessanten Gesprächspartnern, bis jetzt führte er allerdings fast nur einen Monolog, was ihm jedoch nicht zu missfallen schien; für Juril hatte es den Anschein, als ob er sehr gern redete, während andere zuhörten. „Aber genug davon, ich wollte euch ja das Buch zeigen."

Er legte es auf den Tisch und schlug es auf. Der Einband war mit prächtigen Verzierungen geschmückt und die Buchstaben auf den Seiten waren in einer Juril unbekannten Sprache. Vantales blätterte bis zu einer bestimmten Stelle weiter hinten. „Also, wie bereits erwähnt, waren die Tosriter große Seefahrer. Als solche pflegten sie Handelsbeziehungen nahezu überallhin. Dies sind die Aufzeichnungen von Peristos, einem Chronisten. In ihnen hat er aufgeschrieben, was sich zur Zeit der Regentschaft von König Mykolos an seinem Hofe zugetragen hat. An dieser Stelle hier geht es um die Rückkehr einer Expedition, die an einen Ort geschickt wurde, den die Tosriter Ginatinos nennen. Peristos beschreibt bloß eine einzige Stadt, offenbar die Hauptstadt. Falls es noch andere bedeutende Städte gab, so schweigt er sich darüber aus. Der Text ist allgemein recht kurz, unser Chronist hier scheint sich um ein Vielfaches mehr dafür zu interessieren, welcher Sänger wann welches Loblied auf welche Eigenschaft des Königs vorgetragen hat, als dafür, was in irgendwelchen weit entfernten Ländern vor sich ging."

Er fuhr mit dem Finger über eine Textpassage und las sie übersetzt vor: „Als die Männer aus Ginatinos zurückkehrten, überreichten sie dem König die Geschenke, die ihnen der Herrscher dieses Landes mitgegeben hatte."

Er hob den Blick vom Buch und sah nun Juril und Elyana an. Ein Lächeln umspielte seine Lippen. „Der Großteil der Geschenke ist nicht ungewöhnlich, Perlen oder Vasen etwa. Allerdings sticht ein Geschenk aus der Masse hervor. Ein goldener Armreif, verziert mit Fröschen. Anscheinend bin ich nicht der Einzige, dem diese Ehre zuteilwurde. Und dort, wo dieser Armreif herkommt, scheint es noch viel mehr zu geben."

Er blätterte um, orientierte sich kurz auf der Seite und begann wieder vorzulesen: „Sie brachten dem König auch die Kunde von einem immensen Wohlstand, der in dem Land herrschte. Ihre Gebirge bestehen mehr aus Gold denn aus Gestein und jedem ihrer Herrscher wird auf dem zentralen Platz der Hauptstadt ein lebensgroßes Denkmal aus Gold gesetzt. Auch wenn damals wie heute gerne mal übertrieben wird, wenn es um Gold geht, klingt das doch äußerst vielversprechend. Ich habe mir jedenfalls gedacht, es wäre doch einen Versuch wert, diesen Ort zu suchen. Nun gilt es nur noch, herausfinden, wo genau Ginantinos war, schließlich ist Corasson groß. Zum Glück finden sich auch hier einige Hinweise, Peristos schreibt wörtlich von der Stadt am Fluss. Außerdem liegt es wahrscheinlich nicht an der Küste, sondern tief im Regenwald, sonst hätten sicher einige Siedler in den Kolonien Schmuck oder Ruinen gefunden. Die Berge, die er erwähnt, sind ein weiterer guter Anhaltspunkt. Wir suchen also eine Stadt an einem Fluss, im Regenwald und in der Nähe von Bergen. Wenn wir nun noch einen Blick auf die Karte werfen, dann scheint es wahrscheinlich, dass die Tosriter das erste Mal irgendwo im Norden von Corasson gelandet sind, schließlich liegt der Archipel des Windes auf derselben Höhe wie der Norden des Kontinents. Auch der Stamm der Tequea, der in besagter Gegend rund um Kameranto siedelt, hat einmal einen goldenen Ring gefunden. Sie leben erst seit ein paar Generationen in dem Gebiet und wussten daher auch nicht, wo er herkommen soll. Sie siedeln übrigens an einem Fluss und Berge gibt es da auch. Wo, wenn nicht dort, sollen wir mit der Suche beginnen? Wir werden also in der Kolonie Kameranto anlegen, uns mit den Tequea treffen und dann gemeinsam mit ihnen auf dem Fluss Eao in den Regenwald aufbrechen. Allerdings werden wir einige Zwischenstopps einlegen müssen, bevor wir Corasson erreichen, um unsere Vorratsbestände zu erneuern. Aber wenn wir erst mal die Ruinen erreichen, bin ich mir sicher, werden wir so viel Gold und wertvolle Schätze finden, wie es sich keiner hier an Bord erträumen könnte. Keine Sorge, ich werde schon dafür sorgen, dass bei dieser Unternehmung keiner leer ausgeht, auch ihr nicht. Aus irgendeinem Grund war die Demerkianische Krone so großzügig, mir die Hälfte der Profite zu versprechen, wahrscheinlich, weil sie das Potenzial gewaltig unterschätzt, und ich habe vor, ebenso großzügig zu sein. Na, was sagt ihr, ihr hättet es schlechter treffen können, oder?"

Er sah sie erwartungsvoll an. Juril wunderte sich, dass Elyana nichts sagte, obwohl sie eigentlich besser in Konversation war als er. War sie sprachlos vor Begeisterung? Vor Entsetzen? War das einfach alles zu viel für sie? Oder hatte die Sache mit Garnis sie einfach viel zu sehr mitgenommen? Da sie nichts sagte, musste er wohl oder übel versuchen seine Gefühle in einigermaßen sinnvoll klingende Wörter zu fassen. Das war das, was er sich immer erträumt hatte, um die Welt reisen, Neues kennenlernen, und das auch noch mit dem Mädchen seiner Träume. Wenn er bloß Ceri davon erzählen könnte, allerdings würde es wohl noch eine Weile dauern bis zu ihrem Wiedersehen. Dann würde er ihr so viel berichten können. „Klingt großartig", brachte er zwar nur knapp, dafür aber mit einer solchen Begeisterung in der Stimme hervor, dass Vantales anfing zu lachen. „Freut mich, dass es noch solchen Enthusiasmus gibt", dann wurde er wieder ernst, als er sich Elyana zuwandte. „Und was ist mit dir? Bist du mit ihm einer Meinung?"

Zuerst sah es so aus, als würde Elyana antworten wollen, doch dann sprang sie einfach wortlos auf und rannte aus der Kajüte. Sie versuchte zwar, es zu verbergen, Juril war sich jedoch sicher, dass sie weinte. Ihr musste es wirklich mies gehen. Einfach inmitten eines Gesprächs wegzulaufen hätte er nie von ihr erwartet, und das war jetzt das zweite Mal an diesem Tag. Noch bevor Vantales seinen Satz angefangen hatte: „Du solltest besser nach ihr sehen", war Juril aufgesprungen, um ihr an Deck zu folgen, wo die Sonne gerade unterging und ihre letzten Strahlen die Welt in ein wunderschönes Goldorange tauchten.

Außer ihnen beiden war niemand an Deck, allerdings war gedämpft Musik und schallendes Lachen zu hören, fast wie bei den Seemannstavernen im Hafenviertel von Syrka. Wahrscheinlich wurde unter Deck kräftig gefeiert. Sie stand am Bug und sah mit leerem Blick auf das Meer hinunter. Langsam ging er zu ihr hinüber und stellte sich ohne ein Wort neben sie. Er wollte sie nicht drängen zu reden. Er legte einen Arm um sie und eine Weile standen sie schweigend da, bis Elyana leise fragte: „Denkst du, ich habe ihn umgebracht?"

„Ich befürchte, nein, die haben ihn sicher gleich danach gefunden."

„ Ich befürchte, nein? Wie kannst du nur so etwas sagen!"

„Elyana, dieser Mann hat dich geschlagen und hätte mich erwürgt, wenn du ihn nicht aufgehalten hättest! Du hast mich gerettet! Wärst du glücklicher, wenn er mich erwürgt hätte !?"

Was hatte sie bloß? Um Garnis, diesen arroganten Mistkerl, wäre es doch nicht schade gewesen. „Darum geht es doch gar nicht, ich habe eventuell einen Menschen umgebracht! Verstehst du nicht! Wenn er nicht überlebt hat, dann bin ich eine Mörderin!"

In den zwei Jahren, die er sie jetzt kannte, hatte er sie noch nie so aufgebracht erlebt. „Nein, du hattest keine Wahl! Du hast ja nicht mal mit der Absicht zugestochen, ihn zu töten, du wolltest doch nur mich retten. Begreifst du denn nicht, dass du nun sogar uns beide gerettet hast? Zusammen die Welt entdecken, das hatten wir uns doch immer gewünscht!"

„Ja, aber doch nicht so!"

„Wie denn sonst? Hättest du einfach zu Garnis gesagt, tut mir leid, ich kann dich nicht heiraten, ich liebe einen anderen und will mit ihm um die Welt reisen! Er war das Hindernis zwischen dir und deiner Freiheit!"

Sie nahm seinen Arm von ihrer Schulter und sah ihn traurig an: „Du verstehst es einfach nicht, oder?"

Nein, tat er nicht und genau das machte ihm Angst. Elyana und er hatten doch immer gewusst, was in dem jeweils anderen vorging. Wieso jetzt nicht? Wie gerne hätte er die Antwort gewusst. „Lass mich bitte allein."

Noch nie hatte sie ihn dazu aufgefordert, bis heute schien sie doch immer jede Sekunde ihres Zusammenseins zu genießen. Aber er wollte sie nicht noch mehr verstimmen, also ging er langsam zu Vantales in die Kabine zurück, sich alle paar Schritte umdrehend, nur um Elyana zu sehen, die wieder mit leerem Blick auf das Meer starrte. Vantales fragte ihn nicht, wie es gelaufen war, wofür Juril ihm sehr dankbar war. Wahrscheinlich war es ihm sowieso anzusehen und bedurfte keiner weiteren Nachfrage. Im Moment hatte er über nichts weniger Lust zu reden als über Elyana, nicht mal denken wollte er an sie. Also begann er Vantales Fragen über Corasson zu stellen, teils aus Neugier, teils, um sich abzulenken. Einiges von dem, was er hörte, faszinierte ihn, wie die fremdartigen Pflanzen und Tiere, die dort lebten. Anderes entsetzte ihn, wie etwa das Massensterben der Ureinwohner kurz nach der Ankunft der Entdecker durch Krankheiten, die es vorher bei ihnen nicht zu geben schien, und ihre unmenschliche Behandlung durch die Neuankömmlinge. Je länger ihr Gespräch dauerte, desto müder wurde Juril, bis er sich schließlich kaum mehr auf dem Stuhl halten konnte. Vantales entging das natürlich nicht und er sagte ihm, dass er sich einfach eine Hängematte unter Deck aussuchen könne. Dankbar wünschte Juril ihm eine gute Nacht und schlurfte nach draußen. Er hatte erwartet, hier eine Elyana anzutreffen,

die in Gedanken versunken auf das Meer starrte, doch hier war niemand
außer einem Matrosen, der sich über die Reling erleichterte. Das gefiel
ihm gar nicht, dieses Schiff war sicher keine Umgebung für eine junge
Frau, schon gar nicht für eine junge Frau aus Elyanas Verhältnissen. Eigentlich widerstrebte es ihm, aber da er keine andere Möglichkeit sah,
fragte er den Matrosen, der sich gerade wieder die Hose hochzog, ob er
ein junges Mädchen gesehen hätte. „Ein Mädchen? Du meinst das Mädchen, so viele hübsche Dinger haben wir ja nicht an Bord, verstehst du?"

Er lachte ein leicht angetrunkenes, in Jurils Ohren ziemlich schmutzi-
ges Lachen, das ihn dazu brachte, sich auf die Lippe zu beißen. „Ja, ja,
hast du sie jetzt gesehen?"

„Natürlich habe ich das, stand hier oben ganz mutterseelenallein.
Sollte sich schämen, wer immer sie so zurückgelassen hat. Der alte
Claude hat sich ihrer angenommen."

„Was hat er? Was hat er mir ihr gemacht?"

„Hey, immer langsam, beruhig dich mal. Kein Grund, so rumzu-
schreien, du halbe Portion. Er hat den Hauptmann geholt. Weißt du, ein
paar der Männer haben keinen Respekt, ich schon, ich schon. Aber ein
paar von denen, für die ist jede Frau 'ne Hure. Für mich nicht, ich sag
immer, sagt, was ihr wollt, aber sagt ein Wort über mein Eheweib und ich
werf euch von Bord."

„Und dann?"

„Was?"

„Was ist dann passiert?"

Der Matrose brauchte einen Moment, sich zu sortieren, bevor er
schließlich den Faden wiederfand „Ah, stimmt, das Mädchen. Der
Hauptmann hat ein paar seiner Männer gerufen und gesagt, die sollen
auf sie aufpassen und ihr 'nen Schlafplatz suchen."

„Kannst du mir zeigen, wo?"

„Natürlich, haben ihr 'ne Hängematte bei ihnen besorgt. Da können
sie besser glotzen, das sag ich dir. Aber nur glotzen, anfassen, das geht
natürlich nicht. Ist ja schließlich 'ne Dame, hat der Hauptmann gesagt. Er
macht kurzen Prozess mit jedem, der so was versucht, hat er gesagt."

Er begann sich mit Schritten, die nicht nur wegen dem Wellengang
schwankten, unter Deck zu bewegen. „Mir nach."

Juril folgte ihm durch ein miefiges Gewirr aus Hängematten, inzwischen schien die Feier zu Ende zu sein. Es war keine Musik mehr zu

hören, dafür aber noch mehr oder weniger lautes Gemurmel beziehungsweise auch bereits das eine oder andere Schnarchen. Hier unter Deck war es ziemlich dunkel und das Schiff schwankte doch schon ein bisschen, daher fiel es Juril schwer, Schritt zu halten, ohne gegen eine der Hängematten zu stoßen. Deshalb war er doppelt erleichtert, als sie schließlich Elyana gefunden hatten. „So, da wären wir."

Sie schlief oder tat zumindest ziemlich überzeugend so und er konnte einfach nicht anders, als zu lächeln. Einer der Männer in der Hängematte neben ihm beäugte ihn kritisch, zumindest kam es Juril so vor, bei den schlechten Lichtverhältnissen war das schwer zu sagen. „Das muss er sein", sagte ein zweiter schließlich, erfrischend nüchtern. „Wir passen schon auf sie auf, keine Sorge."

Sein Tonfall war zum Glück frei von jeder Zweideutigkeit, mit aufpassen meinte er offensichtlich tatsächlich aufpassen. Das, was der Zweite, der mit dem kritischen Blick, hinzufügte, gefiel ihm da schon weniger. „Wenn du mich fragst, sollte eine Dame wie sie sich ohnehin von einem Kerl wie dem da fernhalten. Das schickt sich einfach nicht."

Juril beschloss, ihn zu ignorieren, und bedankte sich stattdessen bei seinen Helfern. Kurz überlegte er, Elyana noch durch das Haar zu streichen, aber falls sie wirklich schlief, wollte er sie keinesfalls wecken. Und falls sie sich nur schlafend stellte, wollte er nicht, dass sie dachte, er würde das überprüfen. Stattdessen warf er einen letzten Blick auf das, was die Dunkelheit von ihr preisgab, bevor er sich daranmachte, eine eigene Hängematte zu suchen. Als er endlich eine leere gefunden hatte, kletterte er erschöpft hinein. Allerdings konnte er einfach nicht einschlafen, ganz gleich, wie müde er war, zu viele Gedanken schwirrten in seinem Kopf herum. Würde Elyana jemals über die Sache mit Garnis wegkommen? Würde ihr Verhältnis jemals wieder so sein wie früher? Er hoffte es inständig. Wie sollte er sich ihr gegenüber verhalten? Sich bei ihr für seine harten Worte entschuldigen, obwohl es ihm in Wahrheit doch kein bisschen leidtat? Nein, das würde sie doch sowieso merken, das würde alles nur noch schlimmer machen. Sollte er versuchen ihr aus dem Weg zu gehen, obwohl das auf einem Schiff ja sowieso vergleichsweise schwer ist, oder sollte er das Gespräch mit ihr suchen?

Was sollte er eigentlich von Vantales halten? Irgendwie wurde er nicht so richtig schlau aus ihm. Wieso machte er diese Expedition? Aus Loyalität zu Demerkia tat er es sicherlich nicht, die waren für ihn eher ein

notwendiges Übel. Auf Gold schien er auch nicht aus zu sein, das hatte
Juril an seinem Verhalten den Abend über gemerkt. Wahrscheinlich ging
es ihm um das Abenteuer und die Entdeckungen. Das würde schon eher
passen, schließlich schien er ein reges Interesse an fremden Ländern zu
haben, so viel, wie er darüber wusste. Auf jeden Fall fand Juril ihn sympathisch. Nicht nur die Begeisterung für andere Kulturen und Kontinente
verband sie, Vantales schien außerdem ebenso wenig von der bestehenden Gesellschaftsordnung zu halten. Als Juril endlich einschlief, träumte
er von Corasson und Elyana, die sich so verhielt wie früher, als noch alles
in Ordnung zwischen ihnen war.

Mit den ersten Sonnenstrahlen stand die Mannschaft auf und auch Juril zwang seine müden Glieder aus der Matte. Natürlich ging er zuerst hinüber zu Elyana, die gerade mehr schlecht als recht versuchte ihre Haare zu ordnen. Er wusste nicht, was er wegen gestern sagen sollte, also wünschte er ihr einfach nur einen guten Morgen. Sie erwiderte seine Worte zwar freundlich, aber es war offenkundig, dass die Sache zwischen ihnen noch nicht geklärt war. Sie schwiegen, während sie an Deck gingen, wo Vantales ihnen schließlich die Besatzung offiziell vorstellte. Gestern waren sie alleine hier oben gewesen, nun standen etwa 50 Mann vor ihnen. Vantales stellte jeden von ihnen mit Namen vor, was Juril beeindruckte. Er selbst kam schon nach ein paar Matrosen mit den Namen nicht mehr zurecht. Die Besatzung bestand zu einem Teil aus Männern, die für Juril wie Gauner und Halsabschneider aussahen, die für eine Münze ihre eigene Mutter verkaufen würden. Und zu einem anderen Teil aus Männern, die das wahrscheinlich schon getan hatten. Das lag wohl daran, dass anstatt einer festen Bezahlung ein Anteil an dem Schatz winkte, das musste die Gelegenheit für sie sein. So ein Auftrag musste eine gewisse Sorte Mensch anziehen. Natürlich machten nicht alle einen so schlechten Eindruck auf ihn, er hatte gestern ja sogar selbst gemerkt, dass einige von ihnen wohl in Ordnung sein mussten. Vielleicht war es sogar die Mehrheit, aber Juril konnte einfach nicht anders, er sah nur diejenigen, die Elyana anstarrten. Und wie sie sie anstarrten, das gefiel ihm gar nicht.

Neben dieser ersten Gruppe, den normalen Matrosen, waren da noch die Männer von Hauptmann Gontales. Zwei hatte er ja gestern kennengelernt, wenn man das so nennen konnte. Jetzt bei Tageslicht konnte zumindest äußerlich der Kontrast zur ersten Gruppe kaum größer sein. Wo die einen mit teils wildem Bartwuchs und schmutzigen Hemden ungeordnet herumstanden, standen die Soldaten ordentlich rasiert in einer geraden Reihe, den Blick stur geradeaus gerichtet. Die Nietköpfe auf der Außenseite des orangen Stoffs ihrer Brigantine blitzten in der Sonne. Diese Art Schuppenpanzer mit den vielen Hundert vernieteten

Stahlplatten waren der Standard bei der Demerkianischen Armee. Nachdem Vantales alle durchgegangen war und er Juril und Elyana einfach als „zwei persönliche Gäste" vorgestellt hatte, löste sich die Versammlung auf. Jeder schien genau zu wissen, was er zu tun hatte, bis auf ihn und Elyana natürlich. Juril erwartete, dass man sie für irgendwelche Arbeiten einteilen würde, aber stattdessen forderte Vantales sie auf, ihn abermals in seine Kajüte zu begleiten, was ein paar der Matrosen mit verstimmtem Gemurmel beantworteten. Anscheinend hatten sie dasselbe erwartet wie Juril. Ohne einander anzusehen, folgten Elyana und Juril Vantales. Ihm auf einem Schiff aus dem Weg zu gehen wäre schon so schwer genug gewesen, aber nun würden sie noch zusammen in einer Kajüte sitzen. Nachdem sie alle wie gestern Abend um den Tisch herum Platz genommen hatten, fragte Juril nach: „Wie kommt es, dass ihr uns keine Aufgaben gegeben habt?"

Juril wollte sich irgendwie für Sercius' Hilfe erkenntlich zeigen, aber dieser winkte ab: „Ach, was sollte ich euch denn für Aufgaben übertragen? Ich nehme an, ihr seid noch nie zur See gefahren und genug Matrosen habe ich schon. Was mir aber fehlt, sind Leute für gute Gespräche. Genau deswegen sagt bitte auch du und Sercius zu mir, ihr werdet sehen, so parliert es sich gleich viel vertraulicher. Nebenbei, jetzt, wo wir unter uns sind, was haltet ihr von der Mannschaft?"

„Um ehrlich zu sein, macht sie auf mich keinen besonders vertrauenerweckenden Eindruck", gestand Juril. Vantales oder jetzt, wo sie ihn duzen sollten, Sercius, lachte: „Oh ja, die würden für Geld alles tun. Aber genau solche Männer brauchen wir auf dieser Mission. Wenn du wahrlich treue Männer willst, so ist es am besten, du wählst Männer, die dir aus Überzeugung folgen. Wenn dir niemand solches zur Verfügung stellt, dann ist das zweitbeste Mittel, um Loyalität zu schaffen, Gold, sehr viel Gold. Ihre Gier nach ebendiesem wird sie dazu bringen, weiterzugehen, wenn alle anderen umkehren. Wenn der Moment gekommen ist, werden sie alles tun, was man ihnen befielt, nur um ihren Traum von unermesslichem Reichtum nicht aufgeben zu müssen. Es sind Leute, die in ihrem Leben nie viel hatten, und nun bietet sich plötzlich die Möglichkeit, das zu ändern. Plötzlich können sie all das haben, was ihnen immer vorenthalten war, Reichtum und Anerkennung. Sie haben nichts zu verlieren, aber alles zu gewinnen. Das ist etwas ganz anderes als mit den Soldaten des Reiches. Gontales mag glauben, seine Männer wären ihm gegenüber unerschütterlich loyal, doch da täuscht er sich, das ist keine Loyalität, sondern Zwang. Sie gehorchen ihm nicht, weil sie seine Anweisungen für richtig halten, sondern weil sie es müssen. Weil man sie aus ihren Hütten gezerrt, ihnen eine Waffe in die Hand gedrückt hat und gesagt hat, tu, was er dir befiehlt, oder wir machen dich einen Kopf kürzer. Und das alles zu einem Lohn, von dem sie ihre Familien kaum ernähren können. Wer von ihnen würde sich wohl freiwillig und ohne Bezahlung von einem aufgeblasenen Wichtigtuer wie Gontales herumkommandieren lassen, würde sich fernab der Heimat in Lebensgefahr begeben, um eine Gesellschaft zu verteidigen, in der reiche Männer Arme ihre Kämpfe austragen lassen? Wohl kein Einziger. Aber ihnen bleibt nichts anderes übrig.“

Eine Gesellschaft, in der reiche Männer Arme ihre Kämpfe austragen lassen. Dieser Satz erschien ihm passend. Juril dachte an die letzten Tage, an Elyanas Vater, der nur an seinen Vorteil dachte und dafür seine Tochter jemandem wie Garnis zur Heirat gab, ohne dass Elyana irgendetwas hätte entscheiden können, als ob sie ihm gehören würde und er das Recht hätte, mit ihr zu machen, was er will. Wut stieg ihn ihm auf. Eine Gesellschaft, in der reiche Männer Arme ihre Kämpfe austragen lassen. Eine Gesellschaft, in der reiche Männer Arme zum Schaden der Armen ihre Kämpfe austragen lassen. Den letzten Teil hatte er laut ausgesprochen. Sercius nickte ihm anerkennend zu. „Du scheinst verstanden zu haben, wovon ich rede.“

Plötzlich kam Juril eine Idee: „Wenn wir schon beim Thema Kämpfen sind, glaubst du“, er zögerte kurz, „glaubst du, es gibt überhaupt Gründe, jemanden zu töten?“

Aus den Augenwinkeln sah er, wie für einen Moment Elyana ihre Gesichtszüge entglitten, die ganze Zeit hatte sie diesen zurückhaltend höflichen Ausdruck, aber für den Bruchteil einer Sekunde wirkte sie überrascht, mit einer Spur Entsetzen. Während ihre Mimik wieder in den Normalzustand zurückkehrte, nahm Sercius einen langen Schluck aus der vor ihm auf dem Tisch stehenden Tasse, bevor er mit ernster Stimme antwortete: „Ja, leider machen es die Umstände manchmal erforderlich, ich wünschte, es wäre nicht so, aber die einzige Alternative hierzu wäre, aufzugeben und dem Unrecht Platz zu machen.“

Innerlich jubelte Juril auf, so ähnlich hatte er es Elyana gestern auch gesagt. Vielleicht würde sie die Dinge nun in einem anderen Licht sehen, wenn ein Mann wie Sercius mit offensichtlich viel Lebenserfahrung derselben Meinung war. „Aber genug von solch ernsten Themen", fuhr dieser fort. „Was ich mir eigentlich von unserem Gespräch erhoffe, sind Informationen."

„Informationen? Worüber?"

„Über euch, ich meine, ich will schließlich wissen, wen ich mir da auf mein Schiff geholt habe."

Die nächsten Stunden erzählten sie also von ihrem bisherigen Leben. Besser gesagt, Juril erzählte, Elyana verhielt sich auch bei diesem Gespräch eher passiv. Wenn sie etwas sagte, dann meist nur sehr knapp. Sercius erwies sich als äußerst interessiert an dem, was sie zu erzählen hatten. Immer wieder hakte er nach. Besonders der Umstand, dass sie verschiedenen gesellschaftlichen Schichten angehörten und trotzdem zusammengefunden hatten, schien ihn besonders zu fesseln. Anfangs hatte Juril Schwierigkeiten, richtig offen auf die etwas mehr ins Detail gehenden Fragen zu antworten, je länger ihr Gespräch aber dauerte, desto wohler begann er sich dabei zu fühlen. Bis auf den Vorfall mit Garnis antwortete er wahrheitsgemäß, Sercius hatte sie aufgenommen, da hatte er schon ein Recht darauf, zu wissen, mit wem er es zu tun hatte. Zumindest in einem gewissen Rahmen. Noch wusste er nur von Jurils Schlägerei mit Garnis, nicht, dass Elyana ihn sogar unter Umständen erstochen hatte. Und fürs Erste war es wohl sicherer, wenn es so bleiben würde, egal wie sehr er Sercius mochte. Es war etwas anderes, einem durchbrennenden Liebespar Unterschlupf zu gewähren als einer potenziellen Mörderin und ihrem Komplizen. Außerdem fühlte es sich falsch an, wenn er davon erzählen würde, ohne Elyana vorher zu fragen. Bei allem anderen war er so offen wie möglich. Nicht auszumalen, was mit ihnen passiert wäre, wenn Sercius nicht zum richtigen Zeitpunkt am richtigen Ort gewesen wäre und sie gerettet hätte. Außerdem wirkte sein Interesse ehrlich und aufrichtig. Als Juril irgendwann erwähnte, wie sehr er Bücher liebte, sprang Sercius begeistert auf: „Was, du kannst lesen, wo hast du das denn gelernt?"

Er war sichtlich überrascht, was Juril gut nachvollziehen konnte, wozu sollte denn der Sohn eines Kerzenziehers lesen können, für die Herstellung von Kerzen musste man das ja schließlich nicht. Trotzdem faszinierte ihn das Lesen, solange er denken konnte. Die Vorstellung, nicht mehr auf einmalige mündliche Erzählungen, wie er sie im Hafen aufschnappte, angewiesen zu sein, sondern immer und immer wieder in eine Geschichte eintauchen zu können, wenn ihm danach war. Die Vorstellung, dass seine vielen Fragen nicht mehr unbeantwortet bleiben müssen, sondern er die Möglichkeit hat, sie jederzeit nachschlagen zu können. Was für ein Traum, der wahrscheinlich ewig ein Traum geblieben wäre, hätte er da nicht sie kennengelernt. „Elyana, sie kann lesen und von ihr habe ich es gelernt."

Er merkte, wie ein Lächeln über Elyanas Lippen huschte. Das waren glückliche Stunden damals, die Sonne, die warm auf sie herabschien, während sie im weichen Gras saßen, zusammen mit einem Buch, das Elyana aus dem Haus geschmuggelt hatte, und sie ihm das ermöglichte, wozu bisher keinerlei Chance bestand, lesen zu lernen. Hätte er sich nicht schon vorher in sie verliebt, er war sich sicher, er hätte es in diesen wunderbaren Augenblicken, die sie zusammen verbrachten, getan.

Ihr Vater hatte viele Bücher; so oft es ging, brachte sie ein neues mit. Aber sein Lieblingsbuch war noch immer das erste, eine schon etwas ältere und unglaublich kitschige Geschichte, in der ein junger Matrose in einem angelaufenen Hafen ein Mädchen trifft und sich unsterblich in sie verliebt. Allerdings muss er schon bald aufbrechen. Der Matrose verspricht ihr allerdings, so schnell wie möglich zurückzukommen. So besteigt er, nachdem er im Heimathafen alle seine Angelegenheiten geklärt hat, ein Schiff, das ihn zu seiner Geliebten bringen soll. Auf der Reise geraten sie jedoch in einen Sturm, ihr Schiff sinkt und er wird zusammen mit einigen anderen an den Strand einer einsamen Insel gespült. Dort müssen sie versuchen unter widrigen Umständen zu überleben, was nicht allen gelingt. Nach einigen Jahren ist nur noch der Matrose am Leben, der selbst in den dunkelsten Stunden von dem unbedingten Willen, seine Geliebte wiederzusehen, angetrieben wird. Er errichtet ein riesiges Leuchtfeuer auf dem höchsten Punkt der Insel und sorgt dafür, dass es Tag und Nacht weiterbrennt. Tatsächlich gelingt es ihm, irgendwann die Besatzung eines Handelsschiffes auf sich aufmerksam zu machen, was schließlich seine Rettung ist. Der erste Hafen, den er nun ansteuert, ist der, in dem er vor Jahren das Mädchen kennengelernt hat. Die hat ihn all die Jahre nie vergessen und war immer überzeugt, dass er irgendwann kommen und sein Versprechen einlösen würde. Deshalb gab sie jedem, der über die Jahre hinweg um sie warb, einen Korb. Am Ende können die beiden Liebenden sich nach Jahren der Trennung endlich wieder in die Arme schließen.

Das war sowohl das Buch, mit dem er seine ersten Buchstaben gelernt hatte, als auch das erste Buch, das er vollständig gelesen hatte. „Ein Handwerker, der lesen kann, ich fass es einfach nicht.“

Sercius drehte sich in Richtung eines der Bücherregale und begann mehrere Bücher herauszuziehen, den Titel vorzulesen und etwas in der Art von „Das ist gut“ oder „Dieses hier musst du einfach lesen“ zu sagen, bevor er ein neues Buch entdeckte, das vorherige auf einen Stapel legte und das ganze Spiel von vorn begann. Juril konnte sein Glück kaum fassen, so viele Bücher, und er durfte sie alle lesen, bei Elyana gab es immer das Problem, dass sie die Bücher nur für die Dauer ihrer Treffen aus den Regalen nehmen konnte, um nicht aufzufallen. Aber nun hatte er Zeit, viel Zeit. Er war sich schon fast nicht mehr sicher, ob das, was sie in Corasson erwartete, noch besser sein könne als die Reise dorthin. Er suchte nach Worten, um sich angemessen zu bedanken, brachte nach einigem Stammeln aber nur ein einfaches „Danke“ hervor, zu überwältigt war er, er selbst hatte nie genug Geld für auch nur ein einziges Buch gehabt. Sercius lachte: „Nichts zu danken, Lesen ist das eine, aber mit anderen über das Gelesene zu diskutieren ist eine ganz andere Sache, von daher freue ich mich mindestens genauso wie du. Das Angebot gilt übrigens auch für dich“, sagte er, an Elyana gewandt. Diese lächelte wieder kurz und bedankte sich ebenfalls kurz, dafür aber höflicher und wortgewandter als Juril. Elyana schien sich auch zu freuen, wenn auch nicht so stark wie Juril. Immerhin hatte sie zu Hause immer lesen können. Aber hier konnte sie nun auch Bücher lesen, die ihr ihr Vater niemals erlaubt hätte, weil deren Inhalt seiner Meinung nach zu kompliziert für Frauen sei und sie nur verwirren würde. Auf jeden Fall werden all die Gedichtbände, Romane und Berichte sie von ihrem Kummer ablenken, dessen war Juril sich sicher.

Den Rest des Tages verbrachten sie nun lesend, Juril hatte eines der Bücher, die Sercius empfohlen hatte, vor sich: Über die Motivation der Herrschaft, von einem gewissen Kersien Geram. Dieser schrieb, dass ein Herrscher im Grunde nur zwei Ziele hat, einmal den Erhalt seiner gegenwärtigen Macht und zusätzlich den Gewinn von noch mehr Macht. Zu diesem Zweck ist ihm jedes Mittel recht, solange ihm das Risiko nicht zu hoch ist, dass es, anstatt seine Macht zu sichern oder auszubauen, dazu beiträgt, sie zu mildern. Das war zumindest das, was Juril glaubte zu verstehen, die Ausführungen des Autors waren zum Teil kompliziert und manche Passage musste er zweimal lesen, um den Inhalt zu verstehen. Er dachte an Elyanas Vater und kam zu dem Schluss, dass auch sein Handeln unter diesen Gesichtspunkten betrachtet werden konnte, schließlich verheiratete er seine Tochter, um an mehr Macht zu gelangen. Zugegeben, diese Erkenntnis war keine besonders große Leistung. Für so etwas musste man keine komplizierten Bücher lesen. Viel spannender wäre es, Sercius' Motive zu ergründen, denn eins war für Juril sicher, Machtgier zählte nicht dazu. Irgendwann im Laufe des Abends gähnte Elyana, höflich wie sie war, natürlich mit vorgehaltener Hand, legte einen schon etwas älter wirkenden Gedichtband aus der Hand und wünschte ihnen Gute Nacht. Juril sprang auf, um sie zu begleiten, aber sie winkte ab: „Vielen Dank, aber ich komm schon zurecht, du willst doch sicher viel lieber noch ein wenig lesen."

Das stimmte, aber darum ging es ihm nicht. „Elyana, ich kann dich unmöglich allein gehen lassen, ich traue denen einfach nicht."

Elyana wirkte verdutzt, an so etwas hatte sie wahrscheinlich gar nicht erst gedacht. Bevor sie antworten konnte, schaltete sich allerdings Sercius ein: „Glaubt mir, ihr beiden müsst euch keine Sorgen machen, du erinnerst dich an unser Gespräch zum Thema Geld und wie sich die Menschen an diesen Traum klammern? Jeder von ihnen weiß genau, dass er danach kein reicher, sondern ein toter Mann wäre."

Er wirkte überzeugt, Juril war es aber noch nicht vollends: „Ja, was aber, wenn sie in diesem Moment nicht an die Konsequenzen denken?"

Er dachte an die zahllosen Schlägereien unter den betrunkenen Seeleuten in Syrka, diese wirkten auch nicht, als würden sie vor ihrer Entscheidung, aufeinander einzuprügeln, sorgfältig nachdenken.

„Dann sind da ja noch Gontales' Männer, er mag ein aufgeblasener Wichtigtuer sein, aber er würde nie zulassen, dass unter den Augen seiner Soldaten einer Dame etwas angetan wird. Eine von beiden Gruppen wird sich auf jeden Fall Gedanken über mögliche Folgen machen, seid unbesorgt."

„Na gut, aber ich komm so schnell wie möglich nach."

„Ja, tu das", sagte sie nur kurz, bevor sie ging. Nachdem sie die Tür hinter sich geschlossen hatte, herrschte einen Moment Schweigen im

Raum, bevor Sercius fragte: „Glaubst du wirklich, du könntest sie beschützen?"

„Nein", antwortete Juril ehrlich. Wieder dachte er an die Schlägereien
im Hafen, gegen solche Männer hätte er keine Chance. Schon Garnis hatte
ihn fast umgebracht, was sollte er da gegen eine Horde muskelbepackter
Seemänner ausrichten? „Und doch würdest du es versuchen."

Juril wusste nicht, ob das jetzt eine Frage oder eine Feststellung war.
Er entschied sich für Ersteres: „Es wäre einfach etwas anderes, wenn ich
da wäre, um wenigstens versuchen zu können, sie zu beschützen. Ich
weiß, das Ergebnis wäre wahrscheinlich dasselbe, aber trotzdem macht
das für mich einen riesigen Unterschied."

Er sah Sercius an und hoffte, dieser würde verstehen, was er meinte.
Aus seinem Nicken schloss Juril, dass dies glücklicherweise der Fall war.
„Es geht dir also um die Sache an sich, vollkommen unabhängig davon,
ob sie tatsächlich etwas bewirkt."

Diesmal nickte Juril. „Ja, genau das meine ich."

Sercius schien es viel leichter zu fallen, solche Dinge in Worte zu fassen. Juril erwartete, dass er nun seine Meinung sagen würde, aber Sercius
wechselte aus irgendwelchen Gründen lieber das Thema. Er sah erst kurz
Jurils Buch an, bevor der Blick seiner durchdringenden blauen Augen
wieder zu ihm wanderte. „Und was denkst du?"

Juril erzählte ihm von seinen Gedanken über die Motivation von Elyanas Vater. Diesmal gab Sercius seine Meinung ab: „Du hast es erfasst, es
sind stets die gleichen Motive, die Menschen mit Macht antreiben, ganz
gleich, wie groß diese Macht nun tatsächlich ist. Es beginnt bei Leuten
wie Gontales, setzt sich über Menschen wie Elyanas Vater fort und endet
schließlich bei Königen."

Sercius begann weitere Beispiele aufzuzählen, bei denen Kersien Ge-
rams Theorien eine Rolle spielten. Er erzählte ihm von Intrigen in Herr-
scherhäusern und von Menschen, welche die Angst vor dem Verlust der
eigenen Macht in den Verfolgungswahn getrieben hatte. Juril hörte interessiert zu, hier erfuhr er an nur einem Abend mehr als in einer Woche,
ja einem Monat im Hafen. Elyana war schon lange fort, da erinnerte sich
Juril daran, dass er ja eigentlich gleich nachkommen wollte. Wie konnte
ihm das nur passieren, egal wie spannend die Geschichten von Sercius
auch sein mochten, hier ging es doch um Elyana. Sercius versuchte ihn
zu beruhigen: „Du hast doch gesehen, wie müde sie war, sie ist sicherlich

sofort eingeschlafen. Da macht es jetzt doch auch keinen Unterschied, ob du eine Minute oder eine Stunde zu spät kommst."

Als er Jurils Gesichtsausdruck sah, lächelte er: „Ah, hier geht es wieder um den Wert der Sache, na dann gute Nacht und beeil dich besser."

Juril war schon aufgestanden und hatte die Tür halb geöffnet, als Sercius „Eine Sache noch, Juril" rief. Er drehte sich um und Sercius fuhr fort: „Was immer da zwischen euch beiden ist, entschuldige dich."

Juril setzte an, um zu erklären, dass er keinen Grund dafür sah, als Sercius ihn mit einer Handbewegung unterbrach. Als ob er wüsste, was Juril vorhatte, sagte er: „Ich will es nicht hören, du siehst genauso wie ich, wie schlecht es ihr im Moment geht, findest du nicht, da solltest du sie nicht auch noch mit einem lächerlichen Streit belasten? Wieso überhaupt Zeit mit so etwas verschwenden, wo gemeinsame Momente doch so kostbar sind. Glaube mir, ich weiß, wovon ich rede."

Inzwischen war jede Spur des Lächelns aus seinem Gesicht verschwunden.

„Elyana?"

„Ja?"

Sie drehte sich um und sah ihn an. Wie er ihre Augen liebte. „Hör zu, es tut mir leid, du hast recht. Egal was Garnis für ein Widerling ist, er ist immer noch ein Mensch."

Die ganze letzte Nacht hatte Juril wach gelegen und hatte über seine Entschuldigung nachgedacht. Er hatte versucht, sich in sie hineinzuversetzen, sie zu verstehen, so lange, bis er ihr ins Gesicht sehen und sich entschuldigen konnte. Er war zwar nach wie vor der Meinung, dass Elyana richtig gehandelt hatte, als sie Garnis niedergestochen hatte, aber es tat ihm leid, dass er mit ihrem Streit angefangen hatte, statt sie zu trösten. Schließlich war es eigentlich verständlich, wie sie sich verhielt, sie hatte vielleicht einen Menschen getötet. „Ich wusste, dass du es einsehen würdest."

Sie strahlte, als sie ihm in die Arme fiel. Endlich. Zum Glück war Elyana noch nie nachtragend gewesen. „Ich liebe dich."

„Ich dich auch."

Hinter ihnen erklang herzliches Lachen, Sercius hatte gerade die Kajüte betreten, sie hatten hier auf ihn gewartet, während er noch etwas an Deck klären musste. „Ah, die Liebe."

Langsam lösten sie beide sich voneinander und setzten sich auf ihre Stühle.

Die nächsten Tage waren einfach traumhaft für Juril. Die Sonne schien, Elyana fand Stück für Stück ihre alte Heiterkeit wieder, Sercius hatte immer etwas Interessantes zu erzählen und in seiner Kajüte waren genug Bücher, um die gesamte restliche Reise lesend verbringen zu können. Nur ab und zu trübten Gedanken an seine Schwester in Syrka seine Laune, was aber jedes Mal schnell vorbeiging. Seine Laune war einfach zu gut, als dass sie dadurch gemindert werden könnte. Und je näher sie ihrem Ziel kamen, desto größer wurde auch seine Vorfreude, wie schön es doch war, dass er sie endlich wieder mit Elyana teilen konnte. Vor ihrer Ankunft in Corasson würden sie noch zwei Zwischenstopps einlegen, um die Vorräte aufzufüllen, wie Sercius sagte. Deshalb würden sie heute in einer Stadt an Oniens Südküste anlegen, Tarven.

„Puh, ganz schön steil."

Elyana atmete schwer. „Musste Sercius sich unbedingt diesen Hafen aussuchen? In Syrka muss man von der Anlegestelle aus doch auch nicht erst einen Berg erklimmen."

„Ich dachte, du wolltest immer mal raus aus Syrka."

Obwohl er den Aufstieg auch anstrengend fand, beschloss er, sie zu necken, indem er rückwärts vor ihr herging. „Aber doch nicht nach Tarven. Wieso ausgerechnet hier? Wir hätten irgendeine kleine, malerische Hafenstadt anlaufen können, aber nein, es muss ausgerechnet Tarven sein. Weder besonders malerisch noch besonders groß. Und vor allem auf einen Berg gebaut."

„Sercius wird schon einen Grund haben, vielleicht die Preise."

Im nächsten Moment verwarf er den Gedanken wieder, Sercius war bestimmt nicht geizig. Elyana lachte: „Der hat gut reden. Er kann sich die Vorräte ja direkt aus den Lagerhallen am Hafen besorgen, während wir diesen Berg hochmüssen."

„Musst du oder willst du?" Er grinste schelmisch. Wieder lachte sie. „O. k., o. k., ich will."

Jetzt musste Juril lachen. „Wenn dein Vater wüsste, dass du diese Worte zu mir sagst."

Dieses Mal lachte sie nicht, aber immerhin lächelte sie. Vor ihnen trafen sich die Straße vom Hafen und eine weitere, die in die Ebene führte. Beide führten auf eine stattliche Mauer zu, in der sich zwischen zwei Türmen ein geöffnetes Tor befand, in dem zwei Wächter in grünem Überkleid mit Speeren standen und die Leute, die passieren wollten, teils argwöhnisch, aber zumeist einfach nur gelangweilt beäugten. Vor ihnen durchquerten vor allem Bauern, die ihre Erzeugnisse auf Handkarren mit sich führten, das Stadttor. „Da ist aber ziemlich viel los dafür, dass das hier eine kleinere Stadt sein soll."

„Liegt wahrscheinlich nur daran, dass heute Markttag ist und die Bauern aus den umliegenden Dörfern ihre Erzeugnisse verkaufen."

Er erinnerte sich an den Markttag in Pyrgos, an ihm war noch mehr los als sonst. Als sie durch das Tor gingen, sahen die Wachen sie kurz an, bevor sie zu beschließen schienen, dass von ihnen kein Unruhepotenzial ausging, und sie ihre Blicke den Nächsten in der Reihe zuwendeten.

Nachdem sie in der Stadt waren, fiel ihnen sofort der Gestank auf. Die Quelle des Geruchs war schnell ausgemacht, anscheinend schien Tarven nicht wie Syrka über eine unterirdische Kanalisation zu verfügen, stattdessen liefen die Abwässer durch eine Art offenen Kanal neben der von schlichten, mit Stroh gedeckten Holzhäusern gesäumten Straße. Juril hatte zwar mal davon gehört, dass es in den meisten Städten stinken solle, aber besonders bei Gerüchen ist zwischen Hören und selbst Riechen nun mal ein Riesenunterschied. Elyana verzog das Gesicht und wollte schnellstmöglich weiter Richtung Markt, wo hoffentlich andere Gerüche den Gestank zumindest etwas überdecken würden. Die anderen Leute schienen jedenfalls kein Problem damit zu haben, sie gingen weiter die Straße entlang, als ob sie nichts riechen würden. Da fiel Elyanas Blick auf einen Mann, der etwas die Straße runter hinter dem Stadttor kauerte, und der Abscheu in ihrem Blick verwandelte sich in Entsetzen. Er war in schmutzige Lumpen gehüllt, dürr und hatte nur noch einen Arm, den er kraftlos mit geöffneter Handfläche den vorbeigehenden Menschen entgegenstreckte. „Das ist ja entsetzlich, was ist mit ihm?",

fragte Elyana fassungslos. Juril wurde plötzlich bewusst, wie wenig Elyana doch über die Welt wusste. Sie hatte ihr ganzes Leben abgeschottet hinter den Mauern der Villa ihres Vaters verbracht, wo man sie nur auf ihre Rolle als zukünftige Ehefrau vorbereiten wollte. Juril als Sohn eines relativ gut verdienenden Handwerkers war wahrscheinlich der ärmste Mensch, den sie je persönlich kennengelernt hatte. Sie wusste nichts von Menschen, die betteln mussten, um zu überleben, und wenn er ehrlich war, er auch nicht. Im Gegensatz zu ihr hatte er schon oft Bettler gesehen, aber Sehen und Verstehen sind zwei unterschiedliche Dinge. Ja, er hatte in seinem Leben schon viele gesehen, manche alt und gebrechlich, viele jung und oft auch nicht kräftiger. Auch nachdem König Tyrlios vor einigen Jahren das Betteln in Syrka untersagt hatte, waren die Bettler nicht verschwunden. Es wurden zwar weniger, aber solange sie in den heruntergekommeneren Vierteln blieben, weit weg von den Orten, an denen sich die feinen Herrschaften aufhielten, ließ die Stadtwache sie in Ruhe. Einmal hatte Juril erlebt, wie ein Soldat der Stadtwache sogar einem Bettler ein paar Münzen in die Hand drückte. Keinen Monat später hatte eine andere Wache denselben Bettler zusammengeschlagen, weil er sich zu nahe an einem von der wohlhabenden Bevölkerung gern besuchten Platz aufgehalten hatte. Ansonsten wurden sie von ihnen allerdings meistens ignoriert, ähnlich wie auch von Juril. Er hatte kein eigenes Geld, mit dem er ihnen helfen konnte, außerdem war er sowieso nicht oft in den heruntergekommenen Vierteln unterwegs, höchstens in denen am Hafen. Ein einziges Mal hatte er sich mit einem Mann unterhalten, der Seemann gewesen war, bevor er bei einem Unfall sein Augenlicht verloren hatte. Die Augen des Mannes hatten so viel gesehen, bis nach Corasson war er gesegelt. Doch nun würden sie nie wieder etwas sehen, nie wieder etwas anderes als Dunkelheit und Schwärze. Dabei erinnerte der Mann sich an so viele Dinge, so viele wunderbare Dinge, die er nur noch als Bild in seinem Kopf betrachten konnte, ein Bild, das jeden Tag drohte an Farbe zu verlieren und zu verblassen. Juril, der in seinem Leben selbst noch so viele Dinge sehen wollte, konnte nicht verstehen, wie es sein musste, in einer staubigen Gasse zu hocken, nicht einmal fähig, die Münzen zu sehen, die einem manchmal von Fremden zugesteckt wurden, nachdem man um die halbe Welt gesegelt war. Und bei alldem konnte er nicht einmal davon träumen, all das wiederzubekommen, denn sein Augenlicht war fort, für immer fort. Auch ihm konnte Juril keine Münze geben. Der Seemann meinte zwar zu ihm, dass er sich keine Gedanken machen müsse, zum Überleben sei ein gutes Gespräch manchmal genauso notwendig wie ein paar Münzen, aber trotzdem fühlte Juril sich unwohl. Das waren zwar schöne Worte, aber man konnte sich schließlich nicht von einem Gespräch ernähren. Andererseits, was wusste er schon davon, wie es war, auf der Straße zu leben? Er hatte in seinem Leben Dutzende Bettler gesehen, Elyana bisher keinen einzigen. Und doch würde er lügen, wenn er behaupten würde, er hätte mehr Ahnung von ihnen und ihrem Leben als sie. In einem Punkt war sie ihm sogar voraus. Wenn Juril in Syrka einen Bettler gesehen hatte, ging er einfach an ihm vorbei, als wäre er gar nicht da. Er hätte ihn vielleicht gegrüßt, sich kurz unwohl gefühlt, aber keine fünf Minuten später hätte er ihn vergessen.

So wäre es auch hier gewesen, Elyana hatte allerdings vielleicht auf die eigentlich einzig natürliche Weise reagiert. Sie hatte sich die Frage nach dem Warum gestellt, die Frage, wieso manche einsam und hungernd im Dreck der Straße sitzen müssen, während andere vorbeigehen konnten.

Doch irgendwann würde auch sie es müde werden, sich ständig diese Frage zu stellen. Vielleicht aus Angst, nie eine Antwort zu bekommen, vielleicht aber auch aus Angst, die Antwort bereits zu kennen. Denn was, wenn es keinen wirklichen Grund dafür gab, wenn all dieses Leid nicht Teil der Welt sein musste, sondern wenn eine bessere Welt möglich war? Diese Sichtweise implizierte allerdings eine andere Frage, was oder viel besser, wer hält uns davon ab, solch eine Welt zu verwirklichen? Vielleicht machte diese Antwort in all ihrer Radikalität vielen Menschen noch mehr Angst als die Aussicht, nie eine Antwort zu bekommen.

„Lass uns ihm etwas geben."

Elyanas zitternde Stimme riss ihn aus seinen Gedanken. „Ja, natürlich", er wollte in die Tasche greifen, bis ihm einfiel, dass er nicht mal Geld dabeihatte. Woher auch, schließlich war er spontan weggerannt und hatte ohnehin so gut wie kein Geld besessen. Auch Elyana hatte natürlich nichts dabei, weshalb ihnen nichts anderes übrig blieb, als schweren Herzens weiterzugehen, noch immer entsetzt über das traurige Schicksal des Mannes. Als sie kurz darauf an dem nächsten Bettler vorbeikamen, schüttelte Elyana resigniert den Kopf und murmelte leise „einfach schrecklich". Wo bei Elyana die Trauer zunehmend stärker wurde und das erste Entsetzen verdrängte, war es bei Juril der Zorn. Wieso mussten diese Leute so leben? Ihm kam die Galle, wenn er daran dachte, wie die Reichen bei ihm zu Hause in prunkvollen Villen lebten und sich bei festlichen Banketten vergnügten, während manche Menschen hier nicht mal wussten, wo sie schlafen und wie sie an die nächste Mahlzeit kommen sollten. Den Bauern, die wegen des Marktes in die Stadt kamen, schien es zwar besser zu gehen, aber auch ihre Klamotten waren oft zerfranst und ausgeblichen und in den Gesichtern stand viel zu oft ein leerer Ausdruck der Art von Verzweiflung, wenn du eine Familie ernähren musst, aber dafür jeden Tag aufs Neue bangen und hoffen musst, dass die Ernte gut wird, dass du einen hohen Preis auf dem Markt erzielst, dass dein Sohn, der dir bei der Feldarbeit hilft, nicht für einen sinnlosen Krieg eingezogen wird und entweder gar nicht oder verstümmelt, gequält von körperlichen und seelischen Verletzungen, heimkehrt. In den letzten Tagen hatte er einiges gelesen und von Sercius gehört über das harte Los der Bauern, deren Leben geprägt war von harter Arbeit und Schikane durch die Herrschenden. Mit feuchten Augen hatte Sercius ihm von dem Furtwaldener Bauernaufstand erzählt, bei dem sich vor elf Jahren ein Bauerndorf geweigert hatte, weiterhin die extrem hohen Abgaben zu zahlen, worauf Onien eine Armee in Marsch setzte, gegen die das kleine Bauernheer, bloß sporadisch ausgerüstet mit Mistgabeln und Dreschflegeln, keine Chance hatte. Furtwalden wurde niedergebrannt und alle Einwohner niedergemetzelt als Warnung an die anderen Bauern im Land, seht her, was hält uns davon ab, dasselbe mit euch zu machen, wenn ihr euch auflehnt? Juril hasste das gesellschaftliche System, das all das legitimierte. Nur weil jemand als König und jemand als Bauer geboren war, sollte der eine im Überfluss, der andere ohne das Nötigste leben? Die Mächtigen mochten zwar sagen, dass in einer harmonischen Gesellschaft nun mal jeder seinen Platz hat und keiner das Recht hat, dagegen aufzubegehren, aber sagen sie das nicht nur, weil sie es sind, die in Saus und Braus leben und ihr extravaganter Lebensstil eben nur existieren kann, wenn dafür andere Menschen ausgebeutet werden? Juril war es leid. Für ihn war eine harmonische Gesellschaft eine, in der jeder genug hatte, und nicht eine, in der die armen Bevölkerungsschichten mit dem Schwert zur Harmonie gezwungen werden. Elyana schien zu bemerken, wie die Wut in Juril aufstieg, also begann sie, um ihn und wahrscheinlich auch sich selbst auf andere Gedanken zu bringen, ein Gespräch mit ihm. „Weißt du, ich war noch nie auf einem Markt."

Das wusste Juril natürlich, aber er wusste auch ihren Ablenkungsversuch zu schätzen. „Schon irgendwie bizarr, du kommst aus einer Stadt, die für ihre Märkte auf der ganzen Welt bekannt ist, und hast sie doch nie besucht."

„Mit der Kritik solltest du dich besser an meinen Vater wenden. Ich wäre gerne mal hingegangen."

„So war das auch nicht gemeint."

„Weiß ich doch."

„Wir können das ja mal nachholen, wenn wir wieder in Syrka sind."

„Glaubst du denn, wir kommen mal dorthin zurück?"

„Bestimmt, aber jetzt wartet erst mal die weite Welt auf uns. Hör mal, fast so laut wie zu Hause."

Tatsächlich konnte man inzwischen eine breite Geräuschkulisse vernehmen und als sie schließlich um eine Ecke bogen, standen sie auch schon auf dem Markt. Das, was Juril sah, erinnerte ihn ein wenig an den Hafen von Syrka.

Hätte Juril die letzten Tage nicht auf See verbracht, wäre die Ähnlichkeit für ihn zwar deutlich geringer, aber so kam ihm das Treiben auf dem Markt fast so geschäftig vor wie zu Hause, obwohl hier in Wirklichkeit weitaus weniger los war. Es waren einige Stände aufgebaut, an denen Bauern aus den umliegenden Dörfern lautstark ihre Waren anpriesen. Die Leute in Onien sprachen einen seltsamen Dialekt. Bei ihnen klangen die Buchstaben irgendwie so hart, aber immerhin sprachen sie keine komplett andere Sprache, was historische Gründe hatte. Vor fast 300 Jahren war der König von Onien unerwartet in jungen Jahren verstorben, ohne einen Nachkommen zu hinterlassen, weshalb ein blutiger Konflikt zwischen verschiedenen Adelsfamilien losbrach, die alle den Thron für sich beanspruchten. Viele versuchten ihre Ansprüche durch tatsächliche oder angebliche Verwandtschaft mit dem Königshaus zu legitimieren. Andere wiederum verzichteten gleich auf derlei geheuchelte Argumentation und stützten ihre Ansprüche von Anfang an allein auf das Schwert. Der Krieg zog sich über mehrere Jahre, bis schließlich nur noch zwei Familien mächtig genug waren, um weiterhin Anspruch auf die Krone zu erheben. Die Ferbergener, benannt nach den Ferbergen, wo sie ihre Ländereien hatten, und den Demerkia. In einer letzten Schlacht beim Fluss Ren gelang es den Ferbergenern, die Demerkia zu schlagen, deren Familienoberhaupt zwar überlebte, aber gemeinsam mit seinen Getreuen außer Landes flüchten musste. Also steuerte er das Gebiet des heutigen Demerkianischen Reiches an und ließ sich dort nieder. Seinem Erben gab er nach sich selbst den Namen Tyrlios, eine Tradition, die so lange währen sollte, bis die Schmach getilgt und der Thron von Onien in der Hand der Familie Demerkia war. Anfangs konnte sich das Demerkianische Reich, wie die neuen Siedlungsgebiete genannt wurden, in kaum einem Punkt mit Onien messen, im Laufe der Zeit kamen allerdings weitere Siedler, Handel setzte ein. Dazu gelang es Demerkia rasch, einige der Stadtstaaten an der Küste zu übernehmen, unter anderem Syrka. Dies gelang nicht zuletzt unter Ausnutzung der politischen Zersplitterung und alter Konflikte zwischen den Städten. Das milde Klima eignete sich hervorragend für den Anbau von Wein und Oliven, die schon bald in der ganzen Welt nachgefragt wurden. Und vereint in einem einzigen Herrschafts-, aber eben auch Wirtschaftsbereich, konnten auch die Stadtstaaten endlich ihr wirtschaftliches Potenzial voll entfalten. Langsam begann ein Aufschwung und heute schickte sich Demerkia an, Onien nicht nur einzuholen, sondern zu überholen. Die Ansprüche auf die Krone hatte man indes trotz der Fortführung der Namenstradition zumindest offiziell längst fallen lassen, Demerkia hatte inzwischen eine eigene Identität, eine eigene Kultur. Das merkte man heute auch bei der Sprache; in den letzten Jahrhunderten hatte sich im Demerkianischen Reich ein vom Onieschen abweichender Dialekt entwickelt, mit einigen Leihwörtern aus den ursprünglichen Sprachen der Region. Diese Sprachen selbst sprach kaum noch jemand, auch Juril konnte lediglich ein paar Wörter aus der Sprache, die seine Vorfahren einst gesprochen hatten. Diese hatte er vor allem von Ceri gelernt, die diese von ihrer Mutter hatte, die die Sprache noch fließend beherrscht hatte. Sein Vater hingegen hatte nie etwas dafür übriggehabt, wozu die Sprache eines untergegangenen Staates lernen. Das Haus Demerkia hatte jetzt das Sagen und „wessen Brot ich ess, dessen Sprach ich sprech", sagte er immer.

Doch nicht nur der Dialekt, auch die Luft hier war anders als die, die Juril kannte, auch hier war sie zwar erfüllt von den verschiedensten Gerüchen, allerdings keinen besonders exotischen, wie er sie aus Syrka kannte. Elyana stupste ihn an. „Schau mal, das sieht doch lecker aus."

Direkt neben ihnen befand sich ein Stand, an dem ein schon etwas älterer, ergrauter Mann, dem einige Zähne fehlten, Kirschen von einer wunderschönen rötlichen Farbe anbot. In Syrka hatten sie und Juril oft Kirschen in dem Garten des Anwesens ihres Vaters gepflückt. Eine Sache liebte Elyana an Kirschen noch mehr als ihren Geschmack, die Farbe der Kirschblüten im Frühling. Während das Obst irgendwann satt machte, konnte sie sich an ihren Farben gar nicht sattsehen. Der Mann schien Elyanas Blicke zu bemerken, zeigte auf seine Ware und sagte: „Na, gefallen dir meine Kirschen?"

Elyana nickte. „Ja, sehr sogar."

Der Alte lächelte, wobei seine Zahnlücken noch deutlicher wurden. „Es war ein gutes Jahr, es hat während der Erntezeit nicht zu heftig geregnet, sodass kaum welche aufgeplatzt sind. Wie viele dürfen es denn sein?"

„Oh", Elyana schlug die Augen nieder. „Ich habe leider kein Geld dabei."

Sie wollte noch etwas sagen, aber der Mann würgte sie ab: „Überhaupt kein Problem, eine Handvoll kann ich schon für ein hübsches junges Mädchen entbehren."

Er griff in einen Korb und wollte Elyana einige Kirschen überreichen. „Nein, danke, aber das kann ich doch nicht annehmen."

„Ich bestehe darauf, komm schon, mein Kind, es war ein gutes Jahr, tu einem alten Mann den Gefallen", sein Lächeln wurde breiter. Elyana ließ sich die Kirschen geben: „Haben Sie tausend Dank, ich weiß das zu schätzen."

„Davon bin ich überzeugt."

„Auf Wiedersehen und ein gutes Geschäft heute."

„Danke, machs gut", lachte der Mann. Sie gingen hinüber zu einem Stand mit Töpferwaren. „Schön, dass es noch so nette Menschen gibt."

Elyanas Laune hatte sich deutlich gebessert. Das freute Juril, auch wenn er sich fragte, ob der Mann die Kirschen nicht viel lieber einem der Bettler hätte geben sollen. „Ich", sie wurde jäh von einem Rufen unterbrochen. „Im Namen der Königin", brüllte jemand hinter ihnen mit lauter Stimme. Sie drehten sich um und sahen, wie drei Männer sich einen Weg durch die Menge bahnten. Alle drei trugen ein Kettenhemd samt Überkleid in grüner Färbung und waren mit Speeren bewaffnet. Einer ging etwas vorweg, die zwei anderen links und rechts ein Stück hinter ihm. Am Stand des Kirschenverkäufers kamen sie schließlich zum Stehen.

„Du scheinst mir keine Lizenz für diesem Stand zu haben oder irre ich mich da etwa?",

blaffte ihr Anführer ihn an. Der alte Mann senkte den Kopf und sagte nichts. Die Wache stieß ihm den Speerstiel mit voller Wucht gegen die Brust, sodass er fiel. „Ich habe dir eine Frage gestellt! Antworte mir gefälligst, du Stück Dreck! Er spuckte dem Händler ins Gesicht. „Bitte", stammelte dieser nur leise. „Wie war das?"

„Bitte, ich muss eine Frau und drei Kinder durchbringen. Ich verkaufe seit vielen Jahren meine Kirschen auf diesem Markt. Bitte, nur dieses Mal wollten sie mir keine Genehmigung ausstellen. Bitte. Wir brauchen das Geld. Habt doch Erbarmen."

Als Antwort bekam er einen Stiefel in die Seite. „Halts Maul! Das interessiert mich nicht. Entweder du hast eine Lizenz oder eben nicht. So ist das Gesetz. Jungs, geht an die Arbeit."

Seine beiden Begleiter traten vor und wollten damit beginnen den Stand zu zerstören. Der alte Mann sprang verzweifelt auf und stellte sich schützend vor seinen Stand: „Das dürft ihr nicht tun, bitte."

Einer der beiden Helfer streckte ihn mit einem Faustschlag ins Gesicht nieder. Auf dem Boden vermischte sich der rote Saft zerquetschter Kirschen mit dem roten Blut des alten Mannes. „Die verbliebenen Kirschen werden beschlagnahmt", verkündete der Anführer der Wachen. Während seine Lebensgrundlage zerstört wurde, saß der Mann auf dem Boden und schluchzte.

Nach getaner Arbeit trat einer der beiden Hilfswächter den Greis noch einmal, dann schickten sie sich an zu gehen. Diesmal mussten sie sich nicht durchdrängeln, die Menge bildete automatisch schweigend eine Gasse für sie. Die Wachen hatten sich schon umgedreht, da begann der Kirschenverkäufer plötzlich mit Tränen in den Augen verzweifelt zu schreien. „Ihr seid doch Verbrecher! Ja, elende Halunken seid ihr!"

Der Anführer nickte mit dem Kopf, seine beiden Untergebenen ließen die Kirschen, die sie trugen, fallen, gingen auf den Mann zu, packten ihn und begannen ihn hinter sich her zu schleifen. Elyana schlug entsetzt eine Hand vor den Mund und in Juril keimte ein Gefühl auf, das er ebenso hasste wie die drei Wachen, Hilflosigkeit. Vor seinen Augen geschah Unrecht und er konnte es nicht verhindern, würde er es versuchen, das war sicher, er würde ebenso enden wie die Bauern von Furtwalden. Langsam wurden die Schreie des Mannes immer leiser, bis sie schließlich ganz verstummten und eine Menge, schweigsam wie ein Grab, auf dem Marktplatz zurückließen.

„Es war einfach nur schrecklich", ergänzte Elyana mit zitternder Stimme Jurils Bericht. Ihr war anzumerken, wie sehr ihr das, was sie in der Stadt gesehen hatten, zusetzte. Sercius nickte und begann zu sprechen. Er war nicht besonders laut, dennoch kam es Juril vor, als würde er schreien. Juril entging nicht, wie er sie dabei ansah. Wie ein Vater, der Kindern erklären musste, weshalb sie jetzt keine Süßigkeiten mehr essen durften. „Wenn euch der Anblick von ein paar Bettlern schon so aus der Fassung gebracht hat, dann rate ich euch, besser nie eine der größeren Städte wie Warftburg oder Kronenturm zu betreten. Das, was ihr als schrecklich erlebt, ist für sehr viele Menschen Alltag. Sie werden täglich mit dieser Art von Armut konfrontiert und nehmen sie kaum mehr wahr, ihre Großeltern sind damit aufgewachsen, ihre Eltern und auch sie selbst wurden in eine Welt hineingeboren, in der Gerechtigkeit nichts weiter ist als das Recht des Stärkeren. Ihr seid so geschockt, weil ihr denkt, in Syrka gibt es solche Armut nicht. Damit mögt ihr zwar auf den ersten Blick recht haben, aber in Wirklichkeit ist es dort viel schlimmer. Syrka ist eine Stadt der Reichen, dort sieht man nicht etwa keine Bettler auf den Straßen, weil dafür Sorge getragen wird, dass jeder genug hat, nein, sondern weil Menschen, die die heile Welt der feinen Damen und Herren durch ihren Anblick stören könnten, gar nicht erst durch die Stadttore gelassen werden. Wer will schon das Elend anderer sehen, wenn das Einzige, um das man sich selbst Gedanken machen muss, die Frage, mit welchen feinen Kleidern man beim nächsten Ball auftauchen will, ist. Das Äußerste, das sie gerade noch so zu ertragen in der Lage sind, sind die Matrosen, die wegen des Handels in die Stadt kommen. Aber sie haben keine andere Wahl, zum Handeltreiben sind sie nun mal ein notwendiges Übel. Auf diesen Männern beruht ihr Wohlstand, doch anstatt ihnen gegenüber dankbar zu sein, werden sie als missliebiger Nebeneffekt des Reichtums betrachtet, so wie bei einer Behandlung der Einsatz von Blutegeln. Eklig, aber notwendig. Die Menschen, die sich nicht die feinsten Stoffe, die exotischsten Gerichte und die luxuriösesten Villen leisten können, sind für sie keine Menschen, sondern nichts weiter als lästiges Ungeziefer, das man am liebsten gar nicht zu Gesicht bekommen will, und wenn doch, das ohne Weiteres zerquetscht werden kann.“

In diesem Moment merkte Juril, wie sehr diese eine Sache sie verband. Sie beide teilten den gleichen tiefen Hass auf das gesellschaftliche System, einen Hass, der aus tiefstem Herzen kam. Für keinen von ihnen konnte es eine Akzeptanz der derzeitigen Zustände oder gar eine Aussöhnung mit ihnen geben.

Wieder liefen warme Tränen über Elyanas Gesicht. Juril hatte so gehofft, dass das endlich vorbei war, aber kaum hatte Sercius den Raum verlassen, um etwas mit Gontales zu klären, offenbar beschwerte der sich wieder über irgendetwas, konnte Elyana ihre Emotionen nicht mehr zurückhalten. „Ich hatte überhaupt keine Ahnung, ich dachte, da draußen würde für uns alles besser werden“, schluchzte sie in seinen Armen. Er strich ihr durchs Haar und flüsterte: „Hey, schon schlimm genug, was diese Mistkerle diesen Menschen antun, du darfst nun nicht auch noch zulassen, dass sie dir die Freude an deinem Leben nehmen.“

„Ich habe mir nie richtig Gedanken darüber gemacht, wie andere Leute leben müssen, für mich war alles immer selbstverständlich. Wie konnte ich mich bloß immer beschweren, wo ich doch eigentlich alles hatte.“

„Es ist doch nicht deine Schuld, dass diese Menschen so leben müssen. Hör bitte auf, dir deswegen den Kopf zu zerbrechen, du bist die wunderbarste Person, die ich je getroffen habe, und ich weiß, wenn du könntest, würdest du das alles sofort ändern. Du magst zwar dieselbe Herkunft haben wie die, die für dieses Elend verantwortlich sind, aber du bist nicht im Geringsten so wie sie, und das weißt du auch.“

Sie sah ihm in die Augen. „Ich liebe dich“. „Ich liebe dich auch.“

Als Juril einige Tage später erfuhr, bei wem sie bei ihrem nächsten Zwischenstopp eingeladen waren, zog es ihm die Kehle zu. Ihnen wurde die „große und einmalige Ehre zuteil, die großzügige Gastfreundschaft des großen Gouverneurs des Archipels des Windes in Anspruch nehmen zu dürfen“, wie Sercius sehr zum Ärger von Gontales mit übertrieben feierlicher Stimme ironisch betonte. Als er dann noch verkündete, dass ihn sehr freuen würde, wenn Elyana und Juril ihn begleiten würden, stieg eine Panik in Jurils Brust auf, noch stärker als Gontales’ Empörung angesichts dieses Vorschlags. Was, wenn der Sohn des Gouverneurs auch da war? Garnis würde Elyana und ihn wiedererkennen und nicht auszumalen, was dann geschehen würde. Das war zwar bei genauerer Betrachtung ziemlich unwahrscheinlich, schließlich hätte man den Verletzten wohl kaum sofort auf ein Schiff in Richtung Kyrelia geladen, aber ein gewisses Restrisiko blieb. Wieso schlug Sercius überhaupt so etwas vor? Er wusste doch zumindest von der Auseinandersetzung, die Juril mit Garnis hatte und dass er mit seiner Verlobten durchgebrannt war. Das alleine sollte doch schon Grund genug sein, sich schön von Brusio fernzuhalten. Und jetzt hatte er die Einladung auch noch vor Gontales ausgesprochen, da konnten sie diese ja kaum mit Verweis auf ihre tatsächlichen Gründe abschlagen. Was sie brauchten, war eine Ausrede und es war nahezu unmöglich, so schnell eine passende zu finden. Er konnte nicht so tun, als ob es für ihn nicht schicklich wäre, mit jemandem höheren Standes zu speisen, Gontales und Sercius wussten, dass er sich einen Dreck um so was scherte. Das einzig Denkbare wäre, dass Elyana oder er am Tag ihrer Einladung so tun, als ginge es ihnen nicht gut, und der jeweils andere aus Sorge mit auf dem Schiff bleibt. Juril war sich nur so gut wie sicher, dass Sercius merken würde, wenn da etwas faul war. Die Alternative wäre, zu diesem Essen zu gehen und einfach das Beste zu hoffen. Besonders für Elyana, die neben ihm saß, musste diese Nachricht ein Schock sein. Wäre wohl doch besser, sie hätte diesen Dreckskerl erstochen, das war unter Umständen ihre letzte Hoffnung. Außer, einer der Bediensteten, die Garnis begleiteten, um Elyana abzuholen, wäre bereits vor ihnen in Kyrelia angekommen und würde sich ebenfalls an ihr Aussehen erinnern, was Juril allerdings aus mehreren Gründen für noch unwahrscheinlicher hielt. Zum Ersten würde ein einfacher Bediensteter es sich niemals herausnehmen, einen Gast des Hauses dermaßen zu beschuldigen, nur weil man glaubte, jemanden wiederzuerkennen. Nein, in einer solchen Situation hielt man am besten einfach den Mund. Außerdem hatte es ganz den Anschein, als wäre Elyana nicht besonders eng in Kontakt mit Garnis' Gefolge gekommen war, schließlich war sie allein mit ihm gewesen. Am besten, er fragte sie später einfach mal danach, das würde sowohl seine als auch ihre Nerven beruhigen.

Als sie Sercius' Angebot schließlich in Ermangelung einer Ausrede annahmen, versuchten sie beide sich nichts anmerken zu lassen. Als Gontales allerdings schon zur Tür draußen war und Juril überlegte, ob sie auch gehen oder Sercius noch einmal darauf ansprechen sollten, was sie wirklich von der Idee hielten, sagte dieser etwas, was diese Entscheidung vollkommen überflüssig machte. „Übrigens, bloß keine Sorge, Garnis wird nicht da sein."

Er lächelte. „Wie ich aus verlässlicher Quelle erfahren habe, war die Stichwunde schlimmer, als es zunächst aussah."

Als er sah, wie Elyana kreidebleich wurde, fügte er hinzu: „Keine Sorge, er kommt durch, er braucht aber noch eine Weile, bis er wieder auf dem Damm ist. Wäre allerdings kein allzu großer Verlust gewesen."

„Woher?"

Juril hätte wissen müssen, dass Sercius hinter ihr Geheimnis kommen würde. „Weißt du, Juril, nur wenige von Menschen geschaffene Dinge bewegen sich so schnell fort wie Gerüchte. In Tarven habe ich drei verschiedene Versionen der Geschichte gehört. Nach einer ist jemand des nachts über die Mauer geklettert, hat Garnis im Schlaf erstochen, Elyana entführt und auf seiner Flucht in den Südlichen Städtebund noch ein gutes Dutzend Stadtwachen erschlagen. Ganz so war es wohl nicht, aber ich habe schon so etwas geahnt, als ich euch an Bord genommen habe. Immerhin, davon war in keiner der Versionen die Rede. Ich bin sicher, diese Geschichte würde sich wie ein Lauffeuer verbreiten. Der ehrenwerte Sercius Vantales rettet den Mann, der den Sohn des Gouverneurs von Kyrelia niedergestochen hat, und hilft ihm dazu noch, mit dessen Verlobter durchzubrennen."

Er lächelte amüsiert und nahm einen Schluck Tee aus seiner Tasse. „Nicht Juril hat es getan, sondern ich."

Elyana sprach leise und vermied es, ihn anzusehen. Sercius zog eine Augenbraue hoch. „Ach, tatsächlich? Wie kam es dazu, wenn ich fragen darf?"

Noch bevor Elyana antworten konnte, ergriff Juril das Wort. Das wollte er ihr nicht antun. „Garnis hat sie geschlagen, also bin ich auf ihn los. Er war jedoch stärker als ich und fast hätte er mich erwürgt, wenn Elyana nicht eine ihrer Haarnadeln in seinen Rücken gerammt hätte. Sie hatte keine Wahl, er hätte mich sonst umgebracht."

Sercius hob die Hände. „Ich wäre der Letzte, der jemanden verurteilt, nur weil er sich wehrt. Im Gegenteil, Elyana hat das einzig Richtige getan."

Juril stimmte Sercius zwar innerlich zu, allerdings wollte er aus Rücksicht auf seine Geliebte schnell das Thema wechseln. Noch ein Streit deswegen war das Letzte, was er jetzt brauchte, vor allem nicht, wo es zwischen ihnen beiden gerade so gut lief. „Wenn du es weißt, dann bist du dir doch auch des Risikos einer solchen Einladung erst recht bewusst. Wieso willst du dann, dass wir dich begleiten?",

sagte er schnell. „Wie gesagt, zum einen wird Garnis nicht da sein, weshalb kein Grund zur Sorge besteht. Wir statten euch für diesen Abend einfach mit zwei neuen Namen und zwei neuen Geschichten aus und es wird keine Probleme geben. Zum anderen wird dieser Abend dadurch zu mehr als einem dieser gewöhnlichen Festgelage, die ich schon so oft über mich ergehen lassen musste, er wird ein Triumph."

„Ein Triumph?"

„Brusio mag denken, wir feiern an diesem Abend das Demerkianische Reich, doch in Wahrheit feiern wir unseren Sieg. Inmitten dieser hohen Gesellschaft sitzen wir, wir, die wir ihr ein Schnippchen geschlagen haben. Du, Elyana, wirst dort nicht an der Seite eines Mannes sitzen, den andere für dich ausgewählt haben. Du hast deine Liebe über ihre Regeln gestellt und nun wirst du unter ihnen sitzen, ihnen ins Gesicht lachen und niemand kann dich daran hindern. Du, Juril, wirst dort mitten unter Menschen sitzen, die dich sonst nicht mal eines Blickes würdigen, und das neben der Liebe deines Lebens. Sie suchen euch beide, aber sie können euch nicht finden, obwohl ihr mitten unter ihnen seid, unter demselben Dach, unter dem auch Garnis lebt. Und meine Wenigkeit wird auch da sein, eigentlich Teil dieser Gesellschaft, und doch gehöre ich in Wahrheit zu euch."

Sein Lächeln verstärkte sich nochmals. „Kommt schon, gönnt mir und euch doch diesen Spaß. Ich weiß ja nicht, wie es euch geht, ich für meinen Teil kann unsere Einladung kaum erwarten, das verspricht eine interessante Nacht zu werden."

Auch wenn Juril ihm da zustimmte, so war doch Sercius selbst als Charakter viel interessanter, als es solch ein Bankett jemals sein konnte. Wieder einmal fragte Juril sich nach den wahren Motiven, die Sercius zu dieser Expedition geführt hatten. Gold war es ganz sicher nicht, dessen konnte er sich sicher sein. Eine ausgeprägte Loyalität zu Demerkia oder dem König kam auch nicht infrage. Also blieb eigentlich nur seine

Neugier nach dieser alten Zivilisation; immer, wenn Juril darüber nachdachte, kam er zu diesem Schluss. Und doch fühlte er, dass das nicht alles
sein konnte. Würde Sercius sich wegen solch einer Expedition wirklich
zum Gehilfen eines Königs und einer Gesellschaft machen, die er so sehr
hasste? Heute hatte man wieder gemerkt, wie tief diese Abneigung ging.
Auch dass er eigentlich zu ihnen gehörte, hatte er gesagt. Wenn sein Vater
das hören könnte. Sercius sah ihn, ihn, den Sohn eines Kerzenziehers aus
Syrka, als ebenbürtig an. Inzwischen war seine Angst vor der Einladung
von ihm gänzlich zerstreut worden. Der Plan war einfach perfekt, er
würde unerkannt mitten unter seinen Feinden sitzen, sie ansehen und dabei lächeln. An diesem Abend würde er sich prächtig amüsieren, ganz
sicher. Mit einem zufriedenen Lächeln auf den Lippen, ähnlich dem, das
er plante dem Gouverneur zuzuwerfen, schlief er schließlich ein.

Das Erste, was Juril auffiel, als die Küste von Kyrelia, der größten Insel des Archipels des Windes, in Sichtweite kam, waren die Plantagen. Endlos zogen sich Reihen von Bananen, Palmen, Orangenbäumen, Baumwollpflanzen und anderen Nutzpflanzen in Richtung Horizont. Kurze Zeit später legten sie in der Hauptstadt an, die denselben Namen wie die Insel trug. Gontales hatte es offenbar eilig, kaum lag das Schiff sicher im Hafen, eilte er mit seinen Männern von Bord. Er würdigte Sercius keines Blickes, als er mit hocherhobenem Kopf und nach vorn gestreckter Brust von Bord ging. Dieser lachte kurz auf: „Habt ihr das gesehen?",

er imitierte extrem übertrieben Gontales' Gang, was die Mannschaft in schallendes Gelächter ausbrechen ließ, in das auch Juril und Elyana einstimmten. „Ich nehme mal an, der geht sich jetzt, wie angekündigt, beim Gouverneur ausheulen", es war offenkundig, dass er die Sache eher belustigend als besorgniserregend fand. Juril war sich da nicht so sicher, was, wenn Gontales irgendwie von der Geschichte mit Garnis mitbekam und eins und eins zusammenzählte? Sercius hatte sich zwar falsche Identitäten für sie beide ausgedacht und diese auch Gontales aufgetischt. Aber würde das ausreichen, um ihn zu täuschen? Sercius meinte zwar, dass, so wenig sie sich auch gegenseitig leiden konnten, Gontales niemals auf die Idee kommen würde, dass er so weit gehen würde, zwei der wohl meistgesuchten Verbrecher des Demerkianischen Reiches aufzunehmen und diese dann auch noch auf den Empfang mitzunehmen. Juril war davon zwar nicht restlos überzeugt, aber Sercius würde schon wissen, was er tat.

„So, und jetzt zu dem Teil, der vor allem dir gefallen dürfte", sagte Sercius zu Elyana gewandt, die sichtlich voller Vorfreude war. Sercius hatte nämlich mit Blick auf ihre Einladung heute Abend beschlossen, sie und Juril mit passender Garderobe auszustatten. Neue Kleidung hatten sie sowieso bitter nötig, schließlich hatten sie bei ihrer Flucht keine Kleidung mitnehmen können, was besonders für Elyana ein Problem war. Während Juril ein paar der Sachen von Sercius bekam, konnte sie als einziges weibliches Mitglied der Mannschaft auf kein derartiges Angebot zurückgreifen. Bis Sercius ihr in Tarven ein einfaches Kleid besorgt hatte, musste sie die ganze Zeit ihr rotes Kleid vom Tag der Flucht tragen. Auch wenn es ihr gelungen war, es erstaunlich sauber zu halten, war sie doch äußerst glücklich, als sie sich endlich umziehen konnte. Als Juril sah, wie sehr Elyana, die bisher nur edelste Stoffe getragen hatte, sich über ein schlichtes Kleid freuen konnte, musste er lachen. Sie versuchte ihm einen gespielt finsteren Blick zuzuwerfen, konnte ihr Lachen aber auch nicht lange zurückhalten. Trotzdem, es war eben nicht gerade das feinste aller Kleider, weshalb Sercius' Ankündigung, eine Abendgarderobe für sie beide zu besorgen, bei ihr Entzücken auslöste. Bei Juril blieben derartige Hochgefühle aus, klar, es war eine gute Sache, dass er mal schicke Sachen tragen konnte, bisher war er aber auch ganz gut ohne zurechtgekommen. Sercius sah das wohl ähnlich, er sei „wahrscheinlich der Letzte, der auf so etwas Wert lege", sagte er achselzuckend, „aber die feine Gesellschaft ist da ein bisschen eigen, so wie ihr jetzt ausseht, würdet ihr wohl kaum durch das Tor auf Brusius' Anwesen kommen."

Wie er das so sagte, erinnerte er Juril an die Seeleute, die sich im Hafen von Syrka über die Bräuche eines der fernen Länder, die sie besucht hatten, gewundert hatten. Es sah ganz so aus, als würde er vor den Stämmen von Corasson bereits hier in eine fremde Kultur eintauchen.

Kyrelia war nicht besonders groß, dafür aber ordentlich und gepflegt. Direkt am Hafen befand sich ein mit Steinen gepflasterter Platz, von dem mehrere Straßen abgingen. Die Häuser waren zwar schick und man konnte deutlich erkennen, dass ihr Baustil von der Architektur in Syrka inspiriert war, aber selbst die prachtvollsten unter ihnen wirkten höchstens wie die schlechte Kopie eines der dortigen luxuriösen Paläste.

Sercius nickte in Richtung der Straße, die vom Platz mittig weg vom Hafen führte. Neben ihrem Schiff lag ein weiteres, das ganz offensichtlich einem Händler gehörte. Vor ihm an Land war ein Stand aufgebaut worden, an dem nun Waren, die hier wohl normalerweise nicht zu bekommen waren, sondern importiert werden mussten, feilgeboten wurden. Neben einigen Krügen Wein wurden auch mehrere Kleidungsstücke präsentiert. Juril fiel auf, dass nur edle Kleidung angeboten wurde, für normal erschwingliche Klamotten lohnte sich wohl der Aufwand nicht. Als der Händler ihr Interesse bemerkte, legte er los. „Ah, eine junge Dame, da habe ich doch etwas im Angebot."

Er zeigte auf ein helles gelbes Kleid. „Seht ihr den Schnitt? Die neueste Mode in Syrka, die feinen Damen dort sind quasi verrückt danach. Ihr habt heute die einmalige Gelegenheit, es ihnen gleichzutun, und das für einen Sonderpreis von nur 350 statt 400 Kronen."

350 Kronen, und das als Sonderpreis? Juril hätte als Kerzenzieher so lange arbeiten können, wie er wollte, das wäre immer außerhalb seiner Reichweite geblieben. Elyana schien der Preis weitaus weniger zu irritieren, sie strahlte und antwortete auf Sercius' Frage, wie ihr das Kleid denn gefalle, mit einem Seufzer der Glückseligkeit und „wunderschön". Damit war es beschlossene Sache. Als Sercius Juril danach noch einen schwarzsilbernen Festumhang für 300 spendierte und das, ohne mit der Wimper zu zucken, begann dieser sich langsam zu fragen, woher Sercius das ganze Geld nahm. Elyana schien das nicht weiter zu kümmern, sie bedankte sich bei Sercius und begann aufzuzählen, was alles an diesem Kleid so schön war, von der Farbe bis hin zum Schnitt. Auch Juril bedankte sich bei Sercius, er konnte es immer noch nicht so richtig fassen, dass dieser gerade, ohne zu zögern, 650 Kronen für sie ausgegeben hatte. Dieser reagierte mit einem Lachen und hob die Hände: „Schon gut, ist doch nur kaltes Metall, nichts weiter."

Als ihnen kurze Zeit später von einem Boten des Gouverneurs das Angebot gemacht wurde, sich in einem Raum des Palastes frisch zu machen, war Elyanas Laune auf einem Höhepunkt. Juril hatte nicht gedacht, dass ihr diese Sachen so fehlen würden. Sie küssten sich zum Abschied, bevor Elyana dem Boten die zentrale Straße entlang folgte.

In der Zeit, die ihnen noch bis zu ihrer Einladung blieb, zeigte Sercius Juril die Stadt und Umgebung. Dieser erfuhr, dass die Plantagen, auf die sich die örtliche Wirtschaft bisher stützte, an Bedeutung verlören, sie könnten preislich einfach nicht mit den Erzeugnissen aus den Kolonien mithalten. Dort bewirtschaftete ein Heer von Ureinwohnern als Zwangsarbeiter die Plantagen, hier waren es größtenteils selbstständige Kleinbauern. So nützt das Ganze wieder einmal nur den ohnehin schon reichen Plantagenbesitzern, während die Bauern und Eingeborenen darunter leiden, wie Sercius sich aufregte. Juril begann sich langsam ernsthaft zu fragen, wieso er von all dem Leid der Ureinwohner nie etwas im Hafen gehört hatte, wo sich die Matrosen doch sonst alles Mögliche erzählten. Lag es daran, dass die Matrosen sich für das Schicksal der „Kulturlosen", wie sie sie einfach nur nannten, nicht interessierten? Gewiss, er hatte gewusst, dass sie zur Arbeit gezwungen wurden, aber all die grausamen Details, die Sercius ihm enthüllte, waren ihm verborgen geblieben. Bei näherem Überlegen schien ihm diese Überlegung Sinn zu machen, dazu passte auch, dass, wenn über die Ureinwohner gesprochen wurde, dies fast immer spöttisch und ohne jeglichen Respekt geschah. Einmal hatte sie ein Matrose einem Mädchen gegenüber als „bloße Tiere" bezeichnet und danach Affenlaute imitiert, was seiner Freundin ein schallendes Lachen entlockte, in das er selbst grunzend einstimmte.

Wer interessiert sich schon für das Schicksal von Menschen, die er nicht als solche anerkennt? Juril selbst hatte beschlossen, sein Bild über die Ureinwohner und Corasson im Allgemeinen nicht nach den Seeleuten zu richten. In den Aussagen sowohl der Händler über die Eingeborenen als auch denen der Matrosen lag dieselbe Arroganz, mit der Leute wie Elyanas Vater über Menschen wie Juril zu sprechen pflegten. Darüber hinaus fand Juril, dass allein der Umstand, dass die Ureinwohner als „Kulturlose" bezeichnet werden, obwohl sie sehr wohl über eine Kultur verfügen, den Charakter der gesamten anderen Geschichten über die Eingeborenen entlarvt. Als er seine Gedanken äußerte, seufzte Sercius: „Ja, das ist wirklich traurig, dabei ist es doch fast immer wie bei den Plantagen, beide Gruppen haben eigentlichen denselben Feind, nur müssen das manche erst erkennen. Wenn das geschieht, sollte dieses Problem und noch sehr viele weitere für immer gelöst sein."

Der Palast, in dem der Gouverneur lebte, könnte so auch in Syrka stehen. Als Juril die palmengesäumte Alle zum Haupteingang entlanglief, musste er sofort an das Pendant in der Villa von Elyanas Vater denken. Sogar ein Springbrunnen befand sich am Ende des Weges, wenn auch noch mal eine Nummer größer als sein Gegenstück. Das musste wohl schwer in Mode bei den wohlhabenden Hausherren sein. Wären ihre Anwesen nicht immer von hohen Mauern umgeben, über denen nur das Hauptgebäude hervorragt, und der Blick durch die Tore von Wachpersonal verdeckt, hätte er das sicherlich öfter gesehen. Zumindest architektonisch hätte sich also in Elyanas Leben nicht viel verändert, hätte sie sich den Plänen ihres Vaters gefügt. Wie es für sie wohl sein musste, nun hierher zu kommen, nicht als Elyana, Ehefrau des Gouverneursohns, sondern als Cilia Prasore. So lautete der Name der falschen Identität, die Sercius sich ausgedacht hatte. Juril fragte sich rückblickend, wieso sie bei ihrem ersten Treffen mit Sercius, bei dem ja auch Gontales anwesend war, ihre echten Namen genannt hatten, das könnte sich als nicht besonders klug erweisen, vor allem, wenn Gontales heute Abend anwesend wäre. Wenigstens Elyana war klug genug gewesen, nicht ihren Nachnamen erwähnt zu haben. Ansonsten blieb nur zu hoffen, dass Gontales in seiner Arroganz ihre Namen längst vergessen hatte, schließlich hatten sie die ganze Zeit über so gut wie keinen Kontakt zu ihm. Erst jetzt fiel Juril auf, dass Sercius es schon immer vermieden hatte, ihre beiden Namen zu erwähnen, wenn Gontales in der Nähe war. Auch wusste dieser natürlich nicht um die wahren Umstände ihrer Flucht, die hatten sie ja nicht mal Sercius erzählt. Er wusste lediglich, dass sie zusammen durchgebrannt waren, aber nicht, wieso. Sercius hatte ihm erzählt, dass Elyanas bzw. Cilias Mutter, Tochter eines wohlhabenden Plantagenbesitzers, einen saufenden Taugenichts entgegen den Plänen ihrer Familie geheiratet hatte, welcher nun in einer Villa der Familie in Syrka ihr Vermögen verprasst und Juril bzw. Nillos, der Sohn eines Geschäftspartners ihres Vaters ist, der Cilia zu sich holt und sie zur Frau nimmt, ganz wie es sich ihr Großvater gewünscht hat. „Und nicht vergessen, du bist der Sohn eines

Plantagenbesitzers, versuch, nicht ganz aus der Rolle zu fallen", flüsterte Sercius ihm zu, während sie auf den breit geöffneten Haupteingang zugingen.

Aus dem Inneren war leise Musik zu hören, Juril glaubte, eine Laute, eine Violine und eine Flöte zu erkennen. Die prachtvollen Verzierungen, die an den beiden massiven Holztüren links und rechts angebracht waren, gaben einen ersten Eindruck vom Wohlstand, der sich hinter diesen Türen verbarg. Leichten Schrittes ging Sercius die Treppe hoch, Juril im Schlepptau hinterher. Kaum durch die Tür gekommen, wurden sie von einem Dienstboten in Empfang genommen, der sie nach allen Regeln der Höflichkeit begrüßte und nach innen geleitete. Juril nahm die Eingangshalle nur oberflächlich wahr, zu zahlreich waren die Eindrücke, die hohe Decke, die prachtvolle Wendeltreppe, der wunderschön gearbeitete Teppich und zu kurz die Zeit, die ihm dort blieb. Schon waren sie bei der nächsten Holztür, die, nachdem der Dienstbote sie geöffnet hatte, den Blick auf eine Speisehalle freigab, ebenso prachtvoll, wie man es sich bei diesem Haus vorstellt. Zentrum des Raumes war eine Tafel, länger als sämtliche Tische im Haus von Jurils Vater und ihren Nachbarn zusammen. In der linken Ecke des Raumes befand sich eine Art Podest, auf dem ein paar Musiker ebenjene Musik spielten, die schon bei ihrer Ankunft zu hören war. Ausgeleuchtet wurde die ganze Szenerie von einigen Kronleuchtern, die von der Decke hängend ein feierliches Licht verströmten. Juril musste unwillkürlich an seinen Vater denken, auch sie hatten einen großen Teil ihres Einkommens damit gemacht, Kerzen für ebensolche Kronleuchter herzustellen. Ihre Kunden waren meist Männer, dem Gastgeber dieses Hauses, der sie freudig zu seinem Platz am Tafelende winkte, nicht ganz unähnlich. Vornehm gekleidet, akkurat frisiert, zumindest so akkurat, wie es bei seinen schütteren Haaren möglich war, und einer unglaublichen Arroganz niedriger Gestellten gegenüber. Von dieser Arroganz war zwar in diesem Moment nicht viel zu spüren, weil Sercius und Juril oder besser gesagt Nillos aus derselben Schicht kamen wie er, aber sie war da, dessen war Juril sich sicher. Die einzigen zwei vornehm gekleideten und akkurat frisierten, nicht arroganten Menschen, die er kannte, waren Sercius und Elyana. Während sie die Tafel entlangschritten, hatte Juril Zeit, sich die anwesenden Personen genauer anzusehen. In der Nähe des Gastgebers saß eine Frau mittleren Alters, deren Haare zu einem hohen Turm aufgeschichtet waren, die Ehefrau des

Hausherrn, wie er annahm. Ein kurzes Stück abseits saß Gontales, der ihnen finstere Blicke zuwarf. Das war seltsam erleichternd, schließlich hätten triumphierende Blicke bedeutet, dass sie aufgeflogen wären. Ansonsten standen nur einige Dienstboten an der Tür. Sercius schüttelte zwar die ihm vom inzwischen aufgestandenen Gouverneur gereichte Hand, ließ sich aber ansonsten zu nicht mehr als einem knappen „hallo, Brusio" hinreißen, was für sich allein nicht unbedingt unfreundlich klang, aber im Vergleich mit dem freundlich lachenden „Sercius, schön, dich mal wieder zu sehen" ihres Gastgebers ziemlich ruppig. Die beiden kannten sich flüchtig, wie Sercius Juril erzählt hatte. Sercius hielt Brusio für einen Heuchler. Er fand es zwar positiv, dass dieser sich als einer der wenigen Reichen und Mächtigen öffentlich gegen die Versklavung der Ureinwohner von Corasson aussprach, was nach Sercius' Meinung allerdings nur aus rein wirtschaftlichen Interessen geschah. Die von Sklaven billig produzierten Produkte waren eine gefährliche Konkurrenz für die einheimische Plantagenwirtschaft. Erst jetzt kam Juril der Gedanke, dass er vielleicht nur die Rolle des Sohns eines Plantagenbesitzers hat, um ihrem Gastgeber eins auszuwischen. Wenn er es genau bedachte, ergab das von allen Gründen am meisten Sinn. Wieso sollte Sercius sie beide sonst unbedingt zu dieser Einladung mitnehmen wollen, und das, obwohl er um das Risiko wusste? Unter diesen Aspekten wäre es ja sogar im Sinne von Sercius, dass Elyanas Rolle an diesem Abend zwangsläufig Erinnerungen des Gouverneurs an die Geschehnisse des Tages, an dem Garnis sie abholen wollte, wachrufen würde. Als er die Hand ihres Gastgebers schüttelte, begrüßte ihn dieser zwar höflich, allerdings lag in seinem Ton etwas Ablehnendes, Sercius' Plan ging wohl auf. Nachdem sie auch die Frau des Gouverneurs standesgemäß willkommen geheißen hatte, wies man ihnen ihre Plätze zu. Während Sercius neben Brusio Platz nahm, fand sich Juril etwas weiter vom Kopfende entfernt wieder, sehr zu seinem Bedauern relativ nah an Gontales. Doch ihm blieb nicht lange Zeit, sich innerlich darüber aufzuregen, denn kaum hatte er sich auf dem bequemen purpurroten Stuhl niedergelassen, schwang die Tür hinter ihm auf. Er wirbelte herum und Elyanas breites Lächeln steckte ihn sofort an. Jetzt, wo sie ihr neues gelbes Seidenkleid trug und darin auf ihn zuschritt, konnte Juril ihre Schwärmerei dafür nachvollziehen. Sie sah einfach traumhaft darin aus. Er stand seinerseits auf, ging auf sie zu und als er schließlich vor ihr stand und in ihr strahlendes Gesicht blickte, hätte er sie am liebsten geküsst und den ganzen Abend lang damit nicht aufgehört. Aber selbst von ihnen beiden würde keiner auf einer Veranstaltung wie dieser so dermaßen gegen die Etikette verstoßen, zumindest nicht, solange alle Blicke auf sie gerichtet waren. So musste er sich zunächst damit begnügen, ihr zu sagen, wie wunderschön sie aussah, während sie sich erheitert und angetan zugleich hinsichtlich seines schicken Aufzugs zeigte. Hand in Hand gingen sie zu ihren Plätzen, während Elyana allen Anwesenden ihr strahlendstes Lächeln schenkte und sich für die Möglichkeit, heute hierherzukommen, bedankte. Sie war wirklich überglücklich darüber, das war nicht nur gespielt. Juril fand es erstaunlich, dass sie ausgerechnet an diesem Ort in der besten Stimmung seit ihrer Abreise sein konnte. Vielleicht war es ihr neues Kleid, das an ihr altes, nicht ganz zu weit entferntes Umfeld erinnerte, die Musik, die Freude, hier heute als glücklicher Gast und nicht als unglückliche Gastgeberin zu sein, die Erleichterung, dass sie Garnis nicht erstochen hatte, oder wahrscheinlich alles zusammen. Sie war glücklich und wenn sie es war, war er es auch. Sie nahm neben ihm Platz und begann gleich von allem zu erzählen, was sie hier in der Villa gesehen und erlebt hatte. Man merkte, dass sie doch eine gewisse Sehnsucht nach den Annehmlichkeiten, die ein Leben in Luxus so mit sich brachte, hatte, obwohl sie ihr Leben in dieser Welt des Luxus mit all seinen Zwängen gehasst hatte. Als er sie augenzwinkernd darauf ansprach, sagte sie: „Der Unterschied ist, ich bin heute als freier Mensch hier und nicht als das bevormundete Mädchen, das ich sonst war."

Das reichte ihnen auch schon von diesem Thema. Heute Abend wollten sie sich nicht den Kopf darüber zerbrechen, was vergangen war, was außerhalb dieses Saals geschah und was kommen würde. Es sollte wieder einer dieser besonderen Momente werden, in denen es nur sie beide und sonst nichts für sie gab. Einer dieser besonderen Momente, an die man sich mit einem glückseligen Lächeln erinnert, wenn man zurückdenkt. Einer dieser Momente, die für die Ewigkeit gedacht waren.

Nach und nach trafen immer mehr Gäste ein. Wieder alles akkurat frisierte, herausgeputzte Herren, begleitet von ebenso akkurat frisierten, herausgeputzten Damen an ihrer Seite, die ständig dieselben höflichen Floskeln von sich gaben, die auch Elyana noch im Schlaf beherrschte. Wenn gerade keiner zu ihnen herübersah, ahmten sie das Verhalten von Brusius' feiner Bekanntschaft nach. Als Juril gerade den Gesichtsausdruck eines jüngeren Gastes, der ihn an den eines bettelnden Hundes erinnerte, imitierte und damit bei Elyana einen Lachanfall auslöste, sah Sercius zu ihnen hinüber und begann ebenfalls zu lachen.

Mit dieser Form der Beschäftigung war es allerdings vorbei, als ihnen gegenüber ein Ehepaar Platz nahm. Er unterschied sich von den anderen Gästen nur darin, dass er über keine Haare auf dem Kopf verfügte, die man hätte frisieren können, sie wirkte genauso austauschbar wie die anderen Damen, die heute Abend hier waren. Es war schwer, sie sich als Personen mit eigenem Charakter vorzustellen, auf Juril wirkten sie eher wie der Schmuck, den sie trugen, hübsch anzusehen, aber mehr auch nicht. Nicht zu fassen, dass Elyana fast auch so geendet wäre. Nachdem die beiden sich vorgestellt hatten, wurde Elyana sofort von der Frau in ein Gespräch verwickelt: „Das muss so schrecklich für dich sein mit deinem Vater, Liebste", sagte sie mit besorgter Stimme und schräg gelegtem Kopf. Elyana nickte nur, ihre Gesprächspartnerin schien sowieso eher darauf aus, ihr ihr tiefstes und aufrichtigstes Mitgefühl auszudrücken, als Elyana ihre Einschätzung abgeben zu lassen. „Wie ein Mann nur seine Familie so hängen lassen kann, aber zum Glück gibt es ja doch noch echte Edelmänner da draußen, nicht wahr, Nicosio?"
Sie warf Juril ein strahlendes Lächeln zu, der es erwiderte, ohne überhaupt zu versuchen, dass es echt wirkte. Das würde sowieso keinem auffallen; wenn er sich so umsah, fragte er sich, ob die meisten der Gäste überhaupt wussten, wie ein echtes, nicht geheucheltes Lachen klang. Immerhin versuchte sein Gegenüber ihn nicht in so eine oberflächliche Konversation reinzuziehen. Sie beide begnügten sich damit, einander finster anzusehen. Aus irgendeinem Grund schien der Mann ihn ebenso wenig zu mögen wie er ihn, vielleicht sah man Juril seine Einstellung zu dem Ganzen an. Als sich schließlich ihr Gastgeber erhob und die Gespräche verstummten, atmete Juril zunächst auf. Er hatte schon befürchtet, den Glatzkopf und seine buschigen Augenbrauen noch eine ganze Weile anstarren zu müssen. Nach kurzer Zeit musste er allerdings feststellen, dass zwischen dieser Aktivität und der, Brusius' Rede zu lauschen, hinsichtlich ihres Spaßfaktors kaum ein Unterschied bestand. Er redete nicht lange, da verlor Juril schon den Faden und versank in Gedanken. Das Einzige, was er jetzt noch von dem Gesprochenen mitbekam, waren Bruchstücke wie „unser weiser König" oder „Verbreitung der großartigen Demerkianischen Kultur". Alles in allem nichts, was ihn überrascht

oder gefesselt hätte, nur das übliche Gerede von der Überlegenheit Demerkias. Umso glücklicher war er, als ihr Gastgeber endlich zum Schluss kam und sein Glas erhob. Sofort sorgte eine Schar von Bediensteten dafür, dass auch seine Gäste es ihm gleichtun konnten. Von beiden Seiten des Raumes schritten die Diener simultan nach vorne und stellten mit einer Handbewegung ein Glas auf die Tafel vor die Anwesenden, um sich anschließend rückwärtsgehend zu entfernen. Juril betrachtete seines. Wie auch die anderen war es am Griff so verziert, dass es aussah, als wäre es mit Edelsteinen besetzt. Sein leicht grüner Farbton bildete einen Kontrast zu dem sich in ihm befindlichen Rotwein. Juril trank für gewöhnlich eher aus Bechern als aus Gläsern, diese waren preislich für ihn unerschwinglich und auch teurer Rotwein war für ihn gewiss nicht alltäglich. Als alle Gläser, auch das von Juril, in der Luft waren, sprach Brusius einen Toast aus: „Auf Sercius Vantales und seine Expedition, möge sie dabei helfen, dem Demerkianischen Reich die ihm gehörige Stellung in der Welt zu verschaffen."

Kein Wort also von Sercius' Begleitern. Nachdem er mit den anderen angestoßen hatte, schaute er zu Gontales hinüber. Sein empörter Gesichtsausdruck ließ Juril zu dem Schluss kommen, dass das die langweilige Rede tausendmal mehr wert gewesen war. Unauffällig stupste er Elyana an, die sofort wusste, worauf er sie hinweisen wollte. Als Gontales bemerkte, wie sie beide ihn ansahen, lief er rot an und seine Augen verengten sich. Juril wüsste nur zu gerne, wie sein Gespräch mit dem Gouverneur gewesen war. Er bezweifelte, dass der Hauptmann mit seinen Beschwerden über Sercius erfolgreich gewesen war. Juril machte sich einen Spaß daraus, Gontales dabei zu beobachten, wie er angesichts seines Verhaltens immer wütender wurde, ohne etwas dagegen unternehmen zu können. Erst als die Diener die Gläser aufgefüllt und die Vorspeisen serviert hatten, wandte Juril seinen Blick von ihm ab und dem Essen zu. Es gab Suppe mit Fleisch und Gemüse, die bis auf die Verzierung durch irgendein Grünzeug auf Juril einen relativ normalen Eindruck machte. Dieser wurde allerdings durch die Art des Bestecks gleich wieder revidiert, allein der Löffel war wahrscheinlich schon um ein Vielfaches mehr wert als das ganze Besteck, das sie zu Hause bei seinem Vater gehabt hatten. Beim Hauptgang schließlich erwartete Juril etwas Ausgefalleneres. Es gab Truthahn, einen großen Vogel, der nur in Corasson vorkam, angerichtet auf silbernen Platten und mit zahlreichen Gewürzen. Zur

Nachspeise wurde es richtig spektakulär, aufgetischt wurde eine riesige, mit Zucker verzierte Torte. Alles in allem war es eine der besten Mahlzeiten, die Juril jemals zu sich genommen hatte. Auch Elyana schien begeistert zu sein, was bei ihr aber wohl eher daran lag, dass sie mal wieder speisen konnte, wie sie es eigentlich gewohnt war. Ihre Zeit auf dem Schiff musste eine riesige Umstellung für sie gewesen sein. Auch wenn der nächste Programmpunkt des Abends ebenso wie das feine Essen eine neue Erfahrung für ihn war, so hätte er auf diesen doch viel lieber verzichtet. Doch als um ihn herum alle Männer ihre Begleiterinnen zum Tanz aufforderten und Elyana ihn hoffungsvoll ansah, schien es ihm, als habe er keine Wahl. Sein Problem war nur, er konnte eigentlich gar nicht tanzen, und das, was an diesem Abend von der feinen Gesellschaft wohl getanzt wurde, noch viel weniger. Elyana hatte ihm zwar mal bei einem ihrer Treffen ein paar Tanzschritte gezeigt, aber sie alleine frisch verliebt unter einem blühenden Kirschbaum war eben nicht dasselbe wie sie unter falscher Identität auf einem Empfang im Haus des Gouverneurs des Archipels des Windes. Dann musste eben Elyana führen, hoffentlich fiel das keinem auf. Als sich die Paare nun also gegenüber aufstellten, standen auch sie beide dabei. Juril hatte Elyana extra zu einer Position geführt, von der er dachte, dass sie später von den anderen Tanzpaaren verdeckt war. Als die Musik zu spielen begann, beschloss Juril einfach, dasselbe zu tun wie der junge Mann, dessen Hundeblick er imitiert hatte und welcher links von ihm stand. Deshalb passierten alle seine Handlungen zunächst leicht zeitlich verzögert, da er sich erst an diesem orientieren musste. Doch auch als er die Tanzschritte endlich halbwegs raushatte, passierten ihm noch Fehler. Einmal trat er auf Elyanas Fuß, doch dieser schien das eher wenig auszumachen. Sie verzog zwar kurz das Gesicht doch als Juril „wie in den guten alten Zeiten, was?"

flüsterte, musste sie kichern. Nach einer Weile mit Drehungen und mehr oder weniger komplizierten Schrittfolgen begann er tatsächlich den Glatzkopf, seine nervige Ehefrau, den Mann mit dem Hundeblick, einfach die ganze Welt um sie herum zu vergessen und sich wieder wie damals zu fühlen. Wie damals, als es nur sie beide gab und es ihnen vorkam, als würde das alles für immer halten, obwohl ihnen doch klar war, dass ihre gemeinsame Zeit begrenzt war. Als das erste Stück vorbei war, strich er eine Strähne, die sich aus ihrem Haarband gelöst hatte, beiseite, flüsterte „ich liebe dich" und küsste sie, ganz gleich, ob ihn nun Leute beobachteten oder nicht. Wie hatte es ihn nur eine Sekunde lang kümmern können, welchen Eindruck es machte, wenn er sie küsste, wo er doch wusste, dass sich für ihn nichts auf der Erde richtiger anfühlte, als mit seinen Lippen die ihren zu berühren? Als sie seinen Kuss zuerst zögerlich, dann bestimmt erwiderte, hatte er das Gefühl, dass ihm nichts diesen Abend ruinieren könnte. Dieses Gefühl sollte allerdings nur wenige Sekunden halten. Die Musiker setzten zu einem neuen Stück an, er löste sich gerade von Elyanas Mund, als die Tür aufschwang und sein Herz, das gerade eben noch vor Freude Sprünge gemacht hatte, ihm in die Hose rutschte. Er blickte geradewegs in die grünen Augen seiner Schwester.

In ebendiesen Augen, von denen das linke so geschwollen war, dass mehr Blau als Grün erkennbar war, stand etwas, das er noch nie in ihnen gesehen hatte. In Ceris Augen, den Augen, die ihn, als er kleiner war, immer mildtätig angesehen hatten, wenn er etwas ausgefressen hatte, stand blanke Panik. Auch der Rest ihrer Erscheinung deutete darauf hin, dass ihr jemand übel mitgespielt hatte. Statt wie früher, als sie schlicht, aber sorgfältig eingekleidet war, trug sie nun ein einfaches, mit Schmutz übersätes braunes Gewand, mehr Lumpen als Kleidungsstück. Statt wie früher, als ihre Haare zu einem Zopf gebunden waren, waren diese nun aufgelöst und standen in alle Richtungen ab. Statt wie früher, als ihr, zumindest für Juril, makelloses Gesicht von einem Lächeln geziert wurde, war es nun von Blutergüssen überzogen. Als sie in den Raum rannte, hörten die Musiker auf zu spielen und sämtliche Gespräche verstummten, alle Blicke waren nun auf sie gerichtet. Im Gegenzug blickte Ceri sich gehetzt um, als sie erkannte, dass sie geradewegs in eine Sackgasse gelaufen war. Sie sah nach links, nach rechts und dann wieder nach links, dabei blieb ihr Blick so oberflächlich, dass sie Juril nicht bemerkte. Er selbst war so geschockt, dass er keine Ahnung hatte, was er tun sollte. Noch bevor er einen klaren Gedanken fassen konnte, kamen zwei mit Hellebarden bewaffnete Wachen in oranger Rüstung hereingestürmt, stürzten sich auf Ceri und schleiften sie hinaus. Als sich die Tür wieder schloss, wurde ihr verzweifeltes Schreien abgedämpft und zunehmend leiser, bis es ganz erstarb. Umgekehrt begann sofort ein aufgeregtes Tuscheln im ganzen Raum. Juril schaute sich um, während er versuchte seine Gedanken zu sammeln. Neben ihm stieß Elyana entsetzt aus: „Was um alles in der Welt war das gerade?"

und auch den meisten anderen Gästen war, wenn auch nicht bei allem Entsetzen, zumindest eine große Irritation anzusehen. Ihr Gastgeber, der mehr wütend als erschrocken wirkte, wollte sich gerade erheben, um die Stimmung zu beruhigen, als die Tür erneut aufschwang. Diesmal kam ein weiterer Mann, allerdings statt mit einer Hellebarde mit einem Säbel am Gürtel hereingelaufen. Sein oranger Waffenrock trug dieselben Muster wie der von Gontales, was ihn ebenfalls als Hauptmann auswies. Mit schnellen Schritten ging er zum Ende der Tafel, beugte sich vor und flüsterte Brusio etwas ins Ohr. Dieser nickte, flüsterte seinerseits etwas und schickte den Hauptmann mit einer Handbewegung weg. Danach beschloss er offenbar, dort weiterzumachen, wo er gerade eben unterbrochen wurde. Er stand auf und begann mit fester Stimme zu sprechen. „Ihr alle fragt euch sicherlich, was es mit den Geschehnissen der letzten Minute auf sich hat. Nun, ich will es euch erklären. Diese Frau, die soeben unser freudiges Zusammenkommen gestört hat, ist die Schwester eines ehrlosen Verbrechers. Dieser gewisse Juril Wahroles ist der Grund dafür, wieso mein geliebter Sohn heute nicht Teil unserer Gemeinschaft sein kann. Es war dieser räudige Hund, der Garnis in einem Akt der Feigheit niedergestochen und seine ihm versprochene Frau entführt hat. Doch seine Schwester ist nicht minder schuldig an diesem hinterhältigen Angriff, sie deckt ihn und weigert sich, ihre Pflicht zu tun, die darin bestünde, ihr Möglichstes zur Aufklärung dieser Schandtat beizutragen. Deshalb wird auch bei ihr keine falsche Gnade gezeigt werden, sie wird ihre gerechte Strafe erhalten, ebenso wie ihr Bruder. Es gelang diesem Bauern nicht, meinen Sohn zu töten, aber es wird uns gelingen, der Gerechtigkeit zum Triumph zu verhelfen!"

Sofort brach donnernder Applaus los, vereinzelt waren sogar begeisterte Rufe zu hören. Da alle auf das verschwitze, hochrote Gesicht ihres Gastgebers blickten, fiel niemandem weiter auf, dass drei Handpaare nicht einstimmten. Elyana hatte inzwischen längst verstanden, wer gerade eben von den Wachen hinausgeschleift wurde, und auch Sercius machte keine Anstalten, seine Hände zu bewegen, wofür Juril ihm sehr dankbar war. Jetzt hieß es kühlen Kopf bewahren, er durfte auf keinen Fall so impulsiv handeln wie damals bei Garnis in Elyanas Garten. Er atmete tief ein und zwang sich, den Drang, nach vorne zu rennen und Brusius zu zeigen, wozu ein „räudiger Hund" wie Juril so fähig ist, zu unterdrücken. Nein, hier gab es eine bessere Lösung, und die schaute ihn gerade eben mit sorgenvollen Augen an. Er warf Sercius seinerseits einen flehenden Blick zu. Wenn ihm jemand helfen konnte, dann er. Es sah so aus, als ob er mit dieser Einschätzung richtiglag, denn als der Applaus abebbte und die Musiker wieder zu spielen begannen, tippte Sercius ihrem Gastgeber auf die Schulter und begann mit ihm zu reden. Juril hakte sich bei der kreidebleichen Elyana ein, flüsterte mal wieder „alles wird gut", bevor er sich kurz versicherte, dass Gontales ruhig an seinem Platz saß und nichts an seinem Blick oder Verhalten darauf hinwies, dass er sich an Jurils Namen erinnerte oder anderweitig darauf kam, wer er oder Elyana wirklich waren. Dann ging er mit ihr zurück zu ihren Plätzen. Dabei ließ er keine Sekunde Sercius und seinen Gesprächspartner aus den Augen, er wartete auf irgendeine Reaktion, irgendein Anzeichen, dass er Elyana gerade nicht belogen hatte. Aus ihrer Mimik und Gestik schloss Juril, dass Sercius Brusius von irgendetwas überzeugen wollte, dieser aber noch Zweifel hegte. Nach einer Weile, als Elyana und Juril schon wieder am Tisch saßen und er ihr beruhigend über den Rücken strich, reichten die beiden sich die Hand. Im Anschluss daran stand Brusius wieder auf und hielt seine heute schon dritte Ansprache: „Ich durfte gerade erleben, dass es auch heute glücklicherweise noch Ehrenmänner gibt, denen das Schicksal ihrer Mitmenschen nicht egal ist. Sercius hat mir gerade den Vorschlag gemacht, die Schwester des Feiglings in die Verbannung nach Corasson zu überführen. Nun, was könnte es für eine bessere Strafe geben? Anstatt ihre Verpflichtungen gegenüber ihrem Vaterland, das sie ernährt und beschützt, einzuhalten, zeigte sie sich zutiefst undankbar für all das, was Demerkia seit ihrer Geburt für sie getan hat. Wenn wir das tolerieren, wenn wir tolerieren, dass Feinde unseres Landes unseren König verspotten und einen Keil in die Gesellschaft treiben, indem sie vergessen, wo ihr angestammter Platz ist, dann tolerieren wir den Untergang unserer großartigen Nation. Deshalb müssen wir all die Elemente, die eine Gefahr für die Sicherheit unseres Volkes darstellen, aus diesem entfernen. Keine Maßnahme, so hat mich Sercius überzeugt, ist hierfür besser geeignet als die Verbannung in eine weit entfernte Kolonie. Dort wird sie vielleicht verstehen, welche Privilegien sie hatte, bis sie sie aus falscher Loyalität weggeworfen hat. Ich muss zugeben, ich hatte zunächst so meine Zweifel, was seinen Charakter angeht, aber Sercius hat mit diesem Vorschlag bewiesen, dass diese in keiner Weise berechtigt waren. Dafür danke ich dir, Sercius Vantales, im Namen meiner gesamten Familie und aller rechtschaffenen Demerkianer!"

Wieder brach tosender Applaus los, Sercius, der die ganze Rede lang nur emotionslos vor sich hin gestarrt hatte, stimmte auch dieses Mal nicht ein. Vom Rest des Abends bekam Juril nicht viel mit, zu sehr kreisten die Gedanken in seinem Kopf. Wieso war er nie auf die Idee gekommen, dass sein Handeln auch Konsequenzen für seine Familie haben könnte? Es musste ihm ja klar gewesen sein, dass es bei all den Leuten, die ihn bei ihrer Flucht mit Elyana gesehen hatten, nur eine Frage der Zeit war, bis man ihn als Täter ausgemacht hatte. Trotzdem hatte er nie ein einziges Mal daran gedacht, was das für Ceri und seinen Vater bedeuten würde. Wenn seine Schwester schon so angegangen wurde, was haben die dann erst mit ihm angestellt?

Er nahm nur halb wahr, wie der Abend langsam zu Ende ging, die Musiker endgültig aufhörten zu spielen und ihr Gastgeber sie verabschiedete. Juril konnte später nicht mal mehr mit Sicherheit sagen, ob er ihm zum Abschied die Hand gegeben hatte oder nicht. Das Einzige, was in seinem Kopf Platz hatte, auf das er seine ganze Aufmerksamkeit konzentrierte, war ein winziger Funken Hoffnung, der letzte, der ihm noch blieb. Die Hoffnung, dass Sercius' Plan aufging, sie Ceri retten konnten und dass sie ihm erzählen würde, dass sein Vater entkommen war. Erst als seine Schwester von zwei Wachen herbeigeführt wurde, nahm er seine Umwelt wieder bewusster wahr. Diesmal waren ihre Hände auf ihren Rücken gefesselt, sodass sich ein Fluchtversuch wie der, bei dem sie in die Speisehalle geplatzt war, nur schwer wiederholen konnte. Diesmal sah sie ihn sofort, was sie erschrocken einatmen ließ. Juril lächelte kurz und zwinkerte ihr zu. Sie schien zu verstehen und achtete danach tunlichst darauf, kein Verhalten an den Tag zu legen, das sie verraten hätte. Schweigend setzte sich ihre kleine Gruppe in Bewegung, auch Ceris Bewacher gaben keinen Ton von sich, die allgemeine Stille schien sie einzuschüchtern. Juril hätte zu gerne noch einmal seine Schwester angeblickt, allerdings fürchtete er, dass dies beim zweiten Mal Gontales oder den beiden Wachen auffallen würde. Um kein Risiko einzugehen, hielt er den Blick starr auf den Pflasterstein gerichtet, während sie zurück zum Schiff gingen. Er musste die ganze Zeit daran denken, wie Ceri ihn gerade angesehen hatte. Sie wurde wegen ihm verhaftet und misshandelt, aber trotzdem war in ihrem Blick keine Spur von Ärger, ja nicht mal Enttäuschung zu sehen, nur Freude. Und er hatte sie einfach zurückgelassen und nicht einmal einen Gedanken an die Konsequenzen verschwendet. Wie konnte er da noch behaupten, dass er sie ebenso lieb hatte wie sie ihn?

Als sie beim Schiff angekommen waren, verabschiedeten sich die Wächter respektvoll, aber sichtlich froh, ihren Auftrag hinter sich gebracht zu haben. An Bord war es leer, die Mannschaft war wohl noch auf Sauftour im Hafen. Gontales war außer sich, als er merkte, dass der Soldat, der das Schiff auf seinen Befehl hin bewachen sollte, nicht auffindbar war. Tobend kündigte er an, ihn persönlich aus der Kneipe hierher zu schleifen und ihm beizubringen, was Disziplin bedeutet, bevor Sercius ihn unterbrach: „Mag sein, dass dir die Gelegenheit ganz genehm ist, deinen Frust über dein erbärmliches Leben an jemandem auszulassen, aber ich persönlich habe ihm die Erlaubnis erteilt, für diesen Abend eine verdiente Auszeit zu nehmen.“

„Ihr habt was?“

Der Umstand, dass seine Befehle übergangen wurden, schien ihn mehr aufzuregen als Sercius’ respektloser Umgangston. Dieser überging Gontales’ Einwände und forderte ihn stattdessen auf,“ „der jungen Dame hier doch bitte die Fesseln abzunehmen“ und sein Quartier „freundlicherweise für sie zu räumen“. Diesmal brachte der Hauptmann nur ein entsetztes Stammeln hervor: „Wie bitte, was ... ich soll was ..., wie bitte?“

„Wie kann jemand so Begriffsstutziges wie du nur Hauptmann werden? Noch mal für die etwas Langsameren: Nimm ihr die Fesseln ab und räum dein Quartier für sie, du erhältst die Gelegenheit, die Bindung zwischen dir und deiner Truppe zu stärken, indem du dir die Unterkunft mit ihnen teilst.“

„Das ist ..., das ist eine Anmaßung! Ich bin Hauptmann der Demerkianischen Armee! Ich diene nur meinem Vaterland und meinem König! Ihr könnt mich nicht zwingen, mein Recht für irgendeine dahergelaufene Hure aufzugeben.“

Wäre Sercius ihm nicht zuvorgekommen, so hätte Juril Gontales eine verpasst. So war es nun aber Sercius, der den verdutzten Hauptmann am Kragen packte und über die Reling drückte, sodass es ein Leichtes für ihn wäre, ihn in das schwarze Wasser zu stoßen. „Hör mir gut zu, wenn du nicht willst, dass du mit durchgeschnittener Kehle da unten landest, dann verhältst du dich jetzt schön ruhig und machst genau das, was ich dir sage.“

„Durchgeschnittene Kehle?“

„Oh, das hab ich ganz vergessen.“

Sercius ließ ihn mit einer Hand los, um mit ihr stattdessen in einer schnellen Bewegung Gontales' Säbel zu ziehen und ihm diesen an die Kehle zu setzen. „Du wirst dich bei Jurils Schwester entschuldigen, ihr die Fesseln abnehmen, dein neues Quartier beziehen und dich nicht an Deck blicken lassen, bis wir den Hafen verlassen haben. Habe ich mich klar genug ausgedrückt?"

„Seine Schwester?"

Sercius lachte. „Damit hättest du nicht gerechnet, was, hier kommt noch eine Überraschung: Nicht er, sondern Elyana hat Garnis niedergestochen."

„Wie ist ..."

Doch Sercius unterbrach ihn wieder. „Beantworte meine Frage", sagte er langsam, aber mit Nachdruck. „Das ist Hochverrat! Damit kommt ihr nicht durch!"

„Beantworte meine Frage", sagte Sercius noch einmal. Gontales schien kurz abzuwägen, dann presste er ein „Ja" heraus. „Ja was?"

„Ich werde tun, was Ihr sagt."

Als er Gontales wieder nach oben zog, setzte Sercius ein strahlendes Lächeln auf. „Schön, dann wäre das ja geklärt."

Der Hauptmann ging zu Ceri, löste ihre Fesseln, ging einen Schritt zurück und murmelte, ohne sie anzusehen, widerwillig: „Tut mir leid."

Danach entschwand er, ohne sich noch mal umzusehen, in das Innere des Schiffs.

Für einen Moment herrschte betretenes Schweigen, keiner wusste so recht, was zu tun war. Ceri schüttelte ihre gerade noch gefesselten Hände, lächelte ihn unsicher an und sagte nur: „Schön, dich zu sehen."

Da konnte Juril nicht mehr an sich halten, mit feuchten Augen fiel er ihr in die Arme. „Es tut mir so leid."

Ihre Augen füllten sich ebenfalls mit Tränen. „Hör auf, es geht mir gut."

Sie hatte wahrscheinlich genauso viele Fragen an ihn wie er an sie, aber das konnte warten. Die nächsten Minuten standen sie einfach in enger Umarmung da, bis Sercius sich zu Wort meldete: „Ich glaube, wir sollten mal sehen, ob Gontales schon sein Quartier geräumt hat, ihr zwei habt sicher viel zu bereden und dort dürftet ihr wohl etwas ungestörter sein", sagte er freundlich ohne jede Hast. Damit hatte Sercius recht, also lösten sie ihre Umarmung und folgten ihm in das Schiffsinnere.

In seiner ehemaligen Kajüte war von Gontales oder seinen Sachen nichts zu sehen, er musste also Sercius 'Befehl tatsächlich gefolgt sein. Als dieser und Elyana sich umdrehten und verabschiedeten, um sie beide allein zu lassen, lächelte Ceri sie müde, aber dankbar an. Nachdem die Tür geschlossen war, konnte Juril einfach nicht anders, er musste ihr die eine Frage stellen, die ihn am meisten beschäftigte und vor deren möglicher Antwort er sich am meisten fürchtete.„ Haben sie Vater auch ...“

Sie senkte sofort ihren Blick und es zeigte sich, wie wenig ihr eigentlich zum Lächeln zumute war. „Er ..., er hat versucht mich vor denen zu beschützen, als sie an unsere Tür klopften. Die Soldaten haben ihn einfach umgebracht! Sie haben ihn erstochen und einfach liegen lassen!“

Während sie ihm schluchzend davon erzählte, konnte auch Juril seine Tränen nicht mehr zurückhalten. Er nahm sie wieder in den Arm, auch wenn ihm weder für sich noch für sie tröstende Worte einfallen wollten. Sein Vater war tot und das Letzte, was Juril zu ihm gesagt hatte, war „du wertloser Taugenichts“ gewesen und das Letzte, was sein Vater ihm geantwortet hatte, das Letzte, was er zu Juril gesagt hatte, bevor sie ihn umbrachten, war „komm bloß nicht wieder“. Das war die letzte Erinnerung, die ihm an ihn blieb, nicht etwa eine schöne, zu Tränen rührende, sondern eine, die ihm aus einem ganz anderen Grund die Tränen über die Wange laufen ließ. Dabei hatte er doch auch schöne Tage mit seinem Vater gehabt, wie damals, als ein freundlicher älterer Mann sie aufsuchte und ein paar Kerzen bei ihnen in Auftrag gab. Juril, der damals vielleicht 12 Jahre alt war, hatte keine Ahnung, wer vor ihm stand, aber an dem Verhalten seines Vaters konnte er ablesen, dass dies jemand ganz Besonderes war. Sein Vater, bis auf seine Wutausbrüche ein ruhiger, fast schon kraftloser Mann, war auf einmal völlig aus dem Häuschen. Er begrüßte ihren Kunden auf eine besonders herzliche Art, was nicht hieß, dass er seinen Kunden ansonsten kalt und abweisend begegnete, nein, er war zu ihnen stets freundlich. Aber eben auf eine höfliche, distanzierte Art und nicht so aus ganzem Herzen, wie es an diesem besonderen Tag der Fall war. Er sprang förmlich um ihren Kunden herum, bis es irgendwann förmlich aus ihm herausplatzte. „Herr Micolio, ich bin ein großer Bewunderer Eurer Arbeit. Wissen Sie, als ich noch ein Junge war, habe ich mich immer weggeschlichen, um Euch bei Euren Arbeiten an der Fassade des Archives zu beobachten. Nie habe ich eine künstlerisch perfektere Arbeit gesehen als Eure Darstellung der Schlacht am Fluss Ren."

Der alte Mann gab sich sichtlich geschmeichelt und begann, gemeinsam mit seinem Vater über verschiedene Kunstwerke zu diskutieren. Juril stand verdutzt und gleichzeitig selbst glücklich daneben. Er hatte nicht von der Leidenschaft seines Vaters gewusst, es hatte für ihn bisher nie den Anschein gemacht, als würde es irgendetwas in seinem Leben geben, für das er so etwas wie Begeisterung empfinden könnte. Auch als der Künstler sich schulterklopfend von ihnen verabschiedete, sprühte sein Vater noch vor Begeisterung. Er schnappte sich Juril und suchte mit ihm alles in der Stadt auf, was auch nur ansatzweise mit künstlerischer Arbeit zu tun hatte. Zu jeder Statue, jeder verzierten Fassade und jedem Denkmal konnte er ihm etwas erzählen. Er erfuhr, dass ihr Kunde seinerzeit für das äußere Erscheinungsbild des Archivs verantwortlich war und dass der meiste des in Syrka verwendeten Marmors aus dem Bergen im Süden, an der Grenze zum Südlichen Bund kam. Diesen einen Tag lang hatte Juril das Gefühl, dass sein Vater ihn vielleicht doch mehr verstand, als er dachte, und die Hoffnung, dass sich die Dinge nun ändern würden. Doch diese Hoffnung löste sich ebenso schnell auf wie Farbe in einem Wasserglas. Nach diesem Tag wurde es sogar noch schlimmer als vorher mit seinem Vater. Die Konfrontation mit seinem früheren Idol und damit seinen Träumen aus Kindertagen hatte offenbar seinen Frust noch verstärkt. Sank seine Laune schon, während er an dem Auftrag arbeitete, so war sie kurz nach der Auslieferung der Ware auf einem Tiefpunkt. Anstatt, wie Juril es gehofft hatte, nun etwas verständnisvoller zu sein, war er noch jähzorniger als sonst. Ceri war zwar der Meinung, er führe sich nur so auf, weil er fürchtet, dass Juril irgendwann in dieselbe Situation kommt, wenn es ihm nicht gelingt, seine Träume loszulassen, aber für ihn ergab das einfach keinen Sinn. Wenn sein Vater ihn wirklich vor diesem Gefühl des Frustes bewahren wollte, wieso ließ er ihn nicht einfach seine Träume verwirklichen? Für Juril war die Situation klar, sein Vater war ein Egoist, der die Vorstellung nicht ertragen konnte, dass sein Sohn das schaffen würde, woran er gescheitert war, nämlich das zu tun, wofür sein Herz schlug. Doch dieses Bild seines Vaters, das er über die Jahre gepflegt und gehegt hatte, bekam nun Risse. Er war gestorben, als er Ceri beschützen wollte, er, den Juril immer für einem Egoisten gehalten hatte, hatte sein Leben aufgegeben für den Versuch, das seiner Tochter zu retten. All die Jahre hatte er sich nichts Besseres vorstellen können, als nicht mehr mit seinem Vater auskommen zu müssen, doch jetzt wünschte er sich nichts sehnlicher, als dass er niemals fortgegangen wäre. Er war schuld an allem, wäre er nicht fortgerannt, so wäre Ceri niemals misshandelt worden und sein Vater würde noch leben. Er hätte alles mit ihm klären, sich mit ihm versöhnen können. Nun war er allein mit seiner Schwester. Ceri, die nach dem Tod ihrer Mutter jetzt auch noch mit dem Verlust ihres Vaters klarkommen musste. Juril selbst war beim Tod ihrer Mutter noch zu jung gewesen, um sich an sie zu erinnern, doch Ceri tat es. Manchmal hatte Juril sie deswegen weinen sehen, als sie beide jünger waren, heimlich, weil er es eigentlich nicht mitbekommen sollte. Nun war sie alles, was ihm von seiner Familie geblieben war.

Er wollte etwas sagen, irgendetwas, aber er konnte einfach nicht. Er war schuld daran, dass seine Schwester sich gerade mit Weinkrämpfen an seine Schulter drückte, was sollte er zu ihr sagen? Er hatte alles ruiniert, einfach alles. Er hielt es einfach nicht mehr aus, er konnte Ceri nicht mehr im Arm halten nach dem, was er ihr angetan hatte. Er stieß sie von sich und als sie ihn ansah, konnte er trotz der Schwellung deutlich die Verzweiflung in ihren Augen sehen. Da tat er das, was er offenbar so gut beherrschte wie sonst nichts. Er drehte sich um, rannte ohne ein Wort hinaus und ließ sie ein weiteres Mal im Stich.

Vor lauter Tränen in den Augen fast unfähig, seine Umgebung wahrzunehmen, rannte er einfach ohne irgendein Ziel, bis er irgendwann gegen eine leere Hängematte stieß. Er hatte keine Ahnung, wem sie gehörte, er wusste nur, dass nichts so verlockend erschien, wie sich einfach in sie einzuwickeln und bis ans Ende seiner Tage zu weinen. So lange zu weinen, bis er keine Tränen mehr hatte, die fließen konnten.

Als seine Augen irgendwann tatsächlich aufhörten, salzige Bäche seine Wangen hinunterlaufen zu lassen, stand er auf. Er brauchte frische Luft, hier war es ihm zu stickig. An Deck atmete er die nun am Abend angenehm frische Luft tief ein. Sercius, der an der Reling stand und auf das Meer blickte, bemerkte ihn früher als er ihn. Als könnte er Gedanken lesen, war das Erste, was er sagte, ohne sich dabei umzudrehen. „Es ist nicht deine Schuld."

Juril wollte widersprechen, doch als würde Sercius auch das wissen, würgte dieser ihn mit einer Handbewegung ab, obwohl sein Blick nach wie vor in die andere Richtung ging. „Ich weiß was du jetzt sagen willst, dass das alles nur passiert ist, weil du weggerannt bist. Aber erlaube mir, dir ein paar Fragen zu stellen."

Jetzt drehte er sich um und blickte Juril fest an. „Warst du es, der deine Schwester misshandelt hat? Warst du es, der deinen Vater getötet hat? Warst du es, der Elyana gegen ihren Willen verheiraten wollte?"

Weil Sercius so aussah, als wollte er tatsächlich eine Antwort, murmelte Juril leise „nein."

„Ich kann dich nicht hören."

„Nein", wiederholte Juril lauter. „Hör zu, du trägst keinerlei Schuld an dem, was deiner Familie passiert ist, du hast weder das alles getan noch bist du für das System, in dem das passiert ist, verantwortlich. Du hast richtig gehandelt, lass nicht zu, dass es ihnen auch noch gelingt, dass du dich schuldig für ihre Verbrechen fühlst. Es waren die Handlanger eines unmenschlichen Systems, die deine Schwester misshandelt haben, nicht du. Es waren Soldaten, die sich als Werkzeuge missbrauchen lassen, die deinen Vater umgebracht haben, nicht du. Und es waren gierige Parasiten, die sich auf Kosten der Menschen bereichern, die Elyana gegen ihren Willen verheiraten wollten, nicht du. Sag mir noch einmal, ob du allen Ernstes glaubst, dass du Schuld für die Taten dieses Packs fühlst?"

Sercius hatte recht, für all das trug nicht er die Schuld, sondern all die Leute wie Elyanas Vater, Garnis, Brusius oder Gontales, die nicht nur an seiner persönlichen Tragödie, sondern auch am bedrückenden Zustand der Welt im Allgemeinen Schuld hatten. „Nein", diesmal war Juril deutlich überzeugter. Nach einer kurzen Pause fügte er „Danke, Sercius" hinzu. Statt darauf zu reagieren, seufzte dieser, den Blick wieder auf das Wasser gerichtet. „Weißt du, wir sind uns ähnlicher, als du denkst."

Er bedeutete Juril mit einer Handbewegung, ebenfalls an die Reling zu kommen. Das Wasser war ebenso schwarz wie an dem Abend, als er beschlossen hatte, mit Elyana fortzugehen. „Ich habe es von Anfang an gewusst, dass uns etwas verbindet. Ich habe es gespürt, gleich damals, als du aufgesprungen und ohne ein Wort an mir vorbeigerannt bist. Da war etwas in deinem Blick, etwas, das mich an mich selbst erinnerte. Dieses Etwas hat nicht jeder, Juril, es ist etwas Besonderes. Als ich dich dann am Tag darauf mit Elyana angerannt kommen sah, da wusste ich, ich hatte mich nicht getäuscht. Und all die wunderbaren Gespräche mit dir, nie zuvor hatte ich das Gefühl, mit jemandem zu sprechen, in dessen Brust dasselbe Feuer brennt, der die Dinge genauso sieht, wie ich sie sehe. Später hörte ich dann im Hafen von Tarven, wie du und Elyana diesem Mistkerl Garnis gezeigt haben, dass auch eine noch so feine Herkunft nicht bedeutet, dass man unverwundbar ist. Von da an wusste ich, dass du zu der seltenen Art von Mann gehörst, die nicht nur hinter dem Rücken der Mächtigen Kritik üben, nur um dann brav vor ihnen zu buckeln, sondern dass du wirklich verstanden hast, was es bedeutet, frei zu sein. Und ich wusste, dass du Elyana mit eben derselben Hingabe liebst, mit der auch ich einst geliebt habe. Viele Menschen glauben die Liebe gefunden zu haben, aber in Wirklichkeit fehlt ihnen auch nur die leiseste Ahnung, was es wirklich bedeutet, zu lieben, so zu lieben, wie du Elyana liebst und so, wie ich Minna geliebt habe. Lass mich dir von ihr erzählen, lass mich dir von der wunderbarsten Person, die es je in meinem Leben gab, erzählen."

Aus den Augenwinkeln sah Juril, wie Sercius seinen Blick vom Wasser leicht nach oben hob und selig lächelte. „Sie war das Schönste, was meine Augen je erblickten, und ihr Lachen das Verzückendste, was meine Ohren je hören durften. Nie in meinem Leben habe ich vorher etwas mit so einer Gewissheit gewusst, wie dass ich dieses Mädchen liebe. Doch in unserer Welt ist es leider nicht die Liebe, die zählt, und so war mein Vater zu blind, um all dies zu erkennen. Das Einzige, was er sah, war, dass sein Sohn, sein einziger Sohn, sein Herz ausgerechnet an die Tochter eines der Bauern verloren hatte, die die Ländereien rund um unseren Familiensitz bestellten. Weißt du, was er deshalb tat, Juril? Weißt du, was dieser Drecksack getan hat?"

Seine Stimme zitterte, es fiel ihm sichtlich schwer, zu sprechen. „Er hat sie hinrichten lassen, einfach so, weil er es konnte. Dafür hat er nicht mal Beweise gebraucht, er musste sie nur des Diebstahls bezichtigen und schon hatte er als Landesherr alle Rechte, mit ihr alles anzustellen, was er wollte. Ich war nicht da, als sie sie festnahmen und noch am selben Tag öffentlich auf dem Dorfplatz hinrichteten. Ich war einige Zeit bei meinem Onkel und als ich zurückehrte, hat mein Vater, dieser Hund, mich begrüßt, als ob nichts vorgefallen wäre. Herzlich hat er mich umarmt, mich mit den Händen berührt, an denen Minnas Blut klebte. Ich würde gerne sagen, dass er das schlechte Gewissen überspielt hat, doch die Wahrheit ist, dieser Mann, der mein Vater war, hatte kein Gewissen. Erst als ich später ins Dorf runter bin und die Blicke der Bauern sah, das Klagen von Minnas Familie hörte, erst da erfuhr ich, was mein Vater getan hatte."

Er schluckte und Juril sah eine einzelne Träne seine Wange hinunterlaufen. „Noch in derselben Nacht habe ich ihn erstochen, er ist aufgewacht, als ich mit dem Messer über ihm stand. Das klingt jetzt vielleicht grausam, aber nur meine gemeinsame Zeit mit Minna habe ich mehr genossen als diesen kurzen Blickkontakt. Verstehst du, mein Vater, der Mann, der all die Jahre seine Untergebenen geschunden und wie Dreck behandelt hatte, sich dabei stets sicher und im Recht fühlend, musste erkennen, dass auch er nicht unantastbar ist. Sein Blick in der Sekunde, in der er erkannte, dass auch er nur ein Mensch unter Menschen ist, dieser Blick war die größtmögliche Genugtuung für mich. Als die Bauern im Dorf davon hörten, dass ihr ehemaliger Herr, dem sie immer hilflos ausgeliefert waren, tot war, keimte Hoffnung auf. Wenn sie schon von ihm befreit waren, wieso sollten sie sich nicht auch von allem anderen befreien, was ihr Leben daran hinderte, lebenswert zu sein. Also versuchten sie sich, angestachelt von einem jungen Adeligen, der aus Liebe zu einer der Ihren den eigenen Vater gemeuchelt hatte, aus den bestehenden Verhältnissen zu lösen. Doch ihr Traum verbrannte mitsamt ihren Häusern, als die Armee anrückte, um den Ruf nach Freiheit mit den Schreien der Sterbenden zu übertönen. Für die sah es natürlich so aus, als hätte der wütende Mob den Fürsten gemordet, nicht der eigene Sohn. Dieser hatte aus wundersamen Umständen überlebt, bis heute wusste nur er, was wirklich passiert war. Und jetzt weißt es auch du, jetzt weißt auch du, wie ich einst aus Liebe meinen Vater tötete, ein Dorf aufwiegelte und es anschließend feige im Stich ließ, als die Bewohner dahingemetzelt wurden. Jetzt, Juril, kennst du die wahre Geschichte des Bauernaufstandes von Furtwalden."

Juril wusste nicht so recht, ob und was er sagen sollte. Irgendwie überraschte ihn Sercius' Geschichte nicht mal. Alles, was Sercius auf dieser Reise getan hatte, jedes Gespräch mit ihm, jeder Blickkontakt, jede beiläufige Bemerkung, jedes Lächeln ergab plötzlich Sinn. Es war wie bei einem Mosaik, das plötzlich zusammengesetzt wurde. Die Steine waren alle schon da gewesen, nur lagen sie ungeordnet und verstreut. Man hatte ihm zwar gesagt, was das Mosaik später einmal darstellen solle, nur konnte er das nicht glauben Die Steine, die vor ihm lagen, passten einfach nicht dazu. Juril wusste, dass sie zusammen etwas anderes darstellen würden, nur eben nicht, was genau. Das Mosaik war allerdings nicht komplett, nur einige grobe Formen waren erkennbar. Noch mochte das, worum es ging, nicht erkennbar sein, aber es war klar, dass er recht behalten würde. Sercius würde sein Kunstwerk noch heute Nacht vollenden, dessen war sich Juril sicher. Er fühlte sich ihm in diesem Moment so verbunden, sie beide teilten sich so viel. Nach einer kurzen, fast schon andächtig anmutenden Stille fuhr Sercius fort: „Weißt du, was der Grund für diese Unternehmung ist?"

„Ehrlich gesagt, nein, ich habe keine Ahnung", antwortete Juril wahrheitsgemäß, er fand keine Erklärung dafür, wieso Sercius diese Expedition durchführte, obwohl er damit das Demerkianische Reich unterstützte. Das waren die noch fehlenden Steine. „Damit weißt du schon mal mehr als der Rest der Teilnehmer. Mir war schnell klar, dass du niemals glauben würdest, ich tue dies einfach aus Abenteuerlust oder gar Geldgier. Nein, der Grund für alles, was hier geschieht, liegt in den Ruinen von Furtwalden. Nach der Katastrophe bin ich ewig in ihnen umhergeirrt, habe versucht mein quälendes Gewissen durch Antworten zu beruhigen. Ich wollte verstehen, wieso die Dinge so geendet sind, wie sie geendet sind. Und plötzlich verstand ich, verstand ich, dass ihre Niederlage unausweichlich gewesen war. Wie konnte ich mich quälen, wenn es überhaupt nichts geändert hätte, selbst wenn ich ihnen bei der Schlacht beigestanden hätte. Nicht mein Verhalten führte zu all diesem Leid, nein, es waren drei andere, wesentlich wichtigere Faktoren. Dieser Aufstand war ein spontaner Aufstand bloß einiger Hundert Bauern eines armen, relativ unbedeutenden Dorfes. Ihr Aufstand war weder besonders gut durchdacht noch konnten sie zahlenmäßig mit den Onie'schen Truppen mithalten. Aber das größte Hindernis von allen war ihre Armut. Sie hatten kein Geld für Waffen, denn sie hatten nie die Möglichkeit, überhaupt erst zu Geld zu kommen. Stattdessen hatten ihre Unterdrücker Waffen, Waffen, deren Erwerb auch durch eben dieselbe Unterdrückung erst möglich geworden war. Sie hatten allerdings eine Sache, nur eine Sache, die sie trotz alldem gegen eine der besten Armeen der Welt anrennen ließ. In ihren Herzen brannte das richtige Feuer, sie kämpften für das Richtige, das Wahre, und das wussten sie auch. Und nun stell dir vor, man lässt dieses Feuer kontrolliert ausbrechen, in möglichst vielen Herzen und mit genug Nahrung für die Flammen. Als ich in dem Trümmerhaufen stand, in dem früher Minna gelebt hatte, beschloss ich, der Funke für dieses Feuer sein zu wollen. All die Jahre nach diesem Tag gab es für mich keinen anderen Gedanken als den an das Gesicht meines Vaters kurz vor seinem Tod und dass ich dafür sorgen werde, dass er nicht der letzte Unterdrücker bleibt, in dessen Augen dieser Ausdruck steht. Ich habe die Welt bereist, immer auf der Suche nach Menschen, die verstehen, und ich wurde fündig. Mir gelang es, ein Netz aufzuspannen, das sich von Nord nach Süd und von Ost nach West erstreckt und in dem überall unsere Leute wie Spinnen im Verborgenen darauf lauern, dass etwas das Netz erschüttert, damit sie hervorkommen und ihre Beute verzehren können. Die Parasiten, die unsere Welt befallen haben, wissen nicht, was ihnen bevorsteht. Überall, selbst mitten unter ihnen oder direkt vor ihrer Nase, gibt es Zellen, die nur darauf warten, dass die Erhebung beginnt. Und sie ist so nah wie nie zuvor; wenn wir erst mal an das Gold kommen, das uns in den Ruinen von Ginantinos erwartet, dann werden wir Waffen für jeden Sklaven, jeden Bauern, jeden Handwerker und für jeden anderen, der uns beistehen wird, beschaffen können. Dies ist der einzige Grund, wieso ich diese Expedition des Demerkianischen Reiches leite, um es und alle anderen Monarchien für immer von der Erde zu tilgen. Wir werden siegen und wenn wir dazu erst alles niederbrennen müssen, so soll es so sein, denn aus der Asche des Alten wird sich das Neue erheben und das Neue wird besser sein als alles, was wir uns je erträumen könnten. Eine Welt frei von Ausbeutung, Unterdrückung, Sklaverei, Krieg und allen anderen Übeln. Doch für jede Feuersbrunst braucht es erst Funken, die sie entzünden, und deshalb frage ich dich, Juril Wahroles, willst du an meiner Seite stehen, willst du mithelfen, eine bessere Welt zu schaffen, willst du Teil des Funkens sein, der die reinigenden Feuer der Erhebung entzünden wird?"

Er streckte ihm die Hand hin und sah ihm fest in die Augen. Natürlich wollte Juril all dies, vor wenigen Minuten noch hatte er sich hilflos gefühlt, hatte ihn sein Gewissen gequält, gab es keine Hoffnung in seinem Leben, doch nun musste er nichts weiter tun, als einzuschlagen, und anstelle von Hilflosigkeit würde Aktion treten, sein schlechtes Gewissen würde durch das Gefühl, das Richtige zu tun, ersetzt werden und statt in seiner eigenen Hoffnungslosigkeit gefangen würde er Teil einer großen Zukunftsvision sein. Er würde seinen Teil dazu beitragen, dass niemand mehr das durchmachen musste, was er, Elyana, Sercius, Minna, Ceri, sein Vater und all die anderen namenlosen Opfer durchmachen mussten. Er, Juril Wahroles, Sohn eines Kerzenziehers aus Syrka, der bis vor noch gar nicht allzu langer Zeit nie etwas außer seiner Heimat gesehen hatte, würde helfen die Welt zu verändern. Als er Sercius die Hand schüttelte, fühlte sich das ebenso richtig an, wie es sonst nur ein Kuss mit Elyana tat. „Ich wusste, dass ich auf dich zählen kann, wir bräuchten viel mehr von deiner Sorte. Du wirst es in unserer neuen Welt noch weit bringen, Juril, merk dir meine Worte."

„Unsere neue Welt, was wird das genau für eine Welt sein?"

Sercius schloss kurz die Augen und begann dann zu schwärmen von einer Welt, in der es nicht Adelige und Untertanen, sondern nur noch Menschen gab. Eine Welt, in der Frauen als vollwertig angesehen und respektiert wurden. Eine Welt, in der keiner betteln musste, während ein paar Straßen weiter Paläste standen. Eine Welt, in der die Ureinwohner von Corasson dasselbe zählten wie die Einwohner der restlichen Länder. Eine Welt, in der es keine Kriege mehr geben würde, da die Mächtigen, denen sie immer nutzen, keine Macht mehr hatten. Eine Welt, in der keiner verhungern musste, obwohl eigentlich genug für alle da war. Juril war begeistert von seinen Schilderungen, nie hatte er zu träumen gewagt, dass solch eine Welt möglich wäre. Doch nun lag sie zum Greifen nahe, und dies war die Realität, kein Traum. Er konnte sein Glück kaum fassen. Bei Sercius' Vorbereitung, bei all den Unterdrückten, bei all dem Gold, das in Ginantinos auf sie wartete, konnten sie da überhaupt noch verlieren? Nein, sie würden siegen und dann würde hier bei ihnen das Paradies sein. Er hatte jetzt sogar nicht mal mehr Angst, Ceri erneut gegenüberzutreten, denn egal, was man ihr angetan hatte, es würde nicht umsonst gewesen sein. Juril war voller Freude, ihr und Elyana von dem, was kommen wird, zu erzählen, was war schon die Trauer, die sie jetzt empfanden, im Vergleich zu der Glückseligkeit, die kommen würde? Das Mosaik war komplett und es war größer, als Juril je zu träumen gewagt hätte.

Sercius schien zu wissen, woran er dachte. „Hör mal, es wäre besser, wenn du Elyana und deiner Schwester noch nichts von unserem Gespräch erzählst. Bei ihrem jetzigen Zustand weiß ich nicht, ob sie mit solch einer Ankündigung umgehen könnten."

Juril war verwirrt, er verstand zwar, was Sercius sagen wollte, aber war er nicht in mindestens einem genauso schlimmen Zustand wie Ceri gewesen? Und wie war das mit Elyana gemeint? „Aber mir hast du es doch auch erzählt."

„Aber nur, weil ich wusste, dass du damit umgehen kannst. Versteh mich bitte nicht falsch, Elyana und Ceri sind großartig und ich habe großen Respekt vor dem, was sie durchgemacht haben, aber sie sind nun mal nicht du. Pass auf, die Sonne geht bald auf, es wird sicher nicht mehr lang dauern, bis die ersten Besatzungsmitglieder wieder auf dem Schiff auftauchen. Wie wäre es, wenn du mal nach deiner Schwester schaust, wir können unsere Unterhaltung später fortführen."

Ja, das klang gut, auch wenn er enttäuscht war, dass er nichts von ihren großartigen Plänen erzählen durfte. Aber es stimmte, er musste jetzt für seine Schwester da sein.

Als er anklopfte und sie die Tür öffnete, sah Juril zu seiner Überraschung, dass Ceri nicht allein war. Elyana saß auf dem Bett und schaute ihn mitleidig an. Juril tat es leid, dass er seine Schwester allein gelassen hatte, dies war im Gegensatz zum Tod seines Vaters tatsächlich seine Schuld. Ceri umarmte ihn innig und sagte leise: „Bevor du damit anfängst, du brauchst dich nicht zu entschuldigen. Nicht dafür, dass du damals weggelaufen bist, und nicht dafür, dass du gerade weggelaufen bist. Du warst für mich immer das Wichtigste in meinem Leben, egal was auch immer sein wird, wir stehen das gemeinsam durch."

Juril sah, wie Elyana ihm aufmunternd zulächelte. Dann sah er seiner Schwester tief in die Augen. „Ceri, du warst immer für mich da, ich hätte keine bessere Schwester haben können. Du wirst sehen, ab jetzt wird alles gut."

Sie versuchte ein Lächeln. „Das hast du ihr sicher auch oft gesagt."

Das stimmte sogar. Seine Schwester boxte ihn spielerisch gegen die Schulter. „Nur Spaß, aber mal im Ernst, du hättest keine Bessere finden können."

Juril war sich sicher, dass Elyana gerade wieder ihr schüchternes Lächeln lächelte, das er so liebte. „Hat sie ... " „Jep, sie hat mir alles über euch erzählt, eure Romanze klingt sehr stark nach einer dieser Liebesgeschichten, wie sie die Barden immer besingen."

„Du hieltest das immer für total übertrieben."

„Ich hätte wissen müssen, dass einer, der so verrückt nach Geschichten ist wie du, sich irgendwann seine eigene sucht."

Wenn er seiner Schwester nur sagen könnte, dass die Geschichte, um die es eigentlich ging, so viel mehr war als nur die seine oder Elyanas. Aber jetzt ging es erst mal um bereits abgeschlossene Geschichten, zu dritt setzten sie sich nebeneinander auf das Bett und unterhielten sich. Ceri erzählte Elyana von den gemeinsamen Tagen ihrer Kindheit, wie von dem Tag, an dem Juril nicht schlafen konnte und unbedingt wollte, dass sie ihm eine Geschichte erzählte. Das war zwar nicht gerade Ceris

Stärke, aber trotzdem gab sie sich die größte Mühe. Doch nach einer Geschichte konnte er immer noch nicht schlafen und so erzählte sie weiter, immer weiter, bis er endlich seine Augen schloss. Elyana schwelgte in Erinnerungen an die schönsten ihrer gemeinsamen Stunden wie damals, als sie sich gerade erst kennengelernt hatten. Juril hatte sie am Tag davor zum ersten Mal gesehen und wusste von da an, dass er sie wiedersehen musste. Er hatte zwar keine Ahnung, wie, aber er konnte an nichts anderes mehr denken als an das Mädchen, dem er in die Augen geblickt hatte. Juril konnte gar nicht anders, als wie ein Einbrecher um das Anwesen ihres Vaters herumzuschleichen, zu stark war die Hoffnung, irgendeinen Weg zu finden, seine Träume zur Realität werden zu lassen. Doch an der glatten Mauer fanden weder seine Hände noch seine Sehnsüchte Halt, in seiner Verzweiflung begann er jegliche Vorsicht fallen zu lassen und gegen die Wand zu klopfen. Als es kurz darauf von der anderen Seite zurückklopfte, machte sein Herz einen Sprung, der sicherlich alle Mauern überwinden könnte. Er wusste einfach, dass sie es war, es konnte gar nicht anders sein. Nachdem er mit zitternden Händen erneut auf sich aufmerksam gemacht hatte, kam das Antwortklopfen diesmal ein Stück weiter links. So ging das Spiel weiter, bis irgendwann die Antwort eine andere war. Anstelle eines weiteren Klopfens schwang plötzlich eine versteckte Tür in der Steinmauer auf. Und da stand nun Elyana, die Tochter eines der angesehensten Händler des Landes, und lächelte Juril, den Sohn eines Kerzenziehers, an.

Sie teilten in dieser Nacht nur ihre positiven Erinnerungen miteinander, nur die Momente, an die man mit Freude im Herzen zurückblickt. Juril hörte die meiste Zeit nur zu und ließ die beiden anderen erzählen. Es war schon seltsam, er war so weit von zu Hause weg wie noch nie zuvor und hatte erst vor wenigen Stunden vom Tod seines Vaters erfahren, aber er konnte einfach nicht anders, als sich auf eine besondere Art und Weise geborgen zu fühlen. Neben ihm saßen die beiden Menschen, die ihm wichtig waren wie sonst niemand, und es hatte sich gezeigt, dass auch er seinem Vater wichtig gewesen war. Obwohl er jetzt tot war, fühlte Juril sich ihm nahe wie nie zuvor. Langsam schlief er, immer noch auf dem Bett sitzend, ein.

Der nächste Morgen begann mit einem Donnergrollen. Zumindest klang es für Juril so; gerade geweckt und schlaftrunken, wie er war, konnte er die Art des Lärmes zunächst nicht weiter definieren. Erst nach mehrmaligem Blinzeln wurde ihm bewusst, dass es mitnichten ein Gewitter war, das seinen Schlaf unterbrochen hatte, sondern Gontales. Dieser tobte so laut, dass es trotz geschlossener Tür zu hören war. „... und deckt die Verbrecher, die für den Mordversuch am Sohn des Gouverneurs verantwortlich sind."

Juril beschloss nachzusehen, was genau an Deck vor sich ging. Als er sich streckte und aufstand, machte Elyana neben ihm ein missbilligendes Geräusch, anscheinend wurde auch sie geweckt. Ceri schien seltsamerweise nichts mitzubekommen und nach wie vor tief und fest zu schlafen. Also ließen sie sie zurück und gingen ohne sie an Deck. Die grelle Sonne blendete Juril im ersten Moment, sodass er nach wie vor nur den Ton mitbekam. „Hört ihr schlecht, ich habe euch einen Befehl erteilt!"

Nun kam eine zweite Stimme dazu, es war Sercius, der trocken lachte. „Du kannst mir glauben, Gontales, ihre Ohren sind nicht das Problem, das ist wohl eher bei dir zu suchen. Ich kann die Herren hier schon verstehen. Ich hätte auch irgendwann keine Lust mehr, den Befehlen eines cholerischen Windbeutels zu folgen, der mich nicht ein einziges Mal mit Respekt behandelt hat."

Langsam konnte Juril seine zusammengekniffenen Augen öffnen. Ihm bot sich ein denkwürdiger Anblick, vor ihm standen Sercius, daneben Gontales, der förmlich vor Wut schäumte und seine Soldaten anbrüllte. Diese standen unsicher in einer Reihe vor ihm, teils eine Hand an das Schwert im Gürtel gelegt. Manchen von ihnen merkte man deutlich an, dass es das Letzte war, das sie nach der gestrigen Sauftour noch brauchten, angeschrien zu werden. Erst jetzt fiel Juril auf, dass es schon vergleichsweise spät am Tag war, Gontales hatte wahrscheinlich gewartet, bis alle zu einem gewissen Grade nüchtern waren. Allerdings hatte er wohl zu lange gewartet; wie Juril verwundert feststellte, war das Schiff bereits auf See. Ihm wollte beim besten Willen nicht in den Kopf kommen, wie Sercius das geschafft hatte. Nur ein paar der Matrosen standen an Deck und beobachteten die Situation aufmerksam, die restliche Mannschaft schien ihren Kater auszuschlafen. Am wahrscheinlichsten war, dass er, nachdem alle an Bord waren, die halbwegs Nüchternen herausgesucht und mit ihnen die Segel gesetzt hatte, noch bevor Gontales irgendetwas mitbekommen hatte. Der hatte sich wahrscheinlich irgendwo unter Deck verbarrikadiert gehabt und darauf gewartet, dass er seine Männer auf Sercius loslassen konnte.

Nur schien an diesem Plan überhaupt nichts zu funktionieren. Zum einen waren sie schon auf See, damit hatte wohl auch der Hauptmann nicht gerechnet. Zum anderen machten die Soldaten keinerlei Anstalten, ihm zu gehorchen. „Wie wärs, wenn du sie mal bittest, anstatt ihnen zu befehlen, Gontales, vielleicht hören sie dann auf dich."

Der Hauptmann war so außer sich, Juril hätte es nicht verwundert, wenn er Schaum vor dem Mund bekommen hätte. „Ich befehle es euch nutzlosen Insekten ein letztes Mal, nehmt Vantales und das Verbrecherpack in Gewahrsam, sofort!"

Die Soldaten sahen, sichtlich unschlüssig, wie mit der Situation umzugehen war, zwischen Sercius und Gontales hin und her. Sercius war wahrscheinlich der erste ihrer Vorgesetzten, der sie stets respektvoll und auf Augenhöhe behandelt hatte. Er hatte mit ihnen Witze gemacht, sie nach ihren Familien gefragt und hatte immer ein offenes Ohr gehabt. Und nun befahl ihnen Gontales, der in ihnen nie gleichwertige menschliche Wesen gesehen zu haben schien, gegen diesen Mann vorzugehen. „Einverstanden, wenn du sie nicht bitten willst, dann werde ich es eben machen."

Sein Blick ging von Soldat zu Soldat, immer in die Augen. „Meine Freunde, ja, es stimmt, ich habe mit Juril und Elyana die zwei aufgenommen, die den Sohn des Gouverneurs niedergestochen haben. Aber mal unter uns, glaubt ihr, dies geschah grundlos? Wer von euch hat nicht schon mal den Wunsch verspürt, Gontales eine Haarnadel in den Rücken zu rammen? Und wäre dies etwa grundlos gewesen, ein feiger Mordanschlag? Nein, wir alle wissen, dass es hundert Gründe dafür geben würde. Aber gegen Garnis, um den es hier geht, ist Gontales noch die liebenswerteste Person, die man sich vorstellen kann. Ich hatte mal das zweifelhafte Vergnügen, besagten Garnis zu treffen, ich weiß, wovon ich spreche. Außerdem kann ich mir gut vorstellen, dass die Situation ein bisschen anders war, als er später erzählt hat. Ich kann mir gut vorstellen, dass es hierbei eher um Notwehr ging als um einen hinterhältigen Angriff, stimmt doch, oder?"

Er sah Elyana und Juril an. „Ja, stimmt schon, er hätte mich erwürgt, hätte Elyana ihn nicht aufgehalten."

„Seht ihr, die Dinge sind meistens anders, als sie zunächst scheinen.
Aber wenn ihr es zu verurteilen findet, dass jemand sein Leben gegenüber einem arroganten Mistkerl verteidigt und dass jemand anderes diese
beiden aufnimmt und einen anderen arroganten Mistkerl zwingt, sein
Quartier für eine unschuldige misshandelte Dame zu räumen, dann folgt
seinen Befehlen. Wenn ihr aber lieber meiner Bitte nachkommen wollt,
dann nehmt stattdessen Gontales in Gewahrsam und sperrt ihn unter
Deck. Es ist eure Entscheidung, ihr seid freie Männer und wisst selbst,
was zu tun ist."

Einen Moment lang herrschte Schweigen, dann zog einer der Soldaten
sein Schwert, trat vor und setzte es Gontales an die Kehle. Mit einem tri-
umphierenden Lächeln sagte er: „Ich muss euch bitten mitzukommen,
Hauptmann."

Sofort war Gontales auch von den anderen Soldaten umringt. Einer
nahm ihm das Schwert ab, während dieser fassungslos brüllte. „Das ist
Verrat, ihr werdet alle dafür hängen, jawohl, hängen werdet ihr!"

Erst ein Schlag in den Bauch beendete sein Geschrei und ersetzte es
durch heftiges Nach-Luft-Schnappen. Die Soldaten gingen Gontales nicht
zimperlich an, ein paar packten ihn an der Schulter und unter weiteren
Schlägen wurde er unter Deck gebracht. Sercius drehte sich zu ihnen um.
„Da das jetzt wohl geklärt wäre, würde ich sagen, Corasson erwartet
uns."

Juril wartete einen unbeobachteten Moment ab, bevor er Sercius fragte,
was sie mit Gontales machen würden. So wollte er sicherstellen, dass
auch, wenn die Antwort mit ihrem größeren Plan zusammenhing, ihr Geheimnis Elyana und Ceri gegenüber gewahrt blieb, bis die richtige Zeit
gekommen war. Damit lag er goldrichtig, denn wie sich herausstellte,
sollte Gontales tatsächlich eine Rolle in ihrem weiteren Vorgehen spielen.
Nach ihrer Landung in Corasson würden sie die Illusion noch ein wenig
aufrechterhalten müssen, bis die Späher der Ureinwohner alle beteiligten
Gruppen informiert hatten. Ihre Ankunft würde das Signal für den
gleichzeitigen Angriff aller Stämme, die rund um die Kolonie Kameranto
leben, sein. Wenn sie diesen Ort unter ihre Kontrolle gebracht hätten,
wäre das wiederum das Zeichen für den Rest der Aufstandsbewegung,
loszulegen. Juril bekam Gänsehaut, wenn er daran dachte, dass sich auf
der ganzen Welt, sei es in den Steppen des Nordens, in Onien, in

Demerkia, in Skire, in Corasson oder sonstwo sich die Menschen gemeinsam erheben würden. Es war geplant, dass sie die erste Zeit mit dem bereits angesammelten Geld und den bereits gehorteten Waffen auskommen würden, bis das Gold aus Ginantinos zur Verfügung stand. Dies würden sie gleich besorgen, nachdem Kameranto erobert war. Dazu würden sie den Eao entlangfahren, bis sie, so der Plan, irgendwann auf das stoßen würden, was mal eine der reichsten Zivilisationen der Erde war. Er konnte es kaum erwarten, dass es losging. Er hatte zwar keine Schlachterfahrung, aber irgendwann musste er die ja mal sammeln. Den eins stand fest, man gewann seine Freiheit nicht dadurch, dass man seinem Gegner etwas vorsang. Nein, die Freiheit mussten sie schon ihren kalten, toten Händen entreißen, freiwillig würden die Herrschenden sie ihnen nicht gewähren. Er mochte die Vorstellung nicht, andere Menschen zu töten, aber er war bereit dazu. Er war bereit, alles das zu tun, was nötig war, damit die Menschen endlich frei sein würden, auch wenn es bedeutete, dass er andere Leben nehmen oder das seine geben musste. Sercius war allerdings sowieso der Meinung, dass die Sache in Kameranto ohne größere Kämpfe über die Bühne gehen würde. Die Erfahrungen würde er also später sammeln müssen.

Die nächsten Tage an Bord waren fast so, als wäre nie etwas vorgefallen. Die normalen Matrosen schien es nicht besonders zu kümmern, dass Gontales nun unter Deck eingesperrt war, anstatt, wie früher üblich, über Deck umherzuschleichen und auf Fehler seiner Männer zu lauern, damit er sie zusammenstauchen konnte. Auch die Soldaten verhielten sich nicht sehr anders als sonst auch immer, allerdings war ihnen sichtlich die Freude darüber anzumerken, dass nun Sercius allein und nicht mehr zusammen mit Gontales das Kommando über sie hatte. Was Juril sehr verwunderte, war, wie locker Elyana mit der ganzen Sache umging. Früher hatte sie sich alles immer sehr schnell zu Herzen genommen. Im Grunde war es immer Juril gewesen, der mit den Dingen einigermaßen klarkam und sie tröstete. Doch diesmal war die Situation anders. Elyana, dieselbe Elyana, die nach ihrem Aufenhalt in Traven angesichts der Lebensverhältnisse der unteren Schichten geweint hatte, vergoss nicht eine Träne aufgrund der Dinge, die Jurils Schwester und Vater widerfahren waren. Im Gegenteil, sie versuchte die ganze Zeit, Ceri und Juril zum Lachen zu bringen. Nicht dass dieser das nötig hätte, schließlich hatte er durch

Sercius längst einen Weg gefunden, mit allem umzugehen. Inwieweit seine Schwester Trost nötig hatte, da war er sich nicht ganz sicher. Nach außen hin wirkte sie zwar gefasst, aber das könnte auch nur Fassade sein. Schon in ihrer Kindheit hatte Ceri es als Pflicht verstanden, Juril gegenüber immer ausgeglichen und souverän zu erscheinen. Bei all den Wutausbrüchen ihres Vaters, die wie Sturmfluten über sie hereinbrachen, wollte sie stets sein Fels in der Brandung sein. Erst als Juril dasselbe für Elyana versucht hatte, verstand er, wie schwierig es für Ceri gewesen sein musste. Er wollte nicht, dass sie das weiter durchmachen musste, er hatte Angst, dass, wenn sie ihre Gefühle immer weiter unterdrückte, diese irgendwann auf einen Schlag mit einem Knall entweichen würden, wie Dampf aus einem Kessel. Doch als er sie zur Rede stellte, winkte sie nur ab. „Du musst dir keine Sorgen machen, mir geht es gut, wirklich.“

Anfangs hatte er gehofft, dass sie wenigstens Elyana gegenüber etwas offener mit ihren Gefühlen umging. Schließlich verstanden sich die beiden richtig gut und mit ihr konnte sie ja darüber reden, was wirklich in ihr los war, ohne sich Sorgen darüber, wie Juril das verkraften würde, zu machen. Doch sei es, weil sie fürchtete, dass er davon erfahren würde, oder sei es, weil sie auch Elyana nicht belasten wollte, auf jeden Fall konnte auch Elyana ihm in dieser Hinsicht nicht weiterhelfen. Ihm blieb also nichts anderes übrig, als zu hoffen, dass Ceri tatsächlich lächelte, weil sie nicht anders konnte, nicht, weil sie musste.

KAMERANTO

Es wurde gerade dunkel, als Corasson in Sichtweite kam. Im Licht der untergehenden Sonne konnte Juril zuerst einen Berg ausmachen, höher als alle, die er bisher in seinem Leben gesehen hatte, wenngleich sich dessen Gipfel noch unter der Wolkendecke befand. Juril fiel gleich auf, dass etwas mit diesem Berg nicht stimmte, doch erst, als sie näher herankamen, erkannte er, was genau dafür verantwortlich war. Der Berg hob sich nicht nur aufgrund der Höhe seiner Umgebung ab, sondern auch wegen seiner Färbung. Während sich um ihn herum, soweit das Auge reichte, nichts als ein einziges lebendiges Grün erstreckte, war seine Oberfläche vollkommen kahl, mit lebensfeindlichem Braun, das mehr an Ödland denn an Regenwald erinnerte. Die gesamte dem Meer zugewandte Seite war, soweit Juril das erkennen konnte, von Furchen und Löchern durchzogen. Hätte Juril nicht gewusst, dass der Berg und seine vielen Goldminen im Grunde nichts anderes waren als ein einziges Grab für ungezählte Massen von Ureinwohnern, die dort zur Arbeit gezwungen wurden, so wäre es spätestens in diesem Moment für ihn klar gewesen. An einem so toten Ort konnte es einfach kein richtiges Leben geben. Das, was die Menschen dort ausmachte, würde wie der Berg selbst Stück für Stück abgetragen werden, bis irgendwann alles, was glänzte, aus ihnen verschwunden war und man sie wie Abraum entsorgen würde. Die Stadt am Fuß des Berges wirkte auf Juril wie blanker Spott. Als würde man die armen Seelen, die von dem Berg aus hinunterblicken, auslachen wollen, seht her, wir leben dort, weil wir euch hier sterben lassen. Doch schon bald wird den feinen Herren das Lachen im Halse stecken bleiben. Juril ballte die Fäuste. Die haben ja keine Ahnung, was auf sie zukam

.

Als sie im Hafen von Kameranto anlegten, wurden sie vom hiesigen Gouverneur höchstpersönlich empfangen. Juril war von seinem vergleichsweisen jungen Alter überrascht, der hochgewachsene Mann vor ihnen war allerhöchstens dreißig. „Wie schön, euch wieder hier in Kameranto begrüßen zu dürfen, Vantales, wie ich sehe, seid ihr diesmal in Begleitung."

Er schenkte ihnen ein blitzendes Lächeln. „Mit wem habe ich das Vergnügen?“

Juril stellte sich wieder als Nillos vor, der diesmal jedoch aus naheliegenden Gründen kein lokaler Plantagenerbe war, sondern der Sohn eines reichen Händlers, der auf Wunsch seines Vaters Erfahrung sammeln sollte. Die Tarnung war sowieso nicht weiter wichtig, sie würden sie ja nicht lange brauchen. Als Gontales sich vorstellte, ging sein Blick immer wieder nervös Richtung Sercius, der ein unschuldiges Lächeln aufgesetzt hatte. Gontales würde das Spiel so lange mitspielen, wie es nötig war, dafür würde man ihn gehen lassen, so war die Abmachung. Elyana und Ceri waren an Bord des Schiffes geblieben, da es die Sache nur noch unnötig verkompliziert hätte, würde man den beiden auch noch eine neue Identität geben. Das war zumindest der offizielle Grund, in Wirklichkeit vermutete Juril eher, dass sie die folgenden Ereignisse, welche sicher nicht unbedingt schön anzusehen sein würden, nicht aus nächster Nähe erleben mussten. Den Rest ihrer Mannschaft konnten sie nicht einfach so davon abhalten, das Schiff zu verlassen, so sehr sie Sercius auch respektierten, das hätte sicher eine Meuterei nach sich gezogen. Also strömte nun gerade wahrscheinlich die gesamte verbliebene Mannschaft lachend und in freudiger Erwartung an ihnen vorbei in die Stadt. Es war allerdings nicht möglich, zwischen Soldaten und einfachen Matrosen zu unterscheiden, dafür hatte Sercius gesorgt. Er hatte die Männer gebeten, an diesem Abend anstatt in Uniform in Zivil das Schiff zu verlassen, eine Bitte, welcher sie, nachdem er jedem von ihnen eine Münze zugesteckt hatte, mit einem Kopfschütteln nachkamen. Das war eine Vorsichtsmaßnahme, da Sercius nicht wollte, dass man sie im bevorstehenden Kampf nicht gleich als Soldaten identifizierte und sie sofort tötete. Da sie sich so zuverlässig gezeigt hatten, wollte er ihnen stattdessen die Möglichkeit geben, sich ihnen anzuschließen. „Sehr erfreut, meinen Namen kennt ihr wahrscheinlich schon, ich bin Halones Demerkia, der Neffe seiner Majestät, Fürst von Mersinia und Gouverneur der örtlichen Kolonie. Vantales, es ist ja nicht Euer erster Aufenthalt hier, ihr kennt Euch mit Sicherheit schon bestens aus, aber den beiden Herren hier würde ich doch gerne helfen, sich einen Eindruck unserer schönen Stadt zu verschaffen. Das heißt, falls ihr beide nichts dagegen einzuwenden habt.“

Fast zeitgleich schauten Juril und Gontales zu Sercius, um herauszufinden, wie sie mit diesem Angebot am besten umgehen sollten. Dieser nickte unmerklich, wodurch es beschlossene Sache war, der Neffe des Königs würde ihnen also Kameranto zeigen. Was für eine absurde Vorstellung. Plötzlich fiel Juril auf, dass Halones überhaupt der erste richtige Adelige war, den er traf. Sercius zählte nicht, er hatte nach den Ereignissen von Furtwalden aufgehört, seinen Adelstitel zu führen, und all seine verbleibenden Ländereien an seinen Onkel überschrieben, was die Leute zu den unterschiedlichsten Spekulationen anregte, wie Sercius ihm erzählt hatte. Manche munkelten, er sei ein Bastard oder gar ein Kuckuckskind, während versöhnlichere Stimmen meinten, er tue das aus Trauer über den Tod seines Vaters. Wenn die den wahren Grund wüssten, das würde ihnen erst Grund geben, sich die Mäuler zu zerreißen. Wie dem auch sei, Sercius mochte zwar technisch gesehen ein Adeliger sein, war in der Praxis davon aber ebenso weit entfernt wie Gontales davon, beliebt zu sein. Das Lustige war, alle Adeligen des Demerkianischen Reiches waren Mitglieder der Königsfamilie, da diese den Staat gegründet hatte und bis heute die einzige Adelsfamilie im ganzen Land war. Deshalb hatte sich in Demerkia eine andere Art von Elite gebildet, eine Art Geldadel. Männer aus dem Volke, die der Handel reich gemacht hatte und die nun in ihrem Verhalten und Lebensstil den Adelsfamilien nacheiferten. Das zeigte alles, es machte keinen Unterschied, ob diese Parasiten nun blauen Blutes waren oder nicht, beide saugten das Volk gleichermaßen aus. Der Kampf gegen den Adel war also auch der Kampf gegen den Geldadel und umgekehrt. Halones jedenfalls stolzierte mit demselben Gang eines eitlen Gockels vor ihnen her, den Juril beispielsweise von Elyanas Vater her kannte und den sicher auch Garnis hatte. „Wie ihr sehen könnt, prosperiert unsere Siedlung in hohem Maße. Dies haben wir vor allem unserem Berg zu verdanken, der nach dem Namen unserer großen Könige benannten Tyrliospitze."

Juril schnaubte, der Name ihres Königs passte perfekt zu diesem toten Ort. „Wie meinen?"

„Nichts."

„Nun ja, wie auch immer. Auf jeden Fall ist dieser Berg ein großer Glücksfall für uns. Seine Goldvorkommen werden nur von den Massen an kulturlosen Halbmenschen übertroffen, die uns zur Verfügung stehen, um ebenjene Vorkommen abzutragen."

„Menschen", unterbrach Juril ihn kalt. „Es heißt nur Menschen."

„Glaub mir, mein junger Freund, die sind nicht wie du und ich, die sind eher so wie die Affen, die sich durch den hiesigen Regenwald schwingen."

In seiner Stimme klang eine Mischung aus Ärger und Belustigung mit. „Kommt, ich will es euch zeigen."

Während sie ihm durch breite gepflasterte und durch Fackeln gut beleuchtete Straßen vorbei an Häusern mit bunten Fassaden folgten, fuhr er fort. „Viele Menschen machen anfangs den Fehler, Mitleid mit ihnen zu haben. Das Problem ist, das man diese Kreaturen nicht als Menschen sehen darf. Sie mögen uns zwar äußerlich ähneln, aber sieht man sich ihre jämmerlichen Behausungen oder ihre primitive Sprache an, so muss jedem, der bei Verstand ist, doch auffallen, dass Menschen wie sonst überall auf der Welt in jedem Fall so etwas wie eine Kultur entwickelt hätten, mit Städten, einer Währung und einer Schrift. Da diese Entwicklung hier aber nicht stattfand, lässt sich logisch daraus schließen, dass diese Geschöpfe keine richtigen Menschen sein können."

„Und was ist dann mit Ginantinos", warf Juril ein. „Ein guter Einwand, auch ich habe darüber schon nachgedacht. Nun, aller Wahrscheinlichkeit nach waren die Bewohner dieser Stadt Menschen, die von zivilisiertem Gebiet herkamen und hier siedelten, bis sie entweder aufgrund des gerade diskutierten falschen Mitgefühls von den Halbmenschen vernichtet werden konnten, oder die sich irgendwie mit den Affen vermischt haben, woraus dann die ..."

„Das ist ja der größte Schwachsinn, den ich je in meinem Leben gehört habe."

Juril hatte eigentlich vor, solch harsche Reaktionen zu vermeiden, schließlich wollten sie den Gouverneur in Sicherheit wiegen, einer Taktik, der Sercius, seinem Schweigen nach zu urteilen, auch weiterhin zu folgen schien. „Glaubt mir, ich habe da wesentlich mehr Erfahrung als ihr. Gleich werdet ihr sehen, worüber ich die ganze Zeit spreche."

Langsam wurden die Straßen steiler und schmaler, die Häuser kleiner und weniger farbenfroh. Sie waren dabei, das Ende der Stadt zu erreichen. Von hier aus führte eine Straße zu einer fensterlosen Baracke am Fuß des vor ihnen aufragenden Berges, vor der ein Wachmann in dem typischen demerkianischen Blau stand. Als er den Gouverneur erkannte, nahm er augenblicklich Haltung an. „Seid gegrüßt, mein Fürst. Was verschafft mir die Ehre Eures Besuches?"

„Nur eine kleine Demonstration, mein guter Mann."

„Ah, ich verstehe, ihr wollt die Schweine ein bisschen quieken lassen."

Ironischerweise hatte das Lachen des Wächters viel von den Geräuschen, die ein Schwein so von sich gab. „So könnte man es auch umschreiben", gab Halones mit einem milden Lächeln, das wohl Zustimmung bedeuten sollte, zurück. Der Wachmann nahm mit einer Hand eine Fackel aus der Halterung und steckte mit der anderen, noch immer lachend, den Schlüssel in das Schloss, drehte und öffnete die Tür. Sofort schlug Juril ein Gestank entgegen, ähnlich intensiv wie der, den sie in Tarven gerochen hatten. Was auch nicht weiter verwunderlich war, wenn man sich die Zustände ansah, die im Inneren der Baracke herrschten. Es gab nicht mal einen richtigen Boden, all die ausgemergelten Gestalten vor ihm mussten dicht an dicht gedrängt auf der nackten Erde schlafen. Bei vielen dieser in Lumpen gehüllten Menschen, oft Skeletten ähnlicher als lebenden Körpern, waren keine Emotionen zu erkennen, als sie durch die Fackeln geblendet blinzelten. Bei denen, in deren Blick noch Gefühle zu erkennen waren, reichten diese von kaltem Hass bis hin zu blanker Panik. Aber die meisten wirkten einfach nur müde. „Pfui."

Halones rümpfte die Nase, „seht oder besser riecht ihr es? Kein Mensch kann je in solch einem Maße dreckig sein, dass er so stinkt."

Juril hätte gerne geantwortet, bekam aber plötzlich Würgereiz, woran nicht nur der Gestank einen Anteil hatte. „Und schaut sie euch doch erst mal an, ich meine, was seht ihr? Könnten Menschen so überleben? Diese Wesen hier sind doch viel näher an irgendwelchen Nutztieren als an Leuten wie dir und mir. Sie existieren bloß, um für uns zu arbeiten, wo ist denn da der Unterschied zwischen dem hier und sagen wir einem Kuhstall?"

„Ich nehme an, die Kühe würde man besser behandeln."

Juril spuckte die Worte voller Bitterkeit aus. Jeder Tag mehr, an dem diese Menschen wie bloße Skelette aussahen, musste es für Dreckskerle wie Halones nur noch einfacher machen, sie nicht als solche zu sehen. Der Gouverneur schüttelte bloß den Kopf. „Versuch doch bitte zu verstehen."

Er trat einen Schritt vor, packte einen der Ureinwohner, der vor Schmerz das Gesicht verzog, am Haarschopf und zog ihn nach oben. Danach stieß er ihn nach draußen, vor die Baracke, und wies den Wächter an, die Tür wieder zu verriegeln und die Fackel zurück in die Halterung zu stecken. Wäre der Mann, der etwas älter als Juril war, in besserer

Verfassung, so hätte ihn im Grunde nur der dunkle Teint seiner Haut von denen unterschieden, die der Gouverneur für die „richtigen Menschen" hielt. Doch selbst diese unterschiedliche Hautfärbung war eigentlich nichts Ungewöhnliches, Juril hatte beobachtet, dass es auch durchaus schon Unterschiede zwischen dem Hautton von Händlern aus dem hohen Norden und Händlern aus den südlicheren Ländern gab. Hieß das jetzt, dass die einen mehr Mensch waren als die anderen? Wohl kaum. „Passt auf, sie mögen zwar dumm sein, aber selbst den dümmsten Hund kann man dressieren. Hey, Affenmensch, führ uns mal einen eurer primitiven Tänze vor."

Als der Mann keine Anstalten machte, seinem Befehl zu folgen, murmelte er kurz: „Ist wohl ein besonders begriffsstutziges Exemplar" und wiederholte den Befehl dann in stark erhöhter Lautstärke. „Vielleicht kann er unsere Sprache nicht."

Der Wachmann zuckte mit den Achseln. „Doch, er versteht mich ganz genau, das sehe ich ihm an, der elende Halbmensch hält sich für besonders schlau, aber wir werden schon sehen, wer zuletzt lacht."

Ohne Vorwarnung trat er dem Eingeborenen in den Bauch, nur um ihn dann wie ein Wahnsinniger mit Schlägen im Gesicht zu traktieren. Bei Halones handelte es sich ganz offensichtlich um einen kranken Sadisten, ein Monster. Wenn hier jemand kein richtiger Mensch war, dann wohl eher er selbst. Kein Mensch schlägt einem anderen praktisch ohne Grund das Gesicht zu Brei. „Sofort aufhören, hört sofort damit auf!"

Panisch blickte Juril zu seinen Begleitern. Gontales war käseweiß, würde aber auf keinen Fall eingreifen, und auch Sercius machte trotz seines eindeutigen Gesichtsausdruckes keine Anstalten, dem Mann zu Hilfe zu eilen. War ihm die Aufrechterhaltung ihrer Fassade etwa mehr wert als ein Menschenleben? Juril hatte keine Zeit, das herauszufinden, er musste handeln, bevor der Gouverneur in seinem Zorn diesen armen Mann umbrachte. Ohne weiter darüber nachzudenken, warf er sich gegen Halones und versuchte möglichst viel Abstand zwischen ihn und den reglos am Boden liegenden Ureinwohner zu bringen. Sofort war der Wachmann zur Stelle und zerrte Juril mit einem Ruck weg von dem Gouverneur. Dieser stand auf, klopfte sich den Staub von seiner Kleidung und funkelte ihn an. „Wie könnt ihr es wagen? Leuten wie euch ist nicht mehr zu helfen, wie kann man bloß Mitleid für das da haben?"

Er nickte in Richtung des Ureinwohners, der zwar zum Glück immer noch atmete, dessen Gesicht dafür so stark mit Blut überströmt war, dass Juril sich nicht sicher war, ob man es jemals wieder als Gesicht erkennen würde. „Ich sage euch eines, man sollte Leute wie euch ebenso wie die Halbmenschen behandeln, wenn ihr euch so gut mit denen identifizieren könnt. Ich würde ...“

Weiter kam er nicht, denn seine Aufmerksamkeit wurde von etwas anderem abgelenkt. Schlagartig wurde es um sie herum noch dunkler und Juril begriff erst im zweiten Moment, wieso. Jemand hatte das Licht des Leuchtturmes gelöscht. „Was um alles in der Welt soll das jetzt wieder? Ich ...“

Wieder unterbrach er, nur dass sich diesmal zusätzlich seine Augen vor Angst weiteten. Irgendwo in der Stadt wurde eine Glocke geläutet, doch war Juril sich nicht sicher, inwieweit dieses Warnsignal noch nötig war. Das bisher dominierende Geräusch der Zikaden war längst von ohrenbetäubendem Kriegsgebrüll aus unzähligen Kehlen in den Hintergrund gedrängt worden. In dem Moment, in dem wie vereinbart das Licht des Leuchtturms gelöscht worden war, hatten die Krieger der verbleibenden lokalen Stämme ihren Angriff begonnen. Vom Regenwald aus nahmen sie Kameranto von zwei Seiten her in die Zange. Sercius hatte ihm den geplanten Ablauf in allen Einzelheiten erklärt. Zuerst würde die örtliche Festung gestürmt werden, wo der Großteil der ohnehin unterbesetzten Garnison noch im Schlaf überrascht würde. Gleichzeitig würde eine kleinere Abteilung die Baracke der Minenwachmannschaft überfallen und anschließend die Zwangsarbeiter befreien. Diejenigen unter ihnen, die noch bei Kräften waren, würden nun, falls nötig, so gut es ging, mit Waffen ausgerüstet und gemeinsam würde man die Stadt von drei Seiten her attackieren können, um eventuellen Widerstand niederzuwerfen und Kameranto vollständig unter Kontrolle zu bringen. Und tatsächlich, da erklang schon der Kampfeslärm aus der lediglich einige Hundert Meter entfernten Wachbaracke. Halones blickte sich wie ein gehetztes Tier um: „Was machen wir denn nun?“

Sercius lachte. „Warten, zum letzten Mal überhaupt warten.“

„Was? Ihr müsst den Verstand verloren haben! Wisst ihr, was die mit uns machen, wenn die uns erwischen? Diese Tiere kennen doch so etwas wie Mitgefühl nicht!“

„Ich habs, über den Berg!“,

rief der Wächter in einer Geistesgegenwart, die Juril ihm gar nicht zugetraut hätte. Doch auch dieser Vorschlag würde ihn und seinen Herrn nicht retten, denn Sercius zog sein Schwert und setzte es ihm an die Kehle, bevor er zu seiner Waffe greifen konnte. Der Gouverneur bekam nun vollends die Panik und versuchte loszusprinten, den Berg nach oben. Juril, der schon so etwas erwartet hatte, gelang es jedoch, ihn niederzureißen und so zu stoppen. „Was tut ihr denn da? Wir können doch über alles wie Ehrenmänner reden."

„Die Zeit des Redens ist vorbei."

Sercius warf Juril das Schwert zu, das er dem Wachmann abgenommen hatte. „Nun ist die Zeit der Taten."

Als er das Schwert fing, wurde sein Arm ein ganzes Stück nach unten gerissen. Die Waffe war schwerer, als Juril vermutet hätte. Nachdem er sie in eine stabile Position gebracht hatte, stand er auf und setzte auch sie seinem noch immer am Boden liegenden Gegenüber an die Kehle. Juril war erleichtert, dass er die Waffe dabei nach unten, nicht nach oben halten musste, so ein Schwert hatte doch ziemlich viel Gewicht. Als er in Halones' Augen blickte, verstand er das, was Sercius beim Blick in die Augen seines Vaters gesehen hatte, bevor er ihn erstach. Juril fand kein passendes Wort dafür, es waren Reue, Erkenntnis, Resignation und doch nichts von alldem. Das Einzige in diesem Blick, das er eindeutig benennen konnte, war Panik. Dieser Mann wusste, was er getan hatte, und er wusste, welchen Preis er nun dafür würde zahlen müssen. „Bitte, bitte, das darf so nicht enden."

Neben ihnen rührte sich endlich der zusammengeschlagene Ureinwohner, er spuckte Blut, versuchte aufzustehen, nur um wieder zusammenzubrechen. Eine Welle des Hasses erfasste Juril, das Monster vor ihm hatte das Leben schon so vieler Menschen zerstört und nun wollte er auch noch darüber entscheiden, wie das alles endete? Als Juril zustach, dachte er dabei nicht nur an die Ureinwohner, die unter diesem Mann hatten leiden müssen, er dachte auch an Elyana, Ceri, Minna, Sercius, seinen Vater, den Kirschverkäufer aus Tarven und an die Bettler, die er dort auf der Straße gesehen hatte. Er dachte an all die Menschen, denen Abschaum wie der vor ihm das Recht nehmen wollte, überhaupt irgendetwas in ihrem Leben frei zu entscheiden. Als Halones nach dem ersten Mal immer noch keuchte, stieß Juril ein zweites Mal zu und ein drittes und ein viertes Mal. Er stach so lange zu, bis die Kraft seine Arme verließ. Er ging schwer atmend einen Schritt zurück, nun würde dieser Ausdruck nie wieder aus den Augen dieser Bestie verschwinden. Sercius legte ihm eine Hand auf die Schulter: „Er hatte es verdient."

Das sah der Wachmann freilich anders. Er zitterte wie Espenlaub und war ebenso bleich wie die feinen Damen, die sich das Gesicht puderten. „Ich flehe euch an! Lasst mich laufen! Ich hatte nie etwas gegen die Wilden, ich schwöre es! Bitte lasst mich gehen, bevor die hier sind!"

Doch sie ließen ihrer Abmachung folgend nur Gontales gehen, der bisher alles schweigend beobachtet hatte und nun, ohne sich noch einmal umzudrehen, in Richtung des Berges verschwand, bevor „die" sie erreichten. Juril fiel sofort der Kontrast auf zwischen den gebrochenen Männern, die in der fensterlosen Baracke saßen, und denen, die ihm nun im Licht der Fackeln gegenüberstanden. Diese Ureinwohner hatten bunte Gesichtsbemalung, trugen Federschmuck und in ihren Augen lag Entschlossenheit. Unwillkürlich dachte er an die Ureinwohner in der Hütte, auch sie hatten sicher mal so in die Welt geblickt. Was musste man einem Mann bloß antun, damit sich seine Augen so veränderten? Es war eine Gruppe von etwa zehn Mann, der größte Teil schien sich noch immer mit dem Quartier der Wachen zu befassen. Der Anführer der Ureinwohner und Sercius schienen sich zu kennen. Sie begrüßten einander in einer Juril fremden Sprache, dann fiel einem seiner Begleiter der nach wie vor regungslos daliegende Gefangene auf. Er rief irgendetwas aufgeregt und ein paar der Kämpfer sahen sich ihn genauer an. Der Anführer fragte Sercius etwas, der antwortete und nickte dabei erst in die Richtung des toten Halones und dann in die von Juril, der noch immer mit dem blutigen Schwert in der Hand dastand. Der Ureinwohner nickte ebenfalls und wandte sich ihm zu. „Du sollst wissen, dass wir nie vergessen werden, wer unsere Freunde sind."

Seine tiefe Stimme hatte einen angenehmen Akzent. „Häuptling Taxka vom Stamm der Tequea, es ist mir eine Ehre."

„Juril Wahroles, die Ehre ist ganz meinerseits", sagte Juril, während der Häuptling mit kräftigem Griff seine Hand schüttelte. Dann sah er dem Wachmann in die Augen, dieser hielt seinem Blick nicht stand und wandte sich ab. „Die Schlüssel bitte."

Taxkas Stimme war leise und sanft. Der Wachmann griff an seinen Gürtel und überreichte, ohne ihm ins Gesicht zu sehen, die Schlüssel. „Danke", er warf sie einem seiner Krieger zu. Dieser machte sich unter freudigen Rufen sogleich daran, die Baracke zu öffnen. Man sollte meinen, die Befreiten müssten ebenso euphorisch sein, doch tatsächlich war das nur bei manchen der Fall. Ein großer Teil jedoch zeigte keine größeren Gefühlsausbrüche, als sie ihre ersten Schritte nach draußen in eine neue Freiheit taten. Vielleicht waren sie zu entkräftet, um sich freuen zu können, oder vielleicht konnten sie auch einfach nicht glauben, dass es nun vorbei sein sollte. Einer der Kämpfer schien jemanden zu erkennen, denn als ein Junge, etwas jünger als Juril, die Baracke verließ, rief er etwas und umarmte ihn. „Zwei Brüder", bestätigte Sercius Jurils Vermutung. Ein paar derer, die noch bei Kräften waren, packten den Wachmann, stießen ihn zu Boden und begannen auf ihn einzutreten. Es war ein besonderes Bild, da die beiden vereinten Brüder in stiller Umarmung und da der am Boden liegende Wachmann, der es längst aufgegeben hatte, sich verbal zu verteidigen, und stattdessen versuchte seinen Körper mit seinen Händen zu schützen. „Lass uns weitergehen, wir sind hier fertig."

Gemeinsam mit dem Hauptmann und fünf seiner Kämpfer machten sie sich auf den Weg in die Stadt. Ihre Fackeln waren im Grunde überflüssig, denn die Stadt schien zu einer einzigen großen Fackel geworden zu sein. Viele der Gebäude wie etwa der Gouverneurspalast, die Garnisonsfestung, aber auch größere Wohnhäuser standen in der Ferne in Flammen und erhellten die Nacht. Im Schein des Feuers konnte Juril erkennen, dass auf dem Festungsturm nun nicht mehr die Flagge des Hauses Demerkia, sondern eine Juril bisher unbekannte wehte. Er glaubte eine goldene Krone auf schwarzem Grund zu erkennen und es sah so aus, also ob, wie passend, die Krone in Flammen stand. Sercius bemerkte Jurils Blick und fragte: „Gefällt sie dir? Sie geht auf den Entwurf eines guten Freundes zurück, der Hofmaler in Skire und ein wichtiges Mitglied der dortigen revolutionären Zelle ist. Er kann es sicherlich kaum erwarten, sie über der dortigen Festung wehen zu sehen."

Juril gefiel diese Flagge tatsächlich, sie passte einfach. Diese Flagge zeigte nicht das Wappen irgendeiner adeligen Familie, sondern sie enthielt ein Versprechen, eine Aufgabe, eine Bestimmung und hoffentlich irgendwann eine Erinnerung an die Vergangenheit. Und heute war der Tag, an dem das alles beginnen sollte, der Tag, am dem die Krone in Brand gesteckt wurde. „Wohin gehen wir eigentlich gerade?"

Juril war voller Tatendrang. „Ein paar alte Freunde besuchen", gab Sercius als Antwort. Ganz so alt waren die Freunde jedoch nicht, wie sich herausstellte. Nach einer kurzen Wegstrecke durch ein schlichtes Viertel mit menschenleeren Straßen erreichten sie einen kleinen Platz, in dessen Mitte sich die Matrosen und Soldaten drängten, umringt von Dutzenden bewaffneten Ureinwohnern. Als sie Sercius erkannten, schien es Juril, als würden alle gleichzeitig anfangen auf ihn einzureden. Nur so viel sei gesagt, der Tonfall, in dem die Beschwerden vorgebracht wurden, war ausreichend, um einer Dame für Stunden die Schamesröte ins Gesicht zu treiben.

Sercius hob beschwichtigend die Arme. „Meine Herren, ich verstehe, dass ihr aufgebracht seid. Ich schätze mal, ich schulde euch eine Erklärung, und die will ich euch auch geben. Das, was wir heute Abend erleben, ist der Beginn von etwas ganz Großem und das Ende der Welt, wie wir sie kennen. Nicht nur hier, sondern auf der ganzen Welt werden sich Unterdrückte gegen ihre Unterdrücker wenden und sich das holen, was ihnen seit ihrer Geburt verwehrt worden war."

„Ich versteh das alles nicht", warf einer der Seemänner ein, „was ist denn jetzt mit der Expedition und unserem Geld?"

„Dieses Geld ist nichts im Vergleich zu dem, was euch erwartet, wenn ihr euch für die richtige Seite in diesem Kampf entscheidet."

„Heißt das, ihr habt uns über den Tisch gezogen?"

Empörung machte sich breit. „Aber, aber, versteht ihr denn nicht, was ich euch sagen will? Wollt ihr wirklich dieses Geld, diesen Trostpreis, wo ihr doch den Hauptgewinn haben könnt? Als ich von den Unterdrückten sprach, die sich das zurückholen, was ihnen seit ihrer Geburt verwehrt worden war, da sprach ich auch von euch. All diese reichen Parasiten hätten ohne Männer wie euch nie eine müde Münze verdient. Wieso wollt ihr euch mit etwas Geld abspeisen lassen, wo ihr doch jetzt die Gelegenheit habt, euch alles zu holen? Seht euch doch nur um, habt ihr nicht die prachtvollen Häuser all derer gesehen, die euch seit jeher betrogen haben? All der Wohlstand, den man euch unrechtmäßig vorenthalten hat, ist ja nicht verschwunden, nein, er befindet sich in ebendiesen Residenzen! Wie wäre es, wenn ihr diese Nacht loszieht und euch euer Recht verschafft?"

„Und die Wilden, was ist mit denen?",

fragte einer. „Was soll mit den Ureinwohnern sein? Alles, was man euch erzählt hat, von wegen, das seien gar keine richtigen Menschen, ist von Grund auf falsch. Das ist nichts weiter als eine Lüge, die verhindern soll, dass ihr euch zusammenschließt und als Brüder gemeinsam für das kämpft, was eures ist. Seht ihr die Feuer, all diese Paläste, die schon brennen? Während wir noch hier reden, setzen sie Worte längst in die Tat um.“

„Soll das heißen, wir haben die Erlaubnis zu plündern?“

Ein besonders kräftiger Matrose erhob die Stimme. „Plündern. Das klingt zwar so, als ob wir unrechtmäßig handeln würden, aber ja, von der Bedeutung her könnte man das so sagen.“

„Wie auch immer, der Kapitän hat jedenfalls recht! Ich weiß zwar nicht genau, was das alles soll, aber ich weiß, dass es mir reicht! Die haben uns viel zu lange übers Ohr gehauen, wird Zeit, uns unseren Anteil zu nehmen!“

Erst als nach zustimmenden Rufen nun die Matrosen gemeinsam wegstürmten, um die Häuser der Wohlhabenden zu plündern, sah Juril, dass auch Elyana und Ceri inmitten der Meute gestanden hatten. Ihre vor Entsetzen bleiche Haut stand zumindest optisch im Kontrast zu der trotz der vielen Feuer düsteren Szenerie. Als Sercius sah, dass die beiden nicht wie abgesprochen an Bord des Schiffes waren, fing er empört an mit den umstehenden Ureinwohnern in der Juril unbekannten Sprache zu diskutieren. Juril rannte nach vorne und nahm Elyanas Hand. „Ihr solltet doch am Bord des Schiffes sein, was ist passiert?“

„Juril, was geschieht hier, von was redet Sercius da?“

Elyana sah ihn flehend an. „Du musst keine Angst haben, das muss bald niemand mehr. Es ist, wie Sercius sagt, die Unterdrückten werden aufbegehren. Nichts anderes passiert hier.“

„Aufbegehren.“

Elyana schnappte nach Luft. „Sieh dich doch mal um! Die brennen die Häuser von Menschen nieder, deren einziges Vergehen darin besteht, Geld zu haben!“

„Es geht nicht darum, dass sie Geld haben, es geht darum, wie sie dieses Geld machen. Du weißt doch selbst, wie diese Leute sind, sieh dir doch nur mal deinen Vater an.“

„Nur weil mein Vater ein Mistkerl ist, soll es richtig sein, alles niederzubrennen? Fändest du es richtig, wenn diese Leute in unser Haus gekommen wären, als ich noch bei meinem Vater war?“

Sie riss sich von seiner Hand. „Du bist doch hier, es geht nicht darum,
was wäre, wenn!“

„ Aber ...“

„Es geht um das, was ist! Du hast doch selbst all dieses Elend gesehen!
Dem ein Ende zu setzen, darum geht es!“

„Ach, und die Häuser, in denen Familien leben, zu plündern und niederzubrennen, das hilft diesen armen Menschen?“

Aus Elyanas leisem Flüstern war inzwischen lautes Schreien geworden. „Ja, das tut es, auch wenn du verwöhntes Prinzesschen das nicht
verstehen willst!“

Nun schrie er auch. „Wach endlich auf, ohne Gewalt kommen wir nun
mal nicht an das, was die uns vorenthalten! Auf wessen Seite stehst du
eigentlich?“

Elyana ging langsam ein paar Schritte rückwärts. „Das bist nicht du“,
sie schüttelte mit Tränen in den Augen den Kopf. „Das bist unmöglich
du.“

„Auf wessen Seite stehst du?“

So langsam reichte es Juril. „Leb wohl, Juril“, mehr sagte sie nicht, bevor sie unter heftigem Schluchzen in die Nacht verschwand. Juril überlegte sich einen Moment lang, ob er ihr folgen sollte, entschied sich dann
aber dagegen. Die würde schon wiederkommen, wenn sie alles verarbei-
tet hatte. Seine Schwester legte eine Hand auf seinen Arm. „Wieso hast
du nie etwas gesagt, Brüderchen?“

„Du hast doch gesehen, wie Elyana reagiert hat.“

Juril widerstand dem Impuls, die Hand seiner Schwester von seinem
Arm zu nehmen. „Aber nicht grundlos, sie macht sich Sorgen, ich mache
mir Sorgen. Du darfst dich nicht von dem Hass zerfressen lassen, er darf
nicht die wundervolle Person zerstören, die du bist. Lass uns gemeinsam
weggehen von hier, ja? An irgendeinen schönen Ort, wo wir in Ruhe leben können, ich habe gehört, in ...“

„Ihr versteht es nicht, die Feuer der Revolution werden auf der ganzen Welt brennen. Ruhe werden wir erst finden, wenn sie alles Böse ver-
brannt haben.“

„Juril, bitte, hör dir mal selbst zu. Diese großen pathetischen Worte, bist du dir wirklich ihrer ganzen Bedeutung bewusst? Ist das wirklich mehr als deine Liebe zu Elyana?"

„Sie wird die Wahrheit auch noch früh genug erkennen."

„Du brichst ihr das Herz, Juril! Sie liebt dich und kann nicht mit ansehen, wie du dich kaputtmachst!"

„Hast du nicht gesagt, du würdest zu mir halten, egal was auch immer sein mag? Waren das etwa nur leere Worte?"

„Ich halte zu dir, auch, wenn es dir im Moment anders erscheinen mag. Komm, lass uns Elyana suchen und mit ihr über alles reden."

Sie streckte ihre andere Hand aus. Als Juril keine Anstalten machte, sie zu ergreifen, setzte sie nach. „Machst du dir denn gar keine Sorgen, ihr könne etwas zustoßen?"

„Weißt du was, wenn ihr beide gegen mich seid, dann geh doch allein zu ihr!"

„Juril, wir ..."

„Geh", voller Wut brüllte Juril sie an. Sie versuchte noch ihn zu drücken, doch Juril stieß sie von sich. Sie sah ihn einen Moment mit traurigen Augen an. „Ich hab dich lieb, Brüderchen", dann verschwand auch sie in der Dunkelheit. Plötzlich verspürte Juril ein Ziehen in seiner Brust. Hatte er sie gerade wieder im Stich gelassen? Auf jeden Fall hätte er sie nicht so gehen lassen dürfen. Er wollte gerade losrennen, um sie noch zu erwischen und die Dinge wieder geradezurücken, da stand plötzlich Sercius neben ihm. „Das war gerade sehr mutig von dir. Es gibt kaum schwerere Dinge, als mit denen zu brechen, die einem nahestehen. Doch du gehörst natürlich zu den Menschen, die selbstlos genug sind, um ihre persönlichen Beziehungen nicht über das Wohl der gesamten Menschheit zu stellen. Glaub mir, irgendwann werden auch sie sehen und dann werden sie unglaublich stolz auf dich sein und auf das, was du gerade getan hast."

Sercius hatte recht, er durfte jetzt nicht einknicken, das Ziel war zu wichtig. „Dabei hab ich ihnen noch nicht mal von dem Gouverneur erzählt."

„Ich glaube, das wäre sowieso nicht nötig gewesen", er zeigte auf das blutige Schwert, das Juril nach wie vor am Gürtel trug, ein Umstand, der ihm jetzt erst wieder richtig bewusst wurde. Was mussten Elyana und Ceri bloß gedacht haben, als er so vor ihnen stand? Ihm kamen Zweifel an der Richtigkeit des Ganzen. Elyana hatte ja schließlich ein Stück weit recht, es gab nicht nur die Ausbeuter, sondern eben auch deren Familien. Es heißt zwar immer, der Apfel fällt nicht weit vom Stamm, aber bei Elyana und ihm galt diese Regel beispielsweise auch nicht. Dieses Plündern lief sicherlich nicht ohne Gewalt ab und Juril wollte nicht, dass Unschuldige zu Schaden kommen würden. Als er Sercius auf seine Zweifel ansprach, seufzte dieser. „Juril, du hast doch selbst gesehen, wie es hier zugeht, und hast doch selbst getan, was nötig war. So gut wie jede reiche Familie in diesem Ort hat ihre Hände im Geschäft mit dem Leid der Ureinwohner. Klar gibt es immer wieder Ausnahmen, aber die Regel sind doch eher Charaktere wie Garnis oder eben Halones. Sie wurden fest zu dem Glauben erzogen, sie seien etwas Besseres und würden über allen anderen stehen. Ihr grausames Handeln ist nicht willkürlich, sondern das Ergebnis der Umstände, unter denen sie aufgewachsen sind. Merk dir das, es sind die Erziehung und die Lebensumstände, die einen Menschen zu dem machen, was er ist. Das wird auch unsere Hauptaufgabe sein, aus der Asche nach unserer Revolution einen neuen Menschen zu formen, einen Menschen ohne Gier, Hass oder Arroganz. Er wird besser sein als wir, weil er in einer besseren Welt aufwachsen wird. Bis es so weit ist müssen wir uns jedoch mit der gegenwärtigen Situation arrangieren. Mir wäre es natürlich auch lieber, wenn alles durchgeführt werden könnte, ohne Unschuldige zu verletzen, aber das ist leider unmöglich. Die Menschen sind nun mal voller Hass, wenn man sie ihr Leben lang ausgebeutet und unterdrückt hat. Es ist leider so, dass man sie nicht einfach so zurückhalten kann. Unsere Revolution ist nun mal ein Feuer, und das verbrennt unter Umständen auch mehr als das, was man bei den ersten Funken noch niederbrennen wollte. Und lass mich dir sagen, nichts ist ein besserer Brennstoff als Hass."

Sercius hatte schon auf die eine oder andere Weise recht, er musste sich endlich von der Vorstellung verabschieden, so eine Revolution könne vollkommen sauber durchgeführt werden. Je früher er das einsah, desto besser. „Komm, Juril, jetzt ist nicht die Zeit für solch trübe Gedanken. Wir müssen weiter und einen Blick auf die Situation in der Festung werfen."

Juril blickte kurz in Richtung der Gasse, in die Elyana und Ceri verschwunden waren. „Und wenn ihnen etwas zustößt?"

Sercius sah ihn kurz mit festem Blick an, dann nickte er. Es folgten einige Befehle, die er einem der Ureinwohner in dessen Muttersprache zurief. Dieser antwortete kurz und rannte anschließend mit einigen anderen ebenfalls in die Gasse. „Danke", dass nun jemand nach Elyana und Ceri suchte, beruhigte ihn. „Nichts zu danken", antwortete Sercius, bevor er Taxka zurief: „Häuptling, ihr sagtet doch, dass ihr uns zur Festung begleiten wolltet."

„Ja, natürlich."

Taxka löste seinen Blick von der Gasse und kam mit einigen seiner Männer zu ihnen herüber. Während sie durch die Straßen liefen, fiel Juril plötzlich auf, dass es außer den brennenden Gebäuden und ihren Fackeln keine künstlichen Lichtquellen gab, sämtliche eventuell in den Häusern verwendeten Kerzen waren wohl gelöscht worden. Auch war es seltsam still, bis auf das Knistern des Feuers und vereinzelte Rufe aus der Ferne drangen so gut wie keine Geräusche an ihre Ohren. Juril gefiel es nicht, wie ausgestorben das alles wirkte, einen Moment lang wünschte er sich in die geschäftige Atmosphäre des Hafens zurück. „Ihr sprecht unsere Sprache nicht, liege ich da richtig?"

Die tiefe Stimme des Häuptlings durchbrach die Stille wenigstens etwas. „Leider noch nicht, nein."

Taxka nickte. „Dachte ich mir."

Juril hätte nun eine weitere Frage erwartet, stattdessen wurde es wieder ruhig, bis Taxka nach einer Weile sagte: „Du sollst wissen, dass du jederzeit ein willkommener Gast in unserem Dorf bist, wenn du sie mal kennenlernen willst."

Juril bedankte sich, dann ging das Schweigen weiter. Das Angebot klang tatsächlich nicht schlecht, vielleicht würde er wirklich, wenn das alles vorbei war, noch mal herkommen und einige Zeit bei den Tequea verbringen, mit Elyana und Ceri natürlich. Sie gingen noch einige Schritte, dann hielt der Häuptling plötzlich an. „Es tut mir leid, aber ihr müsst wohl ohne mich weiter. Mir ist da noch etwas eingefallen, um das ich mich kümmern muss."

„Ist es so wichtig?"

Sercius zog eine Augenbraue hoch. „Ich fürchte, ja, meine Brüder brauchen mich."

„Nun, dann geht Eures Weges, wenn es unbedingt sein muss."

„Ich komme so schnell wie möglich nach", versicherte er noch, bevor er sich mit einem Handzeichen verabschiedete und zurück in die Richtung lief, aus der sie kamen. Juril und Sercius, der irgendwie enttäuscht vom Verschwinden des Hauptmannes wirkte, gingen jedoch weiter in Richtung der Festung. Der Wind wehte den Geruch von Rauch zu ihnen herüber. Juril verzog das Gesicht, diesen beißenden Gestank konnte er noch nie leiden, aber wo Feuer war, war nun mal auch Rauch. Zusätzlich zu dem neuen Geruch begannen nun auch Geräusche an ihre Ohren zu dringen. Gelächter und laute Männerstimmen, die lauter wurden, als sie näher kamen. Als sie gerade an einem Haus mit prachtvoller gelb getünchter Fassade vorbeikamen, dessen aufgebrochene Tür von kürzlich ungebetenen Gästen zeugte, wurde die Quelle des Lärms offensichtlich. Juril wäre fast über die Frau gestolpert, die in dem Moment auf die Straße gestoßen wurde. Ihre dunkelblonden Haare waren ziemlich zerzaust, was eigentlich so gar nicht zu ihren feinen Kleidern passte, auch wenn diese durch den Stoß jetzt Bekanntschaft mit dem Straßendreck gemacht hatten. Ihrem Gesichtsausdruck nach zu urteilen, war sie innerlich ebenso aufgelöst wie ihre Frisur. Während Juril es noch verhindern konnte, über sie zu stolpern, sah es für den Mann, der ihr aus der Tür nachfolgte, schlechter aus. Auch er war gestoßen worden, versuchte aber noch irgendwie vor einem Zusammenstoß der am Boden liegenden Frau das Gleichgewicht wiederzuerlangen, was ihm allerdings nicht gelang. Er stieß mit voller Wucht gegen sie, kippte mit rudernden Armen vornüber und landete ebenfalls im Dreck, wobei er heftig mit der Stirn aufschlug. Das aus der Wunde laufende Blut klebte in seinen ebenfalls dunkelblonden Haaren und an seinen Händen, mit denen er die Verletzung abtastete. Ihnen folgte eine Gruppe von drei bewaffneten Ureinwohnern, die über irgendetwas lachten. Als sie Sercius und Juril bemerkten, hielten sie inne. Ein etwas schmächtigerer Ureinwohner rief aufgeregt und hob sein kleines Beil drohend in die Luft. Sercius hob eine Hand wie zur Beschwichtigung, während die zweite langsam in Richtung seines Schwertes wanderte. Während auch Juril sich bereit machte, seine Waffe zu ziehen, sagte Sercius etwas in der Sprache ihres Gegenübers. Juril war sich nicht sicher, ob das nötig gewesen war, denn noch während Sercius sprach, bedeutete einer der Ureinwohner seinem schmächtigen Begleiter, das Beil sinken zu lassen, offenbar erkannte er ihn. Es folgten ein paar Worte, von denen Juril inzwischen annahm, dass es sich bei ihnen um eine Art Grußformel handeln musste. Als Sercius sie erwiderte, stimmte er dieses Mal mit ein. Nach einem kurzen Gespräch wandten sich die Ureinwohner wieder den beiden noch immer am Boden Liegenden zu, offenbar hatten diese es nicht gewagt aufzustehen. Juril fiel auf, wie hoffnungsvoll sie ihn und Sercius anblickten, auch wenn ihre Hoffnung etwas gesunken zu sein schien, als sie gemerkt hatten, dass sie sich mit den Eingeborenen verstanden. Einer der Eingeboren brüllte die beiden an, was sie dazu veranlasste, unsicher aufzustehen. Der Mann torkelte und hatte noch immer die Hände an seine blutüberströmte Stirn gepresst, die Wunde schien ziemlich übel zu sein. Dies brachte die Ureinwohner aber nicht dazu, etwas nachsichtiger zu sein; als ob nichts wäre, stieß einer ihn unsanft nach vorne, sodass der Mann Mühe hatte, nicht erneut zu stolpern. „Eine Platzwunde, nichts weiter, das sieht schlimmer aus, als es ist.“

Sercius schien Jurils Blick bemerkt zu haben. Die Frau drehte sich zu ihnen um, offenbar hatte der Umstand, ihre Muttersprache zu hören, ihr neue Hoffnung gegeben. „Bitte, bitte! Ihr müsst uns helfen!“

Ein Schlag auf den Hinterkopf und ein paar wenig freundlich klingende Worte setzten ihrem Flehen vorläufig ein Ende. Den Rest des Weges zur Festung lang herrschte Schweigen zwischen den Nicht-Ureinwohnern, nur die Eingeborenen scherzten und unterhielten sich angeregt.

Es dauerte nicht lange, da kamen sie in der Festung an. Die Tore standen offen, ein paar Stammeskrieger hielten Wache. Nach den üblichen Grußworten marschierte die Gruppe vorbei, hinein in den Innenhof. Dort bot sich ihnen ein ähnliches Bild wie schon zuvor auf dem kleineren Platz, auf den die Mannschaft gebracht wurde. Auch hier war eine Gruppe von Menschen in der Mitte von einigen bewaffneten Ureinwohnern umstellt. Allerdings konnte der Unterschied zwischen den Matrosen und den Leuten, die nun dort standen, kaum größer sein. Anstatt in aufgebrachte Gesichter blickte Juril in Augen, die mit Panik gefüllt waren. Vor ihm standen nicht etwa Seemänner oder Soldaten, sondern Familien. Er sah Väter, die versuchten den Anschein von Optimismus zu verbreiten, Mütter, die zu trösten versuchten, und er sah Kinder, die ihn mit verweinten, angstvollen Augen anblickten. Juril wandte den Blick ab, wieso traf ihn das nur so? Er wusste doch, dass das alles für eine bessere Welt war. Außerdem, wenn sie hier als Gefangene waren, konnten sie nicht bei den

Plünderungen zu Schaden kommen. Die drei Krieger, die sie begleitet hatten, stießen ihre Gefangenen mit in den Kreis und stellten sich lachend zu einigen der Ihren. Sercius schien die Gefangenen gar nicht weiter zu bemerken, er zeigte auf den einzigen Turm der Festung, welcher in einer Ecke über die Burg hinausragte: „Dort drin war das Quartier der hiesigen Garnison. Wir ...",

weiter kam er nicht, denn jemand schien ihn erkannt zu haben. „Vantales? Sercius Vantales?",

rief ein Eingeborener mittleren Alters mit exotischem Akzent. Als nun auch denen, die ihn nicht vom Aussehen her kannten, klar wurde, wer soeben die Festung betreten hatte, brach Jubel aus. Sercius' Gesicht erstrahlte, als von allen Seiten Ureinwohner auf ihn zukamen, um einige Worte mit ihm zu wechseln, ein paar Mal meinte Juril den Namen von Häuptling Taxka zu hören. Während Sercius die Aufmerksamkeit genoss, sah er zu, wie immer wieder Mitglieder ihrer Mannschaft in der Festung auftauchten. Im Gegenzug zu den Stammeskriegern, die zwar auch die Häuser überfielen, aber nichts mitnahmen, waren die meisten von ihnen beladen mit Schmuck aus Gold und Silber. Bei manchen mussten sich nur die Gesichtsmuskeln schwerer anfühlen als ihre Beute, schließlich hatten sie dieses dämliche Dauergrinsen im Gesicht. Irgendetwas machte Juril sicher, dass Elyanas Vater mit demselben Gesichtsausdruck durch die Gegend gelaufen war, als es ihm gelungen war, Garnis als Partie für seine Tochter zu organisieren. Allerdings schienen nicht alle Männer bester Laune zu sein, Juril hörte gerade mit Abscheu zu, wie einer der Seeleute einer jungen Frau etwas Schweinisches zurief, als hinter ihm eine Stimme etwas weitaus weniger Widerwärtiges sagte: „Kinder!? Habt ihr denn gar keine Ehre, Vantales!?"

Juril kannte diese zornige Stimme, sie gehörte dem Soldaten, der während ihres Aufenthaltes bei Brusius eigentlich Wache auf dem Schiff halten sollte. Schlagartig wurde es still, auch die unter den Stammeskriegern, die ihre Sprache nicht verstanden, merkten, dass es sich um gewagte Worte handelte. Sercius sah den Fragesteller an, auch dieser hatte Schmuck mitgenommen, allerdings nur eine Goldkette und zwei Ringe. „Seit wann kümmert euch das Schicksal von Parasiten?"

„Seid ihr verrückt! Das sind Kinder! Versteht ihr, Kinder!"

Der Soldat war außer sich, aus seiner Gestik und Mimik sprach vollkommenes Unverständnis. „Was habt ihr mit ihnen und ihren Familien vor?"

„Nun, das ist nicht meine Entscheidung, darüber werden die Volkstribunale befinden müssen."

„Volkstribunale, was ihr nicht sagt! Und wer soll diese Tribunale bilden, etwa diese wild gewordenen Barbaren oder gar die da?"

Er deutete in Richtung der Matrosen. „Sollen da etwa gerechte Urteile bei herauskommen?"

Sercius lächelte kalt „Erzählt mir nicht, ihr habt eure neugewonnenen Schätze auf dem hiesigen Markt gekauft, offenbar wart ihr bis gerade eben noch ein stolzer Teil von denen da. Woher der plötzliche Sinneswandel?"

„Ich dachte nur, dass …",

er schien kurz nach den passenden Worten zu suchen, bis er sich plötzlich die goldene Kette sowie die beiden Ringe herunterriss. „Es hat sich schon falsch angefühlt, als ich die mitgenommen habe!"

„Seid mal nicht so dramatisch", Sercius verzog keine Miene. „Wenn ihr schon unbedingt den Mitfühlenden spielen wollt, dann könnt ihr ja eines der jüngeren Kinder, bei dem der Einfluss der Eltern noch nicht viel Schaden anrichten konnte, adoptieren, nachdem wir die Eltern ihrer gerechten Strafe zugeführt haben. Auch wenn es zwar wahrscheinlich besser wäre, die Erziehung jemandem mit mehr Entschlossenheit für die richtigen Dinge anzuvertrauen. Aber auch hier entscheidet das Volk, die Entscheidung, bei wem genau diese Kinder zu guten Mitgliedern der Gesellschaft aufwachsen werden, darüber werden die Volkstribunale beschließen. Natürlich ist uns dabei bewusst, dass die Kinder nicht für die Verbrechen ihrer Eltern bestraft werden sollten. Wir sind schließlich keine Unmenschen."

„Aber ihr zerreißt Familien und welche Verbrechen sollen all diese Eltern begangen haben? Wollt ihr mir ernsthaft erzählen, dass jeder dieser Männer, jede dieser Frauen, jedes dieser Kinder das alles verdient hat!?"

„Das will ich nicht nur erzählen, das ist, so leid es mir tut, nun mal die Wahrheit!"

„Wahrheit? Was glaubt ihr eigentlich, was das hier werden soll? Nie im Leben könnt ihr euch gegen Demerkia behaupten! Was wollt ihr tun, wenn ihr der Armee und keiner kleinen Garnison gegenübersteht?"

Sercius lachte. „Wollt ihr mich beleidigen? Haltet ihr das hier wirklich für einen einfachen regionalen Aufstand? Denkt ihr, ich bin so wahnsinnig und zettle aus Spaß eine sinnlose Revolte an? Macht euch dahingehend mal keine Sorgen, noch bevor die Kunde von unserem kleinen Streich hier unten die Mächtigen erreicht, werden meine Leute davon erfahren. Dann werden die erst mal selbst genug Probleme in Demerkia haben und nicht nur die. Überall werden Offiziere mitsamt ihren Männern desertieren, werden Herrscher von ihren Vertrauten erdolcht, werden die Bauern bewaffnet. Oh nein, dies ist kein kleiner Aufstand in irgendeiner Kolonie, dies ist die weltweite Erhebung."

Ebenso wie der Soldat vor ihm schienen auch die restlichen Mitglieder der Mannschaft um Fassung zu ringen, was bei manchen lauter und bei anderen leiser vonstattenging. Die meisten hatten erst jetzt begriffen, um was es hier eigentlich ging. Sercius war sich der Wirkung seiner Worte klar bewusst und ließ seinen Blick triumphierend über die Menge schweifen. Hatten zuvor in ihrer Aufregung noch einige der Seeleute versucht sich miteinander auszutauschen, setzte nun ein gespanntes Schweigen ein, ein Schweigen, das Juril an das erinnerte, das er vom Publikum der guten Geschichtenerzähler aus seinem Heimatort kannte. „Ein neues Zeitalter ist angebrochen, ein Zeitalter ..."

„Weltweite Erhebung! Neues Zeitalter? Verdammt, was soll das alles! Ich hab daheim eine Frau und drei Kinder, die auf mich warten, was will ich mit eurer Erhebung?"

Der Soldat hatte offenbar seine Sprache wiedergefunden. Sercius war sichtlich ungehalten ob der Unterbrechung. „Wieso wollt ihr denn nicht verstehen, dass es hier doch auch um eure Familie geht! Was seid ihr bloß für ein Ehemann und Vater, wenn ihr euch gegen eine bessere Zukunft für sie sträubt?"

„Ihr habt kein Recht ... " „Oh doch, ich habe jedes Recht, wir haben jedes Recht! Wenn ihr nicht einverstanden seid mit dem, was wir vorhaben, dann verschwindet, Feigling, aber versucht nicht, eurer Frau und euren Kindern die Chance auf ein besseres Leben zu nehmen, indem ihr euch uns sinnloserweise in den Weg stellt!"

Juril sah nicht, wer zuerst an seine Waffe gegriffen hatte, das Einzige, was er mit Sicherheit sagen konnte, war, dass Sercius' Klinge seinen Widersacher durchbohrte, noch bevor dieser auch nur in die Nähe eines Treffers gekommen war. Mit einem schmatzenden Geräusch zog er die Klinge wieder aus dem nun leblosen Körper, wartete, bis dieser auf dem Boden aufgekommen war, wischte sein Schwert an dessen Kleidung ab und drehte sich ohne ein weiteres Wort um. „Komm, Juril, ich will dir etwas zeigen."

Als sie endlich auf der obersten Plattform des Turms angekommen waren, schnappte Juril nach Luft. Der Grund hierfür waren allerdings nicht nur die zahlreichen Stufen, bei denen es mittendrin fast so wirkte, als würden sie niemals enden, sondern auch die Szene, die er soeben beobachtet hatte. Das alles war so unerwartet geschehen, auch wenn Juril, nicht ohne zu lügen, sagen konnte, dass er überrascht war. Es war eher der Umstand, dass diesmal diese Wut in ihm gefehlt hatte, die in seiner Brust tobte, als er selbst Halones erstochen hatte. Anders als für ihn hatte Juril keinen Hass für den Soldaten empfunden. Ihm gefiel es nicht, dass ihn das Geschehene so schockiert hatte, schließlich war es ja nötig gewesen. Der Soldat hatte ja nach seinem Schwert gegriffen, wahrscheinlich als Erster, und Sercius musste sich einfach präventiv verteidigen. Juril hatte sich eigentlich vorgenommen, sich nicht mehr allzu sehr von solchen Dingen mitnehmen zu lassen, deshalb war er froh, dass Sercius nun, wo sie oben waren, ein Gespräch begann. „Was siehst du?"

Juril trat an eine der steinernen Zinnen und ließ seinen Blick über die Stadt schweifen. Er konnte sehr viele Brände und den zugehörigen Rauch erblicken, wobei ihm auffiel, dass in der Stadtmitte besonders viele Feuer leuchteten, die Entfernung ließ sie ein wenig wie überdimensionale Glühwürmchen wirken. Wenn er sich recht an ihren Weg vom Hafen zur Mine erinnerte, befanden sich dort in der Mitte die prachtvollsten repräsentativen Gebäude, wie etwa der Sitz des Gouverneurs sowie die meisten Häuser der Oberschicht. Dies erklärte die ungleiche Verteilung der Brände. Während vor allem die Häuser der Reichen geplündert wurden, lagen große Straßenzüge am Stadtrand in Dunkelheit. Hier lebten vor allem die ärmeren Schichten, was erklärte, dass sie auf ihrem Weg zur Festung, die sich relativ weit weg vom Stadtkern befand, kaum Plünderung erlebt hatten. Neben den Stadträndern befand sich jeweils entweder die schwarze Weite des Ozeans, der ebenso düster daliegende Regenwald oder der Berg, dessen Spitze, wenn auch nicht von den Wolken, so zumindest von der Dunkelheit verschluckt wurde. Alles in allem wirkte Kameranto mit seinen Feuern wie ein einsames Licht in der Nacht, ein Leuchtturm, der seine Umgebung überstrahlte und den Suchenden Orientierung gab. Da Juril keine Ahnung hatte, worauf Sercius hinauswollte, ihm aber zugleich klar war, dass er sicher keine nüchtern sachliche Beschreibung von ihm wollte, beschloss Juril, einfach mit diesem Bild eines Leuchtturms zu antworten. Das war eigentlich gar keine schlechte Idee, schwang in diesem Vergleich ja auch etwas Hoffnungsvolles, Tröstliches mit. Dies schien auch Sercius' Meinung zu sein, denn er nickte. Dann begann er zu reden, seine Stimme war so voller Begeisterung. „Ich sehe Menschen, die den Mut hatten, sich gegen ihre Unterdrücker zu erheben. Ich sehe Unterdrücker, die meinten, so weit oben zu stehen, nur um jetzt zu begreifen, wie tief sie fallen können. Ich sehe Feuer, nicht nur hier, sondern in Syrka, Warftburg, Ronstat, überall."

Er lächelte, aber nicht sein amüsiertes, augenzwinkerndes Lächeln, sondern eines der Glückseligkeit. Sein Blick ging längst nicht mehr auf die Stadt, sondern in Richtung der Sterne, seine Stimme klang nun wieder etwas ruhiger. „Einen Leuchtturm nennst du es, das ist in der Tat ein schöner Vergleich."

Am nächsten Morgen begann Juril zu verstehen, wie schwül die Seeleute im Hafen gemeint hatten, als sie früher immer erzählt hatten, in Corasson sei es schwül. Schwül, das war für Juril immer das Wetter an den heißen Sommertagen in Syrka gewesen, an denen keine Brise etwas Erfrischung brachte. Als er nun jedoch verzweifelt versuchte sich mit der Hand etwas Luft in sein verschwitztes Gesicht zu fächeln, nahm er sich vor, nie wieder dieses Wort für irgendein Wetter, das in Syrka auftreten konnte, zu verwenden. Auf ihrer Reise auf dem von Wasser umgebenden Schiff oder in der letzten Nacht war von dieser erdrückenden feuchten Hitze, die einem die Luft zum Atmen nahm, noch nichts zu spüren gewesen. Nun jedoch war seine Kleidung so durchnässt, man könnte meinen, er sei den ganzen Weg von seinem Heimathafen bis hierhin geschwommen. Und dabei war es ja noch nicht mal Mittag! Während er an Bord auf Sercius wartete und ihm dabei das kristallklare türkise Wasser des Hafens immer verlockender erschien, dachte er an Elyana und Ceri. Er musste einfach wissen, ob es ihnen gut ging. Das hatte oberste Priorität, danach könnten sie sich auf die Expedition begeben. Deshalb war auch das Erste, was er Sercius fragte, als dieser endlich bereit war, ob er sich erkundigen könne, wie es um die beiden stand. Dieser nickte nur: „Natürlich."

Da Sercius ein Mann war, der sein Wort zu halten pflegte, fragte er natürlich auch sogleich nach, als sie auf eine Gruppe der Ureinwohner trafen. Nach einem kurzen Gespräch wandte er sich wieder Juril zu und sagte: „Du musst dir keine Sorgen machen, ihnen geht es gut. Sie haben mir erzählt, dass eine andere Gruppe die beiden aufgegriffen und an einen sicheren Ort in der Stadt gebracht hat. Leider wissen sie nicht, wohin genau, aber sobald die beiden aufwachen, werden sie sicher zum Schiff gehen und dort auf uns warten."

Juril war sich nicht ganz sicher, was er davon halten sollte, was genau war denn ein sicherer Ort? Hatte man sie in die Festung oder in eines der beschlagnahmten Häuser gebracht, das noch intakt war? Das würde besonders Elyana wenig gefallen. Außerdem gefiel ihm der Gedanke nicht, seine Freundin und seine Schwester alleine in der Stadt zu lassen. Aber andererseits war die Expedition auch nicht unbedingt ein Unterfangen, bei dem er sich die beiden guten Gewissens vorstellen konnte. Außerdem konnte er ja schlecht die ganze Stadt auf der Suche nach ihnen abklappern, die Expedition konnte nicht warten. Also versuchte er sich in Optimismus zu üben, indem er Sercius wissen ließ, dass ihn diese Neuigkeiten erfreuten. Ihr weiterer Weg führte sie bis auf ein paar Patrouillen menschenleerer Straßen an vielen ausgebrannten Häusern vorbei. Als sie eine Gruppe ihrer Matrosen im Vorbeigehen grüßte, fragte sich Juril, ob sie eigentlich jemanden aus ihrer Mannschaft mitnehmen würden. Eine Idee, die Sercius für absurd hielt, wie er ihm lächelnd klarmachte. „Wir haben hier zahlreiche ortskundige, das Klima gewohnte Einheimische, die bereit sind, uns zu helfen, und da sollen wir auf Menschen zurückgreifen, die noch nie im Regenwald waren? So eine Überlegung kann eigentlich nur aus der für die Kolonialmächte so typischen Arroganz entspringen.“

So bestand also ihr gesamter Trupp, mit dem sie sich nun endlich am Rande der Stadt trafen, an dem sich fast ausschließlich ärmliche, dafür aber auch keine ausgebrannten Hütten befanden, bis auf Juril und Sercius nur aus lokalen Stammesmitgliedern.

Nach einer freundlichen Begrüßung stellte Juril fest, dass er einen Fehler gemacht hatte. Er blickte auf die Waffen der Stammeskrieger, ihre leichten Speere und Bögen und dann auf das Schwert an seinem Gürtel. Es brauchte nicht Sercius' Kommentar, der wohl seinem Blick gefolgt war und ihn nun augenzwinkernd darauf hinwies, dass es wohl keine gute Idee war, bei diesen Temperaturen ein Schwert aus massivem Eisen mit sich herumzutragen, um ihm das klarzumachen. Sercius selbst trug nur ein längeres Messer mit einer relativ schmalen Klinge. Aber nun musste Juril seine Waffe wohl oder übel mitnehmen, als wäre ein Marsch durch den Regenwald nicht auch so schon anstrengend genug.

Auf schmalen Trampelpfaden ging es durch das Dickicht. Juril, der eigentlich schon genug mit der Abwehr ganzer Schwärme von Moskitos zu tun hatte, so riesig und aggressiv, dass er sich sicher war, sie würden ihn in Zukunft in seinen Albträumen verfolgen, hatte echte Probleme, mit der Geschwindigkeit der Ureinwohner mitzuhalten. Einer der

Stammeskrieger, etwa in Jurils Alter, schien seine Probleme zu bemerken: „Soll ich helfen? Tragen?",

fragte er in gebrochener Sprache. Juril hätte dieses Angebot eigentlich nur zu gerne angenommen, allerdings wollte er auf keinen Fall wie einer dieser typischen Demerkianer wirken, die in den Eingeborenen nur primitive Wilde sahen, deren einzige Daseinsberechtigung es war, den hellhäutigen Neuankömmlingen zu dienen. Nutztiere, wie Halones sie genannt hatte. Freundlich lehnte er das Angebot mit einem Kopfschütteln ab: „Nein danke."

Der Krieger war deutlich verwirrt. „Ich verstehe nicht? War das Zustimmung?"

Jetzt war Juril verwirrt, erneut schüttelte er den Kopf. „Nein, es ist sehr nett, dass du mir helfen willst, aber ich komme schon zurecht."

„Dein Kopfbewegung anders als deine Worte, richtig?"

Auch Juril begann langsam zu begreifen, Kopfschütteln schien hier Zustimmung zu signalisieren! „Richtig", diesmal verzichtete er auf jedwede Kopfbewegung. „Ah, sehr gut, ich lerne immer gerne eure Bräuche."

„Unsere Sprache kannst du ja schon gut."

Juril lächelte, ein Zeichen, das man auch hier verstand und sogleich erwidert wurde. „Danke, ich muss viel lernen über euch, um zu verstehen unseren Feind."

„Wir sind keine Feinde, wir sind anders als die, die euch unterdrücken. Wir sind auf eurer Seite."

Der junge Eingeborene sah ihn an. „Du bist ein Seefahrer. Du hast helle Haut."

Diese eigentlich neutrale Aussage traf Juril völlig unvorbereitet wie ein Vorwurf. Er war doch völlig anders als diese Verbrecher! Man konnte ihn doch nicht einfach so mit Halones in einen Topf werfen! Voller Empörung wollte er genau das erklären, das Missverständnis aus der Welt räumen. „Aber … das heißt doch nichts!"

Sein Gegenüber lachte nur und sagte etwas in seiner Muttersprache, bevor er Juril alleine ließ und wieder zurück in Richtung der Spitze ihrer Kolonne ging. Juril war total perplex, das konnte doch alles nicht sein! Er beschleunigte seine Schritte und schaffte es, ebenfalls weiter nach vorne zu kommen. Eigentlich wollte er mit Sercius reden, aber Häuptling Taxka sprach ihn zuerst an. „Du hast also meine Sohn Ckepko kennengelernt?"

Chepko hieß der Eingeborene also und er war auch noch Taxkas Sohn. Das machte Jurils Frage nochmals interessanter. „Euer Sohn, macht er wirklich keinen Unterschied zwischen Sercius und mir und den Unterdrückern Eures Stammes?"

Der Häuptling lächelte. „Kann man ihm deswegen einen Vorwurf machen? Erst kommen welche von euch hierher, sagen, sie wollen uns kultivieren und bringen uns deswegen um. Jetzt kommt ihr und sagt, ihr wollt uns von den anderen Seefahrern befreien. Wer sagt, dass das nicht genauso endet?"

„Wird es nicht, vertraut mir! Wir sind hier, um zu helfen!"

„Wenn ihr alle jenseits des Meeres geblieben wärt, bräuchten wir erst gar keine Hilfe."

„Aber ihr seid doch an unserer Seite! Sercius ist doch euer Freund!"

„Ja, er ist mein Freund, aber ein Seefahrer wird nun mal immer ein Seefahrer bleiben."

„Gestern in der Festung, da haben eure Leute ihm doch zugejubelt? War das etwa nur gespielt?"

Juril verstand die Welt nicht mehr. „Nein, das war aufrichtig."

„Trotz eures Misstrauens?"

„Trotz unseres Misstrauens."

Juril fühlte sich ungerecht behandelt. Liebend gern hätte er das jetzt auf der Stelle geklärt, er wollte verstehen, was genau Taxka meinte, er wollte ihm klarmachen, dass sie anders waren, er wollte ihm ihre unbedingte Unterstützung versichern, er wollte ihm sagen, wie sehr er die Kolonialherren verabscheute, und das alles am besten gleichzeitig. Allerdings würde daraus wohl nichts werden, da sie inzwischen beim Dorf angekommen waren. Ein paar längliche Hütten, aus einem bambusähnlichen Material und mit grasbedeckten Dächern, die auf kurzen hölzernen Stelzen mit relativ viel Abstand verstreut standen.

Dazwischen befanden sich einige kleine Äcker, auf denen wahrscheinlich Süßkartoffeln oder Mais angebaut wurde. Ebenso wie die männlichen Krieger, die in der Regel nur mit einem Lendenschurz bekleidet waren, schienen auch die Frauen des Dorfes ein sehr entspanntes Verhältnis zum Thema nackter Haut zu haben. Eine Einstellung, die viele wahrscheinlich für primitiv und unzivilisiert halten würden, doch angesichts seiner Kleidung, die vor lauter Hitze und Feuchtigkeit regelrecht an seinem Körper zu kleben schien, ergab sich für Juril ein anderes Bild. Wenn er ehrlich war, würde auch er gerne seine von Schweiß durchnässten Sachen loswerden. Also was hielt ihn davon ab? Aus irgendwelchen Gründen erstaunte die Antwort Juril. Eigentlich nichts, nichts außer den Vorschriften, die seine Kultur als zivilisiert definierte. Selbst bei ihm, der eigentlich gesellschaftliche Konventionen ablehnte, gab es dieses starke Widerstreben gegen diesen eigentlich logischen Schritt, es bei der Kleiderordnung den Ureinwohnern gleichzutun. Auch nach dem Sieg der Erhebung würde dieses Widerstreben nicht einfach verschwinden, die Mechanismen, die man in ihrer Gesellschaft unterbewusst verinnerlicht hatte, würden noch eine Weile fortdauern. Irgendwie fand Juril diesen Gedanken interessant. Auch wenn die Menschen frei waren, hieß das nicht, dass sie frei handelten. Die Krieger wurden überschwänglich begrüßt, von allen Seiten strömten Frauen und Kinder auf sie zu, wurde aufgeregt gerufen. Nur für ihn und Sercius schien sich vorerst keiner zu interessieren, was Juril sehr gut verstehen konnte, auch wenn es ihn leicht enttäuschte. Aber die Stammeskämpfer kamen gerade aus einer Schlacht zurück, da war es klar, dass ihre Familien sich zuerst für sie und dann für die beiden Fremden interessieren würden. Obwohl, da fiel es ihm wieder ein, eigentlich war nur er hier fremd. Sercius war wohl schon öfter hier gewesen, er kannte das Dorf, seine Bewohner, Corasson. Dies unterschied ihn von Juril, der wahrscheinlich instinktiv geglaubt hatte, dass Sercius als Hellhäutiger in diesem Dorf ebenso fremd war wie er selbst.

Lange blieben sie nicht im Dorf. Juril beäugte kritisch, wie die Boote in das trübe Wasser des Eao gelassen wurden. Diese einfachen Kanus sollten also ihr Transportmittel sein? Er wusste zwar im Grunde, dass sie die beste Art waren, sich in diesem Regenwald fortzubewegen, aber wer zuvor Wochen in einem Schiff verbracht hatte, in dem wahrscheinlich mehr Holz verbaut war als in dem ganzen Dorf hier, war wohl zwangsläufig erst mal etwas skeptisch, wenn er auf Kanus umsteigen sollte, die wahrscheinlich zu Hunderten in ihrem Laderaum Platz gefunden hätten. Zusammen mit Sercius, Taxka und zwei Kriegern bestieg er eines der hölzernen Boote, die ebenso schmal wie lang waren. Er war nach wie vor skeptisch, also beschloss er, vorerst überflüssige Bewegungen zu vermeiden, auf keinen Fall wollte er der tollpatschige Fremde sein, der versucht auf dem Kanu herumzuturnen und dabei ins Wasser fällt. Bei dem Vorhaben, sich nicht zu blamieren, kam ihm sehr entgegen, dass er selbst nicht paddeln musste, sondern dass diese Tätigkeit von den beiden Kriegern übernommen wurde. Juril beschloss, ihre Technik genau zu beobachten, nur für den Fall, dass er mal ranmusste. Aber im Moment hatte er noch die Hände frei, also beschloss er, das Winken der Frauen und Kinder am Ufer zu erwidern. Dies war wohl noch eine Geste, die man überall verstand.

Die Kanus kamen mit einer Geschwindigkeit voran, die Juril überraschte, entweder hatten ihre Ruderer übermenschliche Kraft in den Armen oder die Strömung war einfach übermäßig schnell, wahrscheinlich beides. Jetzt, wo er sich nicht mehr mühsam durchs Unterholz schleppen musste, hatte er das erste Mal richtig Zeit, auf die Geräusche des Regenwaldes zu hören. Es schienen vor allem Vögel zu sein, die links und rechts ihre zwitschernden Lieder anstimmten, aber auch vereinzelte Rufe von garantiert nicht gefiederten Tieren waren aus den Tiefen des Urwalds zu hören. Ab und an sahen sie auch einen der Vögel über sie hinwegfliegen, allesamt große Tiere mit einer Farbenpracht, bei der Juril sofort an die Gewürzstände seiner Heimatstadt denken musste. Ein Rot, so intensiv wie Cayennepfeffer. Ein Gelb, so strahlend wie Kurkuma.

Und das alles ergab wie am Gewürzstand nebeneinander ein Bild von atemberaubender Schönheit. Die schwüle Hitze allerdings vertrieb das nicht, auch wenn Juril meinte, dass sie auf dem Boot nicht mehr ganz so erdrückend war. Zur Kühlung steckte er eine Hand ins Wasser, die dort allerdings nur so lange blieb, bis Taxka halb entsetzt, halb belustigt rief, er solle das besser lassen. Das weckte Jurils Neugier, also begann der Häuptling ihm zu erzählen, was es neben den Vögeln in der Luft denn für Tiere im Wasser hier gab. An einer Hand begann er aufzuzählen: „Giftige Rochen, Schlangen, Kaimane und ...",

ihm schien das Wort dafür nicht einzufallen, also beschrieb er das Tier. Es ist grau und länglich wie eine Schlange, aber lebt wie ein Fisch. Du darfst es auf keinen Fall berühren, es tötet mit Berührungen."

Sercius zog eine Augenbraue hoch: „Ein Zitteraal? Ich hielt die bislang für einen Mythos."

„Nun, in diesem Punkt stimmen die Geschichten sogar mal."

Juril sah hinunter in das trübe Wasser, besonders tief reichte sein Blick nicht. Wer weiß, welche dieser Kreaturen gerade unter ihnen ihre Kreise zog? Bei der Vorstellung, gerade noch seine Hand in diese mutmaßliche Todesfalle gesteckt zu haben, erschauderte er. Während Juril noch über die Gefahren, die in der Tiefe lauerten, nachdachte, schienen auch die Ureinwohner wegen irgendetwas nervös zu werden. Ihre Gespräche verstummten langsam, immer mehr sahen sich unruhig um und die Ruderer erhöhten ihr ohnehin schon beachtliches Tempo. Juril war sich nicht sicher, ob er nachfragen sollte, schließlich verhielten sich die Krieger nicht umsonst ebenso leise wie die Fische. Da er aber gleichzeitig einfach erfahren musste, was hier vor sich ging, beschloss er zu flüstern: „Was", mehr wollte er nicht sagen, bevor er wusste, ob er überhaupt sprechen durfte. Taxka verstand ihn auch so und an seiner ebenfalls geflüsterten Antwort konnte Juril sehen, dass er alles richtig gemacht hatte: „Wir fahren normalerweise nicht so weit den Fluss hinauf, hier ist das Gebiet der Mupau."

„Mupau?"

„Ein alter Stamm von Kriegern, selbst ihr Seefahrer habt es bisher nicht geschafft, sie zu unterwerfen und zur Zwangsarbeit heranzuziehen. Bei ihnen ist es Brauch, getötete Feinde zu verspeisen, es sind Barbaren."

Juril konnte ein belustigtes Schnaufen nicht unterdrücken, die abfällige Art und Weise, wie der Häuptling „Barbaren" aussprach, hatte zu viel Ähnlichkeit mit der ihm bekannten Verachtung den „Wilden" gegenüber. Taxka hielt kurz inne: „Was ist denn so witzig?"

Juril sah an Sercius' heiterem Lächeln, dass dieser verstanden hatte, was Juril meinte. Allerdings befürchtete er, dass der Häuptling das in den falschen Hals bekommen und irgendwie denken würde, Juril würde ihn als Barbaren sehen. Deshalb schüttelte er bloß den Kopf und sagte „nichts", erst hinterher fiel ihm auf, dass Kopfschütteln hier ja eigentlich das Gegenteil meinte. Der Häuptling schien ihn trotzdem zu verstehen, er hielt kurz inne und fuhr dann fort: „Wie auch immer, ich hab jedenfalls keine Lust, unnötig ihre Aufmerksamkeit auf mich zu ziehen."

Die hatte Juril auch nicht, also beschloss er, seine weiteren Fragen hintanzustellen. Er hatte nämlich noch so einige, wie lange würde die ganze Sache dauern? Woran würden sie eigentlich erkennen, dass sie am Ziel waren? Aber damit wartete er, bis die Ureinwohner wieder angefangen hatten zu reden. Leider fand er die Antworten nicht sonderlich zufriedenstellend. Bei der Länge konnten Sercius und Taxka ihm nichts Genaues sagen, nur dass sie es auf jeden Fall in den nächsten Tagen finden sollten, da es reichlich unwahrscheinlich war, dass Ginantinos zu weit im Regenwald lag. Juril waren allerdings schon ein paar Tage zu viel, irgendwie hatte er immer angenommen, sie würden einfach losfahren, die Ruinen finden und morgen schon würde er Elyana wieder in den Arm nehmen können. Erst jetzt fiel ihm auf, wie unüberlegt diese Vorstellung war. Die zweite Antwort war nicht viel besser und zudem mit der ersten verknüpft. In den Aufzeichnungen der Tosriter wurden nämlich Berge erwähnt, an denen die Stadt liegen sollte. Wahrscheinlich gehörten sie zur selben Bergkette wie die Tyrliosspitze, an der die Minen von Kameranto lagen. Juril konnte das Gebirge am Horizont sehen. Es würde eine Weile dauern, bis der Eao nah genug an ihm vorbeifließen würde, sodass eine Stadt an seinen Ufern gleichzeitig direkten Zugang zu den Bergen hätte. An dieser Stelle würden sie dann einfach Ausschau nach etwas Ungewöhnlichem halten, für ihn klang das alles sehr schwammig. Sercius versicherte ihm zwar, dass es eine Fülle von Hinweisen gab und dass eine Zivilisation wie Ginantinos nicht einfach untergehen konnte, ohne dass irgendetwas zurückbleiben würde. Trotzdem, Juril sprach es zwar nicht offen aus, aber er hatte die Befürchtung, sie würden die Stelle übersehen und einfach weiterfahren, immer weiter, ohne je irgendetwas zu finden. Außerdem machte er sich immer noch Gedanken wegen Elyana und Ceri, es passte so gar nicht zu ihnen, ihn einfach gehen zu lassen. Sie mussten sehr wütend auf ihn sein. Das Problem war allerdings, auch wenn diese Wut irgendwann abklingen würde, der Grund, weswegen sie auf ihn wütend waren, würde bleiben. Sie hatten ein Problem mit Sercius, der Erhebung und wie sie ausgeführt werden musste, aber Juril hatte kein solches Problem. Auch wenn ihm die Grausamkeiten, die das alles mit sich brachte, zuwider waren, so verstand er doch deren Notwendigkeit. Er würde und er könnte sich also nicht einfach von der Idee einer besseren Welt lossagen, gleichzeitig liebte er Elyana und Ceri von ganzem Herzen. Wenn sie doch bloß verstehen würden, dann wäre alles viel einfacher. Aber so blieb ihm nichts anderes übrig, als darauf zu warten, dass sie es irgendwann verstehen würden. Es machte ihm Angst, dass er nicht wusste, wann das sein würde. Vielleicht bei seiner Rückkehr, vielleicht erst nach dem Sieg der Erhebung. Verdammt, er wollte nicht warten. Er wollte, dass Elyana und Ceri es jetzt verstanden. Er wollte dieses Gefühl, welches ihn angesichts der bevorstehenden Veränderungen überkam, nicht alleine, sondern gemeinsam mit ihnen beiden erleben. Er wollte

Elyana küssen und Ceri in den Arm nehmen. Er wollte dafür sorgen, dass sie für alle Zeiten in Sicherheit waren. Und vor allem wollte er sie nicht verlieren.

Nachdem er den ganzen Mittag über gerade zusehen konnte, wie sich Wolken am Himmel bildeten, konnte er nun erleben, wie der Regenwald seinem Namen alle Ehre machte. Als wäre es nicht schon nicht feucht genug, ging über ihnen ein richtiger Wolkenbruch los. Die heftigen Regengüsse wurden zudem von Blitz und Donner begleitet. Juril fand das alles sehr beeindruckend, es wurde ihm wieder so richtig bewusst, wo er überhaupt war. Hunderte, ja Tausende Kilometer von zu Hause entfernt, durfte er dieses einzigartige Naturschauspiel erleben. Als der Regen irgendwann aufhörte und die Wolken verschwanden, legten sich dichte Nebelschwaden über die Bäume. Als die Kanus langsamer wurden und schließlich im seichten Wasser am Ufer hielten, dachte er zunächst, eben dieser Nebel wäre der Grund. Taxka belehrte ihn eines Besseren: „Nachts können wir nicht weiterfahren, wir werden hier rasten, bis es wieder hell ist."

„Nacht? Aber es ist noch helllichter Tag!"

„Ja, noch ist es helllichter Tag, aber das wird sich schneller ändern, als du denkst, glaub mir", schaltete sich Sercius ein. Einer der Krieger reichte ihm eine bräunliche Knolle und sagte „Essen". Juril befühlte das Objekt in seiner Hand, musste wohl eine Süßkartoffel sein, aber ganz sicher war er sich nicht. Als er seine Vermutung aussprach, nickte Taxka und Sercius sagte: „Die schmeckt viel süßer als eine normale Kartoffel, daher der Name."

Und tatsächlich, der Geschmack war mit einer normalen Kartoffel nicht zu vergleichen, ebenso wie beim Regenwald war der Name treffend gewählt. Auch bei seiner anderen Aussage sollte er recht behalten. Tauchte die Sonne in einem Moment noch das Wasser in ihr goldenes Licht, so saßen sie im nächsten Moment schon im Dunkeln. Juril war sich sicher, dass Sercius jetzt zufrieden grinste, konnte es aber aufgrund des fehlenden Lichtes nicht richtig erkennen. Immerhin war es jetzt kühler, wie Juril erleichtert feststellte. Einfacher einzuschlafen machte es ihm das aber nicht unbedingt. Zum einen war so ein kleines Kanu nicht der gemütlichste Ort zum Schlafen, zum anderen konnte er sich einer gewissen

Nervosität nicht erwehren. Neben den nervtötenden Zikaden hörte er nämlich immer wieder auch andere Geräusche, Rufe, die zu sonst welchen Tieren gehören könnten. Eigentlich hatte er keine Angst vor der Dunkelheit, aber die Vorstellung, dass da draußen, für ihn unsichtbar, irgendwelche potenziell gefährlichen Viecher herumschleichen, war nicht unbedingt ein gutes Ruhekissen.

Immer wieder wachte er nachts auf. Als endlich die Sonne ebenso schnell aufging, wie sie gestern verschwunden war, konnte er nicht genau sagen, wie viel er jetzt überhaupt geschlafen hatte. Nur eins stand fest, es war sicherlich zu wenig. Sercius wusste das und fragte ihn augenzwinkernd, ob er denn gut geschlafen habe. Er schenkte ihm nur ein müdes Lächeln. Juril fand das Ganze weitaus weniger witzig als er. Als sie wieder aufbrachen, war es schon wieder viel zu schwül für seinen Geschmack. Wie sollte das ein Mensch denn das ganze Jahr lang aushalten? Erst diese Hitze, dann der Regen und schließlich der plötzliche Sonnenuntergang. Und das an 365 Tagen im Jahr.

Mit jedem Meter, den der Eao näher an die Bergkette herankam, stieg Jurils Anspannung. Nicht erst, als Sercius ihn aufforderte, so langsam zu beginnen Ausschau zu halten, suchte er mit seinem Blick die Umgebung ab. Ein paarmal glaubte er etwas Ungewöhnliches zu erkennen, auch wenn er noch nicht mal richtig wusste, nach was er die Augen offen halten sollte. Nach Ruinen von Häusern? Verwitterten Bootsanlegern? Verstreuten Gegenständen? Seine vermeintlichen Entdeckungen dieser Art stellten sich jedoch sehr schnell als bewucherte Felsen, aus dem Wasser ragende Baumstämme oder kleinere bewucherte Felsen heraus. Immerhin konnte Sercius ihm sagen, dass er nicht unbedingt nach hölzernen Überbleibseln von Ginantinos suchen musste, nach so langer Zeit waren die wahrscheinlich längst verwittert.

Gut also, mit Holz durfte er schon mal nicht rechnen, aber auch das, was sie schlussendlich irgendwann gegen Mittag, als der Nebel sich verzogen hatte, sahen, hatte Juril so nicht erwartet. Irgendetwas ragte über die Bäume des Regenwaldes, die höher waren als fast alles, was er aus Syrka kannte, hinaus. Zuerst war sich Juril nicht sicher, dachte, er bilde sich das vielleicht nur ein. Dann aber sah er, dass auch Taxka, Sercius und die Krieger denselben Punkt fixierten. Dort befand sich eindeutig eine Art steinerne Plattform, höher gelegen als die Wipfel aller umliegenden Bäume. „Was ist das?"

Juril glaubte zwar nicht, dass ihm irgendjemand das beantworten konnte, aber irgendwie musste er einfach fragen. Sercius antwortete ihm nicht direkt, sondern sagte nur halb begeistert, halb ehrfürchtig: „Wir haben es gefunden. Das ist Ginantinos.“

Als ob Juril da nicht selber draufgekommen wäre. Während die Ruderer alles gaben, damit sie herausfinden konnten, was das überhaupt war, herrschte allgemeines Schweigen. Juril beobachtete aus den Augenwinkeln, wie einer der Krieger nervös auf seiner Unterlippe herumkaute, solche Marotten gab es also auch außerhalb ihrer Breitengrade, anscheinend genauso wie hohe Gebäude. Juril nahm an, dass es sich um einen Turm handelte, das waren in der Regel die höchsten Konstruktionen einer Siedlung. Als sie Ginantinos dann endlich vollständig sahen, wusste Juril, dass all seine Befürchtungen, sie hätten es einfach übersehen und weiterfahren können, völlig unnötig gewesen waren. Das, was sie sahen, als der Eao eine Biegung machte, konnte ein Mensch unmöglich übersehen. Vor ihnen ragte eine Insel aus dem Fluss. Auf der Insel erhob sich ein steinerner Komplex, den Juril sofort allen Leuten zeigen würde, die der Meinung waren, dass nur die hellhäutigen Völker zu imposanten Bauwerken in der Lage waren. Um die Umrisse der gesamten Insel herum zog sich eine Art überdachter Säulengang. Durch die Lücken zwischen den Säulen konnte Juril zwischenraumlose Treppen erkennen, die nach oben zu einem hohen, rechteckigen Gebäude führten. Wie auch der Säulengang war es grob aus deutlich sichtbaren Steinen gemauert. Obwohl die Anlage inzwischen völlig mit der für den Regenwald üblichen Vegetation zugewuchert war, an einigen Stellen Steine fehlten und das Dach des Gangs sogar teilweise eingestürzt war, ließ sich der Glanz des vor ihnen liegenden Bauwerks noch immer erahnen. Der Gebäudekomplex war durch eine Art künstlich aufgeschütteten Damm mit dem Festland verbunden. Befand sich auf der Insel offenbar nur ein besonderes Gebäude, so war die richtige Stadt hier. Unter dem Moos, Sträuchern und den Wurzeln von Bäumen konnte Juril grobes Pflaster erkennen. Neben dieser früheren Straße befanden sich zahlreiche, zumeist mehrstöckige, aus rechteckigen Steinen gebaute Häuser in unterschiedlichem Zustand und Grad der Überwucherung. Der Weg verlief genau horizontal zu der Anlage auf der Insel. Am Ende musste das Gebäude liegen, dessen Spitze sie zuerst erblickt hatten. Viel war vor lauter Regenwald aber nicht zu sehen, dafür war die Straße zu dicht bewachsen. Also mussten sie wohl an Land gehen und sich bis zu dem Gebäude durchschlagen. Ein Stück neben dem Damm befand sich eine kleine Bucht, künstlich angelegt, wie Juril vermutete. Auf jeden Fall war es der ideale Ort, um mit ihren Kanus anzulegen. Als sie festen Boden betraten, konnte Juril sich eines Anflugs von Stolz nicht erwehren. Er war hier in Ginantinos. Hier auf diesem Boden, auf dem seit Jahrhunderten keine Menschenseele mehr wanderte. Hier, in den Ruinen der Zivilisation, deren Reichtum Zeitgenossen zum Schwärmen verleitete. Auch Sercius schien so etwas wie Stolz zu fühlen, in seinen Augen glänzte es, als er ihn anlächelte: „Wir sind da, Juril."

Mit seinen Händen strich er über die moosbewachsenen Steine der Ruinen, während er langsam auf den Damm zuging. Juril folgte ihm. Sercius redete leise, es war nicht klar, ob seine Worte Juril galten oder ob er Selbstgespräche führte. „Nach all den Jahrhunderten ist all dies noch da. Die Erbauer dieser Gebäude sind schon längst zu Staub zerfallen, aber sie haben etwas geschaffen, das ihre kurzen Leben überdauert hat."

Dann schwieg er wieder, Juril wollte die Stille nicht durchbrechen, weshalb er auf die Frage, was das für ein Gebäude am Ende des Damms war, verzichtete. Auch die Stammeskrieger schwiegen, obwohl sie sich ebenso für dieselbe Frage wie Juril zu interessieren schienen. Einige taten es Sercius nach und strichen über die Steine. Halb ehrfürchtig, halb verunsichert ließen sie ihre Blicke über Ginantinos wandern und plötzlich konnte Juril nicht mehr genau sagen, für wen das alles hier fremder war. Für Sercius und ihn, die sie beide Tausende Kilometer entfernt geboren waren, oder für die Ureinwohner, die ihr ganzes Leben eine Zweitagesreise flussabwärts verbracht hatten. Es war fast schon erschreckend, feststellen zu müssen, dass inmitten dieses für ihn eigentlich fremden Kontinents ein Ort lag, der ihm besser vertraut war als Bewohnern dieses Kontinents. Steinhäuser, Straßen, Königtum, Säulen, Goldverarbeitung, Häfen und Dämme, das waren alles Dinge, mit denen er aufgewachsen war. Nicht so Taxka und seine Männer, auch wenn sie viele dieser Dinge sicher aus den Kolonien kannten. Fast war Juril erleichtert, als ihm etwas ins Auge fiel, dass seine einheimischen Begleiter wieder besser zu verstehen schienen als er. Das Ende des Dammes wurde von zwei gleichartigen Statuen flankiert, jeweils ein steinerner Frosch, ganz wie der goldene Frosch aus Sercius' Besitz. „Pfeilgiftfrösche", sagte Taxka, er hatte wohl erkannt, dass hier Erklärungsbedarf bestand. „Pfeilgiftfrösche? Bedeutet der Name das, wonach er klingt?"

Kurz sah es so aus, als ob Taxka den Kopf schütteln wollte, dann schien er sich an die gegenteilige Bedeutung zu erinnern und beließ es bei Worten: „Ja, ihre Haut ist giftig und wir nutzen das für unsere Pfeile."

Irgendetwas an der Art und Weise von Taxkas Tonfall gefiel Juril nicht. Er konnte nicht genau sagen, was es war, oberflächlich betrachtet klang er wie immer. Sercius schien davon nichts zu bemerken, er hatte Taxka wahrscheinlich nicht mal richtig zugehört, auch wenn ihm die Frösche aufgefallen waren. Auch über sie fuhr er mit den Händen, während er seinen Monolog, Juril hatte inzwischen beschlossen, dass es sich hierbei um einen solchen handelte, fortsetzte. „Sie sind uns so ähnlich."

Ein wenig war Juril geschmeichelt, dass Sercius denselben Gedanken wie er aufgriff. Sie betraten den überdachten Säulengang nur, um ihn gleich wieder in Richtung der Treppen zu verlassen. Die Treppen führten gerade nach oben zu verschiedenen Terrassen, ähnlich Stockwerken. Jede dieser Terrassen war etwas schmaler als die vorherige und beherbergte wiederum einen quadratisch umschließenden Säulengang, hinter dem sich nahtlos das Gebäude anschloss. Nur ganz oben, auf der obersten Ebene, gab es keinen Säulengang, sondern eine Art großes Tor, das direkt hineinführte. Das heißt, früher war dort sicher mal ein Tor, inzwischen befand sich an der Stelle ein von Vegetation nur behelfsmäßig überdecktes, quadratisches Loch im Gemäuer. Dieser Zugang schien Sercius' Ziel zu sein, sicheren Schrittes bewegte er sich auf ihn zu. Juril und die anderen folgten ihm. Als sie an einer Art Ranke vorbei in das Gebäude stiegen, wurde Juril klar, wo sie waren. Sie standen in einem quadratischen, durch die allgegenwärtige Vegetation ziemlich verdüsterten Raum. Von Juril aus gesehen gerade am anderen Ende befand sich ein Thron. Wobei, ganz genau konnte es Juril natürlich nicht sagen, nur erschien es ihm von allen Möglichkeiten mit Abstand die wahrscheinlichste zu sein. Das sich vor ihm befindliche Objekt hatte, wie auch die Throne in seiner Heimat, eine Sitzfläche. Allerdings wurde diese Sitzfläche nicht etwa von normalen Beinen gestützt, nein, sie hatte zwei mittig angebrachte Stützen, geformt wie die Klauen eines Greifvogels. Auch hatte dieser Thron statt Armlehnen zwei riesige steinerne Schwingen, die hinter dem Rücken aufgespannt waren. Auch der restliche Aufbau behielt das Adlermotiv bei, der Thron hatte nachgebildete Schwanzfedern und über der Lehne befand sich auch der Kopf eines Greifvogels samt Schnabel. Juril war von dieser Arbeit wirklich beeindruckt, er fragte sich, wie beeindruckend das früher ausgesehen haben musste, wenn der König auf genau diesem Thron saß.

Dann fiel ihm auf, dass er gerade fast das Königtum bewundert hätte, fast der Täuschung vom Trugbild eines gerechten und ehrbaren Königs aufgesessen wäre. Dabei waren diese Eigenschaften in keiner Weise mit der Grundidee der Monarchie zu vereinbaren. Wie konnte ein Mensch gerecht sein, der an der Spitze eines Systems stand, das manche Menschen für mehr wert hielt als andere? Wie konnte ein Mensch ehrbar sein, der bereit war, Massaker anzurichten, nur weil andere Menschen dieselben Rechte wie er selbst einforderten? Nein, so etwas wie einen guten Monarchen konnte es gar nicht geben. Weder in der Juril bekannten Welt noch hier. Denn im Grunde waren sie alle doch gleich, mussten sie alle gleich sein. Als er sich genauer umsah, bestärkte das seinen Eindruck. Die Wand war über und über mit Wandmalereien überzogen, zwar verblasst und unter Moos verborgen, aber dennoch war ihre Kunstfertigkeit nicht zu leugnen. Ganz wie an der Fassade des großen Archivs, schoss es Juril durch den Kopf. Er hätte gerne gesehen, was genau die Malereien zeigten, dafür war allerdings noch ein zu großer Teil der Wand unter dem allgegenwärtigen Grün des Regenwaldes begraben. Juril dachte an seinen Vater, er wäre noch viel faszinierter gewesen. Er hatte die Kunst wirklich geliebt, nicht das Prestige und den Status, den all diese Herrscher damit zeigen wollten. „Harpyie", Taxka riss ihn aus seinen Gedanken. „Was?",

Juril brauchte einen Moment, um sich zu sortieren. „Ein Harpyien-Adler, der Thron stellt einen Harpyien-Adler dar."

Juril wollte nicht schon wieder „was" sagen, auch wenn er keine Ahnung hatte, was ein Harpyien-Adler war, deshalb wiederholte er den Namen mit fragender Intonation. „Ein Harpyien-Adler?"

„Genau, manch ein Jäger nennt den Jaguar den König des Waldes und vergisst dabei, dass der Regenwald so viel mehr ist als das, was wir am Boden sehen. Über dem Boden, in den Wipfeln und Baumkronen herrscht die Harpyie unsichtbar über ein Reich, in dem all die anderen Jäger keine Chance hätten. Du siehst sie nicht, wenn sie sich wendig wie ein Fisch im Wasser durch das Geäst bewegt. Wenn es nötig ist, lauert sie auch stundenlang, wartet auf einen günstigen Moment, um dann ebenso schnell, tödlich und präzise wie ein gut abgeschossener Pfeil zuzuschlagen. Bei manchen Stämmen gibt es die Tradition, hoch in die Baumwipfel zu klettern und eine Harpyie in ihrem Nest zu fangen. Der Besitzer einer solchen Harpyie ist sehr angesehen und ihre Federn sind sehr begehrt. Nicht weit von unserem Dorf gibt es einen Stamm, für den Harpyien einen besonders großen Stellenwert haben. Nirgends gibt es geschicktere Fänger und der König trägt eine Federkrone nur mit Harpyien-Federn."

„König?"

Juril war erstaunt. Bisher hatte er im Zusammenhang mit den Ureinwohnern nur von Häuptlingen, Ältesten oder einfach Anführern gehört. Dass es bei ihnen so etwas wie Königtum gab, war neu. „Wir nennen sie", er sagte ein Wort, das Juril nicht verstand, „in der Sprache deines Volkes würde das in etwa Federmenschen bedeuten."

„Und sie haben Könige."

„Ja, und sie bilden sich ganz schön was drauf ein. Blicken auf uns herab, nur weil sie ihren Häuptling König nennen und ihm einen Palast gebaut haben. Aber was soll man von den Federmenschen erwarten, die sind eben fast so arrogant wie ihre Seefahrer."

„Einen Palast, so wie der hier?"

„Nein, natürlich nicht. Selbst die Federmenschen halten es nicht für nötig, so eine gewaltige Anlage nur für eine Person zu errichten."

„Ich nehme mal an, die Federmenschen halten es auch nicht für nötig, Gold zu schürfen?"

„Nicht dass ich wüsste, selbst die Federmenschen geben nicht viel auf dieses Metall."

„Nun, ich nehme an, das sahen die Bewohner dieser Stadt etwas anders. Ihre Könige scheinen mir mehr wie unsere zu sein, und die lieben es, dieses Metall zu horten."

Ohne ein weiteres Wort durchschritt Sercius den Raum und machte sich daran, eine ebenfalls ziemlich zugewucherte Treppe in die unteren Stockwerke zu besteigen. Auf jedem Stockwerk machte er sich daran, die Räume zu durchsuchen. Möbel und Türen waren längst verrottet, aber die steinernen Wände waren noch da. Im dritten Stock fanden sie einen Raum mit Becken, die früher wohl mal zum Baden gedient hatten. Das war es allerdings nicht, wonach Sercius suchte, immer weiter arbeitete er sich durch das Gebäude. Schließlich erreichten sie das Erdgeschoss, den größten Teil des Gebäudes, und Sercius wurde fündig. Er lachte ein glückseliges Lachen, breitete die Arme aus und drehte sich. „Es ist hier, es ist wirklich hier."

Die durch den Säulengang einfallenden Sonnenstrahlen warfen das Licht auf Unmengen von Gold. Aber nicht etwa Münzen oder Barren, nein, der ganze Raum war gefüllt mit sorgsam aufgereihter goldener Handwerkskunst aller Art, goldene Schüsseln, goldene Figuren von Fröschen, goldene Darstellungen von Harpyien, goldene Masken und noch viel mehr.

Kurze Zeit später waren sie wieder draußen auf dem Damm und auf dem Weg in die Ruinen der Stadt. Als Juril über einen quer über der Straße liegenden Baum hinwegstieg, zeigte sich, dass er sich geirrt hatte, das hohe Gebäude, dessen Spitze er vorne erblicken konnte, war kein Turm. So ein Bauwerk hatte er noch nie gesehen, man konnte es am ehesten noch als Pyramide bezeichnen. Von vier Seiten aus liefen große rechteckige Steinstufen schräg nach oben zu einer kleineren Plattform zu, auf der sich eine Art quadratische Kammer befand. Auf der ihnen zugewandten Außenfläche der Pyramide führten zwei breite, relativ steile Treppen mit vielen kleineren Stufen nach oben. Juril schätzte die Höhe auf etwa 40 Meter. Vor der Pyramide befand sich ein riesiger Platz, auf dem auf Sockeln fünf etwa zwei Meter große goldene Statuen standen. Der Chronist Peristos hatte nicht übertrieben, in Ginantinos hatte wirklich jeder Herrscher ein Denkmal aus Gold bekommen. Die Denkmäler waren vielleicht etwas grob gehauen, das minderte ihre beeindruckende Erscheinung allerdings nicht im Geringsten. Jeder der Regenten war in aufrechter Pose, mit ernstem Gesichtsausdruck, Federschmuck und einer Waffe, sei es ein Speer, ein Beil oder eine Schleuder, dargestellt. Es war gerade die Pracht und die Erhabenheit dieser Statuen, die ihn innerlich lächeln ließ. All ihr Reichtum, all ihre Macht hatten sie nicht davor bewahrt, unterzugehen. Genauso würde es nun auch den heutigen Herrschern ergehen, dessen war er sich sicher. „Die Könige, die hier herrschten, sind längst gestorben, doch ihre Statuen stehen noch", Sercius schritt über den mit Pflanzen bedeckten Platz auf die Pyramide zu. An ihrem Fuß angekommen, ging er, ohne zu zögern, weiter, Stufe um Stufe in Richtung Spitze. Er war als Erster oben und ließ seinen Blick über Ginantinos schweifen. Irgendwann waren dann Juril, Taxka und die Krieger auf der Plattform angekommen. Juril stellte sich neben Sercius: „Was glaubst du, war das hier?"

Dieser sah ihn nicht an, sondern schaute weiter auf die Ruinen, als er antwortete: „Das ist der Beweis."

„Der Beweis wofür?"

„Dass wir siegen werden, dass alle Menschen gleich sind. Sieh dich mal um, Juril, all das hier wurde von Menschen erbaut, die laut Meinung unserer Gegner gar keine Menschen sind, sondern bloße Affen, nicht imstande, irgendetwas von Wert oder Kultur zu schaffen. Wer könnte dieses Märchen länger glauben, nachdem seine Augen das hier erblicken durften? Wer wird überhaupt noch irgendeines ihrer Märchen glauben?"

Er breitete die Arme aus und ließ seinen Blick über die gewaltige Anlage zu ihren Füßen schweifen. „Dieses Volk hier war unfassbar reich, unfassbar groß, unfassbar mächtig. Ihr Schaffen wirkt bis heute nach, die Zeiten von Ginantinos mögen vorbei sein, doch die Zeit des Goldes ist es nicht. All dieses Gold, im Palast deponiert von einem längst untergegangenen Volk, wird uns nun dabei helfen, dass in Zukunft nie wieder Völker, sondern nur noch die Feinde der Völker untergehen. Und es ist nicht nur der Reichtum in dieser Pyramide, nein, der Rohstoff dafür musste ja irgendwo abgebaut werden. Ich bin mir sicher, dass die umliegenden Berge noch tausendmal so viele Schätze bereithalten wie die, die ihr hier vor euch seht."

„Solange wir sie nicht müssen rausholen", derselbe Krieger, der Juril gestern die Süßkartoffel gegeben hatte, meldete sich augenzwinkernd zu Wort. Ckepko übersetzte und ein kurzes Gelächter ging durch die Reihen der Eingeborenen. Sercius schmunzelte kurz, nur um dann sofort zu seiner Rede zurückzukehren. „Nein, natürlich nicht, ihr habt schon etwas zu unserer neuen Welt beigetragen. Das kann man jedoch nicht von allen Individuen in Corasson behaupten, wenn ich zum Beispiel an all die Parasiten denke, die wir bei der Eroberung von Kameranto festgesetzt haben, da käme mir doch glatt eine Idee für unsere Volkstribunale. Was könnte ein gerechteres Urteil sein, als ihnen die Möglichkeit zu geben, endlich mal etwas zum Wohl unserer Gesellschaft beizutragen? Bei der Arbeit in den Goldminen würden sie auch lernen, was echte Arbeit bedeutet, und sie würden schlussendlich ihren Wert erkennen."

Taxka schien für so viel revolutionäres Pathos nicht viel übrig zu haben, er zuckte mit den Schultern. „Wenn es euch so beliebt, macht mit denen, was ihr wollt. Macht mit Ginantinos, was ihr wollt. Wir sind endlich wieder freie Völker, und das ist alles, was zählt. Für Eure Hilfe dabei sind euch alle Stämme sehr dankbar, Vantales."

„Und ich bin Euch sehr dankbar, Häuptling, kann ich mir Eurer Unterstützung auch in Zukunft sicher sein? So eine groß angelegte Maßnahme wie die Reorganisierung des Bergbaus organisiert sich nicht von alleine."

„Ich bin mir sicher, mein Freund, dass sich viele Ureinwohner finden werden, die bereit sind, euch zu unterstützen. Mein Stamm allerdings wird sich nun wieder der Lebensweise unserer Väter zuwenden, jetzt, wo wir endlich die Gelegenheit dazu haben. Ich hoffe, ihr versteht das, mein Freund."

Taxka sprach sehr ruhig und freundlich. Sercius jedoch hatte so seine Probleme, es zu verstehen. „Aber ihr habt doch gesehen, was wir zusammen erreichen können, wollt ihr denn nicht helfen, unsere neue Welt zu gestalten?"

„Seid euch meiner persönlichen Freundschaft versichert und dass wir euch und eurer Sache weiterhin positiv gegenüberstehen, aber wir brauchen keine neue Welt. Wir haben unsere alte Welt, die unserer Väter und die deren Väter. Wir waren mit ihr glücklich, bevor die Seefahrer hier ankamen, und nun werden wir auch in Zukunft mit ihr glücklich sein."

Taxka lächelte. „Vielleicht könnt ihr es verstehen, wenn ihr in eurer Welt dasselbe Glück gefunden habt wie wir in unserer."

„Und das seht ihr alle so?",

auch Sercius blieb relativ ruhig. „Ich kann nicht für alle Ureinwohner sprechen, nicht mal für jeden aus unserem Stamm. Wenn dir jemand folgen will, so soll er es tun. Aber ich auf jeden Fall habe alles, was ich brauche."

„Schade, dass ihr so denkt."

Taxkas Gesprächspartner war sichtlich nicht besonders erfreut über dessen Entscheidung. „Aber falls ihr euch uns doch anschließen wollt und ich bin mir sicher, das wollt ihr, sobald unsere Revolution erst mal Gestalt annimmt, so seid sicher, dass für euch immer Platz bei uns ist."

„Ich bedanke mich für euer Angebot, alter Freund, aber macht euch bitte keine falschen Hoffnungen."

Er streckte seine Hand aus. Juril entging es nicht, dass Sercius einen Wimpernschlag lang zögerte, bevor er einschlug.

Als er zwei Tage darauf wieder Kameranto betrat, blieb Juril unvermittelt stehen, er wusste ja gar nicht, wo er hinwollte. Sercius drehte den Kopf zu ihm: „Was ist los?“

„Ich muss Elyana und Ceri finden.“

„ Ja, schon klar, aber das wirst du wohl kaum schaffen, indem du hier Wurzeln schlägst.“

Mit einer Kopfbewegung bedeutete er ihm zu folgen. Inzwischen waren wieder Menschen auf den Straßen und ohne die verbrannten Ruinen, die sie passierten, könnte man glatt meinen, hier wäre nie etwas passiert. Es waren auch keine Stammeskrieger mehr zu sehen, sie passierten lediglich eine Gruppe offenbar betrunkener Matrosen, die grölten und jubelten, als sie an ihnen vorbeigingen. Das machte Juril Angst, es waren schließlich die Ureinwohner, die Elyana und Ceri an den, wie Sercius sagte, sicheren Ort gebracht hatten. Sie mussten folglich also einen von ihnen finden, um herauszufinden, wo genau das war. Sercius schien seine Blicke zu bemerken: „Entspann dich, Juril, es sind noch genug unserer Freunde in der Festung.“

Tatsächlich, schon am Tor der Festung stand ein Krieger mit dem typischen Federschmuck. Nachdem sie mit ihm die typischen Grußworte ausgetauscht hatten, betraten sie den Innenhof. Dort erwartete Juril eine Überraschung. Offenbar hatten sie Verstärkung bekommen, im Hof standen neben den Eingeborenen auch mehrere Hellhäutige, von denen Juril nur im ersten Moment dachte, sie würden alle zu ihrer Mannschaft gehören. Aber dort vor ihm standen keine Matrosen, sondern eine Reihe von etwa zwei Dutzend Männern verschiedenen Alters in den typischen orangen Rüstungen der Demerkianischen Armee, wobei das goldene Schiff als Zeichen der Herrscherfamilie mit der brennenden Krone der Erhebung übernäht war. Ausgerüstet waren sie allesamt mit Hellebarden. Unter ihnen befand sich keiner der Soldaten, die auf dem Schiff mit hierhergekommen waren. Vor der Formation stand ein Mann, ebenfalls mit übernähtem Wappen. Die wie bei Gontales auf seiner Schulter aufgenähten goldenen Streifen wiesen ihn als Hauptmann der

Demerkianischen Armee aus. Juril hätte gerne gehört, was er gerade zu den Männern sagte, allerdings machte ihm da Sercius einen Strich durch die Rechnung. „Nicos!"

Nicos drehte sich breit lächelnd um. „Sercius, ich hätte fast schon nicht mehr mit dir gerechnet."

Die beiden umarmten sich freundschaftlich, Juril konnte sich nicht erinnern, dass Sercius jemals jemanden so herzlich begrüßt hatte wie den kräftig gebauten, aber doch vergleichsweise klein gewachsenen Enddreißiger mit Kinnbart und Glatze. „Du weißt doch, mit mir musst du immer rechnen."

„Das tu ich doch immer, aber mit deinem Begleiter hab ich wahrlich nicht gerechnet."

„Dann rechne wenigstens ab heute mit ihm, Juril hat eine sehr große Zukunft vor sich."

„Na dann", Nicos streckte ihm seine Hand hin. „Hauptmann Nicos, stellvertretender Kommandeur der Garnison von Pincentti."

„Und Revolutionär der ersten Stunde", ergänzte Sercius. Juril wusste nicht, was er zu seiner Person sagen sollte, deshalb beließ er es bei seinem Namen, einer Begrüßung und dem Handschlag. Nicos kam also aus Pincentti? Hieß das, dass auch dort die Erhebung gesiegt hatte? Oder war er geflohen? Diese Frage interessierte offenbar auch Sercius, er sah den Hauptmann an: „Und?"

„Sieg, es lief alles wie geplant. Sobald uns die Nachricht erreichte, begannen der Kommandant, unsere Getreuen und ich die Meuterei. Fast die gesamte Garnison ist zu uns übergelaufen und wer es nicht getan hat, wird uns nicht mehr im Weg stehen."

Er lachte. „Danach bin ich sofort aufgebrochen und gestern Abend hier angekommen."

„Perfekt, du wirst sehen, in wenigen Monaten schon sehen wir uns im Palast von Syrka. Irgendeine Ahnung, wie es bei den anderen Zellen aussieht?"

„Keine Ahnung, tut mir leid."

„Macht nichts, aber wir müssen so schnell wie möglich ein effizientes Kommunikationsnetz aufbauen. Je schneller die Nachrichten sich bewegen, desto schneller können wir handeln. Ich denke, Brieftauben könnten uns da sehr nützlich sein. Außerdem müssen wir den Goldabbau in Ginantinos organisieren."

„Die Geschichten sind also tatsächlich wahr!"

„Ja, das sind sie. Also bist du mein Mann?"

Nicos seufzte gespielt. „Diese Rekruten auf Vordermann bringen, Kameranto verwalten und jetzt auch noch das nötige Gold für unseren Krieg beschaffen. Auf was lass ich mich da bloß ein? Ich bin Soldat, kein Beamter."

Sercius lachte. „Aber vor allem bist du zu alt. Unsere müden Knochen sind nicht gemacht für das Schlachtfeld. Aber zum Glück gibt es auch in der uns nachfolgenden Generation großen Mut."

Er ging auf die jungen Männer zu. Diese wussten offenbar nicht so recht, wie sie reagieren sollten, einige standen stramm und starrten stur geradeaus, die meisten lächelten nervös. „Ihr seid also die erste Reihe von neuen Rekruten? Seid gegrüßt, mein Name ist Sercius Vantales. Ihr habt sicher schon von mir gehört."

Er ging durch die Reihen und gab jedem von ihnen die Hand, sah ihnen fest in die Augen. Ein Verhalten, das es bei der Demerkianischen Armee wohl so nicht geben würde, der König würde sich niemals einfach Soldaten gegenüber so vertraut benehmen. „Ihr mutigen Männer seid die Hoffnung der ganzen Welt. Ich will euch nicht anlügen, auf euren Schultern lastet eine gewaltige Last. Dieser Krieg wird entscheiden, ob es uns gelingt, das Leid für immer zu beenden, oder ob wir allesamt untergehen. Dieser Krieg ist anders als die, die es bisher gab. Diesmal gibt es nicht die Möglichkeit eines Waffenstillstandes, keine Diplomatie, keine Verträge und keine Einigungen. Es darf nur den Sieg geben. Ein Triumph in diesem Kampf bedeutet, dass wir nie wieder für unsere Rechte kämpfen müssen, er bedeutet, dass wir für alle Zeiten triumphiert haben. Ein Scheitern bedeutet, dass sie uns alle töten werden, es bedeutet, dass die Erhebung für alle Zeiten gescheitert ist. Das liegt nun in euren Händen, tapfere Soldaten der revolutionären Armee. An euch liegt es, den Hunger der Welt nach Gerechtigkeit endlich für alle Zeiten zu stillen oder bei dem Versuch zu sterben!"

Für einen Moment kehrte Stille ein. Die Rekruten waren sichtlich verunsichert, wie sie mit der Situation umgehen sollten, einige versuchten zwanghaft, Sercius nicht in die Augen zu sehen, während wieder andere ebendies taten und hofften, so einen Hinweis darauf zu erhalten, was sie tun sollten. Es dauerte ein paar Sekunden, bis einer der Rekruten, ein junger Bursche mit spärlichem blonden Bartwuchs, sich ein Herz fasste und mit dem Stiel seiner Hellebarde auf den Boden stieß: „Lang lebe Sercius Vantales."

Beim zweiten Mal stimmte auch der Rest der Männer mit ein, zuerst zögerlich, aber dann immer bestimmter. Sercius schien das zu gefallen, nachdem er die Hochrufe auf sich ein paar Runden lang genossen hatte, bedeutete er den Soldaten mit einer Handbewegung, innezuhalten. „Lange lebe die Erhebung", antwortete er nun mit donnernder, feierlicher Stimme. Die Menge und Nicos wiederholten seine Worte lautstark. Auch Juril stimmte ein. Als das ganze Prozedere vorbei war, machte Sercius sich schon wieder auf dem Weg. Im Vorbeigehen klopfte er dem Rekruten, der die Hochrufe angestimmt hatte, auf die Schulter. „Juril, wir haben noch etwas Wichtiges zu bereden."

Juril wäre ihm schon fast hinterhergeeilt, als er sich eines Besseren besann. „Warte, was ist mit Elyana?"

Das musste sein, er konnte jetzt nicht einfach zu einer Besprechung mit Sercius gehen, ohne das geklärt zu haben. Sercius, der schon die ersten paar Stufen auf der Treppe zum Turm genommen hatte, blieb stehen und drehte sich um. Mit ausdrucksloser Mine sagte er kurz angebunden: „Ja, natürlich."

Er ging hinüber zu einem der Ureinwohner und nahm ihn beiseite. Obwohl Juril die Sprache sowieso nicht verstehen konnte, hätte er zu gerne zugehört. Allerdings sprachen die beiden nicht nur ohnehin schon ziemlich leise, auch hatte Nicos das Training wieder aufgenommen. Juril wusste nicht so recht, ob er sich auf das, was dieser gerade über Formationen erzählte, konzentrieren sollte oder darauf, zumindest anhand von Gestik und Mimik etwas über das Gespräch zwischen Sercius und dem Stammeskrieger zu erfahren. Am Ende gelang ihm keines von beiden so recht. Als Sercius zu ihm zurückkam, waren seine Gesichtszüge verhärtet, ebenso wie seine Stimme, als er sagte: „Juril, pass auf. Die Dinge liegen etwas komplizierter, wie es aussieht, sind Elyana und Ceri weg."

„Juril unterbrach ihn panisch: „Wie weg?"

Er verstand gar nichts mehr. „Lass mich bitte ausreden, dann sag ich dir, was ich weiß. Unser Freund hier hat gesagt, dass die beiden Mädchen beschlossen haben, mit dem ersten Schiff von hier zu verschwinden. Offenbar hat Elyana etwas in die Richtung gesagt, dass du durchgeknallt bist und sie nicht mit einem Mörder zusammen sein kann, und auch die andere war fest entschlossen abzuhauen. Also sind sie an Bord des erstbesten Schiffes gesprungen und haben Kameranto verlassen. Es tut mir leid.“

Er legte eine feste Hand auf Jurils Schulter. Dieser war total durch den Wind. „Was um alles in der Welt“, er versuchte einen Satz, musste aber mangels irgendeiner Vorstellung, was er überhaupt sagen sollte, abbrechen. Beim zweiten Mal war er schon erfolgreicher. „Das glaube ich einfach nicht, das ist nicht wahr. Das kann überhaupt nicht sein. Dieser Kerl, wie kommt der nur auf so etwas? Elyana und Ceri würden mich nie im Stich lassen. Schon eine alleine nicht und jetzt beide? Das ist einfach nicht möglich. Er muss sich einfach irren.“

„Hör zu, Juril, ich habe Grund, diesem Mann zu vertrauen. Seine Informationen sind zuverlässig. Du musst der Wahrheit ins Auge sehen, leugnen bringt uns nicht weiter.“

„Nein, nein. Die Wahrheit ist, dass sie immer noch hier irgendwo sind und dass ich sie suchen muss“, sagte er, ohne selbst wirklich daran zu glauben. Aber diesen letzten Strohhalm konnte er einfach nicht bereitwillig aufgeben. Also drehte er sich um und ließ dabei Sercius’ Hand von seiner Schulter rutschen. In voller Gewissheit der Hoffnungslosigkeit seines Vorhabens machte er sich auf die Suche nach den beiden Mädchen, die er liebte.

Mit jedem Stückchen, das die Sonne hinter den Bergen versank, verschwand auch ein Stückchen des Gefühls, das ihn angetrieben hatte, Elyana und Ceri zu suchen. Hoffnung war es im Grunde nie gewesen, wenn Sercius die Information zuverlässig nannte, wer war er dann, das infrage zu stellen? Es war eher ein gewisser Widerwille, sein vermeintliches Schicksal zu akzeptieren. Es war eben dieser Widerwille, der ihn damals, kurz nachdem er sie zum ersten Mal gesehen hatte, an die Mauer von Elyanas Anwesen klopfen ließ. Vielleicht hatte ihn insgeheim die Hoffnung angetrieben, heute würde wie damals irgendwo eine versteckte Tür aufschwingen. Doch dieses Mal konnte er klopfen, wie er wollte, egal wie oft und wie laut er Elyanas und Ceris Namen rief, jeder Stein blieb auf dem anderen. Wann immer er einen der Matrosen oder einen von Gontales’ Soldaten traf, fragte er sie nach den beiden. Doch jedesmal aufs Neue erntete er Kopfschütteln. Es dauerte nicht lange, bis sich selbst der klägliche Rest von Hoffnung, den er anfangs noch irgendwie aufbringen konnte, vollends verflüchtigte. Von da an fragte er nur noch, weil es sich so anfühlte, als müsste er, nicht etwa, weil er irgendwie glaubte, dass irgendjemand ihm weiterhelfen könnte. Er spürte nicht mal mehr Ernüchterung, wenn wieder ein betrunkener Matrose: „Hab niemanden gesehen" lallte. Als dann auch langsam sein Widerwille verschwand, hatte er überhaupt nichts mehr, das ihn antrieb. In ihm war nur traurige Leere. Er wusste überhaupt nichts mehr. Er wusste nicht, wieso Elyana und Ceri ihn hier sitzen gelassen hatten. Er wusste ja nicht mal, was schlimmer war, dass sie fort waren oder dass er sie offenbar überhaupt nicht gekannt hatte. Schließlich war er fest überzeugt gewesen, dass sie ihn nie, nie, niemals einfach so im Stich gelassen hätten. Elyana hatte ihn geliebt, sie hatte so viel für ihn zurückgelassen, sie hatte sogar fast jemanden umgebracht, um sein Leben zu retten. Und jetzt soll sie einfach gegangen sein, weil er in ihren Augen ein Mörder war? Ceri hatte ihr ganzes Leben damit verbracht, sich um ihn zu kümmern. Man hatte sie wegen ihm misshandelt und trotzdem war sie deswegen nicht eine Sekunde auf ihn wütend gewesen. Und jetzt soll sie einfach gegangen sein, sogar ohne einen Grund angegeben zu haben? Nicht, soll gegangen sein, berichtigte er sich gedanklich: Sie waren gegangen, das war ein Fakt, ob es für ihn Sinn machte oder nicht. Und wieder waren sie im Streit auseinandergegangen. Dabei wollte er denselben Fehler wie bei seinem Vater nicht noch mal machen. Diesmal war er es gewesen, der sie aufgefordert hatte zu verschwinden. Elyana hatte ihm Lebwohl gesagt, hatte sie ihm damit nicht quasi von ihren Plänen berichtet? Er hätte ihr einfach nachlaufen sollen, wieso war er ihr nicht einfach nachgelaufen? Und Ceri, sie hatte ihm sogar noch gesagt, dass sie ihn liebhatte. Juril dachte eigentlich, er würde nichts mehr fühlen, doch auf einmal spürte er kurz eine Art Stich dort, wo das Herz saß. Er dachte eigentlich, er wäre leer, doch plötzlich liefen wieder Tränen aus seinen Augen. Plötzlich war da neben der aufkommenden Trauer auch Zorn. Dabei wusste er nicht einmal genau, auf wen er wütend war, am wahrscheinlichsten auf sich selbst. Am liebsten hätte er gegen eine der Hausmauern getreten. Wenn schon keine Geheimtür aufschwingen würde, so wäre zumindest seine Wut etwas gelindert. Aus einem plötzlichen Impuls heraus trat er dann tatsächlich gegen die Mauer. Das half nicht unbedingt gegen seinen emotionalen Schmerz, sorgte aber dafür, dass nun auch sein rechter Fuß wehtat. Er sollte zurück zu Sercius gehen, hier gab es nichts mehr für ihn zu tun. Sercius allerdings fand Juril, bevor Juril Sercius fand. „Na, glaubst du es mir jetzt?"

In seiner Stimme lag keine Spur von Genugtuung, sondern lediglich tiefe Ernsthaftigkeit. Juril nickte nur, er wollte nicht, dass Sercius aus seiner Stimme heraushörte, dass er gerade geweint hatte. „Weißt du, du darfst dich nicht davon herunterziehen lassen."

Aus irgendwelchen Gründen hatte Juril plötzlich Angst, Sercius' nächster Satz würde darauf hinauslaufen, dass er ja schließlich eine andere finden würde. Aber diese Befürchtungen stellten sich glücklicherweise als falsch heraus, das, was er sagte, könnte gar nicht weiter von ihnen entfernt sein. „Damals, als sie Minna hingerichtet haben, da habe ich mich so gefühlt, wie du es jetzt tust. Trauer, Hoffnungslosigkeit und gleichzeitig eine unbändige Wut. Diese Wut verschwand nicht mal, als ich Rache an meinem Vater nahm. Nein, sie begleitet mich bis heute. Ebenso wie die Trauer, sie ist nicht immer da, aber in manchen Nächten, wenn ich wach liege, kommt sie wieder angekrochen und windet sich wie eine Würgeschlange um mein Herz. Aber weißt du, Juril, welches Gefühl mich nicht mehr plagt? Das schlimmste von allen, diese Hoffnungslosigkeit ist weg. Sie verschwand, als ich in den Ruinen von Furtwalden stand und plötzlich wusste, was zu tun war. Wenn dein Herz voller Hoffnung ist, dann kann keine Würgeschlange dieser Welt es zerquetschen. Nach jeder Nacht, in der sie es versucht hatte, wachte ich auf und stellte fest, dass sie es nicht geschafft hat und dass ich immer noch lebe und wie froh ich darüber bin. Denn ich weiß genau, dass Minna nicht umsonst gestorben ist. Lebte ich vorher nur, um sie mit all meiner Kraft zu lieben, so lebe ich heute, um mit derselben Kraft für unsere neue Welt, eine Welt, in der auch Minna hätte leben können, zu kämpfen. Und wenn ich hoffen kann, nachdem mein eigener Vater den hellsten Stern an meinem Himmel zum Erlöschen gebracht hat, dann kannst du erst recht hoffen, wenn deine beiden Sterne noch da draußen sind. Sie sind verwirrt und ängstlich, aber immer noch da draußen. Wenn du dich mit derselben Kraft, mit der du sie liebst, für unsere Sache einsetzt, dann gewinnen wir diesen Krieg. Und dann werden Elyana und Ceri die wahre Größe unserer Erhebung erkennen, es verstehen und voller Stolz auf dich sein. Entweder das oder sie waren es vielleicht doch nicht wert."

Sercius hatte wie immer recht, er durfte sich nicht einfach verkriechen, das würde keinem helfen. Nicht ihm, nicht Elyana, nicht Ceri, nicht Sercius, nicht der Erhebung. Er hatte sich aufgeführt, als würde die Welt untergehen, dabei waren Elyana und Ceri doch noch nicht mal tot. Minna war tot und was tat Sercius? Der gab sich voll und ganz ihrer gerechten Sache hin. Konnte Juril das nicht auch? Es war, wie er es gesagt hatte, auf Hoffnung kam es an. Und davon sollte Juril eigentlich genug haben. Er konnte Sercius jetzt nicht im Stich lassen, nicht wegen zwei, die ja eigentlich ihn im Stich gelassen hatten. Juril nickte. „Lass uns gehen, ich bin hier fertig."

Wieder ging es zum Turm und an Nicos vorbei, der gerade Rekruten etwas über die richtige Haltung erzählte. Dieses Mal war nicht die Turmspitze ihr Ziel, sondern ein kleines Zimmer in einem der oberen Stockwerke. Im Raum stand ein hölzerner Tisch mit ein paar Stühlen und an der Wand hing neben einer Karte von Kameranto auch eine von Corasson. Juril zeichnete auf ihr in Gedanken ihren Weg nach Ginantinos nach. Sercius bedeutet ihm, sich zu setzen. „Ich denke, es wird Zeit, über unser weiteres Vorgehen zu beratschlagen. Ich mache dir einen Vorschlag: Ich erzähle dir, was ich in dieser Hinsicht geplant habe, und du sagst mir dann deine ehrliche Meinung."

Juril hatte nichts einzuwenden, also nickte er: „Gut, wie du dir sicher denken kannst, müssen wir Corasson so schnell wie möglich verlassen. Wir haben alles erledigt, was wir hier zu erledigen hatten, nun müssen wir dahin, wo die wirkliche Musik spielt. Das heißt, nach Onien. Nach außen hin mag es zwar stark wirken, aber in Wahrheit bietet kein Land besseren Nährboden für unsere Revolution. Eine Königin, von ihrem Volk ebenso verachtet wie von ihren Adeligen. Innere Streitereien um Macht, die das Königreich zusätzlich schwächen. Und vor allem eine endlose Masse an geknechteten, unterdrückten, armen Menschen, die der Willkür der Mächtigen hilflos ausgesetzt sind. Zumindest bis jetzt. Nirgendwo sonst habe ich so effektive Zellen aufbauen können wie dort. Es ist also nur logisch, dass wir dort anlanden werden. Genauer gesagt, nahe der größten Hafenstadt des Landes, Warftburg. Ich erwarte fest, dass die gesamte Stadt und Umgebung bereits in unseren Händen sein werden, ehe wir dort sind. Ich werden dort dann den Oberbefehl übernehmen und auch für dich eine Aufgabe finden."

„Was genau schwebt dir da vor?"

„Ich dachte da an ein eigenes kleines Kommando, ein kleiner Trupp unter deiner Kontrolle. Nicht an der Front, nein, wie könnte ich jemanden wie dich ohne Erfahrung so einem Risiko aussetzen? Aber auch im

Hinterland gibt es genug zu tun. Genaueres ergibt sich dann auf jeden Fall, wenn wir uns ein Bild von der Lage gemacht haben.“

Sercius wollte ihm also ein kleines Kommando übertragen, das erfüllte Juril mit Stolz. Auch war er erleichtert, dass er nicht gleich an die Front geschickt würde. Er wäre zwar natürlich bereit gewesen, es zu tun, allerdings machte ihm die Vorstellung auch Angst. Vor allem fühlte er sich nicht der großen Verantwortung gewachsen, die mit so einem Kommando an der Front einhergehen würde. Vielleicht irgendwann, wenn er etwas mehr Erfahrung gesammelt hatte, aber bis dahin war er erst mal froh, sich dem noch nicht aussetzen zu müssen. „Es ist mir eine Ehre“, antwortete er wahrheitsgemäß. „Freut mich zu hören“, auch Sercius’ Antwort klang ehrlich. „Ich denke, dann müssen wir wohl ein letztes Mal auf unsere Matrosen zurückgreifen, vorausgesetzt, es gelingt uns, sie nüchtern zu bekommen.“

Er schüttelte den Kopf. „Nichts gegen unsere Freunde, aber ich bin doch erleichtert, dass wir bald richtige Soldaten zur Verfügung haben.“

Wieder an Bord, ließ Sercius ihm wenig Zeit, um an Elyana und Ceri zu denken. Als Vorbereitung auf sein Kommando begann er Juril einiges über Kriegsführung zu erzählen. In allen Einzelheiten legte er ihm den Ablauf der Schlacht am Ren da. Wie sich die beiden Armeen an den Ufern des Ren gegenseitig belauerten. Auf der Westseite Tyrlios Demerkia und die mit ihm verbündeten Fürsten. Auf der Ostseite Otrich Ferenberg und seine Unterstützer. Dazwischen nur eine einzige steinerne Brücke, das durch starke Regenfälle reißende Wasser des Ren war für die Soldaten in ihren schweren Rüstungen praktisch nicht passierbar. Otrich ließ immer wieder nachts im Lager Männer mit Fackeln umherlaufen, narrte den Gegner mit Scheinangriffen. Alles nur, damit Tyrlios nicht merkte, dass eine Abteilung Reiter unter der Führung von Otrichs Bruder Kal in der Dunkelheit einige Kilometer nach Norden aufgebrochen war, wo sie außerhalb von Tyrlios' Sichtweite eine provisorische Holzbrücke errichteten. So kam es, dass Tyrlios eine Überraschung erlebte, als er am nächsten Morgen in vollem Glauben an seinen Sieg und in vollem Vertrauen in seine zahlenmäßige Überlegenheit zum Angriff blasen ließ. Er hatte den Triumph schon vor Augen, als plötzlich Kals Reiter seine Armee von hinten in die Zange nahmen. Viele von Tyrlios' Männern fielen durch ihre Schwerter an diesem Tag und ebenso viele ertranken beim Versuch, sich zu retten, in den Fluten. Noch direkt nach der Schlacht schworen seine Unterstützer Otrich die Treue. Nur Tyrlios selber, der floh samt seiner Familie und einigen anderen auf den westlichen Kontinent. Sercius erzählte ihm auch von der Schlacht auf den endlosen Ebenen, bei denen König Etbart von den Grenzlanden vor ein paar Jahren eine Reiterarme der nomadischen Stämme zurück in die Tundra des Nordens trieb. Er ließ das vom langen Sommer trockene hohe Gras in Flammen stecken und der Wind trug das Feuer in Richtung seiner Feinde. Das gefiel deren Pferden natürlich gar nicht, Chaos brach aus und hinter dem Feuer folgte die Armee von Etbart. Inmitten des Getümmels fiel der Mann, der die sonst so zerstrittenen Stämme erst geeinigt hatte. Nach dem Tod von Ledükit zerfiel deren brüchige Allianz schnell wieder und sie verschwanden zurück in den Weiten der endlosen Tundra der Grenzlande. Am Ende seines Vortrags lächelte Sercius ihn verschmitzt an und sagte mit einem Augenzwinkern: „Da sieht man mal wieder, es braucht nur ein paar Funken für ein Feuer, das ganze Reiche auslöschen kann."

Wie in fast jeder der Heldengeschichten seiner Kindheit musste nun auch Juril den Umgang mit dem Schwert erlernen, so lautete zumindest Sercius' Plan. Juril hatte kein Problem damit, schon immer hatte er den Schwertkampf lernen wollen. Mit einer Klinge in der Hand, dieses Gefühl, anderen hilflos ausgeliefert sein, verschwinden, so seine Vorstellung. So oft hatte er in seinem Leben keine andere Wahl gehabt als zurückzuweichen. Vor einer Horde ebenso angetrunkener wie kräftiger Matrosen im Hafen genauso wie vor den Soldaten, die den Kirschenverkäufer in Tarven zusammengeschlagen hatten. Dieses Gefühl der Hilflosigkeit war für ihn nicht auszuhalten und wenn der vielstimmige Chor aus all der Wut, all dem Zorn, all dem Hass, welchen er im Herzen trug, so laut brüllte, dass er ihn nicht ignorieren konnte, so endete das meistens nicht so, wie es in den Heldengeschichten enden sollte. Dort gelang es dem eigentlich unterlegenen Protagonisten meistens, die übermächtigen Bösewichte zu bezwingen. In der Realität endete es damit, dass er auf dem Rücken lag, während ein arroganter Schnösel ihm die Luftröhre zudrückte. In den Geschichten rettete der Held stets das Mädchen und sie lebten glücklich zusammen bis an ihr Lebensende. In der Realität musste das Mädchen ihn retten, nur um ihn später zu verlassen. Als er aber mit dem Schwert vor Halones gestanden hatte, da war er nicht hilflos gewesen. Halones, der Neffe des Königs, Fürst von Mersinia und Gouverneur von Kameranto, war plötzlich nur noch ein Mann, der vor ihm im Staub lag und um Gnade winselte. „Ich werde dir beibringen, mit dem Schwert zu kämpfen; wie man es richtig einsetzt, hast du schon gezeigt."

Obwohl Juril nicht sagen konnte, dass er sich wegen dem Mord an Halones schuldig fühlte, hatte ihm Sercius' Bemerkung nicht gefallen. Wenn es jemand von all den Leuten, die Juril begegnet waren, verdient hatte, mit dem Schwert durchbohrt zu werden, so war das, neben Gontales natürlich, Halones. Aber dennoch musste er deswegen ja nicht so tun, als ob er damit irgendetwas Heldenhaftes getan hatte. Es hatte sich auf jeden Fall nicht so angefühlt. Manchmal, wenn er sein Schwert ansah, das Schwert des Wachmanns, welches Sercius ihm in jener Nacht zugeworfen hatte, kam ihm für eine Sekunde der Gedanke, dass dies der große

Unterschied zwischen ihm und Sercius war. Sercius machte kein großes Geheimnis daraus, dass er gerne jedem einzelnen Herrscher aller Länder auf allen drei Kontinenten eigenhändig seine Klinge in die Brust rammen würde. Bei Juril lagen die Dinge etwas anders, er würde zwar auch nicht zögern, sollte er die Gelegenheit bekommen, aber er würde es ohne Vergnügen tun. Sercius hatte ihm fast schon begeistert von diesem Blick erzählt, diesen Moment, in dem sein Vater begriffen hatte, dass auch er nicht zur Rechenschaft gezogen werden konnte. Juril hatte diesen Blick bei Halones gesehen, er hatte ihn kaltgelassen. Wenn Juril in diesem Moment außer Hass, diesem Hass, der nicht nachlassen wollte, egal wie oft er zustieß, noch irgendetwas anderes gespürt hatte, so war dies sicher nicht Vergnügen gewesen. Lange dauerten solche Momente des Zweifels allerdings nie, schließlich kam es ja darauf an, dass sie beide gleich handelten, nicht so sehr, wieso sie es taten. Das Training jedenfalls war fordernd, man merkte schnell, dass Sercius etwas vom Schwertkampf verstand. Sie übten mit abgestumpften Schwertern und sein Lehrmeister bremste stets seine Waffe ab, falls Juril es versäumte, zu parieren. In ihrer ersten Trainingsstunde zeigte Sercius ihm zunächst ein paar grundlegende Schläge, die er in den nächsten Tagen dann zu immer neuen Kombinationen zusammenfügte. Auch erklärte er ihm viel über die verschiedenen Arten von Schwertern. Jurils Waffe war als Kurzschwert einzustufen, eine vergleichsweise kleine, einhändig geführte Waffe. Verwendung fand diese Art von Schwert oft bei den Grenztruppen des Demerkianischen Reiches, mit ihr konnte man selbst in unwegsamem Gelände noch beweglich agieren. Das hatte es den ansonsten bei der Armee weitverbreiteten Hellebarden und Spießen voraus, allerdings war ein Kurzschwert von guter Qualität auch teurer und im Kampf gegen einen Gegner mit längerer Klinge konnte es leicht passieren, dass man selbst den Kürzeren zog. Sercius führte solch ein längeres Schwert, ein zweihändiges Langschwert aus den berühmten Schmieden von Monton. Es hatte eindeutig mehr Gewicht als Jurils Waffe, auch wenn die sich für ihn inzwischen bei Weitem nicht mehr so schwer anfühlte wie zu Anfang. Dafür musste er jetzt in seiner linken Hand zusätzlich das Gewicht eines Rundschilds tragen. Sercius hatte ihm erzählt, dass ein rein einhändig geführtes Schwert in der Regel mit einem solchen kombiniert wurde. „Tut mir leid, aber zurzeit kann ich dir nur eines mit dem Schiff der Demerkianischen Krone anbieten", hatte er gesagt. „Aber ich versichere dir,

sobald es geht, tauschen wir das hier gegen eines mit der Flamme der
Erhebung aus."

Als sie sich dieses Mal dem Archipel des Windes näherten, war von dem namensgebenden Wind deutlich mehr zu spüren. Letztes Mal war Juril fast schon enttäuscht gewesen, wehte bei ihrem Aufenthalt in Kyrelia doch allenfalls eine leichte Brise. Nun blies der Wind allerdings stärker, was Juril tausendmal lieber war als die erdrückende Schwüle in Corasson. Dieses Mal würden sie nicht in Kyrelia vor Anker gehen, Sercius hielt es für zu wahrscheinlich, dass die Stadt bzw. die gleichnamige Insel nach wie vor unter Kontrolle der Armee waren. Sie würden ihre Vorräte stattdessen auf einer der unzähligen anderen Inseln des Archipels nachfüllen. So näherten sie sich also Azotura, einer Insel, auf der es vor allem kleine Dörfer und viele Plantagen gab. Sercius war der Meinung, dass diese Insel auf jeden Fall unter der Kontrolle ihrer Leute stehen sollte. Und tatsächlich, kaum waren sie in Sichtweite der Insel, wurden rund um eine kleine Bucht Signalfeuer entzündet. Da es noch helllichter Tag war, sahen sie auf diese Distanz lediglich den Rauch, nicht die Flammen. Juril war zunächst skeptisch, schließlich konnte dies auch eine Falle sein. Diese Skepsis legte er jedoch schnell ab, nachdem Sercius ihm erklärt hatte, dass die Feuer in einer bestimmten, vorher vereinbarten Reihenfolge gezündet wurden. Mit einem Schiff von der Größe der Silia konnten sie nicht einfach am Strand anlegen, also mussten sie mit ihren Beibooten hinüberrudern. Dort wurden sie von den örtlichen Rebellen begrüßt. Die meisten von ihnen waren wohl ursprünglich Bauern gewesen, davon zeugten ihre wettergegerbten Gesichter und die Schwielen an den Händen. Auch ihre Ausrüstung erinnerte noch an ihre früheren Leben, es waren hauptsächlich Buschmesser, wie sie bei der Arbeit auf den Plantagen zum Einsatz kamen. Daneben sah Juril noch einige Äxte, diese waren allerdings eher dafür geeignet, einen Bananenbaum zu fällen als damit in der Schlacht anzutreten. Dafür waren die wenigen Kurzschwerter und Hellebarden, die er außerdem sah, schon passender. Die Männer und die wenigen Frauen sahen müde, abgekämpft und zugleich glücklich aus. Ein klein gewachsener Mann um die vierzig begrüßte sie breit grinsend. Juril konnte sehen, dass ihm einige Zähne fehlten. „Willkommen zurück, Sercius."

Der Angesprochene erwiderte das Grinsen ebenso breit, allerdings mit allen Zähnen im Mund. „Hast du an meinem Kommen gezweifelt, alter Mann?"

Dieser lachte. „Dir entgeht wahrlich nichts. Wäre nicht das erste Mal gewesen, dass man uns nach großen Worten im Stich lässt."

„Wenn wir fertig sind, werdet ihr euch nie wieder auf große Worte verlassen müssen", sagte er mit lauter Stimme mehr zu der Menge als zu dem Mann gewandt. Einige der Rebellen nickten, andere bekundeten ihre Zustimmung durch Rufe. Zufrieden sprach Sercius wieder den Mann an. „Nun, wie ist die Lage hier, Luigo, Kyrelia ist nach wie vor unter Kontrolle des Gouverneurs, nehme ich an?"

„Ja, alles Weitere erkläre ich dir liebend gern in unserem Lager."

„Euer Lager", Sercius runzelte die Stirn. „Was ist denn mit euren Dörfern?"

„Die Lage ist etwas komplizierter, ich erkläre dir später gerne alles in Ruhe. Jetzt komm erst mal mit, iss etwas, trink etwas und dann sehen wir weiter."

„Luigo, es ist mir ernst. Was ist hier los?"

Die Ungeduld in Sercius' Stimme war nicht zu überhören, auch wenn er versuchte möglichst ruhig zu klingen. „Ihr hattet alle eine lange Reise und ..."

Es ist Krieg, verdammt noch mal! Wir haben keine Zeit für diese Spielchen! Sag mir sofort, was hier los ist!"

Luigo sah ihn kurz an, sein Lächeln war nun ebenso verschwunden wie Sercius' gespielte Ruhe. „Die Dinge liefen nicht so wie erhofft. Statt sich darauf zu konzentrieren, die wichtigen Inseln des Archipels zu halten, hat sich der Gouverneur dafür entschieden, Soldaten auf jede noch so kleine Insel zu entsenden. Zu uns kamen sie, kurz nachdem der Angriff auf den Flottenstützpunkt von Geora gescheitert ist. Fast keiner der Soldaten hat sich dem Aufstand angeschlossen, nur ein paar, die hier geboren wurden. Der Großteil der Garnison aber kommt vom Festland, sie sind nichts weiter als fremde Besatzer ohne jegliche Gefühle für unser Land. Gegen sie und ihre Ausrüstung haben wir mit unseren Werkzeugen und wenigen erbeuteten Waffen keine Chance. Der Gouverneur hat sogar die Mannschaften teilweise von ihren Schiffen beordert, um sie in

den Kampf gegen uns zu schicken. Zwei unserer drei Dörfer haben sie
geplündert und niedergebrannt, das verbleibende nutzen sie als Haupt-
quartier. Wir hatten Glück und konnten in die Plantagen fliehen, bevor
sie kamen. Zwei der Patrouillen, die sie geschickt haben, um uns aufzu-
spüren, konnten wir überfallen und besiegen. Aber gestern haben sie damit angefangen, einzelne Plantagen abzubrennen, und es dürfte nur eine
Frage der Zeit sein, bis wir uns nirgendwo mehr verstecken können.“

Nach Luigos Bericht herrschte kurzes Schweigen, alle blickten Sercius
an. Falls jemand damit rechnete, dass er sich für seinen vorherigen Wut-
ausbruch entschuldigte, so wurde er enttäuscht. „Brusio scheint schlauer
zu sein als zunächst gedacht.“

Sercius sprach mit lauter Stimme, während sein Blick über die Kämpfer schweifte. „Aber indem er eure Dörfer plündert, eure Ernte verbrennt
und euch vertreibt, zeigt er nur mehr sein wahres Gesicht. Denn das ist
das Einzige, was er und all die anderen Tyrannen uns bieten können,
nichts als verbrannte Erde. Doch sie täuschen sich, wenn sie glauben, uns
so bezwingen zu können. In ihrer Arroganz glauben sie, das Feuer beherrschen zu können, doch es gehorcht ihnen nicht. Die Flammen mögen
am Anfang unsere Häuser und unsere Felder verzehren, aber im Gegensatz zu Brusio und seinesgleichen kennen sie doch so etwas wie Gerechtigkeit. Sie machen keinen Unterschied zwischen Arm und Reich und so
wird am Ende das Inferno auch nicht vor den Palästen und Gärten unserer Feinde haltmachen. Und wenn die Flammen gelöscht sind und das
Land mit Asche bedeckt ist, dann werden wir darauf unsere neue Welt
errichten. Wir werden wie der Phönix aus der Asche emporsteigen. Schon
heute Nacht wird Brusio lernen, dass man nicht leichtfertig mit dem
Feuer spielen sollte. Der Wind dreht sich und noch bevor der Morgen
graut, holen wir uns euer Dorf zurück!“

Wieder schlug Sercius Jubel entgegen. Ein junger Mann, nicht viel älter
als Juril, rief: „Seht ihr, ich habe es euch ja gesagt! Er wird uns helfen“,
und Juril hörte von allen Seiten Ähnliches, auch wenn vieles davon im
allgemeinen Getöse unterging. Juril fiel auf, dass einige der Tosriter sich
in einer ihm fremden Sprache unterhielten. Es dauerte noch eine Weile,
bis der Trubel abebbte, als sie sich auf den Weg über einen sandigen
Trampelpfad herunter vom Strand in die Plantagen machten. Immer wieder legte jemand seine anfängliche Schüchternheit ab, musste Sercius’

Hände schütteln. Juril beobachtete das Ganze mit einem Lächeln. Sercius und somit gewissermaßen auch er bedeuteten für diese Menschen Hoffnung. Mit einem Mal fühlte er sich ganz stolz auf das, was er tat, vergessen waren die Zweifel, die ihn angesichts der Ereignisse in Corasson noch überkommen hatten. Jemand stimmte ein fröhliches Lied über die Schönheit des Archipels an, Melodie und Text waren ebenso einfach wie einprägsam. Anfangs hatte Juril kurz Bedenken, lauter Gesang könnte unnötige Aufmerksamkeit erregen. Aber nach einigen Durchgängen musste er einfach mitsingen, auch Sercius begann irgendwann mit tiefer Stimme einzustimmen.

So marschierten sie also, aus voller Kehle singend, durch die Plantagen, während das Gelände leicht anzusteigen begann. Juril fühlte sich etwas an den Regenwald erinnert, auch wenn die fein säuberlich in Reihe und gleichmäßigen Abständen wachsenden Bananenstauden wenig mit dessen ungezähmter Schönheit zu tun hatten. So würde der Regenwald wohl aussehen, wenn ihn jemand mit der ordentlichen Art seiner Schwester angelegt hätte. Juril musste kurz schmunzeln, aber eigentlich wollte er jetzt weder an Ceri noch an Elyana denken. Also beschloss er, das Gespräch mit Sercius zu suchen, das half ihm eigentlich immer, um sich abzulenken. Dieser unterbrach seinen Gesang, als Juril ihn ansprach. „Ja, Juril, was gibts?"

„War wohl nicht ganz der Plan, was?"

Sercius blickte sich kurz um, als ob er sichergehen wollte, dass niemand besonders auf sie achtete. Er sprach leise und der laute Gesang tat sein Übriges, weshalb Juril ihn nicht richtig verstand. Also wiederholte er seine Worte und dieses Mal verstand er ihn. „Eigentlich doch."

Juril war verwirrt. „Luigo hat etwas von einem fehlgeschlagenen Angriff erzählt."

„Ich weiß, aber ich habe damit gerechnet, dass der Angriff fehlschlägt. Das heißt, ich hatte zwar Hoffnung, dass es irgendwie gelingt, aber ich wäre doch nie so dumm gewesen anzunehmen, dass irgendjemand in nennenswerter Zahl zu uns desertiert. Wie schon erwähnt, das hier ist fremdes Land für die Soldaten. Sie gehören nicht hierher und sie wissen das genau. Hier in der Fremde ist das Einzige, was sie kennen, ihre Armee, die einzigen vertrauten Gesichter sind die ihrer Kameraden. Ich habe Paplo, dem Anführer des Ganzen, gegenüber zwar behauptet, dass er mit Überläufern rechnen kann, aber nur damit er sich auch traut, Geora anzugreifen. Luigo ist bei Weitem nicht so naiv. Würde ich zum jetzigen Zeitpunkt einen fähigen und keinen loyalen Mann brauchen und würden nicht noch andere Faktoren eine Rolle spielen, so wäre er eigentlich viel besser für Paplos Posten geeignet. Aber wie auch immer, der Angriff ist wie erwartet gescheitert, also geht der Plan auch weiter wie erweitert. Brusio fühlt sich durch diesen Sieg jetzt überlegen, er will den Aufstand nun auf eigene Faust beenden. Ziemlich dumme Entscheidung, denn auch wenn der Angriff auf den Flottenstützpunkt gescheitert ist, so haben wir doch unser Ziel damit erreicht. Er beordert die Mannschaften von den Schiffen, also kann er keine Flotte entsenden, um der Rebellion an anderen Orten Schwierigkeiten zu machen. Gleichzeitig kann er diesen Krieg nicht gewinnen. In einer großen Schlacht mag er uns zwar überlegen sein, aber es wird keine große Schlacht geben. Indem er seine Männer aufteilt und sie auf die unzähligen, ihnen unbekannten Inseln mit feindseliger Bevölkerung schickt, serviert er sie uns quasi auf dem Silbertablett. Nur weiß er das noch nicht, und das werden wir noch diese Nacht gnadenlos ausnutzen."

Juril war ganz perplex. „Du hast damit gerechnet? Du hast diese Menschen wissentlich in den Tod geschickt?"

Er rang nach weiteren Worten, ohne irgendwelche hervorzubringen. Als Sercius ihm in die Augen schaute, konnte er klar und deutlich das für ihn typische einzigartige Funkeln in den seinen sehen. Plötzlich musste er an Elyana denken, sie hatte braune Augen. Juril bezeichnete sie zwar immer als kastanienbraun, aber im Grunde waren es ganz normale braune Augen, wie sie wahrscheinlich neun von zehn Menschen hatten. Doch wenn er ihr in die Augen sah, so kamen sie ihm einfach so unvergleichlich schön vor, genauso schön und einzigartig wie das Gefühl, das sie ihm gab. „Juril, diese Männer sind als Helden gestorben. Ihr Tod war nicht sinnlos, nur dadurch hat Brusio die Fehler begangen, die er begangen hat. Wir alle müssen für diese Erhebung Opfer bringen, wir beide sollten das eigentlich wissen."

Vielleicht lag es daran, dass er Ceri und Elyana für eine Erhebung aufgeben musste, die zwar im Namen der Menschlichkeit stattfand, in der aber gleichzeitig Menschen kaltblütig in den Tod geschickt wurden. Wahrscheinlich auch daran, dass sein eigenes Opfer angesichts dieser Tatsache fast schon lächerlich schien, aber plötzlich begann Wut in Juril aufzusteigen. Doch noch bevor er diese in Worte fassen konnte, fuhr

Sercius mit seiner kleinen Ansprache fort. „Auch diese Männer haben es gewusst, Juril, sie haben genau gewusst, wofür sie ihr Leben geben werden. Wir sollten nicht den Fehler machen und ihr Andenken in den Schmutz ziehen, indem wir sie als Bauernopfer hinstellen, die unfähig zum eigenen Denken von uns geopfert wurden. Das würde ihnen nicht gerecht werden und es würde uns, der Größe unserer Sache nicht gerecht werden. Wir sollten sie und ihre Taten stets in Erinnerung behalten, auf dass sie uns allen ein Beispiel für Heldenmut geben.“

Wusste Juril schon vorher nicht, was genau er sagen sollte, war es nun noch schwieriger. Denn im Grunde hatte Sercius ja wieder mal recht, sie waren ja schließlich nicht wie ihre Feinde. Bei ihnen ging es um die Freiheit, es war ihr freier Entschluss zu kämpfen, getroffen aus freiem Willen, in vollem Bewusstsein, um was für eine Mission es ging. Und hatte nicht auch er selbst alles freiwillig getan? Am Anfang hätte er Sercius jederzeit bitten können, ihn irgendwo abzusetzen, aber er es war seine Entscheidung, bei ihm zu bleiben. Als er ihm dann von der Erhebung erzählte, hätte er sagen können, dass er nichts damit zu tun haben wolle, aber es war seine Entscheidung, bei ihm zu bleiben. Später, als er sich zwischen Elyana und Ceri auf der einen und Sercius auf der anderen Seite entscheiden musste, hätte er ohne Weiteres mit ihnen weggehen können, aber es war seine Entscheidung, bei ihm zu bleiben. Er hatte gar keinen Grund, wütend auf Sercius zu sein, er war aus freien Stücken hier und wenn er ehrlich war, wurde es langsam wirklich Zeit, dass er Ceri und Elyana aufgab. Nicht auf die bisherige, fast schon oberflächliche Art und Weise, nein, es reichte nicht, dass er sie in Kameranto hatte gehen lassen. Er musste sie auch in seinen Gedanken gehen lassen, musste aufhören, sich Illusionen zu machen. Sercius hatte ihm zwar gesagt, dass er nicht aufhören solle zu hoffen, schließlich würden sie es irgendwann vielleicht verstehen. Aber das, was er fühlte, das, was ihn nachts wachhielt und am Tage außer heiterem Himmel auf seine Stimmung drückte, war keine Hoffnung. Hoffnung war ein positives Gefühl, eines, das einem half, durch schwere Zeiten zu kommen, und sie nicht noch schwerer machte. Das, was Juril fühlte, war etwas komplett anderes. Und irgendetwas sagte ihm, dass er aufhören musste, das zu fühlen. Oder es würde ihn noch in große Schwierigkeiten bringen.

Als Juril das Lager sah, musste er allem zum Trotz doch wieder an seine Schwester denken. Denn wo die Plantage ein Musterbeispiel für Ordnung war, konnte man das vom Quartier der Rebellen nicht sagen. Man hatte sich zwar, so gut es ging, eingerichtet, nur standen die aus Holz und Bananenbaumblättern improvisierten Unterkünfte kreuz und quer über die Lichtung innerhalb der Plantage verteilt. Und die Menschenmengen erst, die gesamte Bevölkerung der Insel musste sich hierher geflüchtet haben. Juril schätzte die Zahl, zusammen mit den Rebellen vom Strand, auf einige Hundert. Kinder und Alte, Männer und Frauen. Bei vielen konnte Juril Neugier und Hoffnung in den Blicken sehen, bei anderen jedoch auch nichts als Verbitterung und Trauer. Manche wirkten kränklich, husteten und schienen trotz der Hitze zu frieren. „Alle mal herhören", Luigo schien der beste Beweis zu sein, dass sich eine geringe Körpergröße nicht unbedingt auf die Lautstärke der Stimme auswirken musste. „Vantales hat Wort gehalten, hier ist er nun, um uns bei der Befreiung unserer Heimat zu helfen. Wir sollten ihm und seinen Begleitern einen gebührenden Empfang bereiten, holt die besten Vorräte. Heute Abend feiern wir noch hier, doch schon den Abend danach feiern wir in Tazelote."

Als sich der inzwischen schon fast vertraute Trubel rund um Sercius fürs Erste gelegt hatte, sprach dieser Luigo gegenüber aus, was auch Juril gedacht hatte. „Seid ihr sicher, dass es so weise ist, schon vor der Schlacht zu feiern?"

„Ihr seid Gäste und die Tradition will es, dass Gäste mit einem Fest begrüßt werden."

„Mir sind eure Traditionen durchaus bekannt, aber seht euch doch mal um. Viele von euch sind krank und heute Nacht erwartet uns ein Kampf. Seid ihr sicher, dass es die richtigen Umstände sind?"

„Sie sind auf jeden Fall nicht schlechter als nach der Schlacht, wenn unsere Herzen nicht nur von der Sorge um die Kranken, sondern auch von der Trauer um die Gefallenen beschwert werden."

„Dann feiert meinetwegen auch überhaupt nicht."

Sercius war sichtlich genervt. Luigo schüttelte nur den Kopf und lächelte. „Ach, ihr Festländer. Nein, das geht nicht. Gerade all diese schrecklichen Dinge um uns herum zeigen doch erst, wie wichtig es ist, die Freuden des Lebens zu genießen. Nutze jede Gelegenheit, um gemeinsam mit den Menschen, die du liebst, zu trinken, zu musizieren, zu speisen und zu lachen. So halten wir es auf dem Archipel schon seit Generationen und es geht uns gut damit. Ja, es gibt eine Zeit zum Trauern, aber niemals dürfen wir ihr all unsere Zeit schenken."

„Schöne Worte, musiziert, speist und lacht heute Abend, so viel ihr wollt, nur tut mir den Gefallen und schenkt auch dem Trinken nicht all eure Zeit."

Juril fand diese Lebensphilosophie durchaus sympathisch. Wenn er daran dachte, was alles bei ihrem geplanten Angriff passieren konnte, so erschien es ihm nicht unbedingt falsch, den Abend davor mit einem Fest zu verbringen. Nur von allzu viel Alkohol würde er die Finger lassen, da hatte Sercius recht.

Er hatte zwar mal gehört, dass einige der Nordmänner aus Skire sich vor der Schlacht mit Met betranken, ihm selbst grauste es jedoch vor der Vorstellung, betrunken auf dem Schlachtfeld herumzutorkeln. Zumal er sowieso nicht unbedingt viel von übermäßigem Alkoholkonsum hielt, dafür hatten ihm die Matrosen im Hafen von Syrka allzu viele abschreckende Beispiele geliefert. Auch wenn etwas Alkohol wohl helfen würde, seine Gedanken von dem bevorstehenden Kampf abzulenken. Er hatte fest damit gerechnet, dass es bis zu seinem ersten Gefecht noch eine Weile dauern würde, und nun musste er sich dem plötzlich bereits in dieser Nacht stellen. Aber Sercius hätte das wohl nicht so kurzfristig entschieden, wenn er keinen Plan hätte. Und wenn der Plan von Sercius war, was konnte denn da schon schiefgehen? Er dachte an Kameranto, dort hatte es schließlich auch funktioniert, er wusste zwar nichts über eventuelle Verluste auf ihrer Seite, wenn, dann mussten es aber sehr wenige gewesen sein. Sercius wusste schon, was er tat. Trotzdem, neben Kameranto war da noch diese zweite, weitaus frischere Erinnerung. Eine, die er im Moment am liebsten in die hintersten Winkel seines Verstandes verbannen würde. In seinem Magen grummelte es, als er sich im Geiste Sercius' sagen hörte: „Wir alle müssen für diese Erhebung Opfer bringen."

Immer wieder sagte sich Juril, dass der gescheiterte Angriff auf den Flottenstützpunkt von Geora nicht mit dem hier zu vergleichen war, dass die Dinge hier vollkommen anders lagen. Dennoch konnte er die Zweifel wegen der heutigen Nacht nicht loswerden. Er spürte sie an derselben Stelle wie auch seine Zweifel wegen dem, was er bereits in den anderen Nächten davor getan hatte, an derselben Stelle wie auch die Zweifel über das, was er noch in den Nächten danach tun würde. Um sich abzulenken, beschloss er, etwas durch das Lager zu wandern, auch wenn es nicht unbedingt groß war. Eines der Dinge die ihn überraschte, war, dass er nicht nur bewaffnete Männer sah, sondern auch die ein oder andere Frau mit Buschmesser oder Axt. Einige der Kämpfer warfen interessierte Blicke auf sein Schwert an seinem Gürtel, ansonsten schienen ihn die Erwachsenen nicht weiter zu beachten. Bei den Kindern allerdings war das etwas anders, schon bald folgte Juril eine ganze Horde kleiner, aufgeregt schnatternder Jungen und Mädchen. Sein Besuch schien für sie eine willkommene Ablenkung von ihrem ansonsten sicherlich recht tristen Alltag zu sein, ihr Lachen zauberte auch ihm ein Lächeln aufs Gesicht. Seine Freude wurde allerdings kurz getrübt, als er an einer Hütte vorbeilief, in der weitere Kranke zu liegen schienen. Im Vorbeigehen konnte Juril bei einigen von ihnen rötlichen Hautausschlag entdecken. Lange hielt sich Juril nicht in der Nähe dieser Hütte auf, er machte sich einen Spaß daraus, immer wieder ein kurzes Stück zu rennen, was die Kinder dazu veranlasste, ihm freudig kreischend nachzulaufen. Das ging so weiter bis Sonnenuntergang, als sich das ganze Lager zum Fest versammelte. Über einem Lagerfeuer wurden Fisch und verschiedene, auf Bananen basierende Gerichte zubereitet und der Wein floss, entgegen Sercius' Warnung, in Strömen. Allerdings würde der Wein allem Anschein nach nicht ausreichen, um für ein völliges Besäufnis zu sorgen, sehr zu Jurils Beruhigung, der sich selbst nur einen Becher genehmigte.

Auch wurde Sercius' Vorschlag, vor dem Fest den Plan durchzugehen, von Luigo mit einem Lachen, einem Schulterklopfen und den Worten: „Jetzt ist nicht die richtige Zeit dafür, mein Freund" abgetan. Je später es am Abend wurde, desto mehr schienen die Mücken aktiv zu werden. Sie waren zwar nicht so groß wie in Corasson, allerdings nicht minder nervig. Ebenso wenig wie ihre großen Verwandten jenseits des Meeres ließen sie sich durch Jurils Versuche, sie zu vertreiben, irgendwie beeindrucken. Irgendwann beschloss Juril einfach, von seinem Platz an einem der Lagerfeuer aufzustehen und die Flucht zu ergreifen, sicherlich würden die Mücken sich bevorzugt auf die Sitzenden stürzen. Denen schien das aber wenig auszumachen, vor allem die Dorfbewohner machten wenig Anstalten, die Mücken zu vertreiben. Solange keines der Insekten in ihren Trinkbechern landete, schien ihnen ihre Anwesenheit herzlich egal zu sein. Als Juril an einer Gruppe von jungen Männern in etwa seinem Alter vorbeikam, die etwas abseits der Feuer im Gras saß, wurde er eingeladen, sich ihnen anzuschließen. Als er sich zu ihnen auf den Boden niederließ, war die Freude groß. Einen der Männer erkannte Juril wieder, es war derselbe, der am Strand nach Sercius' Rede gejubelt hatte. Margello war ziemlich aufgekratzt, er schien sich nicht entscheiden zu können, ob er Juril zuerst etwas zu trinken anbieten, die anderen vorstellen oder ihn ausfragen sollte. Die Worte sprudelten nur so aus ihm heraus: „Willst du irgendetwas trinken? Das sind übrigens Vincelle und Luisia, komm, nimm noch etwas Wein. Wie lange bist du schon mit Sercius unterwegs, Vincelle hier meint, du hast den Sohn des Gouverneurs im Schlaf erstochen? Vincelle ist übrigens der Neffe des Dorfchefs, aber nicht von Luigo, sondern von dem Vorsteher eines anderen Dorfs, er heißt auch Vincelle. Also, wie war das mit dir und Garnis?"

Auch nachdem der Name Luisia gefallen war, dauerte es noch eine Sekunde, bis Juril klar wurde, dass er sich getäuscht hatte. Das hier war keine Gruppe von jungen Männern, Luisia war eine Frau. Juril hatte noch nie eine Frau in Hosen gesehen, weshalb er beim ersten Hinschauen Luisia wohl fälschlicherweise für einen Mann gehalten hatte. Aber jetzt, wo er genauer hinschaute, war es so offensichtlich, dass Juril sich schon fast für seine Oberflächlichkeit schämte. Ihre blonden Haare hatte sie zu einem Zopf zusammengebunden und am Gürtel trug sie eine kleine Axt. Sie nickte ihm freundlich zu, ebenso wie Vincelle, der ihm lachend riet, erst mal nur auf das Angebot mit dem Wein einzugehen und sich erst später dem Rest von Margellos Fragen zu widmen. Juril ließ sich von ihm noch etwas Wein einschenken, achtete aber darauf, nicht zu viel zu nehmen. Da er den armen Margello nicht zu lange auf die Folter spannen wollte und auch die anderen den Anschein machten, als wären sie sehr an seiner Geschichte interessiert, auch wenn sie das nicht so offensiv kommunizierten, begann er zu erzählen. Vielleicht lag es am Alkohol, aber einige Ereignisse, die ansonsten einen bitteren Beigeschmack für ihn hatten, fühlten sich dieses Mal anders an. Als er davon erzählte, wie er auf Garnis losgegangen war, fühlte er dabei keine Trauer wegen Elyana, sie war ihm fast schon egal, sondern nur einen eigentümlichen Stolz. Die drei anderen klatschten und johlten, als er darüber berichtete, wie er Garnis die Faust ins Gesicht gerammt hatte, und auf einmal konnte Juril nicht anders, als in ihr Lachen einzustimmen, ja, dem hatte er es gezeigt. Irgendwann, als er zu der Stelle kam, an der er Halones das Schwert in die Brust gerammt hatte, da fühlte er sich auf einmal so unglaublich wichtig.

Er, Juril Wahroles, Sohn eines Kerzenziehers, hatte den Neffen des Königs von Demerkia für seine Schandtaten bezahlen lassen und nichts, nichts konnte ihm dieses riesige Reich anhaben. Er berauschte sich an seiner Erzählung und an den Reaktionen darauf, an Blicken, halb zwischen Entsetzen und Bewunderung, an ungläubigem Raunen, an Halbsätzen, die wohl Verständnis ausdrücken sollten und dabei nur zeigten, dass die, aus deren Mündern sie kamen, selbst wussten, dass sie gar nicht verstehen konnten. Er berauschte sich daran wie an einer Droge, so musste es mit den Nordmännern und dem Met sein. Er konnte es gar körperlich spüren, wie seine Angst Stück um Stück nachließ, als würde jemand Stück für Stück seine Fesseln lösen. Er spürte, was Sercius mit Funken in der Nacht gemeint hatte, und immer mehr fühlte er sich, als würde er die Nacht heller und heller erleuchten. Und so wollte er wie Sercius reden, von der Gleichheit der Menschen, von der Zukunft, von der weltweiten Erhebung. Doch plötzlich war etwas falsch, Luisia lächelte und sie lächelte nicht so, wie Juril lächelte, wenn Sercius von ihrer neuen Welt erzählte, sie lächelte so wie Ceri, wenn Juril ihr als Kind von seinen Träumen erzählt hatte. Wohlwollend, aber mit Unverständnis. Und Jurils Funke verlor an Licht, wurde dunkler. Was war nur falsch? Luisia nutzte seine Pause und die Zeit der Halbsätze war wohl vorbei. „Ich bin bald 20, habe mein ganzes Leben lang meine Heimat nie verlassen und spüre auch nicht die geringste Lust darauf. Sag mir einen Grund, wieso mich das Schicksal irgendwelcher Milchbauern in Onien etwas angehen sollte, wieso ich irgendetwas, das mir wichtig ist, dafür aufs Spiel setzen sollte. Hier, auf dieser Insel und auf denen um uns herum ist alles, was ich und meine Familie brauchen. Das Einzige, wozu wir Sercius brauchen, ist, um uns dieses Land zurückzuholen. Unsere Anführer mögen sagen, dass uns euer Kampf interessiert, aber das tut er nicht. Steh auf und rede mit den Leuten. Jeder, egal ob Kind oder Greis, wird dir dasselbe sagen.“

„Das stimmt nicht, Luisia, ich sage das nicht.“

„Ach, Margello“, sie seufzte gespielt, „der alte Bebpo behauptet auch die ganze Zeit, dass sein Gehör noch funktioniert, nur wenn du ihn danach fragst, bleibt er stumm wie ein Fisch. Träumer wie du und Giova können auch viel sagen, nur hält das der Realität einfach nicht stand. Da halte ich mich doch lieber an die Dinge, die ich wirklich kenne und die direkt vor mir liegen, als an irgendwelche Hirngespinste.“

„Weißt du, irgendwie erinnerst du mich an die Ureinwohner.“

Juril wollte dadurch eigentlich die Initiative zurückgewinnen und einen Bogen dazu schlagen, wieso sie mit den anderen Völkern doch mehr verband, als es zunächst den Anschein hatte, doch sein Plan ging wohl eher nach hinten los. „Was soll das denn heißen?"

Luisias Augen verengten sich, „willst du mich beleidigen?"

Daran hatte Juril nun wirklich nicht gedacht; dass man aus seinen Worten diese Schlussfolgerung zog, entsetzte ihn. Beim zweiten Nachdenken allerdings ergab das sogar Sinn. Er hatte solche Gespräche in letzter Zeit eigentlich nur mit Sercius geführt und darüber vergessen, dass seine und Jurils Einstellung den Stämmen gegenüber eher die Ausnahme als die Regel war. Außerdem war ja bekannt, dass die Leute hier schon deshalb wütend waren, weil durch die eingeborenen Zwangsarbeiter in Corasson die örtliche Plantagenwirtschaft ruiniert wurde. Diese Wut traf natürlich die Falschen, aber sie war nun mal da und mit ihr durfte Juril sich nun herumschlagen. „Was, nein, die Stammeskrieger, die ich getroffen habe, lieben ebenfalls ihr Land und sind bereit, dafür zu kämpfen, während auch sie dem globalen Anspruch unserer Erhebung etwas skeptisch gegenüberstehen. Wenn du welche kennen würdest, dann würdest du nicht an so etwas denken", machte er einen Versuch. Nun war es Luisias Lachen und nicht ihr Lächeln, das die Fesseln in seiner Brust wieder etwas enger zog. „Nein danke, will ich etwa die Käfer, die unsere Bananen befallen, kennenlernen?"

„Ach, nicht mal als Menschen wollt ihr die Ureinwohner ansehen, ist es wegen den Plantagen? Es nennt sich nicht Zwangsarbeit, weil sie es freiwillig tun."

„Das interessiert mich nicht, ich weiß nur, dass unsere Erzeugnisse von Jahr zu Jahr weniger einbringen und dass diese Ureinwohner nie wirklich versucht haben für ihre Freiheit zu kämpfen. Sie haben sich so lange wie die Tiere behandeln lassen, wie kann man da von mir verlangen, sie nicht als solche zu sehen?"

Juril wurde richtig wütend angesichts solcher Ignoranz. „Kämpfen? So wie ihr gekämpft habt? Wie lange wart ihr besetzt? Jahrzehnte, Jahrhunderte? Und ohne unsere Hilfe würdet ihr nächstes Jahr noch immer im Dickicht umherkriechen, während der Feind eure Dörfer besetzt hält."

Luisias Hand wanderte an ihren Gürtel, dort, wo sie ihre Axt trug. „Sag das noch mal", jedes ihrer Worte spie sie ihm einzeln ins Gesicht. Juril bemerkte zwar, dass Margello ihn flehend ansah, und es entging ihm auch nicht, dass Vincelle sich bereit machte aufzustehen, um was auch immer zu tun, aber das war ihm jetzt egal, er hatte die Initiative zurückgewonnen, nun würde sie nicht mehr über ihre Sache lachen. „Du weißt, dass ich recht habe, sieh dich doch nur um. Was siehst du? Alte Männer, Frauen und halbe Kinder, bestenfalls bewaffnet mit einem nur halb verrosteten Buschmesser. In Syrka würde man über euch lachen, über irgendwelche Bananenpflanzer am Ende der Welt, die aus einer Dummheit heraus glauben, das Demerkianische Reich herausfordern zu können. Ihr schafft es ja nicht mal, ein paar Dörfer auf eurer eigenen Insel zu halten, und das, obwohl Demerkia wegen uns keine Verstärkung entsenden kann. Aber wem sage ich das, ohne unsere Erhebung hättet ihr wahrscheinlich nicht mal den Mumm gehabt, überhaupt aufzustehen, ihr seid mir ja feine Freiheitskämpfer.“

Für Luisia gab es kein Halten mehr, in einer Bewegung zog sie ihre Axt und sprang auf, Juril tat es ihr mit seinem Schwert gleich. Alle seine Angst von vorhin war fast wie weggeblasen, sollten sie doch nur kommen, sie alle. Er brauchte sich nicht zu fürchten, vor keinem von ihnen. Er stand auf der richtigen, der einzig richtigen Seite. Auch Vincelle sprang auf, aber nicht etwa, um Juril anzufallen, sondern um Luisias Arm zu greifen. „Mach keinen Blödsinn, Luisia, er ist unser Gast.“

„Das weiß ich, mir egal“, fauchte sie zurück und „lass mich los“. Mit einem kräftigen Ruck schüttelte sie ihren Arm frei und noch bevor Vincelle sie nochmals packen konnte, machte sie auf dem Absatz kehrt und verschwand in der Dunkelheit. Kurz kam Juril der Gedanke, ob ihm das mit allen Frauen passieren musste, er schüttelte ihn aber ebenso schnell ab, wie er gekommen war. „Tut mir leid.“

Margello stand jetzt neben ihm, „sie ist nur immer ziemlich emotional, wenn es um das Archipel geht.“

Juril fiel auf, dass er noch immer das Schwert erhoben hatte. Hastig steckte er es weg, irgendwie erschien ihm seine Reaktion auf einmal etwas übertrieben. „Nein, mir tuts leid. Ich bin zu weit gegangen, ein paar dieser Dinge hätte ich so nicht sagen sollen.“

„Du hättest sie wirklich nicht so zu provozieren brauchen.“

Vincelle war sichtlich verärgert. „Schon o. K., Vin, im Grunde hat er ja recht. Sie hatte keinen Grund, sich so herablassend zu verhalten.“

„Das ist deine Meinung.“

„Ich wollte nur, sie hat, ich wollte einige Dinge richtigstellen und hab die Kontrolle verloren."

Juril versuchte sein Verhalten zu rechtfertigen, vielleicht mehr für sich als für die anderen zwei. „Ist o. k."

„Ja", sagte auch Vincelle. „Reden wir nicht mehr darüber, ist zum Glück noch mal glimpflich ausgegangen."

Nun, da sie nicht mehr über das Thema sprechen wollten, aber gleichzeitig niemand ein neues Thema ansprach, herrschte Schweigen, nachdem sie sich wieder gesetzt hatten.

Nach einer Weile machte Juril einen Versuch mit einem Thema, das ihn wirklich interessierte. „Sagt mal, unabhängig von dem, was ich vorhin gesagt habe, finde ich es bewundernswert, dass bei euch auch die Frauen mitkämpfen."

„Das hat lange Tradition bei uns. Wir mussten uns im Lauf unserer Geschichte schon gegen viele Feinde verteidigen, das geht am besten, wenn alle mitkämpfen. Schwache, verwöhnte Damen wie in Syrka wirst du bei uns nicht finden."

Vincelle sprach mit vor Stolz geschwellter Brust. „Ich bin sicher, dort findest du keine, die in der Lage ist, so einen Auftritt hinzulegen wie Luisia gerade."

Juril dachte an Elyana und an die feinen Damen, die sie bei ihrer Einladung bei Brusius kennengelernt hatten. Juril hatte immer gedacht, Elyana sei trotz ihrer Herkunft keine von ihnen. Er hatte immer gedacht, sie sei anders. Aber seitdem sie ihn verlassen hatte, zweifelte er daran. Was, wenn Elyana einfach nur eine schwache, verwöhnte Dame aus Syrka war, die etwas Abenteuer spielen wollte, es mit der Angst zu tun bekam und nun weinend zurück in den Schoß ihrer Mutter lief. Ihr Vater würde sich schon irgendwie mit Brusio einigen und Elyana würde wie vorgesehen mit Garnis vermählt. Mit ihm würde sie dann den Rest ihres Lebens verbringen, ihm Kinder schenken und alles andere, was man von ihr erwartete. Vielleicht würde sie sich ab und zu an ihn erinnern und sich fragen, was sie sich damals nur dabei gedacht hatte. Konnte er ihr deswegen einen Vorwurf machen? Nein, wie hatte Sercius gesagt: Merk dir das, es sind die Erziehung und die Lebensumstände, die einen Menschen zu dem machen, was er ist. Allerdings hätte dieser Plan einen entscheidenden Haken, diese Welt, in die Elyana zurückwollte, diese Welt gab es nicht mehr oder zumindest gab es sie nicht mehr lange. Wer weiß, vielleicht war

Garnis ja sogar noch hier, auf Kyrelia, bloß einige Kilometer entfernt. Unwillkürlich umfasste Juril den Griff seines Schwertes. Wir kommen dich holen, Garnis. So voller Tatendrang war es ihm nur recht, dass Sercius ihn zu sich rief. Er leerte seinen Becher mit einem Schluck, stand auf, verabschiedete sich von Margello und Vincelle, dann machte er sich auf den Weg. Wir kommen dich holen, Garnis, wir kommen euch alle holen.

Um Sercius herum drängten sich bereits ein paar Männer, darunter Luigo und einer von Gontales' ehemaligen Soldaten, auch eine Frau war anwesend. Alle hatten sie den Blick auf den Boden gerichtet, auf dem Sercius und Luigo abwechselnd etwas mit einem Ast zu zeichnen schienen. Er sah zu Juril auf, „gut, dass du kommst, wir planen gerade unser Vorgehen."

Juril stellte sich neben ihn und richtete seinerseits den Blick auf den Boden. Dort sah er einige Linien, bei manchen war die Bedeutung klar, andere wurden von Luigo und Sercius erkärt. Dafür, dass sie gerade noch getrunken hatten, wirkten alle Beteiligten ziemlich klar im Kopf, immer wieder gab es Nachfragen und Anmerkungen. Am Anfang konnte er nicht viel erkennen, aber je mehr erklärt wurde und je länger er die Zeichnungen auf dem Boden ansah, desto klarer wurde das Bild in seinem Kopf. Das Dorf, welches sie befreien wollten, lag auf einer Art terrassenähnlicher Plattform mit steil ansteigendem Gelände auf der einen und mehr oder weniger steil abfallendem Gelände auf den drei verbleibenden Seiten. Am einfachsten erreichbar, wobei man das Wort einfach hier wohl mit Vorsicht gebrauchen musste, war das Dorf einmal durch die kleine Straße, die sich durch das Gebirge schlängelte, sowie einen der weniger felsigen Hänge. Dieser wäre eigentlich von Plantagen überzogen und hätte so perfekte Deckung geboten; genau aus diesem Grund hatten die Besatzer des Ortes allerdings die Pflanzen niedergebrannt.

Irgendwann sprach der frühere Soldat unter Gontales das aus, was Juril die ganze Zeit gedacht hatte. „Das ist kein Dorf, das ist eine beschissene Festung."

Juril hätte es nicht verwundert, wenn er noch „wie konntet ihr die nur verlieren" dranhängen würde, das hatte er nämlich auch gedacht. Natürlich sprach er das nicht offen aus. Es war, als hätte Sercius nur auf diesen Moment gewartet: „Und genau deshalb versuchen wir nicht reinzukommen, sondern wir sorgen dafür, dass sie rauskommen."

„Sie wissen nicht, dass ihr hier seid, und das werden wir zu unserem Vorteil nutzen."

Falls Luigo verärgert war, dass Sercius einfach so vorpreschte, obwohl es ja eigentlich das Dorf seiner Leute war, so ließ er sich auf jeden Fall nichts anmerken. „Ab hier unten sind wieder Plantagen", er zog eine Linie in etwa am Fuß des zugänglichen Abhangs. „Sie werden gar nicht wissen, wie ihnen geschieht. Nun war wieder Sercius an der Reihe: „Gleichzeitig wird ein kleiner Trupp versuchen hier von der Anhöhe herunter zum Dorf zu klettern", auch er zog jetzt eine Linie, die einen weiten Bogen über das Gebirge und den zum Dorf hinabfallenden Steilhang bis hin zum Ort selbst beschrieb. „Wir kennen das Gelände genau, besonders unsere Hirten sind zu jeder Jahreszeit in diesem Gelände unterwegs."

Juril wollte etwas mehr beitragen als nur zu nicken, also stellte er eine Frage, auch wenn es die wohl naheliegendste war. „Und wie stellen wir das genau an mit dem Rauslocken?"

„Wir schicken einige Männer los, um einen Angriff vorzutäuschen, nach ihrer Entdeckung geben diese vor zu fliehen und locken sie genau in unsere Arme. Sie werden nicht bis ins Dickicht gehen, wir müssen uns also möglichst schnell auf sie stürzen. Sie werden von unserer Anzahl völlig überrascht sein."

Da räusperte sich der Soldat, offenbar wollte er etwas ansprechen, das ihm äußerst unangenehm war. „Was das angeht, nun ja, bei einigen Männern rufen eure Pläne Missfallen hervor."

„Missfallen?"

Sercius blieb ganz ruhig. „Vorhin kamen einige Matrosen auf mich zu, sie verstehen nicht, wieso sie diesen Kampf mitkämpfen sollen. Sie sagten, sie hätten getan, wofür man sie bezahlt hätte, und würden nicht den Kopf für ein paar", der Soldat sah zu Luigo und den anderen lokalen Anführern hinüber, „ihren Kopf für die Bewohner dieser Inseln hinhalten. Sie sagen, es ist nicht ihre Schlacht und dass sie nach Hause wollen."

„Wie viele?"

„Etwa ein Drittel."

„Wo sind sie jetzt?"

„Ich denke, sie sind zurück zum Schiff."

Sercius seufzte. „Sie verstehen es also nicht. Ich hätte es wissen müssen. Und wie steht ihr dazu? Versteht ihr, wieso wir das tun?"

Der Soldat nickte und Sercius lächelte. „Keine Sorge, um die Verräter kümmern wir uns früh genug. Jetzt gibt es erst mal Dringenderes zu erledigen."

HINTERHALT

Juril saß in der Dunkelheit und wartete. Er konnte nicht sagen, wie lange er schon hier saß, wie viel Zeit vergangen war, seitdem ihre Lockvögel in Richtung des Hanges verschwunden waren. Zwischen ihrem Versteck und dem als einzigem Punkt in der Gegend hell erleuchteten Dorf lagen zwar maximal ein Kilometer Entfernung, um vorzeitiger Entdeckung zu entgehen, bewegte sich der Trupp allerdings äußerst vorsichtig, ja kroch an manchen Stellen mehr als zu gehen. Dass bis auf einige Insekten und unvermeidbare menschliche Geräusche wie Atmen oder gelegentliches Husten völlige Stille herrschte, machte es nicht besser. Am Anfang gab es noch einige Unterhaltungen im Flüsterton, doch eine nach der anderen waren sie verstummt. Jetzt saßen alle in der Dunkelheit und warteten. Durch Zufall fand Juril sich mit Margello zu seiner Rechten wieder, er schien noch aufgeregter zu sein als Juril. Am Anfang hatte er auch ab und an etwas vor sich hingemurmelt, jetzt konnte Juril ihn ab und zu übertrieben lange ausatmen hören. Obwohl, aufgeregt war das falsche Wort. Aufgeregt, das klang zu harmlos. Aufgeregt, das konnte auch etwas Schönes sein. Aufgeregt war er, wenn er sich zu Elyana geschlichen hatte. Das hier war keine Aufregung, das hier war Angst, war Panik. Vorbei war die Entschlossenheit, mit der er vorhin bereit gewesen war, Luisia gegenüberzutreten, jetzt sagte sein Körper ihm die ganze Zeit, er solle verschwinden, solange er noch kann, doch im Kopf erklärte er sich selbst immer wieder, wieso er noch hier war. Immer wieder holte er sich die Bilder aus den letzten Monaten zurück, der alte Mann, in seinen zerquetschten Kirschen liegend, seine Schwester unter Tränen, der Ureinwohner mit geschwollenem Gesicht, während Halones auf ihn einschlägt. Trotzdem musste er sich eingestehen, dass es etwas ganz anderes war, sein Schwert im Zorn zu ziehen, als endlos wirkende Zeit auf den Moment zu warten. Irgendwann, Juril beschloss gerade, nicht allzu sehr auf sein pochendes Herz zu achten, da es sich sonst nur verschlimmern würde, sah er die Fackeln wie Funken, die sich aus dem Feuer, das das Dorf war, lösten und den Hang hinunter auf sie zuflogen. Aber war er nicht ein Funke? Wie gerne hätte er jetzt lieber über solche Dinge nachgedacht, aber die Fackeln kamen so schnell auf sie zu. Er umklammerte sein Schwert und sein Schild, machte sich bereit und dann kam der Moment. Ihre Männer hatten es geschafft, die ersten brachen neben ihm ins Gebüsch, dicht hinter ihnen die Truppen des Gouverneurs. Bei Margello brach sich die Anspannung in einem Satz, den er aus vollem Halse schrie, als sie aus dem Dickicht herausbrachen. „Der Knechtschaft auf ewig ein Ende!“;

ohne groß nachzudenken, brüllte Juril dasselbe. Die Soldaten waren vollkommen überrascht, hielten einen Augenblick inne. Ein Fehler, nun fehlte ihnen die Zeit, die sie gebraucht hätten, um sich umzudrehen, die Beine in die Hand zu nehmen und zurück zum Dorf zu kommen. Wahrscheinlich hätten sie es auch in diesem Augenblick mehr nicht geschafft, so mit ihren schweren Kettenhemden. Wahrscheinlich hätte es ihnen auch nichts genutzt, zu fliehen, oben wartete ja schließlich auch schon ein Trupp auf sie. Hätte Juril in diesem Moment auf seine Gefühle geachtet, so hätte er sicher Mitleid dabei entdeckt. Aber irgendwie war da nichts mehr, auch von seiner Angst war nichts mehr zu spüren. Nein, er stürzte einfach mit den anderen nach vorne, um das zu tun, was Sercius ihm in den letzten Wochen beigebracht hatte. Eigentlich war das nicht viel gewesen, doch für den Moment war es alles, was er hatte. Kurz bevor er und einer der Matrosen, die sich entschieden hatten zu kämpfen, den ersten Soldaten erreichten, konnte er im Schein einer Fackel dessen Gesicht sehen. Irgendwie erinnerte es ihn an jemanden, den er aus Syrka kannte, nur viel ängstlicher. Juril kam es vor, als wäre sein Versuch, das Schild zum Block zu heben, nur halbherzig und tatsächlich traf ihn ein Säbel an der Schulter, noch bevor der Schild auf Brusthöhe war. Als er deswegen strauchelte, stach Juril zu. Wie eigenartig scheußlich sich das anfühlte, so mit dem Schwert durch menschliches Gewebe zu gehen. Reflexartig hob Juril seinen Schild, es gelang ihm gerade so, den Angriff eines anderen Soldaten abzuwehren, er spürte den Schlag bis in seine Schulter und kam seinerseits ins Straucheln. Aber immerhin, er hatte es irgendwie geschafft, zu blocken. Juril versuchte sich zu fangen, um es gegebenenfalls ein zweites Mal zu versuchen, auch wenn ihm der erste erfolgreiche Versuch fast schon wie ein Zufall erschien, als jemand den Soldaten an der Seite erwischte und so einen weiteren Angriff verhinderte. Als sein Kontrahent nach einem weiteren Treffer zu Boden ging und die Fackel fallen ließ, sah er Margello im Gras liegen. Er wollte ihm die Hand reichen, ihm helfen aufzustehen, doch noch während er den Arm ausstreckte, dämmerte ihm, dass das wohl sinnlos war. Rund um Margello war das Gras tiefrot. Zuerst verstand er nicht, wollte nicht, konnte nicht.

Eben noch hatte Margello doch gerufen, was noch mal? „Der Knechtschaft auf ewig ein Ende."

Gerade noch war er mit solch einer Energie vorangesprungen und jetzt bewegte er sich nicht mehr, er lag einfach dort und bewegte sich nicht mehr. Das konnte doch nicht sein, irgendetwas musste man doch tun können. Irgendwo hörte er jemanden seinen Namen rufen, er war weit weg. Ausgerechnet Margello, so voller Energie und Tatendrang. Sercius stand neben ihm, zog ihn unsanft hoch. Komisch, Juril hatte gar nicht gemerkt, dass er in die Hocke gegangen war. „Weiter, Juril, du musst weiter."

Sercius' Stimme war ohne Mitleid. Aber als er sich umschaute, erkannte Juril, dass er recht hatte. Das Blutvergießen um ihn herum hatte ja nicht mit Margellos Tod aufgehört. Genauso wenig, wie es aufgehört hatte, als Juril den Soldaten getötet hatte. Genauso wenig, wie es nach dieser Schlacht aufhören würde. Es würde erst nach ihrem Sieg aufhören und für diesen kurzen Moment fragte Juril sich, ob das Verhängnis oder Verheißung war.

Als Juril einige Stunden später alleine an einen Bananenbaum gelehnt in einer der Plantagen saß und dem Wind dabei zuhörte, wie er durch die Kronen aus Blättern strich, eine angenehme Frische mit sich bringend, da erschien ihm alles einfach nur absurd. Er konnte sich im Moment keinen friedlicheren Ort vorstellen, so viele Vögel zwitscherten um ihn herum ihre Lieder. Und doch, nur einige Hundert Meter von dem Baum entfernt, an dem er lehnte, waren Menschen aufeinander losgegangen, hatten versucht einander zu töten und es auch getan und er war ein Teil davon gewesen. Es war nicht so, dass er Gewissensbisse hatte, nein, er glaubte zu verstehen, wieso sie diesen Kampf kämpfen mussten. Aber doch wünschte er, sie müssten es nicht. Die anderen waren alle im Dorf, vielleicht feierten sie ihren Sieg, vielleicht waren die Verluste doch zu hoch gewesen, um derlei zu rechtfertigen, Juril war das im Moment egal. Kurz kam ihm der Gedanke, ob er nicht für immer hier sitzen bleiben sollte, und so absurd er auch war, so hatte er doch etwas Schönes, Tröstliches. Plötzlich hörte Juril jemanden seinen Namen rufen, doch er antwortete nicht. Es gab nur einen einzigen Menschen, den er jetzt gerne sehen würde, und der, der ihn gerade rief, war es nicht. Gefunden wurde er trotzdem. „Man sagte mir, du würdest dich hier verstecken."

Vincelle gelang es fast, seine Traurigkeit zu überspielen. „Verstecken trifft es gut", Juril hatte kein bisschen Lust, sich zu unterhalten, und hatte nichts dagegen, das diesen auch spüren zu lassen. „Du erinnerst dich, was Margello gerufen hat?"

Na klar tat Juril das, wie auch nicht. Dennoch schwieg er, was sollte er schon sagen? „Er hat gerne geschrieben, weißt du, Gedichte und so. Das, was er da gesagt hat, kurz bevor er, kurz bevor es ihn erwischt hat, das stammt aus so einem. Als er es mir gezeigt hatte, da war er so begeistert, er sprach davon, Teil von etwas Großem zu sein. Damals war mir sein Enthusiasmus etwas suspekt, aber jetzt, da bewundere ich ihn ein klein wenig. Ich habe es hier, könntest du es vielleicht Sercius geben, ich glaube, Margello hätte nichts lieber gesehen, als dass eure Revolution mit seinen Worten verbreitet wird."

Er drückte Juril ein Stück Pergament in die Hände.

„Brüder und Schwestern, hört, was ich sage.
Bald schon sind aus und vorbei die dunklen Tage
Wir erheben uns nicht länger willens zu knien
Macht euch bereit, die Schwerter zu ziehen
Der Knechtschaft auf ewig ein Ende
Der Tyrannei für immer den Krieg
Unser Schicksal in unsere Hände
Für uns bleibt nur noch der Sieg."

Sercius hob den Kopf und sah Juril an. „Das ist gut, Margello hatte wirklich Talent. Ich kenne da jemanden, der kann dafür sorgen, dass sein Gedicht die Ehrerbietung erfahren wird, die es verdient."

Das hörte Juril gerne, ja, das hätte Margello gefallen, seine Worte würden in ihrer Erhebung weiterleben. Sercius las das Gedicht noch einmal, bevor er es zusammenfaltete, zur Seite räumte und sich wieder der Karte zuwandte. Diese zeigte die Welt oder zumindest das, was von ihr bekannt war, mit allen vier Kontinenten. Unwillkürlich schweifte Jurils Blick nach links, dort auf dem südwestlichen Kontinent Peris lag seine Heimat, Demerkia. Syrka war nicht schwer zu finden, seine Lage an der goldenen Straße genannten Meerenge im Norden des Kontinents machte es auch auf Karten unverwechselbar. Südlich von Syrka erstreckte sich das Demerkianische Reich bis hin zum hohen Wall. Bei diesem handelte es sich nicht etwa um eine von Menschen gebaute Mauer, sondern um ein Gebirge, welches den Kontinent ziemlich genau in der Mitte durchzog. Der Wall hieß schon so, lange bevor er die natürliche Grenze zwischen dem Demerkianischen Reich und dem Südlichen Bund bildete, aber seit dieser Zeit passte der Name umso mehr. Nur dieses Gebirge hatte damals die Expansion von Tyrlios VI. gestoppt, was nicht hieß, er hätte die Überquerung mit seiner Armee nicht versucht. Angesichts der Erkenntnis, dass es vor allem die Zersplitterung im Norden gewesen war, die es Demerkia ermöglicht hatte, sich von Tyrlios zu Tyrlios weiter auszubreiten, beschlossen die Staaten im Süden, dass ihnen so etwas nicht passieren würde. Also gingen sie eine zweckmäßige Allianz ein, gemeinhin bekannt als der Südliche Bund. Sie umfasste kleinere Stadtstaaten ebenso wie größere Reiche, auch wenn sich keines von ihnen alleine flächenmäßig mit Demerkia oder Onien messen konnte. Neben den klassischen Königreichen hatte bei manchen dieser Länder auch eine andere Regierungsform überdauert, die Republik. Dort herrschte nicht etwa ein einzelner Erbkönig, die Bürger dieser Gebilde stimmten über alles Wichtige selbst ab oder wählten Repräsentanten, die das für sie taten. Reste dieser Strukturen fanden sich sogar noch im Demerkianischen Reich, denn unter den eroberten Staaten hatte sich auch so manche Republik befunden. Viele Mitglieder des Geldadels stammten aus Familien, die in diesem System einst viel Einfluss besessen hatten. Und bereits Tyrlios I. war nicht umhingekommen, nach der Einnahme der ersten Städte einen Rat aus wichtigen Bürgern zu schaffen, der zumindest eine beratende Funktion hatte. Überflüssig zu erwähnen, dass Elyanas Vater natürlich auch in diesem Rat saß. Sercius jedenfalls hatte für die Republiken kein gutes Wort übrig, manchmal machte es auf Juril sogar den Eindruck, als würde er diese noch mehr hassen als die Königreiche. „Heuchler", pflegte er sie zu schimpfen, „selbstgefällige Heuchler. Sie nennen sich freie Städte, aber das, was sie Freiheit nennen, ist doch nur die altbekannte Knechtschaft im anderen Gewand. Ratsherren, Senatoren, Fürsten, Könige, wo ist der Unterschied? Sklaven halten sie natürlich trotzdem dort, wo ihnen die Freiheit doch so wichtig ist. Und wo käme man hin, wenn ein armer Bürger dasselbe dürfte wie ein Reicher? Im Grunde geht es dort zu wie bei uns, nur dass die Könige bei uns wenigstens den Anstand haben, das Wort Freiheit nicht in den Mund zu nehmen."

Im Westen waren die besiedelten Gebiete von Peris durch eine große Wüste begrenzt, die aufgrund ihrer schieren Größe und den wellenähnlichen Dünen das gelbe Meer, manchmal auch nur das Meer, genannt wurde. Jenseits der goldenen Straße, der Meerenge, an welcher auch Syrka lag, befand sich der größte der vier Kontinente, genauer gesagt zunächst einmal das Land Neversa, im Grunde eine kleinere Ausgabe von Onien, an das es im Osten grenzte. Im Westen lag das Nordmeer, diese Küste musste sich Neversa allerdings mit Skire im Norden teilen. Die Nachbarschaft zu Skire war seit jeher eines der größten Probleme von Neversa, die Bewohner des südlichen Landesteils hatten einst damit begonnen, die Küste nach Süden herunterzufahren, um über Inseln und

Siedlungen an der Küste herzufallen, und über Jahrhunderte nicht mehr damit aufgehört. Verschiedene Versuche von Neversa, das Problem durch einen Einmarsch auf dem Landweg zu lösen, scheiterten allesamt, sodass man schließlich dazu überging, die Küste zu befestigen. Das hatte zwar geholfen, die Überfälle zu reduzieren, diese waren seit Jahrzehnten eigentlich kein Thema mehr, aber die Konflikte zwischen den beiden Ländern gingen unvermindert weiter. Zurzeit kämpfte man um ein Stück Land, welches Neversa einst bei einem der erwähnten Einmärsche unter Kontrolle brachte. Dabei konnte man fast vergessen, dass besagter Landstrich eigentlich nur dünn besiedelter Sumpf war, weder für die Landwirtschaft geeignet noch reich an Bodenschätzen. Und dennoch wurden hüben wie drüben Bauern von ihren Feldern geholt, um sich wegen dieser kargen Landschaften gegenseitig umzubringen. Weiter im Norden von Skire, wo das Meer im Winter von einem dicken Eispanzer bedeckt war, lebten die Skir noch nach ihren alten Traditionen, so wie es ihre Brüder im Süden auch getan hatten, bevor sie anfingen Königreiche zu gründen, Städte zu bauen und auf Raubzug zu gehen. Man bewohnte kleine Dörfer und ernährte sich von der Jagd auf Robben. Dann gab es natürlich noch Onien, das flächenmäßig größte Land der Erde. Dort hatte es in den letzten Jahren spannende politische Entwicklungen gegeben, nicht nur, dass eine Frau die Krone trug, die Königin entstammte nicht mal einer angesehenen Adelsfamilie, bei ihr handelte es sich um eine Mätresse des inzwischen verstorbenen Königs. Juril hatte keine Ahnung, wie sie es zur Krone gebracht hatte, den diesbezüglichen Geschichten glaubte er kein Wort. Wer dachte, über Männer würden die wildesten Gerüchte erzählt, hatte noch nie die Matrosen im „Vollen Becher" über Königin Gwennif reden hören. Juril jedenfalls musste zugegeben, dass sie ihm trotz seiner Abneigung der Monarchie gegenüber imponierte. Das Einzige, was ihren Vorgänger, König Egwa, noch mehr interessiert hatte als die Frauen, war der Alkohol. Die Staatsführung belegte eher einer der unteren Plätze in dieser Liste. Zu Beginn seiner Herrschaft war Onien noch die Nummer eins unter den Staaten der Welt, was Macht und Einfluss anging. Als er schließlich starb, war dieser Titel schon lange an Demerkia übergegangen. Seine Regierungszeit war eine einzige Demütigung für das einst so stolze Onien gewesen, mit dem Verlust des strategisch so wichtigen Archipels des Windes an Demerkia, praktisch ohne Gegenwehr, als Höhepunkt. Königin Gwennif hatte es in den drei Jahren ihrer Regierungszeit immerhin geschafft, diese Entwicklung aufzuhalten, solch eine Blöße hatte sie sich nie gegeben.

Nördlich von Onien lagen die Grenzlande, dünn besiedeltes, endloses Grasland erstreckte sich bis hin zu einer unpassierbaren Gebirgskette. Diese Ebenen waren seit Jahrhunderten Schauplatz von Konflikten zwischen verschiedenen nomadischen Stämmen und der sesshaften Bevölkerung. Seit König Hägr eine seiner vier Töchter an den Häuptling des größten Stammesverbandes verheiratet hatte, Häuptling Esvegä, vom Verband der Esve (sein Name leitete sich, wie es in der lokalen Tradition üblich war, vom Namen seines Verbandes her. Esve bedeute so viel wie Ostwind, Esvegä war der, der mit dem Ostwind galoppiert), herrschte erstmals Frieden. Anfangs hatte er deswegen viel Kritik einstecken müssen, die Menschen in den Grenzlanden waren nicht dafür bekannt, mit ihrer Meinung hinterm Berg zu halten. Nach allem, was man sich erzählte, gehörte die Königin selbst zu den größten Kritikern dieser Verbindung. Und auch bei den Nomaden stellten sich viele den Plänen entgegen. Einige verließen die Esve, eine Gruppe Verschwörer soll sogar versucht haben, Esvegä zu ermorden. Für Hägr und Esvegä kam ein Bruch allerdings nie infrage. Suchten sie anfangs vor allem aus rein politischen Gründen den Ausgleich, so hatte sich im Laufe der Zeit eine Freundschaft zwischen den beiden entwickelt, die bis jetzt an jeder Krise nur weitergewachsen war. Und so wurde der Widerstand gegen den Frieden auf beiden Seiten immer schwächer und die Annäherung zwischen den Völkern wurde von Tag zu Tag größer. Gab es auch vorher Handel und einzelne Verbindungen zwischen Nomaden und Sesshaften, so hatten doch das gegenseitige Misstrauen und die immer wieder ausbrechende Gewalt eine größere Nähe verhindert. In den letzten Jahren hatten sich allerdings viele Dinge getan, die Ehen zwischen den Völkern nahmen stetig zu, Nomaden durften ihre Lager direkt vor den Stadttoren errichten, was nicht nur den Handel, sondern auch Freundschaften begünstigte. Langsam stellten die Menschen fest, dass viele der Schauergeschichten, die auf beiden Seiten über die Jahrhunderte aufgekommen waren, nichts mit der Realität zu tun hatten. Und auch Prinzessin Ev, deren Name eigentlich nichts mit den Esve zu tun hatte, war nach allem, was man hörte, noch immer glücklich mit Esveläg (der den Ostwind ruft) verheiratet. Endlich mal eine gute Geschichte, fand Juril, geht doch.

Nördlich von Peris und westlich von Neversa lag Kantao, der kleinste der Kontinente. Und doch hatte er vielfältige Landschaften zu bieten, von schneebedeckten Gipfeln bis zu Regenwäldern, nicht ohne Grund bedeutete Kantao frei übersetzt so viel wie „Ort, an dem die Welt zusammenkommt".

Nun hatten die Herrscher von Kantao in den letzten Jahrhunderten immer wieder unterschiedliche Ansichten, wie weit sich die Welt erstreckte. Phasen, in denen das Land offen für Händler aus all ihren Teilen war und selbst Expeditionen entsandte, wechselten sich ab mit Phasen, in denen manchmal Ausländern nicht mal der Zutritt zum Land gewährt wurde. Zurzeit probierte man mal wieder tendenziell Letzteres aus, ausgerechnet jetzt, wo sonst überall auf der Welt der Handel die Länder enger zusammenrücken ließ.

Zum Zeitpunkt der Entdeckung von Corasson hatte Kantao 5 Häfen für den Außenhandel geöffnet, es gab Zeiten, in denen waren es deutlich mehr, aber auch sehr oft weniger. Als Kaiser Sushin vor etwas mehr als einem Jahrzehnt den Thron bestieg, waren es noch 4, heute verblieb noch einer. Sercius meinte, die Abschottung geschah nicht trotz der ansonsten verstärkt zusammenwachsenden Welt, sondern gerade deswegen. Viele im Land hatte es geschockt, dass es nicht das stolze Kantao war, das sein Kaisertum über tausend Jahre bewahrt hatte, welches Corasson entdeckt hatte, sondern Onien, wo seit Jahrhunderten kein Kaiser mehr, sondern nur noch ein König saß. Oder, je nachdem, wen man fragte, waren es gar Seeleute aus Demerkia, Demerkia, das bis vor hundert Jahren nur für seine Oliven und einen lächerlichen Anspruch auf den Thron von Onien bekannt war. Diese Veränderungen in der Welt machten Kantao dermaßen Angst, dass es wie ein Kind beschloss, einfach die Augen zu schließen und sich die Ohren zuzuhalten, bis alles wieder wie früher war, so drückte das zumindest Sercius aus. Der Orden sprach lieber von einer „Insel des inneren Friedens" und fand bei Kaiser Sushin offenes Gehör. Wenn Kantao Angst vor der Welt hatte, so hatte Sushin Panik. Er war gerade 8 Jahre alt geworden, als ihm die Krone zufiel. Eine leichte Beute für die Aasgeier um ihn herum, jeder im Hofstaat versuchte ihn für seine Zwecke zu benutzen, Kontakt mit der Außenwelt wurde ihm nicht gestattet. Sogar seine Mutter und seine Geschwister durfte er nicht mehr sehen. Man sprach davon, dass er zu rein war, als dass ihn der ganze Dreck in der Welt der einfachen Menschen berühren, verderben durfte.

Dabei hatte sich sicher auch der kleine Kaiser das ein oder andere Mal gewünscht, auch einfach nur mal im Schmutz spielen zu dürfen, so wie andere 8-Jährige auch. Inzwischen war der König über 20 und zu alt, um im Dreck zu spielen. Aber wohl auch zu ängstlich. All die Jahre hinter hohen Mauern, immer nur Kontakt mit denselben Menschen, die ihn überhöhten, um ihn gleichzeitig auszunutzen, hatten ihn geprägt. Bis heute hatte er nicht ein einziges Mal seinen Palast verlassen.

Juril, der Sohn eines Kerzenziehers, war freier aufgewachsen als Sushin, der Sohn eines Kaisers. Wahrscheinlich waren die einzigen Menschen seit seiner Krönung, denen er wirklich etwas bedeutete, seine Leibwächter vom Orden des inneren Friedens. Auch sie überhöhten ihn natürlich, wie es auf Kantao eben üblich war, hatten aber nie offen versucht ihn für ihre Zwecke zu benutzen. Ironischerweise hatte das dadurch entstandene Vertrauensverhältnis sowie der Umstand, dass ihre Ideologie doch beim ängstlichen Wesen des Kaisers auf fruchtbaren Boden traf, dazu geführt, dass Sushin stets bei allen Entscheidungen den Orden um Rat fragte und diesem auch durchgängig folgte. Durch diese Nähe herrschte zum ersten Mal seit 250 Jahren wieder de facto der Orden über das Land. Welch Ironie der Geschichte, so hatte Kaiser Puyoto doch einst beschlossen, seine Leibwächter aus den Reihen des Ordens zu rekrutieren und ihn so an die Krone zu binden, weil er weitere Aufstände der „Söhne des Friedens", wie sich die einzelnen Mitglieder nannten, unterbinden wollte. Auf nichts ist der Orden mehr stolz als auf seinen Ehrenkodex, weshalb sie als Leibwächter niemals gegen den Kaiser intrigieren würden, so die Rechnung. Nun hatte der Orden es doch an die Macht geschafft, und das, ganz ohne seinen Ehrenkodex zu brechen. Hatte die Abschottung ansonsten eher negative Konsequenzen für das Land, wie etwa technologischer Stillstand, so dürfte sich zumindest das Aussperren fremder Ideen für Kaiser und Orden bezahlt machen. Sercius war nämlich der Ansicht, dass sich die Rebellion nirgendwo schlechter verbreiten würde als in Kantao. Bis jetzt hatte er auch keine einsatzfähigen Netze auf der Insel spinnen können. Er selbst als Ausländer hatte sowieso keine Chance, ungestört auf der Insel Leute zu treffen, das würde der Geheimdienst des Ordens nicht zulassen. Und auch für einheimische Anhänger wäre das kein leichtes Spiel, in Kantao wimmelte es nur so von Spitzeln. Hinzu kam, dass Gehorsamkeit für viele Menschen in Kantao wohl so eine Art Tugend darstellte, ein Aufbegehren gegen die Verhältnisse wäre für sie undenkbar. Nachdem einer von Sercius' Kontaktmännern bei dem Versuch, Unterstützer anzuwerben, verhaftet und hingerichtet wurde, beschloss Sercius, es bleiben zu lassen, und erteilte den übrigen den Befehl, die Füße still zu halten. Zu groß war das Risiko, dass die Beamten bei weiteren aufgeflogenen Zellen dahintergekommen wären, dass es dieses Mal nicht um einen lokal begrenzten Aufruhr unter den durch die Abschottung verarmten Kaufleuten geht, sondern um etwas Größeres. Sercius meinte zwar, er hätte die Netze in jedem Land so organisiert, dass es beim Auffliegen einzelner Zellen unmöglich war, dass die Erhebung als Ganzes in Gefahr war, und ein paar waren ja auch aufgeflogen, ohne dass es auf ihn oder den Rest des Aufstands zurückfiel, aber letztendlich wollte er sein Glück nicht überstrapazieren. Blieb noch Corasson, dieser geheimnisvolle Kontinent im Südosten. Knapp 100 Jahre war seine Entdeckung jetzt her und seit dieser Zeit war die Faszination für ihn nur stärker geworden. Auf Karten war meist nur die Küstenlinie verzeichnet und einige Andeutungen von Flussläufen. Das Innere dieses Kontinents war schwüler, unzugänglicher Regenwald, wie Juril selbst feststellen durfte. Berge jedoch hatte er nur aus der Ferne gesehen. Würde eine Expedition noch tiefer in Corasson eindringen, käme sie nicht umhin, sich einen Pfad durch das Hochland zu suchen. Es gab also gute Gründe, wieso sich die Siedlungen rund um die Küste konzentrierten und man vom Land dahinter nur eine grobe Ahnung hatte, meist aus Erzählungen von selbst ernannten Abenteuern oder, wenn es etwas verlässlicher sein sollte, Ureinwohnern.

Auf lange Sicht würde die Gier nach den Edelmetallen die Siedler allerdings bis in den hintersten Winkel des Regenwalds verschlagen, mit allen sich daraus ergebenden Folgen für die angestammte Bevölkerung, dessen war Juril sich sicher. Nun, jetzt vielleicht nicht mehr. Nach der Erhebung würden sich schließlich einige Dinge ändern, er konnte sich nicht vorstellen, das Sercius weitere Vertreibung und Versklavung zulassen würde.

„Schau mal, Juril.“

Passenderweise war es Sercius, der ihn aus seinen Gedanken riss. „Hier sind wir.“

Sein Finger zeigte auf einen Punkt irgendwo zwischen dem Archipel des Windes und Onien. Und dort ist unser Ziel, Warftburg. Sein Finger wanderte über die Karte bis zur Küste, ein Stück weit den Ren hoch, bis er die Markierung der größten Hafenstadt des Landes erreichte. Juril fiel auf, wie sehr er dieses Geräusch mochte, das entstand, wenn man über weiches Pergament strich. „Dort werden wir erwartet, die Stadt sollte inzwischen in unserer Hand sein."

„Wer erwartet uns dort?"

„Bracken."

„Ein Freund von Euch?"

Sercius schnaufte „Nicht in 100 Jahren."

„Aber Ihr vertraut ihm?"

„Nicht in 100 Jahren."

„Und doch ist es er, der uns erwartet? Wer ist dieser Bracken?"

„Willst du die lange oder die kurze Antwort?"

„Bestenfalls beide."

Wieder schnaubte Sercius: „Interessante Antwort, ganz wie du willst. Die kurze: Er ist ein Opportunist. Die lange: Er ist der Vizeadmiral der onischen Flotte. Wären wir nicht seine einzige Möglichkeit, das Vize verschwinden zu lassen, er würde sich keine Sekunde mit uns abgeben. Die Erhebung, das Feuer, all das hier, es bedeutet ihm nichts. Ihm ist auf dieser ganzen Welt nur eine einzige Sache wichtig, und das ist er selbst. Wir sind für ihn nur Mittel und Zweck, aber das gilt umgekehrt genauso. Mit ihm erlangen wir die Kontrolle über die östliche Flotte, die er befehligt und die hier vor Anker liegt. Es ist von größter Wichtigkeit, dass wir das Meer beherrschen, besonders Demerkia ist auf den Nachschub an Gold aus den Kolonien und den Handel angewiesen. Wenn es uns gelingt, beides abzuschneiden, werden wir sie entscheidend schwächen. Doch so sehr uns Bracken auch nützlich ist, dürfen wir ihm keine Sekunde lang vertrauen. Wer garantiert uns, dass er nicht uns verrät, wenn Königin Gwennif oder sonst wer ihm ein besseres Angebot macht?"

Es dauerte noch einige Tage, bis das sumpfige Mündungsgebiet des Ren in Sichtweite kam. Mehrere breite Seitenarme flossen hier an verschieden Stellen ins Meer. Von der Küste aus waren es noch einige Kilometer bis nach Warftburg, sie würden die Stadt erst in einigen Stunden erreichen. Ein Handelsschiff, welches sich ebenfalls anschickte, den Fluss hinaufzufahren, machte wieder kehrt, als es nah genug herangekommen war, um die bewaffneten Männer an Bord zu erspähen. Bei den Ereignissen in letzter Zeit wollte der Kapitän wohl kein Risiko eingehen. Dabei hatten sie die Flagge der Erhebung noch gar nicht gehisst, das wollte Sercius erst tun, wenn sie an der ersten Stadt vorbeikamen. Dann würde die Silia wohl das erste Schiff sein, welches unter der neuen Flagge segelte. Sercius war schon ganz aufgeregt deswegen, er ging an Deck auf und ab. „Was meinst du, Juril? Ist es ihnen gelungen? Wurden die Städte befreit?"

„Ohne Zweifel, du sagtest doch, wenn die Erhebung irgendwo Erfolg hat, dann hier in Onien."

„Stimmt, das sagte ich. Du musst mir meine Zweifel verzeihen, es ist nur, wir sind so kurz davor. Jedes Mal, wenn ich diesen Fluss hochgefahren bin, habe ich mir ausgemalt, wie es wohl sein wird."

„Und, ist es, wie du es dir ausgemalt hast?"

„Besser, viel besser."

Je näher sie der ersten Stadt auf ihrem Weg, einer Siedlung names Carvstadt, kamen, desto nervöser wurde auch Juril. Bis irgendwann die Türme der Stadtmauer in Sichtweite kamen, auf denen die Flagge mit der brennenden Krone gehisst war. Ihre Flagge. Sercius lachte laut auf, „ich wusste es! Ich habe es immer gewusst."

Die restliche Fahrt den Fluss hinauf verkam zu einem einzigen Triumphzug. Wo immer die Menschen die Flagge erblickten, unterbrachen sie ihre Tätigkeiten und begannen zu jubeln. Sie wussten offenbar genau, wer da an ihnen vorbeizog, neben „lang lebe die Erhebung" wurde auch immer wieder „lang lebe Sercius Vantales" gerufen. Dieser hatte Wort gehalten, Margellos Gedicht wurde in einer Art und Weise gewürdigt, von der er sicher nie zu träumen gewagt hatte. Schon als sie Carvstadt passiert hatten, wurde Juril dadurch überrascht, dass einige der Männer eine gesungene Version seiner Worte angestimmt hatten, auf die Melodie eines alten Seemannsliedes. Juril sang bereits beim ersten Mal mit.

„Brüder und Schwestern, hört, was ich sage
Bald schon sind aus und vorbei die dunklen Tage
Wir erheben uns nicht länger willens zu knien
Macht euch bereit, die Schwerter zu ziehen
Der Knechtschaft auf ewig ein Ende
Der Tyrannei für immer den Krieg
Unser Schicksal in unsere Hände
Für uns bleibt nur noch der Sieg."

Irgendwann stimmte fast die ganze Mannschaft ein, selbst die meisten derer, die sich noch auf dem Archipel geweigert hatten, für ihre Sache zu kämpfen. Es war wie im Rausch, Juril fühlte sich, als hätte er getrunken, die Gedanken an den möglichen Kater waren weit weg. „Wie?",

wollte er von Sercius wissen. Sercius lächelte. „Ich dachte mir, das wäre doch mal eine interessante Abwechslung zu den restlichen Seemannsliedern, die kann selbst ich ja mittlerweile auswendig. Eine wirklich eingängige Melodie, ich kann mir gut vorstellen, dass die Verbreitung von Margellos Gedicht davon nur profitieren wird."

Sie waren schon fast heiser, als sie am späten Nachmittag endlich das südliche Wassertor erblickten, das den Zugang zu Oniens größter Hafenstadt, Warftburg, freigab. Auch dort wehten bereits ihre Flaggen auf den Türmen, ebenso wurde gejubelt, als sie unter den hochgezogenen Eisengittern passierten. Von dem Anblick, der sich ihm nun bot, war selbst Juril aus Syrka, einer Stadt mit einem eigentlich noch größeren Hafen, beeindruckt. Warftburg machte seinem Namen durchaus Ehre, knapp hinter dem Tor zweigte der Fluss auf und gab in seiner Mitte eine Insel frei, auf der man eine gewaltige Feste errichtet hatte. Während die Handelsschiffe an den Flussufern links und rechts festmachen mussten, wo auch die eigentliche Stadt mit ihren Fachwerkhäusern lag, so war die für die Siedlung namensgebende Warftburg für die östliche Flotte reserviert. Hier lagen nicht nur fast hundert Schiffe, hier wurden auch so viele gebaut wie sonst nirgends auf diesem Kontinent. Da es in der Stadt keine Brücken gab und so die einzige Möglichkeit, den Ren zu Fuß zu überqueren, der Pfad über die Stadtmauer mit den Seetoren war, herrschte auf dem Fluss ein reger Schiffsverkehr, zum großen Teil kleine Ruderboote. Diese wurden vor allem als Fähren eingesetzt, entweder von einem Ufer zum anderen oder als die einzige Möglichkeit, zum schwimmenden Tempel der Quelle zu gelangen. Es war kein Wunder, dass in so einer Stadt besonders die Göttin des Wassers verehrt wurde, die zu ihren Ehren erbaute Kultstätte war neben der Burg das zweite Wahrzeichen der Stadt. Genau in der Mitte zwischen der Insel und dem westlichen Ufer, dort, wo der Fluss am breitesten war, lag der Tempel, ein frei schwimmendes Floß aus Schilfmatten in Form eines Wassertropfens, welches als Fundament für verschiedene, ebenfalls aus Schilf gebaute Häuser diente. Die ganze Konstruktion war mit mehreren Seilen am Grund des Flusses festgemacht. Auf einmal fiel Juril etwas auf, er erinnerte sich an die brennenden Häuser in Kameranto, wie er und Sercius auf dem Turm gestanden hatten, daran, wie die Stadt am Tag danach ausgesehen hatte, und ließ seinen Blick danach erneut über Warftburg schweifen. Das einzige Feuer, das er sehen konnte, war das auf den vereinzelt sichtbaren Flaggen dargestellte.

Selbst die prachtvollsten unter den Häusern, die das Flussufer säumten, zeigten keinerlei Beschädigungen. Nichts am Stadtbild deutete irgendwie darauf hin, dass hier ein radikaler Umbruch stattgefunden hätte. Er hörte wieder Sercius' Worte in seinem Ohr: „Die Erhebung, das Feuer, es bedeutet ihm nichts."

Auf einmal klangen diese Worte völlig anders für ihn, es dauerte kurz, dann hatte er das passende Wort parat. Erleichterung.

Auch ihre Begrüßung fiel anders aus, als Juril es gewohnt war, ausnahmslos alle von Sercius' Mitverschwörern hatten sich bislang mehr oder weniger gefreut, sie zu sehen, Bracken verzog keine Miene. Kein Lächeln, kein Zwinkern. Seine Mimik war ebenso so stumm wie seine Stimme, als sie im Dock der Warftburg von Bord gingen. Es war Sercius, der das Wort ergriff. „Bracken", „Vantales". Das war auch schon alles, bevor Sercius sich wieder der Mannschaft zuwandte. „Meine Freunde, ich möchte euch, die mir und unserer Sache so treu gedient haben, meinen tiefsten Dank aussprechen. Ihr habt wahrhaft Großes geleistet, der Erfolg unserer Erhebung steht und fällt mit Männern wie euch. Ich habe euch eine Belohnung versprochen, einen Anteil, und den sollt ihr bekommen. Nun, ich rede nicht nur von Gold, ich habe euch allen zusätzlich noch einen viel besseren Anteil anzubieten, einen Anteil an der Gestaltung unserer neuen Welt. Ihr habt bereits gesehen, was wir erreichen können. Ihr seid gute Seeleute und gute Seeleute sind unentbehrlich für das Gelingen unserer Sache. Ihr wisst, was für ein Hafen dies ist. Diese Schiffe gehören jetzt nicht mehr der Königin, sie gehören nun euch. Ihr müsst nur noch zugreifen, wir können jeden fähigen Mann für die Flotte gebrauchen. Denkt drüber nach, ihr habt in den letzten Monaten so viel Großartiges geleistet, wieso damit aufhören?"

Sercius machte eine kurze Pause, lang genug, um seine Worte sacken zu lassen, kurz genug, damit die Matrosen noch nicht reagieren konnten. „Was allerdings die Verräter auf unserem Schiff angeht, diese verdienen keinen Platz in unseren Reihen. Würmer wie sie sind nicht gemacht für eine so hohe Sache wie die unsere. Sie haben uns im Stich gelassen, als wir sie gebraucht haben. Während wir Seite an Seite mit unseren Brüdern und Schwestern im Archipel gekämpft haben, haben sie es vorgezogen, Schande über sich selbst zu bringen. Während wir unser Leben für eine gerechte Sache riskierten, lachten sie über uns, die wir bereit waren und es immer noch sind, uns für die Sache anderer einzusetzen, wohl wissend, dass diese Sache in Wahrheit auch die unsere ist. Nein, für solche egoistischen Verräter ist kein Platz unter uns. Admiral Bracken, ich verlange, dass ihr die Verräter festnehmen lasst, damit das Volk in Form von Tribunalen über sie urteilen kann."

Bracken sagte erst mal nichts, er wischte sich nur einmal mit der Hand übers rechte Auge, dann seufzte er lang gezogen.

„So handhaben wir die Dinge hier nicht."

„Bitte?"

„Ich weiß, für jemanden wie Euch ist das schwer zu verstehen, aber so einfach funktioniert das nun mal nicht. Natürlich könnte ich jetzt die, wie ihr sie nennt, Verräter festnehmen lassen, jetzt mal völlig unabhängig davon, dass, Euch zu unterstützen, wenn man es genau nimmt, der noch größere Verrat ist. Und wozu? Wenn ich eine Inszenierung sehen will, gehe ich ins Theater, dazu muss ich mir nicht Eure Tribunale antun. Nein, bitte zieht mich nicht in Eure persönlichen Geschichten hinein, mit Eurem verletzten Ego müsst Ihr schon selbst klarkommen."

Sercius lächelte kalt. „Wie ich es vermutet hatte. Für einen Moment hatte ich Hoffnung, dass ihr doch noch euer Rückgrat findet, aber offensichtlich war das zu viel verlangt."

Er zuckte mit den Schultern. „Was solls, dann lass ich eben meine Männer die Verräter festnehmen."

„Ich sagte bereits, ich will mit Euren persönlichen Streitereien nichts zu tun haben. Und wenn Ihr in meiner Stadt, in meiner Burg, in meinem Hafen, Leute verhaften lasst, dann fällt das auf mich zurück. Ihr hättet euch früher darum kümmern sollen, jetzt ist es zu spät. Aber sollten sie meine Stadt wieder verlassen, dann werde ich mich bestimmt nicht in Eure lächerliche Fehde einmischen."

„Ach, auf einmal doch ein Rückgrat? Nur ausgerechnet für unsere Feinde? Verratet mir, wie kommt es dazu?"

„Ich korrigiere, für Eure Feinde. Ich habe keinen Grund für Groll gegen diese Männer, sie haben nicht für einen Aufstand angeheuert und nicht für einen Aufstand gekämpft. Das Einzige, was sie getan haben, war, Eure Befehle zu missachten, aber das kann ich ihnen nun wirklich nicht übel nehmen."

„Wie auch, ich habe es ja schließlich mit eigenen Augen gesehen. Warftburg sieht nicht aus wie eine Stadt, die das läuternde Feuer der Erhebung erlebt hat."

Bracken schüttelte den Kopf. „Wollt Ihr, dass ich meine Heimat abfackle?“

„Seid Ihr wirklich in den Häusern der Reichen zu Hause? In den Tempeln, in denen den Menschen gepredigt wird, dass die Welt mit all ihrem Elend so gewollt ist? Welch ein Irsinn.“

„Wisst Ihr, Sercius, wenn meine Mutter und ich nichts zu essen hatten, wisst Ihr, wer uns dann geholfen hat? Niemand, niemand außer den Priestern im Tempel der Quelle.“

„Eure Sentimentalitäten machen euch blind für das, was getan werden muss. Wie viele Kriege hätten wohl verhindert werden können, wenn man die Menschen schon viel früher vom Joch des Glaubens befreit hätte.“

„Ach“, spottete Bracken, „und im Auftrag welchen Gottes führt Ihr den Euren?“

Auf diese Frage war Sercius nicht gefasst. „Ihr solltet diese unsinnigen Vergleiche lassen, Bracken, dieser Krieg wird der sein, der alle für immer beendet.“

„Die Erlösung versprecht Ihr uns also auch noch? In Wahrheit, Sercius, wollt Ihr Euch doch nur an die Stelle der Götter setzen, Ihr wollt, dass die Menschen Euch anbeten, Euch Denkmäler errichten, dass sie Euch für allmächtig halten. Ich habe schlechte Nachrichten für Euch, Sercius, Ihr seid kein Gott und selbst wenn Ihr Eurer Ziel erreicht, die ganze Welt erobert, überall Euer Gesetz gilt, die Menschen vielleicht eines Tages tatsächlich ihre Gebete an Euch richten, selbst dann seid Ihr kein Gott. Ihr werdet sterben, so wie wir alle sterben. Und nichts, was wir tun, absolut gar nichts, wird daran etwas ändern. Ich finde Trost in meinem Glauben, aber mir die Angst nehmen oder den Tod aufhalten, das kann auch er nicht. Und so bleibt mir nichts anderes, als in meinem Leben, so lange es dauert, mir all das zu nehmen, was ich will, was mir zusteht, weil ich es will. Und ich will so vieles und niemand, absolut niemand wird mich daran hindern, es zu bekommen. Ganz gleich, für wen er sich hält.“

Während Bracken die ganze Zeit mit vielleicht etwas schneller werdender, aber nichtsdestotrotz ruhiger Stimme gesprochen hatte, wurde Sercius jetzt lauter. „Wer glaubt Ihr, wer Ihr seid? Wer glaubt Ihr, wen Ihr hier vor Euch habt, Bracken? Alles, was Ihr habt, hängt alleine davon ab, wie lange ich es Euch haben lasse.“

„Macht euch nichts vor, wie sagtet ihr zu den Männern? Dass es jetzt
ihre Schiffe seien? Das stimmt nicht, und das wissen sie ebenso wie ich,
gleich wie Ihr ihnen Honig ums Maul zu schmieren versucht. Das ist
meine Stadt. Das sind meine Schiffe, unter meinem Kommando, die dorthin segeln, wo ich will. Und wenn ich es will, dann segeln diese Schiffe
dorthin, wo auch immer sich Königin Gwennif aufhält. Die wird sich
freuen, mich und ihre Schiffe zu sehen, so sehr, dass sie mir meinen Verrat verzeihen muss. Und anstatt eine Landung von Truppen aus
Demerkia aufzuhalten, und sie werden versuchen zu landen, wird diese
Flotte dann an dieser Invasion teilnehmen. Ihr braucht mich, viel mehr,
als ich Euch brauche. Seit ich mich in ihrer Welt bewege, haben mich Adelige wie ihr unterschätzt, dachten, ich wäre ein Bauer auf ihrem Spielfeld.
Nun, vielleicht bin ich das, aber eines fällt ihnen immer erst auf, wenn es
schon zu spät für sie ist, dass es meine Regeln sind. Und dass es für mich
kein Spiel ist.“

Jetzt war Sercius so richtig in Rage, mühsam riss er sich zusammen.
Einen Moment lang sah er aus, wollte er etwas sagen, bevor er sich dann
an Juril wandte. „Siehst du, habe ich dir nicht erzählt, woran wir bei ihm
sind?“,

und eilte davon, in die Festung. So hatte Juril ihn noch nie erlebt, so
ohnmächtig. Bracken musterte jetzt Juril skeptisch, er war ein schmächti-
ger Mann und ziemlich blass für jemanden, der so viel Zeit an Bord von
Schiffen verbringen musste. Dazu schwang in seiner Stimme noch ab und
zu der Rest eines Stotterns mit. Anders als Sercius würde ihm niemand
nur alleine deswegen zuhören, weil er sprach. So wie es aussah, war es
ihm allerdings gelungen, diese Schwäche zu einer Stärke zu machen.
„Und Ihr seid der nächste Fanatiker?“

Juril wusste nicht so recht, was er darauf antworten sollte. „Ich bin
Juril Wahroles“, war alles, was ihm einfiel. „Nun sagt mir also, Juril
Wahroles, glaubt Ihr an die Erhebung, an die neue Welt?“

„Ja, ich glaube daran, dass sich etwas auf der Welt verändern muss.“

„Aber Ihr habt Zweifel?“

Eigentlich widerstrebte es Juril, mit Bracken darüber zu reden, aber er
antwortete trotzdem: „Es ist nicht immer alles ganz einfach.“

„Also kein Fanatiker, das ist gut. Man muss sich für seine Zweifel
nicht schämen, Zweifel sind etwas Gutes, sie zeigen, dass nach wie vor
du denkst und du die Entscheidungen in deinem Leben triffst. Einer der

Priester im Tempel hat immer zu mir gesagt, Zweifel sind es, was den Glauben vom Wahnsinn unterscheidet."

Bei diesen Worten berührte er die Muschel, die an einer Kette um seinen proportional etwas zu langen Hals baumelte, ein Symbol des Wasserglaubens. Juril wollte nicht länger über seine Ansichten ausgefragt werden, also drehte er den Spieß um: „Und was ist mit Euch, glaubt Ihr an die Erhebung?"

„Was denkt Ihr denn?"

„Nach allem, was ich gehört habe, würde ich sagen, nein."

„Was auch die richtige Antwort ist, man muss kein Sercius Vantales sein, um das zu erkennen."

„Ihr mögt ihn nicht besonders."

„Ich mag die meisten Adeligen nicht besonders."

„Sercius ist doch kein Adeliger."

„So sieht er sich gerne selbst, aber er hat nie aufgehört, wie einer zu denken. Er hält sich für so eine Art Auserwählter, dessen Herrschaft das Beste für die Welt ist. Auf diesem Schwachsinn ist doch das ganze Adelssystem schon heute gebaut."

„Sercius geht es um eine Herrschaft des Volkes, nicht seine eigene."

Bracken sah ihn irritiert an. „Und hat er dir auch erzählt, wie die Herrschaft des Volkes aussehen wird?"

Obwohl es offensichtlich eine rhetorische Frage war, legte Bracken eine Pause ein, um auf Jurils Antwort zu warten. Dieser war selbst ein bisschen geschockt, dass ihm keine befriedigendere einfiel als „dazu wird Sercius schon ein Konzept haben". Er war sich bewusst, wie das klang. „Also vertrauen wir wieder auf den König, dass er seine Untertanen gerecht behandelt. Es ist ein Jammer mit den Menschen, sprich ihren Bauch an und sie vergessen ihren Kopf."

„Und wieso seid Ihr dann hier?",

versuchte Juril das Thema ein weiteres Mal von sich wegzubewegen. Bracken lief los, Serius hinterher und redete: „Als ich klein war, hatte ich nichts auf der Welt als meine Mutter. Mein Vater war noch vor meiner Geburt abgehauen, was wahrscheinlich sogar besser so war, bei allem, was ich über ihn gehört habe. Den Leuten war es allerdings egal, was für ein Mensch mein Vater gewesen war, für sie zählte nur, dass meine Mutter nicht mit ihm verheiratet war, nicht mal mit ihm zusammenlebte. Dass sie gewisse Dinge tun musste, um wenigstens etwas Geld für uns beide reinzuholen, machte es nicht besser. All die hässlichen Dinge, die sie ihr im Vorbeigehen an den Kopf geworfen haben, beiläufig, war ja selbst schuld. Aber sie hat nie den Kopf hängen lassen, hat alles ertragen für mich. Manchmal, wenn die Männer sich geweigert hatten zu bezahlen und wir hungrig zu Bett gehen mussten, da erzählte sie mir von einer Zukunft, in der wir so viel zu essen haben würden, wie wir wollten, in der wir in einem schönen Haus wohnen würden und uns nicht beschimpfen lassen müssten. Ich habe als Kind nichts mehr geliebt, als wenn sie davon erzählt hat. Nicht nur, weil ich mir diese Zukunft so sehr gewünscht hatte, sondern auch, weil das Erzählen etwas mit meiner Mutter machte. Für einen Moment entfloh auch sie dem Alltag, vergaß, welche Angst sie eigentlich vor der Zukunft hatte, und träumte. Es muss ihr damals alles so unerreichbar erschienen sein, welche Zukunft hatten wir denn schon zu erwarten? Sie nahm mich oft mit in den Tempel, um zu beten, doch selbst dort ließen sie die Leute nicht in Ruhe. Eines Tages verlangte eine Frau von einem der Priester, er solle uns aus dem Tempel werfen, man wisse in der Stadt schließlich, was für eine meine Mutter sei. Der Priester sah mich an, einen kleinen, eingeschüchterten Jungen, mit Mühe die Tränen zurückzuhaltend, und meine Mutter, deren Hand ich umklammerte, ich werde seinen Blick niemals vergessen. Dann sah er wieder zu der Frau zurück und bat sie, sie, nicht uns, den Tempel zu verlassen. Danach erzählte er mir, dass ich mich für meine Tränen nicht zu schämen brauchte, die Quelle zeigt über das Wasser, dass sie bei den Trauernden ist. Von da an erzählte er mir ein jedes Mal eine neue Geschichte aus der Überlieferung des Glaubens, wenn wir den Tempel besuchten, auf die ich mich bald ebenso freute wie auf die meiner Mutter. Nie konnte er etwas erzählen, ohne dass ich ihn danach mit Fragen löcherte. Das scheint bei ihm Eindruck hinterlassen zu haben, er setzte sich dafür ein, dass ich im Tempel lesen und schreiben lernen durfte. Und ich lernte nicht nur lesen und schreiben, als Außenseiter zwischen den Söhnen von Händlern und niederen Adeligen lernte ich auch, dass es stimmt, was mir mein Ersatzvater immer sagte. Die Götter haben alle Menschen gleich erschaffen, ganz gleich, ob du in der Gosse geboren bist oder in einem Palast. Die anderen konnten mich wegen meiner Herkunft verspotten und verachten, aber sie konnten nichts daran ändern, dass ich klüger, fleißiger und zielstrebiger war als sie. Der Rest der Geschichte ist schnell erzählt, irgendwann kommt in unserer Welt auch der Klügste, der Fleißigste und der Zielstrebigste an eine Mauer, an deren Tor die Frage nicht lautet? Was kannst du, sondern, wie heißt du? Ich habe diese Mauer erreicht, als ich Admiral der Östlichen Flotte wurde. Ich weiß nicht, inwieweit du dich mit der Kommandostruktur auskennst, aber in Onien gibt es drei Admiräle, der Westlichen Flotte, der Östlichen Flotte und in den Kolonien. Traditionell verläuft die Hierarchie so, zuerst der Westen, dann der Osten, dann die Kolonien. Frag mich nicht, wieso, so ist es eben. Es war für Gwen, Königin Gwennif meine ich, schon ein enormes politisches Risiko, jemandem wie mir das zweithöchste dieser Ämter zu geben. Qualifikation zählt in diesem Land nichts, der Admiral der Westlichen Flotte, von dem ich im Ernstfall Befehle entgegennehmen müsste, kann keine fünf Minuten auf See bleiben, ohne grün anzulaufen, aber seine Familie, adelig natürlich, hat dieses Amt schon inne, seit die Flotte gegründet wurde. Gwennif hat diesen Irrsinn erkannt, deshalb tut es mir, das meine ich ernst, im Herzen weh, ihr diesen Verrat anzutun. Aber sie kann in der Sache einfach nichts mehr für mich tun und ich werde es niemals akzeptieren, dass mir verwehrt bleiben soll, was mir zusteht, nur weil ich meine Vorfahren nicht bis zur Zeit der zwei Kaiser zurückverfolgen kann."

„Geht es Euch wirklich nur um Euch selbst? Ihr habt es doch alles selbst erlebt, die Armut, die Unfreiheit, wollt Ihr das nicht ändern?"

„Und wie ich mir das wünsche, wenn es in meiner Macht stünde, wäre das morgen vorbei. Aber mit den Jahren habe ich eine Sache gelernt, wenn dir jemand vom größeren Wohl erzählt, erzählt er auch immer davon, dass du, dein Leben ihm, wenn es drauf ankommt, nichts bedeutet. Denn was ist schon das Leben eines Einzelnen, wenn es um die vermeintliche Rettung der Welt geht, darf man ihn dann nicht opfern? Die meisten Menschen auf der Welt werden diese Frage bejahen, solange es nicht um sie geht, sie sind ja nicht gemeint. Denken sie zumindest."

„Macht Ihr es euch nicht etwas zu einfach damit?"

„Dasselbe könnte ich Euch auch fragen. Es ist ja nicht so, als wäre ich gegen Freiheit und Gleichheit, wer ist das schon? Aber ich denke, das, worauf es bei dieser neuen Welt hinausläuft, hat nichts mit diesen Idealen zu tun, aber immerhin mit der mir zustehenden Stellung."

Während ihres Gesprächs hatte Bracken ihn durch die Festung geführt, über steinerne Wendeltreppen und durch mit Schießscharten ausgestattete Wehrgänge. Nun standen sie vor einer hölzernen Flügeltür. Bracken nickte den Wachen zu. „Ist er schon eingetreten?"

Die Wachen nickten zurück und Juril betrachtete sie genauer. Auch auf ihren Wappenröcken fehlte das Symbol Oniens, allerdings, so bemerkte Juril, auch die Flamme der Erhebung. Stattdessen prangte auf ihrer Brust das Stadtwappen, eine Abbildung der Festung, in der sie sich befanden. Sercius musste sich hier auskennen, wenn er auf eigene Faust hierhin gefunden hatte. Und tatsächlich, als sie den Raum betraten, hatte dieser es sich längst gemütlich gemacht. Er stand alleine über einen Tisch mit Karte gebeugt, ähnlich denen, die in seiner Kajüte an der Wand hingen. Nur befanden sich auf dieser Karte viele verschiedene Fähnchen, in Rot, Blau und Grau. Man musste kein Genie sein, um zu erraten, wofür sie standen. Warftburg, wo sie sich befanden, war mit einer roten Fahne markiert, Kameranto ebenfalls. Als Juril erkannte, dass sogar der überwiegende Teil des großen Kontinents mit roten Fahnen geschmückt war, musste er lachen. Sie hatten ja schon so gut wie gewonnen. Lediglich einzelne Enklaven, er glaubte die Hauptstadt Oniens darunter zu erkennen, stachen ihm blau entgegen. Manchmal waren die Enklaven auch nur einzelne Fahnen, wahrscheinlich Burgen. Davon allerdings gab es einige, selbst in ansonsten von ihnen kontrollierten Ländereien. Größere zusammenhängende Gebiete auf diesem Kontinent, die noch nicht unter ihrer Kontrolle waren, gab es eigentlich nur noch in Küstennähe und in der Tundra der Grenzlande. Aber zumindest in Letzterer gab es ja sowieso nicht viel bei ihrer dünnen Besiedlung. Ein wenig wurde seine Freude dadurch getrübt, dass er bei Blick auf Peris und Kantao feststellen musste, dass die Situation dort eine völlig andere war. In Peris kontrollierten sie immerhin einzelne kleinere Siedlungen, Syrka gehörte natürlich nicht dazu, darüber hinaus waren einige Orte grau, was wohl so viel wie unklarer Status heißen musste. Kantao dagegen war ein einziger blauer Fleck im Meer. Dafür kontrollierten sie anscheinend trotz vieler weiterer grauer Flaggen bereits den Großteil von Corasson, Juril brauchte nicht Sercius, um zu wissen, wie entscheidend das sein könnte. Es war ihm im Moment nicht wichtig, wie viele Städte sie in Demerkia tatsächlich beherrschten. Wenn sie sowohl die Kolonien mit den Minen als auch das strategisch an den Transportwegen gelegene Archipel des Windes beherrschten, konnten sie Demerkia von der Quelle seines Reichtums abschneiden. Das würde ihnen über kurz oder lang das Genick brechen. Als sich Sercius zu ihnen umdrehte, war jeder Ärger verschwunden. Seine

Augen hatten schon wieder diesen leuchtenden Ausdruck angenommen.
„Wie zuverlässig ist unsere Karte, Bracken?"

„Ziemlich, würde ich sagen, die Idee einer brieftaubengestützten Kommunikation macht sich bezahlt, es kommen regelmäßig Vögel aus allen Teilen der Welt an."

„Seht Euch nur an, wie viele Dörfer und Städte uns bereits folgen, Millionen von Menschen, die bereits heute die Freiheit, die ihnen die Erhebung bringt, genießen. Wie viele Männer haben wir unter Waffen?"

„Das ist schwieriger zu erfassen, die Zahlen ändern sich sehr schnell und sind nicht immer akkurat, wie viele kämpfen dauerhaft, wie viele haben nur an der Erhebung in ihrer Heimat teilgenommen, wie" … „Ich will Zahlen hören, Bracken, Zahlen!"

Bracken machte nach der Unterbrechung einfach da weiter, wo er aufgehört hatte, „viele sind nur bereit, ihren Heimatort zu verteidigen. So oder so, es dürften bereits Zehntausende sein. Ich persönlich würde sogar sagen, es dürfte die 100 000 überschritten haben."

„Sehr gut, wir sollten bald beginnen auch die Frauen aufzunehmen, ich habe im Archipel selbst erlebt, dass sie ebenso gut kämpfen können wie die meisten Männer. Wenn wir weiter rekrutieren, wird unsere Armee die größte werden, die es je auf der Erde gab!"

„Ich halte das für keine gute Idee mit den Frauen. Nicht, weil ich sie für ungeeignet halte, nein, Gwen beweist regelmäßig, wieso man eine Frau nicht unterschätzen sollte, aber für die Disziplin könnte das verheerend sein. Der Großteil der Soldaten sind einfache Leute, die der Erhebung folgen, weil sie sich ein besseres Leben für sich und ihre Familien versprechen. Die Vorstellung, Mann und Frau gleichberechtigt, damit können sie nicht viel anfangen. Und dann auch noch in der Armee, das wird erst recht auf wenig Gegenliebe stoßen. Gilt für die Frauen übrigens genauso, ich glaube kaum, dass sich viele Damen finden werden, die bereitwillig Kochtopf gegen Helm eintauschen werden."

„Euer Mangel an Glauben ist bedauernswert, Bracken. Wenn wir darauf warten, dass auch der letzte Bauer unsere Ideen vollständig versteht, dann ist die Bevölkerung bis dahin erneut geknechtet. Nein, wir müssen jetzt, ohne zu zögern, die visionären Entscheidungen treffen, ohne die es die neue Gesellschaft gar nicht erst geben kann. Wenn erst mal all die positiven Effekte für die Menschen spürbar sind, dann werden sie letztendlich auch dahinterstehen. Spätestens ihre Kinder, denn wenn wir dafür sorgen, dass sie in einer Welt, frei von dieser schädlichen Indoktrination der Herrschenden, aufwachen können, werden sie mit solch rückständigem Gedankengut gar nicht erst in Berührung kommen."

„Betrachtet die Welt doch nur ein einziges Mal, wie sie ist, nicht, wie Ihr sie Euch vorstellt, Sercius. Damit würdet Ihr der Erhebung mehr helfen als durch alles andere."

„Keine Angst, Bracken, auch Ihr werdet eines Tages verstehen."

Bracken seufzte: „Davon bin ich überzeugt", bevor auch er sich der Karte zuwandte. „Sind wir uns wenigstens einig, dass die Eroberung der Küstengebiete oberste Priorität hat?"

„Ja, so können wir verhindern, dass sie Truppen nach Demerkia evakuieren, einen Brückenkopf für zukünftige Landungen aufbauen. Außerdem müssen wir das Gold aus Ginantinos schnellstmöglich hierherbringen, dafür und für die Transporte des Nachschubs aus den Minen wird Eure Flotte gebraucht."

„Natürlich, nur darf ich die Flotte nicht zu sehr aufspalten, wir haben dem Feind im Falle einer versuchten Landung sonst nicht viel entgegenzusetzen. „Seid unbesorgt, ohne das Gold aus den Kolonien wird das schwierig für Demerkia, eine ausreichend große Streitmacht aufzustellen."

„Unterschätzt besser nicht ihren Reichtum, ihr mögt durch die Entdeckung von Ginantinos kurzfristig über sehr viel Gold auf einmal verfügen, aber das tun sie auch. Ihre Schatzkammern sind prall gefüllt und so mancher reicher Adeliger vom Kontinent wird bereits zu ihnen geflohen sein, die Taschen voll mit Gold."

„Aber langfristig haben wir ein vielfach höheres Einkommen, ich lasse Euch so viele Schiffe bauen, wie Ihr braucht. Außerdem, Geld ist nicht alles. Unsere Männer und bald auch Frauen kämpfen doch nicht für das Gold, sondern für die Erhebung."

„Hier muss ich Euch ausnahmsweise mal recht geben, die höhere Kampfmoral wird sich wohl auf unserer Seite finden. Das heißt, falls Ihr den Leuten nicht mehr zumutet, als sie ertragen können."

„Die Erhebung mutet den Menschen nur das zu, was notwendig ist, Bracken. Ihr werdet schon sehen, dass ich am Ende recht behalte."

„Darauf sollten wir hoffen."

Lange blieben sie nicht in Warftburg, Sercius hatte den Beschluss gefasst, die Belagerung einer Burg in der Nähe anzuführen, er sagte, er wolle Juril etwas zeigen. Bracken war nicht unglücklich darüber, Sercius loszuwerden, ohne Vorbehalte hatte er ihnen eine Eskorte bereitgestellt. Außerdem Pferde, nur konnte Juril überhaupt nicht reiten. Also gab ihm der Stallmeister, ein freundlicher, rundlicher Mann, ein erfahrenes Tier, von dem er sagte, es bräuchte ihn nicht, um zu wissen, wo es langgeht. Juril hatte nicht viel Ahnung von Pferden, aber das hellbraune Exemplar, das kurz darauf für ihn gesattelt wurde, mochte er sofort. Als Sercius ihm half aufzusteigen, blieb das Tier ebenso ruhig, wie er aufgeregt war. Elyana hatte ihm erzählt, dass sie ab und zu ausreiten gewesen war. Für die reichen Städter in Demerkia war das ein beliebtes Wochenendvergnügen. Er tätschelte sein Pferd, der Stallmeister hatte gesagt, es war eine Stute namens „Beofana". „Was erwartet uns dort?",

fragte er Sercius. „Ein überaus loyaler Anhänger unserer Sache, von ihm werde ich das Kommando übernehmen", so Sercius. „Ja, loyal wie ein Hund, nur leider nicht halb so intelligent", ergänzte Bracken trocken. „Ihr solltet Euch hüten, Dinge, die Ihr nicht verstehen könnt, als dumm zu bezeichnen."

Bracken zuckte nur mit den Schultern. „Na, wenn ausgerechnet Ihr das sagt."

Er gab Juril die Hand: „War mir eine Freude, euch kennenzulernen, behaltet meine Worte in Erinnerung, Juril Wahroles."

Dann weiter zu Sercius. „In unsem beiden Interesse wünsche ich Euch viel Glück bei Eurem Unterfangen. Ich würde Euch ja ebenfalls raten, meine Worte in Erinnerung zu behalten, aber das wäre wohl vergebene Liebesmüh."

Sercius zögerte, bevor er antwortete: „Mein Interesse ist Euer und unser aller Interesse, das ist es, was Ihr in Erinnerung behalten solltet."

Er wendete sein Pferd und setzte sich an die Spitze ihres kleinen Trupps. „Kommt schon, schreiben wir Geschichte!"

„Lebt wohl, Bracken, ich hoffe, wir sehen uns wieder, wenn all das vorbei ist."

Juril versuchte ebenfalls sein Pferd zu wenden, aber irgendwie konnte er Beofana nicht begreiflich machen, was er von ihr wollte, bis Bracken an ihren Zügeln zog und sie in die richtige Richtung losmarschierte. „Lebt wohl, Juril."

Ihre Eskorte bestand aus 12 Männern zu Pferden, ausgerüstet mit Schwertern und gekleidet in Wappenröcke mit der Farbe der Erhebung. So durchs Land zu reiten, vorbei an Feldern, auf denen Bauern innehielten, um zu ihnen aufzuschauen, nur die wenigsten durften wohl wissen, wen genau sie da vor sich hatten, vorbei an Dörfern, in denen Kinder hinter ihnen herrannten und jubelten, das erfüllte Juril mit Stolz. Und mit jedem Kilometer mehr kam er sich ein Stück weit sicherer im Sattel vor. Sie waren noch nicht lange geritten, da sprach Sercius ihn an. „Welche Worte meinte Bracken, Juril?"

„Nur das, was er zu Euch auch gesagt hat. Dass er nicht an die Erhebung glaubt, sondern nur an sich selbst."

„Und du, du glaubst doch noch?"

„Natürlich, sonst wäre ich ja nicht hier."

„Das ist gut, du hast in deinen jungen Jahren Bracken schon einiges voraus. Sonst noch was?"

„Nein, mehr sagte er nicht."

Sercius sah ihm in die Augen, etwas zu lange für Jurils Geschmack, dann sagte er: „Wir werden Bracken loswerden müssen, wenn wir so weit sind. Mit Männern wie ihm können wir unsere neue Welt nicht aufbauen". Juril sagte gar nichts mehr.

Eine Nacht mussten sie rasten, bevor sie gegen Mittag des nächsten Tages die Burg erreichen würden. Während die Männer am Feuer becherten und lachten, hatte Juril eine neue Lieblingsbeschäftigung gefunden, Beofana füttern. So viele Bauern hatten darauf bestanden, sie mit Lebensmitteln zu beschenken, Juril konnte das keinesfalls alles essen, Beofana anscheinend schon. Er tätschelte ihren Kopf, während sie einen Apfel verschlang. Sie brauchte sich keine Gedanken darüber zu machen, wo das alles enden würde. Ob sie wenigstens jemanden vermisste, so wie er Elyana vermisste? Sie sah ziemlich glücklich aus, so wie sie ihren Apfel mampfte. Auch kein Wunder, wenn man sonst nur Gras oder Heu bekommt. Vielleicht sollten die Pferde auch rebellieren, für ein Recht auf Äpfel, Sercius würde es sicher, wenn er ein Pferd wäre. Vielleicht wäre vieles tatsächlich einfacher, wenn die Menschen mehr wie Pferde wären, friedliche Pflanzenfresser. Auf der anderen Seite, auch Pferde waren Herdentiere mit hierarchischen Strukturen. „Seid ihr jetzt genau so dumm wie wir oder sind wir genauso dumm wie ihr?",

fragte Juril Beofana leise. Diese schnaubte, so als hätte sie ihn verstanden, aber wahrscheinlich wollte sie nur einen weiteren Apfel.

Mit jedem weiteren Kilometer wurde Sercius' Lächeln breiter, bis ihr Ziel schlussendlich in Sichtweite kam. „Trautes Heim, Glück allein."

Der künstlich aufgeschüttete Hügel, auf dem der Stammsitz von Sercius' Familie lag, war nicht besonders hoch und doch dominierte er den gesamten Horizont in dem ansonsten flachen Land. Es würde wohl noch eine Weile dauern, bis sie tatsächlich dort waren, große Objekte am Horizont wirkten immer näher, als sie tatsächlich waren, hatte ihm mal jemand erklärt. Vielleicht einer der Reisenden in Syrka, vielleicht war es auch Sercius gewesen. Je näher sie kamen, über mehr schlecht als recht befestigte Straßen durch das flache Land, das seit Kilometern dieselbe Ansammmlung von Feldern, Tümpeln und Dörfern war, desto besser bekam Juril einen Eindruck von der Burg und der Belagerung. Der Sitz von Sercius' Familie war bestimmt nicht die beeindruckendste Burg, allerdings auch nicht die armseligste. Sie sah aus, wie Juril sich eine typische onische Burg immer vorgestellt hatte, eine äußere Rundmauer mit Zinnen, die vier ebenfalls runde Türme beinhaltete, ein Tor und ein Bergfried in der Mitte. Demgegenüber stand eine wilde Ansammlung von Zelten rund um den Hügel, in den verschiedensten Farben, aber überall dieselbe Fahne. Noch konnte man sie nicht erkennen, ebenso wenig wie die Fahne mit dem Wappen der Familie Vantales, aber anders als bei dieser konnte Juril sich schon denken, was auf ihr zu sehen war. Wieso hatte er Sercius eigentlich nie nach dem Wappen seiner Familie gefragt? Nicht, dass einer von ihnen beiden sich etwas aus so was machen würde, aber irgendwie war das doch interessant. Einige Hundert Meter vor Beginn des Lagers erblickte sie ein Späher und sofort eilte ihnen ein kleiner Trupp von Männern entgegen. Manche trugen onische Uniformen in dem typischen Hellgrün, auf denen, wie es Juril bereits kannte, man improvisierte Insignien der Erhebung aufgenäht hätte. Andere trugen Kleidung, wie sie auch die Bauern, denen sie auf ihrem Weg begegnet waren, trugen, nur ebenfalls mit Aufnähern. Nur eine Minderheit trug tatsächlich Kettenhemden, noch weniger Helme. Ausgerüstet waren einige, und das überraschte

Juril ein wenig, mit Hellebarden. Diese Waffe war sonst eher in Demerkia verbreitet, in Onien waren die Soldaten meist mit kürzeren Speeren ausgerüstet. Doch hier waren selbst die Soldaten ohne Hellebarden mit deutlich längeren Spießen ausgerüstet. Ihr Empfangskomitee blickte sie zunächst etwas ratlos an, woher sollten sie auch wissen, wer da vor ihnen stand, bis einer der Älteren, ein Mann ohne Kettenhemd, aber mit Hellebarde, einen Moment der Erkenntnis hatte. „Bei der Quelle und den zwei Wassern, ich erkenne Euch!"

Er ging in die Knie. „Für mich wart Ihr immer mein wahrer Lehnsherr, auch nachdem man Euch Euer Erbe geraubt hatte. Der Quelle sei gedankt, dass Ihr zu uns zurückgekommen seid. Seht, wir alle stehen bereit, Euch zu folgen."

Ungläubiges Staunen, als nun die Männer merkten, wenn sie da vor sich hatten. Sercius reichte dem noch immer knienden eine Hand. „Steht auf, guter Mann, ich bin nicht gekommen als euer Lehnsherr, mit steht nicht der Sinn danach, über irgendwen zu herrschen. Ich bin gekommen als euer Bruder, der euch hilft, eure Ketten endgültig abzustreifen."

Der Mann wusste gar nicht, was er sagen sollte. Er stand auf und drückte Sercius' Hand und stammelte nur „Herr". „Musta ist euer Kommandant? Könnt ihr mich zu ihm bringen?"

„Aber sicher, Herr", stammelte er wieder und ihr kleiner Trupp setzte sich in Bewegung. Als sie das Lager durchquerten, fiel Juril auf, dass es vor allem die etwas Älteren waren, die Sercius erkannten. Sie mussten ihn noch vom Sehen kennen, als er noch auf der Burg gelebt hatte. Doch es dauerte nicht lange, bis es sich herumgesprochen hatte, wer da gekommen war. Wieder einmal wurden sie bejubelt. Wie der Mann bei den Spähern, sprachen nicht wenige Sercius als ihren Lehnsherren an. Juril irritierte das ein wenig, aber dem Betroffenen schien das nichts auszumachen. Vor dem größten Zelt des Lagers, es war rot und kreisrund, machten sie halt, der Lärm hatte dessen Besitzer schon hinausgelockt.

Das also musste Musta sein, ein kleiner Mann mit Rundungen und Ziegenbart. Er begrüßte Sercius mit den Worten: „Willkommen, Tribun! Es ist mir eine Ehre, unseren Befreier empfangen zu dürfen."

Nein, dieser Mann war definitiv kein zweiter Bracken. Sercius schwang sich vom Rücken seines Pferdes, während Juril versuchte vorsichtig herunterzuklettern. „Und ich bin froh, heute bei euch zu sein, ihr alle wisst, was dieser Ort mir bedeutet. Der Sitz meiner Familie, so sagt man. Das stimmt nicht ganz, ihr seid ab heute meine Familie, von jetzt bis in alle Ewigkeit. Und bald schon wird dies unser Sitz sein!"

Unter lautem Jubel verschwanden Sercius und Musta in das Zelt, natürlich nicht, ohne dass Sercius Juril mit einer Handbewegung aufforderte zu folgen.

Das Zelt war, was Platz und Möbel anging, ziemlich luxuriös ausgestattet, es hatte sogar einen Boden aus Teppichen und einen Diwan, wie sie manche in Syrka hatten. Juril fragte sich, wo Musta das herhatte. „Ihr seid sicher durstig und habt Hunger nach Eurer langen Reise. Kommt, ich lasse Euch etwas bringen, mein Tribun."

Sercius fing Jurils fragenden Blick auf. Tribune waren zu Zeiten der zwei Kaiser gewählte Vertreter gewesen, welche die Interessen des Volkes gegenüber dem Kaiser vertreten sollten. In ihrer Rolle hatten sie sich immer wieder selbstbewusst regelrechte Machtkämpfe mit dem Herrscherhaus geliefert, bis schließlich einer der späteren Kaiser das Amt abgeschafft hatte. „Ein alter Spitzname."

Dann wandte Sercius sich wieder an Musta: „Da sagen ich und mein Begleiter nicht Nein, nur es muss Eurer Ausstattung nicht unbedingt angemessen sein."

„Natürlich, natürlich, Eure Bescheidenheit ist legendär", er gab einem am Eingang wartenden jungen Mädchen, etwa in Elyanas Alter, doch trotz eines attraktiven Gesichtes nicht annähernd so hübsch, ein Zeichen und sie verschwand, um das Geforderte zu besorgen. „Vielleicht wollt ihr euch in der Zwischenzeit setzen?"

„Danke, das tun wir gerne."

Erst als Juril sich setzte, fielen ihm die kunstvollen Schnitzereien auf. Musta war seinem Blick gefolgt. „Gefällt dir der Tisch? Bis vor Kurzem zierte er noch das Haus einiger reicher Gutsbesitzer ein Stück weiter westlich. Nicht adelig, doch die Schweine haben sich verhalten, als wären sie es. Tja, also haben ich und meine Männer sie ebenso behandelt."

Juril wollte gar nicht so genau wissen, was das wohl bedeutete. Sercius lachte vergnügt. „Wenigstens hier ist die Erhebung wirklich eine, ich wäre in Warftburg schon fast verzweifelt."

„Ja, ja, Bracken ist ein eitler Narr. Er glaubt, er kann sich gegen die Geschichte stellen. Aber unter Eurer Führung, Tribun, werden die

Geknechteten dieser Welt endlich zu ihrem Recht kommen, es ist mir eine
Ehre, meinen bescheidenen Anteil daran haben zu dürfen."

„Tut gut, wieder jemanden wie Euch zu sehen. Da fällt mir ein, ich
habe euch noch gar nicht einander vorgestellt. Juril, das ist Musta, er war
angehender Priester im schwimmenden Tempel von Warftburg, bis er
mich getroffen hat."

An dieser Stelle lachte Musta. „Ja, ja, Sercius hat mich vor einem ver-
schwendeten, freudlosen Leben bewahrt."

„Und das, Musta, ist Juril, ein ebenso treuer Anhänger unserer Sache
wie ihr."

Musta gab ihm die Hand und schüttelte seine mehrmals. Als er damit
fertig war, begann er Sercius mit Fragen zu löchern nach dem, was sie in
den letzten Wochen erlebt hatten. Bisher hatte keiner ihrer Gesprächspartner das derart detailliert wissen wollen, Sercius bereitete es sichtlich
Freude, alles haargenau zu beschreiben. Unterbrochen wurden sie erst,
als das junge Mädchen wieder hereinkam und eine recht schlichte Mahlzeit mit Brot und Käse servierte. Juril war sich fast sicher, dass Musta so
sonst nicht speiste. Als sie fertig war, hielt sie kurz inne. „Sonst noch
was?",

fragte Musta eine Spur zu freundlich. „Es ist Euer Onkel, Herr, er hat
Eure Ankunft mitbekommen und steht nun an den Zinnen", sagte das
Mädchen verschüchtert zu Sercius, allerdings ohne ihn anzusehen. Dieser
sprang sofort auf. „Das hier kann warten, es wird Zeit für ein Familien-
treffen!"

„Wo ist er? Wo ist dieser Taugenichts von einem Verräter?"

Der Mann, der Sercius' Onkel sein musste, stand an der Mauer, flankiert von zwei Soldaten, hinter ihm das Banner der Vantales-Familie, drei
graue Rechtecke, die nebeneinander eine simple Darstellung einer Burg
ergaben. Er war groß, größer als Sercius und hatte kein einziges Haar
mehr auf dem Kopf. Seine Stimme fegte über das vor der Burg liegende
Land, laut, dröhnend. „Wo ist er? Ist er wieder einmal zu feige?"

Dann sah er Sercius und spuckte aus: „Neffe, wie ich sehe, bist du gekommen, um zu Ende zu bringen, was dir letztes Mal nicht gelungen ist."

„Ich bitte dich, Onkel, ich dachte, in unserer Familie legen wir Wert
auf Höflichkeit."

„Du gehörst nicht mehr zu dieser Familie. Schon lange nicht mehr."

Sercius seufzte. „Habe ich das jemals? Ich war doch noch nie wie ihr."

„Es hat leider viel zu lange gedauert, bis auch mein Bruder das verstanden hat. An seiner Stelle hätte ich Euch viel früher enterbt, schon als Ihr die erste Bauernhure angeschleppt habt.“

Sercius rief etwas wütend, aber Juril konnte es nicht verstehen, denn sein Onkel ließ sich nicht unterbrechen und gab sich alle Mühe, Sercius noch zu übertönen. „Es war dumm von mir, einfach nur danebenzustehen, während du diesen Schwachsinn von wegen freiwilliger Verzicht von dir gabst. Selbst für diese Wahrheit warst du zu feige. Und ich habe meine Klappe gehalten, weil mein Bruder nicht wollte, dass der Ruf unserer Familie Schaden nimmt. Wahrscheinlich sogar noch, um deinen Ruf zu schützen, dieser dämliche alte Narr. Und du hast es nie zu würdigen gewusst, all das, was er für dich getan hat. Dich hat die Familie und deine Verantwortung nie interessiert, dir ging es immer nur um den Alkohol und die nächste Bauernhure, der du nachstellen konntest.“

„Halt dein Maul! Halt dein beschissenes Maul! Ich werde dich töten, so wie ich ihn getötet habe!“

Sercius verlor endgültig die Beherrschung. „Dachtest du, das hätte ich nicht schon längst gewusst? Als ob diese Bauern einfach so beschließen würden, ihren langjährigen Landherren umzubringen, aus heiterem Himmel. Du magst mit deinen Lügen viele getäuscht haben, aber mich niemals. Ich habe immer gewusst, dass dein armseliges gekränktes Ego dahintersteht. Und all diese Bauern, Menschen, die seit Generationen friedlich unter unserem Schutz gelebt haben, haben deine Dummheit mit dem Leben bezahlt!“

„Ihr habt sie umgebracht! Ihr seid nach Furtwalden gekommen und habt sie alle niedergemacht, Männer, Frauen, Kinder! Ich habe es gesehen!“

„Nein, Sercius, das warst du. Wir mussten nur tun, wozu du uns gezwungen hast. Du warst es, der diese armen Menschen verführt hat, der ihnen all diese Dummheiten in den Kopf gesetzt hat. Und du hast nichts daraus gelernt, noch immer nutzt du Feigling die Menschen für deine Zwecke aus, nun wird es nicht nur ein, sondern Hunderte Furtwaldens geben!“

„Ihr habt Minna getötet! Ihr habt sie getötet! Sie war der beste Mensch, den ich je kennengelernt habe. Sie hat in ihrem ganzen Leben nie jemandem etwas Böses getan! Sie war so voller Liebe! Und du wagst es, mich einen Feigling zu nennen?“

„Minna? Hieß sie so, das arme Ding? Noch jemand, der für deine Dummheit bezahlen musste. Auch ihr Blut klebt an deinen Händen, wieso konntest du diese Bauernmädchen nicht einfach in Ruhe lassen? Dein Vater hat es für dich getan, der Trottel wollte dir noch eine letzte Chance geben, bevor er dich enterbt! Aber undankbar, wie du es immer warst, hast du ihm natürlich keine Wahl gelassen.“

„Undankbar! Ich habe sie geliebt, so wie ich nie etwas in der Welt geliebt habe!“

„Das hast du den Huren vor ihr sicher auch erzählt.“

Sercius drehte sich zu Musta um. Er sprach langsam und nur ein leichtes Zittern in seiner Stimme erzählte davon, wie viel Beherrschung ihn das kostete. „Ich möchte, dass ihr die Festung weiterhin belagert. Belagert sie, aber greift nicht an. Ihre Vorräte werden zu Ende gehen und es wird niemand kommen, um sie zu retten. Sollen sie sich doch zu Tode hungern.“

Ohne einen weiteren Blick auf seinen Onkel ritt Sercius zurück ins Lager. „Du feiges Schwein! Ich werde dir persönlich deinen Kopf abschneiden! Komm sofort zurück! Du miese Ratte von einem Verräter, wenn du dein Erbe willst, dann hol es dir gefälligst selber und lass nicht wieder andere dafür sterben!“

Sein Onkel warf ihm noch einen ganzen Schwall an weiteren Schimpfwörtern nach, doch nichts davon blieb bei Juril so hängen wie der letzte Satz.

Als er sich aufmachte, um Sercius einzuholen, schwirrten die Gedanken in seinem Kopf nur so. Enterbt, Sercius hatte ihm das ganz anders erzählt. Aber hatte er nicht auch gesagt, sein Vater hätte ihn damals begrüßt, als wäre nichts gewesen? Würde ein Vater so seinen Sohn begrüßen, seinen einzigen Sohn, nachdem er ihn enterbt hatte? Juril dachte kurz an seinen Vater und konnte sich das ehrlich gesagt nicht vorstellen. Sercius, ebenso wie Juril inzwischen wieder zu Pferde, sagte nichts, bis sie das Ende des Lagers erreicht hatten. Erst hier wandte er sich an Musta, der ihnen ebenfalls gefolgt war. „Ab hier möchte ich alleine weiter. Nur ich und Juril.“

„Aber eine Eskorte braucht ihr doch wenigstens, Tribun!“

„Ich sagte alleine.“

Ohne ein weiteres Wort ritt Sercius los, Juril ihm nach. Nun begann wieder das Schweigen, ein Schweigen, so bleiern, dass Juril fast körperlich spürte, wie etwas auf seinen Stimmbändern lag und ihn am Sprechen hinderte. Juril wusste nicht, wohin sie ritten, nur dass es nicht dieselbe Richtung war, aus der sie gekommen waren. Das Land auch hier flach, nur statt Feldern von wild wuchernden Wiesen durchzogen. Sie waren noch nicht lange unterwegs, da stoppte Sercius plötzlich sein Pferd, stieg ab und kniete sich an den Rand der Wiese neben ihnen. Juril war unschlüssig, ob er nun auch absteigen sollte, doch noch bevor er zu einer Entscheidung gekommen war, stand Sercius wieder auf und drehte sich zu ihm um. In der Hand hielt er ein paar Blumen mit leuchtend gelben Blüten sowie Elyanas gelbes Seidenkleid, das sie in Kyrelia auf dem Empfang getragen hatte. Das alles erschien Juril so weit entfernt. „Gelb war ihre Lieblingsfarbe. Diese Blumen mochte sie so sehr", sagte Sercius fast schon schüchtern, wie Juril ihn eigentlich gar nicht kannte, bevor er wieder auf sein Pferd stieg und das Schweigen erneut begann. Es dauerte nur ein paar Minuten, in denen sie an weiteren Wiesen vorbeikamen, bis Sercius erneut abstieg. Juril brauchte ein paar Sekunden, bis er verstand, dass sie ihr Ziel erreicht hatten. Es war ihm zuerst gar nicht aufgefallen, doch unter all dem Bewuchs waren die Reste dessen zu sehen, was wohl einmal ein Dorf gewesen sein musste. Ein paar Fundamente hier, eine eingefallene Mauer dort. Sercius konnte ruhig schweigen, Juril wusste trotzdem, wo sie waren. Dieser hatte wohl ein konkretes Ziel vor Augen; ohne groß nach links und rechts zu sehen, kämpfte er sich seinen Weg durch das beinhohe Gras. Irgendwann stieg er über die Reste einer weiteren eingefallenen Mauer, folgte einem nicht ganz so überwucherten Pfad noch ein paar Schritte, bevor er sich abermals hinkniete. Juril folgte ihm und wieder musste Sercius ihm nicht erklären, wo sie waren. Links und rechts des kleinen Pfades ragten Steine auf, manche mit Namen, nur wenige mit darüber hinausgehenden Inschriften. Viele der Steine waren so gemeißelt worden, dass sie Ähnlichkeit mit Wassertropfen aufwiesen. Für den Wasserglauben symbolisierte ein Tropfen Wasser den Kreislauf des Lebens. Alleine verdunstete er schnell und fiel doch wieder vom Himmel herab, um gemeinsam mit anderem Teil eines großen Ozeans, Sees oder Flusses zu sein. Der Stein, vor dem Sercius kniete, war schlicht und ohne Inschrift. „Ich hab dir neue Blumen mitgebracht. Sie wachsen noch immer da, wo du sie immer gepflückt hast. Manchmal habe ich Angst, ich vergesse, wie hübsch du warst, wie dein Lachen klang, doch dann sehe ich diese Blumen und alles fällt mir wieder ein. Dann weiß ich wieder, dass diese Blumen zwar hübsch sind, doch keine von ihnen hat je so hübsch geblüht wie du, selbst an deinen schlechtesten Tagen. Und dieses Mal habe ich dir noch mehr mitgebracht. Es ist endlich so weit, endlich kann ich es wahr machen. All das hier wird nicht umsonst gewesen sein. Ich wünschte, du könntest unsere neue Welt sehen, wenn wir fertig sind. Sie würde dir gefallen."

Juril hörte, wie Sercius' Stimme zitterte. „Ich vermisse dich, Minna. Ich weiß, egal wie schön unsere neue Welt wird, sie kann nicht perfekt sein, denn du fehlst in ihr. Eine Welt ohne dein Lachen, ohne deine Güte, ohne die Art, wie du meinen Namen gesagt hast, kann nicht vollkommen sein. Du warst das einzig Vollkommene, was ich je sehen durfte. Deshalb haben sie dich mir weggenommen, so etwas Vollkommenes passt nicht in ihre kalte, traurige Welt. So oft wache ich nachts auf, weil ich von dir geträumt habe, du Liebe meines Lebens. Viel zu selten sind es schöne Träume, wo wir doch so viel Schönes erlebt haben. Doch ich träume immer nur von dem einen Moment, in dem ich nicht da war. Ich will das nicht mehr, ich bin es leid, dich voller Angst meinen Namen schreien zu hören, ich will wieder dein Lachen hören, Minna, bitte, nur eine einzige Nacht, bitte, ich will dich nur ein einziges Mal noch lachen hören. Es tut mir so leid."

Inzwischen bebte nicht nur Sercius' Stimme, sein gesamter Körper schüttelte sich. Er verharrte noch eine ganze Weile an Minnas Grab und weinte, Juril stimmte leise mit ein. Er dachte an Elyana. Er vermisste sie so unendlich sehr, es hatte keinen Sinn mehr, das zu leugnen. Und gleichzeitig wollte er Sercius helfen, diese neue Welt zu bauen, wollte er Sercius unbedingt helfen, sich an denen zu rächen, die ihm Minna weggenommen hatten. Nach einer guten Stunde, Sercius hatte inzwischen aufgehört zu weinen, verabschiedete er sich mit einem „Ich liebe dich, Minna. Für immer" und stand auf. Er sah, dass auch Juril geweint hatte, und nahm ihn in den Arm. „Du und ich, Juril, du und ich."

Juril erwiderte die Umarmung, sein Vater hatte ihn schon lange nicht mehr so umarmt. Er hatte vergessen, wie gut so etwas tat. Dann löste Sercius die Umarmung und sie gingen zurück durch die Ruinen von Furtwalden, stiegen auf ihre Pferde und machten sich auf den Rückweg.

Langsam begann es zu nieseln. „Weißt du, Juril, ich war nicht ganz ehrlich zu dir. Ich hatte die Befürchtung, du könntest meine Motive missverstehen. Damit habe ich meinem Onkel, ohne es zu wollen, eine mächtige Waffe in die Hand gegeben."

„Was meinst du?",

fragte Juril, obwohl er es eigentlich doch genau wusste. „Es stimmt, Minna war nicht die Erste, aber sie war die Einzige. Ich war der jüngste von drei Brüdern, nur meine Schwester war noch jünger als ich, es war nie angedacht, dass ich der Erbe meiner Familie sein würde. Und ich war glücklich, solange ich es nicht war. Bis zu jenem Winter, als die Seuche unseren Landstrich befiel. Zuerst traf es meine kleine Schwester, noch in derselben Woche meinen ältesten Bruder. Kurz darauf holte sich die Krankheit auch meine Mutter und als der Frühling kam, waren nur noch mein Vater und ich übrig. Ich war jung, viel zu jung, einsam, verwirrt, traurig, überfordert und der neue Erbe des Hauses Vantales. Dabei wollte ich doch nur mein Leben vor diesem Winter zurück, meine liebe Mutter, meine Geschwister, meine Kindheit. Die einzige Wärme fand ich von da an im Alkohol und später auch bei den Frauen. Ich war der Sohn des Fürsten, ich konnte mir sie alle auswählen, nur, welche Wahl hatten sie? Mein Vater, er betonte immer, man könne seinen Untertanen nicht hart genug gegenüber sein, sie würden Milde für Schwäche halten. Doch was mich anging, da lagen die Dinge anders. Ich konnte mir alles herausnehmen, ich war sein Erbe, sein Ein und Alles. Er schleppte zwar immer mal wieder feine Damen an unsere Tafel, Töchter aus den besten Familien. Das ergab für mich nie Sinn. Welchen Grund hätte ich gehabt, eine von denen zu ehelichen, mich auf ewig an sie zu binden, wo ich doch nur in eines der Dörfer musste, um Spaß zu haben, mit wem ich wollte? Das Konzept der monogamen Liebe erschloss sich mir erst, als ich Minna traf. Ich würde lügen, wenn ich sagen würde, dass mich mit ihr zum ersten Mal eines der Mädchen geliebt hat. Nein, ein paar hatten es wohl vor ihr auch getan oder zumindest die dumme, naive Vorstellung, meine Prinzessin zu werden. Aber zum ersten Mal liebte ich eine von ihnen. Ich hörte sogar auf, mich zu betrinken. Ich brauchte das nicht mehr, wenn ich in ihrer Nähe war. Ich weiß nicht, was meinen Vater zum Umdenken gebracht hat, vielleicht war es die Tatsache, dass aufgrund meines Rufs die feinen Damen zusehends ausblieben, oder, und aus irgendeinem Grund mag ich den Gedanken, er hatte Angst. Vorher konnte er sich einreden, das geht vorbei. Irgendwann hat er die Nase voll und heiratet eine Dame, die seines Standes würdig ist. Mit Minna war das etwas anderes, sie zwang ihn, hinzusehen. Es stimmt, ich hab ihn nicht gleich in dieser Nacht für seine Verbrechen bezahlen lassen, ich hätte es tun sollen. Nein, dumm, wie ich war, konfrontierte ich ihn. Ich weiß nicht, was ich mir davon erwartet hatte, aber heute weiß ich, dass genau das passierte, was ich hätte erwarten können. Keine Spur Reue, nicht ein bisschen."

Sercius sprach mit verstellter Stimme. „Ich verstehe, dass du wütend bist, mein Sohn, aber ich hab es für dich getan. Pah, einen Scheißdreck verstehst du! Du hast nie irgendetwas verstanden, erst als ich mit dem Messer in deinen Gemächern stand. Es stimmt auch, dass unser Streit so heftig wurde, dass es zu Handgreiflichkeiten kam. Nachdem ich ihm die Nase gebrochen hatte, hat er mich enterbt. Aber Juril, ich versichere dir, das war nicht der Grund für meine Tat. Das bedeutet mir nichts, tut es noch heute nicht. Nur Minna hat mir etwas bedeutet."

Inzwischen regnete es heftiger.

Zurück im Lager, brachte man sie sofort zu Mustas Zelt, er hatte Neuigkeiten für sie. „Tribun, während Eurer Abwesenheit sind unsere Kundschafter zurückgekehrt. Eine feindliche Armee ist auf dem Weg zu uns, im Verlauf des morgigen Tages sollte sie hier eintreffen."

„Wie viele?"

„Einige Hundert Ritter, wahrscheinlich etwa tausend, drei- bis viertausend Mann Infanterie."

„Und wie viele haben wir?"

„Um ehrlich zu sein, ich weiß es nicht, Tribun."

„Was, Ihr wisst es nicht? Ich habe Euch mit diesem Kommando betraut, weil ich Euch vertraut habe, Musta! Ich hielt Euch für kompetent!"

„Es ist nicht meine Schuld. Bei dem Treiben hier ist es einfach zu schwierig, den Überblick zu behalten. Ein Teil unserer Männer ist von der Stadtwache zu uns desertiert, einen Teil haben wir in den umliegenden Dörfern rekrutieren können und wieder ein anderer Teil wurde aus ruhigeren Regionen hierher entsandt."

„Denkt Ihr, es war einfach, den Überblick über den Aufstand zu behalten, während ich über Jahre hinweg mein Netz gesponnen habe?"

„Nein, natürlich nicht, Tribun. Aber ich bin auch kein so großer Anführer wie Ihr."

Sercius schnaubte. „Was für eine geistreiche Erkenntnis."

Dasselbe Mädchen wie letztes Mal trat verschüchtert an sie heran, um ihnen Wein einzuschenken. Aus der Nähe konnte er sehen, dass ihre Augen gerötet waren, als hätte sie geweint. Er sah zu Musta und auf einmal stieg in ihm Abscheu für diesen Mann hoch, ohne genau zu wissen, weshalb. „Sechs- bis achttausend Mann Infanterie", sagte Musta nun. Sercius nahm einen Schluck. „Der Alkohol scheint positive Wirkung auf Euer Gedächtnis zu haben. Eben wusstet ihr es noch nicht und jetzt nennt Ihr mir Zahlen."

„Ich habe kurz Zeit gebraucht, um das zu überschlagen."

„Na, wenn das so ist", spottete Sercius. „Bitte, Tribun, lasst mich beweisen, wie loyal ich zum Aufstand stehe!"

„Oh, werter Freund, Eure Loyalität stand nie infrage. Und seid versichert, ich habe lieber loyale Männer mit Fehlern um mich als Männer, die ihr Talent dazu einsetzen, mich zu hintergehen.“

„Danke, Tribun, Eure Weisheit ist ein Vorbild für uns alle.“

Sercius ging nicht weiter darauf ein. „Also sechs- bis achttausend Mann.“

„Ja, Tribun.“

„Wie stehen unsere Chancen?“,

schaltete Juril sich in die Diskussion ein. „Können unsere Männer einem Ritterheer standhalten? Wir haben schließlich fast nur Infanterie, soweit ich das gesehen habe.“

Ihm entging nicht, dass das Mädchen bei seinen Worten still in sich hineinlächelte. „Was für eine Frage. Unsere Feinde sind blind, uns wurden die Augen geöffnet. Eine Schlacht, in der Blinde gegen Sehende kämpfen, wer gewinnt die wohl?“

Musta sah ihn fast schon mitleidig an. Juril war froh, dass Sercius ebenfalls zu einer Antwort ansetzte, er hätte nicht gewusst, was er sagen sollte. „Nun, Juril, mit uns bricht eine neue Ära an. Ich rede nicht nur von unseren Ideen, auch unsere Waffen und Taktiken sind die einer neuen Ära. Das letzte Mal, als ein onisches Heer zu Land gegen einen annähernd vergleichbaren Gegner gezogen ist, liegt nun schon knapp 20 Jahre zurück. Und damals war ihr Gegner ebenfalls ein Ritterheer. Ritter sind adelig, teuer, ein Auslaufmodell. Und so vorhersehbar, jeder ihrer Angriffe verläuft gleich. Sie reiten einen Schockangriff und nach ihnen kommt die Infanterie, um sich um die gestürzten gegnerischen Ritter zu kümmern. Du musst verstehen, die Infanterie hat für sie keinen Wert. In ihren Augen sind das bloß Bauern, gut genug, die Drecksarbeit zu erledigen, aber nicht mehr. In Demerkia hat man sich bereits kurz nach der Gründung von dieser Doktrin verabschiedet, man hätte ja auch wohl kaum genügend Adelige für wirkliche Ritterheere gehabt und sich stattdessen an Waffen und Taktiken der lokalen Reiche orientiert. Diese pflegten dicht an dicht, mit Schilden und mehrere Meter langen Lanzen, unüberwindliche Formationen zu bilden. Nach einigen Jahrzehnten war in Demerkia daraus die Hellebarde geworden, eine Waffe wie gemacht für den Kampf gegen schwer gepanzerte Reiter. Nur dass die Demerkianische Armee sie nie gegen ein Ritterheer einsetzen konnte. Wir bekommen jetzt die Gelegenheit dazu.“

Unter den Männern hatte sich die bevorstehende Ankunft des Feindes schon herumgesprochen, nicht wenige reagierten darauf mit Furcht, die sie hinter Prahlereien zu verstecken versuchten, doch bei manchen derer, die behaupteten, sich auf die bevorstehende Schlacht zu freuen, klang das gefährlich echt. Juril konnte das nicht verstehen, eine Schlacht bedeutete bei einer Niederlage schreiende, verstümmelte, sterbende Männer und bei einem Sieg etwas weniger schreiende, verstümmelte, sterbende Männer auf ihrer Seite. Er hatte das jetzt einmal erlebt, zwar in zu kleinem Ausmaß, um es wirklich Schlacht zu nennen, doch das hatte ihm gereicht. Er war bestimmt kein Mann des Krieges und hatte es auch nicht vor zu werden.

Zu den in Jurils Augen Wahnsinnigen, die sich auf die Schlacht freuten, gehörte selbstverständlich Musta. Wie besessen redete er vom unbesiegbaren Feuer der Erhebung, so inbrünstig, dass daneben selbst Sercius als nüchterner Zweifler erschien. Der Regen hielt noch bis spät am Abend an, um dann in sporadisches Nieselwetter umzuschwenken. Sercius versicherte ihnen allen, dass das Wetter ihnen ihn die Hände spiele. Das Wasser weichte den Boden auf, machte ihn nass und schlammig, bildete Pfützen und würde so für die Pferde des Feindes die Bewegung erschweren. Einige der Männer begannen daraufhin die Quelle für diesen göttlichen Regen zu preisen, ein Verhalten, das Sercius nicht gefiel. „Die Männer sollten sich nicht diesem schändlichen Aberglauben hingeben, das ist nicht gut für sie. Die Schlacht findet im Hier und Jetzt statt, nicht in irgendeiner Fantasiewelt."

Musta stimmte ihm zu: „Wie sagtet Ihr einst, es reicht nicht, den Körper des Volkes zu befreien, auch seine geistigen Ketten müssen losgeschlagen werden."

„Ja, und ich befürchte, die Brutstätten dieser Sklaverei niederzubrennen und ihre Verkünder zu verhaften wird nicht ausreichen."

„Vielleicht sollten wir auch härter gegen die vorgehen, die dieses Gift noch immer verbreiten, Tribun. Damit sie den Rest der Menschen nicht vergiften können. Wir müssen klarmachen, dass es nur eine Wahrheit gibt."

„Ihr trefft da einen guten Punkt, Musta, ich werde mir überlegen, wie wir gegen diese Vorstellungen vorgehen. Vielleicht wird es uns bei den jetzigen Generationen nie ganz gelingen, Jahrhunderte der Indoktrination hinterlassen ihre Spuren, das verschwindet nicht von heute auf morgen. Aber wir müssen auf jeden Fall die nachfolgenden Generationen vor ihr bewahren."

Juril gefiel das Ganze nicht, er selbst war kein sonderlich religiöser Mensch, das waren viele in Syrka nicht, wobei einige eine regelrecht religiöse Beziehung zum Geld zu haben schienen. Trotzdem, er hatte den Predigern auf den Straßen stets gespannt zugehört, teilte er auch ihren Glauben nicht, so hatten sie doch interessante Geschichten zu bieten und, was noch viel wichtiger war, nicht selten konnte er den Botschaften etwas abgewinnen. Seinen Mitmenschen zu helfen, Gnade zu zeigen, Juril wusste nicht, was daran falsch sein könnte. Manchmal beneidete Juril die Gläubigen auch, es musste ein unglaublich gutes Gefühl sein, wenn man völlig ohne Zweifel an eine gute Sache glauben konnte. Natürlich fand er auch immer wieder Aspekte an den Religionen, in ihren Schriften, Traditionen und Überlieferungen, die er ablehnte, aber so war es mit den Gläubigen anscheinend auch. Juril hatte Menschen getroffen, die aus ihrem Glauben heraus gegen die Sklaverei argumentierten, schließlich seien vor den Göttern alle Menschen gleich. Gleichzeitig hatte er auch schon andere Priester desselben Glaubens gehört, die verkündeten, dass die Sklaverei dem Willen der Götter entspreche, weil sie die Gläubigen zur Herrschaft über die Ungläubigen geschaffen hätten. Gute Menschen schienen ihren Glauben zum Guten einzusetzen, schlechte Menschen zum Schlechten. Und dieser Vorschlag war eindeutig schlecht. Allerdings wollte Juril vor Sercius nicht schon wieder als schwach und zögerlich dastehen, also sprach er eine zweite Überlegung an. „Um ehrlich zu sein, halte ich das für keine gute Idee. Die Menschen, vor allem auf dem Land, dort, wo sich wahrscheinlich unsere größte Anhängerschaft befindet, sind in ihrer Mehrzahl sehr im Glauben verwurzelt. Wenn wir dagegen vorgehen, riskierten wir, Unterstützung zu verlieren. Die Menschen sollten nicht zwischen uns und ihrem Glauben wählen müssen."

„Schwachsinn, es gibt nur eine Wahrheit."

Musta sah ihn an, als hätte er gerade vorgeschlagen, die Waffen zu strecken, zur Hauptstadt zu marschieren und sich dort der Königin zu ergeben. So langsam war Juril genervt von ihm, er hatte mit Sercius geredet, nicht mit ihm. Er dachte an Bracken. Dumm wie ein Esel, aber loyal wie ein Hund. Der Admiral hatte sich offenbar als guter Menschenkenner erwiesen. „Ich verstehe deine Einwände, Juril, sie sind nicht unberechtigt.

Aber bedenke bitte, unsere größte Stärke ist unser Feuer. Wie soll es lo-
dern, wenn die Herzen der Männer gespalten sind? Die Priester werden
sie dazu aufrufen, uns zu bekämpfen, und spätestens dann verraten sie
uns sowieso. Loyalität zur Erhebung ist das Wichtigste."

„Wir könnten doch mit einigen Priestern zusammenarbeiten. Mit denen, die erkennen, wofür wir das Ganze tun."

Noch bevor Juril den Satz beendet hatte, bereute er ihn. Was für eine
Dummheit, das musste der Wein sein. Es überraschte ihn nicht, als Ser-
cius und Musta lachten, der eine väterlich, der andere spöttisch. „Ach,
Juril, ich hatte kurz vergessen, wie jung du eigentlich bist."

Am nächsten Morgen nieselte es noch immer, es war diesig und die
Sichtweite betrug nur wenige Hundert Meter. Sie wussten, aus welcher
Richtung der Feind kommen würde, und hatten sich dementsprechend
postiert. Sercius hatte die Nacht über zusätzlich Löcher in den Boden graben lassen, auf dass die Ritter des Gegners noch mehr Probleme auf dem
Untergrund haben würden. Einen Teil ihrer Truppen hatten sie direkt bei
der Burg zurücklassen müssen, um zu verhindern, dass Sercius' Onkel
einen Ausbruch wagen und ihnen während der Schlacht in den Rücken
fallen würde. Doch auch so waren sie, falls alle Zahlen stimmten, dem
Feind noch immer zahlenmäßig überlegen. Anders als Juril erwartet
hatte, standen ihre Truppen jedoch nicht etwa in Reih und Glied, sondern
in verschiedene quadratische Verbände unterteilt. Sercius, Musta und er
würden allerdings nicht selbst in dieser Formation mitkämpfen, worüber
Juril nicht unglücklich war. Sie saßen zu Pferd, eskortiert von vielleicht
zwei Dutzend Berittenen, den Einzigen, die sich in ihrer Armee befanden.
Sie waren lange nicht so gut gepanzert wie Ritter, aber umso flexibler.
Juril war sich ziemlich sicher, dass zumindest auch Sercius wieder in vor-
derster Reihe mitkämpfen würde. Was ihn selbst anging, wusste er ehrlich gesagt nicht, was er in der Schlacht tun würde. Er kam sich ziemlich
nutzlos vor, er konnte ja nicht einmal richtig reiten. Es war für ihn eine
Erleichterung, als Sercius ihn beiseitenahm, um ihn aufzufordern, sich im
Hintergrund zu halten.

Vorerst allerdings bestand Sercius darauf, dass er zusammen mit ihm
dem Feind für Verhandlungen entgegenreiten würde. Nicht dass es etwas zu verhandeln gäbe, aber würde der Feind diesen Schritt machen
und einen Boten entsenden, so würden ihnen die Löcher im Boden

auffallen und ihr Vorteil wäre dahin. Mit einem weißen Banner ritten sie also einige Hundert Meter von der Armee weg und warteten. Juril hatte noch nie einen einzigen Ritter in voller Rüstung gesehen und als er die feindlichen Truppen dann endlich sah, wusste er, dass die Erzählungen nicht übertrieben waren. Trotz des Schlamms und des Wassers sahen die Ritter einfach nur beeindruckend aus. Ihre silbernen Plattenrüstungen ließen keinen Spalt des Körpers ungeschützt, für die Augen blieb bloß ein schmaler Spalt im Visier des Helmes frei. Sogar ihre Schlachtrösser waren gepanzert, an Stirn, Kopf und Körper. Ergänzt wurden die Rüstungen durch Schilde, viele verziert mit dem Wappen der jeweiligen Familie, und einer Einkerbung, in der die Ritter ihre Lanzen einlegen konnten. Und Banner überall, die meisten Wappen erkannte er natürlich nicht, es gab in ganz Onien unzählige Familien von niederem Adel, die Ritter stellten. Wahrscheinlich kannte nicht einmal die Königin alle. Juril ließ den Blick noch einmal über die Reihen der Gegner schweifen. Er hoffte inständig, Sercius hatte sich bei seiner Taktik nicht verkalkuliert. Einer der Ritter, er trug einen Harnisch mit goldenen Verzierungen sowie eine kunstvoll geformte schwarze Schwalbe auf seinem Helm, löste sich aus der ersten Reihe und ritt auf sie zu. Er klappte sein Visier hoch. „Ich nehme an, Ihr seid nicht hier, um Euch zu ergeben."

„Ihr vermutet richtig."

„Moment mal, ich erkenne Euch doch! Ihr seid der junge Vantales!"

„So jung nun auch wieder nicht."

„Also sind die Gerüchte zur Abwechslung mal wahr. Wisst Ihr, ich hatte damals schon ein Gefühl bei euch. Dass an Euch irgendetwas nicht stimmt."

„Ich wüsste nicht, dass wir schon mal das Vergnügen hatten."

„Verzeiht, ich bin Wilm, Herzog von Sommertal, aus dem Geschlecht der Rüttalinger, wir waren vor einigen Jahren beide zu Gast beim Grafen von Nordstadt, wenn ich mich recht entsinne. Ihr seid mir damals wegen eures Lebenswandels in Erinnerung geblieben. Man trifft nicht oft auf einen Adeligen, der beschließt, seinen Titel abzulegen."

„Nun, bald wird man überhaupt keine Adeligen mehr treffen."

„Man trifft auch nicht oft auf einen Mann mit derart ambitionierten Plänen. Ob sie auch realistisch sind, wird sich zeigen."

„Ich frage mich, ob Ihr mich bereits damals so ernst genommen hättet, wenn ich Euch davon erzählt hätte?"

„Um die Wahrheit zu sprechen, nein. Ich hätte wahrscheinlich niemanden vor Euch gewarnt und mir Eure Worte mit dem Alkohol oder einem seltsamen Sinn für Humor erklärt. Aber eine Armee in Eurem Rücken hat doch eine gewisse Wirkung auf die Nachdrücklichkeit Eurer Argumentation."

„Und unser Sieg wird eine noch viel größere haben."

„Daran zweifle ich nicht, ob Ihr diesen Sieg jedoch erringen werdet, steht auf einem anderen Blatt. Ihr habt mir bereits geantwortet, aber die Formalität verlangt, dass ich Euch mein Angebot noch einmal ausführlicher unterbreite: Streckt die Waffen und die Königin hat Gnade für alle einfachen Soldaten Eures Heeres zugesichert. Sie können unbescholten nach Hause gehen. Was Euch jedoch betrifft, Ihr und Eure wichtigsten Befehlshaber haben sich des Hochverrates schuldig gemacht, die Königin wird darüber entsprechend urteilen."

„Gegenangebot: Ihr gebt auf und alle gemeinen Soldaten, die Ihr zum Dienst gepresst habt, dürfen zurück nach Hause gehen oder sich uns anschließen. Alle Männer von adeligem Rang, eingeschlossen Euch, werden unsere Gefangenen, über die ein Volkstribunal zu urteilen hat."

„Ihr wisst, dass ich das nicht annehmen kann."

„Und genau das wird Euer letzter Fehler gewesen sein."

„Wir werden sehen, Vantales. Seid versichert, ich pflege nicht gerne zu verlieren."

Er wendete sein Pferd und galoppierte mit seinen Begleitern zurück zur Hauptstreitmacht. Sercius wartete, bis er außer Hörweite war. „Vorsichtig, Männer, wir müssen auf dem Weg zurück wegen der Löcher aufpassen. Folgt wieder meinem Pfad, er ist sicher. Sie dürfen keinen Verdacht schöpfen."

Zurück bei ihren Truppen, begann Sercius seine Ansprache: „Tapfere Männer, die ihr heute zusammen mit mir steht. Fackelträger einer neuen Welt. Ich weiß, der Feind wirkt bedrohlich und unbesiegbar, hoch zu Ross in seinen Rüstungen. Es sind dieselben Adeligen, die euch und eure Familien und eure Väter und deren Familien und deren Väter und deren Familien unterdrückt haben. Wie viel von eurer hart erarbeiteten Ernte musstet ihr schon an diese Blutsauger abtreten? Hart mit eurem Schweiß erarbeitet, und dann kommen in Samt und Seide gekleidete Adelige daher, die in ihrem ganzen Leben noch nie einen Tag gearbeitet, wirklich gearbeitet haben, und nehmen es euch und euren Familien weg, wo ihr jede Ähre Getreide doch so dringend braucht, so viel dringender als sie. Wie viele Söhne und Brüder haben sie euch schon genommen für irgendwelche sinnlosen Kriege, in denen ihr nichts zu gewinnen, sondern nur zu verlieren hattet? Auch heute stehen uns wieder solche armen Seelen gegenüber, gezwungen, gegen ihre eigenen Interessen zu kämpfen. Doch davon dürft ihr euch beim Kampf gegen sie nicht aufhalten lassen. Denkt daran, wenn ihr sie im Kampf niederstreckt, dann handelt ihr in Wahrheit auch in ihrem Interesse. Ihr Tod ist alleine die Verantwortung der Ritter, die sie hierhergeschleppt haben. Sie sind der Feind. Und wie bedrohlich und unbesiegbar sie auch wirken, unter ihren Rüstungen und hinter ihren Titeln verbergen sich auch nur Menschen. Menschen, die nicht besser sind als ihr. Der einzige Grund, weshalb sie diese Rüstungen tragen und bis zu diesem Tage Macht über euch hatten, ist, weil sie mit dem richtigen Namen geboren wurden. Denkt daran, wenn ihr sie von den Pferden stoßt und niedermetzelt, sie sind nicht besser als ihr!"

Immer wieder rief er es nun laut: „Sie sind nicht besser als wir" und die Männer stimmten ein. „Sie sind nicht besser als wir" und „Lang lebe Vantales, lang lebe die Erhebung, lang lebe die neue Welt!"

SCHLACHT

„Vorwärts!"

Juril war überrascht, dass sie nicht in defensiver Position den Ansturm des Feindes abwarteten, und dieser war es anscheinend auch. Als sie durch den Nebel nahe genug für Sichtweite herangekommen waren, konnte er von seiner Position bei der Nachhut chaotische Szenen beobachten. Noch war nicht die ganze feindliche Kavaliere bereit für einen Ansturm und auch die Infanterie war noch nicht vollständig aufgestellt. Die feindlichen Bogenschützen ließen einen Pfeilhagel in ihre Richtung los, den ihre erwiderten. Juril konnte zwar sehen, wie auf beiden Seiten Soldaten getroffen wurden und liegen blieben, doch ihre Anzahl hielt sich in Grenzen und die entstandenen Lücken in den Quadraten wurden sofort wieder geschlossen. Ein Horn ertönte und die feindliche Kavallerie begann ihren Ansturm. So etwas Furchterregendes hatte Juril in seinem ganzen Leben noch nie gesehen, doch auch ihre Männer begannen nun unter wildem Gebrüll zu rennen. Der Großteil in der Mitte, der Rest versuchte zu flankieren. Was mussten die Männer in der ersten Reihe wohl fühlen? Widersprach es nicht allen Instinkten, sich auf diese undurchdringliche, sich in mörderischem Tempo bewegende Mauer aus schwer gepanzerten Pferden und ihren Reitern zuzubewegen? Und die Ritter selbst, was ging in den Köpfen derer vor, die als Erste auf die langen Hellebarden treffen würden? Juril sah, wie einige der Pferde aufgrund der Bodenverhältnisse strauchelten, ihre Reiter stürzten und einige regungslos liegen blieben. Er hörte den Aufprall, als die verbleibenden Reiter mit eingelegten Lanzen gegen ihre Reihen krachten, er hörte Pferde wiehern, Männer schreien, Stahl auf Stahl. Die nachfolgenden Ereignisse verdeutlichten Juril, wieso eine Schlacht Schlacht genannt wurde. Es war ein einziges Gemetzel, Juril hatte so etwas noch nie in seinem Leben gesehen und er wusste genau, dass er so etwas auch nie wieder sehen wollte. Sercius hatte recht behalten, die Hellebarden erwiesen sich als überaus effektiv gegen die gepanzerten Reiter, überall wurden sie mittels der Hacken aus ihren Sätteln gestoßen, brachen ihre Pferde unter ihnen zusammen. Und lagen sie erst mal auf dem Boden, war das Spiel für sie vorbei. Kaum standen sie auf, sanken sie im morastigen Boden in ihren schweren Rüstungen ein, jede Bewegung vor oder zurück war mit unendlichen Mühen verbunden. Einige hatten gar nicht mehr die Zeit, auf die Füße zu kommen, bevor die Schlagdornen der Hellebarden auf ihre Helme krachten. Die Moral der gegnerischen Infanterie war schnell gebrochen, als ihre adeligen Anführer einer nach dem anderen ihr Leben ließen. Ihre Speere schienen fast winzig im Vergleich zu den Hellebarden und Spießen ihrer Truppen. Wer nicht im Kampf fiel, nahm die Beine in die Hand und rannte. Auch ein paar Ritter wendeten ihre Pferde und galoppierten davon. Juril konnte sie verstehen. Das schien ihm angesichts der Szenen, die er mit ansehen musste, das einzig Vernünftige. Alleine der Gestank, der sich nach und nach über das Schlachtfeld ausbreitete, war das Schlimmste, das er je gerochen hatte. Noch nach der Schlacht ritt Musta zusammen mit Sercius über das Feld und verkündete, dass unter den Adeligen keine Gefangenen gemacht würden. Sie kontrollierten Harnisch um Harnisch, ob der darin Befindliche noch am Leben war. Viele waren so schwer verletzt, der einzige Muskel, den sie noch effektiv rühren konnten, war ihre Zunge. So blieb ihnen nur, noch ihre Feinde zu beschimpfen oder um Gnade zu bitten, als die Soldaten unbarmherzig Visiere öffneten und Zunge um Zunge verstummen ließen. Es war in Jurils Augen einfach nur barbarisch, egal wie gut er die Gründe dahinter verstehen konnte. Irgendwann standen sie vor dem mit Gold verzierten und nun mit Dreck verschmierten Harnisch des Herzogs, die Schwalbe auf seinem Helm war an einem Flügel eingedellt, sein Visier stand weit offen, ihn hatte es schon während der Schlacht erwischt. Musta grinste und sagte nur, dass er schon immer so eine Rüstung gewollt hatte. Juril wollte nur weg von hier.

Mustas Mädchen lächelte nicht mehr. Kein einziges Mal bewegten sich ihre Lippen, als Sercius, Juril und Musta in seinem Zelt saßen, mit Wein auf ihren Sieg anstießen und die Zukunft planten. Einen Moment lang fragte Juril sich, ob ihr wohl der Gedanke, bald wieder mit Musta alleine zu sein, Angst machte. „Wie werdet Ihr als Nächstes vorgehen, mein Tribun?"

„Die Küste hat oberste Priorität. Das wissen wir, und das weiß der Gegner. Allerdings befindet sich mit dem Amboss bereits die wichtigste Stelle unter unserer Kontrolle, ich bin da also ganz entspannt. Es ist fast so, als hätte sie der alte König extra für uns erbauen lassen. Solange wir diese Festungen kontrollieren, werden sie niemals die goldene Straße überqueren können. Alle anderen Routen sollten lang genug für Bracken sein, damit seine Flotte alle Landungsversuche verhindert. Wir können uns also gleichzeitig noch anderen Dingen zuwenden."

„Woran denkt Ihr?"

„Kronenturm, nichts hat einen höheren symbolischen Wert als die Hauptstadt und Krönungsstätte der onischen Herrscher. Besitzen wir dieses Juwel erst einmal, gibt es kein Königreich Onien mehr."

„Glaubt Ihr, die Königin ist noch dort?",

sagte Musta, nicht ohne zu lächeln. „Irgendetwas sagt mir, dass dem nicht so ist. Ich würde nicht sagen, ich kenne Gwennif, aber sie scheint mir klug genug, eine aussichtslose Situation zu erkennen. Sie wird längst als einfache Dienstmagd verkleidet die Flucht angetreten haben."

„Oder als Hure, sie weiß sicher noch, wie das ist."

Musta lachte. „Sehr witzig", kommentiere Sercius trocken. „Verzeihung", Musta versuchte sein Lachen unter Kontrolle zu bringen, und nahm gleichzeitig einen Schluck Wein. Ob das Mädchen wohl hoffte, er würde sich verschlucken und das Lachen ihm für immer im Halse stecken bleiben? „Wir könnten Kronenturm zu Euren Ehren umrennen, auf dass die Menschen sich auf ewig an ihren Befreier erinnern werden."

Sercius lächelte. „Mal ganz ohne falsche Bescheidenheit, ich denke, das würde mir gefallen. Kronenturm sollte in unserer Welt auf jeden Fall kein Ort mehr heißen."

Jetzt meldete Juril sich wieder zu Wort. „Ich kann es immer noch nicht glauben, dass wir so schnell so weit gekommen sind."

„Das war der leichte Teil, wir haben sie auf dem kalten Fuß erwischt. Hätte Onien über ein stehendes Heer verfügt, so wäre vieles anders gewesen. Ich habe den Aufstand so geplant, dass sie möglichst keine Chance hatten zu reagieren. Meine Anwerber gehen in ein Dorf und dieses Dorf entsendet bald darauf Anwerber in zwei weitere Dörfer. Und wenn nun der örtliche Fürst versucht Truppen für den Krieg auszuheben, muss er feststellen, dass seine Dörfer schon längst zu uns gehören. Ihnen bleibt nichts anderes übrig, als sich in ihren Burgen zu verschanzen und ihr Ende abzuwarten. Demerkia wird da schwieriger zu schlagen sein, aber zunächst müssen wir sowieso unsere Macht hier auf diesem Kontinent konsolidieren."

„Wahnsinn, dass Euer Netz all die Jahre nie aufgeflogen ist, grenzt doch an ein Wunder."

„Weißt du, Juril, es sind mehr Zellen aufgeflogen, als mir lieb ist. Aber die große Ambition unseres Vorhabens ist gleichzeitig ihr größter Schutz gewesen. Du hast den Herzog vorhin gehört, er hätte es nicht einmal mir selbst geglaubt. Stell dir vor, der stellvertretende Hauptmann der Wache von Tarven würde eines Tages zu seinem Kommandanten gehen und ihm erzählen, dass ein Adeliger, der seinen Vater auf tragische Art und Weise bei einer Bauernrevolte verloren hat, einen weltumspannenden Aufstand plant, um die Herrschaft des Unrechts für immer zu brechen. Was denkst du, würde der wohl sagen, von der Anmaßung, derart schwere Anschuldigungen einem Adeligen", er machte mit seinen Händen Anführungszeichen, während er das Wort aussprach, „gegenüber zu erheben, ganz zu schweigen."

Um das Ganze perfekt zu machen, klingt die Geschichte genauso abstrus, als könnte sie sich jemand unter Folter ausdenken. Die Klugen wissen, dass Geständnisse unter Folter wertlos sind, und die Dummen brauchen wir nicht zu fürchten."

Manchmal vergaß Juril, wie klug Sercius sein konnte.

Musta zeigte sich bei ihrer Abreise untröstlich und Juril glaubte ihm das sogar. Selbst Sercius hatte keine derart überhöhende Behandlung verdient, ging es nicht darum, dass alle Menschen gleich waren? Er würde Musta garantiert nicht vermissen, ebenso wenig den Krieg. Sercius hatte ihm ja ein kleines Kommando im Hinterland versprochen, während er selbst sich den Truppen einige Kilometer vor der Hauptstadt anschließen würde, das gefiel ihm schon eher, als ein weiteres Schlachtfeld sehen zu müssen. Allerdings würde das auch bedeuten, dass sie von da an für eine gewisse Zeit getrennte Wege gehen würden, das machte ihn etwas nervös. Er kannte diese Welt nicht, das heißt, er kannte sie nur vom Hören. Sercius aber, der kannte sie wirklich und bis jetzt hatte er Juril immer alles erklärt, die Entscheidungen getroffen. Aber er würde lernen müssen, das alleine zu tun. Sercius hatte schon ein Dorf ausgesucht, in dem Juril sein Kommando bekommen würde. Es befand sich zwei Tagesritte durch Gebiet unter ihrer Kontrolle entfernt und lag direkt an der Straße, die in Richtung der Hauptstadt führte. Wobei Straße hier nicht immer dasselbe wie in Demerkia bedeutete, wo alle Straßen breit, gepflastert und gut in Schuss waren. Aber dennoch, eine Straße war eine Straße und Juril stellte sich vor, wie er in einigen Tagen mit seinen Männern über diese Straßen patrouillieren würde.

Das kleine Dorf trug den seltsamen Namen Schweinehufe und war wirklich nichts Besonderes. Ein paar einfache Hütten, Rübenäcker und natürlich die wohl namensgebenden Schweinehirten. Einer ihrer Anwerber war ein paar Tage vor ihnen in das Dorf gekommen und wie es aussah, sehr erfolgreich. Als sie in das Dorf kamen, war er gerade mitten in einer Rede auf einer Wiese in der Nähe, flankiert von zwei Bewaffneten in den Farben der Erhebung, anscheinend die ganze Bevölkerung um ihn. „Ja, liebe Freunde, doch all das muss nicht so sein. Ich hab es zuerst auch nicht geglaubt, hielt alles für einen ausgemachten Schwindel. Aber derjenige, der in unser Dorf kam, so wie ich in euer Dorf gekommen bin, auch er kam aus einem einfachen Dorf, welchen Grund hätte er also, seinesgleichen anzulügen? Und als die Männer meines Fürsten kamen, waren sie machtlos gegen die Soldaten der Erhebung. Da habe ich erkannt, wir haben keinen Grund, uns vor ihnen zu fürchten. Sie sind nicht besser als wir. Sercius Vantales, unser Tribun, sagt, die Macht der Mächtigen steht auf den Schultern der Ohnmächtigen."

Während sie und ihre Eskorte langsam näher kamen, flüsterte Sercius Juril halb verärgert, halb belustigt zu: „Dergleichen habe ich nie gesagt. Aber es klingt wirklich nach mir.“

Jetzt sah der Anwerber sie an. Er trug die Kleidung eines einfachen Bauern, mit dem Wappen der Erhebung umrahmt, von zwei Federn aufgenäht. Sein Gesicht war vom Wetter gegerbt und von den Jahren gekennzeichnet. Als er ihre Wappen sah, war er sichtlich erfreut. „Wie es aussieht, bekommen wir Gesellschaft von weiteren Freunden. Seid mir gegrüßt, woher kommt ihr, Brüder?“

Juril ahnte, wie sehr Sercius das Folgende wieder genießen würde. „Mein Name ist Sercius Vantales. Ich nehme an, ihr habt diesen guten Menschen von mir erzählt.“

Dem Anwerber entglitten sämtliche Gesichtszüge. „Tribun, seid Ihr es wirklich?“

„Welchen Grund hätte ich, Euch anzulügen? Ja, ich bin Sercius Vantales, und ich bin in Euer Dorf gekommen, um mir anzuhören, was Euch auf dem Herzen drückt. Ich bin hier, um zu helfen.“

Die Leute schwiegen, unklar, was sie tun sollten. „Na kommt, meine Brüder und Schwestern, ihr müsst euch vor nichts fürchten.“

Ein kleines Mädchen, vielleicht 6 oder 7 Jahre alt, kam auf ihn zu. „Na, was willst du mir sagen, mein Kind?“

„Du bist der Mann, von dem er immer erzählt?“

„Ja, genau der bin ich. Und wer bist du?“

„Missa.“

„Das ist ein schöner Name, was ist dein Anliegen, Missa?“

In dem Moment kam ein Junge, etwas jünger als Juril, schnell auf sie zu und wollte das Mädchen an der Hand nehmen. „Missa, nein, erzähl es lieber mir. Verzeiht mir, Herr.“

„Aber du willst ja nicht auf mich hören“, maulte Missa. „Schon gut“, sagte Sercius lächelnd. „Kinder sprechen die Wahrheit und die Wahrheit interessiert mich immer. Du kannst es mir ruhig sagen.“

„Mein großer Bruder will weggehen und für dich kämpfen. Ich und Mama und Papa und Magrot und Lissy und An sagen, er soll bleiben, aber auf uns hört er nicht. Bitte, bitte, sag, du möchtest das auch nicht, sag Petro, er soll bleiben. Auf dich hört er sicher, wenn du es ihm sagst, bleibt er sicher bei mir.“

Sercius' Lächeln sank in sich zusammen. „Weißt du, kleines Mädchen, wenn dein Bruder weggeht, um für mich zu kämpfen, dann kämpft er nicht wirklich für mich. Das sagt man nur so, eigentlich kämpft er viel mehr für dich und für deine Familie. Damit ihr eine sichere und schöne Zukunft habt."

„Aber ich will auch nicht, dass mein Bruder für mich kämpft, ich will, dass er bei mir bleibt!"

Missa kämpfte mit den Tränen. „Ist gut jetzt, Missa, lass uns später darüber reden."

Der Junge, Juril nahm inzwischen an, es war besagter Petro, versuchte sanft, sie an ihrer Hand wegzuziehen, aber Missa blieb, wo sie war. „Sag ihm bitte, er soll mich nicht alleine lassen."

„Du kannst stolz auf deinen Bruder sein, Missa. Wenn du größer bist, verstehst du es sicher."

Missa weinte: „Ich will nicht größer werden, ich will meinen Bruder."

Inzwischen war offenbar Missas Mutter aufgetaucht. „Komm schnell her, mein Liebling."

Dieses Mal hörte Missa und lief in die Arme ihrer Mutter. Sercius wandte sich jetzt Petro zu. „Du bist also Petro, der für mich kämpfen will."

„Ja, Herr."

Er stieg vom Pferd. „Ich bin nicht dein Herr. Ich bin dein Bruder und so darfst du mich auch behandeln."

Petro war sichtlich nervös. „Ich … ich habe keine Brüder, nur Schwestern."

Juril wusste nicht, ob es als Witz gemeint war, aber viele Leute, darunter Petro selbst und Sercius, begannen zu lachen. „Ja, Magrot, Lissy, An und natürlich die bezaubernde kleine Missa."

„Ihr habt Euch ihre Namen gemerkt?"

„Natürlich, weißt du, meine kleine Schwester starb, da war ich selber noch sehr jung. Ich wünschte, ich hätte etwas für sie tun können. „Das tut mir sehr leid."

„Danke, deine Anteilnahme rührt mich. Wer könnte besser als du verstehen, du bist immerhin sogar bereit, für deine Schwestern in den Krieg zu ziehen. Sie können sich glücklich schätzen, so einen tapferen großen", er sah Petro fragend an, „oder kleinen Bruder zu haben?"

Dieser lachte unsicher. „Großen."

Sercius nickte „natürlich“, dann wandte er sich den Leuten zu. „Wer seinem Beispiel folgen will, der sei aufgerufen, es zu tun. Es warten Ruhm, ein guter Sold und vor allem eine Zukunft auf euch!“

„Du bist so ein Idiot! Ein bescheuerter Idiot.“

Juril fragte sich, welche von Petros Schwestern ihn nun von seinem Plan abbringen wollte. Sie wirkte älter als er, obwohl er ja behauptet hatte, nur kleine Schwestern zu haben. „Lass mich los, An, ich gehe, das steht fest.“

„Du bist so ein Idiot, du wirst noch umgebracht! Was sollen wir dann machen?“

„Ich werde nicht umgebracht, der Krieg wird nicht lange dauern, dann bin ich wieder bei euch zurück. Und du wirst sehen, dann wird alles besser sein.“

„Das sagen die dir, aber wer sind die überhaupt? Du kennst die doch überhaupt nicht. Du hast doch gar keine Ahnung, was auf dich zukommt! Willst du dafür Mutter wirklich das Herz brechen?“

„Ich mache das, um euch zu beschützen, ihr verdient etwas Besseres.“

„Du lässt uns in Kriegszeiten alleine hier, das verstehst du also unter Schutz?“

„Wenn wir gewonnen haben, wirst du mich verstehen.“

„Rede nicht mit mir, als wäre ich Missa.“

„Tut mir leid, es ist nur, es ist auch für mich nicht einfach.“

„Denkst du, das wüsste ich nicht? Bitte bleib bei uns.“

„Mein Entschluss steht fest, An.“

Just wurde Juril von den beiden abgelenkt, als ihn der Anwerber ansprach.

„Bei dieser Szene weiß ich nicht, ob ich es bedauern oder mich freuen soll, dass ich nie eine Familie gegründet habe.“

„Familie ist nicht immer ganz einfach.“

„Nein, das ist leider so wenig im Leben. Wie war das bei euch? Haben sie euch einfach so gehen lassen?“

„Nein, ich bin ohne ein Wort gegangen“, antwortete Juril knapp. „Das muss schwer gewesen sein.“

Juril hatte nicht wirklich Lust auf weitere Floskeln der Betroffenheit oder das Thema überhaupt, also stellte er eine Frage: „Jetzt, wo Eure Arbeit hier getan ist, wohin werdet Ihr nun gehen?“

„Ich wünschte, meine Arbeit wäre getan, aber bis dahin ist es noch ein langer Weg. Ihr und diese tapferen Rekruten dort", er wies mit der Hand in Richtung von Petro, der noch immer mit seiner Schwester diskutierte, und die anderen neuen Soldaten der Erhebung, die sich gerade von ihren Angehörigen verabschiedeten und sich auf den Aufbruch vorbereiteten. „Ihr mögt das Schwert für unseren Sieg schwingen, ich verbreite das Wort, das zum Schwert greifen lässt."

„Solltet Ihr das nicht besser woanders tun? Hier gibt es doch nichts mehr zu holen?"

„Noch ist der Kampf um die Herzen der Menschen nicht gewonnen. Bei einigen fiel die Wahrheit noch nicht auf fruchtbaren Boden. Der Tribun hat angeordnet, dass jedem Dorf ein Anwerber dauerhaft zugeordnet wird, der die Wahrheit verbreitet und ein Auge auf die Gemeinschaft hat. Bis es genügend von uns gibt, werde ich natürlich auch noch in anderen Dörfern von uns und unserer neuen Welt erzählen, aber auf lange Sicht gesehen ist mein Platz hier."

„Nicht in Eurem Heimatdorf?"

„Der Tribun hat erkannt, dass unsere Beziehungen und Bindungen dort nur unnützer Ballast wären, die uns von unserer Mission abhalten würden. Hier bin ich frei von all dem. Ein neuer Ort für eine neue Welt."

Juril hörte nur noch mit halbem Ohr zu, Sercius winkte ihn zu sich. „Entschuldigt mich, ich muss zu ihm. Ich wünsche euch noch viel Erfolg bei Eurer Mission."

„Und ich Euch bei der Euren, lebt wohl!"

Sercius hatte Wort gehalten und sich tatsächlich angehört, was einige Dorfbewohner zunächst zögerlich, mit der Zeit immer zuversichtlicher vorzubringen hatten. Nun war auch er kurz davor, wieder aufzubrechen. „So viele tapfere Männer. Und du wirst ihr Anführer sein, Juril."

„Ich werde mein Bestes geben."

„Und ich bin sicher, du wirst sie nicht enttäuschen. Du wirst mich nicht enttäuschen. Du bist etwas Besonderes, Juril Wahroles aus Syrka. Wenn wir uns das nächste Mal sehen, dann sind wir unserem Traum ein gutes Stück näher, wird unsere Welt eine bessere sein."

„Ich kann es kaum erwarten."

Sercius' Händedruck war fest, als er ihm die Hand reichte. „Pass auf dich auf, Juril", er stieg auf sein Pferd. „Und mach mich stolz!"

„Pass du auf dich auf, Sercius, und danke für alles, was du für mich getan hast! Mögen wir uns bald wiedersehen!“

Sercius nickte ihm ein letztes Mal zu und schenkte ihm dabei ein Lächeln, dann ritt er mit der Leibgarde davon und ließ Juril mit seinen Rekruten zurück. Er blickte sich um, die meisten waren nicht älter als er, nicht wenige sogar jünger. Petros Schwester hatte wohl resigniert, sie umarmte ihn zum Abschied. „Mögen die Götter dich beschützen, großer Bruder.“

„Mögen die Götter dich beschützen, kleine Schwester. Dich und die ganze Familie. Sag allen, wie sehr lieb ich sie hab.“

Juril sah sich die ganze Szene eine Weile an, realisierte, dass er das erste Mal überhaupt alleine war, dann klatschte er in die Hände. „Zeit, dass wir aufbrechen!“

Den Rest des Tages war Juril zwischen zwei Gefühlen gefangen, die völlig gegensätzlich schienen. Auf der einen Seite wusste er nicht genau, was er hier tat, auf der anderen Seite war er überaus stolz auf das, was immer er hier tat. Es fühlte sich irgendwie erhebend an, er an der Spitze ihrer kleinen Gruppe. Beofana hatte er schweren Herzens im Dorf zurückgelassen, der Abschied war ihm fast schwerer als der von Sercius gefallen. Ihre ruhige Art hatte ihm ebenfalls eine Art von Ruhe geschenkt. Er hoffte, man würde sie gut behandeln. Wie lange es wohl dauern würde, bis man auch sie in den Krieg schickte? Sie, die doch mit den Kämpfen der Menschen eigentlich nichts zu tun hatte, die doch nur laufen und ihre Äpfel mampfen wollte. In diesem Moment war Juril froh, dass ihre Armee zum großen Teil auf Infanterie aufbaute.

So marschierte er auch zu Fuß, das Schwert am Gürtel, auf seinem Schild endlich die Flamme der Erhebung, ebenso deutlich zu sehen wie auf dem Aufnäher an seiner Schulter. Hinter ihm marschierten seine Männer, seine Männer, die ihn für einen großen Mann hielten und ihm bereitwillig folgten. Auf ihrer Kleidung ebenfalls die Flamme, bewaffnet wie für ihre Erhebung üblich, mit Spießen und Hellebarden, marschierten sie. Nur Juril wusste nicht, wohin. Sein Auftrag war ziemlich weit gefasst, im Hinterland für Ordnung sorgen, die Straßen nach flüchtigen Adeligen und Kaufleuten überprüfen, solche Sachen eben. Also würde Juril einfach so lange mit seinen Männern über diese Straßen laufen, bis sie auf ein entsprechendes Problem stießen. Vielleicht würde sich das Ganze bis dahin etwas realer anfühlen. Denn so sehr er auch die Blicke genoss, die ihm Bauern auf der Straße zuwarfen, so fremdartig kam ihm das Ganze vor. Bis jetzt war immer klar, was als Nächstes zu tun war, dafür gab es ja Sercius. Aber nun musste er entscheiden, das erste Mal in seinem Leben konnte er nach Norden, nach Süden, nach Westen oder nach Osten marschieren, ganz wie er es wollte. Komisch, er hatte sich diese Freiheit immer anders vorgestellt. In keinem seiner Träume hatte sie ihm solche Angst gemacht. Und egal wie sehr er es sich einzureden versuchte, diese

Angst kam nicht nur von der Verantwortung, die er jetzt für andere trug, sondern auch von der für sein eigenes Leben.

Als sie bei Einbruch der Dunkelheit ihr Lager am Wegesrand aufschlugen, musste Juril feststellen, dass er in seinen Träumereien einige wichtige Aspekte ignoriert hatte. Wie oft hatte er von Lagerfeuerromantik fantasiert, er als Abenteurer mit seinen Gefährten vor einem knisternden Feuer, während sie sich von ihren Heldentaten erzählten und sich ewige Freundschaft schworen. Nur keinen einzigen Gedanken hatte er je daran verschwendet, wie man denn so ein Feuer entfacht. Die anderen mochten das so interpretieren, dass er sich als Kommandant nicht um solche Dinge kümmerte, aber dass er wie bestellt und nicht abgeholt in der Gegend herumstand, während seine Männer Feuerholz sammelten, es aufschichteten und es dann mittels Feuerstein und einem Pilz zum Brennen brachten, lag eher an seiner mangelnden Kompetenz in dem Bereich. Seltsam, man könnte doch meinen, der Sohn eines Kerzenziehers und Funke der Erhebung sollte etwas mehr von Feuer verstehen.

Wenigstens schien er etwas davon zu verstehen, gute Geschichten zu erzählen. Schon am letzten Lagerfeuer noch im Archipel des Windes hatte er sich wie ein Held gefühlt, als seine Zuhörer an seinen Lippen hingen. Dabei hatte er fast das Gefühl, er erzählte diese Geschichte mehr für sich als für sie. Das war seine Legende, die des Sohnes eines Kerzenziehers aus Syrka, der auszog, die Welt zu retten. Wenn er diese Geschichte hier mit dem Bauch voll Wein und in den schönsten Worten erzählte, da glaubte er wieder selbst daran. Solange er mit seiner wirklichen Stimme sprach, verstummte die andere, leisere, innere Stimme, die ihm sonst immer wieder Zweifel einflüsterte, Verleumdungen, gemeine Lügen. Als er fertig war, wusste er, dass sie ihm glaubten. Für sie war er ein Held und sie waren dankbar, in seiner Geschichte mitspielen zu dürfen. Jetzt war er neugierig auf ihre, wieso waren sie hier? Petro, der Junge mit den vielen Schwestern, machte den Anfang. „Du hast wahrscheinlich gehört, dass ich vier Schwestern habe, aber das ist nicht die ganze Wahrheit. Eigentlich habe ich sieben Schwestern. Alle um mich herum sprechen immer von „hatte“, aber wieso? Hören Felisa, Lasa oder Hily etwa auf, meine Schwestern zu sein, nur weil sie tot sind? Als sie krank wurden, da haben sie all das einfach so hingenommen. Da kann man nichts machen, haben sie gesagt. Jetzt liegt es an den Göttern, haben sie gesagt. Später sagte mir jemand, unserer Familie wäre es noch gut ergangen, wir hätten nur drei Kinder verloren. Nur drei Kinder. Ist es das wirklich? Ist das wirklich unser Los? Soll ich mich damit zufriedengeben, dass ich nur drei Schwestern verloren habe? Soll ich jetzt dankbar dafür sein? Wieso reicht uns das, hat uns das so lange gereicht? Egal wie viele sich damit abgefunden hatten, ich konnte mir immer eine andere, eine bessere Welt vorstellen. Eine Welt, in der ich nicht immer Angst haben muss, wenn eine meiner Schwestern hustet. Ich kann diese Welt sehen, wenn ich die Augen schließe. Und als der Anwerber in unser Dorf kam, wusste ich, nicht mehr lange, und diese Welt würde auch dann noch da sein, wenn ich die Augen wieder öffne."

Die anderen hatten mehr oder weniger ähnliche Geschichten, etwas weniger dramatisch vielleicht. Jeder von ihnen haderte mit der Welt, so wie sie war, mit all ihren Fehlern. Zumindest war es das, was sie sagten. Vielleicht war es bei ein oder zwei auch vielmehr die Aussicht auf Sold oder etwas anderes, aber wer würde das schon vor sich und anderen zugeben, nachdem Petro mit so einer Geschichte vorgelegt hatte? Benja jedenfalls schien es ebenso ernst mit ihrer Sache zu sein, er war davon überzeugt, sie würden hier dem Willen der Götter folgen. „Ganz egal, was der Priester sagt, das kann noch nicht die Welt sein, die die Götter für uns wollen."

Juril hätte ihm ungerne erklärt, wie Sercius zu den Göttern stand, aber Rod kam ihm sowieso zuvor. „Du hast den Anwerber doch gehört, Religionen spalten die Menschen und führen nur zu Kriegen. Wir kämpfen nicht für die Götter, wir kämpfen nur für uns Menschen. Wieso sollten die Götter dann ausgerechnet uns als Werkzeuge nutzen?"

Benja zuckte nur mit seinen kräftigen Schultern. „Die Wege der Götter sind unergründlich " „Na ja, zumindest das Zeichen der Flamme tragen wir schon mal. Ich warte nur darauf, dass sich uns ganz Kantao anschließt", scherzte Petro und spielte damit auf das Wappen der Erhebung an, ohne Krone sähe es wirklich fast genauso aus wie das des Glaubens an die Flamme, der vor allem in Kantao eine große Rolle spielte. „Was weiß ein Schweinehirt wie du schon von Kantao, Petro, die tiefste Expedition, die du je unternommen hast, war in den Misthaufen hinter eurem Haus ", versuchte Coln ihn aufzuziehen. „Immerhin hab ich nach zwei Wochen wieder aufgehört zu stinken, wie lange soll das bei dir noch dauern?", konterte Petro und Juril musste lachen. Er fühlte sich wohl bei diesen Jungs, das zwischen ihnen musste richtige Freundschaft sein. Zu Hause in Syrka war er eher ein Einzelgänger gewesen, das hatte ihn aber nie wirklich gestört. Er hatte ja seine vielen Bekanntschaften im Hafen, Ceri, seine Träumereien und später dann natürlich Elyana. Aber zugegeben, Teil einer Gruppe von Gleichaltrigen zu sein, hatte doch etwas. Und die anderen nahmen ihn sofort mit offenen Armen auf, obwohl er doch eigentlich ein Fremder war und sie sich schon ihr ganzes Leben kannten. Das überraschte und rührte Juril, es brauchte für sie alle nur ein paar große Schlucke aus dem Weinschlauch und schon lagen sie sich in den Armen, sangen oder besser grölten gemeinsam und brachten Trinksprüche auf ihre Freundschaft aus, am Ende waren es sogar mehr als auf die Erhebung gewesen. Petro hatte ständig einen Witz auf den Lippen und meistens lachte er am lautesten darüber. Sein Lachen war so einnehmend und erobernd, meistens lachten sie einfach mehr mit ihm als über den Witz. Das schien ihn nur zu bestärken und so wurden seine Witze schlechter und schlechter, je länger die Nacht dauerte, aber gleichzeitig wurde auch ihr Lachen lauter und lauter. Zwischenzeitlich machte Juril sich sogar Sorgen, Benja könnte ersticken, als dieser einen wirklich heftigen Lachanfall hatte. Natürlich konnten er selbst und alle anderen währenddessen selbst nicht aufhören zu prusten und Juril fragte sich, wie witzig das eigentlich wäre, wenn sein ganzer Trupp sich wenige Stunden nach seiner Entstehung zu Tode lachen würde. Gäbe sicher Schlimmeres. Irgendwann ging ihnen der Wein aus, der Wein, der eigentlich mehrere Tage halten sollte, und irgendwie fanden sie auch das witzig. „Lasst uns unseren eigenen Wein keltern", schlug der betrunkene Coln irgendwann vor. „Wir ziehen einfach weiter, bis wir Weinberge finden, lassen uns dort nieder und keltern unseren eigenen Wein."

Juril, ebenfalls so betrunken wie noch nie, fand die Idee natürlich spitzenmäßig. „Super Vorschlag, bei mir zu Hause in Syrka gibt es tolle Weinberge, da müssen wir hin."

Das fand Rod, der betrunkenste von ihnen allen, extrem erheiternd, er bekam sich kaum ein vor Lachen. „Du bist bescheuert, Juril! Syrka liegt jenseits des Meeres, da können wir nicht hinlaufen."

Jetzt lachten wieder alle, schon komisch, wie aus dumm irgendwann witzig wird. Dann jedoch fiel Petro etwas ein. „Wartet, Freunde, das geht doch nicht. Wir müssen doch die Erhebung voranbringen."

„Oh Mann, hätte ich fast vergessen.“
Hatte Juril wirklich.

Die nächsten Tage verliefen relativ ereignislos. Was an für sich ja nicht Schlechtes war, schließlich bedeutete das ja auch, dass das System funktionierte. Hier im Hinterland musste man sich keine Gedanken um die großen Armeen machen, das Problem waren eher kleine Gruppen marodierender Deserteure und Banditen, die jeder Krieg zwangsläufig mit sich brachte. Viele mobile kleinere Trupps, die in den Dörfern nach den Rechten sahen und die Straßen kontrollierten, funktionierten hier besser als eine einzige, schwerfällige, große Armee. Dadurch, dass eigentlich immer irgendwo einer ihrer Trupps war, konnte kein Vakuum entstehen, in dem sich Banditen erst ausbreiten konnten. Wenn sie einen anderen Trupp trafen, hörten sie zwar ab und zu Geschichten, wie sie angeblich heroisch diese und jene Siedlung vor einer finsteren Horde Briganten geschützt hatten, aber man musste ja nicht alles glauben. Wenn Jurils Trupp in eines der Dörfer kam jedenfalls, hieß es meistens, es gäbe keine Probleme. Zumindest keine, die dringend genug wären, dass man sie mit Fremden besprechen würde.

Wenn die Dorfbewohner sie mit Vorräten versahen, nicht selten etwas zu betont freiwillig, um wirklich freiwillig zu sein, erkundigten sich Familien oft nach ihren Söhnen, die unter dem Banner der Erhebung fortgezogen waren; Juril hätte ihnen gerne ihre Angst genommen. Er dachte an Elyana und Ceri, schon ihnen hatte er die Angst nicht nehmen können. Wie auch, er selbst hatte dieselbe Angst, wenn er daran dachte, in was für eine Welt sie vor ihm davongelaufen waren. Er klammerte sich an den Gedanken, dass sie längst nach Syrka zurückgekehrt waren. Hier im ruhigen Hinterland und in guter Gesellschaft fiel ihm das an manchen Tagen sogar fast leicht.

Aber dann waren da noch diese anderen Tage, Tage, an denen er Geschichten hörte, sie handelten von brennenden Dörfern und ihren dahingemetzelten Einwohnern, sie handelten von Frauen und den Dingen, die Männer Frauen im Krieg antaten, sie handelten von Kindern und der Kindheit, die man ihnen genommen hatte. Manchmal, wenn Juril nachfragte, wer denn für diese Gräuel die Verantwortung trage, und man ihm antwortete, das wisse man nicht, dann konnte er in ihren Blicken sehen und ihrer Stimme hören, wer es war. Sie wussten es, er wusste es, nur würde es keiner von ihnen wagen, es laut aussprechen. Anders verhielt es sich, wenn die andere Seite als Schuldiger feststand. Dann musste niemand seine Zunge im Zaum halten. Nachts versuchte Juril sich oft damit zu beruhigen, dass man auch hier nicht wissen könne, was davon überhaupt wahr war und was massive Übertreibung war. Trotzdem hoffte er immer wieder inständig, das seien nur Fehltritte Einzelner gewesen, nicht der Armee der Erhebung als Ganzes.

Juril sah die beiden schon aus einiger Entfernung die Straße herunterkommen. Zwei Frauen mittleren Alters, Bäuerinnen, die alleine nach Süden unterwegs waren. Als Juril sie ansprach und ihnen anbot, sie ein Stück weit zu eskortieren, dachte er, er würde ihnen einen Gefallen tun. Falsch gedacht. Die Ältere der beiden, die sich mit ihrem langen blonden Haar, der makellosen Haut und ihren hohen Wangenknochen auch nicht vor jüngeren Frauen zu verstecken brauchte, versuchte sichtlich nervös einen Grund dafür zu finden, das Angebot abzulehnen. Sie wirkte fast schon verzweifelt, als sie keinen finden konnte und ihren Schutz annehmen musste. Juril wollte gerade fragen, wovor sie denn so eine Angst hatte, als ihm von hinten Coln auf die Schulter tippte, er flüsterte: „Juril, ich muss dich kurz sprechen.“

Sie ließen sich ein paar Meter zurückfallen, während Petro versuchte, die jüngere der beiden, die noch keinen einzigen Ton gesagt hatte, in ein Gespräch zu verwickeln. Coln rückte sofort mit der Sprache raus. „Das sind keine Bäuerinnen, Juril. Hast du ihre Hände gesehen? Bei uns im Dorf hat keine Frau solche Hände.“

Juril nickte. „Bist du sicher?“

Ich hab mein ganzes Leben in einem Bauerndorf verbracht, ich bin sicher.“

Mit schnellen Schritten hatten sie aufgeholt. „Verzeiht, woher kommt ihr genau?“

„Wir sind aus Brachford, in der Nähe von Kronenturm. Der Krieg hat uns in die Flucht getrieben.“

Juril sah kurz zu seinen Kameraden, aber natürlich wusste auch von ihnen keiner, ob ein Brachford existierte. Aber nun ergab das Zittern in ihrer Stimme für Juril einen Sinn. Vielleicht würde es ihm gelingen, sie mit Detailfragen in eine Falle zu locken. „Wie groß ist dieses Brachford?“

„Es ist ein Dorf von etwa 150 Einwohnern. Das heißt, es war ein Dorf von 150 Einwohnern. Jetzt gibt es gar kein Dorf mehr. Wir selbst konnten nur um Haaresbreite entkommen.“

Juril fragte nicht nach, wer für die Zerstörung des Dorfes verantwortlich war, denn er konnte es schon wieder in ihrem Blick sehen und in ihrer Stimme hören. Stattdessen fragte er, wie man fragte, wenn man die Antwort schon kannte, wenn es nicht mehr um den Inhalt der Frage ging, sondern nur noch darum, dass sie gestellt wurde, „und ihr seid beide Bauersfrauen, ist das richtig?“

Juril sah, wie der Jüngeren von beiden Tränen in die Augen stiegen. In diesem Moment wünschte er sich, er hätte ihnen niemals seine Hilfe angeboten.

Während ihrer Begleiterin bereits die ersten Tränen in die Augen stiegen, versuchte die Ältere noch Fassung zu bewahren. Auch sie wusste eigentlich, dass es aus war, aber noch wollte sie nicht resignieren. „Ja, wir haben nur noch uns. Bitte, wir wollen keinen Ärger machen. Wir sind nur auf der Suche nach Sicherheit.“

Juril schüttelte unmerklich den Kopf, er wünschte, sie würden es sich selbst und ihnen einfacher machen. „Woher kommt Ihr wirklich? Bitte, es hat keinen Sinn, es zu leugnen.“

Er sah, wie die jüngere der Frauen bis in die Fingerspitzen zitterte. Weiche, blasse Fingerspitzen, die in ihrem Leben wahrscheinlich schon so vieles berührt hatten. Stoff, Haut, Papier, Nadeln, aber wohl nie einen Pflug.

Auch die Stimme der Älteren zitterte, zwar lange nicht so wie die Fingerspitzen ihrer Begleiterin, aber dennoch merklich.

„Bitte, ich sagte doch bereits, wir sind zwei Bauersfrauen aus Brachford, unsere Ehemänner sind tot, wir sind für uns alleine.“

Wahrscheinlich kam sie wirklich aus der Nähe von Brachford. Würde er sich so eine Geschichte ausdenken, er würde er sie nach Möglichkeit an ihm bekannten Orten spielen lassen. Wieder fragte er: „Woher kommt ihr?“

Die Jüngere kämpfte jetzt einen ebenso aussichtslosen wie sinnlosen Kampf gegen die Tränen, die ihr die Wange herunterlaufen wollten. Eigentlich musste sie das nicht, es war doch bereits vorher offenkundig gewesen, dass sie weinte, doch vielleicht war das ihre Art, wenigstens ein Stück weit Kontrolle zu bewahren, ihre Begleiterin als Vorbild. Diese griff sich nun unter die Kleider und einen Moment lang war Juril irritiert aus dem Konzept gebracht, aber als ihre Hände, ihre weichen Hände, wieder an das Tageslicht zurückkamen, angefüllt mit Schmuck aus Gold und

Silber, Ringen ebenso wie Halsketten, war die Situation wieder klar für ihn. Auch sie sagte nur „bitte", wohl wissend, dass für sie alle die Situation klar war. Ihre Begleiterin tat es ihr jetzt gleich, auch sie trug eine halbe Schatzkammer mit sich herum. Juril fiel eine goldene Brosche in Form eines Vogels auf und er musste an Sercius' goldenen Frosch denken. Einen Moment lang sah Juril sich den Schmuck nehmen und die beiden Frauen ziehen lassen, aber das ging natürlich nicht. Es war egal, ob er es wollte oder nicht, es ging einfach nicht. Juril drehte sich zu seinen Männern um, er wusste, was in diesem Moment in ihnen vorging. Wer hat sich nicht schon einmal die Frage gestellt, was er mit Reichtum anfangen würde? Jurils Plan wäre immer gewesen, mit so einem Vermögen Syrka endlich für immer hinter sich zu lassen und dann die ganze Welt zu sehen. Gemeinsam mit Elyana. Mit genügend Geld wäre seine Herkunft egal gewesen. Mit genügend Geld war in dieser Welt alles egal. Mit genügend Geld, so hatte er manchmal gedacht, musste man sich seine Freiheit nicht erkämpfen, man konnte sie sich erkaufen. Aber ohne Elyana, was wollte er denn mit diesem ganzen Geld? Geld, das es bald ohnehin nicht mehr geben würde, wenn bald niemand mehr Freiheit kaufen müsste, weil sie diese bald alle mit ihrer Geburt geschenkt bekämen. Also reagierte er, bevor irgendeiner von ihnen eine Dummheit begehen konnte. Er versuchte die Worte so feierlich wie möglich klingen zu lassen. „Wir sind nicht bestechlich."

Damit gab es kein Zurück mehr, wenn man Bestechungsgeld nahm, dann schweigend oder hinter schöneren Worten versteckt, so zumindest Jurils Einschätzung. Sie versuchte es noch einmal: „Bitte, nehmt den Schmuck und lasst uns gehen. Wir haben doch niemandem je irgendetwas getan! Bitte, wir wollen doch einfach nur weg hier!"

Juril wusste nicht, was er ihr antworten sollte, also wandte er sich an seine Männer. „Nehmt ihnen den Schmuck ab, danach bringen wir sie zu Kommandant Musta."

Während seine Männer seine Anweisungen ausführten, blickte Juril hinunter auf seine Hände. Etwas verschmutzt, der dunkle Teint einer sonnigen Stadt, keine wirklichen Risse und Schwielen. Seine Fingerspitzen hatten schon vieles berührt. Aber nie einen Pflug.

Sie hatten ihr nicht die Hände verbunden, aber auch so erinnerte sie ihn schon genug an Ceri. Dabei sah sie ihr nicht einmal ähnlich. Es war nicht nur das Alter, ihre Gesichtszüge, ihre Haltung, ihr Gang. Ceri führte

ihr Gang letztendlich in die Freiheit, er erinnerte sich an die Erleichterung
in ihrem Gesicht, Erleichterung der Art, wenn man nach einem real wirkenden Albtraum aufwacht. Man weiß vielleicht noch nicht genau, wann
und wo man ist, aber dafür, dass man nicht mehr dort ist. Er erinnerte
sich daran, wie sie versucht hatte, diesen Gesichtsausdruck zu verbergen,
und wie gut ihr das sogar gelungen war. Er drehte sich kurz zu ihr um,
die schweigend neben ihrer Begleiterin in der Mitte ihrer Gruppe marschierte. Verstohlen, auf keinen Fall Augenkontakt, ihre Miene war ei-
sern, ob es wohl schwerer war, Angst zu verbergen als Erleichterung?

Schweigen war ansteckend. Das dachte Juril, während er lief, wie eine
Krankheit. Das hier war nicht das Schweigen, das er oft mit Sercius geteilt
hatte, dieses Schweigen war dunkel, erdrückend. Ab und zu versuchte
jemand von ihnen, meistens war es Petro, etwas zu sagen, aber die Last
der Stille drückte sofort wieder von oben herab. Mehrere Stunden waren
sie so jetzt schon unterwegs, es kam ihm wie Tage vor. Juril erinnerte sich
an die Kerzenuhren, die sein Vater in der Werkstatt herstellte. Je mehr
Kerzenwachs mit der Zeit geschmolzen war, desto mehr schrumpften die
Kerzen bis zu auf ihnen angebrachten Markierungen. Als er jünger war
und ihn das Handwerk seines Vaters noch nicht so anödete, fand er das
faszinierend. Was hätte er jetzt um so eine Kerzenuhr gegeben, ihm blieb
nur, den Stand der Sonne zu beobachten, aber sie bewegte sich so unendlich viel langsamer. Dabei wusste er nicht einmal, wieso er denn so sehr
den Sonnenuntergang erwartete, als würde die Nacht sie vom Schweigen
heilen. Vielleicht brauchte er einfach irgendein Ziel, vielleicht wollte er
auch einfach nur etwas Wein. Endlich wurde es dunkel genug, damit sie
für heute nicht mehr weitermarschieren konnten. Rod trat von hinten an
ihn heran: „Sollten wir sie nicht lieber doch fesseln? Ist sicherer.“

Juril hätte ihm gerne widersprochen, aber was sollte er schon sagen,
außer „hast wohl recht“. Später, als sie um das Lagerfeuer saßen und ihren Proviant verzehrten, bot Juril den beiden Frauen auch etwas an, als
einzige Reaktion blickte ihn die Ältere an, als hätte er sie beleidigt. Er
hätte ihr gerne gesagt, dass er es wirklich nur freundlich gemeint hatte,
aber was sollte er tun, außer mit den Schultern zu zucken? Sie mussten
Angst haben, auch Angst vor dem, was in Zeiten wie diesen und leider
auch sonst ständig mit wehrlosen Frauen passierte. Er hätte ihnen diese
Angst gerne genommen, aber was konnte er tun, außer zu schweigen?
Hätte er ihnen gesagt, sie brauchten keine Angst zu haben, hätte er ihnen

nicht erst recht Angst gemacht? Und hätte er sie damit nicht auch angelogen? Die Wahrheit war, sie brauchten sehr wohl Angst zu haben. Selbst Juril hatte Angst vor dem, was mit ihnen passieren würde. Er blickte zu ihnen hinüber, er war sich sicher, die Ältere hätte ihrer in Stille völlig aufgelösten Begleiterin gerne den Arm um die Schultern gelegt. Doch mit den Händen auf den Rücken, was sollte sie da schon tun, außer seinen Blick zu erwidern, die Luft einzuziehen und verächtlich auszuspucken.

„Was denkt ihr, was machen sie damit?"

Coln nickte in Richtung des Säckchens mit dem Schmuck. Den ganzen Abend schon starrte er es an, mehr noch als andere. „Einschmelzen und Waffen für die Erhebung kaufen", meinte Rod. Juril fand es inzwischen bizarr, welch eine Rolle Gold bei dieser Erhebung spielte, wo es doch auch darum ging, das Geld abzuschaffen. „Wir könnten das auch tun. Wir lassen es einschmelzen und rüsten uns dann selbst aus. Ein Kettenhemd und ein Schwert für jeden."

Das war wohl Colns Art, vorzuschlagen, dass sie das Gold einfach nehmen sollten. „Spinnst du, die kämpfenden Truppen brauchen das viel mehr als wir."

„War ja nur ein Vorschlag."

Und wer konnte ihm den Vorschlag verübeln? Dieser Schmuck war wahrscheinlich mehr wert als der gesamte Besitz von Schweinehufen zusammen. Eigentlich war er ja sogar ihr Besitz. Das Gold für diesen Schmuck wurde von geschundenen Ureinwohnern in Corasson aus der Erde geholt, von einfachen Seeleuten Tausende von Kilometern über das Meer gebracht, von hart arbeitenden Schmieden in seine jetzige Form gebracht und mit dem bezahlt, was die Adeligen den fleißigen Bauern aus den Dörfern wegnahmen. Steuern und Gehorsam gegen Schutz, das ist der Handel, sagten sie. Aber Schutz wovor? Vor den anderen Adeligen, die mit ihren Bauern dasselbe machten? Und hatte jemand je die Bauern gefragt, ob sie diesem Handel zustimmten? Ob sie und alle anderen in dieser Kette nicht viel lieber die Früchte ihrer Arbeit behalten würden? Sercius hatte sie gefragt. Und ihre Antwort, von Corasson bis Skire, war klar. Auch er blickte jetzt wieder hinüber zu dem Säckchen. Wäre das nicht das Beste gewesen? Er hätte das Säckchen genommen, seine Männer hätten das bekommen, was rechtmäßig ihnen gehörte, Gerechtigkeit wäre wiederhergestellt gewesen und er hätte die Frauen ziehen lassen können. Wieso war er nur so dumm gewesen, so überheblich? Er hatte das Gefühl gehabt, er müsste vor seinen Männern ein gutes Beispiel abgeben. Juril, der unbestechliche Kommandant, das fühlte sich nun aber längst nicht so gut an, wie es klingt. Aber dennoch, es war das, was er tun musste. Vor seinem inneren Auge sah er Sercius, der ihn väterlich anlächelte. „Juril, ich weiß, dass es schwer für dich sein muss. Aber unsere Aufgabe ist nun mal eine schwere. Umso mehr Respekt gebührt denen, die diese Bürde freiwillig tragen. Diese Frau, so verletzlich sie auch wirken mag, ist noch immer eine Gefahr für uns und unsere Sache. Lass sie laufen und in ein paar Wochen ist sie in Syrka und macht gemeinsame Sache mit denen, die uns vernichten wollen. Wer weiß, welche Informationen sie aufgeschnappt hat? Wer weiß, welche Verwandtschaft sie in Syrka hat? Mächtige, und das ist ja dasselbe, reiche Verwandtschaft, die sich angesichts ihrer rührseligen Geschichten dazu verpflichtet sieht, noch viel mehr in den Kampf gegen uns zu investieren? Denkst du, sie hätten Gnade mit uns, wenn sie uns in ihre Finger bekommen? Nein, Gnade kannten sie bis jetzt auch nicht. Sieh sie dir an, was sie wohl über euch denken mag? Bauern, die nicht wissen, wo ihr Platz ist. Ungeziefer, das ausgerottet gehört. Denkst du, sie würde es nicht befehlen, wenn sie es könnte? Denkst du, sie verschwendet auch nur einen Gedanken daran, wieso es so weit gekommen ist, dass sie nie in dieser Situation gelandet wäre, wenn sie sich nur ein klein wenig für die Menschen interessiert hätte, die da draußen im Elend darben, nur damit sie solchen Schmuck besitzen kann? Du kennst die Antworten, Juril, du weißt, wir sind hier nicht die Bösen. Wir geben ihr hier sogar noch eine Chance. Sie darf sich vor einem Volkstribunal für ihre Verbrechen verantworten und vielleicht, wenn sie es begreift, vielleicht gibt es dann in unserer Welt auch einen Platz für sie. Das ist mehr, als Minna je bekommen hatte.“

Das würde Sercius sagen und einiges davon hatte er so auch schon zu Juril gesagt. Und jedes Mal konnte Juril ihm nicht widersprechen, letztendlich hatte er ja recht. Und genau das war es, was Juril nicht aushalten konnte, wieso fühlte es sich so falsch an, das Richtige zu tun? „Was glaubt ihr, wie lange wird der Krieg noch dauern?“

Wieder war es Petro, der ein Gespräch anzufangen versuchte. Juril war ihm dankbar, er hasste diese Stille. „Ich habe in Warftburg eine Karte gesehen. Das Umland kontrollieren wir zu einem großen Teil schon, nur die Burgen zu knacken wird wohl noch eine Weile dauern.“

„Wie lange dauert so eine Belagerung?“,

wollte Benja wissen. Juril hatte nicht viel Ahnung von Belagerungen oder der Kriegsführung, aber aus den Geschichten, die er gehört und dem, was Sercius ihm erzählt hatte, baute er sich eine Antwort zusammen. „Von einigen Wochen bis hin zu mehreren Jahren schätze ich. Aber das größte Problem wird sowieso das Demerkianische Reich sein."

„Wieso sollen wir überhaupt den Kampf mit ihnen riskieren? Wenn wir hier schon so gut wie gewonnen haben, wieso sichern wir nicht lieber das, was wir bereits erreicht haben? Wenn die Menschen dort unten nicht bereit sind, für uns zu kämpfen, sehe ich nicht ein, was wir dort verloren haben. Kann uns doch egal sein, wenn die so blöd sind und die Unterdrückung vorziehen."

Wahrscheinlich wollte Coln noch etwas sagen, aber er schien auf einmal zu realisieren, wo Juril herkam, und blickte stattdessen ein wenig verlegen drein. Aber doch nicht so sehr, als würde er seine Worte bereuen. Juril verspürte instinktiv den Reflex, den mangelnden revolutionären Eifer seiner Landsleute zu verteidigen, aber wahrscheinlich zogen sie den Status quo einfach wirklich vor. Sie waren weder kreativ genug, sich die Freiheit auszumalen, noch unterdrückt genug, um aus Verzweiflung zu handeln. Aber stattdessen brachte er ein anderes Argument vor: „Das würde nicht möglich sein, Demerkia wird nie aufhören, uns zu bekämpfen."

„Juril hat recht. Entweder wir gewinnen ganz oder gar nicht", sprang Rod ihm bei. „Und wir werden gewinnen, daran gibt es keinen Zweifel. Denk doch nur daran, was Juril uns erzählt hat, wie einfach Sercius die Truppen des Herzogs geschlagen hat."

Juril wollte auch etwas sagen, aber dann konnte er im Schein des Feuers beobachten, wie ihre Maske brach. Als hätte jemand mit einem Hammer zugeschlagen und sie wäre unter dem Aufprall in tausend kleine Stücke zersprungen. Nun war der Blick auf ihre Angst frei und Juril bildete sich ein, auch den Konflikt in ihr erkennen zu können. Er stand auf und hoffte, dass er sich irrte. Er ging hinüber zu dem Schmucksäckchen und ignorierte Petros als Witz gemeinten Kommentar. Er wühlte, bis er mit seinen Fingern die Brosche ertastete, nahm sie heraus und kam wieder näher an das Feuer, um einen genaueren Blick darauf zu werfen. Ob sie wohl noch immer überlegte, ob sie das Risiko, nach ihm zu fragen, eingehen sollte oder ob sie längst wusste, was Juril wusste. Er hielt die Brosche in den Schein der Flammen, darauf bedacht, sich nicht zu verbrennen, und drehte sie. „Was ist los?"

Benja wirkte irritiert. Aber Juril wusste genau, was er tat und was für einen Vogel er da vor sich hatte. Vorhin, da war ihm das nicht aufgefallen, zu viel war los gewesen und der Blick auf die Brosche durch anderen Schmuck teilweise blockiert. Und sie sah auch nicht so aus wie auf seinem Helm, dort waren ihre Flügel geöffnet gewesen, hier waren sie geschlossen. Aber trotzdem, die Brosche vor ihm sollte ganz eindeutig eine Schwalbe darstellen.

Die Jüngere fing wieder an zu schluchzen, als Juril auf die beiden Frauen zukam, das Schmuckstück fest umklammert. „Die Herzogin von Sommertal?"

Juril hatte das nicht so beabsichtigt, aber als die Worte seinen Mund verließen, klangen sie viel mehr nach einer Feststellung, nicht nach einer Frage.

Die Herzogin nickte, ihr Trotz schien verschwunden zu sein. Ihre Stimme war schwach und sie musste mehrfach ansetzen, als sie ihn fragte. „Lebt er noch?"

Juril erinnerte sich an ihren Mann, wie er sein Visier geöffnet und sie kritisch gemustert hatte, wie er siegessicher sein Pferd gewendet hatte und wie er, als alles vorbei war, regungslos im Dreck lag, die Schwalbe auf seinem Kopf eingebeult. Sie würde nie wieder fliegen können. Er erinnerte sich an Mustas höhnisches Lachen und einen Moment lang überlegte er zu lügen, doch diese Frau verdiente bei allem, was passiert war, die Wahrheit. Juril rang nach Worten, die Wahrheit so zu verpacken, dass sie nicht zur Lüge wurde, aber doch erträglich blieb. „Er starb, als er den Angriff gegen unsere Reihen angeführt hat. Es muss schnell gewesen sein, eine Kopfverletzung. Wahrscheinlich hatte er nicht einmal richtig etwas davon gespürt."

Bei manchen Dingen war es egal, wie man sie verpackte, am Ende kam es auf den hässlichen Kern an. Die Herzogin nickte nur und er wusste, dass sie nur deswegen nicht weinte, weil er und seine Männer hier waren. Er dachte daran, wie er vom Verlust seines Vaters erfahren hatte. Er hatte seinen Vater nicht leiden können und doch hätte er geweint, egal wer vor ihm gestanden hätte. Es brach ihm das Herz, nach allem, was sie verloren hat, kann sie wegen uns nicht einmal richtig trauern. Er dachte an die Männer, die er getötet hatte. An Halones und an den namenlosen Soldaten beim Hinterhalt. Auch sie hatten Familie, vielleicht Geschwister, eine Frau, sogar Kinder, auf jeden Fall Eltern, die sie liebten und denen sie wichtig waren. Und Juril hatte ihnen das genommen. Er wünschte, die Herzogin würde einfach weinen.

Juril lag in der Nacht und hatte jedes Zeitgefühl verloren. Er wusste nicht, wie lange er schon versuchte einzuschlafen, es konnte eine halbe Stunde gewesen sein, vielleicht auch mehrere ganze. Wahrscheinlich wäre er schon längst eingeschlafen, wenn nicht ständig das Bild einer Frau vor seinem inneren Auge auftauchen würde, einer Frau, die irgendwo weit, weit weg saß und weinte, weinte, weil er ihr den Ehemann genommen hatte. Oder den Sohn. Oder den Vater, welche Rollte spielte das schon. Sie weinte, und das war es, was zählte. Manchmal hatte diese Frau das lange blonde Haar der Herzogin. Ein paar Mal war es kupfern wie bei Elyana. Dann wieder blond, doch dieses Mal nicht das klare Blond der Herzogin, sondern blond, wie es Ceris Haare waren, ein dunkleres Blond, das fließend in Braun überging. Dann war sie wieder jemand völlig Fremdes. Er hätte ihr gerne gesagt, dass es ihm leidtäte, dass er bereute, was er getan hat, doch das würde nicht stimmen. Halones war ein Monster in Menschengestalt und der Soldat hätte ihn getötet, wäre Juril nicht schneller gewesen. Juril dachte an Sercius, wie er in Kameranto Gontales' Soldaten eine Klinge in den Bauch gerammt und danach einfach weitergemacht hatte, als wäre nichts passiert. Wieso konnte er nicht ein wenig mehr wie Sercius sein, ein wenig stärker? Aber er würde das hier zu Ende bringen, sich selbst und allen anderen beweisen, dass auch er bereit und fähig war zu tun, was getan werden musste. Nur so war das, was er bereits getan hatte, nicht sinnlos gewesen. Er stand auf und ging hinüber zu Petro, der die Wache übernommen hatte. Er wirkte bedrückt. Er würde Juril verstehen. „Irgendwas gesehen?"

Er schüttelte den Kopf. „Nein, alles ruhig zum Glück. Na ja, ganz ruhig vielleicht nicht", er blickte hinüber, dorthin, wo die Herzogin und ihre Begleiterin lagen. „Ich weiß, was du meinst."

Wie leises Säuseln des Windes drang ihr Flüstern von Zeit zu Zeit zu ihnen hinüber. „Was denkst du, wer ist die Jüngere?"

Juril zuckte mit den Schultern. „Ihre Tochter vielleicht oder eine Hofdame, spielt wohl keine Rolle."

„Vielleicht können wir ja zumindest sie gehen lassen."

Juril klopfte Petro auf die Schulter, eine Welle der Sympathie schwappte über ihn hinweg. „Leg dich schlafen, ich übernehme."

„Musst du nicht, ich kann sowieso nicht schlafen."

„Ich auch nicht, da ist es doch nur fair, wenn du mir jetzt die Gelegenheit für etwas Ablenkung gibst."

„Ich kann doch hier bei dir bleiben."

„Hör zu, Petro, ich meins ernst. Wir können nicht riskieren, dass zu viele von uns unausgeschlafen sind. Verstehst du?"

Er verstand und als er zu seinem Lager gegangen war, überlegte Juril kurz, dann ging er hinüber zu den beiden Frauen. Sie verstummten, als sie ihn näher kommen hörten. Juril setzte sich auf den Boden. Eine Geste, die signalisierte, dass er vorhatte zu bleiben, aber die gleichzeitig auch die Machtverhältnisse etwas entschärfte, Juril wollte nicht von oben herab mit ihnen sprechen. „Das mit Eurem Mann, das tut mir leid. Ehrlich, ich meine das so, wie ich es sage."

„Spart Euch Euer Mitleid. Ich kann darauf verzichten."

Diese Worte, kalt und heiß zugleich, trafen ihn mehr, als er erwartet hatte. „Ich bemitleide Euch nicht."

„Wenn, dann etwa Euch selbst?"

„Nein, vielleicht, ich weiß es nicht."

„Sagt mir, was wollt Ihr von mir? Wollt Ihr Vergebung? Ist es das?"

„Vergebung? Von Euch? Ihr könnt mir nichts vergeben. Ich habe nichts Falsches getan."

„Wie könnt Ihr so was sagen, während Ihr uns das hier antut?"

„Ich tue, was nötig ist."

„Noch ist es nicht zu spät, nehmt uns die Fesseln ab und lasst uns gehen, bitte!"

„Ihr wisst genauso gut wie ich, dass ich das nicht tun kann."

„Was wollt Ihr dann hier?"

Gute Frage, was wollte er eigentlich hier? Ihm fiel keine Antwort ein, also schwieg er. „Was werdet Ihr mit uns machen?"

Leise, traurig, das war die Stimme der Jüngeren. So wie sie gefragt hatte, würde er nichts lieber auf der Welt tun, als ihr zu sagen, dass sie keine Angst haben müsste und dass alles gut werden würde. Er ließ sich Zeit mit seiner Antwort, nicht, um sie zu quälen, sondern um seine Worte sorgfältig abzuwägen und mit ruhiger Stimme zu sprechen. „Wir werden

Euch zu einem höheren Kommandanten bringen. Der wird sich dann darum kümmern, dass Ihr vor ein Volkstribunal kommt."

So waren die Befehle, die Sercius ihm für den Fall der Gefangennahme gegeben hatte. „Haltet nach Adeligen, Kaufmännern und anderen Feinden Ausschau. Wenn ihr einen solchen erwischt, bringt ihn zu Musta, der wird sich um alles Weitere kümmern."

„Alles Weitere?"

„Er wird sie vor ein Volkstribunal bringen. Dann ist das nicht mehr unsere Sache, dann wird die Gerechtigkeit des Volkes walten."

Musta. Ausgerechnet Musta, wieso hatte Sercius nicht einfach „höherer Kommandant" sagen können. Mag sein, dass Mustas Armee am nächsten war, aber er wäre notfalls um die halbe Welt gelaufen, wenn er damit Musta aus der Sache raushalten könnte. Bracken, er war nicht allzu weit entfernt, er würde nicht unnötig grausam sein. Er verachtete die Adeligen, ja, aber auch nicht mehr, als er alle anderen verachtete. Oder wieso konnte Nicos nicht hier sein, er hatte damals in Kameranto auf Juril keinen schlechten Eindruck gemacht. Oder Luigo oder Taxka oder irgendwer, nur nicht Musta, der ihm Gänsehaut machte. Jetzt stellte die Jüngere ihm die Frage, vor der er sich fürchtete. „Und was dann? Was werden die mit uns machen?"

Damit hatten sie den Knackpunkt erreicht, Juril wusste es nicht, und das machte ihm Angst. Er hatte eigentlich keine wirkliche Ahnung, was er im Begriff war zu tun. Gerechtigkeit des Volkes, darunter konnte man vieles verstehen. Er hätte Sercius noch viel mehr fragen sollen. Viel mehr über die Welt, die sie da aufzubauen im Begriff waren. Er hätte ins Detail gehen müssen, sich nicht mit Worthülsen zufriedengeben dürfen. Er hätte nicht dann aufhören sollen zu fragen, sobald ihm die Antworten gefielen. Juril sah das Mädchen an. Wenigstens bei seiner Antwort jetzt wollte er nicht so feige sein wie bei seinen Fragen damals. Also sagte er die Wahrheit. „Ich weiß es nicht. Ich weiß es wirklich nicht, was die mit Euch tun werden."

Das Mädchen fing wieder an zu schluchzen.

Den ganzen letzten Rest des Weges konnte Juril sich nicht für ein passendes Tempo entscheiden. Einmal wollte er es so schnell wie möglich hinter sich bringen und marschierte mit schnellen Schritten voran, ein andermal war die Angst vor dem, was dann hinter ihm liegen würde, zu groß und er versuchte langsamer zu gehen. Ob das seinen Männern und den beiden Frauen wohl auffiel? Die Menschen, die sie auf der Straße trafen, machten es nicht einfacher. Sie sahen nur, wie ein Trupp Bewaffneter zwei Bäuerinnen durch das Land zerrte, verständlich, dass bei ihrem Anblick Gespräche verstummten und sich Augenpaare auf den Boden richteten. Diejenigen, die mutig waren, sahen ihn direkt an, nicht etwa die Frauen, sondern ihn, den Anführer, den, der verantwortlich war. Einmal schüttelte jemand sogar seinen Kopf, nur ganz kurz und ebenso langsam, aber er tat es. Ein Teil von Juril hätte ihn gerne angeschrien, dass das keine normalen Bauersfrauen sind und dass er das alles doch auch für ihn und seine Familie tue, aber was würde das bringen. Er konnte sie schließlich nicht alle anschreien, irgendjemand würde immer übrig bleiben, um ihn anzuklagen. Und wenn es nur er selbst war.

Als sich schließlich die Burg von Sercius' Geschlecht immer deutlicher am Horizont abzeichnete und auch das Feldlager immer bedrohlicher näher kam, sah ihn auch die Hofdame an. Oder die Tochter der Herzogin oder wer auch immer dieses Mädchen war, dessen Leben er im Begriff war zu ruinieren. Waren die Blicke der Bauern leises Flüstern gewesen, missbilligendes Raunen, so war ihr Blick Flehen, lautes, verzweifeltes Flehen, das in seinem Kopf tausendfach widerhallte. Es wäre ihm lieber, sie würde tatsächlich schreien, das konnte unmöglich lauter sein als dieser Blick. Er versuchte diesem Blick standzuhalten, war das nicht das Mindeste, was er ihr schuldete, aber es gelang ihm nicht, er drehte sich weg und schämte sich dafür. Er sah lieber hinüber zu Coln, den das Heerlager sichtlich beeindruckte, inzwischen war es sogar mit einem Erdwall, einem Graben und Pfählen befestigt worden. Kontrolliert wurde der Zugang an verschiedenen Toren, an einem von ihnen hielten sie zwei Wächter an. Juril fiel auf, dass sie keinen onischen Wappenrock mit Aufnäher trugen, sondern einen neuen Überwurf, schwarz mit der brennenden Krone groß auf der Brust und den Ärmeln. Er blickte sich um, noch waren anscheinend nicht alle so ausgestattet, es war bei vielen noch dieselbe wilde Mischung wie bei seinem letzten Aufenthalt, aber einige waren bereits so eingekleidet. Manche trugen nicht nur einen Überwurf, sondern eine neue Art Rüstung, die gleich derart verziert war. Es war dieselbe Art Schuppenpanzer, die auch bei der Demerkianischen Armee Verwendung fand, bestehend aus vielen Hundert dicht übereinanderliegenden

Stahlplatten, welche mit nach außen hin deutlich sichtbaren Köpfen unter eine Lage Stoff genietet wurden, genannt Brigantine.

Juril stellte sich vor, wie eine ganze Armee in dieser Uniform aussehen musste. Sinn für Ästhetik hatte Sercius jedenfalls oder wer immer sich das ausgedacht hatte.

Irgendwie hatte Juril erwartet, den Wachen ihr Anliegen erklären zu müssen, aber sie sahen erst auf seinen Aufnäher, dann auf die seiner Kameraden, dann auf die beiden gefesselten Frauen und winkten sie dann ohne weitere Fragen hindurch: „Einfach gerade durchgehen, bis ihr auf der linken Seite ein rundes blaues Zelt erreicht."

Juril nickte und sie passierten. Mustas Zelt war zwar rund gewesen, aber weder blau noch lag es gerade den Weg hinunter. Wenn Musta also nicht umgezogen war, konnten sie die beiden Frauen einfach dort abgeben und verschwinden, ohne ihn erst zu treffen. Abgeben, wie falsch das klang. Jedenfalls schienen sie nicht die ersten Gefangenen zu sein, die man hierhergebracht hatte. Sie hatten es fast bis zu dem Zelt geschafft, als er Musta sah. Trotz seiner geringen Größe war er nicht zu übersehen, wie er dort mit zwei Leibwächtern durch die Gegend spazierte. Noch hatte er ihn nicht gesehen und Juril überlegte kurz, einfach in einem der Zelte neben ihm zu verschwinden, aber da war es schon zu spät. Musta sah ihn, schenkte ihm ein freundliches Winken und eilte hinüber. Als hätte er soeben einen alten Freund wiedergetroffen. „Juril! Welch freudige Überraschung! Der Tribun hat schon erwähnt, dass du mir vielleicht einen Besuch abstatten kommst. Und wie ich sehe, bist du nicht alleine gekommen, wer ist das?"

Er meinte damit wohl nicht Jurils Kameraden. In dieser Sekunde beschloss Juril etwas. Er würde lügen. Ganz einfach lügen. Er musste es nicht schlimmer machen, als es war. Würde er die Wahrheit sagen, dass das hier die Herzogin von Sommertal war, wer weiß, welche Dinge Musta über ihren Mann sagen würde. Wer weiß, was sie dann aus ihrer Wut heraus tun würde, und wer weiß, wie Musta dafür sorgen würde, dass sie es bereute. Vielleicht würden die beiden Frauen es dann besser verstehen, wenn er log. Dass er gar nichts gegen sie hatte, dass er nicht aus persönlicher Ablehnung handelte, sondern nur tat, was getan werden musste. Nicht mehr und nicht weniger.

Also atmete er ein und machte sich bereit, die Lippen zu den Worten zu formen, die beweisen würden, dass er kein schlechter Mensch war.

Doch Rod kam ihm mit seiner Version einer guten Tat zuvor. „Die eine ist die Herzogin von Sommertal und die Identität ihrer Begleiterin konnten wir nicht feststellen, Kommandant."

Juril wusste nicht, ob er erleichtert oder angewidert sein sollte angesichts von Mustas halb belustigter, halb ernster Antwort. „Na ja, vielleicht habt ihr die Begleiterin ja auch einfach nur nicht richtig gefragt."

Als keiner von ihnen darauf reagierte, winkte er ab. „Ist letztendlich auch egal" und zu seinen Leibwächtern: „Ihr wisst ja, was zu tun ist."

Juril warf einen letzten Blick auf die Herzogin, den Kopf nach wie vor hoch erhoben, und ihre Begleiterin völlig am Boden. Er beobachtete, wie sie im blauen Zelt verschwanden, und wusste, er würde sie nie wieder sehen. „Wer von euch hat Durst?",

fragte Musta unbekümmert.

Sie saßen in seinem Zelt, Musta hatte seine luxuriöse Ausstattung in der Zwischenzeit noch um ein weiteres Dekorationsobjekt erweitert, in einer Ecke stand die Rüstung des Herzogs von Sommertal. Frisch poliert, die Schwalbe wieder gerade gebogen, war ihr das Schicksal ihres letzten Besitzers nicht anzusehen. Musta bemerkte seinen Blick. „Schick, nicht wahr? Ich bin leider einen Kopf zu kurz geraten, als dass ich sie tragen könnte, aber das macht nichts. Solch eine Schönheit sollte man sowieso nicht mit dem Blut und dem Dreck einer Schlacht besudeln. Als Juril nicht weiter darauf einging, beugte er sich verschwörerisch in seine Richtung: „Du fragst dich sicher, wieso ich nichts zu ihr gesagt habe. Natürlich fragst du dich das, ich merke doch, wie du mich schon seit unserer ersten Begegnung ansiehst. Genauso wie Bracken, du hast Bracken getroffen, nehme ich an, was hat er dir über mich erzählt? Ich nehme an, die Worte dumm sind gefallen, wahrscheinlich auch grausam, vielleicht sogar sadistisch. Bracken sieht all diese Dinge, wenn er mich ansieht, und ich mache mir keine Illusionen, er ist damit nicht der Einzige. Oder sag mir, dass ich mich irre, dass du nichts von dem in mir siehst."

Juril schwieg. „Dachte ich es mir. Weißt du, Juril, du bist noch jung, so wie ich damals. Den Kopf voller einfacher Vorstellungen davon, wie die Welt zu sein hat, Vorstellungen, und das hab ich erst viel später begriffen, die nicht die meinen waren. Vorstellungen, die nur dazu gedacht sind, uns kleinzuhalten. Glaube, Moral, alles nur imaginär. Alles ausgedacht von Heuchlern wie Bracken, um uns daran zu hindern, die Dinge zu tun, für die sie einfach nur zu feige sind. Sieh dir Bracken doch an, verrät, ohne mit der Wimper zu zucken, seine Königin für uns und doch maßt er sich an, über mich urteilen zu können. Bloß weil ich, anders als er, bereit bin, die undankbare Aufgabe zu übernehmen, die Menschheit für unseren Tribun in eine bessere Zukunft zu führen. Ja, vielleicht muss ich manchmal grausam dazu sein, geht einfach nicht anders. Soll ich mich jetzt in Sack und Asche hüllen, den ganzen Tag fasten und mich vor Reue selbst geißeln, während selbstgefällige Feiglinge wie Bracken mit dem Finger auf mich zeigen?

Ich sehe doch, wie du dich wegen der beiden Huren selbst quälst, du hast nicht einmal gelächelt, seitdem du unser Lager betreten hast. Lass dir bloß kein schlechtes Gewissen einreden, das hast du nicht nötig, Juril. Du bist genauso wenig ein Unmensch, wie ich es bin. Und genau deswegen habe ich nichts zu ihr gesagt, weil ich nicht der Unmensch bin, für den mich alle halten. Ah, da kommt unser Wein."

Mustas Mädchen betrat das Zelt, eine Amphore tragend. Erst beim zweiten Blick fiel Juril auf, dass es ein anderes Mädchen als letztes Mal war. Unwillkürlich fragte er Musta: „Wo ist die andere?"

Dieser lachte nur und klopfte ihm auf die Schulter, dorthin, wo sein Aufnäher mit dem Abzeichen saß. Die Neue beugte sich hinunter, um ihm und seinen Männern einzuschenken, dabei konnte er ihr ins Gesicht sehen. Anderes Mädchen, dieselben geröteten, traurigen Augen. Wirklichkeit, nicht imaginär. Er verspürte das dringende Bedürfnis, sich den Aufnäher von der Schulter zu reißen und ihn in den Schmutz zu treten. Oder noch besser, Mustas Mund damit zu stopfen. „Zur Feier des Tages ein edler Tropfen aus Jurils Heimat. Roter Marcuilles aus dem Umland von Syrka, lasst ihn euch schmecken."

Juril nahm einen Schluck und fühlte sich schlecht deswegen. „Na, Juril, was sagst du? Schmeckt?"

Er nickte nur, eine gesprochene Antwort wollte er Musta nicht gönnen. „Sag ich doch. Und jetzt denk daran, in der alten Welt war teurer Wein wie dieser noch für Menschen wie dich unerreichbar, selbst wenn er in deiner eigenen Heimat wächst."

Egal wie gerne er es getan hätte, er konnte ihm in diesem Punkt nicht widersprechen. Kurze Zeit herrschte Stille, wunderbar herrliche Stille, in der er, Juril, Musta nicht zuhören musste, bis Rod schließlich eine Frage stellte. „Wie läuft die Belagerung? Juril hat erzählt, dies ist die Burg vom Onkel des Tribuns?"

Musta freute sich sichtlich über die Gelegenheit, weiterreden zu können. „In der Tat, deswegen ist ihm diese Belagerung auch so wichtig. Aber ganz unter uns, das Ganze ist mittlerweile ein Selbstläufer. Die Garnison der Burg ist ein Witz und seit unserem Sieg über den Herzog von Sommertal müssen wir keine feindlichen Heere in dieser Gegend mehr fürchten. Es ist nur noch eine Frage der Zeit, bis die Burg endgültig fällt. Deswegen werden ich und ein großer Teil der Männer demnächst aufbrechen, das hier kann ein anderer zu Ende führen."

„Wohin werdet ihr gehen?"

„In die Grenzlande, irgendwie hat König Hägr es geschafft, eine beachtliche Anzahl an Vasallen samt deren Truppen zusammenzutrommeln. Nicht weniger als zwanzigtausend Mann, vielleicht sogar noch ein bisschen mehr. Unser Netz im Norden war wohl doch nicht so dicht, unser Einfluss geringer, als wir dachten. Das ist wieder der schädliche Einfluss der Religion. Nach der Hochzeit von Hägrs Tochter mit diesem Nomaden sind wir offenbar jetzt die neuen Barbaren, gegen die es den wahren Glauben und die Zivilisation zu verteidigen gilt. Überhaupt haben die da oben im Norden einen Vogel. Ich meine, dass hier und da ein paar verrückte Mönche meinen, sie müssten ein freudloses Leben ins Askese verbringen, geschenkt. Solchen Unsinn hatte ich ja auch mal im Kopf. Aber dass ein ganzes Volk freiwillig in Kälte und Dunkelheit haust und sich dann auch noch etwas darauf einbildet, will einfach nicht in meinen Kopf."

Er nahm einen Schluck Wein und fuhr fort: „Na ja, auf jeden Fall haben diese Tölpel unsere Anwerber aus vielen Dörfern gleich wieder verjagt und stattdessen zu ihren Unterdrückern gehalten. Aber eines wenigstens muss man ihnen lassen, kämpfen, das können sie dort immerhin. Die Armee von Kommandant Wilifred wurde völlig zerschlagen, er selbst zusammen mit seinen verbleibenden Männern wegen Rebellion hingerichtet."

„Klingt, als könnte Hägr eine Bedrohung für uns werden."

Musta winkte ab. „Ach was, so bedrohlich auch wieder nicht. Ich sage immer, wir sind alle gleich, aber es gibt solche und es gibt solche Kommandanten. Wenn ich erst einmal in Norden bin, wird denen ihr fanatischer Starrsinn auch nichts mehr helfen, ich weiß, wie man mit so was umgeht. Die Erhebung wird sich nicht von einem Haufen rückständiger Hinterwäldler aufhalten lassen, so viel ist sicher. Dabei bin ich eigentlich gar nicht so scharf auf den Norden, ich konnte die Kälte noch nie leiden. Aber der große Tribun befiehlt, wir hören und gehorchen, nicht wahr?"

„Du hast mit Sercius gesprochen? Wie geht es ihm?"

Eigentlich wollte Juril ja nicht mit Musta reden, aber das musste er unbedingt erfahren. „Gesprochen, nein, dazu ergab sich keine Gelegenheit. Der große Tribun ist sehr zum Wohle des Volkes beschäftigt und kommuniziert mit mir über Briefe. Ihm geht es gut, er hat die Führung unserer Truppen rund um Kronenturm übernommen und bereitet sich darauf vor, die Stadt im Sturm zu nehmen. Nicht mehr lange, und über dem Ort, an dem schon vor tausend Jahren die Kaiser des Ostens gekrönt worden sind, wird schlussendlich das Banner der brennenden Krone wehen."

Natürlich war der Sieg in greifbarer Nähe, das war es nicht, was ihn interessierte. „Du sagtest, er erwähnte, dass ich wahrscheinlich wieder hier auftauchen werde. Hat er sonst noch etwas über oder vielleicht für mich gesagt?"

„Oh ja, er hat dir sogar einen Brief dagelassen. Der große Tribun scheint wirklich irgendetwas Besonderes in dir zu sehen, ich hoffe, dass mir das auch noch gelingen wird."

Er stellte seinen Wein auf den kleinen Holztisch, ging hinüber zu einer kleinen hölzernen Truhe, kramte einen Schlüssel aus seinen Taschen hervor, öffnete damit die Truhe und kam schlussendlich mit einem Brief zurück. Sein rotes Siegel war eine brennende Krone aus Wachs und Verheißung für Juril. Er brauchte ihn nur zu öffnen und schon würde Sercius zu ihm sprechen, er würde ihn ermutigen, ihn bestärken, ihm die Welt erklären. Genau das, was er jetzt brauchte. Er riss Musta den Brief fast aus der Hand, wenn er ihn jetzt lesen würde, könnte er noch schnell eine Antwort verfassen.

„Lieber Juril,

wenn du diesen Brief in deinen Händen hältst, bedeutet dies, du musst Musta wieder begegnet sein. Ich hoffe doch sehr, dass die Umstände freudig gewesen sein mögen. Auch wenn du, so wie ich dich kenne, selbst in dem Fall die Dinge ein weiteres Mal zu selbstkritisch betrachten wirst. In jedem Fall wird dich die Pflicht zu Musta gebracht haben und dass du nun diese Zeilen liest, bedeutet, dass du ebendiese Pflicht erfüllt hast, trotz all deiner Zweifel. Und das ist es, was ich an dir schätze, Juril, mehr als alle anderen bist du bereit, Opfer für unsere Sache zu bringen. Egal wie schwer es ist, du wirst am Ende immer das Richtige tun. Deine Männer können sich glücklich schätzen, jemanden wie dich an ihrer Spitze zu haben.

Lass mich dir kurz davon berichten, wie die Dinge bei mir stehen. Auch ich erfülle meine Pflicht und habe das Kommando unserer Truppen nahe Kronenturm übernommen. Kannst du dir das vorstellen, Juril? So viele Menschen, die sich aus dem Schmutz erhoben haben und nun für unsere neue Welt kämpfen? Und Tag für Tag kommen neue Rekruten hinzu, strahlt unser Licht heller. Nicht mehr lange, und wir werden die Mauern der Hauptstadt stürmen und damit Jahrhunderten, nein, Jahrtausenden der Herrschaft der wenigen über die Masse an Geknechteten für immer ein Ende bereiten.

Ich weiß, noch sind die Zeiten hart für uns, noch ist unsere neue Welt ein Versprechen, das darauf wartet, eingelöst zu werden. Zuerst müssen wir noch diese letzte Prüfung bestehen, diesen letzten Krieg gewinnen, koste es, was es wolle, dann aber werden unsere Bemühungen endlich Früchte tragen. Elend, so viel wir davon auch sehen und noch sehen werden, für die Generationen nach uns wird Elend nichts sein außer einem Wort, welches mal vor langer Zeit in einer anderen Welt so etwas wie eine Bedeutung gehabt hatte.

Ich bin stolz darauf, gemeinsam mit dir an dieser Welt zu bauen, und freue mich auf unser nächstes Treffen, wenn wir diesem Ziel ein gutes Stück näher gekommen sind.

Alles Liebe

Sercius"

Juril las den Brief zwei Mal, er war nicht enttäuscht. Es war, als würde Sercius ihm diese Worte persönlich sagen, die Hand auf seiner Schulter, der Blick entschlossen in seinen Augen.

Er faltete den Brief wieder und steckte ihn in seine Kleidung, bevor er Musta fragte:: „Gibt es hier Feder und Tinte?"

Musta warf dem Mädchen einen Blick zu, welches sich hektisch daranmachte, die geforderten Materialien aus einer Truhe zu kramen und vor ihm auf den Tisch zu stellen.

„Danke", sagte Juril so aufrichtig, wie es ihm möglich war, aber er hätte genauso gut auch mit der Tinte reden können, keinerlei Reaktion.

Er öffnete das Fass und tauchte die Feder ein, etwas unsicher, er hatte Schreiben nie wirklich gelernt, nur das Lesen. Elyana hatte ihn ein paar Mal schreiben lassen und es war ihr schwergefallen, ihre Erheiterung angesichts seines Gekrakels zu verbergen. Aber allzu neidisch auf ihre kunstvoll geschwungenen Buchstaben war er nie gewesen, wozu auch? Wer würde denn schon lesen, was er zu sagen hatte?

Jetzt allerdings wünschte er sich, er hätte ihre Schrift.

„Lieber Sercius", setzte er an und war mit dem Ergebnis unzufrieden. Seine Wörter waren zittrig und die Proportionen der Buchstaben passten auch nicht wirklich. Aber seis drum, auf den Inhalt kam es schließlich an und Papier war zu wertvoll, um es für solche Äußerlichkeiten zu verschwenden.

„Vielen Dank für deinen Brief. Du ahnst nicht, wie gut es tut, von dir zu hören.

Wieder einmal hast du recht, es war die Pflicht, die mich zu Musta führte. Meine Männer und ich haben die Herzogin von Sommertal und eine weitere Frau von mutmaßlich hoher Herkunft aufgegriffen. Du erinnerst dich sicher an ihren Ehemann, unseren Gegner in der Schlacht. Sie scheint kein schlechter Mensch zu sein, ich frage mich, was mit ihr wohl passieren wird.

Dein Lob bedeutet mir viel, ich bin ebenso glücklich, gerade an meine Männer geraten zu sein. Sie sind mir wahrlich gute Freunde und sie alle sind ganzem Herzen bei unserer Sache. So sehr ich mich auf den Tag freue, an dem sie siegreich zu ihren Familien nach Hause kehren können, so sehr werde ich sie wahrscheinlich vermissen.

Aber zunächst einmal hoffe ich, dass wir uns möglichst bald wiedersehen werden. Es gibt nicht wenige Momente, in denen dein Rat mir sehr willkommen wäre.

Alles Liebe

Juril"

Einen Moment überlegte er, ob er die Frage nach der Herzogin wirklich stellen sollte, was würde Sercius denn schon antworten können, aber dann beschloss er wahrscheinlich gerade deshalb, diesen Teil nicht zu streichen.

Er wusste nicht, wie schnell Tinte trocknet, also ließ er den Brief noch eine Weile vor sich liegen. Musta hatte in der Zwischenzeit die anderen begonnen, nach ihren Erlebnissen zu fragen. „Etwas Ruhe ist sicher auch nicht schlecht", kommentierte er gerade Petros Bericht über das endlose Umherwandern, ohne dass irgendetwas passierte. „Na ja, manchmal ist es etwas zu ruhig. Ich würde mir gerne etwas mehr gebraucht vorkommen."

„Oh, ihr seid gebraucht, ein jeder tut seinen Teil für den Sieg."

„Ja schon, nur manchmal spüre ich das einfach nicht so wirklich."

Jetzt beugte Musta sich ein Stück in Petros Richtung. „Zufälligerweise suche ich gerade ein paar Freiwillige für eine Reihe von Spezialaufgaben."

„Worum geht es?"

Er war sichtlich interessiert.

„Noch nichts Konkretes, es gibt da ein paar Berichte, denen wir nachgehen müssen, über Soldaten, die sich hier in der Gegend verstecken und Ähnliches. Ich will noch ein paar Leute losschicken, um das zu klären, bevor ich gehe. Vielleicht stellt Juril dich ja für einige Tage frei.“

Juril zuckte mit den Schultern, eigentlich gefiel ihm der Vorschlag nicht sonderlich, er hatte Petro gerne um sich, sein Humor hatte sie schon durch so manche langweilige Stunde gerettet. Und außerdem, sie waren sowieso schon nur zu fünft, falls mal wirklich etwas passieren sollte, konnte ein Mann den Unterschied machen. Aber er wollte auch nicht wie Gontales sein, also sagte er: „Klar, geht in Ordnung, wenn er das möchte.“

Er mochte, also war es beschlossene Sache. Petro würde ein paar Tage seine Abenteuer erleben und in drei Wochen würden sie ihn in Mühlbach treffen. Dunkel erinnerte Juril sich, dass eines der Dörfer am Rand des ihnen zugeteilten Bereiches so hieß, wo genau, konnte er jedoch nicht sagen. Aber wozu hatte er eine ortskundige Truppe.

„Sehr schön“, freute Musta sich. „Wisst ihr was, ich habe sogar noch etwas für euch.“

Dieses Mal schickte er nicht das Mädchen, sondern stand selbst auf und ging zu einer Truhe. „Na, was ist, ich schlepp das bestimmt nicht alles zu euch rüber.“

Also standen auch sie auf und stellten sich um die Truhe.

Waren bereits die Brigantinen, die er draußen sehen konnte und von denen vier Stück in der Truhe lagen, beeindruckend anzusehen, so war die Fünfte noch einmal in einer ganz anderen Liga. Sie war nicht nur mit dem Wappen der brennenden Krone verziert, jeder Nietkopf selbst hatte die Form einer Flamme. „Ein Geschenk“, sagte Musta. „Ich kann euch doch nicht in diesen Lumpen herumlaufen lassen.“

Eigentlich widerstrebte es Juril, sich bei Musta für überhaupt irgendetwas zu bedanken, den Gedanken, bei jemandem wie ihm in der Schuld zu stehen, konnte er nicht ertragen. Geschenk mochte zwar ein Geschenk sein, doch wenn man es mit aller Ehrlichkeit betrachtete, so wurde meist doch eine Gegenleistung erwartet. Keine materielle, sonst wäre es ja kein Geschenk, aber zumindest ein freundliches Lächeln oder eine Lobpreisung auf das Erhaltene. Juril sah sich außerstande, Musta irgendetwas davon zu geben, egal wie sehr ihm die Rüstung auch gefiel. Also stand er auf und sah Rod an: „Wir haben auch etwas für euch.“

Rod wirkte irritiert, so hatte er sich das nicht vorgestellt, aber nach kurzem Zögern und einem eindringlichen Blick von Juril holte er das Schmucksäckchen aus seinen Taschen. Nach Colns Gerede hatte er es extra an sich genommen, weil er befürchtet hatte, dass sie am Ende seinem revolutionären Eifer zum Trotz den Schmuck doch noch einstecken und eintauschen würden. „Sie haben versucht uns zu bestechen", verkündete er, als er Musta das Säckchen gab. Dessen Grinsen wurde noch breiter, als er einen Blick auf den Inhalt warf und ihn in seiner Hand abwog. „Solche Narren. Wie können sie uns mit etwas bestechen, das längst uns gehört?"

„Wir haben natürlich sofort abgelehnt."

„Sehr gut, ich hätte auch nichts anderes von euch erwartet."

Er holte aus und warf das Säckchen schwungvoll in seine Truhe.

Drei Wochen später holten sie Petro am Treffpunkt ab. Das heißt, sie holten jemanden ab, der aussah wie Petro, dessen Stimme klang wie die von Petro, der aber unmöglich Petro sein konnte.

Er war bei Musta im Lager geblieben, als sie zurück zur Patrouille in ihr Gebiet gegangen waren. Juril hatte recht behalten mit seinen Befürchtungen, ohne Petro hatte etwas gefehlt. Viel zu oft marschierten oder aßen sie gemeinsam, ohne dass jemand dem anderen etwas zu sagen hatte. Wenn gesprochen wurde, dann glich das eher einem uninspirierten Frage-Antwort-Spiel. „Ja", „nein", „ich weiß auch nicht". Natürlich war nicht jeder Tag so, es gab sie nach wie vor, die Abende, bei denen sie mit Wein zusammensaßen und sich über alles und jeden herrlich amüsieren konnten und an denen sie Juril Anekdoten aus ihrer Kindheit im Dorf erzählten und er ihnen Syrka und sein Aufwachsen dort beschrieb. Aber sie waren seltener geworden ohne Petro und seine lockere, herzerwärmende Art. Dass es drei weitestgehend ereignislose Wochen waren, machte die Sache nicht unbedingt erträglicher. Inzwischen waren in den meisten Dörfern selbst auch zwei oder drei Bewaffnete rekrutiert worden, die dort dauerhaft ihren Dienst taten. Sonst würde man dort auch weiterhin die Probleme unter sich ausmachen, ohne uns hinzuziehen, hatte ihm einer der Anwerber erzählt. Da sie so nun auch in den Dörfern nichts mehr zu tun hatten, blieben ihnen eigentlich nur die Straßen, die aber auch zusehends leerer wurden. Auch der Flüchtlingsstrom aus der Gegend um Kronenturm wurde weniger, wahrscheinlich hatte Sercius dort wirklich so gut wie gewonnen. Er fragte einige Leute, nur konnte ihm keiner sagen, ob er die Stadt inzwischen schon gestürmt hatte, alle, mit denen er sprach, waren schon vorher weggegangen. Und weitere Gesuchte griffen sie auch nicht auf, er hoffte inständig, dass inzwischen keiner von ihnen mehr so dumm sein würde, die normalen Straßen zu nutzen.

Immerhin durfte er zum ersten Mal in seinem Leben den richtigen Herbst erleben. Zuerst erfreute er sich an den vielen Farben und dem Gefühl, über eine dichte Laubschicht am Boden zu laufen, aber als die Tage immer früher zu Ende gingen, der Wind immer kälter wurde, die Bäume immer kahler wurden und auch die Farbe des Himmels zu einem monotonen Grau wechselte, da hatte er schon wieder genug davon. Als er sich am Tag, bevor sie Petro wieder abholen wollten, an einem schon wieder viel zu früh viel zu dunkel gewordenen Abend darüber beschwerte, lachte Benja nur und meinte, „du wirst den Winter lieben, Juril!"

Er hatte nur geantwortet „Wenigstens ist dann Petro wieder bei uns, dann wird es nicht ganz so bedrückend" und zu diesem Zeitpunkt noch daran geglaubt.

Wahrscheinlich hätte er auch recht behalten, wenn wirklich Petro zu ihnen zurückgekehrt wäre, aber er war es eben nicht. Stattdessen fanden sie am Treffpunkt eine leere Hülle dessen vor, was Petro mal gewesen war. Rein äußerlich fehlte ihm nichts, er sah vielleicht etwas mitgenommen aus, aber das war es auch schon. Seine Augen schienen ganz normal zu funktionieren, seine Stimmbänder taten ihren Dienst, er bewegte Arme und Beine. Aber doch er blickte er nirgendwo hin, klang es einfach nur müde, als er sie schlicht mit „hallo" begrüßte, und zitterte er bei jedem Schritt. Benja umarmte ihn zur Begrüßung und Juril hätte es vielleicht noch irgendwie verstehen können, wenn Petro ihn weggestoßen hätte, aus welchen Gründen auch immer, aber die Art und Weise, wie er einfach ohne Regung dastand und die Umarmung völlig passiv über sich ergehen ließ, jagte ihm einen Schauder über den Rücken. Da war er nicht der Einzige. „Was haben die mit dir gemacht, Petro? Was haben die mit dir gemacht?"

Das war das Erste, was Benja zu ihm sagte, keine Worte der Begrüßung, nur diese eine, unendlich traurige Frage. Was haben die nur mit dir gemacht, Petro? Petro antwortete nicht.

Auch später, als sie längst wieder in Bewegung waren, sagte Petro kein Wort. Stumm und ausdruckslos setzte er einen Fuß vor den anderen, wie eine wandelnde Leiche. Petro war tot, nur sein Körper wusste es noch nicht, dachte sich Juril. Er funktionierte einfach weiter, wie bei den Eidechsen, die in Syrka auf den Mauern Wärme suchten. Als Kind hatte er manchmal versucht so eine zu fangen, doch waren sie meist zu schnell für ihn gewesen. Oft passierte es, dass sie ihren Schwanz bei der Flucht einfach abwarfen, und obwohl ohne Körper dem Schwanz nur der sichere Tod blieb, schien er sich dagegen zu sträuben. Minutenlang zuckte und bewegte er sich noch, während die Echse, das, was weiterleben konnte, längst auf einem anderen Stein in sicherer Entfernung in der Sonne lag. Ein paar Mal versuchte jemand Petro ins Leben zurückzuholen, doch egal, ob Benja es mit Einfühlungsvermögen oder Coln es mit Humor versuchte, es endete immer gleich, mit Schweigen.

„Denkst du, er wird wieder?"

Juril ertappte sich bei dem Gedanken, dass Benjas Flüstern unnötig war. Selbst wenn Petros Ohren funktionierten, dahinter gab es wohl sowieso nichts mehr, was sie hören konnten.

„Bestimmt, er braucht wohl etwas Zeit für sich."

Er erinnerte sich daran, wie oft er alleine im Hafen gesessen und nachgedacht hatte. Das konnte man wohl nicht vergleichen, aber irgendwie hatte diese Erinnerung etwas Tröstliches.

„Was haben die bloß mit ihm gemacht?"

„Ich weiß nicht. Vielleicht haben nicht sie, sondern er etwas gemacht."

„Wie meinst du das?"

„Ich, ich weiß auch nicht."

Juril dachte an die Dinge, die er selbst in den letzten Monaten getan hatte, „aber irgendetwas muss er erlebt haben."

„Ich will einfach nur den alten Petro zurück."

„Gib ihm etwas Zeit, gib ihm einfach etwas Zeit."

Die letzten Worte sagte er mehr zu sich selbst als zu Coln.

Nachdem sie ihr Lager für die Nacht aufgeschlagen hatten, ließ Coln den Weinschlauch herumgehen. Als er Petro erreichte, setzte dieser ihn an die Lippen und setzte ihn erst wieder ab, als der Schlauch leer war. Benja wollte etwas sagen, aber Rod legte ihm eine Hand auf die Schulter. „Lass ihn, er braucht das jetzt dringender als wir."

Aber als Petro aufstehen und sich Nachschub holen wollte, stellte er sich ihm in den Weg. „Petro, das sollte fürs Erste reichen, meinst du nicht?"

Petro meinte nichts dazu und setzte sich wieder. „Jemand sollte seine Wache übernehmen", meinte Rod. „Und sei es nur, um auf ihn aufzupassen."

Juril nickte: „Ich übernehme das."

Erwartungsgemäß boten die anderen drei ebenfalls dasselbe an, Petro war ihr Freund seit Kindestagen und er wusste, dass sie davon nicht abzubringen waren. Also blieben sie alle wach, Petro stets im Blick wie eine

Glucke das Küken. Dieser legte sich früh schlafen, weder mit einem Blick noch mit einem Wort hatte er das ganze Drama um seine Person irgendwie kommentiert. Nach einigen Stunden und mit zunehmender Müdigkeit beschlossen sie, wenn auch trotzdem noch mit einer gewissen Widerwilligkeit, dass es keine drei Mann braucht, um einen schlummernden Petro zu beobachten, so wären sie am nächsten Morgen nur alle völlig kaputt. Also legten sich Benja, Coln und Rod schlafen, Juril würde die erste Wache übernehmen. So saß er nun alleine im Schein des Feuers, lauschte dem Knistern und seinem eigenen Atem. Es hatte etwas Hypnotisches. Inzwischen musste viel Zeit vergangen sein, vielleicht sollte er Benja wecken, damit er an die Reihe kam, aber bei allem, was passiert war, brauchten seine Männer den Schlaf. Er legte etwas Holz ins Feuer nach und konzentrierte sich wieder auf das Knistern, er schloss seine Augen, nur kurz, aber bevor er sich daran erinnern konnte, sie wieder zu öffnen, waren seine Gedanken schon sanft abgeleitet. Das Nächste, das er bewusst wahrnahm, war Benjas Geschrei. „Petro, helft mir, wir brauchen Wasser!"

Er brauchte eine Sekunde, um sich zu sammeln und die Reize, die nun wieder auf ihn einströmten, richtig einzuordnen. Das Feuer war längst aus, die Sonne hatte nun wieder ihren angestammten Platz als Spender von Wärme und Licht eingenommen. Benja kniete über etwas, Rod und Coln waren Spiegelbilder seines eigenen Erwachens, doch Rod schien alles viel schneller zu begreifen, er sprang schon auf, als Juril erst bewusst wurde, dass es Petro war, über dem Benja gebeugt war. Und wieder eine Sekunde verging, bis der Gedanke sein Bewusstsein erreichte, dass, was immer auch passiert war, seine Schuld sein musste. Er hatte Benja nicht geweckt.

„Wasser, schnell."

Rod hatte das Wasser längst, als Juril und Coln sich in Bewegung setzten. Zeitgleich trafen sie bei Petros Körper ein. Einen Moment lange dachte Juril, der Echsenschwanz hätte nun endgültig aufgehört zu zucken. Petro lag auf der Seite, sein Gesicht, seine Kleidung und der Boden um ihn herum von verwässertem Erbrochenen bedeckt. Jurils Herz fing vor Panik so schnell an zu schlagen, dass er fürchtete, es würde stehen bleiben. Es war vielleicht ein absurder Gedanke und doch hatte er fürchterliche Angst, dass das letzte bisschen Leben, das in Petro gesteckt hatte, zusammen mit dem Inhalt seines Magens seinen Körper verlassen hatte.

Aber Petro lebte, sein Brustkorb hob und senkte sich und auf einmal erschien es Juril nicht mehr falsch, das so zu sagen, er lebte. Erleichterung verdrängte alles andere, alles, bis auf die Scham. Er hätte Wache halten sollen.

„Trink, Petro, ja, so ist es gut."

Petro hustete, was gut war, denn es bedeutete, dass er am Leben war. Nur wer lebte, konnte husten. „Was machst du nur?"

Coln klang halb erleichtert, aber auch halb wütend und Juril war sich sicher, dass seine Worte Petro ebenso galten wie ihm.

„Wolltest du dich zu Tode saufen oder was sollte das?"

Rod hob einen nun leeren Weinschlauch auf, erst jetzt wurde Juril bewusst, dass diese überall um Petro herum verstreut im Gras lagen. Mit Schrecken erkannte er, dass das alle sein mussten, die sie dabeihatten. Ein Vorrat, der eigentlich für den ganzen Trupp mehrere Abende halten sollte.

Petros einzige Antwort war eine eigentümliche Mischung aus Würgen und Husten, ansonsten sagte er wieder einmal nichts.

„Verdammt, rede mit mir, Petro! Wie sollen wir dir sonst helfen!"

Jetzt sagte Petro ein Wort, zum ersten Mal überhaupt, seit er zurückgekehrt war. Seine Stimme klang heiser und erstickt, aber er sprach, das war es, worauf es ankam. Vielleicht lebte er nun tatsächlich wieder.

„Niemand kann mir helfen."

„Wie willst du das denn jetzt schon wissen? Uns fällt schon was ein."

Als Antwort stützte sich Petro auf, sodass er Benja direkt anblicken konnte, für kurze Zeit schien auch seine Mimik wieder zum Leben zu erwachen und die Lethargie wich einer Art herzzerreißend traurigen Dankbarkeit. Er schüttelte leise den Kopf, doch noch bevor dieser wieder in der Ausgangsposition war, wurde er von erneutem Würgen unterbrochen. Ein ekliger, übel riechender Saft lief ihm aus dem Mund, während ihm nun auch gleichzeitig salzige Tränen aus den Augen kamen. Benja half ihm, aufgestützt zu bleiben, bis der Spuk vorbei war. Danach kehrten Petros Gesichtszüge in die Ausgangsposition zurück, sein Blick wurde wieder glasig, aber er lebte, und darauf kam es im Moment an. Aber vorerst würden sie nichts mehr aus ihm herausbekommen, das war auch Rod klar, also ging er nun zu Juril über, die Wut in seiner Stimme brach wie eine zornige Welle über ihn herein. „Und du, solltest du nicht Benja wecken!?"

Petro lebte, das war die Hauptsache. „Es tut mir leid, ich wollte euch drei noch eine Weile schlafen lassen, ich dachte, ich schaff das noch ganz kurz."

„Tja, falsch gedacht! Er hätte sterben können, ist dir das bewusst!?"

„Ich dachte nicht, dass ..."

„Vielleicht solltest du das Denken lieber Leuten überlassen, die etwas mehr davon verstehen, wie konnte der Tribun nur einem Vogel wie dir das Kommando über irgendetwas geben?"

Juril versuchte sich mit aller Kraft gegen die Welle zu stemmen, mit einer passenden Erwiderung Halt zu finden. Er suchte nach einem Rettungsanker in den Gesichtern von Benja und Coln, aber ein kurzer Blick reichte ihm, um zu wissen, dass es sinnlos war. Er würde untergehen.

Da wandte sich Rod zum Gehen und Juril war so blöd, als einzige Antwort „was soll das?"

 zu fragen.

„Ich sammle Feuerholz, wir gehen heute wohl nirgendwo mehr hin bei seinem Zustand. Aber so weit hast du sicher nicht gedacht."

. Er hatte sich nicht einmal umgedreht.

Das Problem war, dass Rod im Grunde recht hatte. Juril hatte es verbockt, er als Anführer hatte die Entscheidung getroffen, niemanden zu wecken, er als Anführer wäre verantwortlich gewesen, wenn Petro unter seinem Kommando an seinem eigenen Erbrochenen erstickt wäre. Er selbst wusste das, Rod wusste das, Coln wusste das, Benja wusste das und am schlimmsten, Petro wusste das.

Je länger er ihn ansah, desto mehr verließ ihn die Hoffnung, dass die Dinge wieder wie früher werden könnten. Petro lebte, aber nicht der Petro, der es witzig fand, Coln als Revanche für einen blöden Spruch im Schlaf die Haare zu schneiden. Was hatten sie am nächsten Morgen gelacht, als Coln mit einer kahlen Stelle am Hinterkopf umherlief und verzweifelt versuchte herauszufinden, was denn alle so erheiternd fanden?

Was musste passieren, damit ein Mensch all das verlor, was ihn ausmachte? Diese Frage machte ihm Angst und hatte ihm schon damals Angst gemacht, als er die versklavten Ureinwohner in Kameranto gesehen hatte. Juril musste die Antwort nicht kennen, um zu wissen, dass, was immer es war, es einfach nur falsch war. Er ging hinüber zu Petro, die Blicke der anderen ignorierend. Petro drehte sich nur kurz in seine

Richtung, bevor er wieder dazu überging, alles um sich herum zu ignorieren.

„Wenn es irgendetwas gibt, was ich für dich tun kann, egal was, dann sag es mir bitte, Petro."

Er hatte das Gefühl, dass er es zumindest versuchen musste.

Zu Jurils Überraschung bekam er eine Antwort.

„Weißt du, dass sie Deserteure hängen?"

„Tun das nicht alle Armeen?"

Ebenso überraschend fand er es, wie einfach es war, von ihrer Armee wie von allen anderen zu sprechen.

„Aber hast du es mal gesehen? Wie sie das Seil über einen Ast werfen, wie er fleht, die Angst in seinem Gesicht, wie er um sich tritt, wenn sie ihn packen, wie er sagt, dass er es bereut, wie er alles sagen, alles bereuen würde, was er je im Leben getan hat, nur damit sie ihn loslassen, wie er immer noch tritt, wenn es schon längst zu spät ist, und wie er einige Tage später immer noch dort hängt als Warnung, sagen sie."

So etwas wollte Juril niemals sehen, also war er durchaus ehrlich mit dem, was er sagte:

„Petro, ich verspreche dir, wir werden so etwas nie tun. Wenn jemand beschließt, dass das nicht mehr sein Krieg ist, dann sollte er nach Hause gehen dürfen."

„Ich soll dir von Musta ausrichten, dass das ein neuer Befehl ist. Ausschau halten und direkt kurzen Prozess machen, ohne den Umweg über das Volkstribunal. Verräter verdienen keine zweite Chance, das waren seine Worte."

„Und wenn der Befehl von Sercius persönlich kommt, wir tun so etwas nicht, hast du mich verstanden?"

Die fast schon mitleidige Art und Weise, wie Petro ihn jetzt ansah, gefiel ihm gar nicht. Und wenn schon, sollte Sercius doch machen, was er wollte, er war Juril und er stand zu seinem Wort.

„Ist es das, Petro? Was dir so schwer auf dem Herzen liegt?"

Schweigen. Als Juril sich resigniert an seinen Platz zurückbegeben wollte, rief Petro ihm noch etwas hinterher:

„Juril?"

„Ja?"

„Das ist es nicht."

Die nächsten Tage und Wochen war Juril damit beschäftigt, sein Versprechen einzuhalten. Damit er gar nicht erst in Versuchung kam, hielt er niemanden mehr an, der potenziell ein Deserteur sein konnte. Die Blicke von Rod, wenn er sie ein weiteres Mal anwies, einen nervösen jungen Mann im wehrfähigen Alter zu ignorieren, waren ihm dabei auch egal. Zuerst verwirrt, dann zweifelnd, zusehends misstrauisch und nachdem er in einem der Dörfer durch den dort stationierten Anwerber von der neuen Order erfahren hatte, zusehends feindselig. Stolz war er gewesen, dieser Anwerber, als er davon erzählte, wie sie einen Heimkehrer aufgeknüpft hatten. „Er hat doch tatsächlich versucht sich hier zu verstecken, dachte, zu Hause sei er sicher. Aber Feiglinge und Verräter haben in dieser Welt nunmehr ebenso wenig ein Zuhause wie die Blutsauger, denen sie mit ihren Handlungen helfen. Der Tribun sagt, die Erhebung ist jetzt das Zuhause der Menschheit."

Solche angeblich von Sercius stammenden Sprüche musste Juril sich jetzt öfter anhören, Rod nickte zustimmend und Petro blickte ins Leere. Das zumindest, dachte Juril zuerst, dauere allerdings nur kurz, dann fiel ihm auf, dass Petro sehr wohl einen Fokus hatte. Er beobachtete eine kleine Familie, einen Mann, eine Frau, ein kleines Mädchen, die fast schon versteckt abseits des Trubels standen. Auch der Anwerber bemerkte seinen Blick. „Die Familie des Deserteurs, das heißt, sie war seine Familie. Schließlich ist die Erhebung jetzt die Familie der Menschheit."

Juril konnte sich denken, von wem der Spruch war.

Überhaupt dachte er in diesen Tagen über vieles nach, was Sercius ihm gesagt hatte. Besonders eine Passage aus seinem letzten Brief fiel ihm immer wieder ein: „Mehr als alle anderen bist du bereit, für unsere Sache Opfer zu bringen."

Er wusste, dass das nicht stimmte, dass es ein übertriebenes Lob sein sollte, aber das war nicht der Punkt. Da stand, unserer Sache Opfer zu bringen, nicht das Opfer zu sein. Ja, es stimmte, es war nicht immer leicht gewesen für ihn, doch was war mit denen, die er der Erhebung geopfert hatte? Elyana und Ceri, denen er das Herz gebrochen hatte, die Herzogin und ihre Begleiterin, die er der Gnade eines Volkstribunals überlassen hatte, der Soldat im Archipel des Windes und ja, sogar Halones, deren Leben er genommen hatte. Sie alle hatten ihn angefleht, es sich noch einmal zu überlegen, bis auf den Soldaten, der es aber sicher getan hätte, wenn er die Gelegenheit bekommen hätte. Und doch hatte er entschieden, was sie für diese Revolution zu geben hatten. Sie waren die Opfer gewesen, unfreiwillig, die er, freiwillig, auf dem Altar der von Sercius versprochenen Zukunft geopfert hatte. Aber für sie gab es keine Danksagungen, sie waren auch, nachdem sie alles gegeben hatten, nein, das stimmte ja nicht, nachdem man ihnen alles genommen hatte, noch immer die Feiglinge, die Verräter und die Blutsauger.

In der Nacht, bevor sie das nächste Mal in das Dorf mit dem stolzen Anwerber und der traurigen Familie des Deserteurs zurückkehrten, sah es so aus, als hätte Petro wieder einmal zu viel getrunken.

Nach dem Vorfall in der Nacht nach seiner Rückkehr hatten sie eine Weile versucht den Wein ganz von ihm fernzuhalten, doch nach nicht ganz zwei Wochen hatten sie es schon wieder aufgegeben. Petro war schließlich kein Kind, das sie den ganzen Tag überwachen konnten, und wenn sie ihn nicht normal behandelten, wie sollte er dann je wieder normal werden? Wobei normal ein schwieriges Wort war, nichts war mehr normal seit seiner Rückkehr. Sie konnten einfach nicht mehr so ungezwungen umhersitzen, wie sie es davor getan hatten, nicht, dass sie es nicht mehrfach versucht hätten und manche Abende waren auch besser als andere, aber keiner war so wie früher. Das war es, was Juril am meisten vermisste an diesen Abenden, da hatte er einmal nicht über sein Leben, die Erhebung, die Dinge, die Sercius so sagte, nachgegrübelt, nur der Moment und das Zusammensein hatten gezählt und jetzt saßen sie zu oft zusammen, ohne dass sie zusammen waren, gab es zu viele Abende, ausgefüllt mit nichts weiter als ungezählten Momenten des Grübelns.

Natürlich achteten sie noch darauf, dass Petro es nicht übertrieb, ansonsten ließen ihm das Letzte im Leben, wozu er noch genug Energie aufzubringen schien. Am Ende war es ja auch egal, wenn er trank, dann trank er zwar nicht so viel, dass es für ihn gefährlich wurde, aber doch war er am nächsten Tag nur für das Nötigste zu gebrauchen. Wenn er nicht trank, weil zum Beispiel kein Wein mehr da war, dann war er am nächsten Tag in seiner passiven Starre auch nur zum Nötigsten zu gebrauchen. In der Nacht, bevor sie in das Dorf zurückkehrten jedenfalls, war genügend Wein da und Petro bediente sich ausgiebig, bis sie irgendwann für ihn beschlossen, dass es genug war. Wie immer wehrte er sich nicht und nahm die Entscheidung regungslos hin, es war am Ende ja auch egal.

Am nächsten Morgen hatte Petro wieder Schwierigkeiten aufzustehen, dabei konnte er eigentlich doch gar nicht so viel getrunken haben, sie hatten ja aufgepasst und die Weinschläuche waren auch nicht weiter angetastet worden. Aber doch blieb er einfach liegen, bis Rod irgendwann einen leeren Schlauch mit eiskaltem Wasser aus dem Fluss füllte und über ihm auskippte. Das passierte in letzter Zeit öfter, es war für sie alle einfacher, zu sagen, Petro hätte nur wieder etwas zu viel getrunken. Sie brauchten also etwas länger als geplant, bis sie das Dorf erreichten. Rod murmelte gerade, was für ein Glück sie doch hätten, dass es keine festen Zeitpläne gäbe, wann sie wo zu sein hätten, doch Juril hörte ihm nicht zu. Seine Ohren hatten irgendein Geräusch aufgefangen, ganz schwach, es konnte auch eine Einbildung gewesen sein, also wartete er, ob es sich wiederholen würde. Und tatsächlich, da war wohl wirklich irgendetwas in der Entfernung. Jetzt hielt auch Rod den Mund, sie alle hörten es nun. Irgendwo schrie ein Mädchen nach ihrer Mutter, doch Juril konnte irgendetwas an ihrem Schrei nicht richtig zuordnen, erst als sie anfingen zu rennen und das Dorf schließlich in Sichtweite kam, wurde ihm klar, dass sie nicht schrie, weil sie Hilfe von ihrer Mutter wollte, sondern weil es ihre Mutter war, die Hilfe brauchte.

KEINER VON DENEN

Juril konnte noch nicht genau sehen, was sich dort am Rande dieses kleinen Dorfs, einer Ansammlung von Hütten und kleinen Höfen, so gewöhnlich wie Hunderte andere Ortschaften in dieser Gegend, abspielte, da wusste er bereits, dass es falsch war. Was konnte es denn anderes sein, wenn deswegen ein Mädchen so nach ihrer Mutter weinte? Noch blockierte eine undurchlässige Ringmauer aus Dorfbewohnern seinen Blick auf das, was in ihrer Mitte geschah, aber dieses herzzerbrechend hilflose, flehende Geräusch reichte ihm aus, um sich ein Bild zu machen. Nur den enormen Gestank nach Gülle konnte er noch nicht zuordnen. Das war hier auf dem Land zwar nichts Ungewöhnliches, aber irgendwie, vielleicht war es auch nur Einbildung, erschien er ihm noch ein klein wenig stärker, als er es inzwischen gewohnt war.

Die Menschen wichen zur Seite, als er und seine Männer näher kamen, es war ihm, als schob er seine Wut, von der er nur noch nicht wusste, gegen wen er sie richten musste, wie einen Rammbock vor sich her. Natürlich suchten seine Augen zuerst nach dem Mädchen, durch Feldarbeit seit Kindesbeinen ausgeformte Arme eines jungen Mannes mit Aufnäher auf seiner Kleidung hielten sie fest. Denselben Aufnäher, wie ihn zwei seiner ebenfalls noch sehr jungen Kameraden trugen, dazu noch ein vierter von Federn eingerahmter, den ein älterer Mann auf seiner Kleidung hatte. Juril erkannte die Soldaten der Erhebung und den Anwerber ebenso wieder wie das Mädchen, das inzwischen aufgehört hatte zu rufen und ihn mit verweinten großen Augen direkt ansah, sie glaubte wohl, jemand war gekommen, um ihr zu helfen. Dass die vermeintlichen Retter dieselbe Uniform trugen wie der, der sie festhielt und wie die beiden anderen, die ihre Eltern am Boden hielten, schien sie nicht zu kümmern. Juril beneidete sie um ihr kindlich naives Vertrauen, dass immer irgendein Erwachsener kommen würde, um ihr zu helfen, wenn sie nur laut genug weinen würde. Und er bemitleidete sie darum, dass sie eines Tages rausfinden musste, das dem nicht so war. Aber dieser Tag musste nicht heute sein, denn heute hatte sie jemand gehört. Jetzt stand er direkt neben dem Mann und der Frau, die beide kahl rasiert vor einer mit Gülle gefüllten Tränke in Erbrochenem knieten. Sie blickten nicht einmal auf, hatten dieses Vertrauen schon verloren, glaubten nicht daran, dass er da war, um zu helfen. Hätte er an ihrer Stelle wohl auch nicht getan. Der Gestank der Gülle vermischte sich mit dem von dem, was wohl einmal der Mageninhalt der beiden gewesen war. Es brauchte nicht viel Fantasie, um sich auszumalen, wozu man die Eltern des Mädchens gezwungen hatte. Der Soldat, der ihm am nächsten war, grinste ihn völlig unverdächtig an, in seiner Hand noch das schmutzige Messer, mit dem er ihnen die Köpfe geschoren hatte. Juril konnte beobachten, wie sich dieses freudig überraschte und gleichzeitig nach Anerkennung hechelnde Grinsen auf dem noch flaumlosen Gesicht in eine karikaturartige Grimasse verwandelte, als er zuschlug.

Die zwei verbleibenden Soldaten, der Anwerber, seine eigenen Männer, die Menschenmenge, sie alle riefen irgendetwas durcheinander, aber Juril konzentrierte sich auf den Spieß, der auf ihn zugeflogen kam. Es machte ihm keine Mühe, den Angriff mit seinem Schild zu parieren, wie auch, das hier waren keine Soldaten, das waren halbe Kinder. Keiner der drei war älter als 14, Halbstarke, die noch am ehesten mit Holzschwertern umgehen konnten. Der Angreifer versuchte es ein zweites Mal mit dem Spieß, jetzt wollte der kleine Mistkerl zustoßen, aber in der Zeit, die er brauchte, um seine Waffe nach Jurils Block wieder unter Kontrolle zu bringen, hatte Juril schon sein Schwert gezogen und ihm den Knauf mit voller Wucht gegen die Hand gehauen. Unter lautem Aufschreien ließ der Angreifer den Spieß fallen und Juril wandte sich dem dritten zu, der das Mädchen inzwischen losgelassen hatte. Der hatte nicht mal einen Spieß, sondern stürzte sich mit einem Knüppel auf ihn, wer auch immer die Waffen für diese sogenannten Soldaten ausgesucht hatte, hatte sie wohl auch nicht so richtig ernst nehmen können. Natürlich hatten die Truppen an der Front bei der Bewaffnung Priorität vor irgendwelchen Halbwüchsigen, die Revolutionär spielen wollten. Juril musste den Knüppel nicht mal abblocken, sein Gegenüber fuchtelte so ohne Sinn und Zweck damit herum, dass Juril einfach nur einen schnellen Schritt zur Seite machen musste, die Wucht seines eigenen Schlags verhinderte, dass der Angreifer rechtzeitig nachziehen konnte, und Juril gab ihm eins mit dem Schild auf die linke Kopfhälfte. Mittlerweile wollte der Erste, der nach Jurils Schlag zu Boden gegangen war, wieder aufstehen, doch er hatte die Balance noch nicht gefunden, als ein Fußtritt ihn schon wieder nach unten beförderte.

Nummer zwei und drei hatten offenbar genug, vielleicht auch, weil sie inzwischen von Jurils Männern, Männern mit richtigen Waffen, umringt waren. Nur Petro stand seltsam abseits da, als würde ihn das alles nichts angehen. „Verdammt, Juril, was soll das?"

Typisch, Rod hatte zwar die Großzügigkeit für ihn, den mit dem Spieß in Schach zu halten, aber beschweren musste er sich natürlich trotzdem. Aber Juril achtete nicht auf ihn, er wollte mit einem Erwachsenen sprechen und nahm sich den Anwerber vor. „Im Namen unseres Tribuns und der Erhebung ..."

Juril drückte seinen Hals mit dem Arm gegen eine Hauswand. Witzig, eigentlich war der Anwerber ihm körperlich klar überlegen, bei seiner Muskelmasse musste man schon fast befürchten, dass die Wand nachgab. Das musste die rasende Wut in Jurils Blick sein. Oder vielleicht auch das Schwert, das er immer noch in der anderen Hand hielt, wer wusste das schon. „Juril, es reicht", eine Stimme, die aus der Entfernung an sein Ohr drang, eine Berührung an seiner Schulter. Unvermittelt rammte er den Ellenbogen nach hinten und traf etwas Weiches, vielleicht ein Gesicht, es war ihm egal. Er hatte Fragen, Fragen, die er Sercius hätte stellen sollen, als er noch die Gelegenheit gehabt hatte, aber jetzt musste er mit einem dieser Papageien vorliebnehmen. Was sagte der Tribun wohl dazu? Er lockerte seinen Griff, doch als der Anwerber wieder anfing: „Ich bin vom Tribun berufener ..."

verstärkte er den Druck erneut.

„Ich gebe dir noch genau eine Chance, zu erklären, was das hier ist."

„Ihr ... ihr kennt sie. Ich habe sie euch letztes Mal gezeigt, die Familie des Verräters. Wir sitzen zu Gericht über sie."

„Wer ist bitte wir?"

„Das Volk."

Volkstribunal. Das bedeutet das also. Die Menschenmenge, das waren keine Schaulustigen, nicht einfach nur anstandslose Gaffer, die sich die Hälse verrenken, Beifall klatschen und hämisch lachen wollten, während ihre Nachbarn gezwungen werden, Gülle zu saufen. Das hier war schlimmer. Tribunal, ein Wort, das nach Würde klang. Nicht nach einem schamlosen Mob, der sich auf eine Familie stürzte, die bereits ihren Sohn verloren hatte, um noch einmal nachzutreten. Denn darum ging es hier, er musste nicht fragen, um zu wissen, dass ihr einziges Verbrechen darin bestanden hatte, einen Deserteur zum Sohn zu haben.

„Wieso, wieso tut ihr ihnen das an?“

„Der Tribun sagt, wer seine Kinder zu Feinden der Erhebung erzieht, ist selbst der größte Feind der Erhebung.“

Juril hätte ihm so gerne gesagt, dass das nicht stimmte, dass Sercius so etwas nie sagen würde, aber leider waren genau das die Dinge, die Sercius sagte, schon immer gesagt hatte. Aber es brauchte erst jemand anderen, der sie aussprach, damit ihm bewusst wurde, was diese Dinge bedeuten.

„Sie haben sogar um den Feigling geweint“, warf jetzt einer der halbwüchsigen Revolutionäre fast entschuldigend ein.

„Und wir haben bei ihnen eine kleine Porträtzeichnung von ihm gefunden, die sie aufbewahrt haben“,

fügte er noch hinzu.

„Das stimmt“, der Anwerber klang seltsam zufrieden, als müsse Juril bei der Schwere der Anschuldigungen logischerweise einsehen, dass alles seine Richtigkeit hatte. „Noch immer klammern sie sich an die alte Welt und verweigern dem Volk ihre Treue. Das Volk will Gerechtigkeit, will, dass sie ihre Taten bekennen und öffentlich bereuen. Nur dann, wenn sie sich vor dem Volk zu ihren Fehlern bekennen und einsehen, dass sie an sich arbeiten müssen, nur dann können sie wieder Teil der Gemeinschaft werden.“

Der Anwerber irrte sich, logisch und richtig war hier gar nichts.

„Meine Eltern waren schon von Anfang an gegen uns. Immer haben sie schlecht über die Erhebung geredet, wollten meinem Bruder und mir sogar verbieten, uns dem Kampf anzuschließen. Hätten sie ihn nicht mit ihren Lügen vergiftet, mein Bruder wäre niemals ein Verräter geworden.“

Unwillkürlich drehte Juril sich herum, er hörte die Worte, doch er konnte, wollte sie nicht begreifen. Der Junge mit den kindlichen Gesichtszügen vor ihm hatte zugehört, wie seine kleine Schwester weint, während er seiner Mutter und seinem Vater mit seinem schmutzigen kleinen Messer die Haare vom Kopf geschoren hatte. Ob er sie währenddessen beschimpft und ausgelacht hatte?

„Was stimmt nicht mit dir? Das ist deine eigene Familie!“

„Die Erhebung ist meine Familie.“

„Die Erhebung hat deinen Bruder ermordet!“

Juril sagte bewusst ermordet, denn das war es gewesen, Mord, nichts anderes.

„Es war unsere Pflicht, er war ein Verräter, er schadete der Erhebung, der neuen Welt, uns allen!“

Juril verschlag es die Sprache, er hatte keine Worte, um das zu sagen, was er sagen wollte. Nein, schlimmer, nicht einmal, was man zu solch einem Wahnsinn überhaupt sagen konnte, wusste er. Nur eines war ihm klar, egal, was er jetzt sagte, es machte keinen Unterschied mehr. Wenn Juril den Anwerber jetzt losließ, sich umdrehte und mit seinen Männern fortging, dann würden sie einfach dort weitermachen, wo er sie unterbrochen hatte. Und niemand würde sie davon abhalten, noch viel weiter zu gehen. Keiner wäre da, der diese Familie, das, was von ihr nach den ersten Monaten der Erhebung noch übrig war, beschützen würde. Das, was er heute gesehen hatte, war erst der Anfang. Es lag nicht an ihnen, nein, da konnten sie noch so sehr bereuen, dass sie einen Verräter aufgezogen hatten, es würde sie nicht retten. Wenn die Menschen sich erst einmal daran gewöhnt hatten, dass es in Ordnung war, jemanden als Fußabtreter zu benutzen, dann würden sie so schnell nicht mehr damit aufhören. Es waren harte Zeiten und irgendjemand musste ja daran schuld sein, wenn es nicht gelang, den Himmel auf die Erde zu holen. Juril gab seinen Griff auf und drehte sich um, er wollte die Gesichter der Dorfbewohner sehen. Angst, Belustigung, Freude, Schuldbewusstsein und Trauer, die gesamte Palette menschlicher Emotionen. Heute war vielleicht noch nicht die Mehrheit von ihnen wirklich mit dem Herzen dabei gewesen. Beim nächsten Mal jedoch würden wohl schon viele derer, die heute noch geschwiegen hatten, bereits johlen, klatschen. Wie viele würden in einem halben Jahr übrig bleiben, die mit Überzeugung wussten, dass das hier nicht gerecht, sondern falsch war? Selbst wenn die Familie gar nicht so lange überleben sollte, es würde sicher nicht lange dauern, bis neue Feinde der Erhebung vor dem Tribunal standen. Denn die Feinde würden dieser Erhebung niemals ausgehen, dafür sorgte sie schon selbst

„Nachdem dieses Missverständnis geklärt wäre, würde ich vorschlagen, ihr geht jetzt und wir vergessen das Ganze einfach.“

Der Anwerber hatte Jurils Aktion offenbar als Einlenken interpretiert. Wenn überhaupt, dann war das hier das eigentliche Missverständnis. Was den Rest anging, hatte er heute eine Menge verstanden. Trotzdem, der zweite Teil stimmte. Juril musste gehen, er konnte hier nichts tun. Er sah kurz zu der Familie, inzwischen hielt die Mutter das kleine Mädchen

im Arm und versuchte es zu trösten. „Weine nicht, alles wird gut, ich bin
ja da."

Dann sah er hinüber zu seinen Männern, ihnen war das alles sichtlich
unangenehm, sogar Petro wirkte noch kraftloser als sonst. Nur Rods Gesicht konnte er nicht sehen, er hielt den Kopf schräg nach oben, damit ihm
das Blut nicht aus der Nase lief. Das hatte er also mit dem Ellenbogen
erwischt, sein Mitleid jedoch hielt sich in Grenzen. Ohne ein weiteres
Wort ging er an ihnen vorbei, sie würden ihm schon folgen. Er war keine
zwanzig Schritte gegangen, da fing das Mädchen wieder an zu weinen.
„Mami, Hilfe" und dann traf es ihn direkt ins Mark. „Hilf ihr bitte, bitte
hilf ihr!"

Er musste stehen bleiben, seine Beine gehorchten ihm nicht mehr. Sie
meinte ihn. Dieses dumme Mädchen mit ihrem dummen, kindlich naiven
Vertrauen. Er versuchte noch einen weiteren Schritt von ihr wegzugehen,
denn wenn er sich jetzt umdrehte, dann gab es kein Zurück mehr. Es gelang ihm nicht. Stattdessen begann sein Oberkörper langsam um die eigene Achse zu rotieren. Nur ein Blick, dann würde er weitergehen. Er
wollte dem Mädchen wenigstens noch einmal in die Augen sehen und
sich auf irgendeine Art und Weise bei ihr entschuldigen, dass er nicht
helfen konnte. Natürlich war das eine Lüge, das wusste er. Wenn er jetzt
zurückblickte, dann gab es kein Zurück mehr. Es überraschte ihn also
nicht, dass er in der Drehung bereits einen Schritt machte. Danach noch
einen, dann einen weiteren und ehe er sich versah, stand er wieder bei
der Tränke. Das Mädchen sah ihn an, als wäre er ihr bester Freund, dummes, kindlich naives Vertrauen. „Was soll das? Ich dachte, wir hätten das
bereits geklärt?"

Juril ignorierte den Anwerber. „Steht auf", doch die Eltern des Mädchens sahen ihn nur verwirrt an. „Juril, hör auf damit, sofort! Es ist nicht
an uns, die Urteile des Tribunals anzufechten!"

Konnte Rod nicht endlich mal aufhören, sich hier einzumischen? Das
war eine Sache zwischen Juril, dem Mädchen, Sercius und Juril selbst.
„Na los, macht schon, steht bitte auf, ich will euch helfen. Die werden
euch sonst irgendwann umbringen, versteht ihr das nicht!"

Langsam, voller Misstrauen, als hätten sie Angst, das wäre nur eine
Finte, um sie ein weiteres Mal zu demütigen, standen sie auf. Dann sagte
der Vater des Mädchens die Worte, vor deren Wahrheit Juril sich fürchtete. „Die? Ihr gehört doch auch zu denen."

Das stimmte und doch stimmte es nicht. Ja, er trug dasselbe Symbol wie sie auf seiner Kleidung, aber er war keiner von ihnen, er war nicht wie sie. Und doch stand er hier, gemeinsam mit ihnen vor einem weinenden kleinen Mädchen und einer mit Gülle gefüllten Tränke in einem Dorf mehr als tausend Kilometer von seiner Heimat entfernt. Irgendetwas musste in den letzten Monaten mächtig schiefgelaufen sein, er gehörte hier nicht hin. Er gehörte zu seiner Familie, seiner wahren Familie, er gehörte zu Elyana und Ceri, die er in seiner Dummheit weggestoßen hatte, gerade als sie gekommen waren, um ihn zu retten. Jetzt blieb ihm nichts anderes übrig, als das selbst zu tun. Er begann seine Rüstung zu lösen, diese wunderschöne Rüstung mit den Nieten, die wie Flammen aussahen. Er brauchte sie nicht und er wollte sie nicht. Das metallische Geräusch, als sie in den Schmutz fiel, übertönte für einen kurzen Moment die aufgeregten Rufe um ihn herum. Es folgte ein zweites Klirren, schöner noch als das erste, als sein Schild hinterherflog und auf der Rüstung landete. Als Nächstes war der Aufnäher auf seiner Schulter dran, hartnäckiger als gedacht, aber nachmehrmaligem kräftigen Reißen war auch er ab und es landete die brennende Krone im Erbrochenen auf dem Boden. Schade eigentlich, er hätte so gerne noch etwas darauf herumgetrampelt. Während der ganzen Zeit behielt er Rod im Auge, sollte er wieder versuchen ihn anzufassen, konnte Juril für nichts garantieren.

„Kommt jetzt", er wollte keine Sekunde länger als nötig in diesem Dorf verbringen, er war hier fertig.

Als die Familie immer noch keine Anstalten machte, ihm zu folgen, hatte er längst beschlossen, sie im Zweifel einfach hierzulassen. Nur um des Mädchens willen probierte er es noch ein weiteres Mal. „Habt ihr mir nicht zugehört? Das hier wird nie aufhören! Versteht ihr, nie! Ihr müsst mit mir kommen!"

„Verzeiht, aber wir können nicht einfach so gehen. Das hier ist unsere Heimat, wir sind hier geboren, das lässt man nicht einfach so hinter sich."

Jetzt verlor Juril endgültig die Geduld. Wenn die noch ein paar Liter Gülle saufen wollten, bitte, das war nicht sein Problem. Er jedenfalls würde gehen, mit oder ohne diese Dummköpfe. Nur um das arme Mädchen tat es ihm leid, sie hatte doch mit all dem Wahnsinn der Möchtegern- und tatsächlich Erwachsenen nichts zu tun. Und doch saß sie mit ihnen in der Falle. Vielleicht war heute doch der Tag, an dem ihr kindlich naives Vertrauen mit der Realität, in der sie lebte, kollidierte. Juril hätte ihr gerne noch ein paar Jahre gegönnt. Er ignorierte den Anwerber, der irgendetwas mit den Worten „Deserteur“ und „ergreifen“ rief, und beugte sich hinunter zu ihr. „Wie heißt du?“

„Sesilia“, kam es verschüchtert zurück. „Da hast du aber einen schönen Namen, Sesilia. Hör mal, ich kann dir nicht helfen. Nicht, weil ich nicht will, sondern weil ich es einfach nicht kann. Ich will dir nur sagen, wie leid es mir tut, so unglaublich leid. Du solltest diese Dinge nicht erleben müssen, daran ist nichts gerecht. Das ist das Einzige, was ich dir vielleicht noch geben kann, egal was sie zu dir sagen werden, glaube ihnen nicht. Du und deine Eltern, ihr verdient das nicht, niemand tut das. Bitte versprich mir eines, übersteh das hier, ja, übersteh das hier und fang eines Tages irgendwo ein neues Leben an. Verstehst du, was ich dir sage?“

Sie nickte, aber Juril wusste, sie verstand es nicht. Aber gleichzeitig war er sicher, eines Tages würde sie das. Er stellte sich vor, wie sie in zwanzig Jahren mit ihrer eigenen Familie in einem kleinen Haus inmitten von friedlich grünen Hügeln leben würde, es würde nach warmem Brot riechen und Sesilia würde sich an seine Worte erinnern. Er versuchte ihr zum Abschied aufmunternd zuzulächeln und mit diesem Bild im Kopf gelang es ihm sogar. „Alles Gute, Sesilia.“

Juril konnte den Horizont sehen, er würde einfach weiterlaufen, einfach weiterlaufen, bis er irgendwann an einen Hafen kam, an diesem Hafen würde er ein Schiff besteigen, irgendein Schiff, was für eines, war egal, solange es ihn nur nach Syrka brachte. In Syrka angekommen, würde er Elyana und Ceri finden, er würde sie finden und auf Knien anflehen, ihm zu verzeihen.

Der Horizont verschwand hinter Rods blutender Nase.

„Scheiße, Juril, was denkst du eigentlich, was du hier machst?“

„Na, wonach siehts denn aus?“

Er machte einen Schritt zur Seite, er hatte keine Lust auf dieses Theater, jede Sekunde, die er hier damit verbrachte, war eine weitere Sekunde, in der er nicht da war, wo er hingehörte.

Rod folgte seiner Bewegung. Der konnte es einfach nicht gut sein lassen. Juril stieß ihm gegen die Schulter, was ihm die Gelegenheit gab, einen Schritt näher ans Ziel zu kommen, doch sogleich stand Rod schon wieder vor ihm. Gerade als Juril kurz davor war, ihm den Ellenbogen ein zweites Mal ins Gesicht zu rammen, hatte er eine Hellebarde unter der Nase.

„Dein Ernst?“

Natürlich zog er noch im selben Atemzug sein Schwert.

„Tut mir leid, Juril, ich kann dich nicht einfach so gehen lassen, das weißt du.“

Er machte einen Schritt zur Seite, um etwas Distanz zwischen sich und die Hellebarde zu bringen, nicht nach hinten, diesen Triumph würde er Rod nicht gönnen.

„Kommt ihr endlich?“

Nach hinten wäre wohl auch sinnlos gewesen, da standen nämlich jetzt Coln und Benja, Hellebarde und Spieß ebenfalls auf ihn gerichtet. Nicht sonderlich entschlossen, eher zögerlich, aber doch auf ihn gerichtet. Nur Petro war noch an derselben Position wie vorhin. Juril wusste nicht, ob er wirklich auf seiner Seite war oder ob es wieder mal an seinem Zustand lag, aber er verspürte in diesem Moment nichts als Dankbarkeit für ihn. Wenigstens er hatte sich nicht gegen ihn gewandt. Jedes Mal, wenn die anderen auf ihre Freundschaft getrunken hatten, war es eine Lüge gewesen. „Du hast doch den Verstand verloren, Juril, was soll das bitte werden? Erst Petro, jetzt du!“

Coln konnte sich sein empörtes Entsetzen sparen.

„Denk doch mal nach, du weißt, was die mit Deserteuren machen. Bitte, Juril!“

Auf Benjas sorgenvolles Flehen konnte er getrost verzichten

„Was ist das mit dir? Wieso hat der Tribun ausgerechnet dir ein Kommando übertragen? Sieh es ein, du bist für so eine Verantwortung doch völlig ungeeignet. Du bist zu schwach, Juril, und das weißt du, das wissen wir alle. Du bist nicht bereit zu tun, was im Namen der Erhebung nötig ist, du lässt zu, dass Petro mit seinen Anwandlungen seit Wochen unseren Auftrag behindert, und jetzt rennst du einfach davon. Du bist deines Kommandos enthoben, das ist das Beste für dich und das ist das Beste für den ganzen Trupp. Und jetzt steck die Waffe weg, bevor du in deinem Wahn noch dich oder andere ernsthaft verletzt. Wir finden schon eine Lösung für dich.“

Seine Worte taten ihm nicht weh, sie gingen ja in eine völlig falsche Richtung. Ja, er war wohl schwach gewesen, aber nicht in der Art und Weise, wie Rod es meinte.

„Rod, wenn du nicht willst, dass jemand ernsthaft verletzt wird, dann geh jetzt zur Seite.“

Er versuchte so drohend wie möglich zu klingen, denn er meinte es wirklich genauso, wie er es sagte.

Inzwischen waren auch die drei halbstarken Revolutionäre näher herangekommen, umkreisten ihn aus sicherer Entfernung wie Hyänen ein verblutendes Beutetier. Er war jetzt umzingelt. Wie viele würde er wohl erledigen können, bevor es ihn erwischte? Immerhin, er als Einziger hatte tatsächlich Erfahrung im Kämpfen. Er als Einziger wusste, wie es war, wenn eine scharfe Klinge auf dich zurast und das Einzige, was dich davor bewahrt, aufgespießt zu werden, ein Sekundenbruchteil ist, in dem es dir gelingt, dein Schild zu heben. Er als Einziger wusste, wie es war, seinerseits die Klinge gegen einen Menschen zu richten, ihn sogar zu treffen, zu verletzen, zu töten. Natürlich hatte er trotzdem keine Chance, aber als er einen Ausfallschritt in Benjas Richtung machte und dieser zurückzuckte, genoss er für einen Moment dieses Gefühl der Überlegenheit. „Juril, so muss es nicht enden! Selbst wenn wir dich gehen lassen würden, was denkst du, wie lange es dauert, bis du an einem Ast hängst? Du bist ein Deserteur, Juril! Man hält nach Leuten wie dir Ausschau! Du kennst das Land doch nicht mal, wie willst du da draußen alleine zurechtkommen!“

In dem Moment, als Juril sich eingestand, dass Coln recht hatte, verflog seine Entschlossenheit so, als wäre es nur ein kurzer Anfall gewesen. Vielleicht war es auch nicht mal Entschlossenheit gewesen, vielleicht hatte er nur irgendein anderes Gefühl dafür gehalten. Er wusste ja nicht mal, ob Elyana und Ceri wirklich nach Syrka zurückgekehrt waren, er wusste gar nichts, er hatte wirklich keine Chance, egal was er tat. Jetzt, ohne die Entschlossenheit oder was immer es gewesen war, konnte er eine tiefe Müdigkeit spüren. Es war doch sowieso alles egal, er hatte keine Lust mehr, die Verantwortung für sein Schicksal selbst zu tragen, geschweige denn für das Schicksal anderer. Mit einer langsamen Bewegung steckte er sein Schwert weg, um sich in die Hände derer zu begeben, die einmal seine Freunde gewesen waren.

Juril saß mit geschlossenen Augen auf der Erde, wenn es ginge, hätte er sich auch die Ohren gestopft. Er musste nichts mehr sehen und hören von der Welt um ihn herum, die Erinnerung an das, was er schon gesehen und gehört hatte, reichte ihm völlig.

„Ihr kennt den Befehl, wie mit Deserteuren zu verfahren ist."

Schon komisch, wie schnell man eine Entscheidung wieder bereuen konnte. Der Anwerber hatte den Satz nicht einmal beenden müssen, es hatte gereicht, dass er seinen Mund geöffnet hatte. Eigentlich hätte Juril doch spätestens in diesem Moment zu sich kommen müssen, noch war es ja nicht zu spät gewesen, hätte Coln und Benja zur Seite stoßen und einfach nur rennen müssen. Doch stattdessen war er einfach nur an Ort und Stelle gestanden und hatte seine Entscheidungen bereut. Zuerst nur seine letzte, dann so ziemlich alle, die er in den letzten Monaten getroffen hatte. Vielleicht war irgendein Teil von ihm bei diesem Prozess zu dem Entschluss gekommen, er verdiene sein Schicksal sogar. Vielleicht hatte er deswegen nichts unternommen und abgewartet, während Rod, ohne zu zögern, den Anwerber zurückgewiesen hatte. „Wir mischen uns nicht in eure Angelegenheiten ein und ihr nicht in unsere."

„Aber es ist ein ausdrücklicher Befehl des Tribuns. Ihr wisst, wie er zu einem anderen Zeitpunkt sagte, wie können wir von der Gleichheit der Menschen reden, wenn wir damit beginnen, Ausnahmen zu machen?"

„Zufälligerweise kennen sich der Tribun und Juril persönlich. Er will diese Angelegenheit sicher selbst beurteilen."

„Nun, wenn das so ist, dann mache ich mir keine Sorgen. Seine Entscheidung ist bereits jetzt sicher."

„Warten wir es ab."

„Wenn ihr ihm einen Brief schreiben wollt, in Schimmerbach gibt es einen Taubenschlag. Dann müsst ihr nicht den gesamten Weg nach Kronenturm zurücklegen."

„Ich hatte eher daran gedacht, zum Feldlager bei der Vantales-Burg zurückzukehren. Ich weiß, unser verantwortlicher Kommandant Musta ist dort längst nicht mehr, aber irgendjemand wird schließlich an seiner Stelle sein."

„Ach, der Kommandant von Schimmerbach ist so gut wie jeder andere auch. Ich würde euch wirklich empfehlen, dorthin zu gehen, Musta hat den Großteil der Männer mitgenommen, so sagt man, und ich weiß nicht, was ihr bei der Burg vorfinden würdet."

„Hm, Schimmerbach liegt in nordwestlicher Richtung, nicht wahr?"

„Genau, kehrt zurück auf die Straße, die Kleinau mit Forellenstein verbindet, und folgt ihr in diese Richtung."

Und genau das hatten sie bis zum frühen Abend getan. Er öffnete kurz die Augen, nur um sie gleich wieder zu schließen. Rod saß ihm mit einigen Metern Sicherheitsabstand gegenüber, Juril wollte ihm auf keinen Fall in die Augen schauen, wahrscheinlich erwartete Rod irgendeine Art von Dankbarkeit. Das konnte er schön vergessen und nicht nur, weil er Jurils unvermeidliches Schicksal lediglich aufgeschoben hatte. Was für ein arroganter Mistkerl, wäre Garnis in einem Dorf geboren, er würde sicher aussehen wie Rod. „Heute wird es das letzte Mal sein, dass wir unter dem freien Himmel schlafen müssen. Es wird von Nacht zu Nacht kälter, deshalb werden wir in Zukunft in Dörfern Unterkunft finden."

Wie er das verkündet hatte, die miese Ratte. So als wäre Juril diese Idee nie gekommen. Schon mal daran gedacht, dass manche Leute vielleicht einfach nur Anstand haben und sich nicht einfach gegen den Willen der Bewohner irgendwo einquartieren?

Juril versuchte seine Hände zu schütteln, sie waren eingeschlafen, dabei hatte man sie nicht einmal gefesselt. Fast wünschte er, sie hätten es getan. Dann hätte er einen triftigen Grund, wieso er nicht einfach jetzt seine zweite Chance ergriff, aufsprang und davonrannte. Aber irgendwie konnte er das nicht, er wollte es irgendwie auch gar nicht. Er hatte sich mit seinem Schicksal arrangiert, es hatte keinen Sinn mehr, jetzt wegzulaufen. In den Geschichten gingen die Helden immer gefasst und würdevoll ihrer Hinrichtung entgegen, im besten Fall sogar noch einen flotten Spruch auf den Lippen. Juril hatte nie bezweifelt, dass es das gab, aber doch war es ihm stets viel natürlicher erschienen, bis zum Schluss um sich zu treten. Wenn man starb, dann starb man, egal ob auf Knien oder aufrecht stehend. Aufrecht stehend zu leben, das war es, was ihn eigentlich reizte. Und doch hatte er seine Beine jetzt angezogen, statt mit ihnen zu treten. Er würde nicht einmal sagen, dass das irgendetwas mit Würde oder Fassung zu tun hatte, wenn überhaupt, dann war er einfach nur müde. Er hörte Schritte in seiner Nähe, er hoffte, dass es nicht Rod war, aber für ihn waren diese Schritte eigentlich auch irgendwie zu leise. Also schlug er ein weiteres Mal die Augen auf und Petro füllte einen großen Teil seines Sichtfeldes aus. Ohne etwas zu sagen, setzte er sich neben ihn. Er nahm einen Schluck aus einem Weinschlauch, um ihn dann an Juril weiterzureichen. Dieser zögerte kurz, bevor er beschloss, das Angebot anzunehmen. Der Wein schmeckte ziemlich säuerlich, aber darauf kam es ja auch nicht an. Der Schlauch war zur Hälfte leer, als Benja sich zu ihnen hinüberschlich. Verschüchtert stand er vor Juril und fing an zu stammeln. „Hör mal, wollte dir nur kurz sagen, dass es mir leidtut, wir mussten das tun. Du bist unser Freund und wir wollen dir doch helfen. Man wird dich bestimmt begnadigen."

Es war Petro, der für Juril antwortete, seine Stimme klang gefestigter als beim letzten Mal, bei dem er ihm vom Deserteur erzählt hatte. „Benja? Wieso verziehst du dich nicht einfach?"

Als Benja seiner Aufforderung Folge geleistet hatte, murmelte Juril leise „Danke" und Petro prostete ihm mit dem Weinschlauch zu.

Beim Aufwachen versuchte Juril instinktiv nach seinem Schwert zu greifen, wie er es sich in den letzten Wochen angewöhnt hatte. Es folgte ein kurzer Moment der Panik, als seine Finger ins Leere griffen und er sich hastig aufrichtete. Als langsam die Erinnerung an das gestrige Geschehen und wie man ihm im Anschluss sein Schwert weggenommen hatte, zurückkehrte, verlangsamten sich sein Herzschlag und seine Atmung wieder. Er sank zurück in sein Nachtlager und wollte noch etwas schlafen, es zumindest versuchen, schließlich war es noch stockdunkel. Aber Petro musste ihn gehört haben: „Hast du Albträume?"

„Manchmal", allerdings konnte er sich nicht erinnern, ob und was er bis eben geträumt hatte.

„Ich kann kaum schlafen, ohne welche zu haben. Deshalb trinke ich, irgendwie hilft das, vielleicht weil ich so nicht viel nachdenke oder alles gleich wieder vergesse, genau weiß ich das nicht. Aber gestern war wohl nicht genug für zwei im Schlauch gewesen."

Juril fiel nichts Besseres ein als:

„Tut mir leid."

„Muss es nicht, hab trotzdem gerne mit dir geteilt. Du verstehst es inzwischen auch."

„Willst du mir erzählen, worum es in deinen Albträumen geht?"

„Das kann ich nicht, Juril, es tut mir leid, so unendlich leid", er klang jetzt, als müsste er die Tränen zurückhalten.

„Ist schon in Ordnung, Petro", er wollte noch ergänzen, dass es keinen Grund gab, sich bei ihm zu entschuldigen, bis er mitten im Satz begriff, dass diese Worte gar nicht für ihn gemeint gewesen waren.

„Ich bewundere ihn, Juril."

„Wen?"

„Den Deserteur, er hat um Gnade gefleht und sich in die Hose gemacht, aber er war kein Feigling, egal wie sie ihn nennen. Er war mutiger als alle, die ihn gehängt haben zusammen, denn er hatte den Mut gehabt, „Nein" zu sagen."

Kurz bevor sie Schimmerbach erreichten, wandte sich Rod an Petro. „Wenn wir in der Stadt sind, wirst du bis auf Weiteres deine Waffe abgeben. Du bist dir doch selbst deines Zustandes bewusst, so bist du nur eine Gefahr für dich und andere. Wenn es dir besser geht, bekommst du sie zurück, versprochen."

Wie nicht anders zu erwarten war, zuckte Petro nur mit den Schultern, ohne ein Wort zu sagen. Rod gefiel das gar nicht. „Siehst du, genau das meine ich. Solange du nicht einmal mit uns redest, kann man dir doch keine Waffe in die Hand geben."

Wieder ein weiterer Fehler, den Juril gemacht hatte in Rods Augen. Wahrscheinlich klopfte er sich in diesem Moment innerlich selbst auf die Schulter. Gut gemacht, Rod. Du bist die bessere Wahl, Rod. Irgendwann wird der Tribun dich bemerken und befördern, Rod. Jurils Rüstung steht dir viel besser als ihm, Rod. Was für ein Idiot.

Schimmerbach war nicht, wie er es sich vorgestellt hatte. Der Name hatte irgendwie erhaben geklungen, nach Schönheit und kristallklarem Wasser. Die Realität war jedoch eine gänzlich andere. Mehrere Dutzend Holzhütten verschiedener Größe mit verdreckten Fassaden, völlig willkürlich auf beiden Seiten des Bachs verteilt, als hätte ein Kind seine Bauklötze nach dem Spielen einfach auf dem Boden herumliegen lassen. Die Steinhäuser konnte man an zwei Händen abzählen, auch ihr Zustand war in der Regel nicht besser. Und der Bach war vielmehr ein bräunliches

Rinnsal, über das man anstelle von Brücken an mehreren Stellen einfach Holzbretter gelegt hatte. Überall in dem Rinnsal wateten Männer, Frauen und Kinder in zerschlissener Kleidung herum, mit Schaufeln und Sieben ausgerüstet.

An eine der dreckigen Hauswände gelehnt standen zwei Wachen in der Uniform der Erhebung und unterhielten sich lachend. Sie würdigten ihre Gruppe keines Blickes, bis Rod sie direkt ansprach. „Grüße, ich bin auf der Suche nach dem örtlichen Kommandanten."

Einer der Wachen, offensichtlich angetrunken, grölte seine Antwort: „Na, hier ist er nicht" und lachte danach über seinen eigenen Spruch.

„Ihr müsst meinen Freund entschuldigen, normalerweise ist er nicht so. Seht ihr das Haus mit dem Spitzdach ein Stück den Bach hoch?"

Die noch halbwegs nüchterne Wache zeigte auf eines der Steinhäuser. „Dorthin."

„Danke."

„Aber passt auf, ihm gefällt eure Gesellschaft vielleicht etwas zu gut", der Betrunkene prustete wieder los.

„Ignoriert ihn, der ist besoffen."

Auf ihrem Weg nach oben prasselten von allen Seiten Angebote auf sie herab, auf dem einen Meter wollte ihnen jemand eine Schaufel zu einem erschreckend hohen Preis andrehen, auf dem nächsten Meter boten sich ihnen ein paar Frauen zu einem erschreckend niedrigen Preis an. Juril hätte schwören können, dass Coln bei seinem Blick hier am liebsten stehen geblieben wäre, wenn Rod nicht, ohne nach links oder rechts zu sehen, immer weitermarschiert wäre. Sie kamen auch an der Ruine eines Gebäudes vorbei, das wohl mal ein Tempel gewesen sein musste. Plünderer hatten begonnen Steine aus den Wänden herauszubrechen, deswegen war das Dach an einer Stelle eingestürzt. Wem er gewidmet gewesen war, konnte Juril nicht mit Gewissheit sagen, die vielen Steine verschiedener Farbe und Form ließen ihn allerdings auf einen Tempel des Felsens schließen. Ein Umstand, der ihn sehr verwirrte, denn überall auf der Straße, selbst hier direkt gegenüber von der Ruine, liefen die Menschen mit Symbolen ebendieses Glaubens um den Hals herum, meistens besonders schön geformte Steine, bei Wohlhabenden konnte es sogar mal ein kleiner Edelstein sein. Sie trugen sie ganz offen, ohne dass irgendeine der Wachen Anstoß daran nahm, einmal sah er sogar einen von ihnen selbst mit einem herzförmigen Stein um den Hals.

Vor dem Gebäude mit dem Spitzdach schließlich stand ein Anwerber, der laut rufend die Parolen der Erhebung verkündete. „Der Tribun sagt, der Reichtum der Erde gehört uns allen. Er gehört nicht denen, die lügen und sagen, diese Erde gehört uns. Die sagen, nur wir wollen von ihren Reichtümern profitieren. Denn sie haben diesen Reichtum ja nicht hervorgebracht."

„Stimmt, das war der Felsen!",

lautete ein Zwischenruf, der vom Anwerber allerdings ignoriert wurde.

„Viele von euch sind hierhergekommen in der Hoffnung, etwas abzubekommen von diesem Reichtum. Ihr müsst aber nicht hoffen, dass ein Stück vom Teller der feinen Herren für euch herunterfällt, es ist längst euer Reichtum! Er gehört längst euch, nur besitzen ihn noch andere. Denkt ihr nicht auch, dass es an der Zeit ist, dass wir uns endlich nehmen, was unser ist?"

„Seit Wochen steht ihr da und redet über den Reichtum, der uns gehört. In derselben Zeit bin ich nur ärmer geworden", ein weiterer Zwischenrufer. „Gestern, da dachte ich, jetzt ist das Glück mir hold, als ich zum ersten Mal seit Monaten etwas gefunden habe. Einen Diamanten, einen sehr kleinen nur, aber doch einen Diamanten. Endlich hätte ich mir neue Stiefel kaufen können, aber wisst ihr, was dann passiert ist? Einer eurer Soldaten hat ihn mir weggenommen, sagte, der Tribun sei dankbar für meine Unterstützung. Ihr seid Diebe, genauso wie die Diebe, die ihr verjagt habt!"

„Aber aber, mein Freund, Euer Diamant wäre doch nur ein Trostpreis gewesen. Ihr verdient noch mehr, Ihr verdient alles. Und dieser Diamant wird uns dabei helfen, Waffen zu beschaffen, mit denen wir diesen Anspruch durchsetzen können."

„Schwachsinn, wahrscheinlich hat er ihn sogar selbst eingesteckt."

„Passt auf, was Ihr sagt, wenn es Euch nur darum geht, Lügen und Misstrauen zu verbreiten, dann werden wir das nicht tolerieren. Wieso geht Ihr nicht ein wenig spazieren, um den Kopf frei zu bekommen, vielleicht seht Ihr die Dinge dann wieder etwas klarer?"

Der Zwischenrufer verstand sehr wohl, wie das gemeint war, und zog sich unter Grummeln zurück. Der Anwerber fuhr fort. „Vergesst nicht, das nächste Volkstribunal wird morgen in der Stunde nach Sonnenaufgang genau hier, wo ich jetzt stehe, stattfinden. Alle, die helfen wollen, an unserer gerechten neuen Welt mitzuarbeiten, sind eingeladen, hier ihren Teil zu tun!"

Er redete noch weiter, doch Rod hatte offenbar genug und trat an die Tür. Die Wache sah seine Rüstung, dachte sich, er muss wohl wichtig sein, und ließ ihre Gruppe passieren.

Sie betraten den, und Juril konnte es zuerst gar nicht glauben, den Gastraum eines Wirtshauses. Die Bänke und Tische hatte man an die Seite gerückt und am Ende des Raumes stand dafür nun ein Schreibtisch, an dem ein Mann mittleren Alters saß. Hinter ihm an der Wand stand eine weitere Wache, die eine ähnliche Rüstung wie einst Juril und nun Rod trug. Ein Stück entfernt von den beiden auf einer Fensterbank saß eine Frau mit einem Weinbecher in der Hand und hochgesteckten Haaren, die ihn sofort an Elyana, die Haarnadel und den Tag denken ließ, der alles verändert hatte.

Der Mann am Schreibtisch musterte sie misstrauisch. „Und wer seid ihr?"

„Grüße, mein Name ist Rod. Ich bin Kommandant dieser Gruppe im Gebiet zwischen Mühlbach und hier."

„Mühlbach? Nie gehört."

„Einige Kilometer den Bach nach Südosten runter."

„Tut mir leid, ich bin ursprünglich nicht von hier und komme auch nicht viel raus. Weshalb seid ihr den Weg hierhergekommen? Geht es um euren Sold? Dafür bin ich nicht zuständig."

„Unseren Sold? Nein, wir haben ein Anliegen. Einer meiner Männer hat versucht zu desertieren. Wir möchten nun dem Tribun von diesem Vorfall berichten und benötigen dafür einen Kurier oder eine Brieftaube."

„Seid ihr übergeschnappt? Wieso habt ihr den armen Trottel nicht einfach am nächstbesten Baum aufgeknüpft?"

„Ihr müsst verstehen, er und der Tribun kennen sich, der Tribun hat ihn selbst zu unserem Kommandanten ernannt, bis er dann versucht hat zu desertieren."

„Müsst ihr damit ausgerechnet zu mir kommen? Ich will keine unnötige Aufmerksamkeit."

An dieser Stelle schnaubte die Frau ironisch: „Oh, natürlich nicht."

„Halt gefälligst den Rand", fuhr der Mann sie an, bevor er sich wieder an ihre Gruppe wandte.

„Aufmerksamkeit hat diesen Ort zugrunde gerichtet. Hätte der glückliche Idiot, der hier direkt vor seinem Gehöft als Erster einen Diamanten gefunden hat, einfach die Klappe gehalten, er hätte so lange in Ruhe weitersuchen können, bis er genug Geld für ein eigenes Schloss gehabt hätte. Aber dieser Trottel geht ins nächste Wirtshaus, betrinkt sich und prahlt mit seinem Fund. Am nächsten Tag steht also der erste Trupp mit Schaufeln und Sieben auf seinem Grund und Boden, der zweite lässt natürlich nicht lange auf sich warten und ehe er sich versieht, errichten sie auf seinen Rübenfeldern Hütten und lachen ihn aus, wenn er sich beschwert und einen Anteil fordert. Er ersucht verständlicherweise bei seinem Landesherren um Hilfe, da fällt diesem natürlich ein, dass das ja eigentlich sowieso sein Land ist, und fortan muss jeder, der hier nach Schätzen sucht, eine Sondersteuer an den Baron entrichten. Von diesen nicht geringen Einnahmen sieht unser Idiot natürlich überhaupt nichts, irgendwann reicht es ihm und er zieht fort. Doch die Leute kommen und kommen, obwohl jeder weiß, dass vielleicht einer von tausend einmal einen großen Fund macht. Die anderen können froh sein, wenn es zum Sattwerden reicht. Aber doch kommen immer mehr Leute, jeder von ihnen ist davon überzeugt, er wäre dieser eine. Dauerhaft bleiben will hier niemand, nur so lange, bis man es zu Reichtum gebracht hat. Und so leben die Menschen auch nach mehreren Jahrzehnten noch in Hütten, die als Wochenendbehausungen gedacht waren. Wenn am Ende doch jemand genug Glück gehabt hatte, dann haut er so schnell ab wie möglich. Jeder, der davon träumt, hierher zu kommen, träumt in Wahrheit davon. hier wieder rauszukommen. Ich meine, seht euch doch nur das hier an, wir sitzen in einer umgebauten Schenke, weil nicht einmal die Stadtverwaltung in der Stadt sein wollte. Ihr nehmt es mir also hoffentlich nicht übel, wenn ich versuche Aufmerksamkeit zu vermeiden.“

„Ja genau, das ist der Grund“, lachte die Frau höhnisch.

„Ich sagte, du sollst den Rand halten!“

„Und was, wenn nicht? Sagst du deinem Freund dort, er soll mich rauswerfen?“

Die Wache trat nervös von einem Bein aufs andere.

„Bei den Göttern, wieso hab ich dich bloß geheiratet?“

„Oh, wie wahr, du hättest uns beiden so viel Ärger ersparen können.“

Sie stand auf und eilte durch die Tür nach draußen, nicht ohne vorher ihren noch teilweise gefüllten Becher nach ihrem Ehemann zu werfen.

Allerdings prallte er so weit von ihm entfernt an der Wand ab, dass Juril sich fast sicher war, sie wollte ihn gar nicht treffen.

Der Kommandant fuhr ungerührt fort, als wäre nichts passiert.

„Und Ihr seid sicher, dass es notwendig ist, den Tribun von dieser Sache zu unterrichten?"

„So sicher, wie es nur geht."

„Na gut, eine Brieftaube kann ich euch dafür aber nicht geben, im Taubenschlag dieser Stadt befindet sich nur eine einzige aus Kronenturm, die heb ich mir für wirkliche Notfälle auf. Ihr werdet also mit einem Kurier vorliebnehmen müssen und bis der den Tribun erreicht, das kann dauern, gerade in den heutigen Zeiten. Könnt Ihr lesen und schreiben?"

„Nein, woher auch?"

Der Kommandant zuckte mit den Schultern.

„Kann jemand aus Eurer Gruppe lesen und schreiben?"

„Nur Juril, aber den können wir den Brief ja nicht schreiben lassen."

„Hm, das ist ein Problem. Unter normalen Umständen könnte ich das übernehmen, aber wenn der Tribun meine Handschrift hat, dann bin ich offiziell Teil dieser Sache."

„Erkennt er Eure Handschrift denn?"

„Wahrscheinlich nicht. Entschuldigt, wenn es etwas albern wirkt, aber man kann nie vorsichtig genug sein."

„Gibt es hier denn jemand anderen, der den Brief für uns schreiben kann?"

„Sicher, ich werde versuchen jemanden aufzutreiben."

„Habt Dank."

„Wenn ihr mir danken wollt, dann erwähnt doch bitte in Eurem Brief, dass ich mit der ganzen Sache nichts zu tun habe. Überflüssig zu erwähnen, dass ich das überprüfen werde, bevor Ihr den Brief absendet."

„Ganz wie Ihr meint."

„In der Zwischenzeit ist in der Wachstube sicher noch eine Zelle für Euren Deserteur frei."

„Tut mir leid, aber das geht nicht."

„Wieso das denn jetzt schon wieder nicht?"

Der Kommandant war sichtlich genervt von Rod.

„Wie ich sagte, Juril ist für den Tribun sehr wichtig. Ich kann mir vorstellen, dass es ihm nicht gefallen würde, ihn in einer kalten, verdreckten Zelle zu wissen.“

„Hat die Erhebung wohl doch nicht alle Menschen gleich gemacht, nicht wahr, mein lieber Gemahl?“

Ohne dass Juril es bemerkt hatte, war die Frau des Kommandanten wieder hereingekommen.

„Weißt du nicht ein einziges Mal, wann es besser ist, den Mund geschlossen zu halten?“

„Dasselbe könnte man dich auch fragen.“

Juril verstand immer noch nicht, worum es bei ihrem Streit ging, aber das Gesicht des Kommandanten nahm eine zusehends rötliche Färbung an.

„Bitte geh doch einfach, geh, du machst dich nur lächerlich!“

„Oh, ich bin lächerlich? Habt ihr das gehört, mein Ehemann sagt, ich bin lächerlich? Mein Ehemann, der ...“

In diesem Moment ließ die Wache des Kommandanten ihr Schwert fallen, das Ende des Satzes ging in einem lauten Geräusch unter.

„Verzeiht, ich bin in der letzten Zeit so ungeschickt.“

Das war natürlich keine Erklärung dafür, dass er sein Schwert überhaupt gezogen hatte, aber irgendwie herrschte bei den drei Beteiligten plötzlich eine stillschweigende Übereinkunft, diese Frage, wie auch alle weiteren, die Juril sich stellte, zu ignorieren. Und noch mehr, die Frau wirkte plötzlich wie ausgewechselt.

„Die letzten Wochen waren für uns alle nicht einfach, vielleicht brauchen wir nur mal wieder etwas Ruhe.“

„Eine ausgezeichnete Idee, Liebling!“

Wieder verließ sie den früheren Schankraum, dieses Mal, ganz ohne Dinge zu werfen. Ihr Ehemann war sofort wieder bei der Sache.

„Also dann, wenn eine Zelle nicht geht, wir können ihn auch in einem der Gästezimmer oben unter Arrest stellen.“

Er gab der Wache ein Zeichen. „Begleite ihn doch bitte nach oben.“

Das Rosa von Elyanas Lippen war so leuchtend hell wie die Blüten des Kirschbaums, unter dem sie saßen. Sie lachte über irgendetwas und Juril, der nicht oder nicht mehr wusste, worüber, lachte mit ihr, einfach weil er ihr Lachen so vermisst hatte. Vermisst? Wieso vermisst? Irgendwo ganz hinten in seinem Kopf begann eine Stimme Fragen zu stellen. Juril wollte das nicht, sie sollte aufhören, schweigen. Weder die Fragen noch die Antworten darauf interessierten ihn, schlimmer noch, instinktiv wusste er, sie würden Elyanas Lachen verstummen lassen. Doch je mehr er versuchte diese Fragen zu ignorieren, desto mehr schienen sie einen immer größeren Raum einzunehmen. Er versuchte sich auf Elyana zu konzentrieren, ihr Gesicht, das bereits begann, sich aufzulösen. Mit aller Macht versuchte er sich an ihr und an seinem Glück festzuhalten. Er wollte es nicht hergeben, nicht jetzt, wo es immer stärker in sein Bewusstsein drang, dass er diesen Fehler wohl schon einmal gemacht hatte.

Er versuchte ihren Namen zu rufen, wollte sie bitten, hierzubleiben, aber er schaffte es nicht, auch nur einen Laut über die Lippen zu bringen. Dann war sie weg, es war noch dunkel und Juril hatte nichts mehr. Für ein paar Momente wusste er nur, dass er sie verloren hatte, nicht, wieso, nicht, wo er war, nicht, was er hier tat. Er konnte es nicht verstehen, vor seinem geistigen Auge sah er sie beide noch unter dem Kirschbaum sitzen. Er wusste noch, dass er glücklich gewesen war, nur war er bereits dabei zu vergessen, wie sich das angefühlt hatte. Langsam, aber unerbittlich kam sein Bewusstsein zu dem Schluss, dass es ein Traum gewesen sein musste, und Juril, der um die Flüchtigkeit desselben wusste, bekam es mit der Angst zu tun, das Bild von ihnen beiden unter dem Kirschbaum würde am nächsten Morgen bereits verblasst sein. Also setzte er sich auf, im wachen Zustand konnte er sich daran erinnern, nicht zu vergessen. Er dachte an das, was Petro ihm über seine Albträume erzählt hatte. Juril selbst war ebenso überrascht wie dankbar, dass er selbst nicht oft von ihnen geplagt wurde. Im Gegenteil, seine Träume schenkten ihm so wie heute ab und an sogar ein bisschen Zeit in einer Realität, in der er mit Elyana unter einem Baum sitzen und lachen konnte. Eine Realität, in

der er nie das getan hatte, was er getan hatte. Eine Realität, die so viel
besser war als die, in die er jeden Tag aufs Neue zurückkehren musste.
Seinen Albtraum hatte er, wenn er wach war.

Ab und zu kam Petro vorbei, wofür Juril ihm sehr dankbar war. Nicht
nur, weil er stets etwas Wein mitbrachte, nein, seine bloße Gegenwart half
Juril, mit all dem zurechtzukommen. Selbst wenn sie einfach nur schweigend nebeneinandersaßen, tranken und kein einziges Wort wechselten,
wurde alles gesagt, was gesagt werden musste. Was er sonst keinem sagen konnte. Die anderen ließen ihn weitestgehend in Ruhe, wofür Juril
fast noch mehr dankbar war.

Irgendwann begann Petro wieder zu sprechen, Juril hätte es auch
nichts ausgemacht, wenn er weiterhin stumm geblieben wäre, aber es
freute ihn, dass er seine Stimme wiedergefunden hatte. Selbst wenn es
nur wenig war, ein paar kurze Bemerkungen über die verkorkste Ehe des
Kommandanten. Einige Sätze über Coln, der sich offenbar unsterblich in
eine Prostituierte verliebt hatte. Dann nahm er stets einen weiteren
Schluck und fing wieder an zu schweigen.

Auch an dem Tag, als Sercius' Antwort Juril erreichte, war Petro bei
ihm. Die Tür öffnete sich und Rod stürmte freudestrahlend herein und
umarmte ihn herzlich. „Der Tribun ist wahrlich ebenso gnädig wie weise,
dir wird nichts geschehen!"

Seine Freude war echt, ebenso wie die der restlichen Truppe. „Das
heißt, falls der Kommandant uns nicht über den Inhalt belogen hat. Am
besten, du liest selbst."

Coln drückte ihm einen Brief in die Hand.

„Lieber Juril,

wie du dir sicher vorstellen kannst, nahm ich die Nachricht deiner versuchten Desertation, um nicht zu sagen Verrat, mit großer Enttäuschung
auf. Enttäuschung als dein Oberbefehlshaber, als dein Tribun, aber auch
als dein Freund. Ausgerechnet du, den ich stets als meinen Sohn betrachtete, ausgerechnet du hast dich dazu entschieden, mich zu hintergehen.
Doch will ich nicht ungerecht sein, nein, die Schuld liegt nicht allein bei
dir. Ich will es nicht leugnen, es war ebenso mein Fehler, meine Fehlein-
schätzung, die dazu geführt hat. Blind von meiner Liebe und meinem
Stolz für dich habe ich dich überschätzt, dir ein Kommando anvertraut,
dem du offensichtlich noch nicht gewachsen warst. Meine Enttäuschung
über meinen eigenen Fehler ist ebenso groß wie die über den deinen. Du

bist noch jung und hast fast dein gesamtes Leben in Syrka verbracht, also in, wie man es bei dem gegenwärtigen Zustand des Rests der Welt nicht anders sagen kann, privilegierten Verhältnissen. Es war dumm von mir, zu glauben, du könntest bei diesen Voraussetzungen wirklich verstehen, wer unsere Feinde sind und wie wir mit ihnen umgehen müssen. Es gibt keinen anderen Weg als den unseren, wir dürfen ihnen weder Ruhe noch Mitleid schenken, wenn wir verhindern wollen, dass sie die Welt jemals wieder in ihren Würgegriff nehmen können. Du wolltest ein Funke sein, der die Dunkelheit dieser Welt erhellt, Juril. Ein Funke, der die reinigenden Feuer der Revolution entzündet. Ich hatte gedacht, du verstehst, was Feuer bedeutet, aber offenbar kennst du doch nur das mickrige Flimmern deiner Kerzen.

Ich kann dich schlecht für meinen eigenen Fehler bestrafen, also will ich dir stattdessen die Chance geben, etwas zu lernen. Geh nach Norden, in die Grenzlande, wo unsere tapferen Soldaten die letzten Reste der Unterdrücker und ihrer erbärmlichen Sklaven bekämpfen. Nahe der Stadt Astara gibt es einen Steinbruch, dort wird man dir und deinem Trupp eine neue Aufgabe zuweisen. Natürlich kann ich dich unter den gegenwärtigen Umständen nicht weiter das Kommando führen lassen, dein Freund Rod bleibt bis auf Weiteres Hauptmann. Er hat dein Leben gerettet, Juril, sei nicht eifersüchtig auf ihn. Wenn du dich bewährst und mir die Chance gibst, neues Vertrauen zu dir zu fassen, bekommst du natürlich ein neues Kommando. Vielleicht hol ich dich sogar zu mir nach Kronenturm und wir sehen, wo wir deine Talente noch besser einbringen können. Aber zuerst, geh zum Steinbruch, keine Ausflüchte, keine Zweifel mehr! Lerne, wie wir unsere Feinde bekämpfen müssen! Dann zeig mir, dass du es doch verstehen kannst, dass du doch dazu bereit bist! Und vor allem bitte ich dich, lass mich mich nicht ein zweites Mal in dir getäuscht haben. Das könnte ich nicht ertragen."

Juril wusste, dass er eigentlich erleichtert sein sollte. Er war wahrscheinlich der einzige Deserteur, den Sercius in seiner gesamten Zeit als Tribun je begnadigen würde. Aber da war nichts als Leere, Bitterkeit und Enttäuschung. Sercius hatte ihn begnadigt, ja, aber er brauchte diese Gnade nicht, nicht von einem Mann wie ihm. Wer war er überhaupt, dass er so über andere Menschen richten konnte? Wer war er, dass er in so einer Arroganz zu Juril sprach? „Es war dumm von mir zu glauben, du

könntest bei diesen Voraussetzungen wirklich verstehen, wer unsere
Feinde sind und wie wir mit ihnen umgehen müssen."

Diese Worte strotzten nur von überheblicher Selbstgefälligkeit. Diese
Worte waren sinngemäß das, was er zu Elyana gesagt hatte. Diese Worte
hatten sein Leben zerstört. Unter entsetzten Blicken zerriss er den Brief in
kleine Fetzen. Gut, dann würde er eben zu diesem Steinbruch gehen und
Sercius' Kämpfe austragen, welchen Unterschied machte das denn überhaupt noch, was er tat?

In den Wochen, die er unter Arrest in dem kleinen Zimmer verbracht hatte, musste der Winter gekommen sein. So eine Kälte wie auf ihrer Reise Richtung Norden hatte Juril noch nie erlebt. Jeden Morgen aufs Neue, wenn er die einigermaßen warme Hütte der Bauernfamilie, die ihnen in dieser Nacht hatte Unterschlupf gewähren müssen, verließ, konnte er es erneut spüren. Unerbittlich fraß sie sich Schicht für Schicht durch seine Kleidung, bis sie irgendwann seine Haut erreichte und diese mit beständig steigender Intensität verbrannte. Am schlimmsten war es, wenn es schneite. Es war einfach, darüber nachzudenken, wie schön und majestätisch so eine eingeschneite Landschaft aussehen musste, wenn man im Warmen und Trockenen saß. Wenn man jedoch von Sonnenaufgang bis Sonnenuntergang marschieren musste und einem die Hälfte des Tages ein eisiger Wind das Zeug ins Gesicht blies, relativierte sich das mit der Schönheit. Er dachte daran, wie er in seiner Dummheit einst überlegt hatte, mit Elyana in die Tundra zu gehen. Wie wenig Ahnung er doch von der Welt gehabt hatte. Er vermisste es, keine Ahnung zu haben. Jetzt, nachdem er die schwüle Hitze des Regenwalds sowie die beißende Kälte der nordischen Lande erlebt hatte, besaßen diese Orte keinen Reiz mehr für ihn. In seiner Vorstellung war das alles ganz anders, besser gewesen.

Die Stimmung in ihrer Gruppe war nicht weniger frostig, Coln war wütend auf Rod, weil er viel lieber bei seinem Mädchen in Schimmerbach geblieben wäre, was Rod wohl endgültig das Gefühl gab, dass sein Kommando mehr eine Bürde denn ein Privileg war. Irgendwo tief hinter seiner Rüstung aus Gleichgültigkeit hätte das Juril sogar auf eine Art und Weise gefreut, wenn das nicht zugleich bedeutet hätte, dass Rod sich ihnen überlegen fühlen musste.

„Du solltest mal versuchen, etwas dankbarer zu sein", meinte er eines Morgens zu Juril.

„Dankbar? Wem gegenüber? Etwa dir?"

„Ich spreche vom Tribun. Du hast seiner Gnade schließlich dein Leben zu verdanken."

Juril musste an Bracken und an seine Worte Sercius gegenüber denken. „In Wahrheit, Sercius, wollt Ihr Euch doch nur an die Stelle der Götter setzen, Ihr wollt, dass die Menschen Euch anbeten, Euch Denkmäler errichten, dass sie Euch für allmächtig halten."

Langsam glaubte er zu verstehen.

„Weißt du was? Sercius kann mich mal. Tribun? Es gibt keinen Tribun. Ich muss ihm für gar nichts dankbar sein."

„Du weißt, dass ich dir nicht gestatten kann, so über den Tribun zu sprechen."

„Wenn du willst, kannst du ihm ja noch einen Brief schreiben. Ich hindere dich bestimmt nicht dran."

Einmal, als Rod sich verkalkuliert hatte und bei Einbruch der Dunkelheit kein Dorf in der Nähe war, mussten sie wie früher unter freiem Himmel ihr Lager aufschlagen. Juril fragte sich, wie viele Schichten Kleidung man wohl anziehen müsste, um gänzlich immun gegen die Kälte zu werden. Nicht mal mehr Wein hatten sie, um sich von innen heraus zu wärmen, was auch Rod zuzuschreiben war. Wegen Petros „Zustand", wie er es nannte, ließ Rod die Schläuche nur bis zu einem Minimum mit Wein und danach mit Wasser füllen, was der gesamten Truppe sauer aufstieß. „Unter deinem Kommando ist es witziger gewesen", hatte Coln sogar einmal in seine Richtung gemurmelt. Juril war kurz versucht gewesen, mit einem bissigen Kommentar über Colns Anteil an seiner Absetzung zu antworten, ließ es dann aber doch bleiben. Gleichzeitig brachte Rods Strategie in der Kälte natürlich noch einige praktische Probleme mit sich, das Wasser in den Schläuchen hatte trotz dem Restalkohol die unangenehme Angewohnheit, gelegentlich zu gefrieren, und musste erst dann erst wieder zum Schmelzen gebracht werden.

In dieser Nacht jedenfalls fragte Juril sich mehr als einmal, ob er wohl erfrieren würde. Diese Vorstellung machte ihm weniger Angst, als sie eigentlich sollte.

Dass sie dem Epizentrum des Aufstandes immer näher kamen, merkte Juril vor allem an den Menschen, die ihnen gezwungenermaßen Unterschlupf gewähren mussten. Nicht dass man sie weiter im Süden in jedem Fall euphorisch aufgenommen hatte, aber ein paar Jungen, die am Feuer mit Bewunderung Geschichten hören wollten, und ein paar Alte, die sich bei ihnen für die Verteidigung der Erhebung bedankten, hatte es eigentlich immer gegeben. Doch mit jedem Kilometer Richtung Norden wurden es weniger, während gleichzeitig der Anteil derer, die sich nicht einmal bemühten, ihre Feindseligkeit zu verbergen, stetig zunahm.

„Ich wäre nicht mal überrascht, wenn die das Brot vergiftet hätten."

Skeptisch musterte Coln den trockenen Laib vor sich und danach die für ihr Alter bereits sehr alt aussehende Frau, die ihnen die karge Mahlzeit gebracht hatte.

„Es ist schon ein schwieriges Völkchen, das stimmt. Aber wartets nur ab, in ein paar Jahren wird das Eis gebrochen sein."

Der Anwerber gluckste über seinen eigenen Witz, doch nicht einmal die drei Soldaten neben ihm stimmten ein.

„Vorher schlitzen die uns eines Nachts die Kehlen auf. Ihr fünf habt echt Glück, wisst ihr das? Ihr seid morgen wieder weg, aber wir, wir sitzen hier mit diesem Abschaum fest."

„Die Menschen hier oben sind eben ein bisschen stur, das waren wir schon immer", meinte jetzt ein anderer etwas kleinlaut.

Auch das war neu, zwei der drei Soldaten, die in diesem Dorf ihren Dienst taten, waren nicht von hier, nicht einmal aus der Gegend.

Vielleicht war das einer der Gründe, wieso Rod mit seiner Frage nach dem Kriegsverlauf trotz der Nähe zum Geschehen eine ähnlich vage Antwort bekam wie bei den Dörfern im Süden auch.

„Gut, soviel man hört. Aber was heißt das schon? Man hört ja nicht viel. Es soll einen neuen Kommandanten geben, aber das ist schon eine Weile her. Wer weiß, vielleicht haben wir schon gewonnen, bis ihr da seid?"

„Kommen hier denn viele Soldaten durch?"

„Nicht wirklich. Das heißt, vor ein paar Wochen, also ungefähr zeitgleich mit dem neuen Kommandanten, da kamen 'ne Menge Männer mit hoch. Aber ihr seid die Ersten seit Langem. Obwohl, ist jetzt ungefähr 'ne Woche her, da kam ein kleiner Trupp mit ein paar Gefangenen vorbei, aber die sind nur vorbeigezogen."

„Gefangene?"

Rod runzelte die Stirn. „Was denn für Gefangene?"

„Weiß da auch nichts Näheres. Hieß nur, das seien Feinde der Erhebung und der neuen Welt, ihr wisst ja. Haben die wohl in ein paar weniger rückständige Dörfer gebracht, bei den Leuten hier in der Gegend macht ein Volkstribunal ja auch wohl kaum Sinn."

„Vielleicht sind wir ja nur die Vorhut und es folgen noch weitere Truppenverlegungen."

„Hätte ich nichts dagegen, wenn ein paar mehr Leute durchkommen würden. Es kann verdammt langweilig werden hier oben. Nicht gerade gute Gesellschaft, wenn ihr versteht, was ich meine."

„Vergiss die Langweile, mich hat seit Monaten kein Mädchen mehr angelächelt, ich weiß gar nicht mehr, wie das aussieht, so ein hübsches Lächeln."

„Da habt ihrs, nicht mal die Mädchen hier oben haben einen Funken Wärme in sich."

Nachdem sie ein paar solcher Dörfer passiert hatten, stellte sich bei Juril irgendwann das Gefühl ein, dass der Anteil an feindseligen Bewohnern nun seinen stabilen, maximalen Hochpunkt erreicht hatte. Mehr waren einfach schon aus mathematischen Gründen nicht möglich.

Rod, Coln und Benja beunruhigte diese Feindseligkeit logischerweise, ihm und soweit er sagen konnte, auch Petro, war das Ganze relativ egal. Noch mehr, er konnte, wenn er ehrlich war, diese nur von der Angst zurückgehaltene Feindseligkeit inzwischen mehr verstehen, als wenn die Menschen ihm zugejubelt hätten. Ja, sie traf sogar noch viel mehr seinen eigenen Gefühlskern. In gewisser Weise war er selbst einer dieser feindseligen Menschen, die verstohlen zu ihnen hinüberblickten, aber nie etwas sagten, wenn sie im Wirtshaus des Ortes alleine in einer Ecke zusammensaßen und das Minderwertigste aßen, was man ihnen auftischen konnte, ohne dass es Ärger ausgelöst hätte.

Nein, sie beunruhigten ihn nicht wirklich. Ihre Ablehnung war normal, ein freundlicher Empfang, das hätte ihn beunruhigt, das wäre nicht normal gewesen.

Genauso wie das völlig leere Dorf, auf das sie nur noch ein paar Kilometer von ihrem Ziel entfernt stießen, nicht normal war.

Es war keine Ruine, im Gegenteil, alles sah bewohnt aus, so als hätten sich die Menschen lediglich kurz versteckt, wie spielende Kinder. Auf den Tischen im Wirtshaus standen sogar noch Becher, halb gefüllt mit Bier, und Schüsseln, in denen noch der Löffel und die mittlerweile ziemlich unappetitlichen Überreste einer Mahlzeit schwammen. Rod äußerte zunächst tatsächlich den Verdacht, dass die Menschen sich nur vor ihnen verstecken würden, aber es war klar, dass er selbst nicht daran glaubte. Rod war ein Idiot, aber nicht diese Art von Idiot. Ja, das Dorf sah noch bewohnt aus, aber die vergammelten Lebensmittel und die Kälte in den Hütten waren Beweis genug, dass es das schon mindestens für ein paar Tage nicht mehr war. Trotzdem ließ er sie überall suchen, ob sich nicht doch jemand versteckt hielt. Natürlich fanden sie niemanden und Juril war erleichtert, dass es erst früher Mittag war und sie ihr Lager nicht hier aufschlagen mussten. Denn dieses eine Mal teilte er die Beunruhigung der anderen.

„Was auch immer unsere neue Aufgabe sein wird, ich kann nur hoffen, die schicken uns in dieser Gegend nicht wieder auf Patrouille.“

Nicht, dass Coln einen weiteren Grund gebraucht hätte, sich über ihr neues Einsatzgebiet zu beschweren, das war schon die gesamten letzten Wochen über seine Lieblingsbeschäftigung gewesen. Der Vorfall mit dem Dorf allerdings war noch einmal Wasser auf seine Mühlen.

„Wenn der Tribun uns noch einmal dieselbe Aufgabe zuweisen würde, würde er uns wohl kaum so weit wegschicken, wieso will das bloß nicht in deinen Holzkopf rein?“

Jedes Mal, wenn Coln damit anfing, reagierte Rod auf dieselbe Art. Gereizt, aber noch nicht wirklich wütend. Und doch hatte man jedes Mal das Gefühl, es würde bereits ein weiterer Funke genügen.

„Vielleicht wollte Sercius uns ja nur aus dem Gebiet raushaben, weil unsere Autorität nach dem Vorfall mit dem Tribunal gelitten hat?“

„Aber dann könnte er uns auch einfach ein paar Dörfer weiter schicken. Ich sag dir, er hat etwas Größeres mit uns vor. Wieso schickst du jemanden an die Front? Natürlich, um ihn kämpfen zu lassen.“

„Aber die Rebellen stehen immer noch mehrere Dutzend Kilometer von Astara entfernt, du hast die Soldaten in diesem Dorf mit der verfallenen Mühle doch gehört.“

„Der Tribun wird uns doch wohl auch kaum direkt ins Frontgebiet schicken, wir kennen uns hier doch kein Stück weit aus. Ein paar Schritte zu viel, und wir laufen einer Patrouille der Rebellen in die Hände. Nicht auszumalen, was die wohl mit uns machen würden. Überleg doch ein einziges Mal, bevor du deinen Mund aufmachst.“

„Ich mein ja nur.“

„Was du meinst, ist sowieso völlig unerheblich. Der Tribun meint, wir sollen zu diesem Steinbruch und werden da neue Aufgaben bekommen, also gehen wir zu diesem Steinbruch und bekommen neue Aufgaben, wie auch immer die aussehen mögen. So einfach ist das.“

Nicht lange nach diesem Gespräch liefen sie in eine Patrouille. Besser gesagt, die Patrouille lief in sie, denn offenbar hatten sie den Auftrag, aktiv nach ihnen Ausschau zu halten, um sie sicher über den letzten Rest ihres Weges zu begleiten. Kaum war man einander vorgestellt, stellte Coln vorsichtig die Frage, die ihnen allen unter den Nägeln brannte, ob sie denn wüssten, was es mit dem leeren Dorf auf sich hatte.

„Ihr wisst, was die Volkstribunale sind? Das Volk selbst richtet über die, die Verbrechen gegen die Gemeinschaft begangen haben, und entscheidet, wie sie wieder aufgenommen werden können?“

Juril dachte an Sesilia, das kleine weinende Mädchen, an ihre Eltern, die in ihrem eigenen Erbrochenen knieten, an den einen Bruder, den man als Deserteur gehängt hatte, und an den anderen, der jetzt die Erhebung für seine Familie hielt. Ja, er wusste nur zu gut, was es damit auf sich hatte.

„Natürlich.“

Rod, der dasselbe wie Juril gesehen hatte, sprach dieses Wort ohne jedwede Spur von Sarkasmus aus, als wäre es eine ganz normale Antwort auf eine ganz normale Frage.

„Was ist also zu tun, wenn ein ganzes Dorf, sprich eine ganze Dorfgemeinschaft, sich gegen die größere Gemeinschaft des Volkes stellt?“

Auch das war keine normale Frage und so wie sie formuliert war, war Juril sich sicher, dass nicht sein Gegenüber, sondern in Wahrheit Sercius sie gestellt hatte. Er konnte nur hoffen, dass er seine eigene Frage nicht mit Furtwalden beantworten würde.

„Man bricht diese kleinere Gemeinschaft auf und verteilt sie zur Wiedereingliederung innerhalb der größeren Gemeinschaft, so sagt es der Tribun.“

„Das heißt, die Menschen werden zu Volkstribunalen in anderen Dörfern geschickt?“

Nach dem fehlenden Sarkasmus störte Juril nun Rods vorhandenes freundliches Interesse für diesen Plan.

„Ja, so in der Art, aber im Detail wird Kommandant Musta euch das alles bei euerer Ankunft noch einmal besser erklären."

Musta? Juril hatte gehofft, dass ihm wenigstens ein Wiedersehen mit dem erspart bliebe. Besonders jetzt, da Rod und nicht mehr er das Kommando hatte. Wahrscheinlich hatte Sercius ihm auch so einen Brief geschrieben und Musta hatte beim Lesen durchgehend genickt, ja, dass diesem Juril nicht zu trauen war, das hatte er natürlich die ganze Zeit schon geahnt. Was hatte Bracken über ihn gesagt? Loyal wie ein Hund, nur leider nicht halb so intelligent. Er dachte an Rod, konnte man diesen trotz allem, was er gesehen hatte, unbeirrbaren Glauben an Sercius, die Erhebung und die neue Welt, nicht auch als Dummheit bezeichnen? Vielleicht war es bei den Menschen ja anders als bei den Hunden. Vielleicht konnte ein Mensch gar nicht intelligent und loyal zugleich sein.

Und vielleicht war Musta tatsächlich ein Hund, denn als hätte er sie bereits kilometerweit gerochen, erwartete er sie bereits an einer Weggabelung. Er wirkte nicht überrascht. „Seid gegrüßt, der Tribun hat mich bereits über alles informiert, was vorgefallen ist. Ich hoffe, eure Reise war nicht allzu beschwerlich."

Dabei sah er vor allem Juril an, mit einem Blick, der irgendwo zwischen Mitleid und Verachtung lag. Ganz in seiner neuen Rolle, war es Rod, der für sie antwortete. „Schön, Euch wiederzusehen, Kommandant. Zugegeben, Ihr hattet nicht unrecht, Kälte, Dunkelheit und einen seltsamen Menschenschlag, den das hervorbringt."

„Ja, nicht wahr? Ich kann es kaum erwarten, bis wir die Rebellion endlich zerschlagen haben und der Tribun mich zurück in zivilisiertere Gegenden beordert. Aber lasst Euch eins sagen, die Aufgabe, die wir hier verrichten, ist vielleicht eine der undankbarsten der gesamten Erhebung, aber wohl auch eine der notwendigsten. Aber am besten seht selbst."

Er führte sie den Weg weiter entlang, in Richtung dreier auf kleinen Pfählen errichteter Holzhütten, die eine eher länglich gebaut, die beiden anderen eher in die Höhe. Wo die längliche Hütte in der Mitte ein Loch in ihrem spitz zulaufenden Dach hatte, aus dem der Rauch aufstieg, hatte die andere einen kleinen Schornstein in einer Ecke des Dachs. Bedeckt waren die Dächer jedoch beide mit derselben Art von dunkelgrünem Moos.

Auf dem Weg hierher hatte Juril viele Häuser dieser Bauart gesehen, die Pfähle sollten die Kälte von unten und das Moos von oben zurückhalten, hatte man ihm erzählt. Soweit also nichts Ungewöhnliches, was jedoch seine Aufmerksamkeit anzog, waren vier ebenfalls aus Holz errichtete Türme, die ein bisschen Ähnlichkeit mit übergroßen Jägerständen hatten, nur dass ein Jäger dort natürlich niemals so eine Glocke anbringen würde. Die vier Türme standen in so einer Position, dass Juril in seinem Kopf sofort Linien zwischen ihnen zog, die auf diese Art und Weise einen eckigen Kreis oder rundes Quadrat, das wohl der eigentliche Steinbruch sein musste, absteckten. Er konnte außerdem schon jetzt erkennen, dass es an den Rändern wohl ziemlich steil nach unten gehen musste. Was auch immer sich nun in dieser von Armbrustschützen, die eher gelangweilt auf den Türmen ihren Dienst taten, bewachten Grube befand, das war wohl der Grund, wieso sie hier waren. Auf einmal hoffte Juril, dass sich dort tatsächlich nur ein Feldlager befand und man sie einfach nur in die Schlacht schicken würde, denn das kannte er, damit würde er zurechtkommen. Juril fiel auf, dass er langsamer geworden war und seine Beine sich dem Abgrund nur sehr zögerlich nähern wollten. Damit war er nicht alleine, die anderen, ja selbst Rod, hatten ihr Tempo ebenfalls verringert. Auch Musta war das nicht entgangen „Na kommt schon, die beißen nicht. Oder können euch zumindest nicht erwischen von da unten.“

Sobald Rod in Sichtweite war, blieb er wie angewurzelt stehen. Und auch Juril gab sich einen Ruck, überwand den letzten Meter mit einem großen Schritt, blickte nach unten und ein Abgrund tat sich vor ihm auf. Das Schlimmste war, er kannte diesen Ort, er hatte das alles schon einmal gesehen, Tausende Kilometer entfernt, kurz vor Sonnenaufgang im Schein einer Fackel. Er blickte in dieselben müden, verzweifelten, ausgezehrten, ängstlichen Gesichter derselben in Lumpen gehüllten, ausgemergelten Menschen, die ihm auch damals in Kameranto entgegengeblinzelt hatten. Juril hörte sich selbst nach Luft schnappen, aber er hatte nicht das Gefühl, dass der Sauerstoff ihn erreichte. Er war schuld daran, er allein. Weil er ein Heuchler war. Weil er nicht erkannt hatte, dass es so kommen musste. Weil er Sercius an dem Tag, an dem er ihm auf dem Schiff von der Erhebung erzählt hatte, die Hand gereicht hatte, statt zu erkennen, wovon Sercius da sprach. Statt ihm einfach einen kleinen Schubs zu geben, zu hören, wie er im Wasser aufschlug, und am nächsten Morgen den Dummen zu spielen. Wie viele Menschenleben hätte er in dieser Nacht wohl retten können? Aber er hatte ihm die Hand gereicht. Und ein paar Tage später, als sich die Ureinwohner vor der Baracke in die Arme gefallen waren, da hatte er sich als Befreier gefühlt. Natürlich, er hatte diese Menschen tatsächlich befreit, aber er hatte nicht zugehört, nicht hingesehen. Noch in derselben Nacht hatte Sercius sich darangemacht, Ersatz zu finden, und es nicht einmal versteckt. Nur kurz, nachdem Juril dabei gewesen war, Zwangsarbeiter zu befreien, hatte Sercius darüber gesprochen, die Adeligen, die Händler oder alle, die er dafür hielt, in denselben Minen zur Zwangsarbeit heranzuziehen, und er hatte nicht einmal begriffen, was Sercius da tat. Er hatte gesehen, wie ganze Familien in die Festung gezerrt worden waren, und auf einmal konnte er auch wieder die Stimme der Frau hören, die ihn angefleht hatte zu helfen. Und er hörte auch wieder Sercius' Stimme in seinem Kopf: „Ist nur eine Platzwunde."

Und er hörte Sercius' Lachen, als er den Soldaten verspottete, der, anders als Juril, doch noch zur Vernunft gekommen war, bevor Sercius ihm seine Waffe in den Bauch rammte. Natürlich, diese hier hatten es verdient, es war notwendig, und genau das hatte auch Halones mit anderen Worten über die Ureinwohner gesagt. Und Juril hatte ihn dafür umgebracht. Und wer musste jetzt für das hier bezahlen?

Von unten führte nur ein einziger in den Stein gehauener Pfad langsam in kreisförmigen Wiederholungen nach oben, bis er an einem schweren Eisengitter endete. Von dort unten gab es kein Entkommen, Juril wusste nur zu gut, wie sich das anfühlte. Er ließ seinen Blick ein weiteres Mal über die Szenerie schweifen, als würde es das irgendwie besser machen. Im Gegenteil, jetzt sah er auch die Kinder, die sich ängstlich in die Schatten ihrer Mütter drückten. Das war zu viel für ihn, er trat wieder zurück und versuchte seine Atmung zu beruhigen. Wenn es in ihm noch irgendeinen Teil gegeben hatte, der in irgendeiner Weise noch an Sercius geglaubt hatte, so war er soeben gestorben. Neben sich hörte er Rod fragen: „Wie viele sind das?",

er klang verunsichert. Musta drehte seine Hand hin und her. „Gute Frage, ich hab sie jedenfalls nicht gezählt. Mehrere Hundert auf jeden Fall."

„Und wozu? Ich meine, arbeiten sie im Steinbruch?"

Im Vorbeigehen grummelte jemand: „Ich wünschte, es wäre so, faules Pack. Ein Steinbruch, aber wir teilen uns eine Hütte aus Holz."

„Ich verstehe deinen Ärger, aber hier wäre ihre Arbeit ohnehin nutzlos für uns. Und in den Dörfern wird man schon dafür sorgen, dass sie ihren Teil tun."

Aber der Soldat war schon weitergelaufen. „Ihr meint die Volkstribunale?"

Rod wollte es jedoch ganz genau wissen. „So ist es. Unsere Aufgabe hier ist es lediglich, möglichst viele Informationen über jeden Einzelnen und seine Haltung zu sammeln, damit die Volkstribunale später eine Grundlage für ihre Entscheidungen haben. Das heißt für die Fälle, die es bis dahin schaffen. Ihr seht ja, wie die Zustände sind."

„Wie viele Orte dieser Art gibt es in der neuen Welt?"

Wie viele, Rod hatte nicht ob, sondern wie viele gefragt. Vielleicht machte er sich doch weniger Illusionen über die Natur dieser neuen Welt, als Juril dachte. Er wusste nur noch nicht, was das über ihn sagte, wie anders als mit Illusionen konnte man denn für diese Welt eintreten?

Wieder wusste Musta keine genaue Antwort, nur dass an verschiedenen Orten bereits ähnliche Gefängnisse für, wie er es nannte, Feinde der Gemeinschaft eingerichtet wurden.

Langsam nahm in Jurils Kopf ein Gedanke Gestalt an. Musta hatte gesagt, er kam hierher, um die Rebellen zu bekämpfen, und er hatte dabei nicht geklungen, als meinte er damit das hier. Die Rebellen schienen in jedem Fall nach wie vor eine Bedrohung darzustellen und Musta machte nicht den Eindruck, als hätte er besonders viel Ahnung von dem, was er hier verwaltete. Je mehr er darüber nachdachte, desto wahrscheinlicher war es für Juril, dass Musta hier oben nicht die Nummer eins war. Er hatte verloren, war von Sercius abberufen worden und diente nun als eine Art besserer Handlanger für wen auch immer dieses Gefängnis tatsächlich leitete. Vielleicht war Juril doch nicht ganz so gefangen wie die Menschen dort unten in der Grube. Vielleicht konnte er doch etwas tun. Nicht entkommen, niemand anderem helfen zu entkommen, aber er konnte Musta bezahlen lassen. Nicht wirklich bezahlen, wie er eigentlich bezahlen sollte, aber zumindest ein kleines bisschen, zumindest für die nächsten paar Minuten. „Sagt, Musta, als Ihr davon spracht, Ihr würdet nach Norden ziehen, um die Rebellen zu schlagen, da meintet Ihr etwas anderes, oder?“

Jetzt begann das Spektakel und wäre Juril zu einer anderen Zeit an einem anderen Ort gewesen, er hätte es wohl genossen zu sehen, wie Musta sich wand, um möglichst ohne Gesichtsverlust aus der Sache herauszukommen. „Wir bekämpfen die Rebellen hier ebenso wie auf dem Schlachtfeld.“

„Also durftet Ihr das Schlachtfeld nicht einmal von Weitem erblicken?“

„Zu Anfang war das meine Rolle, bis der Tribun es für sinnvoller hielt, mich in diese neue Position zu beordern.“

„Also sind die Rebellen nun geschlagen?“

„Lange wird es nicht mehr dauern.“

„Aber Ihr habt ihre Hauptarmee geschlagen? Vorher würde der Tribun auf Euer Kommando ja nur schwer verzichten können.“

„Der Tribun versteht von diesen Dingen wohl bedeutend mehr als du und muss sich wohl ebenso wenig vor dir für seine Entscheidungen rechtfertigen.“

„Oh, natürlich nicht, also wenn Sercius es für richtig hält, Euch das erste Kommando über diesen Ort zu übertragen, wird er schon seine Gründe haben."

„Das erste Kommando hab nicht ich, diese Ehre gebührt jemand anderem."

„Oh, wem?"

„Niemand Wichtiges, irgendein ehemaliger Steuereintreiber. Wenn Ihr mich fragt, sollte er dort unten bei seinesgleichen sein und nicht hier oben."

Juril konnte nicht widerstehen. „Der Tribun versteht von solchen Dingen wohl bedeutend mehr als Ihr und muss seine Entscheidungen wohl ebenso wenig vor Euch rechtfertigen."

Jetzt wurde aus der stillen, unterdrückten offenen Wut Feindseligkeit. „An deiner Stelle würde ich mich lieber etwas zurückhalten, du verdankst es dem Tribun, dass du überhaupt noch lebst. Ich an seiner Stelle hätte dich sofort aufknüpfen lassen, elender Deserteur. Und glaub mir, nur das geringste Fehlverhalten deinerseits, und ich werde diesen Fehler mit größter Freude korrigieren. Dazu gehört auch und insbesondere das Verbreiten von Gerüchten über den Kriegsverlauf. Und jetzt schert Euch fort, ich habe noch zu arbeiten. Ihr müsst Euch noch anmelden", er zeigte auf eine der beiden quadratischen Hütten, „der Erste Kommandant hat eine ziemliche Macke, was Ordnung angeht.,"

Juril stand kurz davor, ihm irgendetwas nachzurufen, aber da verpasste ihm Rod schon eine. „Du legst es doch wirklich darauf an, oder!"

Das ließ Juril natürlich nicht auf sich sitzen, er holte aus und erwischte ihn ebenfalls im Gesicht. Er machte sich auf Rods Reaktion gefasst, doch Benja und Coln gingen dazwischen. „Beruhigt euch" und tatsächlich folgten einige Momente relativer Stille, irgendwann durchbrochen von Petro, „was glaubt ihr, die Kinder, werden die auch vor so ein Tribunal gebracht?"

Juril erinnerte sich an Kameranto, als der Soldat eine ähnliche Frage gestellt hatte. „Man wird sie von ihren Familien trennen und zu Adoptiveltern geben."

„Woher weißt du das?"

„Ich hab es Sercius sagen hörten."

„Ich hätte nie gedacht, dass mich so eine Antwort mal beruhigen könnte", murmelte Benja leise. Juril dachte an den Teil von Sercius'

Antwort, den er nicht erwähnt hatte, wir sind ja keine Unmenschen. Am Ende waren wohl doch Illusionen das Fundament, auf denen diese neue Welt ruhte.

Der Erste Kommandant sah nicht einmal auf, als sie die Hütte betraten. Offensichtlich befanden sie sich direkt in seinem Arbeitszimmer, äußert karg eingerichtet, ein durchsortierter Schreibtisch, dahinter ein einzelner Stuhl, ein mit Schriftrollen und Büchern gefülltes Regal, das sich von einem Ende der Hütte bis ans andere zog, sowie ein Bett, was wohl Anzeichen dafür war, dass er hier nicht nur arbeitete, sondern ebenso schlief. Fenster gab es keine, wahrscheinlich wegen der Kälte, und so blieben, kaum war die Tür geschlossen, als einzige Lichtquellen nur noch das Feuer im steinernen Kamin sowie eine direkt über dem Schreibtisch hängende Laterne. Der Schattenwurf sowie der Umstand, dass der Erste Kommandant sie noch immer nicht ansah, machten es Juril relativ schwer, mehr als nur seine groben Umrisse auf dem Stuhl zu erkennen. „Ja?",

kam es gleichmütig aus seiner Richtung und irgendwie war Juril in diesem Moment erleichtert, dass inzwischen Petro für die Gruppe sprach.

„Kommandant Musta sagte, wir sollen uns hier melden."

„Dann seid ihr also der neue Trupp", erst jetzt löste sich sein Kopf von den vor ihm liegenden Papieren, er wirkte dabei aber nicht sonderlich interessiert. Nachdem er einmal jeden kurz unverbindlich angeblickt hatte, wandte er sich wieder einem seiner Schriftstücke zu. Juril fiel auf, dass er mit seinen Augen recht nahe an die Schrift herangehen musste. Kein Wunder bei diesem Licht. Und sofort hatte Juril das gerade eben noch vom Schein der Laterne erhellte Gesicht wieder vergessen, zu nichtssagend war es gewesen. Der Erste Kommandant blätterte zwei Mal um, dann begann er ihre Namen vorzulesen: „Hauptmann Rod aus Schweinehufe, Soldat Benja aus Schweinehufe, Soldat Coln aus Schweinehufe, Soldat Juril Wahroles aus Syrka, Soldat Petro aus Schweinehufe, stimmt das?"

Wahroles. Ein Nachname. Was hatte er sich nur vorgemacht? Er hatte einen Nachnamen. Elyana hatte einen. Der Herzog von Sommertal und seine Gattin hatten einen. Garnis, ja, Halones, sie alle hatten einen. Vielleicht war seine Welt der ihren am Ende doch immer näher gewesen als diese neue Welt, die ihn so enttäuscht hatte. Vielleicht war das der Grund, dass Sercius bei all seinem Gerede über Gleichheit doch unbedingt Erster unter Gleichen sein musste. Diese neue Welt ruhte auf den Schultern derer, denen in der alten Welt, Jurils und Sercius' Welt, nicht einmal ein Nachname vergönnt gewesen war. Ein Nachname, das war etwas für die, die sich den Luxus leisten konnten, etwas Besonderes zu sein. Kein Wunder, dass die Erhebung im Demerkianischen Reich bislang keinen Erfolg gehabt hatte. Hier war dieses System üblich, selbst der Sohn eines kleinen Handwerkers war nicht irgendein austauschbarer Juril aus Syrka, nein, er war Juril Wahroles, jemand Einzigartiges und Unersetzbares. Dieser Unterschied ließ sich nicht einfach wegheucheln. Niemand würde Sercius abkaufen, dass er jetzt wirklich einer der Ihren war. Und was Juril anging, der dieses Dilemma nicht einfach lösen konnte, indem er sich zum Tribun erklärte, blieb nur die Frage, wann es den anderen auffallen würde, dass er eigentlich gar nicht hierhergehörte und was sie dann mit ihm machen würden.

Der Kommandant jedenfalls schien nichts dergleichen zu bemerken, seine Stimme änderte sich weder in Tempo noch Geschwindigkeit, als er die entsprechende Stelle vorlas. Und auch Rod schien noch nichts bemerkt zu haben, auch er klang, als wäre nichts, als würde sich nicht jemand in diesem Raum aufhalten, der hier nichts zu suchen hatte.

„Ja, Kommandant."

„In diesem Fall wünsche ich ein herzliches Willkommen", antwortete dieser in demselben formellen Tonfall und kritzelte etwas mit seiner Feder auf sein Papier.

„Schlafen und Essen werdet ihr in der länglichen Hütte, eure Aufgaben werden euch von Kommandant Musta zugewiesen, ebenso wie er alle weiteren Fragen beantworten wird."

Es folgte ein Moment der Stille, offensichtlich wartete Rod darauf, dass er fortfuhr, irgendetwas sagte Juril allerdings, dass sie hier fertig waren. Dann schien der Erste Kommandant zu bemerken, dass sie noch hier waren, und er bestätigte Jurils Ahnung. „Danke, ihr könnt jetzt gehen."

Natürlich sah er dabei nicht auf.

Mittlerweile zeichnete sich der Beginn des Abends ab, die Sonne begann zu sinken, als könnte sie sich das alles nicht länger mit ansehen. Diese Verräterin machte sich aus dem Staub, aber ließ ihn einfach hier zurück. Wenigstens besaß sie genügend Gnade, auch das Licht mitzunehmen. Die Dunkelheit gewährte ihm eine letzte Schonfrist. Noch einmal durfte er blind sein. Ab morgen wäre er dann tatsächlich Teil von dem, was auch immer das hier war. Wenn er so darüber nachdachte, eigentlich wäre es das Beste, wenn sie gar nicht mehr zurückkommen würde.

Diejenigen, die nicht zu irgendwelchen Arbeiten eingeteilt waren, saßen nun gemeinsam mit den Neuankömmlingen in der länglichen Hütte, auf an den Seitenwänden angebrachten Bänken sowie auf auf dem Boden ausgelegten Fellen. Eine große, mit Steinen geschützte Feuerstelle in der Mitte spendete zwar Wärme, aber um den Preis einer solchen Rauchentwicklung, dass Juril Augen und Lunge brannten.

Natürlich blieben sie als Neuankömmlinge an diesem Abend unter sich, die anderen waren wahrscheinlich zum Teil schon Wochen hier. Kalte, entbehrungsreiche Wochen, die sie bereits zusammengeschmiedet hatten zu einer fertigen eisernen Kette, die komplett war und keinerlei neue Glieder brauchen würde. Ob ihnen bewusst war, dass, egal wie kalt und entbehrungsreich wohl ihre Wochen gewesen waren, dass das nichts im Vergleich zu der Kälte und den Entbehrungen gewesen sein konnte, die nur ein paar Meter weiter in der Grube herrschten? Natürlich war es ihnen bewusst, was für ein dummer Gedanke. Nur, kümmerte sie es auch? Natürlich tat es das nicht, was für eine dumme Frage. Sonst würden sie nicht hier sitzen und trinken und Witze reißen und lachen und Karten spielen und singen und essen. Fast hätte Juril sie beneidet. Wie das wohl sein musste, kein Gewissen zu haben, das sie vom Aufstehen bis zum Einschlafen quälte, ja sogar darüber hinaus?

„Lass dir bloß kein schlechtes Gewissen einreden, das hast du nicht nötig, Juril. Du bist genauso wenig ein Unmensch wie ich es bin", hatte Musta gesagt. Natürlich, so lebte es sich leichter, aber retten würde ihn das am Ende auch nicht. Musta hatte verloren, die Rebellenarmee war immer noch irgendwo da draußen, unbesiegt. Was, wenn sie hierherkamen? Dann würde es Musta auch nicht helfen, dass er nie ein Gewissen besessen hatte. Natürlich, es würde Juril ebenso wenig helfen, dass er eins gehabt hatte, aber das war ihm im Moment egal. Er würde den Rebellen so oder so keinen Vorwurf machen.

Schließlich, viel zu früh, ließ sich die Sonne wieder blicken und lieferte Juril ohne jedes Mitleid mit ihrem Licht diesem neuen Tag aus. Nachdem er einige Bissen verhärtetes Brot und versalzenes Fleisch runtergewürgt hatte, ließ Musta sie in Reih und Glied antreten.

Juril musste an seinen ersten Tag auf dem Schiff zurückdenken, als Sercius ihm und Elyana die Mannschaft vorgestellt hatte. So gerne würde er noch einmal die warme Meeresluft und die Neugier, ja, die Hoffnung auf dieses neue Leben fühlen. Aber nicht einmal in seinen Erinnerungen war ihm das vergönnt, zu sehr waren sie mittlerweile davon überlagert, wohin ihn diese Neugier und diese Hoffnung geführt hatten.

Jetzt ging Musta auf und ab, um die Arbeit für den Tag zu verteilen. Falls er noch wütend auf Juril wegen gestern war, so ließ er sich nichts anmerken, als er ihn zur „Fütterung" einteilte.

Ein einzelner Begriff, der zusammenfasste, welchen Stellenwert die Menschen im Steinbruch hier hatten. Benja und Petro wurden dem Wachdienst zugeteilt, Coln sollte eine Patrouille begleiten und Rod, den nahm Musta höchstpersönlich für Gott weiß was unter seine Fittiche.

Die drei mäßig begeisterten Kerle, die dieselbe Aufgabe wie Juril bekommen hatten, winkten ihn zu sich. Während sie hinüber zu einer der Hütten gingen, die wohl als so eine Art Lagerhaus dienen mussten, versuchte sich einer von ihnen, ein groß Gewachsener mit langem Hals und schwer auszusprechendem Namen mit mehr Umlauten als was anderem, pflichtbewusst an etwas belangloser Konversation.

„Und Juril, wo kommst du her?"

„Syrka", antwortete Juril, aber es fühlte sich irgendwie fast schon falsch an, das war schon so lange her. „Ah, das liegt weit im Süden, oder?"

„So ähnlich", die Vorstellung, dass jemand nicht wissen konnte, wo Syrka lag, hatte etwas Absurdes. In Syrka, diesem Nabel der Welt, würde einem das niemand glauben.

Die Hütte war randvoll mit den verschiedensten Gegenständen zugestellt, Hellebarden, Armbrüste, Kleidung, Rüstungsteile, Fässer mit Bier und Wein, Fässer mit durch Alkohol eisfrei gemachtem Wasser, gepökeltes Fleisch und ebenso haltbar gemachter Fisch, Brote, Feuerholz und, was Jurils Interesse erweckte, Fässer mit Harz. Auch wenn man es sich in Syrka inzwischen leisten konnte, fast ausschließlich Bienenwachs zu verwenden, so wusste er doch, dass Harze früher neben tierischen Fetten ein beliebter Grundstoff für Kerzen gewesen waren.

„Die Küche sorgt immer dafür, dass unser Vorratslager gut gefüllt ist. Ich hoffe mal, dass der Kommandant sich mit den anderen Dörfern in der Gegend etwas Zeit lässt. Von je weiter wir das Zeug ranschaffen lassen müssen, desto leerer wird es hier wohl werden. Aber immerhin halten sich Nahrungsmittel in dieser Kälte gut, so schnell wird das also so oder so nicht sein.“

Er reichte Juril einen Korb. „Aber natürlich verschwenden wir das gute Zeug nicht an die da unten, füll den also mit möglichst viel von dem, was du selbst nicht mehr essen würdest.“

Als Juril ein paar Minuten später mit einem jetzt schweren Korb vor ihm stand, schnaubte er kurz. „Hast du mir nicht zugehört? Da habe ich heute früh ja schlechter gegessen.“

Er zeigte auf ein paar Streifen Schinken, die Juril neben die Brote gelegt hatte. „Und dann auch noch gutes Fleisch.“

Fast ging Juril davon aus, dass er die Hälfte zurücklegen sollte, aber letztendlich zuckte der Langhals nur mit den Schultern. „Komm jetzt, wirst schon noch selbst draufkommen.“

Sie schleppten ihre Körbe rüber zum Rand und Juril war erleichtert, als er ihn endlich abstellen konnte. Das ging doch ganz schön auf die Arme. Jetzt stellte sich der Langhals wohl als eine Art inoffizieller Sprecher der Gruppe an den Rand und rief hinunter. „Wie viele waren es heute Nacht?“

Angesichts der müden Augen, die dort auf dem zugeschneiten Boden um die glimmenden Überreste einiger Feuer saßen und nach oben blinzelten, brauchte es nicht viel Fantasie, um sich vorzustellen, wonach genau er fragte. „Diese Nacht niemand, den Göttern sei Dank“, kam es von einem zurück, der wohl noch genügend Kraft in der Stimme hatte. Auch die anderen nahmen irgendwoher die Kraft aufzustehen. „Gut, das erspart uns die Meldung an den Kommandanten“, sagte Langhals. „Dann sehen wir mal zu, dass wir unsere Arbeit hier hinter uns bringen.“

Er nahm eines der Brote aus seinem Korb. „Der Trick ist es, schön weit auszuholen", sagte er und warf das Brot in hohem Bogen hinunter, wo es, kaum war es auf dem Boden aufgeschlagen, sofort aufgehoben wurde. Auch die anderen begannen jetzt damit, die Nahrungsmittel mit einer verstörenden Gleichgültigkeit nach unten in die Grube zu werfen. Juril zögerte: „Wieso, auf diese Weise?"

„Du kannst gerne deinen Korb nach unten schleppen, ich halte dich bestimmt nicht auf."

Also nahm Juril seinen Korb unter dem Gelächter des Langhalses und seiner Kameraden. „Schau dir den an."

„Muss der Süden sein, alle verweichlicht da."

Sollten sie nur spotten, wenn Jurils Mut schon nicht reichte, mehr zu tun, dann wollte er wenigstens das tun, was er tun konnte. Auf ihren Respekt konnte er verzichten, lieber hob er sich einen letzten Rest davon für sich selbst auf. Am Tor angekommen, schüttelte der Wächter den Kopf. „Das ist nicht dein Ernst."

Juril zuckte nur mit den Schultern, er hatte nicht die geringste Lust, jetzt eine Diskussion anzufangen. Glücklicherweise ging es dem Wächter im Grunde wohl ebenso. „Wir sprechen uns in einem Monat noch mal, dann bist du klüger."

„Männer, aufpassen! Der Neue meint, er muss da unbedingt reingehen. Haltet die Armbrüste bereit."

Auf dem Turm zu seiner Rechten konnte er Benja erkennen, der es seinem Nebenmann gleichtat und die Waffe jetzt nach unten richtete. Dann schließlich wurde ihm das Tor geöffnet und er konnte sich daranmachen, seinen Korb nach unten zu schleppen. Kaum war er hindurchgetreten, verschloss der Wächter es wieder und auf einmal war Juril sich nicht mehr sicher, ob er es ihm überhaupt wieder öffnen würde. Unten erkannte man wohl bereits, was da passierte, und als Juril auf dem steilen Weg nach unten fast gestolpert wäre, da waren ihm auch schon zwei Männer entgegengekommen, um ihm seine Last abzunehmen. Natürlich war ihre Erscheinung fürchterlich, so wie ein Mensch wohl aussehen musste, wenn man unter diesen Bedingungen über mehrere Wochen lang festgehalten wurde, und das Misstrauen in ihrem Blick konnte auch nicht überraschen. Aber dann wagte einer der beiden ein zurückhaltendes Lächeln und Juril konnte nicht anders, als es zu erwidern. Und er beschloss, ihnen mit dem Korb zu helfen, bis sie unten angekommen waren.

„Danke", sagten sie zu Juril, und zwar so, als würden sie es tatsächlich meinen. Er war sich nicht sicher, ob er das verdient hatte. Um wenigstens irgendwas zu sagen und auch aus tatsächlicher Sorge fragte er, wie das mit der Verteilung organisiert war. „Am Anfang gab es viele Konflikte deswegen, natürlich wollten viele erst sich selbst oder ihre Familie versorgen können, aber mittlerweile achten wir darauf, dass es fair zugeht."

Gerne hätte Juril ihn noch ein paar Dinge gefragt, aber alles, was ihm in den Sinn kam, erschien ihm unpassend, manches gar zynisch. Wenigstens verabschieden wollte er sich noch, so wie man es eben zwischen Menschen machte. Danach ging er aber, ohne sich ein weiteres Mal umzudrehen, nach oben. Den Korb ließ er unten, er wollte die Lebensmittel nicht auf den Boden kippen und den würde man sich schon irgendwie wiederholen können. Am Tor wartete der Langhals schon, gemeinsam mit seinen Kameraden und dem Wächter. „Na, wieder zurück von deinem Ausflug?"

„Mach einfach das Tor auf."

Er nahm seinen Schlüssel und machte sich quälend langsam daran, ihn in die Nähe des Schlosses zu bringen. Dann öffnete er seine Hand und ließ ihn fallen. „Upps, jetzt ist er mir doch glatt heruntergefallen."

„Sehr witzig, jetzt mach einfach das Tor auf."

„Mach ich ja, mach ich ja", unter allgemeinem Gelächter hob er den Schlüssel auf, nur um ihn dann erneut fallen zu lassen. „Hoppla, hab ich heute schwitzige Finger."

Juril versuchte ruhig zu bleiben. Zu seiner eigenen Überraschung fiel ihm das nicht einmal wirklich schwer, er war eher müde als wirklich wütend. Erneutes Aufheben, erneutes Fallenlassen, dazu ein dummer Spruch. Diesen Holzköpfen wurde das einfach nicht langweilig. Wenn nur sein Arm durch das Gitter passen würde. Oder er wenigstens mit den Füßen einsteigen und klettern könnte. Am Ende war es ausgerechnet Rod, der plötzlich auftauchte und ihm aus seiner Lage half. „Macht sofort dieses beschissene Tor auf", herrschte er die Idioten an und seine Autorität als Hauptmann ließ ihnen wohl keine andere Wahl. Aber bedanken würde sich Juril ganz bestimmt nicht bei ihm, das konnte Rod schön vergessen. Aber wie es aussah, war er sowieso noch nicht mit ihm fertig. „Und was hast du überhaupt hinter diesem Tor gemacht?"

„Ich hab das Essen nach unten gebracht."

„Und wieso nur du? Wieso bist du von deiner Gruppe der einzige Schwachkopf, der hinter dem Tor steht?"

„Rod, der Rest dieser Schwachköpfe wirft das Essen einfach nach unten."

„Das ist mir völlig egal, wie die ihre Aufgabe erledigen, Vorschrift ist, keiner geht alleine nach unten und auch du wirst dich daran halten, kapiert?"

„Woher soll ich das denn wissen? Das hat mir von denen keiner gesagt."

„Dann gilt meine Warnung genauso für die! Ich will so einen Blödsinn nicht noch einmal sehen, ist das klar!"

Rod ging ihm auf die Nerven. „Ja, Hauptmann", sein Sarkasmus ging im Chor der anderen um ihn herum unter, aber er war sich trotzdem ziemlich sicher, dass Rod ihn nicht überhören konnte. „Na also. Da du hier jetzt offensichtlich fertig bist, melde dich beim Kommandanten, der hat eine Aufgabe für dich."

Juril hatte geglaubt, Rod würde Musta meinen, aber als er die Hütte betrat, musste er feststellen, dass er falschgelegen hatte. Zumindest war Musta weit und breit nirgendwo zu sehen, nur der andere Kommandant saß an seinem Schreibtisch und an die Wand gelehnt zwei Soldaten. Auch reagierten nur die beiden Letzteren auf seine Anwesenheit. „Ich nehme an, du bist der, den Hauptmann Rod geschickt hat? Juril, richtig?"

Er nickte.

„Na dann los, ich habe keine Lust, hier wieder bis in die späte Nacht beschäftigt zu sein."

Wieder hatte Juril keine Ahnung, wohin es ging, als sie die Hütte verließen. Er hatte aber auch nicht wirklich Lust zu fragen, genauso wenig auf die unvermeidbaren Belanglosigkeiten über Herkunft, Namen etc. Zu seiner Überraschung allerdings wurde er dieses Mal damit verschont. Vielleicht sah man ihm irgendetwas an, vielleicht auch nur, weil der Weg zu ihrem Ziel so kurz war. Sie standen wieder vor dem Tor nach unten. Inzwischen waren allerdings alle bis auf den Wächter verschwunden, wahrscheinlich hatte Rod ihnen auch irgendwelche Aufgaben zugewiesen. Der Wächter verkniff sich eine Bemerkung, aber der Blick, den er Juril zuwarf, sprach Bände. „Ihr kennt ja den Weg."

Also ging es wieder nach unten, dieses Mal zu dritt, und das kleine bisschen Selbstachtung, das Juril seine Aktion mit dem Korb gebracht hatte, verblasste mit jedem Schritt. Wozu auch immer er dieses Mal hinunterging, es war nichts, worauf irgendjemand stolz sein konnte. Unten angekommen, stellte sich einer beiden Soldaten aufrecht hin und begann zu rufen, als hätte er sein Leben lang nichts anderes gemacht: „Wir suchen Sörn aus Reif, habt ihr gehört, Sörn aus Reif!"

Es dauerte kurz, dann kam ein Mann mit rotem Bart und wild abstehenden Haaren vorsichtig auf sie zu. Hinter ihm noch vorsichtiger eine blonde Frau und an ihrem Bein zwei kleine Jungs. „Bist du Sörn?"

„Ja."

„Aus Reif?"

„Ja."

„Wir haben Befehl, dich zur Befragung mitzunehmen."

„Ja", er wirkte nicht, als wäre er überrascht, nur die Angst stand ihm ins Gesicht geschrieben. „Na dann, gehen wir."

Der Mann drückte ein letztes Mal die Hand seiner Frau, strich seinen Söhnen durchs Haar und begleitete sie dann ohne Widerstand nach oben, zurück in die Hütte der beiden Kommandanten.

Dieses Mal nahm der Erste Kommandant sogar sichtbar Kenntnis von ihrer Ankunft, er blickte auf, aber sagte nichts. Einer der beiden Soldaten platzierte sich in der Nähe der Tür, der andere direkt hinter dem Gefangenen und Juril stellte sich einfach irgendwo hin. Dann begann der Erste Kommandant doch noch zu sprechen, allerdings sah er dabei wieder auf seine Akten.

„Sörn, geboren und lebend in Reif?"

„Ja."

„Verheiratet mit Bete, ebenfalls geboren und lebend in Reif?"

„Ja."

„Vater von Mat und Kärl, ebenfalls geboren und lebend in Reif?

„Ja."

„Tätigkeit, Bauer?"

„Ja."

Auch dem Kommandanten war das Zittern in seiner Stimme wohl nicht entgangen, also sagte er, während er sich etwas auf seinen Papieren notierte:

„Es gibt keinen Grund, nervös zu sein. Es werden lediglich ein paar Fragen gestellt, um Klarheit zu schaffen über Loyalität zur Erhebung und zu unserem Tribun. Ein Urteil wird hier nicht gesprochen werden, das ist Aufgabe der Volkstribunale."

Sören nickte, aber wie sollte das der Kommandant sehen, wenn er nicht von seinen Akten aufblickte?

„Erste Frage, wie ist die Haltung zur Erhebung und zu unserem Tribun allgemein in Reif?"

„Bitte, wir sind einfache Bauern, wir haben keine Meinung. Politik ist nicht unsere Sache."

„Aber die Leute reden doch sicherlich."

„Ja, aber so sind die Leute eben. An einem Tag beschweren sie sich, am nächsten ist das schon nicht mehr wichtig."

„Worüber beschweren sie sich denn?"

„Über alles Mögliche, über das Wetter, die Arbeit, die Steuern. Da ist nichts dabei, wirklich."

„Die Steuern, die das Dorf seinen Unterdrückern entrichtet hat? Oder die Steuern, die es für die Verteidigung seiner Freiheit entrichtet?"

„Ich, ich weiß nicht, Steuern sind Steuern."

„Also hat sich das Dorf über beides gleichermaßen beschwert?"

„Nein, das wollte ich nicht, ich wollte sagen, ich, ja, es gab schon ein paar, die es nicht verstanden haben, also ja, aber da war nichts dabei, wirklich."

„Nicht verstanden? Was genau heißt das?"

„Ein paar haben nicht verstanden, also wozu die Erhebung und das alles, aber die Mehrheit stand immer dahinter."

„Hinter unserer neuen Freiheit", ergänzte er sorgsam.

„Hier auf meinem Tisch liegt eine Liste mit Namen. Die Namen aller Dorfbewohner, die sich laut Aussagen von Zeugen gegen die Erhebung und unseren Tribun ausgesprochen haben. Wie viele Namen sind das wohl?"

„Ich, ich weiß nicht."

„Es sind 32 Namen. Und wie viele Einwohner hat Reif insgesamt?"

„Ich weiß es nicht."

„Es sind 57, die Kinder nicht mitgezählt. Klingt das nach der Mehrheit?"

„Ich weiß nicht, ich hab jedenfalls, also zu mir hat keiner so etwas gesagt."

„Dann sollte man aber auch nicht von der Mehrheit sprechen, wenn man es nicht sicher weiß. Nun, wenigstens darf ich sagen, dass der Name „Sörn" bis jetzt noch nicht auf dieser Liste steht. Dennoch muss ich die zweite Frage stellen, was die persönliche Haltung zur Erhebung und unserem Tribun ist."

„Ich verstehe nicht viel von diesen Dingen, aber ich bin dankbar für unsere neue Freiheit."

„Also sind die Aufständischen im Norden Verräter, die möglichst bald niedergeworfen gehören?"

„Ja."

„Und dasselbe gilt für den König, dem diese Verräter dienen?"

„Ja."

„Und dem Fürsten von Schwarzstein, zu dessen Lehen Reif gehörte?"

„Ja."

„Dann ist es sicher kein Problem, ebenfalls einen Teil für die Niederschlagung dieses Aufstands zu tun. Dafür brauche ich nur ein paar Namen, vorzugweise welche, die noch nicht auf meiner Liste stehen."

„Ich, mit mir hat ja keiner geredet, wie ich sagte."

„Irgendetwas bekommt jeder mit."

„Bitte, ich nicht."

„Ich habe keine Zweifel, jeder bekommt etwas mit."

„Aber ich doch nicht! Ich nicht, mit mir redet keiner."

Jetzt überschlug sich seine Stimme fast vor Angst.

„Fünf Namen, jeder kennt so eine Gruppe aus fünf Leuten, die immer zusammensitzt und redet. Ich brauch nur ihre Namen."

„Hens und Pröker, die haben damals den Anwerber, der zu uns ins Dorf wollte, verprügelt!"

„Das sind zwei Namen, zwei sehr offensichtliche Namen, wohlgemerkt."

„Bitte, ich weiß sonst nichts, mit mir redet niemand!"

Jetzt sah der Kommandant zum ersten Mal wieder auf, aber sein Blick ging nicht zu Sörn, sondern zu dem Soldaten neben ihm. „Das hilft uns nicht weiter. Tut, was ihr könnt, um das Verfahren zu beschleunigen."

Er nickte und bevor Juril oder auch wahrscheinlich Sörn selbst verstand, was da passierte, bekam Letzterer den Stiel seiner Hellebarde in den Bauch. Er ging auf die Knie, keuchend und hustend, dann griffen die beiden Soldaten seine Arme, um ihn nach draußen zu schleifen. An der inzwischen offenen Tür drehte einer seinen Kopf in Jurils Richtung und warf ihm einen auffordernden Blick zu. Aber Juril wusste, er konnte da nicht rausgehen. Er konnte einfach nicht. Sein Herz pochte so wie vielleicht noch nie in seinem Leben, er hatte solche Angst vor dem, was als Nächstes passieren würde.

Aber dann zuckte der Soldat nur mit den Schultern und verschwand gemeinsam mit seinem Kameraden und Sörn um die Ecke.

Juril brauchte einige Atemzüge, um sich zu beruhigen, bis die Stimme des Ersten Kommandanten ihm ins Gedächtnis zurückrief, dass er nicht als Einziger zurückgeblieben war.

„Bitte die Türe schließen. Es ist kalt draußen."

Es dauerte nicht lange, da begann Juril aus einiger Entfernung Schreie zu hören, dazu ab und zu dumpfe Schläge. Am liebsten hätte er sich die Ohren zugehalten, aber da saß der Kommandant und machte mit seinen Akten weiter, als wäre nichts. Als wäre Juril nicht hier, als würde da draußen niemand schreien. Als wäre er nur irgendein Schreiberling, der an einem ganz gewöhnlichen Tag an einem ganz gewöhnlichen Ort einer ganz gewöhnlichen Arbeit nachging. Keinerlei Gefühlsregung, kein Mitleid, kein Ekel, keine Angst, keine Genugtuung, einfach nur nichts. Von allem, was Juril in seinem Gesicht hätte lesen können, war das das Erschreckendste. Dann stieß er versehentlich mit seinem Arm an einen Papierstapel und einige Blätter segelten zu Boden. Er seufzte und Juril, der sonst nichts zu tun hatte, ergriff seine Chance, ihm beim Aufheben zu helfen. Der Kommandant wusste wahrscheinlich nicht, dass Juril selbst lesen und schreiben konnte, das war hier oben sicher eine rar gesäte Fähigkeit. Aber selbst wenn, wer weiß, ob ihn das überhaupt gekümmert hätte?

Dennoch versuchte er nicht zu lange auf ein einzelnes Blatt zu starren, sicher war sicher. So glitt sein Blick über die Wörter, manche überspringend, nur um an anderen hängen zu bleiben.

„Serne aus Flachheim, Bauersfrau … Sohn bei den Rebellen … Ehemann illoyal … Von sich aus nicht gemeldet … illoyal … Trennen von den übrigen Kindern empfohlen … Alle drei zu verschiedenen Familien in verschiedenen Dörfern … Langer und schwieriger Weg bis zur Wiedereingliederung wahrscheinlich."

„Petär aus Flachheim, Bauer … Bruder illoyal … Meldung gemacht … Aussagen bestätigt … Loyal … Ehefrau vor Befragung verstorben … Nachbarn bestätigen Loyalität … Geeignet, Kinder zu erziehen … bei ihm bleiben … Nur schwache bis keine Maßnahmen zur Wiedereingliederung empfohlen."

„Nästrik aus Flachheim, Gastwirt … Status der Ehefrau nicht abschließend geklärt … Drei Töchter in Eismulde (Dorf noch nicht aufgelöst) … als illoyal beschrieben … bestreitet illoyale Haltung vehement … entsprechende Geschichten … mehrere Zeugen … verschiedene Versionen … weitere Befragungen zur Klärung nötig."

„Pöker aus Reif, Bauer … nicht verheiratet, keine Kinder … Angriff auf Anwerber … hochgradig illoyal … keine falsche Nachsicht bei Versuch der Wiedereingliederung empfohlen … äußerste Härte …, wenn überhaupt möglich … Volkstribunal frei zu entscheiden."

Darauf lief es also am Ende des Tages hinaus. Ein Blatt Papier, ein einzelnes Blatt für das ganze Leben eines Menschen. Und für das Leben seiner Familie. Mehr war die Erhebung, die neue Welt, am Ende nicht. Nichts als irgend so ein Mann mit einem Titel, der früher Steuern eingetrieben hatte und jetzt am Ende der Welt in einer Hütte saß und den ganzen Tag, ohne eine Miene zu verziehen, das Leben anderer Menschen zerstörte. Der sie in loyal und illoyal einteilte, der sie foltern ließ, damit er die Nächsten fand, die er foltern lassen konnte. Der Familien auseinanderbrach, damit er Kinder von Menschen, die er nicht kannte, zu anderen Menschen, die er nicht kannte, schicken konnte. Und ihre Eltern in irgendwelche Dörfer Tausende Kilometer entfernt, damit irgend so ein Mob anhand seiner Berichte darüber entscheiden konnte, wie sehr man sie misshandeln würde oder ob man sie am besten gleich erschlug. Und dieser Mann saß da und es kam ihm wahrscheinlich nie in den Sinn, was er da gerade eigentlich tat. Dieser Mann, der nichts weiter als knapp „danke" sagte, als Juril das letzte Blatt zurück auf seinen Stapel legte. Danke. Mehr hast du zu deiner Verteidigung nicht zu sagen?

Dann ging die Tür erneut auf und man brachte Sören wieder herein. Er hatte Mühe, auf seinen eigenen Beinen zu stehen, an seinem Mund lief ein Rinnsal von Blut nach unten, aber das Schlimmste war seine linke

Hand. Das heißt, das, was von ihr übrig war. Juril konnte statt Finger nur verdrehte, seltsam abstehende blutige Stücken Fleisch sehen.

Der Erste Kommandant machte sogleich weiter, als hätte es nie eine Unterbrechung gegeben, und während Juril beobachtete, wie Sören wimmernd die verschiedensten Namen stammelte und welches Vergehens gegen die Gemeinschaft diese sich angeblich schuldig gemacht hatten, da fiel ihm auf einmal ein Spruch ein, den er ab und an in Syrka gehört hatte. Was dich nicht umbringt, macht dich nur härter. Was für ein Schwachsinn, was dich nicht umbringt, kann dich doch trotzdem zerbrechen.

Und so ging es den ganzen restlichen Tag, sie holten Leute aus der Grube, es gab Fragen, dann drinnen Stille und draußen Schreie, dann wieder Fragen.

Als der Kommandant wohl irgendwann der Meinung war, seine tägliche Quote erfüllt zu haben, entließ er sie. Die anderen gingen ohne ein weiteres Wort oder irgendeine Geste an Juril vorbei zurück zur Haupthütte. Es war offensichtlich, dass er nicht dazugehörte, und dieses Mal war Juril sogar froh darüber, der Außenseiter zu sein. Wenn sie nicht glaubten, dass er einer von ihnen war, so konnte er das doch schließlich auch.

Er selbst hatte wenig Lust, in die verrauchte, laute Hütte voll mit denen, die dazugehörten, zurückzugehen, also lehnte er draußen und beobachtete eine Gruppe von Soldaten, die mit der Armbrust an ein paar Zielscheiben übte. Er erkannte Petro unter ihnen, anders als der Rest scherzte und lachte er nicht, sprach mit niemandem, aber er war ebenso präzise, wie er still war. Er traf nicht jedes Mal ins Schwarze, doch oft genug zumindest knapp daneben. Es dauerte ein paar Bolzen, bis Petro ihn bemerkte und zu ihm hinüberging. „Du hast Talent", bemerkte Juril trocken. Petro zuckte kurz mit den Schultern. „Mein Onkel war früher ab und zu mal jagen oder wildern, besser gesagt. Ich selbst durfte natürlich nicht mit, zu gefährlich, aber wenn er zurückkam, hat er mir oft ein bisschen was mit dem Bogen gezeigt. Zumindest bis sie ihn irgendwann erwischt und die Daumen sowie seine Zeigefinger abgeschnitten haben. Eine Armbrust ist nicht so viel anders."

Juril wusste nicht so recht, was er auf diese Geschichte entgegnen sollte, aber für Petro schien das Thema damit bereits beendet und auch rief ihn schon einer der Soldaten, es werde dunkel, er solle seine Armbrust gefälligst zurück ins Lager bringen. Also stand Juril wieder alleine da, als auf einmal große Aufregung losbrach. Offenbar waren Reiter am Tor aufgetaucht. Und was für welche. Als Juril sich zu den anderen Schaulustigen gesellte, sah er mehrere Dutzend Männer in schwarz-roten Plattenrüstungen, hoch zu Ross, kurze Schwerter am Gürtel und eine

Hellebarde seitlich am Sattel befestigt. Aber es waren ihre Gesichter, die Jurils Blick nicht mehr losließen. Oder genauer gesagt, dass sie keine Gesichter hatten. Dort, wo bei normalen Menschen Augen, Nase und Mund saßen, verschwanden diese Organe bei den Reitern hinter schwarzen, stählernen Masken. Sie alle trugen dasselbe Modell, ausdruckslos und furchterregend zugleich. Juril hatte das Gefühl, dass einer von ihnen ihn direkt anblickte, und fast wurden seine Knie weich. „Die Gesichtslosen", flüsterte jemand neben ihm und der Name, wer auch immer diese Reiter waren, konnte nicht passender sein. Dann schwang sich einer der Reiter, wohl der Anführer, vom Pferd und ging hinein in die Hüte des Kommandanten. Den Reitern, die draußen blieben, gefiel offensichtlich, welche Ehrfurcht ihr Auftreten auslöste, stolz saßen sie über ihnen im Sattel und warteten darauf, was als Nächstes passieren würde.

Dann kam der Anführer der Reiter zusammen mit Musta wieder aus der Hütte und wies seine Männer an abzusitzen und ihr „Nachtlager aufzuschlagen". Juril bemerkte, wie Rod sich neben ihm vorbeidrängte, und obwohl es ihm eigentlich widerstrebte, hielt er ihn am Arm und fragte: „Was sind das für Leute?"

„Die Gesichtslosen, Kommandant Musta hatte sie mal erwähnt. Die Elitetruppen der Erhebung, eintausend Männer, die sich im Kampf besonders ausgezeichnet haben. Die Besten der Besten. Die werden mit der Rebellion kurzen Prozess machen."

„Eintausend? Das sind allerhöchstens hundert."

Aber da war Rod schon zu Musta geeilt. In den nächsten Minuten konnte Juril beobachten, wie schnell es einer disziplinierten Truppe möglich war, Zelte aufzubauen. Danach, es war gerade dunkel geworden, wurde das Bier aus dem Lager geholt und es gab erste Annäherungen zwischen den Gesichtslosen und den anderen Soldaten. Auch Jurils Neugier ließ ihn schließlich die Gelegenheit ergreifen, sich letztendlich doch in der Hütte auf der Bank neben einem der Neuankömmlinge niederzulassen. Jetzt ohne seine Maske sah er eigentlich relativ gewöhnlich aus, ein freundliches, sympathisches Gesicht. Juril bot ihm einen weiteren Becher Bier an. „Danke, euer Zeug erinnert mich an die Heimat."

„Wo kommst du denn her?"

„Weitstatt."

Er lachte, als er Jurils fragenden Blick bemerkte. „Muss dir nicht peinlich sein, kein Ort, den man kennen muss. Ein paar Hundert Kilometer von hier, ein paar Häuser, ein Anwesen und ein paar Dutzend Leibeigene im Nirgendwo. Das heißt, bis vor ein paar Monaten. Jetzt gibt es ja keine Leibeigenen mehr."

Er nahm einen Schluck und rülpste. „Wenn du wissen willst, wie ich dazu gekommen bin, diese Maske zu tragen, frag ruhig direkt. Hab kein Problem damit, dort, wo ich herkomme, hätte das keiner."

„Na gut, also, wie bist du dazu gekommen, diese Maske zu tragen?"

Er lachte. „Du gefällst mir, wie heißt du?"

„Juril. Und du?"

„Henri. Und meine Geschichte wäre schnell erzählt, wenn der Tribun nicht gewesen wäre. Du musst wissen, meine Familie hat seit Generationen auf dem Anwesen der örtlichen Adelsfamilie geschuftet, der Vater meines Vaters, die Mutter meines Mutters, mein Vater, meine Mutter, alles, was sie je kannten, war das Anwesen und wie Dreck behandelt zu werden. Dein Akzent, du bist nicht von hier, oder?"

„Nein, ich bin ursprünglich aus Demerkia."

„Und sag mir eins, habt ihr Leibeigene in Demerkia?"

„Nein, so ein System gibt es bei uns nicht."

„Dann kannst du dir nicht vorstellen, was das bedeutet. Diese Adeligen, die haben das Recht, mit dir zu machen, was sie wollen. Wenn du Glück hast, dann wirst du in den Dienst von jemandem geboren, der wenigstens einen Funken Anstand im Herzen trägt. Wenn nicht, na ja, dann geht es dir wie uns. Sie haben ihre Hunde besser behandelt. Und das meine ich nicht als Vergleich, sondern als Beschreibung. Ihre Hunde hatten nie Hunger, mussten nie im Regen draußen schlafen und ich habe auch nie mitbekommen, dass sie ihre Hunde getreten haben. Und mein Leben und das meiner Kinder irgendwann wäre ewig so weitergegangen, schlechter als das eines Hundes, wenn der Tribun nicht gewesen wäre. Denn dann, eines Tages tauchten seine Soldaten bei uns auf und plötzlich waren wir freie Menschen. Ich hatte bis Mittag noch nie etwas von der Erhebung oder unserem Tribun gehört, doch am Abend schon haben wir unseren Peinigern und ihren Helfern beim Volkstribunal den Prozess gemacht. Und als die Soldaten am nächsten Tag weitergezogen sind, da bin ich mit ihnen gegangen. Glücklich in dem Wissen, dass meine Eltern jetzt ihr eigenes Stück Land haben, das sie ernähren wird, und dass meine Schwester nie wieder vom Sohn des Grafen angefasst wird. Und glücklich in dem Wissen, dass ich jetzt mithelfen kann, diese Freiheit noch viel mehr Menschen zu bringen. Bald kam meine erste Schlacht, die Belagerung von Kronenturm, und ich war auch einer der Ersten auf der Mauer. Als Auszeichnung für meinen Mut und meinen Einsatz hat mir der Tribun persönlich diese Maske überreicht, auf dass ich gemeinsam mit meinen Kameraden allen Egoismus fallen lasse, um bis zum Ende für die Erhebung meinen Dienst zu tun. Der Tribun hat mich gerettet, er hat meiner Familie und mir eine Zukunft gegeben. Ich stehe auf ewig in seiner Schuld.“

Henri sprach voller Stolz und wenn er erzählte, was für ein Leben sie vor der Erhebung geführt hatten, dann war Juril fast wieder versucht, an ihre gemeinsame Sache zu glauben. Aber letztendlich doch nur fast, es hatte seine Gründe, wieso Henri die Erhebung unterstützte und auch, dass er es einst getan hatte, aber noch schwerer wogen Jurils Gründe, es nicht mehr zu tun.

„Und jetzt geht es weiter nach Norden, um die Rebellion zu zerschlagen, habe ich gehört.“

„Genau, die werden gar nicht wissen, wie ihnen geschieht. Bei Astara werden wir uns wieder mit den anderen Hundertschaften

vereinigen und mit dem Feind ein für alle Mal aufräumen.“

Juril mochte Henri irgendwie und er beschloss aus einem Impuls heraus, sich langsam etwas vorzutasten.

„Hast du die Menschen in der Grube gesehen?“

„Nur kurz, es wurde ja recht schnell dunkel.“

Dann, kurz bevor Juril sich noch etwas weiterwagen konnte, fügte er hinzu „feiger Abschaum, allesamt“ und Juril ließ es resigniert bleiben. „Nach eurem Sieg werden wir hier wahrscheinlich noch mehr bekommen.“

„Unwahrscheinlich, wir machen keine Gefangenen“, meinte Henri ernst. Dann fing er freundlich interessiert an, Juril einige Fragen über Demerkia zu stellen, die ihm dieser alle höflich beantwortete. Bis Juril sich irgendwann entschuldigte, nach draußen ging, sich an den Rand der Grube setzte und minutenlang schweigend hinunter zu den Gefangenen, die dort unten im verzerrten Licht ihrer Lagerfeuer saßen, blickte.

Hier draußen war das Gelächter, die Musik und der grölende Gesang, der immer mal wieder angestimmt wurde, nur gedämpft wahrnehmbar. Nur ab und zu, wenn die Tür sich öffnete, weil jemand an die frische Luft hinaustrat, wurde es kurzzeitig wieder lauter. Bei einer dieser Gelegenheiten schnappte er ein paar Wortfetzen auf, die ihm doch sehr bekannt vorkamen.

Es war lange her, dass er diese Worte das erste Mal gehört hatte. „Der Knechtschaft auf ewig ein Ende."

Margellos Gedicht, Sercius hatte seinerzeit davon gesprochen, jemand zu kennen, der es herausbringen könnte. Das war wohl das Ergebnis, eine Hymne der Erhebung, seine Worte garniert mit einer eingängigen Melodie, wohl genau das, was Margello sich gewünscht hatte. Juril ließ seinen Blick noch mal über die Gefangenen in der Grube schweifen. Das waren fast alles einfache Bauern. Keine Adeligen, keine Könige, keine Kaufleute, sondern einfache Bauern, wie Margello es auch gewesen war. Ob er sich wohl jemals vorgestellt hatte, dass sein Lied an so einem Ort erklingen würde? Juril hatte das keine Sekunde lang. Mittlerweile waren auch die Besatzungen auf den Türmen in die Grölerei eingestimmt, so wie sie klangen, hatten sie sich zumindest den Alkohol an diesem Abend nicht nehmen lassen. Der Text war kaum verständlich, immer nur einzelne Bruchstücke, aber als das Lied eigentlich hätte zu Ende sein müssen, Juril kannte die Länge des Gedichtes ja, lief die Melodie einfach weiter. Zuerst dachte er, sie würden einfach dasselbe noch mal singen, bis er die nächsten Wortfetzen aufschnappen konnte und er begriff, dass es wohl eine zweite, ja eine dritte Strophe geben musste, die jemand hinzugedichtet hatte. Er verstand nicht viel, aber es war genug, um den Unterschied zu Margellos Text zu merken. Bei ihm ging es jedenfalls nie um Ströme von Blut oder Köpfe auf einem Spieß. Das hätte ihm nicht gefallen. Andererseits, eigentlich kannte Juril Margello ja gar nicht. Vielleicht täuschte er sich auch in ihm, so wie er sich in so vielen Menschen und Dingen getäuscht hatte? Vielleicht war Margello ja einfach so wie all die anderen um ihn herum. Er sah wieder hinunter, wie musste es wohl sein, dort unten zu sitzen, während oben solche Zeilen angestimmt wurden? Dann endlich war das Lied vorbei und eine neue Melodie wurde angestimmt, von einem der Türme kaum lautes Gelächter, dann ein dumpfes Geräusch in der Grube, jemand schrie auf, lauteres Gelächter im Turm, weitere Schreie in der Grube. Erst als die Gefangenen von einem der Feuer wegrannten und dort nur ein Einzelner regungslos zurückblieb, verstand Juril, was gerade passiert war. Der nächste Bolzen verfehlte einen offensichtlich hinkenden Mann, der nicht so schnell wie die anderen vom

Feuer wegkam, nur knapp. Juril wusste, er musste etwas tun, egal was, also stand er auf. Früher einmal wäre er einfach, ohne zu zögern, auf diese Mistkerle auf dem Turm zugerannt, völlig egal, dass er keine Waffe hatte, und er hasste sich dafür, dass er es jetzt nicht tat. Aber dieses Feuer, das einst in ihm brannte, schien erloschen zu sein. Mehr aus einer seltsamen Art von Pflichtgefühl, er wusste ja nach wie vor noch, was richtig und was falsch war, denn aus Überzeugung schleppte er sich auf den Turm zu. Er rief ihnen zu, sie sollen aufhören, aber natürlich hörten sie nicht auf ihn. Falls sie ihn überhaupt hörten, zu laut johlten und lachten sie jedes Mal, wenn einer von ihnen mit der Armbrust in die Grube feuerte. Dann hörte er Rod rufen und anders als Jurils Stimme schien die seine zu den Soldaten durchzudringen. „Seid ihr wahnsinnig geworden? Legt sofort die Armbrust nieder!"

Er blieb stehen und Rod schoss an ihm vorbei. „Was für ein undisziplinierter Haufen. Unser Tribun ist wahrlich zu bedauern, dass Idioten wie ihr in seiner Armee dienen. Was sollen nur unsere Gäste sagen? Kommt sofort runter da."

Natürlich war es die Disziplinlosigkeit, die Rods Zorn erregte, natürlich waren ihm die Menschen unten in der Grube egal. Aber wenigstens war er wütend und machte den Eindruck, als würde er Konsequenzen daraus ziehen. Dasselbe konnte man von Musta nicht sagen. Der sagte erst mal gar nichts und erst als die Soldaten, Juril erkannte unter ihnen den Langhals, hinuntergestiegen waren und sich in einer Reihe aufstellten, machte er den Mund auf. „Ich denke, wir sollten das den Männern nachsehen, Rod. Alle anderen dürfen feiern, es ist kalt und so eine Wache kann verdammt langweilig sein."

Er sprach, als ginge es hier um ein gestohlenes Fass Bier, nicht um das Verwenden von Menschen als lebendige Zielscheiben. „Kommandant."

Rod wirkte nicht zufrieden mit seiner Milde, ein paar mit Bolzen gespickte Gefangene waren allerdings wohl für ihn auch noch lange kein Grund, sich mit seinem Vorgesetzten anzulegen. „Spielt in Zukunft lieber mit den Würfeln", meinte Musta nur noch, damit war die Angelegenheit für ihn erledigt. Der Langhals gluckste sichtlich erleichtert, doch Jurils Sinn für Humor hatte dieser Witz kein bisschen getroffen.

EIN FEIND DER ERHEBUNG

Am nächsten Morgen verlor niemand mehr groß ein Wort über die Geschehnisse der letzten Nacht, zumindest nicht vor großer Runde. Doch Juril wäre nicht überrascht gewesen, wenn sie es untereinander noch immer für einen großen Scherz hielten. „Wisst ihr noch, damals, als wir ein bisschen Zielschießen geübt haben", „ja, dem Schoßhund von Kommandanten hat das gar nicht gefallen."

Und dann würden sie sicher lachen, sie waren ja davongekommen, war ja nichts passiert. Auch ihre Gäste verließen sie bereits an diesem Morgen, schwangen sich auf ihre Pferde, die Gesichter unter den Masken verborgen, und machten sich auf den Weg nach Norden, um die Aufständischen zu bekämpfen. Rod blickte ihnen sehnsüchtig nach. Auch Rod gefiel ist es nicht, hier zu sein, wenn auch aus etwas anderen Gründen als Juril. Auch war Rod nicht wirklich beliebt bei den Männern, er galt als Mustas Schoßhund, als einer, der sich für etwas Besseres hielt. Juril selbst hatte natürlich auch nicht viele Freunde unter den anderen Soldaten, aber ihn störte das überhaupt nicht. Je weniger er mit diesen Leuten zu tun haben musste, desto besser. Und hätte er nie den Fehler gemacht, mit einem dieser Leute Freundschaft zu schließen, wäre er überhaupt nicht hier. Petro, das war sein einzig verbleibender Freund, und das reichte ihm. Einmal, eines Abends, sie waren beide ein bisschen betrunken gewesen, hatte er Petro gefragt, ob er mit ihm fortgehen würde. Natürlich würde Petro das, er hatte nicht einmal gezögert. Und doch wussten beide, dass sie es nicht tun würden. Wohin sollten sie denn gehen? Aber der Gedanke daran, einfach wegzugehen zusammen, der hatte etwas. So wie er mit Elyana weggelaufen war. Er vermisste sie so sehr. An einem anderen Abend, er war wieder betrunken gewesen, hatte er Petro von ihr erzählt. Von ihrer Haarfarbe, diesem Kupferton, der je nach Licht anders aussah. Die Art und Weise, wie sie lachte, wie sie nieste. Wie sie ihm Lesen beigebracht hatte, von ihrem Kirschbaum. Und wie er sie verloren hatte. Am Ende hatte er geweint und Petro mit ihm. Petro erzählte immer noch recht wenig, meistens hörte er nur zu. Manchmal fühlte Juril sich dann ein wenig schuldig dafür, dass er den Gefallen nicht erwidern konnte.

Später, gegen Mittag, kam wieder eine Gruppe von Menschen an, dieses Mal versperrten keine Masken den Blick auf die müden Gesichter. Es waren ein paar Soldaten, die eine kleine Gruppe Gefangener eskortierten. Sie erregten weitaus weniger Aufsehen als die Gruppe vom Vortag, war das hier doch ein weitaus häufigerer Anblick. Immer wenn der Bürokrat genügend Akten geschlossen hatte, wurde eine Gruppe der Gefangenen nach Süden eskortiert und dann dauerte es nie lange, bis eine neue Gruppe von Gefangenen auftauchte und der Bürokrat neue Akten bearbeitete. So lange, bis alle Feinde der Erhebung wieder zu wertvollen Mitgliedern der Gesellschaft geworden waren. Aber dieses Mal war etwas anders, Juril erkannte eines der Gesichter. Er hatte nicht sofort einen Namen parat und er wusste auch nicht, woher er es kannte. Aber dann fiel ihm ein, woher er den stämmigen Mann mit der Glatze und dem Kinnbart kannte. Nicos. Ein Freund von Sercius. Ehemaliger Hauptmann der Stadtwache von Pincentti, er hatte die Rekruten in Kameranto ausgebildet. Einer der Soldaten war nach drinnen zum Bürokraten gegangen, um die Formalitäten zu klären, was Juril nutzte, um ihn näher zu begutachten. Nicos hatte sicher schon bessere Zeiten gesehen, aber völlig aus dem Leim gegangen war er auch nicht. Dann bemerkte er Jurils Blick und kniff die Augen zusammen, als würde ihm das helfen, sich an Juril zu erinnern, dann gelang es ihm wohl, zumindest fing er an, trocken zu lachen. Er bedeutete Juril mit einem Kopfnicken, näher zu kommen. „Die Welt ist wirklich klein, da lässt Sercius einen an das andere Ende der Welt verschleppen, so weit wie möglich weg von jeder Zivilisation, und wen treffe ich hier, ausgerechnet seinen treuen Begleiter. Wie war dein Name noch mal, Jurgi? Jurli?"

„Juril", berichtigte ihn Juril, unsicher, was er sonst sagen sollte. „Stimmt, vergib mir, das mit Namen ist nicht mehr so einfach auf meine alten Tage. Also sag mir, Juril, was hast du verbrochen, dass er dich hierhin verbannt hat? Oder lass mich raten, unser lieber Tribun hat dich extra hier hingeschickt, damit du auf mich aufpasst? Wie aufmerksam von ihm."

„Was machst du hier? Ich verstehe das nicht."

Nicos zuckte mit den Schultern. „So wie es aussieht, bin ich jetzt ein Feind der Erhebung."

„Du? Aber ihr seid doch Freunde, du und Sercius?"

„Ich bin genauso überrascht wie du. Wir haben beide wohl eine schlechte Menschenkenntnis."

Juril versuchte es noch einmal: „Aber du warst doch in Kameranto. Was ist passiert?"

„Ich habe versucht unsere Erhebung zu retten, das ist passiert. Mit diesem zermürbenden Kleinkrieg, den der Harpyenkönig gegen uns führt, ist es nahezu unmöglich geworden, genügend Gold für die Erhebung zu liefern."

„Wer?"

Nicos sah ihn fast schon mitleidend an. „Der Harpyenkönig? Taxkas Sohn? Ginantinos hat ihn wohl schwer beeindruckt. Er hat sich selbst zum König aller Stämme ausgerufen und bereits genügend, die ihm und seinem Versprechen von alter Größe folgen."

Juril erinnerte sich nur vage an Taxkas Sohn, er hatte eigentlich keinen besonderen Eindruck auf ihn gemacht.

„Und Taxka?"

„Das ist ja das Problem. Den hat Sercius gegen meinen ausdrücklichen Rat ermorden lassen, weil er sich geweigert hat, weiterhin mit uns zusammenzuarbeiten, er wollte damit ein Zeichen an die anderen Stämme senden, nach dem Motto, entweder seid ihr für oder gegen uns. Tja, natürlich sind die jetzt gegen uns. Und das gefährdet die Goldlieferungen, die so wichtig für unsere Erhebung sind. Also habe ich Sercius geraten, dass er mich Friedensverhandlungen führen lässt, mit ein paar Zugeständnissen hier könnten wir die Erhebung überall sonst retten, aber er hat es mir ausdrücklich untersagt und ich habe mich auch einige Zeit daran gehalten. Aber ich bin nicht blind, ich habe doch jeden Tag gesehen, dass wir diesen Krieg nicht gewinnen können, selbst wenn Sercius mehr Männer geschickt hätte. Die Stämme überfallen uns immer wieder aus dem Hinterhalt und ziehen sich danach wieder in das Dickicht des Regenwaldes zurück, egal wie viele wir hinterherschicken, dort sind sie uns einfach überlegen. Was blieb mir denn anderes übrig, als mit Verhandlungen zu beginnen? Ich hoffte, Sercius würde es verstehen, offensichtlich hat er nicht. Dabei weiß jeder in Corasson, dass das unsere einzige Chance ist, und auch Sercius weiß, dass es jeder weiß. Sonst würde er mich nicht so weit wegschaffen. Unser lieber Tribun ist mittlerweile nicht mehr sonderlich beliebt dort unten, falls er es überhaupt jemals war. Noch eine Rebellion kann er sich aber wirklich nicht leisten."

„Der Aufstand im Norden macht ihm wohl ganz schön zu schaffen."

„Nicht nur der. Hier oben mögt ihr davon nicht viel mitbekommen, aber Sercius hat den halben Kontinent gegen sich aufgebracht. Dutzende lokale Aufstände überall. Im Südlichen Bund wurde die Erhebung bereits komplett niedergeworfen und das Archipel des Windes hat er auch verloren, dort regiert jetzt ein weiterer selbst ernannter König, der sich sofort Demerkia an den Hals geworfen hat. Und wer weiß, wie lange Bracken sich noch für unsere Sache begeistert, bis er zu seiner Königin zurückkriecht oder gar glaubt, sich selbst auch eine Krone aussuchen zu können. Währenddessen schmiedet Tyrlios an einem Bündnis gegen die Erhebung, er hat sogar Kantao mit ins Boot holen können."

Inzwischen hatte einer der Soldaten mitbekommen, worüber sie redeten, und es schien ihm nicht zu gefallen. Er stieß Nicos den Stiel seiner Hellebarde in die Rippen. „Das reicht jetzt."

Nicos ging zu Boden und keuchte. „Hat mich gefreut, dich wiederzusehen, Juril."

Er klang so, als würde er es auch tatsächlich meinen. Kein Wunder, schließlich hatte er jetzt die Bestätigung, dass er nicht der einzige Idiot war, der die Dinge nicht zu Ende gedacht hatte, nein, sie waren jetzt mindestens schon zu zweit.

Ein paar Tage später stand Juril wieder alleine im Büro des Bürokraten, das heißt, alleine zusammen mit dem Bürokraten natürlich, aber es war schwierig, die Anwesenheit dieses stillen Schreibautomaten wirklich als Gesellschaft wahrzunehmen. Jurils, Rod würde sie Kameraden nennen, aber ihm würde das im Traum nicht einfallen, also die beiden anderen, die zusammen mit Juril die Gefangenen bewachten, waren wieder mit einem Bauern aus einem kleinen Dorf namens Schneekuppe nach draußen gegangen und Juril dachte wie viel zu oft darüber nach, woher diese Kreativität mancher Menschen kam, wenn es darum ging, anderen Menschen wehzutun. Immer nur der Hammer war den beiden anderen wohl zu langweilig, er fragte natürlich nie nach, was sie dieses Mal benutzt hatten, wenn der Gefangene zurückkam, aber manchmal konnte man es von den Spuren her erraten. Kein besonders schönes Spiel. Dann wurde er aus seinen Gedanken gerissen, als die Tür aufging, und zuerst freute sich Juril sogar ein bisschen, sie waren nicht lange weg gewesen, vielleicht würde es dieses Mal gar keine Spuren geben. Vielleicht gingen ihnen irgendwann diesbezüglich doch die kreativen Einfälle aus. Aber dann merkte er, dass es nur Musta war, ein offensichtlich aufgebrachter Musta. Der Bürokrat, der natürlich nicht aufsah, machte denselben Fehler wie Juril und fragte, ohne neugierig oder vorwurfsvoll zu klingen: „Schon wieder da?"

Musta ignorierte die Frage. „Wieso sie? Wieso steht sie da draußen? Ich hab doch gesagt, sie nicht!"

„Und ich hatte gesagt, dass ich auf persönliche Animositäten keine Rücksicht nehmen kann. Ich habe alle Fälle aus dem Dorf bearbeitet, jetzt gehen diese an die Volkstribunale, so ist das Prozedere."

„Ihr versteht nicht, ich hab es ihr versprochen!"

„Dazu hattet ihr keine Grundlage."

„Wäre es wirklich der Untergang unserer Erhebung, wenn ihr ein einziges Mal, wirklich nur einziges Mal, das Prozedere vergesst?"

„Ja, das wäre es."

Da wusste selbst Musta nicht, was er noch sagen sollte, er machte den Mund auf, aber es kamen keine Worte, dann gestikulierte er mit dem Finger, aber es war auch nicht klar, was er damit ausdrücken wollte, dann stürmte er weiter in sein Zimmer, nicht nach draußen, wo offenbar eine Frau auf ihn wartete, der er Rettung oder zumindest Schutz versprochen hatte. Juril würde ihn gerne dafür verachten, dafür, wie schnell er aufgab und sie fallen ließ, dafür, dass sie ihm nicht mehr wert war als ein paar unlesbare Bewegungen mit dem Zeigefinger. Aber ihm war Elyana ja nicht mal das wert gewesen.

Und dann, eines Tages, stand Elyana vor ihm. Nicht einfach etwa eine andere junge Frau, die ihn an Elyana erinnerte, sondern die Elyana, an die er sich erinnerte. Natürlich sah sie anders aus als in seiner Erinnerung, müde und traurig, aber es war Elyana. Er schlief auch nicht, das hier war kein Traum, auch kein Tagtraum, das hier war Elyana, die vor ihm stand, nur ein paar Meter entfernt und gemeinsam mit einer Gruppe von anderen Neuankömmlingen darauf wartete, dass einer der Soldaten sie wie üblich beim Kommandanten anmeldete. Er müsste nur einige wenige Schritte gehen und er könnte sie berühren, in die Arme schließen, festhalten. Er bräuchte nur seine Stimme zu erheben und er könnte sich entschuldigen, ihr sagen, wie sehr er sie liebte, und versprechen, dass alles gut werden würde. Er wollte es sich nicht eingestehen, aber mehr noch, als er entsetzt war, sie hier zu sehen, noch mehr freute er sich. Natürlich nicht, sie hier zu sehen, aber sie zu sehen. Das war ziemlich egoistisch natürlich, aber das war es, was er fühlte. Jetzt bemerkte auch Elyana ihn. In ihrem Blick lag erstaunlich wenig Überraschung, und das versetzte ihm einen Stich. Glaubte sie wirklich, er passe an diesen Ort? Dann wandte sie den Blick wieder ab, noch bevor Juril ihr richtig in die Augen sehen konnte. Ihre wunderbar normalen, außergewöhnlichen, kastanienbraunen Augen. Er hätte in ihnen gerne nach Antworten gesucht. Stattdessen suchte er in der Menge der Gefangenen nach Ceri, aber er konnte sie nicht finden. Dann kam der Soldat wieder zurück, er gab den anderen ein Zeichen, dass alles in Ordnung war, und sie machten sich daran, die Gefangenen wie immer in den Steinbruch zu bringen. Elyana stolperte nach ein paar Metern, da zog sie einer der Soldaten unsanft an den Haaren auf die Beine, schlug ihr mit der Hand ins Gesicht und stieß sie weiter nach vorne.

Und Juril musste daran denken, wie er Elyana kennengelernt hatte. Sein Vater hatte damals den Auftrag bekommen, die neuen Kronleuchter im Haus oder besser dem Palast von Elyanas Vater mit passenden Kerzen auszustatten. Natürlich nicht mit normalen Kerzen, nein, natürlich bunt und mit eingraviertem Familienwappen. Völlig egal, dass man das alles vom Boden sowieso nicht sehen konnte, es mussten diese speziellen Kerzen sein. Schließlich war man ja nicht irgendwer, sondern die Familie Stenia. Sein Vater hatte in einem seiner vielen erfolglosen Versuche, Juril doch noch für das Handwerk zu begeistern, beschlossen, ihn mitzunehmen, als er zu Elyanas Vater ging, um Maß für die Halterungen der Kronleuchter zu nehmen und einige Details zu klären. Elyanas Vater ließ es sich nicht nehmen, sie persönlich zu begrüßen, ja, er setzte sich sogar mit ihnen an einen Tisch und er bot ihnen noch dazu Wein an. Wahrscheinlich war es kein allzu wertvoller Tropfen und natürlich war es eine sehr gönnerhafte Freundlichkeit, aber es war dennoch Freundlichkeit. Wäre nicht irgendwann Elyana dazugekommen, er hätte ihren Vater als einen freundlichen Mann kennengelernt und in Erinnerung behalten, wahrscheinlich freundlicher als die meisten anderen seiner Schicht. Aber irgendwann war Elyana dazugekommen, sie musste sich bereits vorher mit ihrem Vater wegen irgendwas gestritten haben, auf jeden Fall kam sie energisch, wie Juril sie später nur selten erleben sollte, hineingerauscht und verlangte, ja, sie verlangte, dass er seine Meinung ändere, denn sie würde das nicht akzeptieren. Sie schien nur wenig Notiz von Juril und seinem Vater zu nehmen, ihre Anwesenheit war für ihren Vater jedoch umso wichtiger. Natürlich konnte ein Mann wie er es nicht hinnehmen, dass seine eigene Tochter vor Gästen so mit ihm sprach. Was sollten sie später nur erzählen? Man würde über ihn lachen, über ihn und die ganze Familie. Wer hätte dann noch Respekt vor dem Namen Stenia? Hinter Elyana kam ihre Mutter: „Bitte, Liebes", aber ihr Vater hatte bereits beschlossen, dass er handeln musste. Also stand er auf und er schlug Elyana direkt ins Gesicht. Und Juril wurde wütend, wütend darüber, was dieser Mann getan hatte. Wie konnte er das mit dem Schönsten, was Juril je gesehen hatte, machen? Es war, als würde er einer Blume die Blütenblätter ausreißen. Sah er nicht, was Juril sah? War er blind für diese Schönheit? Er musste es sein, wie konnte man sonst diese rohe Gewalt erklären? Diese hässliche, rohe Gewalt.

Er sah zu Elyanas Mutter und zu seinem Vater, sie mussten doch ähnlich empfinden, sie mussten doch die Ungeheuerlichkeit erkennen, die sie gerade beobachten konnten. Aber Elyanas Mutter sagte nichts und sein Vater sah sogar ganz woanders hin, als ginge ihn das alles rein gar nichts an. Doch Elyana sah hinüber zu ihm. Sie verstand es, sie verstand. Und so wie Juril gehofft hatte, ihre Mutter oder sein Vater würden es verstehen, so hoffte sie, er würde es verstehen. Hoffte, er wäre nicht so blind wie alle anderen um sie herum. Und Juril verstand und zum ersten Mal in seinem Leben wusste er, er wurde verstanden. Er liebte Ceri ja, aber verstanden hatte sie ihn nie. Aber da stand dieses wunderhübsche Mädchen, das ihn verstand und das mit den Augen flehte, dass er ebenfalls verstand. Und was konnte er da anderes tun, als ihr zu zeigen, dass er es tat? Mit der Hand griff er nach dem Weinbecher ihres Vaters, führte ihn in die Nähe seines Mundes, spuckte hinein und stellte ihn wieder an seinen Platz zurück. Keiner hatte es gesehen außer dem einzigen Menschen, der es sehen musste. Ich verstehe dich, ich verstehe, dass du mehr bist als das, was die Welt in dir sehen möchte. Und du, du verstehst, dass ich mehr bin als das, was die Welt in mir sehen möchte. Es ist mir eine Freude, deine Bekanntschaft zu machen. Er konnte sehen, wie Elyanas Lippen ein kleines Lächeln formten, und er war glücklich, so überglücklich, dass er das geschafft hatte. Und er wollte mehr davon, aber da begleitete Elyanas Mutter sie auch schon sachte hinaus. Ihrem Vater war das eben Geschehene kein weiteres Wort mehr wert, er setzte sich hin, nahm einen Schluck aus seinem Becher und machte da weiter, wo er aufgehört hatte.

Und jetzt, jetzt, da er sah, wie Elyana ein weiteres Mal geschlagen wurde, und jetzt, da er sich erinnerte, da konnte er es endlich sehen, es endlich verstehen. Er wusste nun, wie er hierhergekommen war. Der Grund lag an diesem heißen Sommertag vor mehr als zwei Jahren, damals hatte das alles seinen Anfang genommen. Erst jetzt begriff er, dass an diesem Tag nicht nur seine Liebe zu Elyana erwacht war, sondern auch sein Hass. Vorher war er ein naiver Träumer gewesen, der Juril von damals könnte jetzt nicht hier stehen, nicht an diesem Ort. Doch er hatte sich verändert. Seit jenem Tag hatte er sie einfach alle gehasst, Elyanas Vater, ihre Mutter, seinen Vater, die Könige, die Fürsten, die Händler, die Soldaten, einfach alle, die ihm und seiner Elyana ihr gemeinsames Glück nicht vergönnen wollten. Es war ihm nie richtig aufgefallen, wahrscheinlich hatte er seine Liebe und seinen Hass oft, viel zu oft für ein und dasselbe gehalten. Wie viele Male hatte er wohl geglaubt, Elyana zu lieben, und dabei in Wirklichkeit doch nur wieder jemand anderen gehasst. Und es war dieser Hass, der ihn hierhergebracht hatte.

Hätte diese Welt Elyana und ihn einfach zusammen glücklich sein lassen, er wäre Sercius niemals so blind nachgelaufen, als er versprach, sie zu ändern. Doch auch das begriff er nun, das Leben war zu kurz, um all diese Menschen zu hassen. Er war müde davon, zu hassen, er wollte niemanden mehr hassen, das gab ihm nichts zurück, rein gar nichts. Jemanden zu hassen, das war nicht, wie Elyana zum Lächeln zu bringen, das machte ihn nicht glücklich. Aber er wollte glücklich sein, er wollte zusammen mit Elyana glücklich sein, er wollte sie lieben und dafür konnte das Leben gar nicht lange genug sein. Jetzt war ihm, als könnte er das erste Mal seit sehr langer Zeit klarsehen, wirklich und wahrhaftig klarsehen. Er hatte eine zweite Chance bekommen. Er hatte noch ein ganzes Leben vor sich und er wusste, wie er es verbringen wollte. Wieder, genau wie damals vor zwei Jahren, traf er eine Entscheidung. Weil er nicht länger blind war. Weil er Elyana verstand und weil sie ihn verstand.

Und wenn ihn sonst noch jemand verstand, wenn auch auf eine andere Weise, dann war das wohl Petro. Er wusste noch nicht genau, wie er Elyana da rausholen wollte, aber er wusste, dass es nur mit ihm gehen würde. Und hatte er nicht bereits zugesagt, gemeinsam mit ihm abzuhauen? Nun, jetzt waren sie eben zu dritt. Er fand Petro alleine bei den Zielscheiben. Schon seltsam, dass hier fast nur er, der von der Erhebung längst nichts mehr wissen wollte, trainierte. Juril unterbrach ihn beim Zielen, indem er ihn an der Schulter berührte.

„Was gibt es?"

Dann erst bemerkte Petro Jurils Gesichtsausdruck und fragte noch einmal deutlich interessierter:

„Juril, was gibt es?"

„Elyana ist hier."

„Oh."

Petro war sofort klar, war das bedeutete, er stellte nicht all die Fragen, auf die Juril auch keine Antwort wusste, wie: „Wieso? Wo ist deine Schwester? Was genau willst du jetzt tun?"

„Wir holen sie da raus."

Keine Frage, eine Feststellung, und Juril liebte ihn dafür. Ceri war seine Schwester, Elyana seine große Liebe, aber Petro, Petro war sein Bruder.

„Ja, das werden wir. Ich lass mir was einfallen."

„Brüder und Schwestern, hört, was ich sage
Bald schon sind aus und vorbei die dunklen Tage
Wir erheben uns nicht länger, willens zu knien
Macht euch bereit, die Schwerter zu ziehen
Der Knechtschaft auf ewig ein Ende",
fing Petro monoton an.

„Was? "

Petro blickte hinunter auf seine Armbrust.

„Die Schwerter, Juril, die Schwerter. Ich habe in letzter Zeit viel darüber nachgedacht, wieso die Welt so ist, wie sie ist. Es sind die Schwerter,
die Armbrüste, die Waffen. Wer Waffen hat, kann damit denen ohne seinen Willen aufzwingen. Wieso ist Sercius' erste Rebellion gescheitert?
Weil er nicht die richtigen Waffen hatte. Und nun? Wohin fließt das ganze
Gold, das er aus Corasson hierherschafft? In Waffen. Waffen, die stärker
sind als die seiner Gegner. All diese Adeligen, die über Jahrhunderte die
Macht hatten, in dem Moment, in dem sie nicht mehr die besseren Waffen
hatten, haben sie sie verloren. Die Herzogin, die wir zu Musta gebracht
haben. Sie war früher mächtig gewesen, weil sie Männern mit Waffen Be-
fehle erteilen konnte. Jetzt hatten wir die Waffen und wir konnten sie zu
Musta bringen. Waffen sind der einzige Grund, wieso wir hier oben und
Elyana jetzt dort unten ist. Was also, wenn es keine Waffen mehr gibt?"

Juril war sich nicht sicher, worauf Petro hinauswollte, er mochte zwar
recht haben, aber was halfen ihnen jetzt solche theoretischen Diskussio-
nen?

„Nein, Juril, hör mir zu, bitte. Das ist nicht nur Theorie. Das heißt, es
muss keine Theorie bleiben. Wir haben das in den letzten Tagen schon
Dutzende Male gemacht, in meiner Fantasie. Ihnen ihre Waffen

genommen. Es ist nicht einmal besonders schwierig. Es wird funktionieren, Juril, wir werden ihnen ihre Macht einfach wieder wegnehmen.“

Petro hatte recht, das, was er vorschlug, war nicht einmal besonders schwierig. Im Gegenteil, es war so einfach, dass Juril zuerst davon überzeugt war, dass er etwas übersehen haben musste. Innerlich hatte er damit gerechnet, dass es gefährlich werden würde. War fast schon instinktiv davon ausgegangen, dass sie wohl Gewalt einsetzen müssten, dass ihnen keine Wahl bleiben würde, dass sie verletzen, ja sogar töten würden müssen. Auf eine Idee wie die von Petro wäre er niemals gekommen, dafür waren seine Überlegungen von Anfang an zu sehr rund um diese Annahme fixiert.

Und wahrscheinlich lag gerade darin die Genialität von Petros Vorschlag. Er bewegte sich innerhalb dieser Logik der Gewalt, nur um sie am Ende zurückzuweisen. Das war alles so abwegig, dass wohl außer Petro noch nie jemand hier über diese Möglichkeit nachgedacht hatte. Was dann bedeutete, dass auch noch nie jemand darüber nachgedacht hatte, wie man seinem Plan entgegenwirken konnte. Was bedeutete, dass es vielleicht wirklich keinen Haken an der Sache gab. Und wenn es einen gab, dann würde ihn so schnell niemand finden.

Es dauerte zwei Tage, bis Petro wieder Dienst vor dem Vorratslager hatte und sie ihren Plan in die Tat umsetzen konnten. Zwei Tage, in denen Juril endlos lange Stunden damit verbrachte, die Tür in der Hütte des Kommandanten anzustarren und zu flehen, dass sie sich nicht öffnete und jemand Elyana hereinbrachte. Denn eines war sicher, wenn der Kommandant den anderen Soldaten das Zeichen gab, Elyana nach draußen zu bringen, weil er mit „der Qualität ihrer Antworten“ nicht zufrieden war, würde er nicht einfach so stillstehen können. Er wusste, wie dumm das war. Die einzig intelligente Option wäre es in diesem Fall, nichts zu tun, um den Plan nicht zu gefährden. Aber Juril wusste nicht, ob er intelligent war. Er wusste nur, dass er Elyana liebte. Und dass er niemals alleine in der Hütte dem Kommandanten dabei zusehen könnte, wie er sich in aller Seelenruhe Notizen machte, während draußen vor der Tür jemand Elyanas Finger, die Finger, nach deren Berührung er sich so zurücksehnte, mit einem Hammer zertrümmerte. Also blieb ihm nur zu flehen und zu hoffen, dass es nicht Elyana war, wenn die Tür aufging. Jedes Mal, wenn die Tür sich öffnete und er beim ersten Blick realisierte, dass es nicht Elyana war, verspürte er kurz Erleichterung, fast Freude. Beim zweiten Blick, wenn er sich die Menschen, die statt ihrer vor den Ersten Kommandanten geschleift wurden, so richtig ansah, schämte er sich dann dafür. Er würde diesen Menschen gerne ein bisschen von der Hoffnung abgeben, die er selbst seit kurzer Zeit wieder spüren durfte. Auch sie würden bald frei sein. Frei, wenn sich diese abgenutzte hölzerne Tür in den nächsten zwei Tagen nicht für Elyana öffnete.

Und sie alle hatten Glück. Elyana kam nicht durch diese Tür. Stattdessen ging Juril am dritten Tag ein letztes Mal hindurch, zum ersten Mal mit einem Schwert in der Hand. „Das ist die falsche Ausrüstung, es wird erwartet, dass die Wachen Hellebarden tragen", war der Kommentar des Ersten Kommandanten, bevor er sich wieder seinen Notizen zuwandte. Juril wischte die Notizen mit einer Bewegung vom Tisch und zum ersten Mal meinte er Emotionen bei seinem Gegenüber zu erkennen. Seine Kinnlade hatte sich leicht nach unten verschoben und zum ersten Mal sah er Juril wirklich an. Dann sah er wieder auf die Papiere, auf Jurils Schwert und wieder in Jurils Gesicht. Er wirkte weniger beunruhigt als vielmehr ratlos, als würden ihm plötzlich Dokumente in einer Sprache vorgelegt, die er nicht verstand. Aber selbst er verstand, was ein gegen seine Kehle gedrücktes Schwert bedeutete. Jetzt lieber ganz vorsichtig sein. „Raus", Juril führte ihn, ohne sein Schwert sinken zu lassen, nach draußen, vorbei an der Wache, welche Juril eben noch hereingelassen hatte. Der Soldat hob unsicher seine Hellebarde, bis ein „lass das lieber sein" und fehlender Widerspruch vom Ersten Kommandanten ihn überredeten, es sein zu lassen. Juril beachtete ihn nicht weiter und sah hinüber zu Petro, der noch immer vor der Tür des Vorratslagers stand. Die Tür war offen und man konnte hineinsehen auf die Vorräte, auf Geräuchertes und auf Gepökeltes. Aber auch das, worauf es ankam. Hellebarden, Armbrüste, Schwerter. Und die Fässer mit Harz. Hoch brennbarem Harz. Noch dazu besprenkelt mit genügend hochprozentigem Alkohol, um eine gesamte Woche betrunken zu sein. Petro warf seine Fackel direkt in die Mitte. Helle Flammen schlugen hoch. Das war der erste Teil ihres Plans. Während Juril den Ersten Kommandanten weiter in Richtung des Feuers führte, kamen, angelockt vom Rauch und den Rufen derer, die bereits draußen waren, immer mehr Soldaten angerannt. Auch sie verstanden die Botschaft von Jurils Waffe an seiner Kehle. Seid lieber vorsichtig, ganz vorsichtig. Schließlich stellte Juril sich neben Petro ans Feuer und blickte sich um. Alle waren sie versammelt, hatten ihre Posten verlassen und standen jetzt mit einem gesunden Sicherheitsabstand geschockt, unsicher, fassungslos und wütend vor ihm. Er konnte Rod sehen, Coln, Benja, und auch Musta. Er sah die Soldaten, die für den Ersten Kommandanten Finger zertrümmerten, und die Soldaten, die betrunken mit der Armbrust auf die Gefangenen geschossen hatten. Revolutionäre. Was war an Gewalt schon revolutionär? Die am längsten zurückliegende, auf der Fassade des Archivs in Sryka dargestellte Szene zeigte eine Schlacht. Ging man in das Archiv und begann zu lesen, so stieß man in den Aufzeichnungen jeder Epoche auf Schlachten. Gewalt von der Erfindung der Schrift bis in die Gegenwart. Daran war nichts neu, daran war nichts revolutionär. Umso mehr freuten Juril die Worte, die er gleich sprechen würde. Denn Petros Idee, die war revolutionär. „Werft alle eure Waffen in das Feuer. Alle eure Hellebarden, Armbrüste und Schwerter. Dann lasse ich euren Ersten Kommandanten gehen, darauf habt ihr mein Wort."

Es folgte Stille, niemand bewegte sich. Das war jetzt der Schlüsselmoment, davon hing alles ab. Alle warteten darauf, dass jemand das Wort ergriff. Kurz sah es so aus, als ob Musta dieser Jemand sein wollte, doch letztendlich entschloss er sich, ebenfalls zu warten. Auf den, der hier das Sagen hatte, den Ersten Kommandanten. Der dasselbe wusste, was Juril und Petro wussten. Dass er für die Erhebung trotz seines Titels im Grunde unbedeutend, ersetzbar war. Jemand mit der Fähigkeit zu lesen und zu schreiben und ohne aktives Gewissen würde sich schon irgendwo auftreiben lassen. Vielleicht sogar jemand, der wirklich für die Erhebung brannte, der sogar bereit wäre, sich für sie zu opfern. Denn dieser Erste Kommandant war es nicht. Als er merkte, dass sich niemand rührte, rief er hektisch: „Worauf wartet ihr denn noch, tut, was er sagt!"

Und damit war es Befehl. So war das mit Hierarchien, im Großen wie im Kleinen. Ebenso wie niemand Sercius' Fehlentscheidungen kritisieren durfte, egal wie sehr sie den Erfolgsaussichten der Erhebung schadeten, so durfte jetzt keiner dem Ersten Kommandanten widersprechen, wenn er die komplette Entwaffnung seiner Soldaten befahl. Nur dann, wenn jemand irgendwann beschloss, sich diesem Wahnsinn grundsätzlich zu verweigern, nur dann war die Hierarchie plötzlich aufgehoben. Aber solange der Erste Kommandant loyal zur Erhebung blieb, solange durfte niemand seine Befehle anzweifeln oder gar missachten. Und so konnte Juril denselben Rod beobachten, der ihm vor nicht allzu langer Zeit in einem kleinen Dorf seine Waffe unter die Nase gehalten hatte, wie er nun seine Waffe in das Feuer warf. Funken flogen und im Schein der Flammen konnte Juril den Widerwillen in seinem Gesicht erkennen. Hellebarden, Schwerter und Armbrüste, alle landeten sie im Feuer. Petro und Juril hatten ein genaues Auge darauf, dass auch wirklich jeder seine Waffe hineinwarf und keiner etwas versteckte. Doch niemand wagte es, den Befehl des Ersten Kommandanten zu missachten und ihn in Gefahr zu bringen.

Während er das Schauspiel beobachtete, erinnerte sich Juril an eine Unterhaltung, welche er vor langer Zeit mit Sercius geführt hatte, als Kameranto gebrannt hatte und er mit ihm auf den Turm gestanden hatte. Einen Leuchtturm hatte er das Inferno genannt. Das kam ihm jetzt alles so weit weg vor.

Schließlich, als endlich alle unbewaffnet vor ihm standen, nahm er sein Schwert von der Kehle des Ersten Kommandanten und ließ ihn gehen. Er sah ihm nach, wie er davonstolperte, Musta und die Soldaten, die ihn ansprechen wollten, einfach ignorierte und wieder in seiner Hütte verschwand.

Jetzt, da er weg war, schien Rod endlich den Mut gefasst zu haben, zu sprechen:

„Und jetzt, Petro?! Was hast du jetzt vor?! Hast du überhaupt so weit gedacht?! Gehst du jetzt mit Juril zurück nach Hause, nach Schweinehufe, und ihr beide werdet Bauern?! Hast du eigentlich eine Ahnung, was du da gerade getan hast?!"

Petro murmelte etwas Undeutliches, ohne Rod anzusehen.

„Was, was sagst du?!"

Petro hab langsam seinen Blick. Juril konnte von der Seite sehen, wie sich Tränen in seinen Augen sammelten.

„Es gibt kein Zuhause mehr."

Rods wütende Gesichtszüge entglitten ihm.

„Was?"

„Begreif doch! Es gibt kein Zuhause mehr! Ich weiß, ich hätte es euch früher sagen müssen, aber ich konnte einfach nicht! Ich konnte einfach nicht! Ich war wieder da, ich war wieder in Schweinehufe, als Musta Freiwillige gesucht hatte, ich hab es gesehen, man hat mir erzählt, dass sie im

Dorf zwei Soldaten des Herzogs geholfen hatten, unsere Familien, meine Schwestern, ich weiß nicht, ich weiß es nicht."

Ab dieser Stelle verstand man nichts mehr, sondern hörte nur noch Schluchzen.

Das war es also gewesen, was Petro die ganze Zeit über gequält hatte. Petro, der ihm wie ein Bruder geworden war. Er dachte an Petros Schwestern, welche er nur kurz kennengelernt hatte, und an seine Schwester, welche er schmerzlich vermisste. Dann drückte er Petro an sich.

„Nein, nein, das kann nicht sein! Du lügst! Hör auf zu lügen! Du lügst! Du lügst!"

Rod war wieder wütend, aber anders, als er es vorhin noch war. Auch bei ihm sammelten sich die Tränen.

Jetzt traten Benja und Coln vor, ebenfalls unter Tränen kamen sie ganz langsam auf sie zu. Für einen kurzen Moment hatte Juril vergessen, dass sie ja auch da waren. Sanft löste Juril die Umarmung mit Petro, er wollte sich nicht zwischen die drei Jungs aus Schweinehufe drängen.

„Was macht ihr! Kommt zurück! Ihr geht jetzt nicht zu ihm! Kommt zurück! Das ist ein Befehl! Hört ihr! Das ist ein Befehl! Bleibt bei mir! Bitte, bleibt doch bei mir!"

Rod war jetzt völlig aufgelöst, er schluchzte mehr, als zu schreien. Aber er machte keinerlei Anstalten, aus den Reihen der Soldaten zu treten und zu ihnen zu kommen.

„Verräter! Ihr lasst mich im Stich, ihr lasst die Erhebung im Stich, ihr lasst uns alle im Stich! Wenn sie wirklich so dumm waren, feindliche Soldaten zu verstecken, dann gab es keine Wahl, was hätte man denn tun sollen? Was hätte man denn tun sollen! Die Erhebung, das ist unsere Zukunft, das ist zu wichtig, um Verrat einfach so zu tolerieren! Sie hätten es besser wissen müssen! Sie hätten nicht so dumm sein dürfen!"

Coln hielt kurz inne und drehte sich um. Er schüttelte traurig den Kopf. „Sie waren auch deine Familie."

„Die Erhebung ist meine Familie! Die Erhebung ist unsere Familie, hört ihr! Ihr Verräter! Ihr lasst mich im Stich! Kommt zurück!"

Dann trat Musta hinter ihn, legte ihm eine Hand auf die Schulter und brachte ihn somit zum Schweigen.

„Es ist in Ordnung, Rod, es ist in Ordnung."

Inzwischen lagen sich Coln, Benja und Petro in den Armen.

Juril betrachtete die drei kurz und fand dann, dass es an der Zeit war, sie in Ruhe zu lassen. Mit seinem Schwert in der Hand ging er auf den Soldaten zu, der eigentlich für den Wachdienst am Tor eingeteilt war. Er und seine Kameraden wichen zurück, als er näher kam. So wie es aussah, würde keiner etwas Dummes versuchen. Er musste nicht einmal drohend das Schwert heben; als er die freie Hand ausstreckte und nach den Schlüsseln fragte, bekam er sie sofort ausgehändigt. Er hielt das kalte Metall fest umklammert, als er mit großen Schritten zum Tor lief.

Dort hatte sich bereits eine größere Menschenmenge versammelt, in deren Gesichtern zu gleichen Teilen Hoffnung und Unsicherheit abzulesen waren. Doch das eine Gesicht, wegen welchem er hier war, konnte er nicht ausmachen. Niemand sagte ein Wort, als Juril sich dranmachte, das Schloss zu öffnen, und fast schämte er sich, dass er es eigentlich gar nicht für sie alle tat, sondern nur für eine von ihnen. Dann ließ Juril das Tor aufschwingen und noch immer schien eine gewisse Unsicherheit darüber zu herrschen, was das wohl bedeutete. Juril entging nicht, wie einige das Schwert in seiner Hand musterten. Also versuchte er ein Lächeln. „Na los, ihr seid frei, hier gehts raus.“

Doch die Menschenmenge schien dieser für sie so glücklichen Entwicklung der Ereignisse noch nicht ganz zu trauen, noch immer musterten sie Juril, versuchten ihn einzuschätzen, bevor jemand den ersten Schritt machte. Doch Juril hatte keine Zeit dafür, diese Leute waren jetzt frei, das war nicht mehr sein Problem. Er ging auf die ihn verständnislos anblickenden Gesichter zu und bahnte sich seinen Weg durch die Menschenmenge, tiefer in den Steinbruch hinein, immer Ausschau haltend nach Elyana. Jetzt, nachdem die Ersten sich ein Herz gefasst und ihr Gefängnis verlassen hatten, kam Bewegung in die soeben Befreiten. Mit zunehmendem Tempo strömten nun auch die anderen nach vorne, um es ihnen gleichzutun. Im selben Maße stieg nun auch die Lautstärke, er hörte Menschen rufen und lachen. Für ihn schien sich nun niemand mehr zu interessieren, was ihn alles andere als störte. Da kam ein bekanntes Gesicht auf ihn zu, jemand, der sich doch für ihn interessierte, es war Nicos. Das Interesse war allerdings eher einseitiger Natur, Juril hatte wenig Lust, aufgehalten zu werden und vor lauter Ablenkung Elyana irgendwie zu verpassen. „Juril, was geht hier vor? Bist du dafür verantwortlich?“

Juril blieb nicht einmal stehen: „So wie es aussieht, sind wir jetzt wohl beide Feinde der Erhebung.“

Nicos war intelligent genug, um zu erkennen, das Juril an einer weiteren Konversation momentan nicht interessiert war, also ließ er ihn weitergehen. Dann passierte Juril ein weiteres bekanntes Gesicht, es war Sören, der Mann, dem sie bei Jurils erstem Verhör die Finger zertrümmert hatten. Die Verletzungen schienen weitestgehend verheilt zu sein und seine Hand ruhte nun auf der Schulter eines Jungen. Ein weiterer, etwas älterer stand daneben und hielt die Hand seiner Mutter. Die ganze Familie lächelte, Sören vielleicht am breitesten. Juril erinnerte sich, wie er damals darüber nachgedacht hatte, dass manches einen zerbrechen konnte. Jetzt dachte er, auch Zerbrochenes kann man wiederzusammensetzen. Vielleicht blieb der ein oder andere Sprung zurück, aber was machte das schon? Er freute sich für Sören und er freute sich für sich selbst.

Schließlich, nachdem ein älterer Mann mit Freudentränen in den Augen an ihm vorbeigekommen war, sah er sie. Sie kam langsam in seine Richtung und schien ihn jetzt auch zu erblicken. Gleichzeitig beschleunigten sie ihre Schritte, sie rannten nicht, aber sie gingen so schnell, wie man es gerade noch so als gehen bezeichnen konnte, und dann fielen sich Juril und Elyana gleichzeitig um den Hals. Fest drückten sie einander an sich. Beide fingen an zu schluchzen und Juril wollte eigentlich etwas sagen, sich entschuldigen, sie um Verzeihung bitten für so viele Dinge, aber er wusste nicht, wie. Jedes Wort konnte das Ende dieser Umarmung bedeuten, dieser Umarmung, auf die er so lange gewartet hatte und von der er bis eben nicht gewusst hatte, wie sehr er sie gebraucht hatte. Nein, er wollte einfach bis in alle Ewigkeit hier stehen und sein Gesicht an Elyanas Schulter drücken. War damit nicht alles gesagt, was es zu sagen gab? Er wollte ihren Geruch aufsaugen. Natürlich roch sie in ihrem Zustand nicht gerade angenehm, aber war das wirklich wichtig? Es war Elyana, die er da roch, das war doch das Wichtige. Und unter der Schmutzschicht auf ihren Haaren konnte er ihre wunderbare Haarfarbe erkennen, die je nach Licht mal Kupfer, mal eher blond war. Juril hätte wirklich bis in alle Ewigkeit hier stehen können, doch schließlich war es Elyana, die sich langsam aus der Umarmung löste, ihn anblickte und sanft die ersten Worte sprach: „Komm, Juril, lass uns nach Hause gehen."

Nach Hause also. Was Juril anging, so war er dort bereits. War dort bereits, seitdem er Elyana endlich wieder berühren konnte. Wie warm sie war, er spürte sie und die Wärme ihres Körpers eng an dem seinen. Ihre Wärme war viel angenehmer als die des kleinen Feuers, welches er zusätzlich in einer kleinen Senke, wo der Schein in der Dunkelheit hoffentlich nicht so weit sichtbar war, gemacht hatte. Die Wärme des Feuers war abrupt, entweder man war zu weit weg und fror oder man war zu nah dran und verbrannte sich fast, mit Elyana war das anders. Ihr konnte er so nah kommen, wie er wollte, die Wärme wurde nur immer angenehmer, ihre Haut auf seiner Haut. Sie war das kleine Stück vom Himmel, das er gefunden hatte. Sercius hatte versprochen den Himmel auf die Erde zu holen, aber hier war er doch schon, direkt neben ihm und er war warm. Überhaupt, wie konnte Sercius so etwas behaupten? Den Himmel holte man nicht auf Erden, indem man den Menschen das kleine Stück, das sie sich irgendwie hatten sichern können, wieder wegnahm. Doch genau das war es, was Sercius tat, zerstören, zerstören und zerstören, mehr konnte er nicht. Und er hatte auch Juril einen Teil seines Himmels weggenommen. Elyana hatte geweint, als sie ihm von Ceri erzählt hatte. Natürlich würde Juril lügen, würde er behaupten, dass er nicht längst daran gedacht hatte. Wieso sonst sollte Elyana hier alleine auftauchen? Ceri hätte sie niemals alleine gehen lassen. Er wusste nicht, ob es das besser machte. Dass er gemeinsam mit Elyana weinen konnte, tat das allerdings, auf irgendeine merkwürdige, verdrehte Art und Weise. Und er fand Trost in dem Gedanken, dass Ceri nicht alleine gewesen war, Elyana hatte ihre Hand gehalten, als das Gift seine Wirkung tat. Das Gift, das Gift dieser Pfeilgiftfrösche, deren Statuen er in Ginantinos gesehen hatte. Das Gift, welches Taxkas Krieger für die Jagd und den Krieg nutzten. Das Gift, mit welchem der Pfeil eingerieben war, der Elyana traf. Der Pfeil, abgefeuert auf Befehl von Sercius. Von Sercius, dem Juril mal vertraut hatte. Von Sercius, den Juril gebeten hatte, jemanden zu schicken, der auf Elyana und Ceri aufpasste. Sercius, der stattdessen Krieger geschickt hatte, um sie zu töten. Wieso er das getan hatte? Vielleicht weil er befürchtete, dass die beiden Juril zur Vernunft bringen würden. Vielleicht war er irgendwie eifersüchtig gewesen, dass Juril noch jemanden hatte und er ganz alleine war. Vielleicht glaubte er in seiner verdrehten Welt sogar noch, er hätte Juril damit einen Gefallen getan, ihm von dem, was ihn zurückhielt, befreit. Die Wahrheit war, es war Juril egal. Egal wieso Sercius es getan hatte, es zählte nur, dass er es getan hatte. Vielleicht war die Wahrheit doch ganz einfach. Es gab Menschen wie Ceri, Ceri, die sich immer bemüht hatte, zu allen gut zu sein, besonders zu Juril. Und dann gab es Menschen wie Sercius, Menschen, die den Befehl geben konnten, Ceri und Elyana mit giftigen Pfeilen zu jagen, nur um danach weiter mit Juril zu reden, als ob gar nichts gewesen wäre. Wenn es da irgendetwas zu verstehen gab, dann wollte Juril das vielleicht gar nicht. Und dann gab es noch Menschen wie Taxka, Taxka, der gezögert hatte, um sich dann doch zu entscheiden, etwas zu tun. Der zu spät gekommen war, um Ceri zu retten, aber rechtzeitig für Elyana. Der Elyana in ein Schiff gesetzt hatte, das sie zurück nach Demerkia bringen sollte. Der sich darum gekümmert hatte, dass Ceri bestattet wird. Der daraus keinerlei Konsequenzen für Sercius zog. Der nie etwas zu Juril gesagt hatte. Was für eine Art Mensch war nun dieser Taxka? Und dann gab es noch Menschen wie Elyana, Elyana, die beschlossen hatte, ihn zu suchen, ihn, der sie doch weggestoßen hatte. Die sich ganz alleine auf diese gefährliche Reise machte, die im Archipel des Windes von Bord gegangen war, wo sie irgendwann davon hörte, dass Sercius auf den Kontinent weitergereist war. Die dort von den Gesichtslosen, Sercius' neuer Elitetruppe, hörte und die glaubte, dass Juril wohl ein Teil davon sein musste. Die den Gesichtslosen also nach Norden folgte, wo sie von einer Patrouille aufgegriffen wurde. Die, die noch so viel mehr hatte durchmachen müssen, als sie ihm in der kurzen Zeit erzählen konnte und wollte. Die Elyana, die ihn so schließlich gefunden und ein zweites Mal gerettet hatte. Und es gab noch Menschen wie Petro. Petro, dessen Freundschaft das einzig Gute gewesen war, was ihm die letzten Monate beschert hatten. Der sich nun gemeinsam mit Benja, Coln und den befreiten Gefangenen nach Norden durchschlagen wollte, hin zu den von den Rebellen kontrollierten Gebieten. Der Elyana und ihn gefragt hatte, ob sie nicht mitkommen wollten. Petro, den er zum Abschied lange umarmt hatte. Und Menschen wie Rod, der geweint hatte, allerdings ohne sich auch nur einen Zentimeter zu bewegen. Und Menschen wie Musta, der sich irgendwie für einen der Guten halten konnte. Und

Menschen wie den Ersten Kommandanten, dem Gut und Böse wohl egal waren und der gar nicht begriff, was er da tat. Und dann gab es natürlich noch Menschen wie Juril. Er, der doch eigentlich nur eine Welt haben wollte, in der Menschen wie er und Elyana und alle anderen Menschen einfach leben konnten. Er, der immer so wütend gewesen war. Er, der Sercius bereitwillig geglaubt hatte. Er, der Elyana und Ceri, die Menschen, die ihn geliebt hatten, für Sercius weggestoßen hatte. Er, der für Sercius und seine Erhebung oder die Erhebung auf den Archipel des Windes oder irgendjemandes Erhebung getötet hatte. Er, der diese beiden Frauen Musta übergeben hatte. Er, der irgendwann seinen Irrtum erkannte. Er, der in diesem Dorf damit aufhören wollte, den man aber nicht so einfach aufhören ließ. Er, der es nie ein zweites Mal versucht hatte. Er, der erst Elyana dazu gebraucht hatte, um das zu tun, was richtig war. Er, der Elyana so sehr liebte und ihren Kirschbaum und der einfach nur noch mit ihr zusammen sein wollte. Was für ein Mensch war er? Auch das wusste er nicht, nur eines, das hoffte er inständig. Dass die Antwort auf diese Frage in seiner Zukunft und nicht in seiner Vergangenheit lag. Neben ihm bewegte sich Elyana leicht und murmelte etwas Undeutliches. Er wisperte zurück, mehr zu sich selbst als zu ihr: „Alles wird gut werden."

Und zum ersten Mal seit sehr, sehr langer Zeit fühlte es sich wie die Wahrheit an. Langsam ging die Sonne auf.